DU MÊME AUTEUR

Aux Éditions Gallimard

LES PAUVRES PARENTS

SONIETCHKA

MÉDÉE ET SES ENFANTS

DE JOYEUSES FUNÉRAILLES

UN SI BEL AMOUR ET AUTRES NOUVELLES

LE CAS DU DOCTEUR KOUKOTSKI

Du monde entier

LUDMILA OULITSKAÏA

SINCÈREMENT VÔTRE, CHOURIK

roman

Traduit du russe
par Sophie Benech

GALLIMARD

Titre original :

ISKRENNE VACH CHOURIK

À Natacha Tchervinskaïa, lectrice, conseillère, médecin, avec toute ma gratitude

1

Le père de l'enfant, Alexandre Sigismundovitch Levandovski, un homme au physique démoniaque et quelque peu surfait, avec un nez busqué et des boucles drues qu'il s'était résigné à cesser de teindre après cinquante ans, promettait dans son enfance de devenir un génie de la musique. Dès l'âge de huit ans, tel un jeune Mozart, il donnait des concerts et des récitals, mais vers seize ans, tout s'était enrayé, comme si l'étoile de sa réussite s'était éteinte quelque part dans le ciel, de jeunes pianistes doués de talents certains, mais ordinaires, avaient commencé à le dépasser et, après être sorti du conservatoire de Kiev avec le prix d'excellence, il s'était peu à peu transformé en accompagnateur. C'était un accompagnateur sensible, rigoureux, unique, pourrait-on dire, il se produisait avec des violonistes et des violoncellistes de première classe qui se battaient même un peu pour l'avoir. Mais sa partie était la deuxième. Dans le meilleur des cas, on inscrivait sur l'affiche : « au piano », et dans le pire, deux lettres : « ac. » Ce « ac » était le malheur de sa vie, une épine à jamais plantée dans son foie. D'après les Anciens, c'est justement le foie, semble-t-il, qui souffre le plus de l'envie. Il va de soi que personne ne croyait à ces bêtises héritées d'Hippocrate, mais le foie d'Alexandre Sigismundovitch était effectivement sujet à des crises. Il suivait des régimes et, de temps à autre, il jaunissait, tombait malade, et souffrait terriblement.

Il fit la connaissance de Vérotchka Korn alors qu'elle vivait la plus belle année de son existence. Elle venait d'entrer dans l'atelier de théâtre de Taïrov, n'avait pas encore acquis la réputation d'être l'étudiante la plus faible, suivait avec délectation des cours variés et passionnants, et rêvait d'un grand rôle. C'était avant le déclin du théâtre Kamerny. Le principal critique théâtral du pays n'avait pas encore exprimé sur lui son avis sacro-saint en le traitant de « véritablement bourgeois » (ce qu'il ferait quelques années plus tard), le règne d'Alissa Koonen était à son apogée, et Taïrov se permettait en effet des incartades « véritablement bourgeoises », comme la mise en scène des *Nuits égyptiennes*.

Dans ce théâtre, conformément à la tradition, on fêtait l'ancien Nouvel An [1] (1935), et parmi les multiples facéties auxquelles se livraient les acteurs à l'esprit inventif durant cette longue nuit, il y avait le concours de la plus belle jambe. Les comédiennes se retiraient derrière le rideau et chacune d'elles, le soulevant légèrement, exposait chastement à la vue de tous une jambe anonyme, depuis le genou jusqu'au bout des orteils.

La jeune Vérotchka âgée de dix-huit ans avait tourné sa cheville de sorte que le trou soigneusement reprisé de son talon passe inaperçu, et elle faillit s'évanouir sous le coup de sensations délicieusement pétillantes lorsqu'on vint

1. Les orthodoxes continuent à célébrer les fêtes religieuses d'après l'ancien calendrier, décalé de treize jours par rapport au calendrier grégorien, et on fête souvent en Russie « l'ancien Nouvel An » qui tombe le 13 janvier. (*Toutes les notes sont de la traductrice.*)

la chercher derrière le rideau d'une main autoritaire pour la revêtir d'un tablier sur lequel était écrit en grosses lettres argentées : « J'ai la jambe la plus ravissante du monde ». On lui remit en outre un soulier en carton fabriqué dans les ateliers du théâtre et rempli de chocolats. Tout cela, y compris les chocolats pétrifiés, fut conservé longtemps dans le tiroir du bas du secrétaire de sa mère Élisavéta Ivanovna, qui s'était inopinément montrée sensible au succès de sa fille dans un domaine qui, selon ses conceptions, se situait au-delà des limites de la bienséance.

Alexandre Sigismundovitch, venu de Piter [1] en tournée, avait été convié à la fête par Taïrov en personne. Cet invité aristocratique ne quitta pas Vérotchka de la soirée et produisit sur elle une impression extrêmement profonde ; au matin, une fois le bal terminé, il enfila de ses propres mains au pied de cette jambe récemment primée une bottine en feutre blanc, audacieuse variation sur le thème de la botte de feutre russe, mais à talon haut, et raccompagna Véra chez elle, passage des Chambellans. Il faisait encore nuit, une fausse neige de théâtre tombait lentement, les réverbères brillaient d'une lumière jaune décorative, et elle se sentait dans la peau d'une jeune première sur une immense scène. D'une main, elle serrait contre elle ses élégantes chaussures de taille trente-six enveloppées dans un journal, et son autre main reposait béatement sur sa manche à lui, tandis qu'il lui récitait les vers démodés d'un poète en disgrâce.

Il s'en retourna le jour même dans son Leningrad, la laissant en proie au trouble le plus complet. Il avait promis de revenir bientôt. Mais les semaines passaient les unes après les autres, et de tous ces espoirs amoureux, il ne resta bientôt plus à Vérotchka qu'une saveur amère.

1. Façon familière de désigner Saint-Pétersbourg.

Ses succès professionnels n'étaient pas fameux, d'autant que le professeur qui leur enseignait la danse contemporaine dans l'esprit d'Isadora Duncan l'avait prise en grippe, elle ne l'appelait plus désormais que « la ravissante jambe », et ne lui passait pas la moindre faute. La pauvre Véra essuyait ses larmes avec l'ourlet de sa tunique grecque en coton d'Ivanovo, et remuait à contretemps sur la musique extatique de Scriabine au son de laquelle les élèves pratiquaient leurs exercices, projetant poings et genoux en avant avec énergie afin de traduire en images visibles l'âme insaisissable de ces mélodies rebelles.

Par l'une des journées les plus épouvantables de ce printemps-là, Alexandre Sigismundovitch vint attendre Véra devant l'entrée des artistes. Il était de passage à Moscou pour deux semaines afin d'enregistrer plusieurs concerts donnés par un brillant violoniste, une célébrité internationale. En un certain sens, c'était son heure de gloire : le violoniste avait reçu une éducation désuète, il traitait Alexandre Sigismundovitch avec un respect prononcé, et se souvenait même de la gloire de son enfance. Les enregistrements se déroulaient à merveille. Pour la première fois depuis de longues années, l'amour-propre meurtri du pianiste se reposait, il se détendait et se défroissait. Sa seule présence faisait frissonner une délicieuse jeune fille aux yeux bleus moirés de gris — une inspiration nourrissait l'autre...

Quant à la jeune Vérotchka, qui avait étudié avec application pendant l'année scolaire les « formes saturées d'émotion » de Taïrov, elle perdit ce printemps-là une bonne fois pour toutes la perception de la frontière qui sépare la vie du théâtre, « le quatrième mur » s'écroula, et elle joua dès lors le spectacle de sa propre vie. Conformément aux idées de son maître vénéré qui exigeait de ses comédiens l'universalité (depuis les mystères jusqu'aux opérettes, comme il disait lui-même), Vérotchka interpréta cette année-là devant un Alexandre Sigismundovitch attendri le rôle de « l'ingénue dramatique ».

Grâce aux efforts conjoints de la nature et de l'art, leur histoire d'amour fut un enchantement, avec promenades nocturnes, dîners intimes dans les petits cabinets particuliers des restaurants les plus célèbres, roses, champagne et caresses pimentées, qui leur procuraient à tous deux des voluptés plus grandes peut-être que celles qu'ils connurent lors de la dernière nuit d'Alexandre Sigismundovitch à Moscou, juste avant son départ, à l'heure de la capitulation totale de Vérotchka devant un adversaire de force supérieure.

L'heureux vainqueur s'en alla, laissant Vérotchka dans une brume délicieuse de souvenirs encore frais d'où émergea peu à peu le véritable tableau de sa vie future. Il avait eu le temps de lui révéler combien il était malheureux en ménage : une femme mentalement déséquilibrée, une petite fille avec un traumatisme de naissance, une belle-mère autoritaire au caractère d'adjudant-chef. Jamais, jamais il ne pourrait abandonner cette famille... Vérotchka en défaillait d'admiration. Comme il était noble ! Et elle mourait d'envie de lui offrir sur-le-champ sa propre vie en sacrifice. Eh bien, soit ! Elle acceptait d'avance les longues séparations et les brèves entrevues, elle acceptait que ne lui revienne qu'une part de ses sentiments, de son temps et de sa personne, celle qu'il voudrait bien lui consacrer.

Mais cela, c'était déjà un autre rôle, non celui de Cendrillon métamorphosée faisant claquer ses talons de verre sur la chaussée nocturne à la lueur de réverbères décoratifs, mais celui de la maîtresse secrète cachée dans l'ombre. Au début, il lui sembla qu'elle était prête à tenir ce rôle jusqu'à la mort, la sienne ou celle de son amant : quelques rendez-vous par an longtemps attendus avec, dans l'intervalle, de grands trous noirs et de tristes lettres monotones. Cela dura ainsi pendant trois ans, puis la vie de Vérotchka commença à prendre un arrière-goût ennuyeux d'échec sentimental.

Sa carrière de comédienne s'était terminée sans avoir jamais vraiment débuté : on lui avait suggéré de s'en aller. Elle avait quitté la troupe, mais était restée au théâtre avec un emploi de secrétaire.

C'est à ce moment-là, en 1938, qu'elle fit une première tentative pour se libérer de cette relation éprouvante. Alexandre Sigismundovitch accepta humblement sa volonté, lui baisa la main, et repartit pour son Leningrad. Mais Vérotchka ne tint même pas deux mois, elle le rappela elle-même, et tout reprit de plus belle.

Elle avait maigri et, de l'avis de ses amies, enlaidi. On vit alors apparaître les premiers signes d'un mal encore non identifié : ses yeux étincelaient d'un éclat métallique, elle avait de temps en temps une boule dans la gorge, ses nerfs se détraquaient, et même Élisavéta Ivanovna commença à redouter un peu les crises d'hystérie privées de sa Vérotchka.

Il s'écoula encore trois ans. En partie sous la pression d'Élisavéta Ivanovna, en partie par désir de changer une vie qu'elle considérait à présent comme ratée, elle se sépara de nouveau d'Alexandre Sigismundovitch. Lui aussi était épuisé par cette liaison difficile, mais il ne se serait pas résolu à rompre lui-même : il aimait Vérotchka d'un amour très profond et même exalté chaque fois qu'il venait à Moscou. La passion un peu affectée qu'elle lui vouait nourrissait son amour-propre malheureux et maladif. Cette fois, la rupture parut réussir. La guerre qui commençait les sépara pour longtemps.

À l'époque, Vérotchka avait déjà perdu son emploi peu enviable de secrétaire et appris le modeste métier de comptable, mais elle courait toujours aux répétitions, s'essayant secrètement à certains rôles — elle avait un faible pour celui de madame Bovary. Ah, s'il n'y avait pas eu Alissa Koonen ! À ce moment-là, il lui semblait que la vie pouvait encore faire machine arrière, qu'elle pourrait encore monter sur scène dans une robe en mousseline garnie de trois bouquets de roses pompon agrémentés de verdure, et danser le quadrille avec un vicomte sans nom dans la propriété de Vaubyessard... C'est là une maladie que connaissent uniquement ceux qui en ont souffert. Sans pour autant quitter le théâtre, Véra essayait de se délivrer de cette dépendance, elle se trouva même un soupirant « dans le public », comme on dit, un Juif fonctionnaire du ravitaillement, un homme d'un sérieux exceptionnel et d'une bêtise tout aussi exceptionnelle. Il la demanda en mariage. Après avoir sangloté une nuit entière, elle refusa en lui déclarant fièrement qu'elle en aimait un autre. Soit il y avait en elle une anomalie quelconque, soit il s'agissait d'une totale inadéquation aux modèles de l'époque, toujours est-il que sa frêle délicatesse, sa propension à s'exalter à tout bout de champ, et cette fragilité d'âme qui était à la mode, disons à l'époque de Tchékhov, ne charmaient absolument personne en ces temps héroïques de la guerre, de l'après-guerre, et de la construction du socialisme. Bon, personne, eh bien, tant pis... Mais pas ce ravitailleur, tout de même !

Puis il y eut l'évacuation à Tachkent. Élisavéta Ivanovna, chargée de cours dans un institut pédagogique, réussit à convaincre sa fille de quitter le théâtre et de partir avec elle.

Alexandre Sigismundovitch, lui, fut évacué à Kouibychev. Sa malheureuse famille n'avait pas eu le temps de quitter

Leningrad et avait péri pendant le blocus. À Kouibychev, il tomba gravement malade, trois pneumonies d'affilée faillirent bien l'expédier dans la tombe, mais il fut sauvé de justesse par une infirmière, une robuste Tatare de la région. Et il l'épousa, par solitude et par faiblesse.

Lorsque Vérotchka et Alexandre Sigismundovitch se retrouvèrent après la guerre, tout recommença de plus belle, mais dans un décor légèrement différent. Elle travaillait à présent au théâtre Dramatique, où elle avait trouvé un emploi de comptable. Maintenant, ce n'était plus Alissa Koonen qu'elle aimait, mais Maria Babanova, elle allait voir ses spectacles et elles échangeaient même des sourires dans les couloirs. Alexandre Sigismundovitch l'attendait de nouveau devant l'entrée des artistes, et ils allaient à pied jusqu'au passage des Chambellans en prenant le boulevard de Tver. De nouveau, il était malheureux en ménage, et de nouveau, il avait une fille malade. Il avait vieilli et s'était affiné, il était encore plus amoureux et encore plus tragique. Leur liaison déferla avec une violence océanique renouvelée, les vagues de l'amour les emportaient sur des hauteurs jamais atteintes pour les rejeter ensuite dans des abîmes sans fond. Peut-être était-ce justement ce que souhaitait l'âme inassouvie de Vérotchka. Durant ces années-là, elle faisait souvent le même rêve : au beau milieu d'une scène tout à fait triviale (elle était en train de prendre le thé avec sa mère sur leur guéridon ovale, par exemple), elle s'apercevait soudain qu'il manquait un mur à la pièce, et à la place, c'étaient les ténèbres d'une salle de spectacle qui se perdait dans l'infini, remplie de spectateurs silencieux et complètement immobiles...

Comme autrefois, il venait à Moscou trois ou quatre fois par an, il descendait habituellement à l'hôtel Moskva, et

Vérotchka courait l'y retrouver. Elle s'était résignée à son destin, et seule une grossesse tardive changea le cours de son existence.

Son histoire d'amour dura longtemps, « jusqu'à la mort », ainsi qu'elle se l'était prédit à elle-même dans sa jeunesse...

2

Véra portait l'enfant comme on porte les petites filles : le ventre en pomme et non en poire, elle avait le visage légèrement bouffi, une pigmentation brune et grenue lui piquetait le pourtour des yeux, et le bébé remuait en elle en douceur, sans brutalité. On attendait une fille, bien entendu. Élisavéta Ivanovna, étrangère à toute superstition, faisait des préparatifs pour la naissance de sa petite-fille et, bien qu'elle ne s'en tînt pas spécialement à une gamme de roses, il se trouva comme par hasard que tout le trousseau du bébé était dans les tons roses — les brassières, les langes, et même le chandail en laine.

Cet enfant allait naître hors mariage, Véra n'était plus toute jeune, trente-huit ans. Mais ces circonstances n'empêchaient nullement Élisavéta Ivanovna de se réjouir de l'événement imminent. Elle-même s'était mariée tard, elle avait eu sa fille unique vers la trentaine et était restée veuve avec trois enfants sur les bras, sa Vérotchka âgée de sept mois et deux belles-filles adolescentes. Elle s'en était sortie seule et avait élevé les petites filles. L'aînée de ses belles-filles avait du reste quitté la Russie en 1924 et n'était jamais revenue. La cadette, qui s'était convertie au nouveau pouvoir, avait cessé toute relation avec sa belle-mère qu'elle trouvait vieux jeu et dangereusement arriérée, elle avait épousé un fonctionnaire soviétique de seconde zone et avait péri dans les camps staliniens durant les années d'avant-guerre.

Toute son expérience de la vie disposait Élisavéta Ivanovna à l'endurance et au courage, et c'était de bon cœur qu'elle attendait cette nouvelle petite fille venant inopinément s'ajouter à la famille. Une fille-compagne, une fille-amie qui vous seconde, c'était aussi là-dessus que reposait sa propre vie.

Lorsque à la place de la petite fille attendue était né un garçon, toutes les deux, la mère comme la grand-mère, avaient été désemparées. Leurs plans secrets s'écroulaient, le portrait de famille dont elles avaient passé commande en pensée ne se mettait pas en place : Élisavéta Ivanovna debout avec, en arrière-plan, leur merveilleux poêle hollandais, Vérotchka assise, les mains de sa mère reposant sur ses épaules, et sur les genoux de Vérotchka, une adorable petite fille bouclée. Comme dans la devinette enfantine : deux mères, deux filles, une grand-mère et une petite-fille...

Le visage de l'enfant, Véra l'avait déjà bien examiné à la maternité, mais c'est seulement à la maison qu'elle déshabilla le bébé pour la première fois, et elle fut désagréablement frappée par les bourses rouge vif, énormes comparées aux minuscules pieds, et par cette petite chose fort indélicate qui s'était immédiatement cabrée. À l'instant où elle considérait avec désarroi ce phénomène bien connu, son visage fut arrosé d'un jet tiède.

« Quel petit polisson ! » gloussa sa grand-mère, et elle tâta la couche qui était restée complètement sèche. « Eh bien, Véroussia, celui-là retombera toujours sur ses pieds ! »

Le bébé faisait des grimaces, et des expressions disparates

se succédaient sur son visage : le petit front se rembrunissait, les lèvres souriaient. Il ne pleurait pas, et on n'arrivait pas à comprendre s'il se sentait bien ou mal. Sans doute était-il surtout très étonné par ce qui se passait...

« C'est le portrait tout craché de son grand-père ! Ce sera un homme viril, beau et robuste ! conclut Élisavéta Ivanovna avec satisfaction.

— Certaines parties de son corps le sont presque un peu trop ! fit remarquer Vérotchka d'un ton lourd de sous-entendus. Il est exactement comme son père... »

Élisavéta Ivanovna eut un geste dédaigneux.

« Non, Véroussia, tu ne peux pas savoir... C'est une caractéristique des hommes de la famille Korn ! »

Sur ce, ayant totalement épuisé leur expérience personnelle dans ce domaine, elles passèrent au point suivant : comment devaient-elles s'y prendre, elles, deux faibles femmes, pour en faire un homme viril et fort. Pour de nombreuses raisons, familiales et sentimentales, il était condamné à porter le prénom d'Alexandre.

Dès le premier jour, les obligations furent partagées de telle sorte que Véra se vit attribuer l'allaitement, tandis que tout le reste était pris en charge par Élisavéta Ivanovna.

Du sport, des distractions masculines, et pas la moindre cajolerie bêtifiante, tels furent les premiers objectifs définis par Élisavéta Ivanovna. Et de fait, dès que le nombril de son petit-fils fut cicatrisé, elle lui fit faire de la gymnastique : elle loua les services d'une masseuse et entreprit de l'asperger quotidiennement d'une eau fraîche, mais bouillie. Afin de lui procurer des distractions dignes d'un homme, elle se munit d'avance d'un fusil en bois, de petits soldats, et d'un cheval à roulettes, achetés au Monde des Enfants. Elle avait l'intention, à l'aide de ces objets rudimentaires, de garantir le garçon contre l'amertume de l'absence de père, une absence dont la mesure véritable n'allait pas tarder à être fixée, et d'en faire un homme viril, responsable, sûr de lui et capable de prendre des décisions tout seul, c'est-à-dire tel qu'avait été son défunt mari.

« Tu dois intégrer le principe de la distance maximum ! » recommanda-t-elle doctement à sa fille dès sa sortie de la maternité, se projetant déjà très loin dans l'avenir. Et des notes pédagogiques résonnaient dans sa voix. « Quand il grandira et qu'il lâchera enfin ta main pour faire son premier pas, il faudra que toi, tu accomplisses un pas dans la direction opposée. C'est un terrible danger pour toutes les mères célibataires, précisait-elle sans pitié, que de s'attacher à son enfant au point de ne plus faire avec lui qu'un seul organisme.

— Pourquoi dis-tu cela, maman ? protestait Véra, mortifiée. Ce petit a un père, à la fin ! Et il va prendre part à son éducation...

— Il n'y a absolument rien à attendre de lui, tu peux me croire ! » décréta Élisavéta Ivanovna.

C'était d'autant plus blessant pour Vérotchka que tout était déjà convenu et décidé : l'heureux père devait arriver d'ici quelques jours pour s'unir enfin à sa bien-aimée. C'était d'ailleurs là le seul point de divergence entre la mère et la fille qui s'adoraient. Élisavéta Ivanovna méprisait l'amant de Véra, elle avait espéré pendant des années que sa fille rencontrerait un homme plus digne d'elle que cet artiste raté aux nerfs malades. Mais elle savait aussi par expérience combien il est difficile pour une femme de rester seule, surtout une femme comme sa Vérotchka, avec sa nature artistique si peu adaptée à la brutalité des hommes d'aujourd'hui. Bon, eh bien tant pis, au moins, elle avait quelqu'un... Et elle bougonna de façon un peu déplacée :

« On a beau être une dame, on se fait quand même b... ! »

Elle adorait les proverbes et les dictons et en connaissait une multitude, même en latin. Elle qui était extrêmement stricte dans sa façon de parler, il lui arrivait d'employer des expressions parfaitement inconvenantes, du moment qu'elles étaient consacrées par le dictionnaire des locutions.

« Là, maman, tu exagères... », fit Véra, interloquée.

Élisavéta Ivanovna se reprit :

« Excuse-moi, excuse-moi, je ne voulais surtout pas te blesser ! »

Pourtant, malgré la grossièreté de sa mère, c'était Véra qui avait l'air de se justifier :

« Tu sais bien qu'il est en tournée, maman... »

Voyant l'expression chagrinée de sa fille, Élisavéta Ivanovna fit machine arrière.

« Oh, peu importe, Vérotchka ! Nous l'élèverons nous-mêmes, notre petit garçon. »

Elle avait joué les prophètes. Alexandre Sigismundovitch mourut un mois et demi après la naissance de Chourik. Il se fit renverser par une voiture à Leningrad, rue de l'Insurrection, près de la gare, alors qu'il revenait d'une première entrevue avec son fils nouveau-né. Ce père d'âge respectable était arrivé avec la ferme résolution d'annoncer enfin à sa colossale Sonia qu'il la quittait, qu'il leur laissait l'appartement de Leningrad, à sa fille et à elle, et qu'il déménageait à Moscou. Les deux premiers points se réalisèrent avec exactitude. Seulement voilà, il n'eut pas le temps de déménager...

Véra apprit sa mort une semaine après l'enterrement. Inquiète de ne pas avoir de nouvelles, elle avait appelé un ami d'Alexandre Sigismundovitch mis dans la confidence de leur relation, mais elle ne l'avait pas trouvé car il était en voyage. Prenant son courage à deux mains, elle avait téléphoné chez lui. C'était Sonia qui lui avait appris sa mort.

De jeune mère relevant de la catégorie des « primipares âgées » comme on la désignait à la maternité, et de vieille maîtresse (à l'époque, leur liaison avait déjà une bonne vingtaine d'années), elle devint une veuve de fraîche date sans avoir eu le temps de se marier.

Le garçon aux cheveux noirs fourrait son petit poing serré dans sa bouche, tétait avec énergie, piaillait, salissait ses couches et vivait dans un état de satisfaction insouciante. Le chagrin de sa mère ne le concernait absolument pas. À la place du lait maternel bleuâtre à présent tari, on lui donnait du lait de vache sucré coupé d'eau, et cela lui convenait parfaitement.

3

Vers le milieu du XXe siècle, les légendes familiales ont soudain connu une vogue générale qui possédait une multitude de causes diverses, dont la principale était sans doute le désir secret de combler le vide qui s'était creusé dans le dos des gens.

Avec le temps, des sociologues, des psychologues et des historiens se sont mis à étudier toutes les raisons qui ont incité un grand nombre de personnes à se lancer au même moment dans des recherches généalogiques. S'il ne fut pas donné à tout le monde de remonter jusqu'à des ancêtres nobles, certains cas bizarres, comme une grand-mère première femme médecin de Tchouvachie, un mennonite descendant d'Allemands hollandais ou, chose plus piquante encore, un bourreau affecté aux salles de torture de l'époque de Pierre le Grand, n'étaient pas sans posséder une certaine valeur, tant familiale qu'historique.

Chourik, lui, n'eut aucun effort d'imagination à faire : sa légende familiale était documentée de façon probante par plusieurs coupures de journaux de l'année 1916, par un admirable rouleau de papier japonais, épais et non fin, comme se l'imaginent les personnes mal informées, et par une photographie d'une qualité inconcevable, même aujourd'hui, collée sur un carton fibreux d'un gris pâle, sur laquelle son grand-père, Alexandre Nicolaïevitch Korn, volumineux, avec un large menton ferme calé contre le col montant d'une chemise russe d'apparat, figurait auprès du prince Kotohito Kanine, cousin du mikado, qui venait d'accomplir un long périple de Tokyo à Pétersbourg, dont la plus grande partie par le Transsibérien. Alexandre Nicolaïevitch, le directeur technique des chemins de fer, un homme qui avait fait ses études en Europe et reçu une éducation irréprochable, était le responsable de ce train spécial.

La photographie avait été prise le 29 septembre 1916 dans l'atelier de M. Jogansson, sur la perspective Nevski, ce dont témoignait une inscription artistique au dos, à l'encre bleue. Le prince, quant à lui, n'avait malheureusement pas beaucoup d'allure : ni costume japonais ni sabre de samouraï. Un banal complet européen, un visage rond avec de petits yeux bridés, des jambes courtes — il ressemblait à n'importe lequel de ces blanchisseurs chinois déjà fort répandus à Pétersbourg à l'époque. Il se distinguait néanmoins d'un blanchisseur chinois équipé d'un sourire indélébile par une expression d'arrogance impénétrable que n'adoucissait en rien l'étirement régulier de ses lèvres.

La partie orale de la légende comprenait les souvenirs du grand-père dans une version remaniée par la grand-mère : les longues heures passées à boire du thé dans le wagon spécial Pullman avec, en arrière-plan, d'innombrables journées d'une taïga qui chatoyait à la fenêtre des éclatantes couleurs automnales de ses mélèzes et du vert ténébreux de ses pins.

Le défunt grand-père avait une haute opinion de ce prince japonais qui avait fait ses études à la Sorbonne, un homme d'une grande intelligence et un snob libre penseur. Cette liberté de pensée se manifestait en premier lieu par le fait qu'il s'octroyait la licence, inadmissible pour un aristocrate japonais, d'entretenir une relation personnelle et même de confiance avec M. Korn, qui n'était au fond que du personnel domestique, quoique de haut rang.

Le prince Kotohito, qui avait vécu huit ans à Paris, était un grand admirateur de la nouvelle peinture française, en particulier de Matisse, et il avait rencontré en Alexandre Nicolaïevitch un interlocuteur compréhensif comme il n'arrivait pas à en trouver au Japon. Alexandre Nicolaïevitch ne connaissait pas *Les Poissons rouges*, mais il était prêt à croire le prince sur parole quand il affirmait que c'était précisément dans ce chef-d'œuvre de Matisse qu'apparaissaient le plus clairement les traces d'une étude attentive de l'art japonais.

Alexandre Nicolaïevitch était allé à Paris pour la dernière fois en 1911, avant la guerre, alors que le projet des *Poissons rouges* était encore à l'état de caviar. En revanche, c'était justement cette année-là que Matisse avait exposé au Salon d'automne un autre de ses chefs-d'œuvre, *La Danse*... Ensuite, les récits de la grand-mère sur les souvenirs du grand-père venaient tout naturellement mêler leur cours à ses propres souvenirs à elle sur leur dernier voyage ensemble à l'étranger, et Chourik, qui admettait aisément la rencontre de son défunt grand-père avec un prince japonais, s'insurgeait en son for intérieur contre le fait que sa grand-mère bien vivante avait véritablement séjourné dans la ville de Paris, dont l'existence même relevait plus de la littérature que de la vie réelle.

Ces récits procuraient à sa grand-mère une grande satisfaction, et il faut dire qu'elle en abusait un peu. Chourik l'écoutait avec résignation, remuant légèrement les pieds d'impatience en attendant la fin de l'histoire qu'il connaissait depuis longtemps. Il ne posait pas de questions subsidiaires, d'ailleurs sa grand-mère n'en avait nul besoin. Avec les années, ses magnifiques histoires s'étaient figées et solidifiées, on aurait dit d'invisibles écheveaux qu'elle rangeait dans un tiroir de son secrétaire, à côté des photographies et du rouleau. Quant au rouleau, c'était un document attestant que M. Korn s'était vu conférer l'ordre du Soleil Levant, la plus haute décoration japonaise.

En 1969 se produisit la grande migration de la famille du passage des Chambellans (Élisavéta Ivanovna, avec une obstination prophétique, s'entêtait à n'utiliser que les anciennes appellations) à la Poterne de Brest, dans une rue qui, à en juger par son nom, avait été percée jadis dans les bois des faubourgs. C'est là, peu après le déménagement, dans cette rue Nouvelle-des-Bois, dans sa petite ramification qui descend vers le remblai de la branche de chemin de fer reliant la voie de Biélorussie et celle de Riga (celle de Brest et celle de Vindau, précisait Élisavéta Ivanovna), dans ce nouvel appartement de trois pièces, d'une taille et d'une splendeur invraisemblables, que la grand-mère présenta pour la première fois à son petit-fils de quinze ans le cœur même de la légende. Il se trouvait à l'intérieur de trois écrins que l'on ouvrait successivement, et dont le premier n'était pas d'origine (un coffret en bouleau de Carélie sans aucune fioriture, avec un couvercle bombé) ; les deux autres, en revanche, étaient d'authentiques boîtes japonaises, l'une en jade, l'autre recouverte de soie vert-de-gris, couleur des chatoiements d'une mer hivernale. À l'intérieur reposait l'ordre du Soleil Levant. Ce trésor était complètement mort et sa gloire flétrie, il n'en restait qu'une carcasse en métal précieux, quant aux nombreux diamants qui constituaient son âme et, à proprement parler, sa principale valeur matérielle, ils brillaient par une absence dont témoignaient des orbites vides.

« Les pierres, on les a mangées. Les dernières ont servi pour cet appartement », déclara Élisavéta Ivanovna à son petit-fils de quinze ans, qui ressemblait à l'époque à un jeune berger allemand ayant déjà atteint sa taille adulte et acquis le volume définitif de ses pattes, mais sans avoir encore complètement développé sa cage thoracique ni la solide assurance de sa race.

« Comment tu as fait pour les enlever ? » demanda le jeune homme, intéressé par l'aspect technique de la question.

Élisavéta Ivanovna sortit une épingle à cheveux de la natte fixée sur son crâne, fit dans l'air le geste de curer quelque chose avec, et expliqua :

« Avec une épingle, Chourik, avec une épingle ! Cela s'enlevait très bien. Comme des escargots ! »

Chourik n'avait jamais mangé d'escargot, mais cela paraissait convaincant. Il tripota la dépouille de la décoration et la lui rendit.

« Cinquante ans ont passé depuis la mort de ton grand-père. Et pendant toutes ces années, il a aidé notre famille à survivre. Cet appartement, Chourik, c'est le dernier cadeau qu'il nous a fait ! »

Sur ces mots, elle allongea la décoration dans l'écrin intérieur, puis dans le deuxième. Et seulement ensuite dans le coffret en bois. Elle ferma le coffret avec une petite clé accrochée à un ruban vert délavé, et rangea la clé dans une boîte à thé en fer-blanc.

« Comment cela, il nous a aidés ? Puisqu'il était mort ! » dit Chourik, essayant de comprendre.

Il écarquilla ses yeux brun-jaune sous ses sourcils arrondis.

« Tu n'as pas plus d'imagination qu'un bébé de cinq ans, ma parole ! fit sa grand-mère avec agacement. Depuis l'autre monde ! J'ai vendu les pierres les unes après les autres, cela va de soi. »

Elle planta l'épingle dans son chignon d'un geste tournant qui lui était familier et rabattit le panneau de son secrétaire.

Chourik se rendit dans sa chambre, à laquelle il n'était pas encore tout à fait habitué, et alluma son magnétophone. La musique se mit à hurler. Il avait besoin de réfléchir sur cette information, elle était à la fois importante et totalement absurde, et il réfléchissait toujours mieux avec de la musique.

Du point de vue taille, il n'y avait guère de différence entre cette chambre et le recoin qu'il occupait autrefois, délimité par deux bibliothèques et l'étagère des partitions. Mais ici, il y avait une porte avec une petite bille sur ressort dans la serrure, elle fermait bien et même avec un léger déclic. Cela lui plaisait tellement que, pour renforcer encore l'effet produit, il avait accroché un mot sur la porte : « Frapper avant d'entrer ». Mais personne n'entrait jamais. Sa mère comme sa grand-mère respectaient son intimité masculine depuis sa naissance. Une vie d'homme était pour elles une énigme, et même un mystère sacré, et toutes les deux attendaient avec impatience le jour où leur Chourik deviendrait soudain un Korn adulte, sérieux et responsable, avec un large menton ferme et un pouvoir sur le monde environnant, ce monde stupide dans lequel tout n'arrêtait pas de se casser, de se démanteler, de se détériorer, et ne pouvait être réparé, rajusté ou même recréé, que par une main masculine.

4

Élisavéta Ivanovna descendait d'une riche famille de marchands, les Moukosseïev, pas aussi célèbre que les Élysseïev, les Filippov ou les Morozov, mais tout à fait prospère, et bien connue dans les villes du sud de la Russie.

Le père d'Élisavéta Ivanovna, Ivan Polikarpovitch, était négociant en grains, presque la moitié du commerce en gros de la région se trouvait entre ses mains. Élisavéta Ivanovna était l'aînée de cinq sœurs, la plus intelligente de toutes et la plus laide : des dents de lapin qui avançaient, si bien que sa bouche ne fermait même pas complètement, un petit menton, et un grand front bombé qui lui mangeait tout le visage. Son avenir avait été fixé depuis sa plus tendre enfance : elle élèverait ses neveux. Tel était le destin des vieilles filles. Son père Ivan Polikarpovitch l'aimait, la plaignait pour sa laideur, et appréciait la vivacité de son esprit ainsi que ses facultés intellectuelles.

Au fur et à mesure que le nombre de filles augmentait et qu'aucun héritier n'apparaissait, son père l'observait avec de plus en plus d'attention et, bien qu'il eût des idées on ne peut plus conventionnelles sur l'éducation des femmes, il l'envoya au lycée. Uniquement elle. Tandis que les cadettes se perfectionnaient en beauté, l'aînée grandissait en savoir.

Après la naissance de sa cinquième fille, la mère d'Élisavéta Ivanovna fut si gravement malade qu'elle cessa de mettre des enfants au monde, et le père se mit dès lors à considérer son aînée avec encore plus d'attention. Après le lycée, il l'envoya faire des études dans la seule école de commerce qui acceptait les filles, à Nijni Novgorod. Bien que les Moukosseïev fussent à l'époque devenus moscovites, ils entretenaient le souvenir du fondateur de la lignée, un négociant en gros qui avait fait fortune dans le commerce de grains et avait quitté Nijni Novgorod pour s'installer à Moscou.

Élisavéta partit docilement entamer de nouvelles études, mais elle rentra très vite à la maison et expliqua avec conviction à son père que l'enseignement dispensé là-bas était ridicule, qu'on n'y apprenait rien que même les imbéciles ne sachent déjà, et que s'il voulait véritablement faire d'elle une bonne assistante, il valait mieux qu'il l'envoie étudier à Zurich ou à Hambourg, où l'on apprenait réellement quelque chose de concret, et pas à l'ancienne, mais conformément à cette science moderne qu'était l'économie.

Dounia, la deuxième fille d'Ivan Polikarpovitch, était déjà mariée. Natacha, la troisième, était fiancée, et les deux plus jeunes promettaient de ne pas faire tapisserie très longtemps : elles allaient recevoir une bonne dot, et elles étaient jolies. Dounia avait commencé à mettre des enfants au monde, mais, à la grande consternation de son père, son premier-né était une fille. Il découlait de tout cela que, tant que ses filles ne lui auraient pas donné un héritier, c'était Élisavéta qui devrait tenir provisoirement l'affaire entre ses mains vigoureuses. Bref, il l'envoya faire des études à l'étranger. Et elle partit pour la Suisse comme on part se marier : toute vêtue de neuf, chargée de deux malles qui sentaient le cuir, de dictionnaires et de bénédictions.

À Zurich, elle se passionna pour cette nouvelle profession à la mode et, en dépit du poids des bénédictions, perdit la foi de ses ancêtres, avec légèreté et sans s'en apercevoir, comme on perd un parapluie dans le tramway quand il ne pleut plus. C'est ainsi que, en quittant l'univers de sa famille, elle en quitta également la religion, une orthodoxie rassise comme un gâteau vieux de trois jours, dans laquelle elle ne voyait plus désormais que des fleurs en papier, des chasubles dorées et des superstitions universelles. Comme beaucoup de jeunes gens de sa génération, et non les pires, elle se convertit rapidement à une autre religion confessant une nouvelle trinité : un matérialisme besogneux, la théorie de l'évolution, et ce marxisme « à l'état pur » qui ne s'était pas encore fourvoyé dans les utopies sociales. Bref, elle embrassa des opinions progressistes, comme on disait alors, bien qu'elle ne se fût engagée dans aucun mouvement révolutionnaire, en dépit de la mode qui sévissait dans sa jeunesse.

Après une année d'études à Zurich, au lieu de rentrer chez elle pour les vacances, elle entreprit un voyage à travers la France. Ce voyage ne dura pas longtemps. Paris l'enchanta tellement qu'elle n'atteignit même pas la Côte d'Azur. Elle écrivit à son père qu'elle ne retournerait pas à Zurich, et resterait à Paris pour y étudier la langue et la littérature françaises. Son père se fâcha, mais pas trop. Entre-temps, l'héritier tant attendu était venu au monde et, au fond de son âme, il considérait cette « ruade dans les brancards » comme une preuve de l'infériorité des femmes. Il en retira la conviction qu'il avait eu tort de faire une exception pour sa fille aînée. « Non, ce n'est pas parce qu'une femme n'est pas jolie qu'elle devient un homme ! » décida-t-il. Il abandonna la partie et lui ordonna de rentrer. Il cessa de lui verser une allocation.

Mais Élisavéta Ivanovna n'était guère pressée de revenir. Elle étudiait, elle travaillait. Et, chose curieuse, elle travaillait comme comptable pour une petite banque. Ce qu'on lui avait enseigné en Suisse s'avérait finalement très utile.

Elle ne rentra en Russie qu'au bout de trois ans, vers la fin de l'année 1908, avec la ferme intention d'entamer une vie laborieuse et indépendante. À cette époque, c'était une femme tout à fait émancipée à l'européenne, elle s'était même mise à fumer, mais comme elle n'avait pas acquis le charme français et qu'elle avait reçu une bonne éducation, son émancipation ne sautait pas aux yeux. Elle désirait enseigner la littérature française. Malheureusement, aucun établissement d'État ne voulut l'engager, quant à devenir gouvernante, elle s'y refusa elle-même. Après avoir cherché quelque temps un travail à sa convenance et essuyé une déception totale, elle accepta une proposition inattendue : le mari d'une amie de lycée la fit entrer au département des statistiques du ministère des Transports.

C'était au moment où se terminait le transfert des chemins de fer privés sous la coupe de l'État, et Alexandre Nicolaïevitch Korn était le maître d'œuvre de ce projet d'importance nationale s'étalant sur des années. Élisavéta Ivanovna se retrouva sous ses ordres, à l'emploi le plus modeste du département des statistiques. Les documents qu'elle préparait arrivaient ponctuellement sur son bureau en gravissant les échelons du service, et six mois plus tard, il ne confiait plus qu'à elle les problèmes les plus complexes liés aux dépenses d'exploitation concernant le transport et le parcours des marchandises. Personne ne savait s'y retrouver aussi bien qu'elle dans le prix des kilos au kilomètre.

Le vieux Moukosseïev ne s'était pas trompé sur sa fille, ses qualités de femme d'affaires étaient effectivement exceptionnelles. Alexandre Nicolaïevitch, un veuf sérieux de quarante-cinq ans, considérait avec une sympathie et une estime grandissantes cette charmante collaboratrice pleine de bonne volonté, et au bout de deux ans, il la demanda en mariage. Là, il faut ponctuer cette phrase d'un point d'exclamation. Pas une seule de ses ravissantes sœurs n'aurait pu rêver d'un pareil mariage. En épousant Alexandre Nicolaïevitch, Élisavéta abandonna complètement toutes les philosophies de sa jeunesse, elle termina un institut pédagogique et s'attela avec succès à l'enseignement. Avec les années, ce n'était pas qu'elle fût déçue par les croyances de sa jeunesse, seulement elles lui paraissaient à présent un peu inconvenantes, et elle garda de ce temps-là non de grands principes, mais des règles de vie : travailler en s'acquittant de ses tâches consciencieusement et avec désintéressement, ne pas commettre de mauvaises actions, en déterminant ce qui est bien et ce qui est mal exclusivement d'après les directives de sa conscience, et se montrer juste envers son entourage. Cette dernière règle signifiait pour elle que dans ses actes, on ne devait pas uniquement se laisser guider par ses propres intérêts, mais prendre en compte ceux des autres. Tout cela aurait été d'un ennui insupportable si ce n'avait été vivifié par sa sincérité et sa spontanéité. Ses rapports avec les filles d'Alexandre Nicolaïevitch étaient cordiaux et détendus, toutes les deux s'étaient prises d'affection pour elle. Quant à leur demi-sœur Vérotchka, elles l'adoraient.

Alexandre Nicolaïevitch mourut subitement en été 1917, et sur la balance des joies et des peines de sa vie de femme, l'aiguille d'Élisavéta Ivanovna s'immobilisa à tout jamais sur le point le plus haut : ces années de bonheur conjugal restèrent avec elle pour toujours. Les vicissitudes, les malheurs et les pertes qui l'accablèrent après la mort de son mari, elle les mit pendant longtemps sur le compte de son absence. Même la révolution qui se produisit peu après, elle la considérait comme l'une des conséquences désagréables de la mort d'Alexandre Nicolaïevitch. Sans doute n'avait-il pas tort de la taquiner constamment sur son ingénuité et sa candeur congénitale. Des qualités qu'elle ne perdit jamais de toute sa longue vie.

Étant dotée d'un sens de l'humour atrophié et ayant conscience de cette lacune, elle avait constamment recours à quelques jeux de mots et boutades éculés. Le petit Chourik entendait souvent dans sa bouche cette déclaration pleine de coquetterie : « Je suis langoureuse. J'enseigne les langues ! »

Comme professeur, elle était sans pareille, elle avait une méthode bien à elle, incroyablement attrayante pour les enfants, et extrêmement efficace pour les adultes. Elle préférait travailler avec les enfants, bien qu'elle eût enseigné toute sa vie dans un institut et écrit des manuels secs et sans grand intérêt.

D'ordinaire, pour les cours qu'elle donnait chez elle, elle constituait des groupes de deux ou trois enfants, souvent d'âges différents, car elle se souvenait combien c'est merveilleux quand les frères et sœurs étudient ensemble. Cela se passait ainsi autrefois chez ses parents. Pour des raisons d'économie, on faisait venir un professeur pour tout le monde.

Avec les petits, elle commençait la première leçon de français en leur apprenant comment on disait « faire pipi », « faire caca » et « vomir », autrement dit, des mots que l'on ne prononçait pas dans les bonnes familles. Dès le premier jour, la langue française se transformait ainsi en une sorte de langage secret pour initiés. Le spectacle de Noël qu'elle préparait toute l'année avec ses élèves tissait entre eux un lien particulier. Ce spectacle relevait moins du genre privé que du genre clandestin. Durant les années intermédiaires de l'après-guerre, le pouvoir russe, qui s'est toujours immiscé jusqu'au fond des entrailles de ses ressortissants, mettait à déraciner le christianisme autant de résolution qu'il avait mis à l'implanter autrefois, et qu'il mettrait à le réimplanter plus tard. Avec ces spectacles de Noël, Élisavéta Ivanovna manifestait son indépendance innée et son respect pour les traditions culturelles.

Dans ce spectacle, Chourik avait joué tous les rôles. Le premier, celui du Christ bébé, représenté d'habitude par une poupée emmaillotée dans une vieille couverture marron, lui avait été dévolu à l'âge de trois mois. Lors de la dernière représentation, six mois avant la mort de sa grand-mère, il interprétait le vieux Joseph en estropiant comiquement les répliques, à la grande joie des Rois mages, des bergers et des âniers.

Les cours avaient toujours lieu dans l'appartement d'Élisavéta Ivanovna, et quand bien même il n'aurait pas eu d'excellentes dispositions, Chourik aurait été condamné à apprendre le français : la pièce qu'ils occupaient passage des Chambellans avait beau être très grande, il n'y en avait qu'une. Chourik n'avait nulle part où aller, et il entendait indéfiniment les mêmes cours de première, de deuxième et de troisième année. Vers sept ans, il maniait aisément le français, et une fois devenu grand, il n'arrivait même pas à se souvenir quand il avait appris cette langue. « *Mon beau sapin, roi des forêts...* » lui était plus familier que la chanson russe « *Dans la forêt naquit un petit sapin...* »

Lorsqu'il entra à l'école, sa grand-mère commença à lui enseigner l'allemand qu'il considérait comme une langue étrangère, à la différence du français, et les cours se déroulaient à merveille. Il travaillait bien en classe, il jouait au football dans la cour après l'école, faisait un peu de sport et, à la grande terreur de sa mère, fréquentait même un club de boxe, mais il ne manifestait aucun intérêt particulier pour quoi que ce soit. Jusqu'à l'âge de quatorze ans ou presque, son occupation favorite, le soir, était la lecture à voix haute en famille. Bien entendu, c'était sa grand-mère qui lisait. Elle lisait magnifiquement, avec simplicité et de façon très expressive, si bien que Chourik, allongé sur le divan près de sa douillette grand-mère, écouta en somnolant tout Gogol, tout Tchékhov et tout Tolstoï, qu'Élisavéta Ivanovna adorait. Puis il y eut Victor Hugo, Balzac et Flaubert. Tels étaient les goûts de sa grand-mère.

Sa mère apportait elle aussi son tribut à cette éducation : elle emmenait Chourik à tous les spectacles et concerts de qualité, et même aux rares représentations de théâtres en tournée. C'est ainsi que, encore tout petit, il avait vu le grand Paul Scofield dans *Hamlet*, ce qu'il aurait sans aucun doute oublié si Véra ne le lui avait rappelé de temps à autre. Et, bien évidemment, les meilleurs arbres de Noël de la capitale, à la Maison de l'Acteur, à la Société Russe de Théâtre, à la Maison du Cinéma. Bref, une enfance heureuse...

5

Sa mère et sa grand-mère, deux anges aux larges ailes, s'étaient toujours tenues à ses côtés, l'une à sa droite, l'autre à sa gauche. Ces anges n'étaient pas désincarnés ni asexués, mais dotés d'une féminité bien tangible, et dès sa tendre enfance, Chourik avait développé le sentiment inconscient que le bien en soi était un principe féminin qui se trouvait à l'extérieur et l'entourait, lui-même étant placé au centre. Depuis sa naissance, deux femmes le protégeaient de leur présence, posant parfois leur paume sur son front pour voir s'il n'était pas brûlant. C'était dans les plis soyeux de leurs jupes qu'il cachait son visage quand il était intimidé ou embarrassé, c'était contre leur poitrine (celle, douce et moelleuse, de sa grand-mère, et celle, menue et ferme, de sa mère) qu'il se blottissait avant de s'endormir. Cet amour familial ne connaissait ni jalousie ni rancœur : les deux femmes l'aimaient de toute leur âme, elles s'employaient à le servir chacune de leur mieux, bien que de manières différentes, elles ne se le partageaient pas mais, au contraire, conjuguaient leurs forces pour consolider son univers qui avait besoin d'être affermi. C'était avec sincérité et d'un commun accord qu'elles le complimentaient, l'encourageaient, étaient fières de lui et se réjouissaient de ses succès. Il leur répondait par la réciprocité la plus totale, et jamais on ne le plaçait devant la question absurde de savoir laquelle des deux il aimait le plus.

L'ombre projetée par l'absence de père, qu'elles avaient toutes deux redoutée autrefois, ne s'était jamais profilée. Lorsqu'il avait su dire « maman » et « grand-mère », on lui avait montré une photographie sur laquelle le défunt Alexandre Sigismundovitch lui adressait un vague sourire, et on lui avait dit « papa ». Pendant sept ans, cela l'avait pleinement satisfait, et c'est seulement une fois à l'école qu'il avait remarqué un certain déficit familial. Il avait demandé : « Où ? » et avait reçu une réponse véridique : « Il est mort. » Il était de notoriété publique que son papa était pianiste, et Chourik avait pris l'habitude de considérer que le vieux piano de la maison était justement le témoignage de cette présence paternelle révolue.

Si le développement harmonieux d'un enfant nécessite vraiment l'intervention de deux forces éducatrices, une féminine et une masculine, il est probable qu'en plus du piano, ce fut Élisavéta Ivanovna, avec son caractère ferme et son calme naturel, qui lui procura cet équilibre.

Tout en contemplant avec admiration leur petit garçon grand et bien bâti, les deux femmes attendaient avec intérêt le moment où surgirait dans sa vie la troisième, la principale. Toutes deux, on ne sait trop pourquoi, s'étaient mis dans la tête que leur garçon se marierait tôt, que la famille s'agrandirait et produirait de nouvelles pousses. Elles examinaient avec une curiosité angoissée les condisciples féminines de Chourik qui dansaient à ses anniversaires ce twist nerveux et asexué, et faisaient des supputations : si c'était celle-là...

Dans sa classe, les filles étaient beaucoup plus nombreuses que les garçons. Chourik avait du succès, et le jour de ses dix-sept ans, le 6 septembre, il avait invité presque toute sa classe. Après l'été, ils avaient tous envie de se retrouver. D'autant que c'était le début de leur dernière année scolaire.

Les filles bronzées gazouillaient, riaient trop fort et poussaient des cris perçants, quant aux garçons, ils fumaient sur le balcon plus qu'ils ne dansaient. De temps en temps, Élisavéta Ivanovna ou Véra Alexandrovna se faufilaient dans la grande pièce, qui était en fait la chambre de la grand-mère, elles apportaient le plat suivant et détaillaient les filles d'un regard furtif. Ensuite, dans la cuisine, elles s'empressaient d'échanger leurs impressions. Toutes deux en étaient arrivées à la même conclusion : ces petites étaient épouvantablement mal élevées.

« Elles font un bruit ! On se croirait dans un hall de gare. Elles ont pourtant l'air d'être des filles bien ! » soupira Élisavéta Ivanovna. Elle garda le silence un instant, pianota du bout de ses doigts ridés, et admit, comme à son corps défendant : « Enfin, elles sont quand même si charmantes... si mignonnes...

— Mais qu'est-ce que tu racontes, maman ! Elles sont affreusement vulgaires. Je ne vois vraiment pas ce que tu leur trouves de charmant ! protesta Véra, avec même une certaine véhémence.

— La petite blonde en robe bleue est très jolie, je crois qu'elle s'appelle Tania Ivanova. Et la beauté orientale avec ses sourcils persans, celle qui est toute mince, je trouve qu'elle est ravissante...

— Qu'est-ce que tu dis, maman ! La blonde, ce n'est pas du tout Tania Ivanova, c'est Goureïeva, la fille d'Anastassia

Vassilievna, leur professeur d'histoire. Elle a les dents qui se chevauchent, tu parles d'un charme ! Quant à ta beauté orientale, je ne vois vraiment pas ce que tu lui trouves, elle a des moustaches de gendarme... C'est Ira Grigorian, tu ne te souviens donc pas d'elle ?

— Bon, bon, d'accord ! Tu t'exprimes comme un marchand de bétail, ma parole ! Et Natacha, Natacha Ostrovskaïa, tu ne la trouves pas jolie ?

— Ta Natacha, je te signale qu'elle fréquente Guïa Kiknadzé depuis la classe de troisième ! fit remarquer Véra avec une pointe de rancune personnelle.

— Guïa ? dit Élisavéta Ivanovna avec étonnement. Ce drôle de petit nabot ?

— Visiblement, ce n'est pas l'avis de Natacha Ostrovskaïa... »

Véra était au courant de certaines choses qu'Élisavéta Ivanovna ignorait. Chourik était très amoureux de Natacha depuis la classe de cinquième, mais elle lui préférait ce drôle de Guïa endormi, qui était à l'époque un garçon taciturne. En revanche, dès qu'il ouvrait la bouche, tout le monde se tordait de rire : question humour, il était imbattable.

Bref, dans leur ensemble, les jeunes filles déplaisaient à sa grand-mère, mais chacune d'elle en soi lui paraissait attirante. Véra, au contraire, était persuadée que l'école de Chourik était presque la meilleure de la ville, que sa classe était extraordinaire, avec uniquement des enfants d'excellentes familles, autrement dit, dans l'ensemble, toutes lui plaisaient. Par contre, chaque fille prise séparément était pourvue de défauts repoussants.

Quant à Chourik, tout lui plaisait, en bloc et séparément. Il avait appris à danser le twist l'année précédente, et il aimait bien cette danse rigolote, c'était comme si on se débarrassait de vêtements mouillés qui vous collent à la peau. Il aimait bien Goureïeva, il aimait bien Grigorian, même Natacha Ostrovskaïa, il lui pardonnait sa trahison, d'autant que Guïa était son ami. Il aimait aussi beaucoup le gâteau aux fruits avec de la crème fouettée que sa grand-mère avait préparé. Et le nouveau magnétophone qu'on lui avait offert pour ses dix-sept ans.

En classe de première, Chourik avait définitivement choisi son orientation : il avait décidé de passer l'examen d'entrée à la faculté de philologie, dans la section des langues romanes et germaniques. Qu'aurait-il bien pu faire d'autre ?

6

Au début de sa dernière année scolaire, Chourik s'inscrivit à des conférences payantes sur la littérature données par les meilleurs professeurs d'université. Tous les dimanches, il courait à la vieille université de la rue Mokhovaïa, s'installait au premier rang dans l'amphithéâtre du Communisme, ex-amphithéâtre Tikhomirov, et notait avec application les cours absolument passionnants d'un vieux Juif minuscule, grand connaisseur de la littérature russe. Ces conférences étaient aussi exaltantes que dénuées d'utilité pour les futurs candidats. Le conférencier était capable de parler pendant une heure entière du duel dans la littérature russe, de ses codes, du mécanisme des pistolets de duel avec leurs canons taillés et les lourdes balles que l'on enfonçait à l'aide d'un refouloir et d'un maillet, du tirage au sort avec une pièce d'argent, d'une casquette remplie de cerises d'un rose jaunâtre et des noyaux de cerises anticipant la trajectoire de balles en sursis [1]... de la clairvoyance du poète et de la création de la vie selon un modèle fictif, bref, de choses qui

1. Allusion au récit de Pouchkine « Le coup de pistolet », dans lequel, au cours d'un duel, l'un des deux adversaires se présente avec une casquette remplie de cerises dont il crache les noyaux en direction de l'autre, manifes-

n'avaient pas le moindre rapport avec les dissertations sur des thèmes comme « Tolstoï en tant que miroir de la révolution », ou « Pouchkine dénonce les crimes de l'autocratie tsariste ».

À la droite de Chourik était assis Vadim Polinkovski et à sa gauche, Lilia Laskine. Il fit leur connaissance à tous deux dès le premier cours.

Petite, provocante, chaussée de bottines blanches à bout pointu et vêtue d'une minijupe en cuir qui terrassait sans distinction aussi bien les vieilles mémés dotées de sens moral que les étudiantes qui n'en avaient aucun et les passants sans parti pris, Lilia tournait dans tous les sens, comme une automate, sa tête aux cheveux ras pelucheuse au toucher, et jacassait sans discontinuer. Le bout de son long nez remuait de façon à peine perceptible de haut en bas quand elle articulait, ses cils frémissaient sur ses yeux qui clignotaient fréquemment, et ses petits doigts fins, s'ils n'étaient pas en train de tripoter un mouchoir ou un cahier, découpaient l'air compact autour d'eux. Pour couronner le tout, elle n'avait pas encore perdu l'habitude enfantine de se curer le nez, en passant et avec dextérité.

Son charme était abyssal, et Chourik se prit pour elle d'un amour si fort que ce nouveau sentiment éclipsa tous ses menus et nombreux engouements précédents. L'état d'exaltation affective, quand on a l'impression que même le voltage des ampoules électriques a augmenté, lui était familier depuis l'enfance. Il tombait amoureux de tout le monde d'affilée : des élèves de sa grand-mère, filles et garçons, des amies de sa mère, de ses camarades de classe et de ses pro-

tant ainsi sa désinvolture face à la mort. L'offensé, mortifié, remet alors le duel à plus tard et se réserve le droit de tirer le coup qui lui revient au moment de son choix.

fesseurs. Mais à présent, le joyeux rayonnement qui émanait de Lilia transformait toutes ces amours passées en ombres floues...

Il considérait Polinkovski comme un rival jusqu'au jour où, au début d'un cours, Vadim chuchota en montrant des yeux la place vide de Lilia :

« Tiens, notre petite guenon n'est pas là, aujourd'hui... »

Chourik fut stupéfait.

« Notre petite guenon ?

— Ben quoi ? Elle a tout d'une guenon, et en plus elle a les jambes tordues ! »

Pendant une heure et demie, Chourik médita sur la nature de la beauté féminine sans écouter un seul mot des subtiles réflexions du conférencier sur les personnages secondaires des romans de Tolstoï — ce professeur farfelu trouvait toujours moyen de s'éloigner du programme scolaire pour s'enfoncer dans les carrières souterraines d'une critique littéraire litigieuse.

Cette fois, il n'y avait personne à raccompagner, et Chourik rentra à pied de la rue Mokhovaïa à la gare de Biélorussie en compagnie de Polinkovski. Il garda le silence pendant la plus grande partie du trajet, se remettant du trouble dans lequel l'avait plongé Vadim avec son allusion négligente à la délicieuse Lilia. Quant à Polinkovski, tout en secouant de temps en temps les flocons de neige qui couvraient ses boucles, il essayait de résoudre son problème personnel au contact de Chourik : il n'arrivait toujours pas à trouver la bonne orientation. Devait-il entrer à l'institut de typographie où son père enseignait, ou bien à l'université ? Et s'il envoyait promener tout ça et s'inscrivait à l'institut de prospection géologique ? Arrivés à la gare de Biélorussie, Chourik lui proposa de monter chez lui, et ils tournèrent dans la rue des Fossés-de-Boutyrki. En passant devant un petit pont de chemin de fer qui enjambait une voie à moitié désaffectée, Polinkovski se rendit compte que s'ils prenaient par là, par cette passerelle, ils arriveraient devant l'atelier de son père. Il proposa à Chourik d'aller lui rendre visite, mais celui-ci était pressé de rentrer chez lui, et ils s'entendirent pour le lendemain. Polinkovski lui écrivit l'adresse sur un bout de papier, puis ils s'attardèrent encore un instant dans la cour et montèrent chez Chourik. Élisavéta Ivanovna leur servit à manger, et ils s'installèrent dans la chambre de Chourik pour écouter de la musique enregistrée sur des bandes magnétiques marron. Polinkovski fuma une cigarette étrangère et s'en alla.

Pendant le reste de la soirée, Chourik erra comme une âme en peine sans se décider à appeler Lilia. Il avait noté son numéro, mais pour l'instant, il ne lui avait encore jamais téléphoné, les choses se limitaient à de longs trajets à pied parfaitement corrects jusqu'à l'entrée de son vieil immeuble du passage Tchisty.

Le lendemain, un lundi, il n'arrêta pas de penser à elle, mais il ne se décidait toujours pas à lui téléphoner, bien que son numéro lui trottât dans la tête avec insistance... Vers le soir, il était dans un tel état que, songeant à la vague invitation de la veille, il sortit « faire un tour », comme il le dit à sa mère.

Il avait perdu le papier de Polinkovski, mais il se souvenait de l'adresse, il y avait un triple trois dedans.

Les ateliers en question n'étaient pas si près du pont que cela, et il chercha assez longtemps la maison aux grandes baies vitrées décrite par Vadim. Il finit par trouver l'immeuble ainsi que le numéro de l'atelier qu'il cherchait. Il frappa à la porte entrouverte, entra, et resta cloué sur place.

Juste en face de lui, sur une petite estrade, était assise une femme complètement nue. Certaines parties de son anatomie féminine n'étaient pas visibles, mais la poitrine d'un blanc rosé, striée de veines bleuâtres, avec tous ses détails hallucinants, resplendissait comme un projecteur. Une vingtaine d'artistes étaient installés autour.

« La porte ! Fermez la porte ! Il y a un courant d'air ! cria une voix de femme irritée. Pourquoi êtes-vous en retard ? Asseyez-vous et mettez-vous au travail. »

Une très belle femme vêtue d'une chemise d'homme noire, avec une frange noire et lustrée qui lui tombait sur les yeux, agita vaguement le bras derrière elle. Obéissant à son geste, il s'assit au fond de la salle, sur la première marche d'un escabeau. Tous dessinaient en faisant crisser brutalement leurs crayons. Chourik avait du mal à rassembler ses esprits. Il se disait que son nouvel ami Vadim devait se trouver quelque part ici, mais il ne pouvait détacher les yeux du gros téton brun pointé sur lui comme un index. Il eut peur que la femme levât la tête et devinât ce qui lui arrivait. Or il lui arrivait quelque chose... Il comprenait qu'il aurait dû s'en aller. Seulement il en était incapable. Il tendit la main vers un tas de papiers grisâtres posés par terre et se fit un rempart d'une feuille. Sa présence ici était presque criminelle, il s'attendait à être découvert et chassé d'un instant à l'autre. Mais il ne pouvait pas bouger. Sa bouche devenait toute sèche, puis se remplissait d'une grande quantité de salive qu'il avalait convulsivement, comme chez le dentiste. Et en même temps, il imaginait qu'il s'approchait de la femme assise, qu'il la soulevait de l'estrade et passait sa main là où l'ombre était particulièrement dense... Ce délicieux cauchemar se prolongea pendant un temps qui lui parut infini. Puis le modèle se leva enfin, elle enfila un peignoir en coton jaune et bordeaux, et il se rendit compte que c'était une femme plus très jeune aux jambes trapues, avec de grosses joues de hamster, et totalement dénuée de charme : elle ressemblait à n'importe laquelle de leurs anciennes voisines de l'appartement communautaire. Et c'était sans doute cela, le plus stupéfiant... Cela voulait-il dire que chacune de ces femmes négligées qui entraient dans la cuisine communautaire avec leur bouilloire noircie possédait sous son peignoir des tétons aussi impressionnants, des ombres et des plis aussi fascinants...

Les gens, jeunes et vieux, rangèrent leurs papiers d'un air affairé et commencèrent à s'en aller. Vadim ne se trouvait pas parmi eux. La belle femme en chemise noire lui fit de loin un signe de tête aimable, et dit :

« Reste, tu vas m'aider à ranger ! »

Et il resta. Il transporta les chaises là où elle le lui disait, en sortit une partie dans le couloir, déplaça l'estrade, et quand il eut terminé, elle le fit asseoir à une petite table branlante et lui tendit une tasse de thé.

« Comme va Dmitri Ivanovitch ? » demanda-t-elle.

Chourik se troubla et bredouilla quelque chose.

« Tu es bien Igor, non ?

— Je m'appelle Alexandre, parvint-il à articuler.

— J'étais sûre que tu étais Igor, le fils de Dmitri Ivanovitch ! dit-elle en riant. Mais d'où sors-tu, alors ?

— Je suis entré par hasard... Je cherchais Polinkovski... », balbutia Chourik en devenant cramoisi. Il en avait presque les larmes aux yeux. « Elle doit penser que je suis venu pour voir une femme nue... »

Elle riait. Sa bouche tressautait, une bande de duvet sombre s'étirait et se contractait sur sa lèvre supérieure, et ses petits yeux ne formaient plus qu'une fente. Chourik aurait voulu mourir sur place.

Puis elle cessa de rire, posa sa tasse sur la table, s'approcha de lui, le prit par les épaules et le serra contre elle de ses bras robustes.

« Adorable petit idiot... »

À travers le tissu en grosse laine de son blouson, il sentit la fermeté de son énorme téton appuyé contre son épaule, puis ce furent les profondeurs obscures et insondables de son corps... Et une très légère odeur de pipi de chat, à peine perceptible.

Le plus étonnant, c'est que Chourik ne revit plus jamais Polinkovski. Il ne réapparut pas une seule fois aux cours. Sans doute était-il, dans le scénario de sa vie, un personnage parfaitement auxiliaire dénuée de toute valeur personnelle. Bien des années plus tard, en évoquant cet impromptu extravagant, Mathilda Pavlovna dit un jour à Chourik :

« Ce Polinkovski n'a jamais existé. C'était mon démon personnel, tu comprends ?

— Oh, je ne lui en veux absolument pas, Matioucha ! » protesta Chourik, qui n'était plus à cette époque un adolescent cramoisi, mais un homme plutôt blafard et empâté d'une trentaine d'années, faisant d'ailleurs beaucoup plus que son âge.

7

Il s'était écoulé un peu plus de deux mois depuis que l'histoire avec Mathilda avait débuté, et comme tout avait changé ! D'un côté, on aurait dit qu'il était toujours le même : quand il se regardait dans la glace, il voyait un visage ovale et rose ombré d'un soupçon de barbe noire vers le soir, un nez droit un peu large avec de tout petits points sur les pores dilatés, des sourcils arrondis, une bouche rouge. Il avait de larges épaules, des bras maigres aux muscles pas encore entièrement développés, et des mollets épais. Une poitrine plate et sans poil. Il faisait un peu de boxe et savait comment le corps se recueille, comment toutes les forces se mobilisent dans l'épaule, dans le bras, dans le poing, avant de porter un coup, comment les jambes se contractent avant de sauter, et comment le corps entier, jusqu'au moindre muscle, participe à chaque mouvement ayant un but précis : un coup, un lancer, un saut... Mais d'un autre côté, tout cela était parfaitement ridicule car, ainsi qu'il l'avait découvert, on pouvait tirer de son corps une telle volupté qu'aucun sport ne saurait lui être comparé. Et dans le miroir embué de la salle de bains, Chourik considérait avec respect tant sa poitrine glabre que son ventre plat au milieu duquel se dessinait, un peu au-dessous du nombril, un fin sentier poilu qui descendait vers le bas, et il posait avec vénération la main sur son trésor secret auquel était soumis son corps tout entier, jusqu'à la dernière de ses cellules.

Bien sûr, c'était Mathilda Pavlovna qui avait enclenché ce merveilleux mécanisme, mais il pressentait qu'à présent cela n'en finirait jamais, qu'il n'y avait rien de meilleur dans l'existence, et il regardait désormais toutes les filles, toutes les femmes, d'un regard transformé. En principe, chacune d'elles pouvait mettre en branle cet instrument sans prix. À cette idée, sa chair s'alourdissait dans sa main et il fronçait les yeux, car lundi, c'était hier, et il fallait encore attendre cinq jours jusqu'au lundi suivant...

En revanche, il n'en restait que quatre jusqu'à son rendez-vous avec Lilia. Ces émotions ne se recoupaient absolument pas. D'ailleurs comment et en quoi auraient bien pu se recouper cette Lilia allègre et fluette qu'il raccompagnait le dimanche après les cours, avec laquelle il passait des heures sous le porche de son vieil immeuble, dont il réchauffait les petits doigts d'enfant entre ses paumes brûlantes et qu'il n'osait pas embrasser — et la superbe Mathilda Pavlovna, opulente et placide comme une vache laitière, dans laquelle il sombrait tout entier corps et âme une fois par semaine, très précisément le lundi, quand il venait la retrouver dans son atelier à la fin de la séance. Il l'aidait à ranger les chaises, puis la raccompagnait dans sa garçonnière située non loin de là où l'attendait sa famille de chats, trois gros félins noirs unis par des liens consanguins. Mathilda leur donnait du poisson, se lavait les mains et, tandis que les chats ingurgitaient leur pitance en mesure et sans se presser, mais de bon appétit, elle aussi, sans se presser et de bon appétit, reprenait des forces à l'aide de ce jeune homme magnifiquement adapté à cet usage.

Ce garçon était un accident, le caprice d'un instant, et elle n'avait pas eu l'intention de se divertir avec lui plus d'une seule fois. Mais les choses s'étaient prolongées sans qu'elle sût trop comment. Il n'y avait chez Mathilda ni goût pour la débauche, ni cynisme, ni encore moins cette voracité sexuelle qui pousse une femme mûre dans les bras malhabiles d'un jeune homme. Son bon sens et une passion excessive pour le travail avaient toujours nui à la réussite de sa vie sentimentale. Elle avait été mariée autrefois, mais, après avoir perdu son premier enfant et avoir bien failli passer de vie à trépas, elle avait insensiblement laissé échapper son mari alcoolique, et il s'était retrouvé un beau jour chez une de ses amies. Sans s'en désoler outre mesure, elle s'était alors lancée dans une vie laborieuse d'ouvrier-artisan : elle modelait, sculptait, travaillait la pierre autant que le bronze et le bois. Au fil des ans, elle s'était introduite dans la bande des sculpteurs qui gagnaient bien leur vie grâce à des commandes officielles, et elle avait fondu tout un régiment de héros de la guerre et du travail. Comme sa mère, une paysanne de Vychni Volotchek, elle travaillait de l'aube au crépuscule, non par obligation, mais par nécessité intérieure. De temps à autre, elle prenait des amants parmi les artistes ou les ouvriers. Des tailleurs de pierre, des fondeurs. Dieu sait pourquoi, elle tombait toujours sur des hommes qui buvaient, et ces liaisons se transformaient tout naturellement en des martyres assez monotones. Elle se jurait d'y renoncer, puis nouait de nouveaux liens, et elle savait parfaitement d'avance ce qui l'attendait avec le genre d'individus qui se bousculaient constamment autour d'elle, si bien qu'elle avait fini par acquérir le coup de main pour les flanquer dehors avant qu'ils ne lui demandent le matin d'aller leur chercher une bouteille pour faire passer leur gueule de bois.

Ce garçon venait la voir tous les lundis comme s'ils avaient passé un accord, bien que ce ne fût pas le cas, et il lui semblait toujours que c'était la dernière fois qu'elle se permettait cette petite gâterie. Mais il continuait à venir...

Un peu avant le Nouvel An, Mathilda Pavlovna attrapa une grippe carabinée. Pendant deux jours, elle resta couchée dans un état semi-comateux, entourée de ses chats paniqués. Chourik, ne l'ayant pas trouvée dans son atelier, alla sonner à la porte de son appartement. C'était un lundi, bien sûr, vers huit heures du soir.

Il courut à la pharmacie de garde, acheta une mixture totalement inutile et un antalgique, nettoya la litière des chats et sortit les ordures. Puis il lava le plancher de la cuisine et des toilettes. Pendant sa maladie, les chats avaient fait des dégâts considérables. Mathilda Pavlovna était si mal en point que ce fut à peine si elle remarqua son effervescence ménagère. Il revint le lendemain, apporta du pain, du lait et du poisson pour les chats. Tout cela avec un vague sourire, sans bavardages qui l'auraient fatiguée.

Le vendredi, sa fièvre tomba, mais le samedi, Chourik dut s'aliter, il avait fini par attraper son virus. Et le lundi suivant, il ne vint pas.

« Il ne faut pas abuser des bonnes choses ! » décida Mathilda, éprouvant même une certaine satisfaction. Mais il lui manqua. Du coup, quand il réapparut au bout d'une semaine, leurs retrouvailles furent particulièrement cordiales, et leur relation physique sans paroles s'anima de trois mots prononcés à voix basse par Mathilda : « Mon petit chou. »

8

Après le Nouvel An, Chourik se mit à préparer son examen d'entrée à l'université avec un zèle particulier. Élisavéta Ivanovna, qui avait pris sa retraite, lui faisait travailler le français de façon intensive. Tout ce qu'elle avait aimé dans sa jeunesse, elle le refaisait à présent avec son petit-fils. Et elle était tout à fait satisfaite des résultats. Il parlait le français mieux que bien des élèves sortant de son institut pédagogique. Elle lui faisait apprendre par cœur de longs poèmes de Victor Hugo et lire de la poésie en ancien français. Il y avait pris goût et en retirait du plaisir.

Quand plus tard, bien après l'institut, pendant les jeux Olympiques, il fit la connaissance d'une jeune Française de Bordeaux, la première étrangère en chair et en os de son existence, son français désuet suscita chez elle une violente réaction : elle fut d'abord prise d'un fou rire, presque jusqu'aux larmes, puis le couvrit de baisers. Sans doute parlait-il comme l'aurait fait Lomonossov s'il avait eu l'occasion de prononcer un discours à l'Académie des sciences en 1970. Chourik, de son côté, avait du mal à comprendre les « roulades » de son accent du Midi ainsi que les raccourcis du langage étudiant, et il n'arrêtait pas de lui demander ce qu'elle voulait dire.

En dépit de son grand âge, Élisavéta Ivanovna donnait encore des leçons particulières, mais ses élèves n'étaient plus aussi nombreux qu'autrefois. Elle n'en avait pas pour autant renoncé au spectacle de Noël. Il est vrai que cette année-là, le début du mois de janvier fut si glacial qu'on dut remettre la représentation au dernier jour des vacances scolaires [1].

Il n'y avait pas de place au centre de la grande pièce, tout l'espace était occupé par des chaises et des tabourets, et le sapin était relégué dans un coin, comme s'il était puni. En revanche, il était parfaitement authentique et garni de petits jouets de Noël anciens conservés avec soin par Élisavéta Ivanovna : une calèche miniature avec des chevaux, une danseuse couverte de paillettes, une libellule en verre ayant survécu par miracle, qui lui avait été offerte par une tante adorée pour Noël 1894. Sous le sapin, à côté d'un père Noël décati et jauni par l'âge, se trouvait un antre avec une Vierge Marie en robe de soie rouge, un Joseph vêtu d'un sarrau de paysan, et autres merveilles en carton.

Le goûter préparé était spécial, particulier au jour de Noël. Une odeur de sapin et d'épices flottait dans tout l'appartement et jusque dans la cage d'escalier. Sur un grand plateau, cachées sous une serviette blanche, étaient disposées des petites figurines en pain d'épice, chacune emballée séparément. Élisavéta Ivanovna les fabriquait avec une pâte spéciale au miel, elles étaient un peu sèches, légèrement épicées, et couvertes de dessins à la crème blanche. Chaque étoile, chaque sapin, chaque ange et chaque lapin étaient enveloppés dans un petit papier sur lequel était écrit en français, d'une écriture calligraphiée, une charmante bêtise du genre : « De grands succès vous attendent cette année »,

1. Le Noël russe (orthodoxe) tombe le 7 janvier.

« Cet été, un voyage vous apportera une joie inattendue », « Méfiez-vous des roux ». Cela s'appelait « les prédictions de Noël ».

Les pains d'épice étaient trop beaux pour être simplement avalés, et le thé servi après le spectacle était accompagné de gâteaux et de biscuits ordinaires... Chaque participant avait le droit de venir avec un invité, et en général, on amenait des sœurs, des frères, parfois des camarades de classe.

Véra, après de discrètes chuchoteries avec Élisavéta Ivanovna, avait proposé à Chourik d'inviter au spectacle la jeune fille de l'université qu'il mettait si longtemps à raccompagner tous les dimanches. Ses relations avec sa mère étaient suffisamment confiantes pour qu'il l'informât de l'existence de Lilia, sans pour autant lui souffler mot de Mathilda Pavlovna.

Pendant toute la semaine, Chourik fit tout pour se dérober. Il n'avait aucune envie d'inviter Lilia à une fête pour enfants. C'est avec grand plaisir qu'il serait allé avec elle au café Jeunesse, ou à une soirée chez des camarades de classe. Mais, sous la pression de sa mère, il finit quand même par bredouiller quelque chose à propos du spectacle pour enfants organisé par sa grand-mère, et Lilia s'écria avec une véhémence inattendue :

« Oh, oui ! Je veux venir ! »

Toutes les voies de retraite étaient donc coupées. Il fut convenu que Chourik n'irait pas la chercher car avant le spectacle, il serait pris par une multitude de soucis d'ordre pratique.

Il s'occupa des enfants presque dès l'aube, réparant l'aile déboîtée d'un ange pataud, consolant un Timocha en larmes qui venait brusquement de découvrir l'aspect humiliant de son rôle et refusait catégoriquement de coiffer les oreilles d'âne qu'Élisavéta Ivanovna avait fabriquées avec des bas en laine gris. Toute cette « marmaille joufflue », comme il appelait les élèves de sa grand-mère, était en adoration devant lui, et parfois, quand Élisavéta Ivanovna avait de la tension ou qu'elle souffrait de ses atroces douleurs dans la nuque, il arrivait à Chourik de la remplacer, à la grande joie des élèves.

Lilia débarqua toute seule, munie de l'adresse. Ce fut Véra Alexandrovna qui lui ouvrit, et elle resta pétrifiée : devant elle se trouvait une petite créature coiffée d'une énorme chapka blanche. À travers de longues touffes de poils en bataille qui lui descendaient presque jusqu'au menton pétillaient des yeux minuscules, comme ceux d'un animal en peluche, et abondamment fardés de noir. Elles se saluèrent. La jeune fille se débarrassa de son énorme chapka, et Véra ne put se retenir :

« On dirait Philippok [1] ! »

La demoiselle, qui avait de la repartie, étira sa grande bouche en un large sourire :

« Oh, ce n'est pas le personnage le plus affreux de la littérature russe ! »

Elle ouvrit la fermeture éclair dernier cri de son léger blouson manifestement inadapté à la saison, et se retrouva dans une petite robe noire couverte des poils blancs de la chapka. Un immense décolleté qui lui descendait presque jusqu'à la taille découvrait l'éclat d'un maigre dos nu couvert de poils, lui aussi — ceux de son léger duvet personnel. À la vue de ce dos bleuté d'enfant, le cœur de Véra se serra de pitié et de dégoût.

« Asseyez-vous donc ici, dans ce petit coin, c'est l'endroit

1. Personnage d'un récit de Tolstoï. Il s'agit d'un petit garçon vêtu d'une énorme pelisse dans laquelle il se perd complètement.

le plus confortable. Et gardez votre écharpe, il y a des courants d'air ! » recommanda-t-elle, mais Lilia fourra l'écharpe dans la manche de son blouson. « Chourik arrive tout de suite, il s'occupe des petits... »

Véra se faufila jusqu'à sa mère parmi la foule des enfants et lui murmura à l'oreille :

« C'est la petite de Chourik... Elle se prend pour Hérodiade, ma parole ! »

Élisavéta Ivanovna, qui l'avait déjà jaugée de son regard acéré, rectifia :

« Pour Salomé, plutôt... Mais tu sais, Vérotchka, elle est très élégante, très...

— Maman, voyons ! fit Véra en se fâchant subitement. C'est une effrontée, voilà tout ! Je me demande de quelle famille elle sort... »

Et elle fut prise d'un violent accès d'hostilité envers cette petite péronnelle aux cheveux en brosse.

Mais Lilia ne sentait pas du tout cette hostilité, au contraire, du fond de son petit coin, tout lui plaisait énormément : l'odeur du sapin mêlée à celle des pains d'épice, ce spectacle d'amateurs avec un arrière-goût de vie aristocratique telle qu'on la connaît d'après la littérature russe, et ces « drôles de petites mémés », comme elle définit aussitôt en son for intérieur les deux parentes de Chourik, la frêle Véra Alexandrovna, avec son long cou ridé enrobé de dentelle chiffonnée et son chignon démodé de cheveux grisonnants, et Élisavéta Ivanovna, plus corpulente, avec, elle aussi, de la dentelle autour du cou, mais arrangée autrement, et un chignon encore plus démodé de cheveux blancs légèrement gaufrés.

Véra tapait vigoureusement sur les touches dures du piano, si bien qu'on entendait le cliquetis sec de ses ongles à travers la mélodie des chansons de Noël françaises, mais les enfants chantaient de façon touchante, et le spectacle était une réussite exceptionnelle. Personne n'avait de trou de mémoire, personne ne se cassait la figure ni ne s'empêtrait dans son costume, et saint Joseph se livra à une brillante improvisation : quand vint le moment de la fuite en Égypte, il prit dans ses bras le petit âne aux oreilles en laine grise et la Vierge Marie qui chevauchait d'un air inquiet cette monture d'âge tendre, ainsi que la vieille couverture marron représentant le Christ bébé, et tout le monde se mit à pousser des cris, à rire aux éclats et à sautiller. À la fin, Chourik enleva sa cape et sa calvitie en nylon (le seul véritable accessoire de théâtre, emprunté spécialement pour l'occasion à la costumière par Véra Alexandrovna), fit un tas de tous les autres costumes, et les emporta. Le programme prévoyant ensuite un goûter, on prit le thé avec un samovar électrique et on mangea sans intérêt particulier des gâteaux faits maison en attendant impatiemment les prédictions promises.

Élisavéta Ivanovna, toute rose et toute moite, comme après un bain, glissait la main sous la serviette, tâtonnait, et sortait un par un les pains d'épice avec leur petit papier. Les adultes aussi attendaient leur tour. Lilia tendit la main. La « petite mémé » la regarda d'un air affable, marmonna quelque chose en français, et lui remit le plus gros des petits paquets. Lilia déplia le papier. C'était un agneau couvert de spirales en crème blanche. Et sur le papier, il était écrit : « Changement d'appartement, changement de vie, changement de destinée... » Lilia montra le papier à Chourik : « Tu vois... »

9

Les parents de Lilia étaient des mathématiciens juifs de trente-huit ans, avec kayaks, skis et guitares. Sa mère parlait en jurant allégrement tous les trois mots, et son père aimait bien boire. Mais il ne supportait pas l'alcool. Il était néanmoins incapable de renoncer à cette distraction éminemment populaire et de temps en temps, sa femme le ramenait d'une soirée chez des amis, livide et empestant le vomi. Elle le plongeait dans un bain, le grondait gentiment et de façon cocasse, puis le traînait dans la chambre, tout nu et enveloppé d'une serviette, le couchait, le bordait, et lui donnait du thé au citron avec de l'aspirine en répétant :

« Ce qui est bon pour les Russes est mortel pour les Juifs... »

C'était du plagiat pur et simple, ce dicton avait été ramassé quelque part par Leskov qui s'en était déjà servi, mais c'était drôle.

Pour couronner le tout, ils avaient fait une demande d'émigration, ils avaient tous les deux démissionné de leur travail, et la famille vivait depuis plusieurs mois dans un état d'excitation hystérique — dans l'euphorie, l'allégresse et la peur... Ils ne savaient pas trop si on allait les laisser partir, leur opposer un refus, ou les flanquer en prison. Son père avait de vagues peccadilles sur la conscience : il avait publié quelque chose quelque part, apposé des signatures, fait des déclarations. Ces adieux prolongés avec la Russie et les amis s'éternisaient depuis déjà un an, tantôt ils filaient brusquement à Leningrad, tantôt ils arrachaient Lilia à ses études et la trimbalaient à Samarcande, ou bien ils se découvraient en Ukraine des parents inconnus qu'ils invitaient pour leur dire adieu, et pendant une semaine entière allaient et venaient pesamment dans l'appartement deux grosses vieilles Juives taillées sur un modèle si provincial que cela ne s'invente pas, un pot-pourri de Sholem Aleikhem et de caricatures antisémites.

Lilia n'arrivait pas à décider si cela valait la peine de passer l'examen d'entrée à l'université. Elle ne serait pas reçue, cela allait de soi, mais il fallait bien se mettre à l'épreuve, tenter le coup. Seulement, si elle était reçue, ce serait vraiment idiot... Sa mère tentait de l'en dissuader — laisse tomber, apprends plutôt la langue, c'est plus important. Elle voulait parler de l'hébreu, bien entendu. Son père, lui, estimait qu'elle devait se présenter, et il disait à sa femme dans le silence de la nuit, en cachette de Lilia :

« Autant qu'elle fasse sa propre expérience, elle a une vie trop facile ! Une bonne claque dans la figure, ça consolidera sa conscience juive... »

Après le Nouvel An, Lilia se laissa un peu aller, elle fit une croix sur la préparation aux examens, se mit à sécher les cours, et se prit de passion pour les flâneries matinales sans but à travers Moscou. Chourik, au contraire, remonta d'un cran les notes qui s'annonçaient en algèbre et en physique, et donna un petit coup de vernis aux matières qu'il allait devoir passer à l'examen.

Vers le printemps, Véra Alexandrovna prit un congé afin de se consacrer davantage à son fils. Mais c'était totalement superflu : Chourik manifestait des facultés d'organisation inattendues, il travaillait beaucoup et écoutait très peu Ella Fitzgerald. Un professeur de russe venait lui donner des cours à la maison, et il se rendait chez un professeur d'histoire deux fois par semaine. Il passa son diplôme de fin d'études avec quasiment la meilleure mention, étonnant même ses professeurs de physique et de mathématiques. L'école était terminée, il ne restait plus que la dernière ligne droite mais, à la grande contrariété de Véra, il sortait tous les soirs et rentrait à Dieu sait quelle heure. Il passait la plupart de ses soirées avec Lilia. Et certaines avec Mathilda. Mais cela, il n'en informait personne.

Parfois, Lilia venait aussi chez lui. D'après on ne sait trop quels mystérieux indices, on pouvait déduire que les Laskine allaient bientôt recevoir leur autorisation de départ, et cela donnait du piment à leur relation : il était clair qu'ils allaient se quitter pour toujours. Entre-temps, Véra s'était un peu radoucie envers Lilia, bien qu'elle continuât à la trouver extravagante et pas très sérieuse. Mais pleine de charme.

Ils se promenaient dans Moscou presque tous les soirs. Il leur arrivait de se rendre dans un quartier inconnu, comme celui de Lefortovo ou de Marinaïa Rochtch, et la sensitive Lilia, avec son regard de voyageuse en partance, lui apprenait à voir ce qu'elle-même ne savait pas voir autrefois : une maison affaissée sur ses pattes de derrière comme un vieux chien, la volte-face abrupte d'une rue désaffectée, un vieil arbre avec une main tendue de mendiant... Ils se perdaient dans les cours communicantes du quartier de Zamoskvoriétché, débouchaient soudain sur un quai désert ou alors, entre deux mornes immeubles, ils découvraient une merveilleuse petite église avec une fenêtre éclairée au ras du sol. Lilia pleurait, en proie à de vagues pressentiments et à une peur inexplicable devant un départ désiré, puis, appuyés contre une palissade délabrée ou confortablement installés sur un banc, ils s'adonnaient à des baisers suaves et dangereux. Lilia se conduisait beaucoup plus hardiment que Chourik, et ils approchaient inexorablement, sinon du but, du moins d'une certaine frontière. La récente expérience de Chourik lui suffisait pour éluder l'accomplissement ultime, mais ces caresses de petite fille lui procuraient une volupté nouvelle et tout à fait différente de ce qu'il trouvait auprès de Mathilda Pavlovna. D'ailleurs les deux étaient magnifiques, l'un n'empêchait pas l'autre, et cela ne se contredisait absolument pas. Lilia, mince et sans poitrine, n'était pas du tout osseuse, mais charnue et musclée partout où ses doigts parvenaient à se faufiler. Il connaissait au toucher les endroits humides où la surface, en se dérobant, se transforme en tréfonds intérieurs, et qui la faisaient gémir comme un chiot quand on les effleurait.

Il était déjà bien plus de minuit lorsqu'il la raccompagnait jusqu'au porche de son immeuble. Il y avait généralement de la lumière dans leur appartement du premier étage et, après un dernier piaillement, Lilia essuyait ses mains moites, rajustait sa petite jupe, puis montait quatre à quatre affronter le regard réprobateur de sa mère et les bougonnements de son père. Habituellement, il y avait encore chez eux quelques derniers invités qui ne se résorbaient qu'au matin.

En juillet, les examens d'entrée à l'université commencèrent. Lilia ne s'était pas inscrite. Son imagination la transportait déjà sur de nouveaux rivages, ceux du Danube, du Tibre, du Jourdain... Chourik eut quinze en dissertation et vingt en histoire. C'était un très bon résultat, car on ne mettait presque jamais de vingt en dissertation. À présent, tout dépendait de l'épreuve de langue. S'il avait la mention « excellent » en français, il serait reçu.

Le jour de l'examen, il découvrit qu'il n'était pas sur la liste des candidats. Il se rendit dans les bureaux de la commission, où une foule compacte d'individus échevelés prenait d'assaut une secrétaire d'humeur massacrante. On s'aperçut qu'il était inscrit sur la liste des candidats devant passer l'examen d'allemand, car c'était l'allemand qui figurait sur son brevet de fin d'études. Chourik fut catastrophé et se lança dans des explications : en s'inscrivant, il avait demandé à faire partie du groupe qui passait le français, c'était ce qui avait été convenu, et c'était le français qu'il avait préparé... Mais la vieille secrétaire, faisant grincer son dentier tout neuf et mal ajusté, accomplissait des petits mouvements de gymnastique avec sa langue au fond de sa bouche et ne l'écouta même pas. Elle avait déjà assez de problèmes comme ça avec sa bouche, ça la frottait, ça l'élançait... Sans chercher à rentrer dans ses explications embrouillées, elle lui aboya d'aller passer les examens conformément à son inscription et de ne pas lui casser les pieds.

Il va de soi que si sa mère ou sa grand-mère l'avaient accompagné, tout cela ne serait jamais arrivé. Elles, elles auraient convaincu la secrétaire de transférer son nom sur l'autre liste, ou bien elles auraient fait pression sur lui et l'auraient obligé à passer l'examen d'allemand. Bon, d'accord, il ne l'avait pas spécialement préparé. Mais ce n'était quand même pas pour rien qu'Élisavéta Ivanovna lui avait fait réviser ses verbes allemands... Seulement voilà, Chourik leur avait opposé un « non », et personne n'était venu avec lui, parce que l'on respectait ses décisions d'homme.

Et il quitta le bâtiment enchanté de la rue Mokhovaïa en sachant avec certitude qu'il n'y remettrait jamais les pieds. On était en juillet, un merveilleux mois de juillet. L'air était rempli d'odeurs de fleurs et d'une poussière de soleil. Une abeille citadine affolée voltigeait autour de la tête de l'infortuné Chourik et, en faisant un geste de la main pour la chasser, il s'égratigna douloureusement le nez avec un ongle. C'était tellement rageant, tout ça ! Il s'engagea dans la rue Volkhonka, longea le musée Pouchkine, tourna sur le quai près de la piscine et, après un très léger détour, arriva devant la maison de Lilia. Les Laskine avaient reçu la veille l'autorisation de départ tant attendue, Chourik l'avait déjà appris par une conversation téléphonique. Il monta à l'appartement de Lilia. Elle était seule à la maison, si l'on ne tenait pas compte d'un monceau de vaisselle sale, vestige de la grandiose beuverie de la veille. Ses parents étaient partis faire le tour de diverses instances. Il fallait rassembler des millions de papiers de toutes sortes en un temps extrêmement court. Cela aussi entrait dans la procédure du départ destinée à se payer la tête des gens : faire attendre l'autorisation longtemps, parfois des années, puis accorder un délai d'une semaine pour les préparatifs.

Sur le pas de la porte, sans laisser à Lilia le temps de l'interroger, Chourik lui raconta son échec inattendu. Elle se mit à gesticuler, à jacasser et déversa sur lui une avalanche de mots entrecoupés : vite, on retourne là-bas, il faut faire quelque chose, appelle tout de suite ta mère, ta grand-mère n'a qu'à aller à la commission... C'est trop bête, vraiment trop bête ! Mais pourquoi est-ce que tu n'as pas passé l'allemand ?

« Je ne l'avais pas préparé », dit Chourik en haussant les épaules.

Il la serra dans ses bras. Le torrent de mots se tarit, et elle fondit en larmes. Chourik comprit alors qu'il avait perdu beaucoup plus que l'université, il avait perdu cette Lilia, il avait tout perdu... Elle allait partir dans une semaine, pour toujours, et maintenant, cela n'avait plus aucune importance d'avoir été admis ou non à l'université...

« Je n'appellerai personne et je n'irai nulle part ! » dit-il au creux de sa petite oreille.

L'oreille était humide des larmes dont elle était barbouillée. Elles coulaient abondamment, et le visage de Chourik devint tout mouillé, lui aussi. La raison de ces larmes était énorme, et absolument indescriptible. Ou plutôt, les raisons étaient nombreuses, et l'examen raté de Chourik était le dernier caillou de cet éboulement.

« Ne pars pas, ma Lilia ! balbutiait-il. On va se marier, et tu vas rester. Pourquoi partir... »

Il lui manquait trois mois pour avoir dix-huit ans, et elle six mois.

« Seigneur, il aurait fallu y penser plus tôt ! Il est trop tard, maintenant... », sanglotait Lilia en pressant son corps menu contre la poitrine et le ventre de Chourik.

Les boutons mal cousus de son léger peignoir blanc taillé dans deux foulards en coton sautèrent les uns après les autres, il sentait sous ses doigts tous les muscles fins de son dos mince. Elle l'entraîna vers un endroit déterminé — le divan — sans cesser d'égrener des mots dénués de sens : il faut téléphoner à Véra Alexandrovna, il faut aller à la commission, tout n'est pas encore perdu...

« Si, tout est perdu, ma Lilia, tout est perdu... »

Il caressait ces mains de petite fille griffées par le chat, avec leurs ongles rongés et des engelures qu'elle avait trouvé moyen de conserver depuis l'hiver, et il n'arrivait pas à exprimer les sentiments que lui inspiraient ces mains, ces jambes fluettes et tordues, ces oreilles décollées qui pointaient parmi des cheveux rêches coupés en brosse. Et il balbutiait :

« Tu es si... si extraordinaire ! Ce qu'il y a de mieux chez toi, ce sont tes mains, tes jambes, tes oreilles... »

Elle éclata de rire en essuyant ses larmes :

« Chourik ! Mais c'est ce que j'ai de pire, ces jambes tordues et ces oreilles en chou-fleur ! Je déteste papa à cause de ça, c'est de lui que je les tiens. Et toi, tu dis que c'est ce que j'ai de mieux ! »

Chourik ne l'écoutait pas, il lui caressait les jambes, prenait ses petits pieds au creux de ses mains et les serrait contre sa poitrine :

« Tout va me manquer, tes mains, tes jambes, tes oreilles... Chacune en particulier ! »

C'est ainsi que, tout à fait par hasard, Chourik découvrit la plus grande loi de l'amour, et la plus secrète : dans le choix du cœur, les défauts possèdent une force d'attraction plus grande que les qualités, car ils sont les manifestations les plus éclatantes de l'individualité. Il est vrai qu'il ne s'aperçut même pas de cette découverte, quant à Lilia, elle avait toute la vie devant elle pour le comprendre...

Elle replia ses jambes sous elle et se retourna, appuyant son dos contre la poitrine de Chourik. Il avait maintenant les mains posées sur son cou, il sentait ses veines palpiter à gauche et à droite, et ces palpitations étaient follement rapides, modulées comme le flux d'un minuscule ruisseau...

« Ne pars pas, ma Lilia, ne pars pas... »

La voisine, qui était rentrée de son travail, frappa à la porte en criant :

« Lilia ! Lilia ! Tu dors ou quoi ? Votre bouilloire est complètement brûlée ! »

Une bouilloire ! Elle voulait rire... C'était toute leur vie qui était en train de brûler... Ils ne reparlèrent plus de l'examen raté.

Les événements qui suivirent se succédèrent à un tel rythme que plus tard, Chourik ne put en rétablir l'enchaînement qu'avec beaucoup de difficulté.

Élisavéta Ivanovna, qui avait courageusement supporté durant sa longue existence la mort de son mari et de sa belle-fille bien-aimée, la disparition de ses sœurs, l'évacuation et toutes sortes de privations diverses, ne put surmonter l'insignifiant échec de Chourik. Le soir-même, elle fut transportée à l'hôpital avec une grave crise cardiaque. La crise se transforma en infarctus généralisé.

Véra, que sa vie avait habituée au luxe des émotions subtiles et fortes, était terriblement affectée. Tout lui tombait des mains, elle n'avait le temps de rien faire. Elle préparait du bouillon pour sa mère en restant debout devant la casserole bouillonnante à attendre la fin de l'opération, et avant de partir pour l'hôpital, elle se souvenait qu'elle avait oublié d'acheter de l'eau de Cologne. Elle se rendait alors dans le centre afin d'en trouver une de bonne qualité, puis arrivait en retard pour l'heure des visites et versait des sommes astronomiques à l'abominable employée du vestiaire afin qu'elle la laisse entrer. Et c'était comme ça tous les jours, tous les jours...

Élisavéta Ivanovna était sous perfusion, elle était blême, silencieuse, et ne voulait pas mourir. Ou plutôt, elle comprenait qu'elle n'avait pas le droit d'abandonner sa fille chérie, mais totalement incapable de se débrouiller (elle jetait un coup d'œil au bouillon trouble que Véra n'avait même pas pensé à saler), ni Chourik, qui avait perdu les pédales à cause de cette mésaventure stupide. Mais sur ce point, Élisavéta Ivanovna se faisait une idée complètement fausse de la situation. Elle croyait que le garçon souffrait d'une dépression. Elle ne pouvait s'expliquer autrement le fait invraisemblable qu'il n'était pas venu la voir une seule fois à l'hôpital.

Or toute la semaine, Chourik avait été absorbé par les préparatifs du départ et les adieux. Il passa les dernières quarante-huit heures à l'aéroport de Chérémétievo pour aider à l'enregistrement des bagages. Puis arriva l'instant où Lilia gravit un escalier menant à une salle à laquelle il n'avait pas accès, il lui fit un signe de la main dans une trouée, au premier étage, là où c'était déjà l'étranger, et elle s'envola, emportant loin de lui ses jambes tordues et ses oreilles décollées.

Le soir, en rentrant à la maison, il entendit enfin ce qui n'était pas parvenu jusqu'à son cerveau durant toute la semaine : sa grand-mère avait eu un infarctus, et c'était très dangereux. Il fut horrifié par sa propre dureté de cœur : comment, en une semaine, n'avait-il pu trouver le temps d'aller voir sa grand-mère ? Mais c'était déjà le soir, l'heure des visites à l'hôpital était passée. Cette nuit-là, il dormit comme une masse, le manque de sommeil des derniers jours se faisait sentir... À huit heures du matin, on leur téléphona du service pour leur annoncer qu'Élisavéta Ivanovna était morte. Dans son sommeil.

Le départ de Lilia était pour lui si étroitement associé à la mort que, même devant le cercueil, il dut faire un effort pour chasser de son esprit un étrange amalgame : il avait tout le temps l'impression que c'était Lilia qu'on enterrait.

10

Et voilà, c'est le matin qui suit l'enterrement. Le repas de funérailles a eu lieu, toute la vaisselle a été lavée par des voisines serviables, les chaises empruntées ont été rapportées dans les appartements voisins, et il ne reste plus que la maison toute propre, remplie à ras bord de la présence d'un être qui n'existe plus.

Sous une chaise, dans l'entrée, Véra Alexandrovna trouve un sac que quelqu'un a rapporté de l'hôpital. Dedans, il y a une tasse, une cuillère, du papier toilette, et toutes sortes de menus objets assez impersonnels. Et des lunettes. On les avait fait fabriquer sur commande dans un endroit spécial, cela avait pris presque deux mois. Elles étaient si bien adaptées aux yeux de sa mère, un peu voilés par l'âge... Il n'y avait pas sur terre d'autres yeux auxquels auraient pu convenir ces verres bombés, avec leur monture grise qui la rajeunissait tellement. Et Véra reste figée sur place, les lunettes à la main. Que va-t-elle bien pouvoir en faire... Et le linge sur l'étagère de l'armoire — le foulard en angora, le peignoir, l'énorme soutien-gorge taillé sur mesure, tous imprégnés de l'odeur de sa mère, le turban noir tricoté avec, dans la doublure, outre l'odeur, quelques fins cheveux blancs qui sont restés accrochés... Que faire de tout cela ? On a envie de s'en débarrasser, pour ne pas avoir constamment les yeux blessés, le cœur meurtri, et en même temps, il est absolument impossible de se séparer des restes de la chaleur vivante de sa mère enfouis dans ces objets...

Partout, l'air de la pièce a gardé en creux la marque de son corps. C'est ici qu'elle s'asseyait. Là, sur l'accoudoir de ce fauteuil, qu'était posé son coude. En frottant sur ce tapis rouge, ses pieds enflés chaussés de vieilles mules à talons ont laissé une plaque chauve qui date de bien longtemps. Pendant un demi-siècle, elle a tapoté ici avec son pied en apprenant à ses élèves à prononcer correctement. Mais depuis leur récent déménagement, le tapis a changé de place et près de la table, à l'endroit où elle posait ses pieds lourds, une nouvelle plaque chauve n'a pas encore eu le temps de se former.

Et il vient à Véra une pensée épouvantable : elle a toujours été une fille, uniquement une fille. Sa mère la protégeait de toutes les vicissitudes de l'existence, elle la dirigeait, la guidait, elle avait élevé son enfant. À tel point que même son propre fils ne l'appelait pas maman, mais Vérotchka... Elle a cinquante-quatre ans. Mais quel âge a-t-elle, en réalité ? Elle est une petite fille. Une petite fille qui ne sait rien de la vie adulte... Combien d'argent faut-il par mois pour vivre ? Comment payer le loyer ? Où est le numéro de téléphone du dentiste avec lequel sa mère prenait toujours rendez-vous ? Et surtout, le plus important : que va-t-il se passer maintenant avec Chourik, avec ses études ? Après son échec scandaleux, maman avait l'intention de le faire admettre dans son institut pédagogique...

Véra tripotait machinalement les lunettes de sa mère. Une montagne de télégrammes se dressait devant elle. Des condoléances. De la part d'élèves, de collègues. Qu'est-ce qu'elle allait en faire ? Impossible de les jeter, et ce serait ridicule de les garder. « Il faudra que je demande à maman... » Telle fut la pensée familière qui surgit aussitôt. Et au fond, tout au fond, couvait un secret dépit : mais pourquoi a-t-il fallu que cela arrive justement maintenant, alors que sa présence est tellement importante... Les examens vont bientôt commencer. Il faut téléphoner à quelqu'un de l'institut, à Anna Méthodievna ou à Galia... Elles ont toutes été ses élèves. Et Chourik qui se comporte de façon bizarre, on dirait un zombie, il reste enfermé dans sa chambre avec cette musique tonitruante, insultante...

Mais aucune musique tonitruante ne pouvait faire taire l'énorme sentiment de culpabilité qu'éprouvait Chourik, et qui l'emportait même sur la douleur de la perte qu'il avait subie. Il se trouvait dans un état de catalepsie analogue à celui par lequel passe une chrysalide dont les nervures prévues par la nature sont en train de craquer, juste avant de laisser sortir une créature adulte.

Le matin, vers onze heures, Véra se rendit au théâtre, et Chourik resta dans sa chambre en compagnie du mélancolique Elvis Presley et d'une situation atroce qu'il ne pouvait plus changer : lui, Chourik Korn, n'avait pas passé son examen, il avait flanché, il avait couru chez Lilia sans prévenir des femmes qui se rongeaient les sangs, en fait, c'était lui qui avait provoqué l'infarctus de sa grand-mère, et ensuite, par inconscience, une inconscience absolument inimaginable, et par débilité mentale, il n'était même pas allé la voir à l'hôpital... Maintenant, elle était morte, et c'était lui qui en était personnellement coupable. Ces réactions morales se produisaient à un niveau pour ainsi dire biochimique, quelque chose se transformait en lui, la composition de son sang ou son métabolisme. Il resta enfermé toute la journée en se passant toujours le même disque d'Elvis Presley, et vers le soir, *Love me tender* était si profondément et si solidement gravé dans sa conscience que durant toute sa vie, cette chanson lui revint toujours en mémoire en même temps que le souvenir de sa grand-mère et de son enfance heureuse éclairée par sa présence.

Il avait été le petit-fils adoré et l'élève préféré d'Élisavéta Ivanovna, mais aussi la victime de sa pédagogie rectiligne. Dès son plus jeune âge, on lui avait inculqué l'idée que lui, Chourik, était un bon petit garçon, qu'il accomplissait de bonnes actions et n'en commettait pas de mauvaises, et si par hasard cela lui arrivait, il devait immédiatement en prendre conscience, demander pardon, et redevenir un bon petit garçon. Seulement il n'y avait personne à qui demander pardon, personne...

Véra rentra du théâtre vers le soir, ils mangèrent les restes de la veille, et il déclara : « Je vais faire un tour. »

C'était un lundi. Véra faillit lui demander de ne pas sortir. Elle se sentait tellement malheureuse ! Mais pour que son malheur fût complet, il fallait qu'il sortît et la laissât seule. Et elle ne lui demanda pas de rester.

Chourik trouva Mathilda Pavlovna dans tous ses états. Elle avait reçu le matin même un télégramme lui annonçant la mort de sa tante de la campagne, et se préparait à partir le lendemain pour Vychni Volotchek. Depuis son enfance, ses relations avec cette tante n'avaient jamais été fameuses et maintenant, elle se sentait mal à l'aise de l'avoir si peu aimée, de ne pas avoir eu pitié d'elle. La seule chose qu'elle pouvait faire pour elle désormais, c'était lui organiser un somptueux repas de funérailles. Elle avait couru dès le matin dans tous les magasins du quartier, avait fait provision de saucissons et de mayonnaise, de vodka, de harengs, et de la friandise la plus populaire du moment, des oranges de Cuba. Quand Chourik lui annonça la mort de sa grand-mère sur le pas de la porte, elle leva les bras au ciel :

« Eh bien, ça alors ! Décidément, un malheur n'arrive jamais seul ! »

En voyant le visage navré de Chourik, elle fondit en larmes et pleura enfin sa tante, une femme malheureuse et envieuse au caractère épouvantable. Chourik aussi se mit à pleurer. Mathilda, qui n'y allait pas par quatre chemins, arracha aussitôt le capuchon en fer-blanc d'une bouteille tiède et remplit des petits verres.

Les larmes, la vodka, le hareng non vidé sommairement découpé dont la vue aurait indigné Élisavéta Ivanovna, tout cela allait très bien ensemble. Ils avalèrent en vitesse un verre de vodka chacun, Chourik s'acquitta de ses devoirs masculins consciencieusement et avec ardeur, et Dieu sait pourquoi, cela leur apporta un soulagement, tant à lui qu'à Mathilda. Il éprouva même pendant une seconde la vague impression qu'il était un bon petit garçon qui avait accompli une bonne action... C'était bizarre, quand même !

Mathilda aussi se sentait beaucoup mieux maintenant qu'elle avait versé une demi-douzaine de larmes sur quelqu'un d'autre. À présent, le problème des chats se dressait devant elle dans toute son ampleur : à qui allait-elle bien pouvoir les laisser ? Sa voisine, une charmante mère de famille nombreuse qui travaillait comme ingénieur et surveillait ses chats de temps en temps, était partie dans une pension de famille avec ses enfants, une autre amie, peintre, celle-là, était asthmatique, rien que les odeurs de chat lui déclenchaient des crises. Les autres candidatures tombaient aussi à l'eau pour une raison ou une autre : les unes étaient malades, les autres habitaient trop loin. Quant à Chourik, elle n'y avait même pas pensé. Ce fut lui qui se proposa pour prendre en charge sa famille de chats.

Ces chats noirs, Doussia, Constantin et Carotte, laquelle se trouvait être à la fois la fille et la petite-fille de sa mère, étaient des misanthropes, mais pour une raison inconnue, ils faisaient une exception à l'égard de Chourik, ils l'accueillaient aimablement et rentraient même leurs griffes en s'installant sur ses genoux. Mathilda lui remit aussitôt sa clé en l'accompagnant d'instructions assez simples.

Le lendemain matin, à sa demande, il la conduisit à la gare, puis il alla chercher son dossier à l'université. Il avait l'intention de le porter à l'institut pédagogique, où les inscriptions étaient encore ouvertes, mais quand il l'eut entre les mains, il se rendit compte qu'il n'avait aucune envie de voir les anciennes collègues de sa grand-mère et, de façon générale, aucune envie d'entrer dans un institut pédagogique. Pour rien au monde. Et il s'inscrivit dans le premier qu'il trouva sur son chemin. C'était l'institut Mendeleïev, à cinq minutes à pied de chez lui.

Puis il passa au magasin de poissons de la rue Gorki et acheta deux kilos de petites morues. Les chats intelligents étaient assis dans l'entrée, pareils à trois statuettes égyptiennes, leurs corps noirs et lustrés dressés comme des colonnes. Constantin s'approcha de lui, inclina son front vernissé et lui donna un léger coup de tête contre la jambe.

11

Le désintérêt absolu de Chourik pour ses résultats porta des fruits magnifiques. Sans avoir particulièrement révisé, il obtint des notes convenables en mathématiques, en physique et en chimie. Sa chance fut quasiment surnaturelle : il tomba précisément sur les sujets qu'il avait relus la veille. Et le 20 août, il trouva son nom sur la liste des candidats admis.

L'institut était désigné par le sobriquet irrévérencieux de « Mendelavka ». On considérait qu'il était moins bien que l'institut du pétrole et que celui de technologie chimique avancée, et même moins bien que l'institut de mécanique chimique. En revanche, il avait la réputation d'être un établissement libéral : l'administration y était souple, l'organisation des komsomols assez faible, la chaire des « activités sociales », qui avait un poids énorme à l'université, par exemple, occupait ici une place modeste, quant aux autorités du Parti, même si c'étaient elles qui dirigeaient, bien sûr, elles n'étaient pas vraiment sur le dos de tout le monde.

Chourik, par manque d'expérience, n'était pas à même d'apprécier les mérites de ce libéralisme, il se laissait simplement porter par le courant, il allait aux cours, prenait des notes, et tournait la tête dans tous les sens, se familiarisant avec ses condisciples et avec les méthodes d'enseignement, si différentes de celles qu'il connaissait d'après son expérience scolaire.

Le cursus de chimie minérale était énorme, avec cours magistraux, séminaires et travaux pratiques en laboratoire. Le laboratoire lui plut beaucoup. On commença par leur apprendre des choses simples : à se servir d'éprouvettes, à plier un tube en verre sur un bec de gaz, à transvaser des solutions et à filtrer des précipités. Il y avait une magie particulière dans le réchauffement fulgurant d'une éprouvette quand on y mélangeait deux solutions froides, dans les changements de couleurs ou la transformation inattendue d'un liquide transparent en une masse gélatineuse bleu foncé. Tous ces menus événements possédaient des explications scientifiques rigoureuses, mais Chourik avait l'impression que, derrière n'importe quelle explication, demeurait toujours le mystère non élucidé des relations personnelles entre les substances. Encore un peu, et on découvrirait au fond d'un précipité la pierre philosophale ou autre chimère alchimique du Moyen Âge.

Dans les travaux pratiques en laboratoire, il se retrouva parmi les plus malhabiles. En revanche, personne n'était aussi surpris ni aussi enchanté que lui par les petits miracles chimiques qui se produisaient constamment ici même, entre ses mains.

La plupart des étudiants n'étaient pas venus étudier la chimie pour la seule raison que l'institut se trouvait à deux pas de chez eux. Ils étaient déjà très calés en la matière, fréquentaient des cercles de chimistes amateurs, participaient à des concours. Outre les passionnés de chimie, il y avait également pas mal de Juifs éjectés de l'université, des mathématiciens et des physiciens avortés avec de grandes facultés intellectuelles et des ambitions insatisfaites. Le libéralisme de l'institut Mendeleïev se manifestait entre autres par le fait que l'on y admettait les Juifs. Avec son nom de famille indéfinissable, Chourik était souvent pris pour un Juif, mais il y était habitué depuis l'école et n'essayait même pas de protester.

Pour les travaux en laboratoire, les étudiants étaient répartis en groupes et en sous-groupes, et s'acquittaient de certaines tâches à quatre. La meilleure chimiste de leur sous-groupe était Alia Togoussova, une Kazakhe plantée sur des jambes grêles légèrement atrophiées qui se rejoignaient en un seul point, les chevilles. Par contre, ses petites mains intelligentes exécutaient les expériences en se jouant, et avec une telle célérité qu'elle avait déjà tout terminé alors que les autres n'avaient pas encore eu le temps de lire les instructions. C'était la conséquence de ses deux années de travail dans le laboratoire chimique d'une usine, avant son entrée à l'institut, car Alia était une « affectée » : l'usine chimique d'Akmolinsk lui versait une bourse. Elle saisissait tout au vol, et le professeur de travaux pratiques la distinguait manifestement parmi les autres comme un soldat expérimenté parmi de jeunes recrues.

La deuxième fille s'appelait Léna Stovba. Son nom de famille était étonnamment bien assorti à son physique : un beau visage aux traits épais sous une frange châtain clair qui couvrait son front bas, un buste qui s'évasait en forme de dauphin, des jambes charnues et droites avec de larges chevilles. Taciturne et peu avenante, elle passait tous les intercours sous l'escalier à fumer de coûteuses cigarettes *Femina*. On savait qu'elle était originaire de Sibérie et que son père était un important dirigeant du Parti. Les deux jeunes filles étaient des provinciales, Alia, une provinciale enthousiaste, Léna, une provinciale renfrognée et méfiante. Elle soupçonnait les Moscovites d'on ne sait trop quels péchés secrets, et s'employait activement à les percer à jour. Elles vivaient toutes les deux dans un foyer d'étudiantes.

Le troisième de leur sous-groupe, en revanche, était un Moscovite, Génia Rosenzweig, avec lequel Chourik s'était immédiatement lié d'amitié. Son nouvel ami était un surdoué qui n'avait pas réussi à intégrer l'institut de mécanique et de mathématiques pour cause d'invalidité due à sa nationalité. C'était un rouquin couvert de taches de rousseur, pas encore complètement formé et très gentil. Tous les espoirs reposaient sur lui dans le domaine des mathématiques. Car l'examen le plus difficile de la première session n'était pas cette chimie arbitraire et fantasque, mais l'analyse mathématique, matière logique et limpide.

Ce cours était dispensé par un petit individu féroce à la chevelure en bataille, avec de minuscules lunettes posées au bout de son nez bosselé. Tout le monde savait qu'il valait mieux ne pas tomber sur lui aux examens : il ne mettait que des douze, et encore, pas du premier coup. Rosenzweig, qui se considérait comme un grand spécialiste en mathématiques, avait entrepris de faire travailler les autres. Ils s'entassaient tous les quatre dans la petite chambre de Chourik, et Génia leur enseignait les subtilités de la science mathématique.

De temps en temps, Véra Alexandrovna venait jeter un coup d'œil et demandait d'une voix tendre et fluette s'ils ne voulaient pas du thé... Et elle leur apportait un goûter : quatre tasses posées sur un plateau, chacune avec sa soucoupe dessous, des biscuits disposés sur une petite assiette décorée de feuilles et de fleurs en relief, et un sucrier très certainement en argent, un peu noirci, mais il aurait suffi de le frotter avec de la poudre dentifrice pour qu'il brillât comme un sou neuf...

12

Alia Togoussova était la fille d'une Russe déportée et d'un veuf kazakh. Sa mère, Galina Ivanovna Lopatnikova, s'était retrouvée au Kazakhstan avant la guerre, à l'âge de quatre ans : son père, un militant du Parti de bas étage, avait été indirectement impliqué dans la fameuse affaire de l'assassinat de Kirov. Il avait disparu en prison, et sa femme était morte peu après. Galina gardait peu de souvenirs de ses parents. À l'âge de sept ans, elle avait été placée dans un orphelinat spécial, sa vie entière se résumait à un travail de forçat et à une lutte apathique pour survivre. Elle avait été malade toute son enfance. Mais, chose bizarre, les enfants vigoureux mouraient, tandis que cette petite faiblarde survivait toujours. C'était comme si les maladies qui se fixaient dans cette fillette chétive n'arrivaient pas à tirer d'elle les sucs dont elles avaient besoin et finissaient par dépérir, alors qu'elle, elle continuait à vivre. Après l'orphelinat, elle avait été placée dans une école professionnelle pour apprendre la maçonnerie. Là, elle avait attrapé la tuberculose et avait recommencé à mourir, mais manifestement, la mort avait été dégoûtée par ses os souffreteux, et le processus s'était arrêté, la caverne de son poumon s'était cicatrisée.

Elle était sortie de l'hôpital et avait trouvé un emploi de femme de ménage à la gare. Elle couchait dans un foyer, dans le même lit qu'une autre fille, elle aussi d'une famille de déportés.

Lorsque Togouss Togoussov, un cheminot d'une quarantaine d'années qui travaillait à l'accrochage des wagons au dépôt d'Akmolinsk, l'avait prise chez lui après la mort de sa femme, sa situation s'était un peu améliorée : on lui avait accordé un permis de séjour permanent. Pour le reste, tout était toujours pareil — la faim, le froid, et en plus, elle avait davantage de travail. L'épouse russe de Togouss ne savait pas faire grand-chose, elle était peu douée pour la vie de femme d'intérieur : son enfance à l'orphelinat l'avait habituée à des rations de misère, elle lui avait inculqué une servilité craintive et l'endurance. Galina ne savait même pas préparer de la soupe. La seule chose qu'elle savait faire, c'était passer une serpillière sur un sol de gare souillé de crachats. Quant à venir à bout des fils adolescents de Togoussov, elle en était totalement incapable, si bien qu'il fallut les envoyer chez leur grand-père, dans la lointaine région des monts Mougodjar.

Sa famille kazakhe considérait Togoussov comme un bon à rien, et son mariage avec une Russe les avait définitivement confortés dans cette opinion. D'ailleurs il était lui-même passablement déçu : sa nouvelle épouse ne lui avait pas donné une fillette blonde, comme il le désirait, mais une noiraude aux petits yeux bridés, une vraie Kazakhe. On l'avait prénommée Alia. Par contre, la chance lui avait souri dans un autre domaine : peu après la naissance d'Alia, il était devenu contrôleur. On versait de gros pots-de-vin pour ce genre de travail. Dès la mise en exploitation de la ligne entre le Turkestan et la Sibérie, les Kazakhs avaient été attirés par ce nouveau métier, qui constituait une transition idéale entre la vie nomade et la vie sédentaire.

Très satisfait de ses pérégrinations ferroviaires, et ayant fait fortune grâce au trafic de vodka, de nourriture et d'objets manufacturés habituellement associé à cette profession, Togouss avait fondé une autre famille à Tachkent, et s'était trouvé plusieurs maîtresses intermittentes le long de ses itinéraires. Il passait de temps en temps à Akmolinsk, laissant tantôt un demi-mouton, tantôt un coupon de soie coûteuse, tantôt de fabuleux bonbons pour sa fille, puis il disparaissait pendant des mois. À dire vrai, on aurait pu considérer qu'il avait bel et bien abandonné Galina, si celle-ci avait été capable de réfléchir sur la question. Mais elle ne savait pas réfléchir. Pour cela, il faut une certaine force intérieure, or elle en avait tout juste assez pour de petites pensées concernant la nourriture, les chaussures trouées et le bois de chauffage. Et bien sûr, elle n'en avait absolument aucune pour l'amour, d'ailleurs il n'y avait jamais rien eu dans son entourage qui fût susceptible d'en inspirer. Sa fille Alia ne suscitait en elle qu'un vague remous de sentiments. La petite, qui ne tenait guère de sa mère, était trop active, elle la harcelait trop, elle était déjà assez fatiguée comme ça, et l'affection que la fillette lui extorquait de ses petites mains tenaces la fatiguait encore plus.

Les deux dernières années, tant que Togouss venait encore à Akmolinsk plus ou moins régulièrement, Alia avait été envoyée pour l'été chez son grand-père kazakh, qui avait passé toute sa vie à se déplacer dans la steppe entre les monts Mougodjar et le mont Aral, suivant un itinéraire ancien et mystérieux en étroite corrélation avec la saison, la direction du vent et la croissance de l'herbe piétinée par les troupeaux de moutons en transhumance. Une douleur lancinante qui déchire le ventre, du linge durci par la croûte d'une diarrhée sanguinolente, la puanteur de la yourte, une fumée âcre, des enfants plus âgés, méchants et laids, qui la houspillaient et lui tapaient dessus sans raison... Tout cela, Alia n'en parlait jamais à personne, de même que sa mère Galina Ivanovna ne parlait jamais de son enfance à l'orphelinat.

Après la mort de Staline, on commença peu à peu à laisser partir les déportés. Galina Ivanovna aurait pu retourner à Leningrad, mais elle n'avait plus personne là-bas. Et si elle avait quelqu'un, elle l'ignorait. D'ailleurs, pourquoi aurait-elle déménagé dans un endroit nouveau? Avec les années, elle avait fait son trou ici : une pièce de onze mètres carrés dans la banlieue d'Akmolinsk, près du passage à niveau, un lit, une table, un tapis (des biens qui lui venaient tous de son mari), et puis son travail de femme de ménage à la gare, avec un petit supplément qui valait son pesant d'or : les bouteilles vides généreusement abandonnées par les voyageurs de passage.

Tant qu'Alia n'allait pas encore à l'école, sa mère l'emmenait avec elle à la gare, et elle restait accroupie là, dans la salle d'attente, à dévorer des yeux les gens qui déferlaient par vagues pour disparaître ensuite on ne sait où. Au début, elle les fixait stupidement et ne voyait qu'un troupeau indistinct pareil aux troupeaux de moutons de la steppe du Kazakhstan, puis elle avait commencé à distinguer des visages. Les Russes, surtout, avaient quelque chose de particulièrement attirant : ils avaient une expression différente, ils étaient habillés autrement, ils avaient dans les mains non des balluchons ou des sacs, mais des porte-documents et des valises, et leurs souliers étaient en cuir, ils brillaient comme des galoches bien lavées. Parmi une majorité d'hommes surgissaient parfois des femmes, elles ne portaient pas des foulards et des vestes matelassées, mais des chapeaux, des manteaux avec des cols en renard et des chaussures à talons. C'étaient des Russes, seulement elles étaient différentes, pas comme sa mère.

La petite Alia avait passé bien des heures à la gare, plongée dans un état de profonde distraction, comme un sage bouddhiste en contemplation devant l'infini du ciel ou le cours éternel de l'eau. Elle ne savait pas poser de questions ni y répondre, elle se contentait de caresser un rêve, accroupie près d'une poubelle : un jour, elle mettrait des chaussures à talons, elle prendrait une valise, et elle partirait d'ici pour aller ailleurs — elle ne savait pas où... Dans une autre vie, à laquelle elle aspirait d'un cœur intrépide. Peut-être était-ce son sang qui parlait, ce sang qui avait poussé son père vers le fouillis des embranchements de voies ferrées, au cœur d'un magma humain, dans ces miasmes complexes de fer chauffé à blanc, de charbon humide et de toilettes de train souillées, là où tout était selon son cœur, une vie sur mesure, riche d'opportunités en tout genre : partager un cognac de luxe avec un militaire, passer un savon pour resquillage à une femme sans billet, s'en mettre plein les poches, mentir comme un arracheur de dents, et parfois, jouer les gros bras devant un passager privé de droits... Togouss Togoussov passa dix années à fêter ainsi sa réussite ferroviaire, et au bout de dix ans, deux malfrats qu'il avait pris dans son compartiment de service pour un trajet de nuit entre Ourguentch et Koz-Syrt le soûlèrent, le dévalisèrent et le jetèrent à bas du train. Alia ne revit plus de bonbons chers pendant des années.

Sa mère la mit à l'école. Au début, elle ne saisit pas tout de suite le lien entre ces gens heureux et si particuliers qui descendaient sur le quai d'Akmolinsk, et les bâtons tordus qu'elle alignait de mauvaise grâce sur ses cahiers, mais à la fin du cours élémentaire, ce fut comme une révélation : elle se mit à étudier avec passion, avec rage, ses facultés (grandes ou petites, cela n'avait aucune importance) étaient constamment tendues jusqu'à leur extrême limite, et cette limite reculait d'année en année, elle travaillait de mieux en mieux, si bien qu'elle alla jusqu'au bout de ses études secondaires, alors que presque toutes les filles de sa classe, après la troisième, devenaient apprenties à l'usine ou entraient dans une école professionnelle.

Elle obtint son diplôme de fin d'études avec une médaille d'argent. La chimiste Evguénia Lazarevna, son professeur principal, une Moscovite déportée qui avait elle aussi échoué au Kazakhstan, essaya de la convaincre d'aller à Moscou pour se présenter à l'université, en faculté de chimie.

« Crois-moi, c'est un talent aussi rare que celui de pianiste ou de mathématicien. Tu as un sens inné des structures ! » s'exclamait Evguénia Lazarevna avec enthousiasme.

Alia savait bien elle-même que son intelligence s'était fortifiée. Sa mémoire visuelle, cette mémoire qui permettait à son grand-père, d'un bref coup d'œil à son troupeau aux contours mouvants, de constater la disparition d'un seul et unique mouton, gardait l'empreinte des formules chimiques, de leurs structures à ramifications, des anneaux et des pousses des radicaux...

« Non, pas maintenant, j'irai là-bas dans deux ans ! » avait dit fermement Alia sans se répandre en explications.

Evguénia Lazarevna avait haussé les épaules. En deux ans, tout se perdrait, tout serait emporté par le vent...

Entre-temps, Galina Ivanovna était devenue invalide : l'un de ses genoux ne pliait plus, et elle clopinait à grand-peine sur l'autre jambe. Alia entra à l'usine, pas dans les bureaux, mais au laboratoire. Evguénia Lazarevna lui avait trouvé une place auprès d'une de ses anciennes élèves. Pendant deux ans, Alia abattit un travail de forçat, elle avait pris un mi-temps en plus et trimait douze heures par jour. Elle économisa l'argent du billet, s'acheta un cardigan en laine bleu foncé, une jupe noire et des chaussures à talons. Elle avait encore cent roubles de côté, en réserve. Mais ce n'était pas le plus important. Outre ses deux années d'expérience, elle partait avec une bourse de formation accordée par son usine natale, pas à l'université, il est vrai, mais à l'institut Mendeleïev, en faculté de technologie. Elle était à présent ce qu'on appelle « un cadre national ». Sa mère, qui venait de recevoir sa carte d'invalidité du second groupe pour tuberculose osseuse, lui demanda de rester, d'entrer dans un institut ici, à Akmolinsk, puisque cela lui disait tellement de faire des études. Elle avait l'intention de mourir bientôt et promettait de ne pas la retenir très longtemps. Mais Alia ne l'entendait même pas.

Pieds nus dans ses chaussures à talons, une valise bourrée de manuels à la main, elle monta dans un train qui traversait la ville. Ses pieds, qui frottaient contre le bord rigide des chaussures, étaient déjà en sang avant d'arriver à la gare. Mais cela n'avait pas d'importance : elle était encore plus impitoyable envers elle-même qu'envers sa mère.

Dans le train, elle prit la ferme décision de ne plus jamais revenir au Kazakhstan. Elle n'avait pas encore vu Moscou, mais savait déjà qu'elle y resterait pour toujours.

Ni ses rêves ni son imagination n'avaient réussi à se hisser à la hauteur de l'éclat époustouflant de la capitale en chair et en os. La gare de Kazan, cette concentration de tumulte, de cohue et de crasse, ce cloaque tant méprisé par les Moscovites, lui apparut comme l'antichambre du paradis. Elle sortit sur la place, et la magnificence de la ville la stupéfia. Elle descendit dans le métro et resta pétrifiée : le paradis n'était pas au ciel, mais sous la terre ! Elle alla jusqu'à la station Novoslobodskaïa, et les petits bouts de verre colorés des pitoyables vitraux de la station souterraine lui procurèrent les émotions artistiques les plus profondes de son existence. Elle resta plantée une demi-heure devant le panneau étincelant en versant de pieuses larmes avant de ressortir au grand jour. Mais au premier abord, la surface la déçut. De part et d'autre du palais de marbre s'éparpillaient d'insignifiantes petites maisons, guère mieux que celles d'Akmolinsk. Et, tandis qu'elle examinait ce carrefour tout à fait quelconque, elle sentit soudain une délicieuse odeur de pain, dont il émanait une joie aussi féerique et aussi exaltante que celle distillée par les bouts de verre colorés.

La boulangerie se trouvait en face du métro, un peu en biais. Une vieille maison sans étage. Elle se laissa porter par la vague odorante. À l'intérieur miroitait un carrelage bleu et blanc, et cela aussi, c'était magnifique. Il s'agissait effectivement d'une belle boulangerie, elle avait appartenu autrefois à Philippov, on avait conservé le fournil au sous-sol, il y avait même un vieux boulanger qui avait commencé à travailler aux fourneaux tout enfant, avant la révolution...

Dedans, l'odeur était telle qu'on aurait presque pu mordre l'air et le mâcher. Et il y avait tant de pain que cela vous sortait par les yeux. C'était un pain fabuleux, et Alia crut d'abord qu'il coûtait si cher qu'elle ne pourrait pas en acheter. Mais il coûtait le prix habituel, comme à Akmolinsk. Elle s'offrit d'un seul coup un petit pain au lait, une brioche riche en calories, et une galette de sarrazin. Elle mordit dedans, bien qu'il fût dommage d'abîmer une telle splendeur. Le petit pain était saupoudré d'une fine farine blanche comme elle n'en avait jamais vu au Kazakhstan. Elle n'avait rien mangé d'aussi délicieux de toute son existence...

Elle trimbala sa lourde valise jusqu'à l'institut en s'arrêtant tous les dix pas. On l'enregistra rapidement, et on la dirigea vers un foyer. Elle eut beaucoup de mal à le trouver, dans le quartier de Krasnaïa Presnia, assez loin du métro. Une fois qu'elle eut réglé les formalités de son installation et reçu une place dans une chambre pour quatre, elle fourra la valise détestée sous le lit en fer et fonça sur la place Rouge voir le Kremlin et le mausolée de Lénine, La Mecque et la Kaba de cette partie du monde.

Ce fut le plus grand jour de sa vie : trois merveilles de l'univers venaient de lui être révélées d'un seul coup. Son âme avait eu droit à une sainte relique de l'art, fabriquée à partir de petits morceaux de verre colorés par des ouvriers ivres d'après les esquisses de barbouilleurs dénués de conscience, son corps avait connu une saveur sacrée et inoubliable (les exploitants de terres vierges, des cultivateurs transplantés, des déportés et des komsomols conviés à accomplir un exploit, eux, se bourraient d'un pain gris, humide et terreux), et un esprit immortel l'avait transportée sur de divines hauteurs près du mur crénelé du grand temple. Alléluia !

Qui aurait osé la détromper ce jour-là ? Qui aurait pu lui proposer davantage ? Ses voisines du foyer n'auraient peut-être pas partagé son enthousiasme, même si elle leur avait confié ses émotions. Mais elle gardait son trésor dans le silence de son âme.

Tout ce qu'elle avait projeté s'était réalisé. Elle avait réussi ses examens beaucoup mieux qu'il ne le fallait pour être admise. On lui avait attribué au foyer un lit et une petite armoire dans une chambre pour quatre, avec des toilettes et une douche sur le palier, une cuisine commune et un réchaud à gaz. Tout cela lui appartenait de plein droit. Elle regardait ses condisciples par-dessus les éprouvettes et les cornues. Ils étaient tous magnifiques, comme des étrangers, beaux, élégants, bien nourris. Le plus beau d'entre eux était Chourik Korn. Par la suite, elle pénétra dans son appartement. C'était l'étage supérieur du paradis. Alia savait maintenant avec certitude que l'on pouvait tout obtenir. Il fallait seulement travailler. Et elle travaillait. Et elle était prête à tout.

13

Après la mort de sa mère, Véra avait vieilli d'un seul coup et en même temps, elle s'était sentie orpheline. L'état d'orphelin étant principalement associé à l'enfance, c'était comme si elle avait changé de place avec son fils étudiant et qu'elle lui avait cédé le statut d'aîné. Tous les problèmes de la vie quotidienne, autrefois résolus par Élisavéta Ivanovna de façon imperceptible, reposaient désormais sur Chourik, et il l'avait accepté sans murmurer, docilement. Sa mère levait les yeux sur lui et disait distraitement en lui effleurant l'épaule de sa main diaphane :

« Chourik, il faudrait acheter quelque chose pour le déjeuner... Chourik, on n'avait pas rangé la facture d'électricité quelque part... Chourik, tu n'aurais pas vu mon écharpe bleue... »

Tout cela de façon évasive, sans jamais formuler les choses jusqu'au bout.

Elle continuait, comme autrefois, à déposer son salaire de comptable dans le coffret en tapisserie, sur le guéridon d'Élisavéta Ivanovna. Chourik avait été le premier à s'apercevoir que cet argent ne suffisait absolument pas et, dès la mi-septembre, il avait commencé à donner des leçons particulières aux anciens élèves de sa grand-mère. Il avait aussi sa bourse.

En revenant de l'institut, il passait dans le magasin le plus proche et achetait des *pelmeni* [1], des pommes de terre et des pommes, sans lesquelles sa mère ne pouvait pas vivre, il payait les notes de gaz et d'électricité, retrouvait l'écharpe qui s'était glissée entre le mur et le meuble à chaussures...

Une fois par semaine, il achetait de la morue qu'il apportait à Mathilda. Il attendait des lettres de Lilia. Il n'y en avait toujours pas.

Le Nouvel An approchait, le premier sans Élisavéta Ivanovna, sans fête de Noël, sans pains d'épice à prédictions, sans les cadeaux généreux et inattendus de sa grand-mère, et même, semble-t-il, sans sapin.... En tout cas, Véra ignorait d'où sortaient ces sapins, qui les apportait, et de quelle façon l'arbre épineux se retrouvait dans un vieux té conservé par Élisavéta Ivanovna et fixé à l'aide d'un assortiment de petits coins, gardés eux aussi dans une boîte spéciale.

Au fil des semaines et des mois, l'absence d'Élisavéta Ivanovna se faisait sentir avec de plus en plus d'acuité, surtout durant cette semaine précédant le Nouvel An qui, les années précédentes, était une semaine joyeuse et surchargée, une semaine de préparatifs : les élèves venaient presque tous les jours rafraîchir leurs comptines et leurs chansons françaises, et le soir, en rentrant de son travail, Véra se mettait au piano, elle les accompagnait en songeant à l'inoubliable Alexandre Sigismundovitch, et secouait machinalement la tête à la fin de chaque phrase musicale, comme il le faisait autrefois. Les enfants chantaient à tue-tête d'une voix de fausset, Élisavéta Ivanovna, l'air sévère, étirait sa lèvre supérieure sur son dentier branlant et tapotait le vieux tapis du bout de sa

1. Sortes de raviolis sibériens.

chaussure, tandis que les pommes et les oranges confites finissaient de se dessécher dans le four brûlant, et la maison embaumait la cannelle et l'orange, aux effluves desquelles venait se mêler l'odeur de fête de l'encaustique...

« À propos, Chourik, où est le numéro de téléphone d'Alexeï Sidorovitch ? »

Alexeï Sidorovitch était le frotteur de parquet qu'Élisavéta Ivanovna convoquait deux fois par an depuis des temps immémoriaux, avant Noël et avant Pâques, mais il n'avait pas le téléphone, il habitait à Tomilino, et elle lui envoyait une carte postale en lui fixant la date de sa venue. Elle gardait son adresse en tête, il ne figurait pas dans son carnet...

Décembre, sombre et interminable, était un mois que Véra avait toujours mal supporté : elle s'enrhumait, toussait, tombait dans un état dépressif qu'à l'époque on appelait tout simplement de la langueur. D'ordinaire, dès le mois de novembre, Élisavéta Ivanovna intensifiait les soins habituels qu'elle prodiguait à sa fille, elle lui donnait une sorte de décoction de feuilles d'aloès avec du miel, lui préparait des infusions de plantain ou d'œil-de-bœuf et, chaque matin, posait devant elle un verre de vin rouge sucré.

Ce mois de décembre, le premier sans sa mère, fut particulièrement éprouvant pour Véra. Elle pleurait beaucoup et, chose étonnante, même dans son sommeil. Au réveil, elle avait du mal à rassembler ses forces pour venir à bout de ces larmes autonomes. Même à son travail, les larmes se mettaient soudain à couler sans raison, et il se formait dans sa gorge une boule qui la suffoquait. Elle n'arrêtait pas de maigrir au point que ses jupes tournaient sur ses hanches décharnées, et les jeunes actrices la harcelaient pour connaître le secret de son régime. Ce n'était pas une question de régime, bien entendu, cela tenait à sa thyroïde hypertrophiée depuis son enfance, qui diffusait à présent dans son sang d'énormes doses d'hormones, c'était pour cela que Véra se sentait faible, pleurait, et se traînait comme une âme en peine. Mais, étant donné que les symptômes de sa maladie coïncidaient en tout point avec les symptômes habituels de son caractère (la propension aux larmes, l'hypocondrie, et une tendance à se fatiguer vite), son mal resta longtemps ignoré. Ses amies lui faisaient remarquer que sa mine n'était pas brillante, qu'elle avait l'air fatiguée.

Chourik était peut-être le seul à sentir que sa beauté, décolorée et un peu triste, comme une vieille tasse en porcelaine ou l'aile d'un papillon arrivé au terme de son vol, en devenait plus touchante encore...

Chourik l'adorait. Il avait été élevé par la prévoyante Élisavéta Ivanovna dans la ferme conviction que sa maman était un être d'une nature particulière, artistique, qu'elle dépérissait dans un misérable travail qui ne correspondait absolument pas à son niveau, uniquement pour la bonne raison qu'une activité créatrice exige une totale abnégation, mais Véra s'était choisi un autre destin, celui de l'élever lui, Chourik. Elle avait sacrifié pour lui une carrière d'artiste. Et il devait apprécier ce sacrifice à sa juste valeur. Ce qu'il faisait.

Maintenant, après cette horrible histoire avec sa grand-mère, il éprouvait une peur panique pour sa mère. Il s'était opéré une permutation de rôles définitive : Véra avait donné à son fils la place de sa mère défunte, et il avait tout naturellement endossé ce rôle, il se sentait responsable d'elle, sinon comme un père de son enfant, du moins comme un grand frère d'une petite sœur, et les soins qu'il lui prodiguait n'avaient rien d'abstrait ni de théorique, ils étaient tout à fait concrets, et lui prenaient beaucoup de temps.

Chourik traversait une mauvaise passe. Malgré la facilité avec laquelle il avait intégré l'institut, il avait du mal à suivre ces études. C'était un littéraire, cela ne faisait aucun doute, et l'aisance avec laquelle il assimilait les langues étrangères ne s'étendait absolument pas aux autres matières. À la fin du premier semestre, il avait accumulé beaucoup de lacunes dans toutes les sciences, avait obtenu la moyenne avec difficulté, et ne cessait de recourir à l'aide d'Alia et de Génia. Ils le poussaient à travailler, quand ils ne faisaient pas tout simplement ses devoirs à sa place. Il n'avait pas encore été recalé aux examens, mais il était rempli de mauvais pressentiments. La seule matière dans laquelle il réussissait très bien était l'anglais. Le malentendu qui avait été la cause indirecte de la mort de sa grand-mère avait connu une sorte de récidive : on l'avait de nouveau inscrit par erreur dans le mauvais groupe de langue. En voyant son nom dans le groupe « anglais niveau supérieur », il n'était même pas allé s'expliquer auprès de l'administration. Il s'était mis à fréquenter les cours, et c'est seulement à la fin du semestre que le professeur s'était rendu compte que l'un de ses étudiants avait assimilé par erreur, en trois mois, tout le programme scolaire d'anglais, et qu'il s'était parfaitement débrouillé avec cette nouvelle matière.

Autrefois, Véra assistait scrupuleusement aux meilleures premières théâtrales et aux bons concerts en compagnie de son fils. À présent, lorsqu'elle lui proposait d'aller quelque part, il arrivait à Chourik de refuser, il n'avait plus le temps. Il devait travailler énormément. C'était surtout la chimie qui lui donnait du fil à retordre, il la trouvait tarabiscotée, pleine de ramifications et dénuée de logique...

Tout avait changé d'un seul coup dans sa vie, tant pour l'essentiel que dans les détails. La seule chose qui était restée la même depuis l'année précédente, c'étaient les lundis de Mathilda. Ces lundis débordaient d'ailleurs parfois sur le reste de la semaine. Comme Véra supportait mal les soirées solitaires, Chourik attendait en somnolant sur ses manuels jusqu'à onze heures, moment où sa mère prenait son somnifère, puis, laissant dans sa chambre une petite lumière et une musique discrète, il ouvrait la porte d'entrée sans faire cliqueter la serrure ni grincer les gonds spécialement huilés, et sortait en chaussettes, gardant à la main ses chaussures qu'il enfilait sur le palier. Il descendait l'escalier quatre à quatre, traversait la cour et franchissait le pont de chemin de fer en courant pour aller retrouver Mathilda.

Il ouvrait la porte avec sa propre clé, qui lui avait été confiée non comme un signe de leur lien amoureux, mais comme un témoignage d'amitié, depuis le jour où elle lui avait laissé ses chats pour la première fois. Dans l'embrasure de la porte, il voyait un large lit blanc et, allongée sur de gros oreillers, Mathilda vêtue d'une ample chemise blanche, avec sa natte mollement tressée pour la nuit sur l'épaule et un livre dodu recouvert de papier journal, entourée de ses trois chats noirs qui dormaient dans les poses les plus fantaisistes sur son corps déployé. Mathilda, elle, souriait au tableau inverse : un jeune homme aux joues écarlates vêtu d'un petit blouson de sport, avec ses cheveux épais couverts de neige. Elle savait qu'il avait fait tout le chemin en courant, comme un animal fonçant vers l'abreuvoir, et elle savait qu'il aurait couru comme ça non vingt minutes, mais toute la nuit, peut-être même une semaine entière, pour la serrer dans ses bras le plus vite possible, car sa faim était jeune, animale, et elle se sentait prête à l'assouvir.

Il lui venait parfois à l'esprit qu'elle aurait pu le dégrossir un peu, car même au lit, il continuait sur sa lancée, et le temps manquait pour de longues cajoleries, pour la volupté et les caresses subtiles. Une fois arrivé au terme de sa course, il s'arrachait brusquement à elle, poussait un cri en regardant sa montre, se rhabillait en vitesse et filait. Elle s'approchait de la fenêtre et le voyait traverser la cour à toute allure, puis surgir un instant dans une trouée entre deux immeubles...

« Il est pressé de retrouver sa maman ! se disait-elle avec un sourire indulgent. Il ne faudrait pas qu'une vieille imbécile comme moi s'attache trop... »

Elle redoutait les attachements, elle redoutait le prix à payer. Elle avait l'habitude, elle savait qu'il y a toujours un prix à payer.

14

Le Nouvel An serait triste, c'était ainsi que Véra Alexandrovna l'avait prévu. Elle avait décidé de l'interpréter sur un mode mineur empreint de noblesse, et avait sorti une partition de Mendelssohn pour déchiffrer d'avance sa sonate numéro deux. Elle n'avait pas une très haute idée du niveau de son jeu, mais le seul spectateur sur lequel elle comptait ce soir-là était le plus bienveillant qui fût au monde.

Son âme de comédienne n'était pas morte. L'ancien spectacle de sa vie était parti à vau-l'eau, les représentations étaient terminées, et elle avait entrepris d'en monter un nouveau avec des moyens de fortune, un pot-pourri, comme on dit au théâtre. Pour du Mendelssohn, le mieux, c'était une robe noire montante, mais avec des manches transparentes, quelque chose de décent pour une interprète. Et puis, le noir lui allait bien. Quant à la tradition bourgeoise qui veut que l'on ne fête jamais la nouvelle année en noir, elle s'en moquait complètement. Le repas serait modeste. Aucun des pâtés de sa mère qui ressemblaient à des petits cochons, aussi parfaitement identiques que s'ils avaient été fabriqués à la machine, pas de punch familial dans un compotier en argent de style russe... D'ailleurs où était-il passé, ce compotier, il faudrait qu'elle demande à Chourik... Juste des petits canapés et des tartelettes qu'on achèterait au buffet de la Société de Théâtre. Des oranges. Et une bouteille de champagne. C'est tout. Pour nous deux.

On drapera le châle de maman sur le dossier de son fauteuil, on laissera Stendhal ouvert, comme il était resté après son départ pour l'hôpital... Et ses lunettes... On mettra la table pour trois. Oui, pour nous trois.

Il ne venait même pas à l'esprit de Véra que Chourik pouvait avoir ses propres plans. Comme toujours, plusieurs rôles lui avaient été dévolus pour la fête imminente : celui de page, celui d'interlocuteur, et celui de foule enthousiaste. Et bien entendu, celui de l'homme, au plus haut sens du terme. Au sens suprême.

Mais Chourik avait autre chose en tête que les fêtes. Le matin du 31, il partit dès la première heure chercher son attestation de chimie minérale. Il frappa à la porte du chargé de cours Khabarov juste au moment où celui-ci venait d'avaler, en compagnie de son laborantin, cent grammes d'alcool de laboratoire dilué selon un dosage approprié dans un verre gradué.

C'était déjà la troisième fois que Chourik essayait d'obtenir cette attestation, et s'il ne réussissait pas à l'avoir aujourd'hui, il ne serait pas autorisé à passer les examens. Il était debout sur le seuil, l'air indécis. Alia, son mentor et son supporter, se tenait derrière lui.

« Qu'est-ce que tu viens faire ici, Togoussova ? demanda Khabarov, qui lui avait remis depuis longtemps son attestation pour excellents résultats sans même l'avoir interrogée.

— Oh, je suis venue comme ça, répondit Alia, embarrassée.

— Ah, la la ! Vous n'avez vraiment rien à faire, les enfants ! » soupira Khabarov d'un ton débonnaire.

Le verre venait juste d'être assimilé par son organisme et tout en lui, à l'extérieur comme à l'intérieur, s'était réchauffé et bonifié. Khabarov était un alcoolique débutant, et Chourik était tombé par hasard au meilleur moment de son état fluctuant. Il résolut en vitesse le problème posé, et se trompa. Khabarov trouva cela très drôle, il éclata de rire, lui en donna un autre, et alla retrouver son fidèle laborantin dans la salle de service afin de réitérer la procédure. Il revint au bout d'un quart d'heure, trouva Chourik, qu'il avait complètement oublié, avec son problème résolu par Alia, apposa sa signature, et lui fit un clin d'œil en agitant le doigt.

« Tu ne sais rien de rien, Korn ! »

Dans le couloir, Chourik prit Alia dans ses bras et la fit tournoyer, bousculant le chignon sur lequel elle s'était tant appliquée.

« Hourra ! Il me l'a donnée ! »

Alia fut transportée au septième ciel : le couloir était rempli d'étudiants, et tous avaient vu Chourik la prendre dans ses bras. C'était bien la preuve la plus flagrante que son intense travail de conquête portait ses premiers fruits. La joie de Chourik, qu'il reportait sur elle, ainsi que sa coiffure chiffonnée, montraient à tout le monde qu'il y avait quelque chose entre eux. Une intimité était amorcée, et elle était prête à se donner tout le mal qu'il faudrait pour remporter le grand prix.

Elle redressa d'une main osseuse son chignon de travers, lissa fiévreusement le col de son cardigan bleu et le bas de sa jupe, puis pinça son bas sur son mollet pour le remonter.

« Eh bien, je te félicite ! » minauda-t-elle avec un petit mouvement de l'épaule.

Elle était presque jolie en cet instant, elle faisait vaguement penser à la Japonaise d'un des nombreux calendriers en papier glacé qui s'étaient introduits en Russie cette année-là.

« Je te dois un énorme merci ! » répondit Chourik, encore tout rayonnant de son succès.

« Il va m'inviter ! » se dit-elle.

Dieu sait pourquoi, elle s'était mis dans la tête que s'il obtenait son attestation, il l'inviterait obligatoirement à passer la soirée du Nouvel An chez lui. Cela faisait déjà plusieurs jours que tout le monde s'activait, se cotisait, achetait de la nourriture, et discutait pour savoir chez qui il valait mieux se retrouver. C'était particulièrement important pour ceux qui vivaient dans des foyers. Les autorités, très strictes, faisaient la chasse aux beuveries et autres excès en tout genre qui se produisent invariablement ce jour-là. Tous les provinciaux avaient envie de passer cette soirée dans une vraie famille moscovite.

Chourik transféra l'attestation de sa poche à sa serviette tandis qu'Alia restait plantée à côté de lui, se creusant frénétiquement la tête pour trouver ce qu'elle pourrait bien dire tout de suite, à chaud, afin d'obliger cet instant propice à jouer en sa faveur. Mais elle ne trouva rien de mieux qu'une question banale :

« Et toi, tu fêtes ça où ?

— Chez moi. »

La conversation tourna court, et il était impossible de tirer davantage sur la corde : elle ne voulait pas s'imposer.

« Il faut encore que j'achète un sapin, je l'ai promis à maman », lui confia Chourik, et il ajouta, avec simplicité et sans appel : « Merci, Alia, sans toi, je ne l'aurais jamais eue ! Bon, eh bien, j'y vais...

— Oui, moi aussi ! » dit Alia avec un signe de tête hautain, et elle s'en alla, balançant de façon rythmique le chignon crêpé de ses épais cheveux noirs, et ravalant vaillamment les larmes rageuses de l'échec.

Dans le foyer, c'était le branle-bas de combat. Les voisines d'Alia repassaient, recousaient, se maquillaient avec des produits de beauté allemands achetés en commun, nettoyaient tout et recommençaient à se couvrir de rouge et de bleu. Elles se rendaient à une soirée à l'université Patrice-Lumumba, mais elles n'avaient pas proposé à Alia de les accompagner. Celle-ci s'allongea sur son lit et se couvrit la tête avec la couverture.

« Tu es malade ? demanda Léna Stovba, tout en captant dans le miroir le reflet de son œil rond comme un œuf.

— J'ai mal au ventre... Je comptais aller chez Korn, mais je crois que je n'irai pas », dit Alia en grimaçant.

Si elle faisait bien attention, il se passait vraiment quelque chose dans son ventre.

« Aaah..., répondit Léna en crachant sur son rimmel et en se concentrant pour l'étaler avec une petite brosse. Moi aussi, il m'avait invitée, mais ça ne me dit rien ! »

Alia ausculta son ventre : oui, elle avait mal. Eh bien, tant mieux ! C'était drôle, ça, pourquoi est-ce qu'elle mentait ? Mais peut-être qu'elle ne mentait pas...

Stovba, vêtue d'une combinaison blanche fendue sur le devant, avait entortillé sa jolie jambe charnue autour du pied de la chaise et s'efforçait d'écarquiller les yeux pour que le rimmel ne coule pas dedans. Elle faisait partie des filles riches, on lui envoyait des mandats de chez elle, sa mère était venue deux fois et lui avait apporté de la nourriture comme on n'en voyait nulle part, même à Moscou...

Elles s'en allèrent toutes vers neuf heures en laissant derrière elles une chambre en pagaille, des robes en vrac, le fer à repasser branché, des bigoudis, et des bouts de coton couverts de traces de carmin et de noir. C'est alors qu'Alia fondit en larmes.

Après avoir un peu pleuré, elle se consola à sa façon habituelle, en se caressant. Elle avait des seins menus, durs comme des poires vertes. Son ventre autrefois creux, avec le pubis et les os iliaques qui ressortaient, était devenu tout rond grâce au pain de la boulangerie Philippov. Elle avait la taille fine, et le reste n'était pas plus mal que chez les autres : en surface, une tendre peau de chamois, à l'intérieur, de la soie glissante.

Elle se leva et se regarda dans le miroir poussiéreux. Chaque élément de son visage n'était pas trop mal en soi, mais ils étaient assemblés négligemment, sans soin : de longs yeux bridés, on pouvait même les allonger encore, ils étaient juste un peu trop rapprochés. Le nez était légèrement épaté, comme celui de son père, mais bon, ce n'était pas trop grave. Par contre, la distance entre le bout du nez et la lèvre supérieure était vraiment trop petite. Elle étira sa lèvre supérieure en glissant sa langue dessous : oui, comme ça, ce serait mieux... Les produits de beauté allemands n'avaient pas été rangés et, sans ménager le bien d'autrui, elle se dessina des sourcils obliques, puis enchâssa ses yeux dans un cadre noir... Elle effaça tout et recommença. Non, finalement, elle ne ressemblait pas tellement à la Japonaise potelée du calendrier, plutôt à son père-samouraï...

Puis elle essaya les robes. Cela se faisait couramment ici, d'échanger ses vêtements, de les porter collectivement, de façon communautaire. Les richesses des filles étaient assez misérables, mais pour Alia, c'était plus que suffisant. Même si aucun des vêtements de Stovba ne lui allait, ni en taille ni en largeur. Elle inspectait les corsages et les robes d'un œil froid, dénué d'envie. Tiens, ça, cette robe en soie couleur cerise, elle s'en achèterait bien une pareille, mais ce truc rayé, pour rien au monde ! Les mémés ouzbeks, sur les marchés, portaient toutes des rayures. Et elle s'achèterait aussi des bottes. Des bottes hautes. On lui avait promis une place de femme de ménage à l'institut, après le Nouvel An. Elle gagnerait de l'argent et se les achèterait...

Dans le miroir, elle voyait maintenant, sinon une beauté, du moins quelqu'un qui n'était plus Alia Togoussova. Un autre visage, nouveau. C'était à peine si elle se reconnaissait. Il y avait de la menue monnaie pour téléphoner sur un coin de la table de nuit. Au dernier moment, elle remarqua un flacon de parfum. Elle le secoua et se parfuma. Le parfum s'appelait *Peut-être*. Elle prit une pièce de deux kopecks et descendit téléphoner.

15

Vers dix heures, Véra Alexandrovna termina l'orchestration de la table ascétique qu'elle avait imaginée. Elle avait longuement plié les serviettes amidonnées l'année dernière par sa mère en leur donnant la forme compliquée d'une « queue d'oiseau », et collé au pied des bougies des petites couronnes qu'elle avait tressées en vitesse avec du papier doré et noir. C'était lugubre, mais solennel. Sous le sapin que Chourik avait eu beaucoup de mal à trouver et qui n'avait pas encore eu le temps de dégeler, elle déposa le cadeau de Nouvel An destiné à son fils, un pull à col roulé en laine fine qu'elle allait raccommoder et repriser pendant de nombreuses années. Puis elle changea d'avis et appela Chourik :

« Ouvre ton cadeau maintenant ! C'est bien de porter quelque chose de neuf pour la soirée du Nouvel An. »

Chourik ouvrit le paquet.

« Ouaah ! C'est génial ! »

Il embrassa sa mère et enleva son vieux pull bleu clair. Le nouveau était sombre, d'une superbe couleur marengo, et il lui plut beaucoup. Lui aussi avait préparé un cadeau pour sa mère : une somptueuse chemise de nuit qui lui avait coûté toute sa bourse du mois, un monstre de nylon rose et crépitant. Les femmes se bousculaient dans la queue devant le magasin, et il en avait acheté une. Déjà dans ces années-là, il commençait à manifester ce don particulier de choisir des cadeaux coûteux et ridicules qui tombaient toujours à côté et donnaient l'impression qu'il offrait un objet traînant chez lui par hasard, juste pour s'en débarrasser... Mais Véra n'avait pas encore eu l'occasion de s'en attrister, son cadeau à elle attendait son heure.

Après en avoir terminé avec la table, elle s'enferma dans la salle de bains afin d'opérer des manipulations destinées à lui procurer sinon la jeunesse, du moins la certitude d'avoir fait tout son possible pour la retenir. À ce moment-là, le téléphone sonna. Chourik décrocha. C'était la patronne de sa mère, Faïna Ivanovna, qui voulait lui parler. Ayant appris que Véra Alexandrovna était à la maison et qu'ils fêtaient le Nouvel An seuls tous les deux, elle déclara d'un ton résolu :

« Magnifique ! Magnifique ! Je rappellerai un peu plus tard. »

Mais la sonnerie ne retentit qu'au bout d'une heure et cette fois, à la porte. Grande, le teint vermeil, vêtue d'une pelisse d'astrakan enneigée et d'une chapka assortie, elle s'engouffra à l'intérieur tel un père Noël sans barbe qui aurait réparti les cadeaux de sa hotte rouge dans deux volumineux sacs à provisions.

Véra Alexandrovna poussa un cri.

« Faïna Ivanovna ! Ça alors ! En voilà une surprise ! »

Faïna Ivanovna, qui avait déjà abandonné sa lourde pelisse entre les mains de Chourik, extirpa ses énormes pieds de ses bottes avachies et recoiffa ses cheveux tout poisseux de laque.

« Eh oui ! C'est une surprise ! Souhaitez la bienvenue à l'hôte inattendue ! »

Elle était tellement contente de sa petite machination qu'elle ne remarqua ni les sourcils étonnés de Chourik, ni le geste imperceptible de Véra en direction de son fils (« Que veux-tu, il n'y a rien à faire... »). Il ne lui venait même pas à l'idée que sa collègue pouvait ne pas se réjouir de sa venue. Elle se pencha, farfouilla dans le gros sac, et piailla :

« Nom d'un chien ! Je crois bien que j'ai oublié mes chaussures ! Des chaussures toutes neuves... Moi qui voulais jouer les élégantes et me pavaner avec !

— Chourik, va chercher les grandes pantoufles, s'il te plaît..., demanda Véra Alexandrovna.

— Lesquelles, Véroussia ? »

Vêtu de son pull neuf, grand, beau et rasé de frais, Chourik remplissait de sa carrure toute l'embrasure de la porte.

Ça alors ! Il suffirait de lui coudre des galons et de lui rajouter une dizaine d'années...

Faïna Ivanovna avait une faiblesse : elle éprouvait une attirance inexplicable pour les militaires. Mais elle n'avait jamais réussi à s'en trouver un bien à elle, pour la vie conjugale. Rien que des hommes de passage, à titre provisoire, sur lesquels on ne peut pas compter. Or, qu'est-ce qui fait tout le charme d'un militaire ? C'est qu'on peut compter sur lui, bien évidemment. Et peut-on compter sur un amant ? Celui qu'elle avait en ce moment, par exemple... Elle était enfin arrivée à se hisser jusqu'au grade de colonel, jusqu'à la casquette. Il venait la voir comme on va au travail, deux fois par semaine, mais c'était du vif-argent, il lui filait entre les doigts. Aujourd'hui, tiens : il lui avait annoncé qu'il enverrait sa femme et ses enfants passer les fêtes à Smolensk, chez ses parents, et voilà qu'il avait téléphoné à huit heures du soir pour lui déclarer froidement que sa fille était tombée malade et que tout était annulé... Qu'il ne viendrait pas.

Faïna Ivanovna avait fêlé une assiette en la jetant par terre, avait sécrété quatre larmes de rage, et avait téléphoné à Véra Alexandrovna. Puis elle avait rassemblé dans des sacs toutes ses provisions du Nouvel An, des victuailles de fête, il y avait même des pirojki (c'était autre chose que le théâtre d'art de Véra, avec sa demi-olive et sa branche de persil !), et elle avait débarqué. Comme ça, elle ne passait pas la soirée toute seule à la maison, et elle faisait une surprise à cette pauvre Véra. Mais la surprise qui attendait Faïna Ivanovna, c'était Chourik. Tout récemment encore, on l'amenait au théâtre avec sa petite chemise en soie, son nœud papillon et parfois son aristocratique grand-mère au bras, et voilà que maintenant, il n'y avait plus rien de tout cela : la grand-mère était morte, et au lieu du petit garçon intimidé, un superbe animal ! Il sentait encore le lait, mais la stature était tout à fait virile — la taille, la carrure... Dans ce domaine-là non plus, Faïna n'avait pas de chance. Elle qui était grande et bien faite, toute sa vie, elle n'avait récolté que des petits gabarits, même s'ils avaient le grade de colonel...

Faïna sortait de son sac des bocaux et des paquets, et les disposait sur la petite table de la cuisine tout en bavardant :

« C'est une bonne idée, non ? Je me suis dit : vous êtes tout seuls, et moi aussi. J'ai expédié Vitka à Rouza ce matin, dans une colonie de vacances. De qui avons-nous besoin, je vous le demande ? Vous avez un grand plat ? »

Chourik, ravi, alla chercher un plat dans le buffet. Lui, tout lui plaisait, l'idée de sa mère de fêter le Nouvel An parmi de tristes souvenirs, avec noblesse et dans l'austérité, comme l'intention de Faïna d'organiser une somptueuse débauche de nourriture.

Ils n'avaient pas encore eu le temps de déballer les pâtés et les salades qu'elle avait apportés quand le téléphone sonna de nouveau. C'était Alia Togoussova :

« Chourik ! Je suis à côté de l'institut. Imagine-toi que les filles sont parties en emportant les clés de la chambre, et la gardienne n'est pas là. Je ne peux pas rentrer chez moi... Ça ne t'ennuie pas si je passe ? gloussa-t-elle sans grande assurance.

— Mais bien sûr, Alia, cela va de soi ! Tu veux que je vienne te chercher ?

— Comme si je ne connaissais pas le chemin ! Non, non, je viens toute seule... »

Alia n'avait pas téléphoné de l'institut, mais du métro. Dix minutes plus tard, elle était à la porte. Cette fois encore, Véra Alexandrovna poussa un cri. Elle crut d'abord que Lilia Laskine était revenue : une fille menue et outrageusement maquillée, avec des yeux qui lui remontaient presque jusqu'aux oreilles... Chourik poussa un hennissement et s'exclama avec candeur :

« Qu'est-ce que tu t'es tartinée, on ne te reconnaît plus ! »

Elle se débarrassa en vitesse de son vieux manteau et apparut dans la robe d'emprunt rouge cerise, sanglée par une large ceinture percée à la va-vite d'un trou supplémentaire. Elle lissa ses cheveux raides coiffés en chignon.

« On dirait une Japonaise ! »

Chourik n'aurait pu trouver mieux, même s'il avait voulu le faire exprès. Ressembler à une Japonaise, c'était exactement ce que souhaitait Alia la Kazakhe.

Tandis qu'ils parlementaient dans le couloir, Véra Alexandrovna eut le temps de chuchoter à Faïna Ivanovna :

« Une camarade de classe de Chourik... Ils travaillent ensemble. C'est une excellente élève, elle est du Kazakhstan.

Elle vient souvent à la maison, ils préparent leurs examens ensemble.

— Oh, je vous en prie, c'est tout à fait normal ! Un si beau garçon, elles vont toutes lui coller aux basques ! Ce qu'il faut, Véra Alexandrovna, c'est le retenir encore une petite dizaine d'années, ne pas le laisser se marier trop tôt. C'est comme le mien, il a treize ans, et il fait déjà un mètre soixante-dix ! À vingt ans, il atteindra les deux mètres. Et les filles commencent à téléphoner... Enfin, moi, je me dis : autant qu'ils prennent du bon temps pendant qu'ils sont jeunes ... »

Faïna Ivanovna était intelligente, elle était même très douée, dans son genre. Elle avait débuté comme caissière et avait grimpé jusqu'au poste de chef comptable. Au théâtre, son autorité était immense, le directeur comme le responsable artistique la redoutaient un peu. Il se tramait des intrigues dans lesquelles Véra Alexandrovna ne trempait pas du fait de l'insignifiance de sa position et d'un dégoût inné propre aux natures honnêtes, mais elle s'en doutait bien : on volait... Néanmoins, elle éprouvait malgré tout une sorte de respect pour sa patronne. Bien sûr, elle était vulgaire et sans éducation, mais elle avait une machine à calculer dans la tête, et puis, elle était intelligente. Maintenant, par exemple, elle avait parfaitement raison. Il était évident qu'un mariage contracté trop jeune pouvait estropier une vie entière. Dieu merci, la petite de l'année dernière, Lilia Laskine, était partie, mais si cela n'avait pas été le cas, il aurait fini par l'épouser, ce jeune idiot...

« Les garçons, il faut les protéger encore plus que les filles ! » décréta Faïna Ivanovna en faisant claquer sa langue, et au fond de son âme, Véra était bien d'accord avec elle...

On prit congé de la vieille année de façon protocolaire, au champagne.

« Et la télévision ? Il faut allumer la télévision ! » s'écria Faïna Ivanovna, affolée, en cherchant le téléviseur des yeux. Il n'y en avait pas. « Comment est-ce possible ? dit-elle, stupéfaite. Comment peut-on vivre sans télévision à notre époque ? »

Elle dut se passer de Brejnev, de *La Petite Flamme bleue* et de *La Nuit de Carnaval*. À minuit, la pendule de la grand-mère bourdonna, et ils trinquèrent. On s'attaqua aux somptueuses victuailles de Faïna. Véra les égratignait à peine du bout de sa fourchette. La soirée qu'elle avait projetée était complètement gâchée. Les bougies brûlaient bêtement et pour rien, et les lumières du sapin s'étaient ternies, car Faïna Ivanovna avait allumé le lustre à pleine puissance en s'exclamant : « J'ai horreur de l'obscurité ! » En se laissant tomber dans le fauteuil, elle avait froissé de son dos robuste le châle décati d'Élisavéta Ivanovna. Et elle avait écarté l'assiette vide symbolisant sa présence peu évidente. Elle dévorait de bon appétit en croquant les petits os de poulet :

« Mes poulets sont toujours très tendres, je les fais d'abord mariner... »

« On dirait une lionne ! remarqua Véra Alexandrovna pour la première fois depuis vingt ans qu'elle la connaissait. Comment se fait-il que je ne m'en sois pas rendu compte avant ? Deux plis en travers du front, des yeux très écartés, un nez large et épaté... Elle coiffe même ses cheveux en arrière pour cacher son encolure de fauve.... »

« Mange, ma petite, mange ! »

Faïna Ivanovna ne s'était pas donné la peine de mémoriser le nom de ce petit laideron... Sa rancune envers le colonel ne s'était toujours pas dissipée, elle était même devenue plus virulente, pourrait-on dire, mais aussi plus gaie. Et une idée lui vint à l'esprit.

« Où est votre téléphone ? »

Elle alla dans le couloir et composa un numéro. Elle ne lui téléphonait jamais chez lui, il ne savait même pas qu'elle avait son numéro personnel. Ce fut une femme qui répondit.

« Allô ? Je suis chez le colonel Korobov ? Vous avez un télégramme du ministère de la Défense...

— Tolia ! Tolia ! glapit la voix féminine dans l'écouteur. Un télégramme du ministère !... Une seconde ! »

Mais Faïna Ivanovna, sans prêter attention au lointain affolement de son interlocutrice, poursuivait :

« Le haut commandement souhaite une bonne année au colonel Korobov et le félicite pour son avancement ! À partir du 15 janvier de cette année, il est nommé directeur de la région militaire de Magadan ! La secrétaire Modmakhaïeva. »

Et elle raccrocha. Et alors ? La vie est un théâtre ! Son humeur s'était notablement améliorée.

« Pourquoi ne mangez-vous pas ? »

Elle-même fut prise d'un brusque accès de faim. Elle mit de la salade et un morceau de poisson sur l'assiette de Chourik.

« Véra Alexandrovna ! Pourquoi ne mangez-vous rien ? Votre assiette est vide ! Chourik, verse-nous à boire ! »

Chourik s'apprêta à déboucher la seconde bouteille de champagne.

« Non, non ! Du cognac ! »

Elle avait apporté tout ce qu'il fallait : le cognac et les chocolats.

« Si seulement elles pouvaient s'en aller ! songeait Véra qui n'en pouvait plus. On resterait tous les deux, on parlerait de maman. Tout est gâché, complètement gâché ! Quel sans-gêne incroyable, tout de même ! Arriver à l'improviste, comme ça, sans être invitée, avec cette nourriture monstrueuse qui va nous donner des brûlures d'estomac et des lourdeurs, si on n'attrape pas une indigestion... »

Alia trinqua avec tout le monde et but. Elle était aux anges. Si ses amies d'Akmolinsk pouvaient la voir... À Moscou, dans une maison pareille ! En robe de soie !... Chourik Korn, un piano, du champagne...

D'habitude, elle ne buvait jamais. Quand on le lui proposait, elle refusait toujours. À l'usine, l'ivrognerie était généralisée, et elle avait peur des hommes soûls, elle savait bien comment cela se passe : ils vous tordent les bras dans le dos, soulèvent votre jupe, et hop ! on passe à la casserole.... Elle s'était fait coincer plusieurs fois dans son enfance, par ses demi-frères et par les gamins des baraques. Au laboratoire aussi, l'année dernière, on avait organisé une sorte de banquet pour le 1er mai, ensuite, l'économe et Zotkine, le laborantin en chef, avaient fait irruption dans le vestiaire... Mais cette fois, elle se sentait si bien, si délicieusement bien...

« C'est pour ça que j'avais mal au ventre... Voilà pourquoi tout le monde boit ! songea-t-elle, se livrant à des déductions en partie erronées. Les filles disaient bien que c'était agréable. Peut-être qu'elles ne mentaient pas. Quelle journée ! J'arriverai à obtenir ce que je veux... », décida-t-elle, et elle fixa Chourik avec des yeux brillants.

Quant à Chourik, il mangeait, imperturbable. Chacun faisait les projets qu'il voulait... Lui, il avait les siens : il s'était entendu avec Mathilda et devait passer chez elle le lendemain, c'est-à-dire aujourd'hui. Elle avait prévu d'aller chez des amies dans la journée, mais devait revenir le soir. À cause des chats, bien sûr. Et Chourik avait l'intention de lui rendre visite une fois qu'il aurait fêté le Nouvel An avec sa mère dans la tristesse et la magnificence.

« Si on dansait ? proposa Alia à voix basse.

— Le magnétophone est dans ma chambre. Tu veux que j'aille le chercher ? »

Il était aussi bouché qu'Alia était empotée.

« Oh, on n'a qu'à aller dans ta chambre ! dit Alia en rougissant sous le regard narquois de Faïna Ivanovna.

— D'accord ! » acquiesça Chourik, et il s'essuya la bouche avec la serviette amidonnée qu'Alia n'avait pas osé toucher.

« Mais oui, mais oui, qu'ils aillent donc danser ! » susurra Faïna Ivanovna d'une voix ignoble, mais personne n'y prêta attention.

Les jeunes sortirent, et Faïna Ivanovna se lança dans des confidences, elle se mit à parler à Véra Alexandrovna des contrats avec les artistes, des frais d'intendance que l'on faisait passer pour des frais artistiques, bref, de choses que Véra n'avait absolument aucune envie de savoir.

Dans la chambre de Chourik, il n'y avait guère de place pour danser. Entre le divan, le bureau et les deux bibliothèques, il ne restait qu'un espace exigu dans lequel, aux sons geignards d'un blues, Alia se plaqua contre Chourik de tout son maigre corps. Il fut surpris de constater à quel point, au toucher, elle ressemblait à Lilia : des petites côtes fragiles, des seins durs... Seulement, Lilia virevoltait comme une tsigane, tandis que celle-là se dandinait en se marchant sur les pieds. Mais si on la serrait plus étroitement, on s'apercevait d'une chose absolument étonnante : ses jambes fluettes étaient fixées quelque part sur les côtés, et entre elles béait un vide qui vous aspirait, une route qui s'ouvrait toute grande, et ce truc, le pubis, était comme suspendu dans les airs, on aurait même dit qu'il pointait un peu en avant. Il souleva le bas de la jupe, juste comme ça, par curiosité, pour vérifier ce qu'il en était, et il fut très surpris : le tissu du slip s'écarta aisément, et son doigt tomba directement dans une cavité chaude. Tout doucement, avec beaucoup d'adresse, elle fit un bond minuscule et se planta solidement sur lui. Elle était légère, elle ne pesait rien, comme Lilia. Il se mit à gémir : « Lilia... » Aucune cuisse, rien, pas de chair superflue. Juste ça, juste ce qu'il fallait... Rien à voir avec Mathilda, c'était complètement différent... Et le blues, qui s'éternisait sur une note de saxophone, ne dérangeait absolument pas. À l'instant où Chourik appuyait cette chose impondérable contre l'armoire en triturant les boutons trop serrés de son pantalon, et où tout allait suivre son cours naturel, une voix exigeante résonna dans le couloir :

« Chourik, viens voir une minute ! »

Ce n'était pas sa mère qui l'appelait, mais Faïna Ivanovna.

« Oui, oui, j'arrive ! » répondit Chourik en sursautant.

Il arrêta tout et ôta de son doigt cette petite étrangère. La soie sombre et électrostatique de la jupe resta collée sur sa poitrine, et pour la première fois, il s'émerveilla de la façon ingénieuse dont tout était agencé : à la pâle lumière de la lampe de chevet tournée vers le mur se détachaient les pétales rouges d'une petite fleur bombée.

« Je reviens tout de suite ! » murmura-t-il d'une voix rauque, et il entreprit de rentrer les boutons dans les boutonnières trop étroites de son pantalon neuf.

Dans l'entrée, Faïna Ivanovna était en train de s'habiller. Elle avait déjà introduit ses pieds dans ses bottes. Les sacs amaigris étaient paisiblement couchés sur le plancher, comme des chiens aux pieds de leur maître.

« Chourik, tu veux bien mettre Faïna Ivanovna dans un taxi ? demanda sa mère.

— Mmm ! » acquiesça Chourik.

Il n'y avait pas moyen de faire autrement.

« Notre cour est tellement sombre ! S'il pouvait me raccompagner jusqu'à ma porte, et revenir avec la même voiture...

— Bien sûr, bien sûr ! » fit Véra, toute contente d'être délivrée.

Il était deux heures passées, le moment où les gens rentrent chez eux. Ils trouvèrent tout de suite une voiture. Par une coïncidence assez cocasse, l'immeuble de Faïna Ivanovna se trouvait juste en face du foyer d'Alia. Elle régla le taxi et le congédia, ce qui ne fut pas sans susciter une certaine perplexité chez Chourik, toujours sous l'influence magnétique de ce qu'il avait découvert sous la robe en soie rouge cerise.

Il n'y avait pas trace de la cour sombre annoncée, mais Chourik n'y prêta pas attention. Il portait les deux sacs légers d'une main, tandis qu'une lourde manche d'astrakan reposait sur son autre bras. Ils prirent l'ascenseur. Faïna Ivanovna ouvrit la porte, fit entrer Chourik, et donna un tour de clé. Son plan comportait deux points. Le premier était un coup de fil.

« Enlève ton blouson une minute, tu vas me rendre un service. »

Elle se débarrassa prestement de sa pelisse et, tandis qu'il dansait d'un pied sur l'autre, elle composa un numéro de téléphone, puis lui fourra l'écouteur dans la main.

« Demande à parler à Anatoli Pétrovitch et dis : Faïna Ivanovna vous fait dire que vous avez droit à deux places pour le spectacle *Beaucoup de bruit pour rien*. Tu as compris ? *Beaucoup de bruit pour rien*. Deux places ! »

Une voix masculine répondit :

« Allô ?

— Anatoli Pétrovitch ? Faïna Ivanovna vous fait dire que vous avez droit à deux places pour le spectacle *Beaucoup de bruit pour rien.*

— Quoi ? fit la voix, folle de rage.

— Deux places... »

D'un léger mouvement de l'index, Faïna Ivanovna appuya sur le commutateur. Bip-bip-bip. Elle sourit d'un air mystérieux.

« Et maintenant... » C'était le second point de son programme pour la nuit du Nouvel An. « Maintenant, je vais te montrer un petit jeu... »

Elle lui prit la main, s'empara fermement de son majeur et, dardant une langue dure entre ses lèvres arrondies, lui lécha le bout du doigt.

« Ne crains rien, cela va te plaire... »

La lionne avait des singularités dont Chourik, relativement armé par son expérience du lundi, n'imaginait même pas l'existence. Et cela ne suscitait en lui aucune association d'idées : il ne connaissait pas de jeu de ce genre. Au bout d'une demi-heure, ayant complètement perdu tous ses repères, tant dans l'espace que dans ses propres sensations, il était en proie à une volupté électrique et brûlante qui se propageait dans toute sa colonne vertébrale. Il était englouti par quelque chose d'inimaginable et de prodigieux qui n'avait rien de commun, à part l'odeur, avec la petite fleur sèche sur laquelle il se précipitait quelques instants plus tôt. C'était une odeur dotée d'une force d'attraction indescriptible, celle des tréfonds de la femme, et il découvrit que cette odeur avait également une saveur. Son instrument familier, prisonnier de caresses moites et vivantes, était totalement hors de son pouvoir, on le mordillait, on le mâchonnait, on le suçotait... Désorienté, il reculait, tel un plongeur éperdu avant de sauter dans des eaux inconnues. On le poussait, et il se dérobait. Comme s'il n'avait pas envie de plonger. Dieu sait pourquoi, cela lui faisait peur. Un long rugissement velouté retentit... À l'autre pôle de l'univers se produisait quelque chose d'indicible. Si cela pouvait ne jamais se terminer ! Il n'y avait plus d'autre issue, et il plongea au cœur même du tourbillon... La saveur le brûla. C'était à la fois épicé et aigre comme du petit lait, tendre, et d'une totale innocence...

Et là, il devina soudain à quoi tout cela correspondait : au dessin alambiqué et parfaitement invraisemblable qu'il avait longuement examiné quatre ans plus tôt sur le mur des toilettes publiques, au coin de la rue Pouchkine et du passage Stolechnikov. Sa grand-mère attendait en haut pendant qu'il se soulageait.

Il rentra au matin. Malade de dégoût envers lui-même, il raconta un mensonge tout à fait cohérent : en revenant de chez Faïna Ivanovna, le taxi qui le ramenait avait eu un accrochage avec une autre voiture, il avait dû rester trois heures au poste de police en qualité de témoin, et on ne l'avait pas laissé téléphoner.

« De toute façon, tu n'aurais jamais pu nous joindre, nous avons passé la nuit entière à appeler les hôpitaux et les morgues ! » répondit sans insister Véra, épuisée par cette perte imaginée.

On le crut sans discussion.

Véra Ivanovna était pleinement satisfaite d'avoir récupéré son fils disparu. Un peu plus tard, Faïna, rompue aux subterfuges en tout genre, saisit le scénario avec finesse et s'assura elle-même un alibi : son téléphone était en dérangement.

Les larmes et les angoisses partagées de cette nuit de Nouvel An avaient rapproché Véra Alexandrovna du prix d'excellence en chimie. Elle lui avait pardonné son physique assez ingrat et sa façon de parler provinciale.

« C'est une fille qui a du cœur, avait-elle décidé. Grâce au ciel, tout s'est bien terminé. »

En passant, elle jeta un coup d'œil au miroir — même dans le vestibule, où il faisait assez sombre, son reflet était épouvantable : des paupières bouffies... des gouffres noirs sous les yeux... Les petites boursouflures au coin de sa bouche, qui émouvaient tant Alexandre Sigismundovitch autrefois, s'étaient transformées en rides flasques.

« Raccompagne Alia, et reviens le plus vite possible ! » dit-elle.

Le festin de Faïna lui pesait sur l'estomac, elle avait sommeil, mais surtout, elle avait envie de rester enfin un peu seule avec son fils, sans tous ces étrangers dont personne n'avait besoin.

Et Chourik se traîna de nouveau jusqu'à la rue de l'Année-1905 dont il venait juste de rentrer. La clé d'Alia était accrochée à l'intérieur d'une boîte grillagée, dans la loge de la gardienne. Celle-ci n'était pas là. C'était l'occasion ou jamais.

« On monte ? proposa Alia d'un misérable petit air mutin.

— Et les autres filles ? » demanda Chourik, cherchant à s'esquiver.

Alia rougit : elle était à deux doigts de se voir démasquée. Elle avait oublié qu'elle avait menti la veille en disant que ses voisines avaient emporté la clé. Mais rien, ni tremblement de terre ni inondation ni incendie, n'aurait pu la faire renoncer à ses intentions... Elle décrocha la clé et prit Chourik par la main. Il ne pouvait pas se dérober. Ils montèrent au deuxième. Ses voisines de chambre était en train de mettre leur vie privée en corrélation avec le destin des étudiants africains de l'université Patrice-Lumumba sur leur territoire à eux, et sous la pression de cette circonstance, Chourik fut bien obligé de capituler. L'aride fleur kazakhe s'épanouit devant lui pendant quelques minutes, et tous deux s'estimèrent pleinement satisfaits. Lui, de ne pas avoir trompé ses attentes, elle, parce qu'elle s'imaginait, à tort, avoir remporté une immense victoire.

La seule personne à laquelle il n'eut pas besoin de mentir fut Mathilda, qui s'était endormie le 1er janvier dans son lit, devant la télévision, et s'était souvenue seulement le lendemain matin que Chourik n'était pas passé... Aussi, lorsqu'il arriva deux jours plus tard, un peu gêné d'avoir manqué à sa promesse, elle se contenta de rire :

« Oh, ce n'est même pas la peine d'en parler, mon petit chou ! »

16

Après le Nouvel An, le froid se fit encore plus rigoureux. C'était un hiver exceptionnellement peu neigeux, le vent accumulait une poudre sèche contre les murs et les palissades, les taches noires et pelées des plates-bandes et des terrains vagues affleuraient un peu partout. Véra Alexandrovna, qui aimait les hivers pour leur blancheur et leur pureté trompeuse, souffrait du froid et des ténèbres hivernales, que la grâce de la neige et des arbres givrés ne venait pas adoucir. Cet hiver-là, le premier depuis la mort de sa mère, ses maladies commencèrent à durer un peu trop longtemps, rhumes et angines se bousculaient et s'enchaînaient les uns après les autres. Élisavéta Ivanovna savait s'entendre avec les maladies, elle les repoussait au moyen de divers remèdes de bonne femme : du lait avec du miel, du lait avec de l'iode, de l'achillée mille-feuille et de la centaurée. Bref, avec les conseils utiles imprimés sur la dernière page de la revue *Santé*. Mais à présent, outre ses maux habituels, Véra était soudain prise d'étranges palpitations, d'abondantes suées qui la laissaient ruisselante comme un marteleur dans une forge surchauffée, de flux et de reflux mystérieux dont le temps semblait passé pour elle depuis longtemps. Il y avait aussi toutes sortes de petites douleurs vagabondes, tantôt à la tempe, tantôt à l'estomac, tantôt aux gros orteils... Son organisme tout entier était déréglé, il faisait des caprices et criait : Maman ! Maman !

Les vastes relations d'Élisavéta Ivanovna et ses accointances avec le monde entier étaient encore vivantes, et Chourik, en fouillant à la demande de sa mère parmi les feuillets décollés du grand calepin de sa grand-mère, trouva à la lettre A (analyses) une certaine Marina Éfimovna, qui était en fait la directrice d'un laboratoire de biochimie. Elle était au courant de la mort d'Élisavéta Ivanovna par sa fille, une ancienne élève de grand-mère, et c'est peu dire qu'elle traita Chourik et Véra Alexandrovna comme des membres de la famille — on aurait cru qu'ils faisaient honneur à son laboratoire en le choisissant pour des analyses. Quand ils arrivèrent le lendemain dans le grand laboratoire rempli de verre et de lumière, Marina Éfimovna, une petite dame au visage démodé de star du cinéma muet, interrogea longuement Véra Alexandrovna sur les moindres nuances de ce qu'elle ressentait le matin, pendant la journée et le soir, jeta un coup d'œil sous ses paupières et lui palpa le bout des doigts. Puis elle examina à la lumière une éprouvette de sang qu'elle avait tiré de ses veines, la secoua légèrement, comme une dégustatrice de vin, et hocha la tête avec approbation.

Quelques jours après la prise de sang, elle téléphona pour dire qu'elle n'avait rien trouvé de mauvais, mais que certains taux étaient à la limite de la normale et que, de façon générale, à en juger par tous les symptômes, il fallait consulter un médecin à l'institut d'endocrinologie.

Et cette Marina Éfimovna se mit aussitôt à téléphoner, à organiser, à faire des démarches. Comme Élisavéta Ivanovna, elle était de la race des gens serviables qui cherchent à faire plaisir à tout le monde, et ses réseaux couvraient un vaste territoire. L'endocrinologue chez laquelle elle envoya Véra Alexandrovna était elle aussi de la même race, et Chourik, qui accompagnait sa mère dans toutes ses pérégrinations médicales, devait encore bien souvent s'émerveiller de la multitude d'amis et d'amis d'amis qu'avait sa défunte grand-mère. On aurait dit un ordre monastique ou une société secrète de gens qui se reconnaissaient à demi-mot et s'aidaient les uns les autres... Ils étaient « de la même famille » d'après certaines caractéristiques indéfinissables. Tous avaient droit à une ligne dans le calepin de sa grand-mère, et ils étaient classés, non par ordre alphabétique, mais de façon parfaitement arbitraire : parfois d'après la première lettre de leur profession (pharmacienne, coiffeuse, propriétaire de datcha), parfois d'après l'initiale de leur nom ou de leur prénom, ou encore, comme dans le cas de la dactylo Tatiana Ivanova, d'après le nom de la rue où ils habitaient. Peut-être Élisavéta Ivanovna avait-elle un code personnel auquel elle se référait quand elle choisissait la lettre, mais Chourik ne l'avait pas découvert... Chacune de ces personnes inscrites de la main de sa grand-mère possédait manifestement un calepin semblable, d'après lequel elle donnait des coups de fil et ne se voyait rien refuser, et elles constituaient tout un monde de gens qui se rendaient mutuellement service.

La majorité des numéros de téléphone commençait par des lettres, selon la numérotation d'avant-guerre supprimée dans les années cinquante. Chourik appelait ces numéros passés de mode et, en règle générale, il tombait sur des gens parfaitement inconnus, mais prêts à se mettre en quatre. C'est ainsi qu'une certaine « Léna de la pharmacie », après avoir longuement poussé des hauts cris et sangloté avec le plus grand naturel, expliqua à Chourik quelle femme extraordinaire était sa grand-mère, puis apporta elle-même tous les médicaments nécessaires, lui montra comment préparer les infusions de millepertuis, et fit cadeau à Véra Alexandrovna d'un collier en ambre, supposé exercer une influence salutaire sur les thyroïdes malades.

Il est vrai que Broomstein, l'endocrinologue que la Marina Éfimovna du laboratoire avait mobilisée par téléphone, cette fois d'après son propre calepin, n'était pas du tout aussi affable que les autres personnages de l'alphabet. Sèche et presque chauve, cette Broomstein d'une imposante majesté n'en reçut pas moins Véra Alexandrovna en la faisant passer avant tout le monde, examina longuement le papier avec les résultats des analyses, écouta son cœur, lui prit le pouls, lui tritura le cou, se montra très mécontente et lui demanda de faire encore une analyse assez rare à laquelle on ne procédait que dans son institut.

Avant leur départ, alors que Véra Alexandrovna avait déjà la main sur la poignée de la porte, elle déclara d'un ton sinistre :

« L'isthme est tassé, les lobes sont hypertrophiés, surtout le gauche... De toute façon, l'opération est inévitable. La seule question est de savoir à quel point c'est urgent. »

Cette fois, Véra manifesta une fermeté inattendue et refusa. Elle avait décidé d'essayer d'abord de se soigner à l'homéopathie. La médecine homéopathique, si elle ne faisait pas tout à fait l'objet d'un interdit, possédait néanmoins un statut douteux, au même titre que l'art abstrait, la musique d'avant-garde ou les origines juives. L'homéopathe fut trouvé lui aussi dans le calepin de la grand-mère. Ils se rendirent dans la lointaine banlieue d'Izmaïlovo et finirent par dénicher dans une datcha en bois décrépite un docteur revêche et barbu qui devint d'une courtoisie désuète à la mention du nom d'Élisavéta Ivanovna. Il traça sur le quart d'une vieille feuille de papier jauni de vagues formules magiques et quelques croix, leur demanda cent roubles (des honoraires exorbitants !) et prit congé de Véra Ivanovna en lui baisant la main.

Le lendemain, Chourik rapporta d'une pharmacie spéciale un premier assortiment de petites boîtes blanches. Une nouvelle expression concentrée apparut bientôt sur le visage de Véra : les lèvres en avant et les yeux fermés, elle suçotait des granules blancs et rugueux. Toute la maison était parsemée de ces petites boîtes en carton — du thuya, de l'anis, de la belladone... Elle saisissait entre deux doigts la boîte de fabrication artisanale, la faisait légèrement grésiller en secouant le contenu (les pilules collaient un peu les unes aux autres), puis elle éparpillait les granules sur sa paume étroite : un, deux, trois... Elle avait des mains comme celles des portraits espagnols, avec des doigts effilés et de tendres plis sur ses longues phalanges. Et ses deux bagues préférées, une avec un petit diamant, l'autre avec une grosse perle...

Peu à peu, Véra avait pris la place qui revenait autrefois au petit Chourik, et Chourik, un Chourik adulte, mais avec les chaudes joues vermeilles de l'enfance, remplaçait Élisavéta Ivanovna de son mieux. Et ses attentions maladroites procuraient plus de plaisir à Véra que celles de sa mère : c'était un homme. De visage, il ne ressemblait pas à Alexandre Sigismundovitch, plutôt à son grand-père Korn, mais ses cheveux étaient épais et bouclés comme ceux de son père, ses mains grandes, avec de beaux ongles, et puis cette façon caressante qu'il avait de la prendre par les épaules... Finalement, être malheureuse auprès de Chourik était beaucoup plus divertissant qu'auprès de sa mère...

Élisavéta Ivanovna, elle, ne savait absolument pas être malheureuse, peut-être parce que son énergie pragmatique ne lui laissait pas le temps de réfléchir à des choses aussi abstraites et peu pratiques que le bonheur, mais elle aimait passionnément sa fille et traitait avec égard son état de tristesse mélancolique et d'humiliation imméritée, le considérant comme la manifestation d'une constitution psychique délicate et d'un talent avorté. Alexandre Sigismundovitch aussi avait toujours souffert d'être une nature trop délicate. De façon générale, d'après les conceptions de Véra, les souffrances morales étaient un privilège. Et il faut bien reconnaître que, même durant les années les plus dures de l'évacuation, dans la crasse et le froid hivernal de Tachkent, elle avait supporté assez facilement les difficultés matérielles, leur préférant les souffrances liées à la fin de sa carrière artistique et à la perte (provisoire, mais qui semblait à l'époque définitive) de son Alexandre Sigismundovitch adoré.

Personne, à part Élisavéta Ivanovna, n'était en mesure d'apprécier à sa juste valeur le sacrifice qu'avait fait Véra en consacrant la moitié de sa vie à un minable travail de comptable. La question de savoir pour quoi ou pour qui elle s'était sacrifiée ne se posait même pas : cela allait de soi. Chourik se l'était vu rappeler en son temps par sa grand-mère d'un ton de tendre reproche, dans le but de stimuler son amour pour Vérotchka. Maintenant, après la mort de sa grand-mère, Chourik s'exagérait encore la dimension de ce sacrifice. Et une légère auréole invisible nimbait le chignon à moitié grec de ces cheveux vieillissants soigneusement épinglés.

Le soir, Véra prenait toujours le temps de passer un moment dans la grande pièce. Nichée dans le vaste fauteuil défoncé par le corps de sa mère, elle ouvrait les tiroirs du secrétaire, examinait de vieilles lettres classées par années, des quittances délivrées pour des services inconnus, et d'innombrables photographies, principalement d'elle-même. Les meilleures étaient accrochées au-dessus de la table dans des cadres branlants qui ne supportaient pas le moindre contact : Vérotchka dans ses costumes de scène. La meilleure époque de sa vie, mais si brève, si brève...

Quand Chourik la surprenait dans cette pose mélancolique, il fondait littéralement d'une tendre et douloureuse compassion. Il savait bien ce qui avait brisé cette grande carrière d'actrice... Porté par un élan d'amour, il étreignait ces épaules juvéniles et chuchotait :

« Véroussia... Ma petite maman... Voyons... »

Et Véra répétait :

« Ma petite maman, ma petite maman... Nous sommes seuls au monde, toi et moi ! »

17

Chourik était convaincu que sa grand-mère était morte à cause de cette monstrueuse perte de mémoire qui s'était abattue sur lui alors qu'il aidait Lilia à préparer son départ pour Israël. Sa vie adulte avait débuté par de sombres crises d'angoisse affective qui le réveillaient au beau milieu de la nuit. Son ennemi intérieur, sa conscience blessée, lui adressait de temps à autre des rêves réalistes et insoutenables, dont le thème principal était l'incapacité ou l'impossibilité dans laquelle il se trouvait d'aider sa mère qui avait besoin de lui.

Ces rêves étaient parfois assez tirés par les cheveux et nécessitaient une interprétation. C'est ainsi qu'il rêva un jour d'Alia Togoussova couchée toute nue sur le lit en fer de sa chambre au foyer, et chaussée on ne sait trop pourquoi des bottines blanches à bout pointu que Lilia portait l'année précédente, mais très usées et zébrées de craquelures noires. Il est debout au pied du lit, tout nu, lui aussi, il sait qu'il va devoir la pénétrer et que, dès qu'il l'aura fait, elle se transformera en Lilia. Alia en a très envie, et il dépend de lui que la métamorphose s'accomplisse de façon parfaite. De nombreux témoins (les filles qui habitent cette chambre, dont

Léna Stovba, Izraïlevitch, leur professeur de mathématiques, et Génia Rosenzweig) se tiennent autour du lit, ils attendent la métamorphose d'Alia en Lilia. De plus, il sait avec une certitude absolue que si cela se produit, Izraïlevitch lui signera son attestation de mathématiques. Tout cela n'étonne personne. La seule chose bizarre, c'est la présence des chats noirs de Mathilda sur la table de nuit, à côté du lit d'Alia... Alia le regarde d'un air suppliant de ses yeux fardés de Japonaise, et il est prêt, il est tout à fait prêt à se mettre au travail pour extraire la merveilleuse Lilia de l'enveloppe assez vilaine d'Alia. À ce moment-là, le téléphone se met à sonner, non dans la pièce, mais quelque part dans les environs, peut-être dans le couloir, et il sait qu'on l'appelle auprès de sa mère à l'hôpital, et qu'il ne doit pas perdre une seconde, sinon il va arriver à Véra ce qui est arrivé à sa grand-mère...

Alia agite ses bottines pointues, les spectateurs, voyant son indécision, manifestent leur mécontentement, et lui, il comprend qu'il doit s'en aller immédiatement, sur-le-champ, tant que le téléphone sonne encore...

La réalité fit écho à son rêve : il trouva dans la boîte une lettre de Lilia. Venant d'Israël. Pour Chourik, ce fut la seule qu'il reçut. Pour Lilia, c'était la dernière de toutes celles qu'elle lui avait envoyées. Elle écrivait qu'il l'aidait énormément à s'y reconnaître en elle-même. Elle avait deviné depuis longtemps que ses lettres n'arrivaient pas, de façon générale, ici, en Israël, personne ne savait selon quelles lois le courrier était acheminé, pourquoi les lettres parvenaient régulièrement à certaines personnes alors que d'autres gens n'en recevaient aucune, mais elle, Lilia, n'arrêtait pas de lui écrire, c'était le journal de son émigration.

« Depuis notre catastrophe familiale, je me suis mise à les

aimer encore plus, tous les deux. Mon père m'écrit tout le temps, il me téléphone. Maman m'en veut de rester en relation avec lui, mais je ne trouve pas qu'il soit coupable envers moi. Et je ne comprends pas pourquoi je devrais manifester une sorte de solidarité féminine. De façon générale, elle, je la plains beaucoup, mais je suis contente pour lui. Il a une voix tellement heureuse... Quelles bêtises, tout ça ! La langue est géniale. À côté de l'hébreu, l'anglais est épouvantablement rasoir. Après, je me mettrai à l'arabe. C'est décidé. Je suis la meilleure élève de l'*oulpan*. C'est vraiment abominable que tu ne sois pas là. C'est tellement bête que tu ne sois pas juif ! Arye n'est pas content, il dit que je couche avec lui, mais que c'est toi que j'aime. Et c'est vrai. »

Chourik lut la lettre debout devant la boîte aux lettres. C'était comme si elle venait de l'au-delà. Enfin, en tout cas, ce n'était pas à lui qu'elle était adressée, mais à un autre homme, qui avait vécu dans un autre siècle. Un siècle où étaient restés l'enchantement de leurs promenades nocturnes à travers la ville et les cours de littérature. Tout cela était trop beau pour se transformer en vie quotidienne. Pour le quotidien, il y avait cette chimie qui vous pique le nez... C'était aussi dans ce passé qu'était restée sa grand-mère dont la stature ne cessait de croître depuis son départ hors du temps, et à l'ombre de laquelle il n'y avait ni chaleur ni froid, mais un éternel été. Et là, entre le rez-de-chaussée et le premier étage, à côté de la rangée verte des boîtes aux lettres, il fut soudain saisi d'un dégoût fulgurant et absolu pour tout, à commencer pour lui-même, puis pour l'institut, pour les tables et les couloirs du laboratoire, pour les toilettes qui empestaient l'urine et le chlore, pour toutes les matières qu'il étudiait et ceux qui les enseignaient, pour Alia, avec ses épais cheveux gras à l'odeur rance qu'il sentit brusquement juste sous son nez... Le choc fut si violent qu'il se couvrit de sueur. Mais cela passa immédiatement.

Il fourra la lettre dans sa poche et fonça à l'institut. La période des examens approchait, et le printemps aussi. Une fois de plus, il avait délaissé la chimie minérale et les travaux pratiques, et il ne s'était pas encore occupé de la datcha que sa grand-mère louait tous les ans, en partie parce qu'il n'avait pas trouvé dans le calepin le téléphone de la propriétaire, en partie par manque de temps. Or tout le monde sait que les datchas se louent en février. En mars, on ne trouve plus rien de correct.

Il courait à l'institut, et la lettre de Lilia reposait dans son âme comme le petit déjeuner du matin dans son estomac — irréversiblement et tout au fond. Deux faits mentionnés par Lilia (que ses parents s'étaient séparés, et qu'un garçon nommé Arye était apparu dans sa vie) ne l'avaient absolument pas touché. Ce qui l'avait touché, c'était la lettre elle-même, et cela, presque physiquement : c'était un papier sur lequel sa main avait écrit quelque chose, par conséquent, elle existait bien sur cette terre, elle n'avait pas disparu sans laisser de trace, comme sa grand-mère. Jusque-là, il avait eu le sentiment qu'elles étaient parties dans la même direction. Et cette lettre dans sa poche (comme nous aimons tous à nous leurrer !) était en quelque sorte le signe que sa grand-mère aussi pouvait lui écrire depuis cet autre monde dans lequel elle se trouvait désormais.

Chourik n'allait pas jusqu'au bout de cette pensée, ce sentiment n'était pas revêtu de mots avec lesquels il aurait pu l'expliquer à quelqu'un. Comment sa mère pourrait-elle comprendre cette impression confuse et agréable ? Elle se dirait qu'il était tout simplement content d'avoir une lettre de Lilia...

Et, mettant de côté toutes ces choses impalpables et immatérielles, il continuait à vivre. Il courait à l'institut, il passait des interrogations orales, il s'arrangeait pour gagner un peu d'argent en donnant des cours de français laissés par sa grand-mère. Cet argent, dont on ne parlait jamais du vivant d'Élisavéta Ivanovna, disparaissait à une vitesse invraisemblable, et on était bien obligé d'y penser. Il était tout à fait évident pour Chourik que c'était lui qui devait s'en préoccuper, et non sa mère si fragile, si diaphane...

« L'année prochaine, je prendrai davantage de nouveaux élèves », décida-t-il. Enseigner le français à des enfants lui plaisait beaucoup plus que faire des études de chimie. Il suivait tant bien que mal les cours et les travaux pratiques, mais il se reposait de plus en plus sur Alia Togoussova, et elle se donnait un mal fou, elle se mettait en quatre, allant même jusqu'à lui recopier les cours qu'il séchait souvent.

Après avoir attiré Chourik chez elle en cette mémorable nuit du Nouvel An et, par manque d'expérience, avoir pris un geste forcé de politesse masculine pour une importante victoire féminine, Alia avait compris assez vite que le succès remporté n'était pas si immense que cela. Mais il ne fallait pas laisser cette bonne fortune suivre son cours naturel, au contraire, pour que le germe grandisse et s'épanouisse, elle allait devoir travailler beaucoup et d'arrache-pied. Cette pensée n'avait rien de nouveau, elle lui était venue dès son enfance, lorsque, encore toute petite, elle s'était heurtée pour la première fois au fait qu'il existe sur terre des femmes qui se promènent en chaussures, alors que la grande majorité, dont sa mère faisait partie, portent des bottes de feutre l'hiver, et des bottes en caoutchouc l'été... Bref, la vie est un combat, et pas seulement pour faire des études. Chourik lui plaisait beaucoup, bien sûr, peut-être même était-elle amoureuse de lui, mais toutes ces émotions romantiques n'étaient rien comparées à l'immense tension qu'impliquait la somme des tâches à accomplir : des études supérieures, combinées avec Chourik et avec la capitale à laquelle il avait droit. Alia se sentait à la fois dans la peau d'un animal guettant sa proie, et dans celle d'un chasseur tombé sur un gibier rare, comme on n'en rencontre qu'une seule fois dans sa vie, et encore, si on a de la chance.

Toute cette tension était encore alimentée par une autre circonstance : durant cette fameuse nuit du Nouvel An, Léna Stovba avait trouvé le bonheur, elle aussi. Elle avait fait la connaissance d'un Cubain, Enrique, un superbe Noir, étudiant à l'université Patrice-Lumumba. Il l'avait invitée à danser et, au son de *Besame mucho*, toute une volée de bébés joufflus, amours, cupidons et autres créatures ailées, avaient déchargé leurs arcs en direction de ce couple de belle stature. Léna, qui était d'un naturel nonchalant, avait senti son corps blanc se réveiller et s'élancer en palpitant à la rencontre de ce Cubain qui dansait avec tous ses organes, et le trajet préliminaire, dont le parcours réclame parfois un temps assez considérable, avait été accompli en accéléré, commençant une heure avant minuit et s'achevant à deux heures, au matin de la nouvelle année, entre de robustes bras de couleur noire.

Le jeune homme de vingt-deux ans avait beau être cubain et, par conséquent, n'avoir rien d'un novice dans la science de l'amour, il n'en avait pas moins été époustouflé par la merveille aux cheveux pâles qui lui était tombée dessus. L'amitié entre les peuples avait bel et bien triomphé : vers le mois de mars, Léna s'était sentie définitivement enceinte, et le Cubain amoureux était en train de se renseigner sur la façon de conclure un mariage avec une citoyenne russe.

À présent, deux foyers d'étudiants, celui de Presnia et

celui de Beliaevo, se préoccupaient de procurer aux amoureux un lieu pour concrétiser régulièrement leurs sentiments, mais la tâche n'était pas des plus faciles : les cerbères de l'institut Mendeleïev, des concierges d'un âge certain et des surveillantes acariâtres, étaient loin d'être conciliants, et dans leur cas, il y avait, en plus, la couleur du visage d'Enrique qui tranchait nettement sur ceux, roses et congelés, des autres visiteurs. À onze heures du soir, on tambourinait à la porte, et la surveillante d'une moralité à toute épreuve conviait les non-résidents à quitter le bâtiment du foyer des filles... Léna enfilait sa pelisse en astrakan (un cadeau dénué de tact de sa communiste de mère, qui détonnait dans toute cette misère étudiante), et elle accompagnait son bien-aimé jusqu'à la station de métro Krasnopresnenskaïa, où ils se séparaient dans les affres de l'âme et de la chair. Le corps de garde du foyer de Lumumba se montrait plus correct, mais exigeait la présentation des passeports, ce qui pouvait entraîner des désagréments de toutes sortes, y compris avec la police.

Alia, réchauffée par la fièvre quotidienne de ces amours romanesques, ne pouvait pas ne pas s'inquiéter de la modération avec laquelle Chourik manifestait son ardeur à concrétiser leurs chaleureuses relations. D'autant que, lui, il disposait de bonnes conditions de logement. Mais il ne l'invitait jamais chez lui. Il ne se passait rien, dans la vie d'Alia, qui ressemblât aux passions en noir et blanc de Léna et d'Enrique. C'était vexant. Comme avant, Alia n'avait droit qu'aux travaux de laboratoire en commun, aux repas pris à la même table à la cantine des étudiants, à la préparation des interrogations orales, et à une place à la droite de Chourik dans l'amphithéâtre — en général, c'était d'ailleurs elle qui s'y installait. Elle s'étonnait aussi un peu de la nonchalance avec laquelle Chourik étudiait. Elle-même réussissait à merveille dans sa carrière d'étudiante et, en plus, elle gagnait un peu d'argent : elle avait commencé par un mi-temps de femme de ménage, auquel était venu s'ajouter un mi-temps de laborantine. Elle travaillait le soir, si bien qu'elle n'avait même pas le temps d'aller au cinéma. D'ailleurs Chourik ne l'invitait pas. Lui-même passait généralement ses soirées avec sa mère. Alia se rappelait à lui de temps à autre par un coup de fil mais, pour aller le voir, elle devait inventer quelque chose de spécial comme, par exemple, passer prendre un abrégé ou un manuel. Un soir, elle lui téléphona de l'institut en lui disant qu'elle avait perdu son porte-monnaie. Elle voulait venir, mais il accourut lui-même pour lui apporter de l'argent.

Leur relation amoureuse continuait à couver tant bien que mal : un jour, elle lui demanda de l'aider à transporter de l'institut au foyer un pot de peinture volé de trois litres. C'était pendant la journée et justement, aucune de ses voisines n'était là. Alia l'enlaça de ses bras basanés, ferma les yeux et entrouvrit la bouche. Chourik l'embrassa et fit tout ce qui s'imposait. Avec plaisir.

Une autre fois, ce fut elle qui vint le voir alors que Véra Alexandrovna était partie passer des examens médicaux, et elle reçut encore une fois la preuve tangible du fait que leur relation était bien une relation amoureuse, et non de pure de camaraderie, entre komsomols.

Bien sûr, elle ne pouvait pas ne pas voir la différence entre ses amours tièdes et les passions qui flambaient entre cette Léna autrefois flegmatique et son Enrique couleur de châtaigne. Mais Chourik n'était tout de même pas un nègre de Cuba, c'était un Blanc de la rue Nouvelle-des-Bois. Or Alia devinait vaguement que, même si Cuba était un pays étranger, cela devait ressembler un peu au Kazakhstan... Il est vrai que le Cubain, lui, avait l'intention de se marier, tandis que Chourik n'y avait jamais fait allusion. D'un autre côté, Léna était enceinte, elle... Mais Alia pourrait très bien l'être aussi... Arrivée à ce point, elle ne savait pas trop quoi faire. Qu'est-ce qui était le plus important : les études ou le mariage ?

Au début du mois d'avril, Stovba annonça qu'ils avaient déposé tous les papiers pour faire enregistrer leur union au Palais des mariages.

Les filles étaient ravies. Jusque-là, elles avaient eu peur qu'Enrique n'abandonnât Léna et essayaient de la convaincre d'avorter, mais elle se contentait d'écarquiller les yeux et de secouer ses cheveux pâles. Elle lui faisait confiance. Tellement confiance qu'elle s'était même décidée à écrire à sa famille pour l'informer de ce mariage imminent. Une seule chose préoccupait ses amies, le fait que l'enfant serait noir. Mais Léna les réconfortait : la mère d'Enrique était presque blanche, son frère aîné, qu'elle avait eu d'un premier mari, un Polonais américain, était carrément blond, seul son père était noir. En revanche, ce père noir était un ami intime de Fidel Castro, il avait combattu dans le même détachement que lui... Si bien que l'enfant pouvait parfaitement être blanc, puisqu'il serait presque quarteron. Les filles hochaient la tête, mais au fond de leur cœur, elles la plaignaient : un Russe, cela aurait quand même été mieux... Même si tout le monde s'était pris d'affection pour Enrique. C'était un garçon gai et gentil, en dépit du fait que, comme Léna, il était d'une famille de hauts dignitaires du Parti. Mais il ne prenait pas de grands airs, contrairement à sa bien-aimée, il marchait en dansant et dansait en fredonnant, et cette Stovba éternellement somnolente, que tous avaient prise en grippe dès le premier jour ou presque, avait cessé de jouer les pimbêches, elle était même devenue moins pingre. Grâce à cette liaison douteuse (du point de vue racial), elle était maintenant appréciée par tout le monde.

Mais, un mois avant la date prévue pour le mariage, il se produisit un événement qui la mit dans tous ses états : Enrique fut convoqué à son ambassade et reçut l'ordre de rentrer chez lui d'urgence. Il était en dernière année, il ne lui restait plus que quelques mois avant de passer son diplôme, et il essaya de retarder son départ, d'autant que sa fiancée était tout de même enceinte... Il tenta d'obtenir un rendez-vous avec l'ambassadeur, qui était parfaitement au courant de la position élevée de son père. Enrique, un étudiant, était invité aux réceptions officielles, l'ambassadeur s'approchait parfois de lui et s'amusait à lui flanquer des coups de poing au creux de l'estomac, comme un boxeur. Mais cette fois, l'ambassadeur ne le reçut pas.

À la fin du mois d'avril, Enrique s'envola pour La Havane. Il comptait revenir d'ici une semaine. Mais il ne revint ni au bout d'un mois, ni au bout de deux. Tout le monde comprit immédiatement qu'il s'était tout bonnement payé la tête de cette pauvre gourde, et on compatissait à son malheur, mais elle bouillait intérieurement de rage contre les plaigneuses : elle, elle était certaine qu'il ne pouvait pas l'abandonner, que seules des circonstances particulières l'obligeaient à rester là-bas. Cet apitoiement général était humiliant, son silence à lui était étrange. D'un autre côté, on savait bien que les lettres de Cuba arrivaient selon des principes arbitraires, parfois cinq jours après avoir été postées, parfois au bout d'un mois et demi.

Les parents de Léna commençaient tout juste à se faire à l'idée qu'ils allaient devoir dorloter des petits-enfants noirs, sa mère, surtout, avait très mal pris la nouvelle ; son père, lui, était quand même un peu réconforté par la haute position de son futur gendre dans le Parti, et maintenant, la pauvre fiancée allait devoir annoncer à ses parents si stricts que le fiancé avait disparu.

Toutes les premières années bourdonnaient d'indignation. Léna vivait d'espoir. Juste avant les fêtes de mai, un jeune homme chauve assez antipathique la chercha dans l'institut, un Cubain, un ami d'Enrique. Il préparait une thèse à l'université, de zoologie ou d'hydrologie. Le jeune chauve entraîna Léna dans la rue et là, sur un banc public du square Miousski balayé par le vent, il l'informa que le frère aîné d'Enrique s'était enfui de Cuba pour se rendre à Miami, que le père d'Enrique avait été arrêté, quant à Enrique lui-même, personne ne savait où il se trouvait, mais il n'était pas chez lui. Il était possible qu'on l'ait embarqué dans la rue...

Léna, qui était une fille orgueilleuse, préférait de beaucoup être la victime indirecte d'une affaire politique plutôt qu'une fiancée abandonnée. Ses parents, eux, auraient sans doute mieux aimé l'autre variante... Quoi qu'il en fût, le rejeton d'un des leaders du peuple cubain, chose à laquelle on pouvait encore plus ou moins se résigner, s'était maintenant transformé en salaud pur et simple.

Les avis des étudiants en chimie étaient partagés : les libéraux étaient prêts à recueillir de l'argent pour le trousseau du bébé et à le proclamer enfant de leur troupe, les conservateurs estimaient qu'il fallait exclure Léna de l'institut, de l'organisation des komsomols, et plus généralement, de partout, tandis que les radicaux considéraient que la meilleure solution serait un bon vieil avortement.

Alia, une sang-mêlé à moitié orpheline, était pleine de compassion envers cette Stovba si heureuse et à qui tout réussissait si bien il y avait encore peu de temps. Elle se rapprocha de sa hautaine voisine, devint la confidente de ses secrets et de ses espoirs et, grâce à elle, Chourik était tenu informé de toutes les péripéties de cette dramatique histoire. Lui aussi compatissait beaucoup au malheur de la pauvre Stovba...

18

La thyroïde de Véra, méprisant l'homéopathie, s'était mise à grossir de façon effrénée : les crises d'étouffement commencèrent. On reparla de l'opération. Véra s'y opposait de ses dernières forces. Un jour où elle eut une de ces crises, il fallut appeler les urgences. On lui fit une piqûre, et les étouffements se calmèrent aussitôt. Elle reprit courage :

« Tu vois, Chourik, les piqûres me font du bien. Pourquoi tout de suite aller se faire charcuter ? »

Elle avait une peur panique de l'opération, pas de l'intervention en elle-même, mais de l'anesthésie générale. Il lui semblait qu'elle ne se réveillerait pas.

La crise suivante se produisit malheureusement à un moment où Chourik, s'étant glissé dehors sans faire de bruit, était allé retrouver Mathilda « de l'autre côté du pont ».

Vers une heure du matin, Véra frappa tout doucement à la porte de la chambre de son fils. Elle était presque hors d'état de parler. Il ne répondit pas. Elle ouvrit la porte. Son lit n'était même pas défait.

« Où peut-il bien être ? » se demanda-t-elle avec perplexité, et elle sortit sur le balcon pour voir s'il n'était pas en train de fumer. Elle savait bien que tous les garçons fument de temps en temps... Dix minutes s'écoulèrent encore. Les cachets et les remèdes de bonne femme, comme respirer au-dessus d'un bol d'eau bouillante, ne produisaient aucun effet, les étouffements ne passaient pas. Elle se sentait affreusement mal et, d'une voix à peine audible, elle appela elle-même les urgences en leur murmurant l'adresse.

Les urgences arrivèrent très vite, au bout d'une vingtaine de minutes, et il se trouva que c'était la même équipe que la dernière fois. La vieille doctoresse moustachue, qui avait déjà insisté la fois précédente pour l'hospitaliser d'urgence, se mit aussitôt à vociférer d'une voix de stentor et lui ordonna de se préparer à partir immédiatement pour l'hôpital. Véra, totalement désemparée par l'absence de Chourik, pleurait sans rien dire et secouait la tête.

« Alors, écrivez que vous refusez d'être hospitalisée ! Je décline toute responsabilité ! »

En voyant l'ambulance devant l'immeuble, Chourik faillit tomber raide mort. Il grimpa les quatre étages d'une seule traite. La porte était entrouverte.

« C'est fini ! Maman est morte ! se dit-il, horrifié. Qu'est-ce que j'ai encore fait ! »

On entendait des voix dans la grande pièce. Véroussia, bien vivante, était à demi couchée dans le fauteuil de grand-mère. Elle respirait déjà de façon tout à fait satisfaisante. En voyant Chourik, elle fondit de nouveau en larmes. Elle avait un peu honte devant la doctoresse, mais elle ne pouvait rien contre ces larmes, elles venaient de sa thyroïde.

Chourik traversa toute la pièce d'un bond animal et, nullement embarrassé par la présence du médecin ni par celle d'un homme plus ou moins en uniforme, il serra sa mère dans ses bras et la couvrit de baisers, sur les cheveux, sur la joue, sur l'oreille...

« Pardonne-moi, Véroussia ! Je ne le ferai plus ! Quel idiot je suis ! Pardonne-moi, ma petite maman... »

Qu'est-ce qu'il ne ferait plus, il n'en savait rien lui-même, bien entendu. Mais c'était la réaction enfantine qui avait toujours été la sienne : je ne ferai plus rien de mal, je serai un bon petit garçon pour ne pas faire de peine à ma maman et à ma grand-mère...

La doctoresse moustachue, qui s'apprêtait à leur passer un sacré savon, se radoucit et se sentit tout émue. Des scènes pareilles, on ne voit pas ça tous les jours ! Non, mais regardez-moi comme il l'embrasse... Il n'est pas gêné du tout... Il lui caresse la tête... Qu'est-ce qu'il pouvait bien avoir fait pour être aussi désolé ?

« Votre mère doit être hospitalisée. Vous devriez essayer de la convaincre !

— Véroussia ! supplia Chourik. S'il le faut vraiment... »

Véra était prête à tout. Enfin, pas complètement, bien sûr.

« Bon, bon, d'accord ! Mais dans le service de Broomstein, alors !

— Ne traînez pas trop. La piqûre n'agit que pendant quelques heures, et la crise peut recommencer », dit la doctoresse à Chourik d'une voix plus douce.

La médecine s'en alla. L'explication était inévitable. Avant même que Véra lui ait posé la question, Chourik avait déjà compris : non, non, et non ! C'était impossible. Pour rien au monde il ne pouvait dire à sa mère qu'il était chez une femme.

« J'étais allé me promener, déclara-t-il avec fermeté.

— Comment ça ? Au beau milieu de la nuit ? Tout seul ? fit Véra, interloquée.

— J'avais envie de marcher. Je suis allé faire un tour.

— Où cela ?

— Par là-bas, fit Chourik en agitant la main dans la direction où il était allé. Vers Timiriazev, de l'autre côté du pont.

— Bon, bon, d'accord », répondit Véra, abandonnant la partie. Elle se sentait l'âme plus légère, même si cette étrange absence nocturne avait quelque chose de louche. Mais elle était habituée à ce que Chourik ne lui mente jamais. « On va boire une tasse de thé, et on essayera de dormir un peu. »

Chourik alla mettre de l'eau à bouillir. L'aube se levait déjà, les moineaux pépiaient.

« La prochaine fois, préviens-moi quand tu sortiras... »

Mais la prochaine fois n'arriva pas de sitôt. Broomstein la chauve était en vacances, et Véra fut hospitalisée dans son service par Lioubov Ivanovna, son bras droit et sa remplaçante. Étant donné l'urgence, l'intervention allait être faite, non par la sommité elle-même, mais par Lioubov Ivanovna. C'était une blonde entre deux âges avec un léger défaut de prononciation, assez jolie, en dépit de la légère cicatrice d'un bec-de-lièvre soigneusement recousu.

« Où êtes-vous suivie de façon générale ? demanda-t-elle avec circonspection en tâtant le cou flétri et boursouflé de Véra.

— À la polyclinique de la Société de théâtre ! répondit Véra d'un air digne.

— Je vois. Vous avez d'excellents spécialistes en phoniatrie et en traumatologie, là-bas ! dit-elle avec dédain d'un ton tranchant.

— Vous pensez qu'on ne peut pas éviter l'opération ? » demanda timidement Véra.

Lioubov Ivanovna s'empourpra si violemment que la cicatrice de sa lèvre se colora d'un sang rouge foncé.

« Véra Alexandrovna, il faut vous opérer d'urgence ! De toute urgence ! »

Véra se sentit défaillir et demanda d'une voix blanche :
« J'ai un cancer ? »

Lioubov Ivanovna se lava les mains sans quitter le lavabo des yeux, puis, toujours en gardant le silence, s'essuya longuement à une serviette gaufrée.

« Pourquoi voulez-vous que ce soit obligatoirement un cancer ? Votre sang est convenable. Il s'agit d'une hyperthyroïdie diffuse, la glande est énorme. En plus d'un goitre toxique, vous avez une tumeur sur le lobe gauche. Apparemment bénigne. Mais nous ne ferons pas de biopsie. Nous n'avons pas le temps. Vous avez été criminelle de laisser votre maladie se développer ainsi. Broomstein vous avait tout de suite proposé l'opération, c'est écrit là : recommandé.

— Mais je me suis fait soigner par un homéopathe... »

De nouveau, la cicatrice presque invisible de sa lèvre s'anima et enfla :

« Si cela ne tenait qu'à moi, je le ferais passer en justice, votre homéopathe ! »

À ces mots, Véra eut l'impression que sa gorge gonflait et rétrécissait. « Si maman était encore en vie, les choses se passeraient autrement..., songea-t-elle. D'ailleurs, tout cela ne serait jamais arrivé ! »

Puis Lioubov Ivanovna fit entrer Chourik dans son cabinet pendant que Véra s'asseyait dans le couloir sur une chaise poisseuse, à la place chauffée par son fils.

Le médecin dit à Chourik tout ce qu'elle avait dit à Véra Alexandrovna, en ajoutant que l'opération était assez lourde, mais ce qui la préoccupait le plus, c'était la période postopératoire. Les soins étaient mauvais à l'hôpital, il vaudrait mieux chercher une infirmière. Surtout pour les premiers jours.

« Si grand-mère était encore en vie, tout se passerait autrement ! » Le fils et la mère pensaient souvent la même chose.

On l'opéra trois jours plus tard. Ses mauvais pressentiments s'avérèrent en partie justifiés. Si l'intervention fut un succès, comme l'avenir devait le montrer, Véra supporta effectivement très mal l'anesthésie. Quarante minutes après le début de l'opération, son cœur s'arrêta, et celui du jeune anesthésiste faillit bien s'arrêter aussi — de terreur. On lui fit une piqûre d'adrénaline. Tout le monde eut une peur bleue. L'opération dura plus de trois heures, et ensuite, Véra mit deux jours à se réveiller.

Elle était en réanimation. Son état était jugé inquiétant, mais pas désespéré. Chourik, qui attendait dans l'escalier près du service de réanimation où on ne laissait entrer personne, n'entendait rien de ce qu'on lui disait. Il resta quarante-huit heures assis sur une marche, en proie à un profond chagrin et à un immense sentiment de culpabilité.

Il était absorbé par le lien imaginaire ininterrompu qu'il maintenait avec sa mère. Il se concentrait surtout pour la garder constamment présente à l'esprit, avec tous les détails, tous les petits riens : ses cheveux — il se souvenait du temps où ils étaient encore épais, de la façon dont elle les peignait après les avoir lavés, puis les faisait sécher en s'asseyant sur un petit banc, près du radiateur... Ensuite, ils s'étaient clairsemés et le chignon, sur sa nuque, s'était amenuisé, leur couleur noisette s'était ternie, d'abord sur les tempes, puis sa tête tout entière s'était couverte de mèches d'un gris sale, on aurait dit les cheveux de quelqu'un d'autre... Et ses merveilleux sourcils si longs, qui commençaient par un petit triangle touffu pour se transformer en un fil mince... Et le grain de beauté sur sa joue, brun et rond comme une tête de clou...

Il faisait un effort désespéré, presque physique, pour la

retenir tout entière : ses mains adorées, avec le bout des doigts recourbé vers le haut, ses petits pieds fins, avec cet os assez laid qui ressortait près du gros orteil... Il fallait surtout ne pas la lâcher, ne pas se laisser distraire.

L'infirmière venait le trouver, lui demandait s'il ne voulait pas du thé.

Non, non. Il se contentait de secouer la tête. Il avait l'impression que dès qu'il arrêterait de penser à elle aussi fort, avec autant d'intensité, elle mourrait...

À la fin du deuxième jour (il n'avait pas senti le temps passer, il n'avait rien mangé, rien bu, il n'était même pas allé aux toilettes, semble-t-il), alors qu'il était assis, pétrifié, sur une chaise qu'une âme charitable avait sortie du service à son intention, Lioubov Ivanovna apparut et lui donna une blouse blanche.

Sur le coup, il ne la reconnut pas, et ne comprit pas tout de suite ce qu'il devait faire de cette blouse. Il introduisit ses bras dans le tissu humide des manches collées.

« Tamara, des chaussons ! » ordonna Lioubov Ivanovna, et une infirmière fourra entre les mains de Chourik deux petits sacs marron et blanc dans lesquels il enfonça les bottines contenant ses pieds engourdis. « Juste une minute ! reprit le médecin. Ensuite, vous rentrerez chez vous. Il ne faut pas rester ici. Dormez un peu, achetez de l'eau minérale Borjom, des citrons... Et revenez demain. »

Il n'entendait pas. Par la porte ouverte de la chambre, il voyait sa mère. Des tuyaux lui sortaient du nez et lui entortillaient la poitrine, d'autres allaient de ses poignets à un support. Une main d'une pâleur bleuâtre était posée sur le drap. De son cou, sur lequel était collé quelque chose de blanc, sortait également un mince élastique rouge. Elle avait les yeux ouverts. Elle vit Chourik et sourit.

Il sentit sa gorge se serrer à l'endroit où sa mère avait été opérée : c'était de sa faute, tout était de sa faute ! Pendant que sa grand-mère se mourait à l'hôpital, lui, sombre idiot, courait les magasins avec Lilia, il achetait du saucisson fumé qui était resté entre les mains des douaniers, et des matriochkas abandonnées par la suite dans un hôtel à Ostie, près de Rome...

Pendant que ta grand-mère agonisait à l'hôpital (se disait-il, attisant la flamme de la faute qu'il ne s'était jamais pardonnée), toi, tu étais en train de cajoler Lilia, de la caresser sous les portes cochères et dans les coins sombres... Sa pauvre petite maman si fragile, si maigre, à peine vivante... Et lui qui était fort comme un bœuf, un vrai bouc crevant d'une santé répugnante, un beau salaud.... Elle étouffait, et pendant ce temps, il était en train de s'envoyer Mathilda... Le violent dégoût qu'il éprouvait pour lui-même projetait une ombre déplaisante sur Lilia et sur Mathilda, qui n'étaient absolument pour rien dans ce crime.

« Jamais plus, jamais plus ! se jura-t-il à lui-même. Je ne le ferai jamais plus !»

Il se mit à genoux auprès du lit et baisa les petits doigts secs comme du papier.

« Alors ? Comment tu te sens, Véroussia ?

— Bien... », répondit-elle d'une voix inaudible, car elle ne pouvait pas encore parler.

Elle se sentait effectivement bien : elle était sous sédatif, l'opération était derrière elle, et devant elle, souriant et les yeux battus, il y avait Chourik, son cher petit garçon. Elle ne se doutait même pas de l'immense victoire qu'elle venait de remporter. Idéaliste et artiste dans l'âme, elle avait beaucoup médité dans sa jeunesse sur les diverses sortes d'amours, et elle estimait que le plus sublime de tous était l'amour platonique, considérant à tort comme tel toute affection qui ne se concrétise pas entre des draps. Le candide Chourik, à qui cette conception avait été exposée dès son plus jeune âge, se conformait en toutes choses aux avis de ces adultes raisonnables qu'étaient sa mère et sa grand-mère. Il allait pour ainsi dire de soi que dans leur famille si exceptionnelle, où tout le monde s'aimait de façon sublime et dévouée, c'était justement l'amour platonique qui régnait.

Et maintenant, il était pour lui d'une évidence horrifiante qu'il avait trahi cet amour « sublime » pour un amour « vil ». À la différence de la plupart des gens se retrouvant dans des situations similaires, surtout les jeunes hommes, il n'essayait même pas de se construire la moindre défense psychologique, de se murmurer à l'oreille que, bon, il était peut-être coupable de quelque chose, mais qu'il y avait peut-être aussi des choses dont il n'était pas coupable. Au contraire, il s'arrangeait pour jouer ses propres cartes contre lui-même, afin que sa faute soit convaincante et incontestable.

Tout en rentrant chez lui, Chourik reprenait ses esprits, émergeant peu à peu de l'état de régression au stade de poisson dans lequel il s'était trouvé pendant deux jours. Il se rendit compte qu'entre-temps, la canicule était passée, il tombait à présent une petite pluie grise, on était en semaine, au beau milieu de la journée, et dans l'air flottait le charme exquis d'une nature miséreuse qui se suffit à elle-même. Une odeur de feuilles fraîches et de moisi émanait des tas de l'année dernière formant une couverture rugueuse sur les bas-côtés d'un petit square à l'abandon. Chourik inspirait les effluves complexes d'une grande ville sale : un peu de verdure fraîche et épicée, un peu de feuilles mortes, un peu de laine mouillée...

« Et s'il y avait un Dieu quelque part ? » se dit-il soudain, et aussitôt, comme surgie de la terre, apparut une petite église trapue. Ou peut-être était-ce elle qui avait surgi d'abord, et que c'était pour cette raison qu'il avait pensé à ça... Il s'arrêta : s'il entrait ? Une petite porte de rien du tout s'ouvrit sur le côté, et une vieille campagnarde, une écuelle à la main, traversa la cour d'un air affairé en direction d'un bâtiment annexe.

« Non, non, sûrement pas ici ! décida-t-il. Si c'était le cas, grand-mère l'aurait su ! »

Et il pressa le pas, il se mit presque à courir. Son âme se gonflait d'un bonheur jamais éprouvé auparavant, qui consistait pour moitié en gratitude envers on ne sait qui : ma petite maman bien vivante, ma maman chérie, je te souhaite un bon anniversaire, un bon 8 mars, une bonne fête du Travail, de bonnes fêtes du 7 novembre, je te souhaite une bonne fête, une bonne fête... ! Du rouge sur du bleu, du jaune sur du vert, des étoiles en rubis sur du bleu nuit, toutes les cartes postales, la centaine de cartes postales qu'il avait écrites à sa mère et à sa grand-mère depuis l'âge de quatre ans. La vie est belle ! Bonne fête ! Bonne fête !

À la maison, Chourik prit une douche glacée. Il n'y avait pas d'eau chaude, et celle qui venait des profondeurs de la terre pas encore réchauffée était d'un froid cuisant. Il se lava et, au moment où il sortait de la salle de bains, complètement gelé, le téléphone sonna.

« Chourik ! s'écria l'écouteur. Enfin ! Tout le monde est sans nouvelles ! Ça fait trois jours que je t'appelle. Que s'est-il passé ? Quand ? Dans quel hôpital ? »

C'était Faïna Ivanovna. Il expliqua comme il pouvait, en se coupant la parole à lui-même.

« On peut aller la voir ? De quoi a-t-elle besoin ?

— On m'a dit d'apporter de l'eau minérale Borjom.

— Très bien. Je t'apporte ça tout de suite. Je suis au théâtre, la voiture sera là d'une minute à l'autre, j'arrive ! »

Et vlan ! Elle raccrocha. Le téléphone se remit immédiatement à sonner. C'était Alia. Elle posa les mêmes questions, avec cette différence qu'elle n'avait pas de Borjom, mais des travaux pratiques avec les élèves des cours du soir (son mi-temps de laborantine), et se libérait à dix heures et demie.

« Je passe te voir tout de suite après ! » promit-elle joyeusement, et il n'eut même pas le temps de dire « Plutôt demain... ».

Faïna débarqua une heure plus tard, il avait à peine eu le temps de prendre un thé accompagné de pain noir rassis et d'une boîte de viande en conserve dénichée au fond du buffet. Elle déposa près de la porte un superbe sac en plastique étranger avec quatre bouteilles de Borjom à l'intérieur.

« Bon, eh bien, maintenant, nous allons avoir une petite discussion, toi et moi... »

Elle parlait lentement, en approchant de lui sa belle bouche dépravée.

« Non, non et non ! » se dit fermement Chourik à lui-même.

La bouche s'empara de ses lèvres, une langue un peu sucrée et légèrement savonneuse se faufila contre son palais et se mit à remuer vigoureusement.

Chourik n'y pouvait rien, tout en lui bondissait à la rencontre de cette superbe femme obscène.

Vers onze heures, la sonnette piailla une fois, puis encore une fois. Au bout de quelques instants, ce fut le téléphone qui sonna, puis de nouveau, on tapota timidement à la porte. Mais même les trompettes de Jéricho n'auraient pu ramener Chourik de l'endroit où il se trouvait...

Le lendemain, il dit à Alia, et c'était vraisemblable .

« Je n'avais pas dormi depuis deux jours. Je me suis traîné jusqu'à mon lit, et je me suis écroulé. »

Il est rare de rencontrer des gens qui aient pour le mensonge autant d'aversion que Chourik...

19

Cet été-là, durant les six semaines d'hôpital et les suivantes, Chourik fit l'apprentissage en accéléré et sous une forme abrégée d'une science qui ressemble fort à l'élevage des nouveau-nés, depuis le lait, les bouillies et le fromage blanc maison, jusqu'à l'huile de tournesol réchauffée destinée à ramollir les cicatrices, en passant par les compresses et le nettoyage des plaies. L'essentiel, dans cette science, est d'acquérir l'attention toujours sur le qui-vive d'une mère qui vient de donner naissance à son premier enfant. On peut dire que seules les couches lui furent épargnées.

Son sommeil était devenu extraordinairement léger. Dès que Véra posait le pied par terre, il se précipitait dans sa chambre : que se passe-t-il ? Il entendait l'infime grincement des ressorts quand son corps presque immatériel se retournait d'un côté sur l'autre, il captait au vol le tintement du verre qu'elle cognait, le bruit de sa toux. C'était ce lien si particulier qui existe entre une mère et son bébé, lien que Véra elle-même n'avait en fait jamais connu, puisque Élisavéta Ivanovna, pour ménager sa fille affaiblie par l'accouchement et par le malheur qu'elle venait de subir, avait justement pris en charge cette part de la relation avec l'enfant, ne laissant à Véra que l'allaitement. Il va de soi que cette part-là était loin d'être purement décorative : Vérotchka avait de petits mamelons avec un canal étroit, le lait ne coulait pas bien, il fallait le tirer pendant des heures, et ses seins lui faisaient mal... Mais c'était quand même Élisavéta Ivanovna qui dormait dans la chambre du bébé, qui se levait à chaque couinement, qui le changeait, lui donnait son bain et, le moment venu, plaçait devant le sein de Véra une petite bûche langée de frais.

Chourik ne pouvait rien savoir de tout cela, mais sa voix avait acquis cette intonation particulière avec laquelle les femmes s'adressent aux bébés. Le petit nom qu'il donnait à sa mère quand il avait deux ans lui était même revenu tout naturellement : ne sachant pas prononcer Véroussia, comme disait sa grand-mère, il appelait sa mère « Oussia ».

Question argent, c'était l'incertitude la plus totale. En fait, il n'y en avait plus. On lui avait supprimé sa bourse. Il avait réussi tant bien que mal les examens du printemps, mais allait devoir repasser les maths en automne. Il est vrai qu'avec son arrêt maladie Véra Alexandrovna touchait presque l'intégralité de son salaire — elle avait des années d'ancienneté. La principale source de revenus de Chourik s'était tarie : il n'avait pas d'élèves pendant l'été, ils étaient tous partis en vacances. Durant cette période, sa grand-mère prenait toujours un ou deux groupes de candidats à l'université...

Faïna Ivanovna passa une fois en l'absence de Chourik et apporta de l'argent du comité local du Parti. Le jour où cet argent fut épuisé, Véra trouva, sous le papier qui tapissait le fond d'un tiroir du secrétaire de sa mère, deux livrets de caisse d'épargne. Les deux dépôts cumulés auraient suffi pour acheter une automobile, c'était une somme énorme pour l'époque. Dans l'un, il y avait une procuration au nom de son petit-fils, et dans l'autre, au nom de sa fille.

Tout en reniflant pour ravaler ses larmes, Véra, d'une voix sourde pas encore tout à fait remise de l'opération, prononça les mots que Chourik avait entendus autrefois dans la bouche d'Élisavéta Ivanovna : « Ta grand-mère nous aide depuis l'autre monde... »

Cet héritage inattendu abolit complètement la triste perspective d'un dénuement imminent. Chourik se souvint aussitôt du récit que sa grand-mère lui avait fait il y a bien longtemps, et du squelette métallique de la décoration japonaise de son grand-père, avec les petits trous noirs des diamants absents. Ah, c'était bien dans son caractère ! Elle qui estimait indécent de parler d'argent, qui écartait avec dégoût les calculs de ses amies sur qui gagnait quoi (le thème préféré des conversations de cuisine), qui dépensait elle-même avec largesse, distinguant le nécessaire du superflu et l'indispensable du luxe selon des critères particuliers qui lui étaient strictement personnels, elle avait trouvé moyen de laisser une somme pareille à ses enfants... Il s'était écoulé seulement trois ans depuis qu'ils avaient emménagé dans cet immeuble. Non, presque quatre... Et quand on avait acheté l'appartement, on avait sans doute investi dedans jusqu'au dernier sou, sinon elle n'aurait pas vendu les pierres qui restaient. Tout cela était bien difficile à comprendre...

Le lendemain matin, Chourik, muni de son passeport, se rendit à la caisse d'épargne et tira les premiers cent roubles. Il avait décidé de tout acheter, absolument tout. De fait, il acheta au marché de Tichine un monceau de victuailles et dépensa jusqu'au dernier kopeck. Véra se moqua de ses façons de grand seigneur, et mangea la moitié d'une poire.

De manière générale, son moral était excellent, l'ombre

qui avait obscurci sa vie ces dernières années provenait en fait de molécules empoisonnées sécrétées en quantité excessive par une glande atteinte de folie. À présent, pour la première fois depuis la mort de sa mère, elle avait retrouvé de l'énergie, et elle se remémorait souvent les années si heureuses de sa jeunesse, du temps où elle était élève dans l'atelier de Taïrov... C'était comme si, en lui coupant un morceau de sa thyroïde hypertrophiée, on lui avait enlevé vingt années de fatigue. Elle se mit soudain à faire avec ses doigts les petits exercices qu'Alexandre Sigismundovitch lui avait enseignés jadis, elle pliait la dernière phalange comme pour soulever un couvercle, tortillait chaque doigt dans tous les sens, puis faisait tourner ses poignets et ses chevilles et terminait en les secouant vigoureusement.

Une ou deux semaines après sa sortie de l'hôpital, elle avait demandé à Chourik d'aller chercher dans l'entresol une vieille valise sur laquelle était collée une étiquette couverte de l'écriture d'Élisavéta Ivanovna — l'inventaire des objets contenus à l'intérieur. Elle en avait sorti une tunique d'un bleu délavé et un bandeau, et tous les matins elle exécutait des mouvements saccadés sur des musiques de Debussy et de Scriabine, d'après un système hybride de Jacques-Dalcroze et d'Isadora Duncan, ainsi que cette discipline révolutionnaire était enseignée dans les années 1910... Elle prenait des poses étranges dans lesquelles elle se figeait, et était ravie de constater que son corps se soumettait à la musique moderniste du début du siècle.

Chourik jetait parfois un coup d'œil par la porte aux battants grands ouverts, et il l'admirait : ses membres frêles jaillissaient de la tunique comme des branchages blancs, ses cheveux, qui n'étaient plus relevés en chignon (elle les avait considérablement raccourcis pendant sa maladie, de façon à pouvoir juste les nouer derrière), voltigeaient derrière elle à chacun de ses mouvements tantôts coulés, tantôt heurtés.

Véra n'avait jamais été bien grosse, mais ces dernières années, grignotée par des hormones malintentionnées, elle pesait un poids d'enfant — quarante-quatre kilos —, si bien que sa peau était devenue trop large et pendait ici et là en petits plis. Mais à présent, en dépit de la gymnastique, elle s'était mise à prendre du poids, un kilo par semaine. Arrivée à cinquante, elle s'affola un peu.

Chourik prenait part à toutes ses préoccupations. Il préparait le petit déjeuner et le dîner, l'accompagnait dans ses promenades, allait lui chercher des livres à la bibliothèque, parfois à celle de littérature étrangère où ils avaient gardé l'abonnement de sa grand-mère. Ils passaient beaucoup de temps ensemble. Véra s'était remise au piano. Pendant qu'elle faisait de la musique dans la grande pièce, il s'allongeait sur le divan, un livre français entre les mains, lisant toujours quelque chose par habitude, surtout les auteurs favoris de sa grand-mère : Mérimée, Flaubert... Parfois, il se levait et allait chercher dans la cuisine quelque chose de bon à manger, les premières fraises achetées sur le marché de Tichine, ou du cacao auquel Véra avait repris goût, comme du temps de son enfance.

Véra, elle, ne se mêlait pas des affaires de son fils, elle ne remarquait pas qu'il y avait une grammaire française posée sur le divan à côté de Mérimée... Ni que ses camarades suivaient des stages en usine, tandis qu'il restait à la maison, à partager avec elle les délices de la convalescence.

En fait, Chourik s'était fait dispenser du stage en usine pour pouvoir s'occuper de sa mère, et on l'avait affecté à un laboratoire de l'institut où personne n'avait besoin de lui. Il passait là-bas tous les deux ou trois jours, demandait si on avait du travail à lui donner, et regagnait ses pénates. Alia aussi suivait son stage pratique non dans une usine chimique, mais dans les bureaux de l'institut. C'est là que, choisissant le moment propice, elle sortit d'un placard le dossier de Chourik. Et ce dernier, sans en dire un mot à sa mère, s'inscrivit aux cours du soir du petit institut assez médiocre de sa grand-mère. En langues étrangères. La chimie, il ne pouvait plus la voir ni la sentir, quant à l'examen de rattrapage en mathématiques, il ne songeait même pas à le passer.

20

Entre-temps, les pires suppositions du Cubain chauve s'étaient vérifiées : Enrique avait bel et bien été arrêté, et il ne fallait pas compter le voir revenir de sitôt.

Au milieu de l'été, la mère de Stovba arriva de Sibérie. Elle apporta à Léna une énorme somme d'argent, et lui expliqua que la réputation de son père passait par-dessus tout. Il était hors de question qu'elle rentre à la maison dans cet état, son père avait bien trop d'ennemis, il y avait déjà suffisamment de bruits infâmes qui couraient en ville... Bref, il allait falloir qu'elle accouche à Moscou, et avec un enfant hors mariage, les portes de la maison lui étaient définitivement fermées. Elle n'avait qu'à louer un appartement ou une chambre ici, ils l'aideraient financièrement. Mais le mieux serait qu'elle confiât cet enfant illégitime à un orphelinat...

À cette époque, il y avait déjà longtemps que Léna ne flottait plus sur un petit nuage, mais elle ne s'attendait pas à un coup pareil. Elle l'encaissa pourtant, accepta l'argent, remercia, et ne se lança dans aucune explication avec sa mère.

C'est alors que lui vint l'idée d'un scénario audacieux dont elle fit part à Alia : quand elle était encore à l'école, il lui était arrivé une histoire affreuse dont on avait beaucoup parlé en ville. Elle était en troisième à ce moment-là, et bon nombre de garçons la lorgnaient déjà. Un grand de première, Guénia Ryjov, était tombé amoureux d'elle à en mourir. Ou presque. Il la suivait comme son ombre, mais à l'époque, elle avait un autre chevalier servant plus sympathique, et elle avait opposé un refus à Guénia. Que lui avait-elle refusé ? Le plaisir de la raccompagner chez elle après l'école... Et le pauvre amoureux s'était pendu, mais il s'était raté. De façon générale, c'était un garçon qui n'avait pas de chance... On l'avait extrait de son nœud coulant, on l'avait ranimé, et on l'avait transféré dans une autre école, mais son amour ne s'était pas évaporé pour autant. Il avait continué à lui écrire, et à la fin de ses études secondaires, il était parti pour Leningrad, où il était entré à l'Académie de marine militaire. Depuis quatre ans, il lui écrivait des lettres et lui envoyait des photos d'un petit marin avec tantôt un béret, tantôt des cheveux raides coiffés en arrière, et sur le visage, une expression fière et stupide... Dans ses lettres, il exprimait la conviction qu'elle finirait par l'épouser un jour, et qu'il s'efforcerait alors de la rendre heureuse. Il laissait entendre que sa carrière était bien partie et que si elle attendait encore un tout petit peu, elle ne le regretterait pas... « J'ai voulu mourir à cause de toi, et maintenant, je ne vis que pour toi... »

Stovba supputa, calcula, et prit une décision : eh bien, soit ! Elle lui écrivit une lettre dans laquelle elle lui parla de son mariage annulé et de l'enfant qui devait naître au début du mois d'octobre.

Guénia débarqua le week-end suivant. Tôt le matin. Alia n'était pas encore partie à son travail à la commission d'admission, si bien qu'elle eut le loisir de l'examiner pendant qu'ils prenaient le thé.

Il était vêtu d'un superbe uniforme d'élève officier, plutôt beau garçon, grand, mais osseux, avec des épaules étroites. Des yeux verts, disons couleur de vague marine... Il tripotait son mouchoir sans rien dire et se contentait de toussoter de temps en temps. Alia, après avoir bu son thé en vitesse, les laissa en tête à tête, bien que son travail ne commençât qu'à dix heures et qu'elle eût encore deux heures devant elle.

Après son départ, Guénia garda longtemps le silence, et Léna aussi. Tout avait été écrit dans la lettre, et ce qui n'avait pas été écrit, il pouvait parfaitement le voir maintenant : elle avait beaucoup grossi, elle était enflée, son visage d'une blancheur de lait était abîmé par des taches de rouille sur le front, autour des yeux, et sur la lèvre supérieure. Seuls ses cheveux cendrés, qui pendaient lourdement de part et d'autre de ses joues, étaient restés les mêmes. Il était plongé dans le désarroi.

« Voilà toute l'histoire, mon petit Guénia ! » dit-elle en souriant, et là, il la reconnut enfin. Son désarroi disparut, remplacé par la certitude qu'il avait remporté la victoire et, bien que cette victoire fût un peu salie, c'était quand même une victoire désirée, inattendue, littéralement tombée du ciel.

« Ne t'en fais pas, Léna, ce sont des choses qui arrivent, dans la vie ! Tu ne regretteras pas de m'avoir fait confiance. Je vous aimerai toujours, toi et ton enfant. Donne-moi seulement ta parole que tu ne reverras plus jamais le type qui t'a abandonnée. C'est ridicule à dire dans ma situation, mais je suis un homme terriblement jaloux, avoua-t-il. Je me connais ! »

Cette fois, ce fut Léna qui se mit à réfléchir. Elle n'avait pas donné de détails dans sa lettre, et comprenait maintenant qu'elle ferait mieux de raconter un mensonge banal — qu'on avait promis de l'épouser, qu'on l'avait trompée... Mais elle en fut incapable.

« Cette histoire n'est pas aussi simple que ça, Guénia. Mon fiancé est cubain, nous avons vécu un grand amour tous les deux, ce n'était pas juste une aventure. On l'a rappelé dans son pays et on l'a mis en prison, à cause de son frère. Il a fait je ne sais trop quelle bêtise là-bas. Tout le monde dit que maintenant, on ne le laissera plus jamais revenir ici.

— Et si on le laisse revenir ?

— Je ne sais pas », reconnut honnêtement Léna.

Le petit marin l'attira alors contre lui. Le ventre le gênait, et aussi les taches sur le visage, mais c'était quand même toujours sa Léna, son soleil, son étoile, la seule femme de sa vie, et il se mit à l'embrasser, à la picorer un peu partout de ses lèvres sèches. Le peignoir, un peignoir d'été de couleur claire, s'ouvrit tout naturellement, et là, dessous, il y avait une vraie poitrine, un ventre de femme bien plein, et il fonça de l'avant, il défit les agrafes de son ridicule pantalon noir à pont, et posséda enfin son rêve. Le rêve en question, après l'avoir fait pivoter dans une position plus commode pour une femme enceinte, restait docilement allongée sur le côté en se disant : « Ce n'est rien, ce n'est rien, il n'y a pas d'autre solution... »

Ils se rendirent ensuite sur la place Rouge, puis ils prirent l'autobus pour aller sur les monts Lénine voir l'université. C'était la première fois de sa vie qu'il était à Moscou, et il voulait aussi visiter le parc d'Exposition des réalisations de l'économie populaire, mais Léna était fatiguée et ils rentrèrent au foyer.

Il repartit pour Leningrad à minuit, par la Flèche rouge. Léna l'accompagna à la gare. Ils arrivèrent en avance. Il la pressait de rentrer. Il se faisait du souci : il était déjà tard. Mais elle ne partait pas.

« Fais bien attention à toi et à l'enfant ! » lui dit-il en la quittant.

Elle se souvint alors qu'elle avait oublié de mentionner un détail.

« Guénia, il aura la peau sombre, tu sais. Peut-être qu'il sera noir.

— Qu'est-ce que tu veux dire par là ? demanda le fiancé tout frais, interloqué.

— Eh bien, il est en partie nègre », expliqua Léna.

Elle, elle savait combien son bébé serait beau...

La dernière sonnerie retentit et le train s'ébranla, emportant le visage bouleversé de Guénia Ryjov qui la regardait par-dessus l'épaule du contrôleur en casquette.

Guénia était un garçon honnête, à sa façon. Il se tortura longtemps sans parvenir à rédiger sa lettre, mais il finit quand même par l'écrire : je suis un homme faible, et qui plus est, un militaire, dans l'armée, on est très strict, je ne pourrai jamais supporter les moqueries et les humiliations à cause d'un enfant noir... Pardonne-moi...

Mais Léna avait déjà compris à la gare. Elle avait tout raconté à Alia, dans l'ordre. Y compris le plus répugnant : elle n'avait pas refusé, elle s'était laissé faire... Elles en avaient toutes les deux pleuré d'humiliation. Mais le plus insupportable, c'était que personne n'était coupable de quoi que ce soit... C'était comme ça, voilà tout.

21

Cette solution était celle qu'Élisavéta Ivanovna gardait en réserve. En fait, au début, c'était la principale. Elle était certaine qu'au cas où Chourik ne réussirait pas à entrer à l'université, elle trouverait moyen de le caser dans son institut. Il était impossible qu'il ait des mauvaises notes dans toutes les matières, quant aux points qui lui manqueraient pour intégrer la faculté de philologie, dans son petit institut de rien du tout, ce serait presque un diplôme honorifique... Maintenant, au bout d'une année à l'institut Mendeleïev, Chourik comprenait bien lui-même qu'il s'était embarqué dans quelque chose qui n'était pas fait pour lui.

Il alla s'inscrire aux cours du soir. Il attendit son tour parmi des filles qui avaient raté l'examen d'entrée à l'université et des garçons avec de grosses lunettes à verres épais. L'un d'eux, à la place des lunettes, avait une canne : il boitait de façon très nette. Il n'y avait aucune comparaison entre les candidats à l'université de l'année dernière et ceux-là, des étudiants de troisième catégorie.

La fille qui prenait les inscriptions, affolée par la chaleur et par la queue, ne prêta aucune attention au nom de Chourik que tout le monde connaissait bien ici, et il poussa un soupir de soulagement : il tenait à son indépendance, et faisait d'avance la grimace à l'idée que les anciennes collègues de sa grand-mère, Anna Méthodievna, Maria Nicolaïevna, et Galina Constantinovna, allaient lui sauter dessus, le couvrir de baisers et lui caresser la tête.

Le professeur qui faisait passer l'épreuve de français était une dame d'un certain âge avec un gros chignon de travers et des cheveux teints en jaune. Tout le monde avait peur d'elle. Elle était la présidente de la commission d'admission, et c'était la plus féroce. Chourik était loin de se douter que cette dame était la fameuse Irina Pétrovna Krouglikova qui avait postulé pendant dix ans le poste de professeur occupé par Élisavéta Ivanovna. Elle parcourut son dossier d'un rapide coup d'œil et demanda en français :

« Vous êtes parent avec Élisavéta Ivanovna Korn ?

— C'était ma grand-mère. Elle est morte l'année dernière. »

La dame était parfaitement au courant de ce fait.

« Oui, oui... Elle nous manque beaucoup. C'était une femme remarquable. »

Puis elle lui demanda pourquoi il s'inscrivait aux cours du soir. Il expliqua que sa mère venait de subir une grave opération et qu'il voulait travailler pour qu'elle puisse prendre sa retraite. Par politesse, il répondait en français.

« Je vois », marmonna la dame.

Et elle lui posa une question de grammaire assez compliquée.

« Grand-mère estimait que cette forme n'était plus en usage depuis l'époque de Maupassant ! » déclara Chourik avec un joyeux sourire totalement hors de propos, après quoi il répondit à la question de façon fort pertinente.

Des pensées disparates se bousculaient dans la tête d'Irina

Pétrovna. Elle planta son crayon dans la pelote de ses cheveux et se gratta la tête. Élisavéta Ivanovna avait été son ennemie. Mais c'était il y a longtemps, et elle était morte. Irina Pétrovna avait beaucoup contribué à son départ à la retraite, et une fois qu'elle s'était retrouvée à sa place, elle avait eu la surprise de découvrir que bon nombre de ses collaborateurs aimaient Élisavéta Ivanovna non parce qu'elle était leur supérieure, mais pour une autre raison, et cela lui avait été désagréable.

Le garçon parlait le français à merveille, mais on peut toujours couler n'importe qui. Elle n'arrivait pas à prendre la bonne décision.

« Il n'y a pas à dire, votre grand-mère vous a bien appris le français... Quand vous aurez passé toutes les épreuves, venez donc me voir dans mon bureau, je serai là jusqu'au 15. On verra quel travail on peut vous trouver. »

Elle prit la feuille et inscrivit dessus « excellent » avec un stylo à plume en or. Et elle comprit qu'elle avait agi non seulement correctement, mais de façon géniale. Elle souffla sur le papier, comme une écolière, et dit en regardant Chourik bien en face :

« Votre grand-mère était quelqu'un d'une intégrité exceptionnelle. Et une excellente spécialiste de la langue française... »

Deux semaines plus tard, Irina Pétrovna Krouglikova avait trouvé un travail pour Chourik, à la bibliothèque Lénine. Obtenir un emploi dans cette bibliothèque était nettement plus compliqué qu'être admis à l'université. Par ailleurs, elle le convoqua avant le début des cours et l'informa qu'elle l'avait mis dans le groupe d'anglais.

« En ce qui concerne le français, vous n'avez pas besoin des bases. Vous pouvez assister à nos cours de perfectionnement, si vous voulez. »

Et il fut inscrit en anglais, bien que le groupe fût déjà plein à craquer.

C'est seulement une fois que tout fut arrangé qu'il annonça à sa mère qu'il avait changé d'institut et trouvé du travail. Véra se récria, mais fut aussi très contente.

« Ça alors, je ne m'attendais pas à cela de ta part, Chourik ! Tu es un petit cachottier, ma parole ! »

Elle enfonça ses doigts dans les boucles de son fils, l'ébouriffa, et prit soudain un air soucieux :

« Dis-moi, mais tes cheveux sont beaucoup moins épais ! Surtout ici, sur le haut du crâne... Il va falloir surveiller ça ! »

Et elle s'empressa d'aller fouiller dans la bibliothèque spéciale de sa mère, où étaient entreposées toutes sortes de sagesses et de médications populaires, ainsi que des articles découpés dans la revue *L'Ouvrière*... Il y était question de shampooings au pain noir, au jaune d'œuf cru et aux racines de bardane.

Le même jour, Chourik accomplit un acte fort et viril totalement inattendu.

« J'ai décidé qu'il était temps que tu prennes ta retraite. Tu as assez traîné ce boulet. Nous avons les réserves de grand-mère, et puis je suis capable de subvenir à tes besoins, je t'assure ! »

Véra avala une boule qui ne s'était plus formée dans sa gorge depuis longtemps.

« Tu crois ? fut la seule chose qu'elle put répondre.

— J'en suis absolument certain ! » déclara Chourik d'une telle voix que Vérotchka renifla.

C'était le bonheur tant attendu, qui lui était échu sur ses vieux jours : elle avait auprès d'elle un homme qui la prenait en charge.

Chourik se sentait heureux, lui aussi. Sa mère, qu'il avait

presque perdue pendant les quarante-huit heures qu'il avait passées assis dans l'escalier de l'hôpital, s'était rétablie après sa maladie, et la chimie allait devoir continuer à prospérer sans lui.

Le soir de ce jour mémorable, Alia téléphona pour l'inviter au foyer.

« C'est l'anniversaire de Léna. Elle est dans un tel pétrin, et tout le monde est parti en vacances... Viens, j'ai fait un gâteau. Cette pauvre Léna, elle me fait de la peine ! »

Il était plus de sept heures. Chourik annonça à sa mère qu'il allait au foyer des étudiantes pour l'anniversaire de Stovba. Il n'avait pas très envie de se traîner là-bas, mais cette pauvre Léna lui faisait vraiment de la peine, à lui aussi.

22

Léna Stovba fêtait ses dix-neuf ans et, après tant de joyeux anniversaires, celui-ci était épouvantable. Elle était la petite sœur ravissante et adorée de deux grands frères. Son père, comme tous les gens haut placés, ne savait pas parler la langue de l'égalité : aux uns, il donnait des ordres en les harcelant et en les humiliant, et devant les autres, il était prêt à s'humilier lui-même, de son plein gré et presque avec enthousiasme. Léna, bien qu'elle fût sa propre fille, faisait partie des êtres supérieurs. Il l'avait placée sur un tel piédestal que même l'idée qu'elle puisse se marier un jour lui était désagréable. Ce n'était pas qu'il la destinât à la vie monastique, oh, non ! Mais dans les profondeurs inexplorées de son âme communiste survivait la conviction populaire (peut-être était-ce un écho des enseignements de l'apôtre Paul ?) que les gens d'essence supérieure ne font pas d'enfants, ils se consacrent à des choses plus élevées. Dans ce cas concret, à la science appelée chimie.

Lorsque sa femme, timidement et après un grand travail préparatoire, lui avait annoncé que sa fille allait se marier, il avait été consterné. Mais quand était venu s'ajouter à cela le fait que l'élu de Léna était un être différent, d'une autre race, le coup avait été doublement terrible. Il y a dans l'âme des hommes blancs, même ceux qui n'ont jamais eu le moindre contact avec la race noire, la peur secrète que les Noirs soient animés d'une force virile particulièrement farouche dépassant de beaucoup celle des Blancs... Sa jalousie était d'une nature singulière : inconsciente, inarticulée, muette. L'idée que sa petite Léna adorée, si blanche et si pure, allait être...Voilà justement ce que ne pouvait mettre en mots le secrétaire du comité régional du Parti qui, en homme rompu à l'art du commandement, connaissait à fond, depuis A jusqu'à Z, tous les termes avec lesquels on peut terrasser un moucheron... Non, il n'y avait même pas de mot pour associer sa fille et un Noir dans l'espace intime du mariage, alors que, à la seule pensée que cet homme allait simplement poser les mains sur elle, il avait les tempes qui bourdonnaient.

Après l'avoir informée avec précaution de ce mariage, sa femme avait bien été obligée, au bout de quelque temps, de l'informer également de son annulation. Et par la même occasion, de l'existence de l'enfant qui n'allait pas tarder à naître. Il en avait donc été informé. L'effet produit avait dépassé toutes les attentes : il avait commencé par rugir comme un ours, puis avait brisé la table de la salle à manger de son poing puissant. Sa main avait également subi des dommages (deux os fêlés), et on en avait dû lui mettre un gant en plâtre. Mais déjà avant le plâtre, il avait intimé à toute sa maisonnée l'ordre de ne plus jamais prononcer le nom de Léna, il ne voulait plus la voir et ne souhaitait plus rien savoir d'elle. L'épouse communiste savait qu'avec le temps les choses se tasseraient et qu'il pardonnerait à sa fille, mais ce qu'elle ne savait pas, c'était si Léna, elle, lui pardonnerait jamais ce reniement en un moment difficile...

Bref, l'anniversaire de Léna était tout ce qu'il y avait de plus triste. La reine de la fête, énorme, les jambes gonflées, était assise sur une chaise branlante, et la tarte aux pommes d'Alia avait un air misérable à côté d'un fromage-saucisson coupé en tranches et d'œufs farcis de leur propre chair, mais avec de la mayonnaise.

Il y avait deux invités, Chourik et Génia Rosenzweig, qui était revenu de la campagne pour souhaiter son anniversaire à cette pauvre Léna esseulée. Il avait débarqué avec un panier préparé par une mère juive au grand cœur informée de l'état de la jeune femme. Le contenu du panier correspondait presque exactement à la liste des provisions apportées par le Petit Chaperon rouge à sa mère-grand malade : un bidon de lait de ferme de deux litres, un gâteau fourré aux myrtilles, et du beurre frais acheté au marché près de la gare à des artisanes de la région... Le fond du panier était tapissé de pommes blanches et vertes de la variété *biely naliv*, provenant du seul pommier du jardin des Rosenzweig qui portât des fruits. Génia avait également composé un poème tragi-comique, dans lequel « dix-neuf ans » rimait de façon avant-gardiste avec « de l'avant », tandis que l'événement imminent dû à la regrettable insouciance, mais aussi à la fougue et à la précipitation du héros, ainsi qu'à certaines lacunes dans les connaissances pratiques de l'héroïne, était interprété par le poète comme une transfiguration révolutionnaire du monde, ou presque.

Léna finit quand même par se dérider. Elle était reconnaissante envers Alia, qui s'était souvenue de son anniversaire alors qu'elle maudissait le fait même d'être née, et envers Chourik, qui était accouru pour le lui souhaiter avec une bouteille de champagne et une autre de vin rouge, du Saperavi, ainsi qu'un assortiment de chocolats qui avaient séjourné dans la petite armoire de sa mère et s'étaient imprégnés de la légère odeur du parfum éternel de sa grand-mère.

Ils se mirent à manger et à boire — les deux gâteaux, le fromage-saucisson, les œufs. Ils se découvrirent une faim de loup et eurent bientôt tout dévoré. L'ingénieuse Alia se rendit alors dans la cuisine communautaire et fit cuire une platée de pâtes, qu'ils mangèrent après les gâteaux... Tout le monde passait une bonne soirée, même Léna qui, pour la première fois depuis plusieurs mois, songea que sans son malheur, jamais elle ne se serait fait ces vrais amis qui la soutenaient dans les moments difficiles de son existence. Pour être honnête, il faut dire que les amis cubains d'Enrique, le biologiste chauve et un autre, José Maria, ne l'avaient pas non plus laissé tomber, s'ils n'étaient pas venus à son anniversaire, c'était parce qu'ils n'étaient pas au courant.

Quoi qu'il en soit, le dernier verre de vin fut bu à la santé des amis, et une fois les pâtes terminées, la conversation quitta les hautes sphères pour s'engager sur les rails de la vie concrète. Ce fut Génia, le moins pratique de tous, qui manœuvra le levier d'aiguillage.

« Bon, alors, cet appartement, tu l'as loué ? »

C'était une question douloureuse. Léna devait libérer sa place au foyer le 1er septembre, elle avait déjà donné son congé à l'institut, mais elle n'arrivait pas à louer un appartement. Au début, Alia, en tant que groupe de soutien, l'avait accompagnée passage des Bains où se tenait le marché noir des logements, mais on s'était rendu compte que sa présence asiatique était plutôt un handicap. Une des propriétaires l'avait même dit carrément : on ne prend pas de non-Russes.

Léna se rendait passage des Bains presque tous les jours, mais personne ne voulait louer à une femme célibataire et enceinte. Une seule propriétaire avait accepté, une vieille ivrogne de Lianozovo. Les logeuses plus convenables refusaient, elles ne voulaient pas de femme avec un enfant. L'une d'elles aurait bien été d'accord, mais elle lui avait demandé son passeport, l'avait longuement étudié en cherchant le tampon du mariage et, ne l'ayant pas trouvé, avait refusé.

La question de Génia à propos de l'appartement ramena Léna à cette navrante réalité et elle fondit en larmes, pour la première fois depuis deux mois.

« D'ailleurs si je l'avais, ce maudit tampon, peut-être que je rentrerais à la maison... J'accoucherais ici, et puis je débarquerais là-bas, mon père finirait bien par s'y faire. Mais comme ça, c'est une honte pour lui... Dans sa position... »

Chourik compatissait. Chourik écarquillait ses yeux déjà tout ronds sans cela. Chourik cherchait une solution. Et il la trouva :

« Dans ce cas, on n'a qu'à se marier, Léna ! Ce n'est pas un problème ! »

Stovba n'avait pas encore eu le temps d'apprécier la généreuse proposition qui venait de lui être faite, mais Alia, elle, eut l'impression que la foudre lui tombait sur la tête : Chourik, c'était elle qui se le réservait, c'était pour son usage personnel qu'elle l'engraissait comme un petit agneau, c'était elle qu'il devait épouser, avec elle qu'il devait se marier...

Entre-temps, Léna avait enregistré la proposition : tout pouvait très bien s'arranger. Clic-clac-clic-clac... Cela cliquetait déjà dans sa tête blonde.

« Mais ta mère, Chourik, comment elle va réagir ?

— Elle n'aura pas besoin de le savoir. À quoi bon ? On se mariera, on te louera une chambre, tu accoucheras, et à ce moment-là, peut-être qu'on te renverra chez toi. Et une fois que tout sera arrangé, on divorcera... Ce n'est pas compliqué ! »

« Eh bien, ça alors ! songeait Léna. Dire que Guénia Ryjov, qui est fou amoureux de moi, a filé la queue entre les jambes, et que ce petit Moscovite, cet intellectuel pourri toujours fourré dans les jupes de sa maman, est prêt à m'aider comme ça, au pied levé... »

Elle lança un coup d'œil intrigué à Alia : celle-ci avait un air pincé, et ses petits yeux bridés étaient encore plus torves que d'habitude. Léna sourit en son for intérieur. Parmi tous ceux qui étaient présents, elle était la seule à deviner ce qui se passait dans l'âme d'Alia, et elle éprouva une infime bouffée de joie perverse. Il n'était nullement dans ses intentions de devenir la rivale de cette petite Kazakhe studieuse et insignifiante, cela s'était fait tout seul. Elle avait gagné sans même lever le petit doigt...

Ses larmes séchèrent immédiatement, et sa vie gâchée commença à remonter la pente.

« Tu viendrais avec moi passage des Bains, Chourik ?

— Pourquoi pas ? Bien sûr ! »

Génia hurla avec enthousiasme :

« Hourra ! Chourik, tu es un véritable ami ! »

Chourik avait effectivement l'impression d'être un véritable ami et un bon petit garçon. Il avait toujours aimé être un bon petit garçon. Ils se mirent d'accord pour aller à l'état civil le lendemain. Génia et Alia devaient jouer les témoins. Alia se maudissait pour son gâteau, pour cet anniversaire qu'elle avait eu elle-même l'idée de fêter, mais pour l'instant, elle était incapable d'inventer un moyen de sauver son avenir.

Et ils se rendirent à l'état civil le lendemain, pas au Palais des mariages cette fois, juste à l'état civil du quartier. Ils publièrent les bans. Compte tenu du ventre éloquent, la cérémonie fut fixée à la semaine suivante. Chourik faillit bien oublier, mais une semaine plus tard exactement, Léna téléphona tôt le matin pour lui dire qu'elle l'attendait dans une heure près de l'état civil. Chourik fonça là-bas et arriva à temps. Il fit enregistrer son mariage avec Éléna Guénnadievna Stovba et sauva provisoirement sa réputation. Elle pouvait maintenant rentrer chez elle avec le statut respectable de femme mariée.

23

Mathilda était partie à la campagne avec ses chats au début du mois de mai. Elle avait l'intention de passer là-bas deux semaines, de vendre la maison dont elle avait hérité, et de rentrer au plus tard début juin. Mais les choses avaient pris une tournure inattendue : elle avait trouvé cette maison vivante et chaleureuse, elle s'y sentait même si bien qu'elle avait décidé de ne pas la vendre et d'y aménager un pied-à-terre campagnard. Il ne manquait qu'un atelier, et elle s'était attelée à sa construction. En fait, il n'était pas nécessaire de construire quoi que ce soit. Il y avait une immense cour et une bâtisse destinée au bétail dans laquelle on ne mettait plus de bétail depuis longtemps, il fallait juste la consolider, percer des fenêtres, et ce serait un endroit idéal pour faire de la sculpture. Le seul problème, c'est que les paysans du coin buvaient comme des trous, et trouver des ouvriers pour de simples travaux de charpenterie était loin d'être facile. Chourik lui venait souvent à l'esprit. Il lui aurait été bien utile, ici ! Pas pour la charpenterie, mais plutôt pour le quotidien. Elle s'était même rendue plusieurs fois à la poste, à huit kilomètres de là, pour appeler Moscou, mais cela ne répondait pas chez lui. Au milieu de l'été, une occasion se présenta : un voisin se rendait à Moscou en voiture pour deux jours, et il proposa à Mathilda de l'emmener avec ses chats. Elle fit son sac, et débarqua.

En ville, un monceau de choses à faire s'étaient accumulées, mais en deux mois d'absence, ces affaires moscovites avaient pour ainsi dire perdu de leur fraîcheur, elles s'étaient décolorées, tandis que celles de la campagne (acheter des clous, des médicaments pour ses voisines, des graines de fleurs, du sucre, au moins dix kilos, etc.) occupaient dans son esprit une place beaucoup plus importante. Pourtant, déjà pendant le voyage (il y avait cinq à six heures de route, question de chance), une sorte de permutation avait commencé à s'opérer : elle s'était rappelé que le loyer de l'atelier n'avait pas été payé, que la fille de son amie Nina avait dû accoucher, et elle n'avait même pas donné un coup de fil... Elle avait également pensé à Chourik, avec un sourire, comme toujours, mais aussi avec une certaine inquiétude. Dès son arrivée, elle prit le téléphone et composa son numéro. Ce fut sa mère qui répondit, elle fit « Allô » d'une voix faible, mais Mathilda n'engagea pas la conversation. La seconde fois, elle appela après dix heures, et ce fut Chourik qui décrocha. Elle lui annonça qu'elle était rentrée. Il garda le silence un long moment, puis dit :

« Aaah... Bien. »

Mathilda s'en voulut immédiatement d'avoir téléphoné, et arrondit habilement les angles de la conversation. Puis elle raccrocha et s'assit dans un fauteuil. Constantin, le matou fondateur de la lignée, se coucha à ses pieds, tandis que Doussia et Carotte se bousculaient sur ses genoux pour s'y installer confortablement. Mathilda avait horreur de ces séances d'auto-farfouillage dont les femmes sont si familières. La légère contrariété suscitée par ce coup de fil maladroit à un gamin avec lequel elle s'était liée par hasard, et qui venait de lui faire comprendre qu'il n'avait pas vraiment besoin d'elle, elle la chassa à l'aide de toute la série de choses à faire qui l'attendait le lendemain : les clous, les médicaments, le sucre, les graines... Encore que... À quoi bon des graines, puisque l'été tirait à sa fin ?

Des images en couleurs défilaient sur le téléviseur, mais elle n'avait pas mis le son, aussi ne la gênait-il pas du tout pour méditer sur son principal sujet de réflexion : elle en avait assez de Moscou, et ce village près de Vychni Volotchek, terre natale de sa défunte mère, ces bois, ces champs et ces collines qu'elle connaissait depuis l'enfance, tout cela lui allait comme une chaussure à son pied : elle s'y sentait bien, à l'aise, et parfaitement à sa place. Elle avait observé cette vie rurale pas encore entièrement saccagée et, pour la première fois peut-être depuis de nombreuses années, elle avait senti qu'elle était une fille de la campagne. Ses vieilles voisines, d'anciennes trayeuses de vaches et des cultivatrices de potagers, lui étaient bien plus proches et bien plus compréhensibles que ses voisines de Moscou, préoccupées par l'achat d'un tapis ou par la récupération d'une pièce qui venait de se libérer dans leur appartement communautaire. Même sa défunte tante lui apparaissait à présent sous un jour différent. Son voisin l'avait longtemps harcelée pour qu'elle lui vendît ou lui léguât sa maison, l'une des plus belles isbas du village, bâtie à la fin du XIXe par une équipe de paysans d'Arkhangelsk qui avaient monté une entreprise de construction. Mais sa tante, cette tante que Mathilda n'avait jamais aimée, avait refusé catégoriquement : autant que la maison revienne à Matriona, si je la laisse à des étrangers, notre famille s'éteindra complètement dans la région. Matriona est une fille de la ville, elle est riche, elle n'est pas si bête, elle la gardera... Ici, au village, on l'appelait par son vrai nom, un nom dont elle avait honte depuis son enfance. Quand elle s'était installée dans la capitale, elle avait pris celui de Mathilda.

Et Matriona-Mathilda souriait en songeant à cette tante qui, finalement, n'était pas si bête que ça, elle non plus, ses calculs avaient été parfaitement justes. Plus que justes, puisque Mathilda s'était aussitôt tellement entichée de cette maison que, pour elle, elle était même prête à changer complètement de vie...

À onze heures et demie, alors qu'elle s'était déjà débarrassée de l'arrière-goût déplaisant de sa conversation avec Chourik et qu'elle était couchée dans son lit, entourée de ses chats, on sonna à la porte.

Elle n'attendait absolument pas son jeune amant, mais il était venu la retrouver en courant, comme toujours, sa respiration était haletante, parce qu'il avait monté les cinq étages quatre à quatre, et il se jeta sur elle en prenant juste le temps de dire :

« Quand tu as appelé, je ne pouvais pas parler, maman était à côté du téléphone... »

C'est alors que Mathilda comprit à quel point il lui avait manqué. On ne ment pas à son corps et, pour la première fois de toute sa vie, semble-t-il, il se trouvait qu'aucun des deux ne réclamait rien à l'autre, hormis un simple contact charnel. Ce sont les relations les plus pures : rien d'intéressé, ni chez moi ni chez lui, juste la joie des corps, se dit Mathilda, et cette joie déferla sur elle dans toute sa force et sa plénitude.

Quant à Chourik, il ne pensait à rien du tout. Il respirait, il courait, il arrivait, il se remettait à courir, il volait, il planait, il redescendait, il remontait... Et tout ce bonheur aurait été absolument impossible sans cette merveille de la nature : la femme, avec ses yeux, ses lèvres, ses seins, avec ce gouffre étroit dans lequel on sombre tout entier afin de s'envoler...

24

À l'automne, leur vie changea du tout au tout. Chourik se rendait chaque jour à son premier vrai travail et aux cours du soir de l'institut, le bon, cette fois, tandis que Véra, au contraire, avait cessé de travailler et entamé elle aussi une nouvelle existence. Elle se sentait beaucoup mieux depuis l'opération et, bien qu'elle fût toujours en proie à son éternelle langueur, elle avait repris vie intérieurement et connaissait une sorte de renouveau : c'était comme si elle redevenait celle qu'elle avait été dans sa jeunesse. Elle disposait maintenant d'énormément de loisir, relisait avec délices de vieux livres qu'elle avait lus autrefois, et s'était prise d'un engouement pour les mémoires. Elle sortait parfois faire un tour, se traînait jusqu'au square voisin ou bien restait simplement assise sur un banc dans la cour, le plus loin possible des mères accompagnées de leurs bruyants rejetons, et le plus près possible des jeunes peupliers et des oliviers argentés plantés autour de l'immeuble à titre expérimental. Elle faisait également de la gymnastique, et bavardait au téléphone avec l'une de ses deux amies de cœur, Nila, la veuve sans enfants d'un peintre célèbre, toujours disposée à discuter longuement des lettres d'Anton Tchékhov ou du journal de

Sophia Tolstoï... C'était vraiment étonnant : tout ce qui touchait à cette vie-là était bien plus compréhensible et bien plus intéressant que ce qui concernait la vie d'aujourd'hui. Avec sa deuxième amie, Kira, elle n'arrivait jamais à avoir de longues conversations, car celle-ci avait toujours quelque chose sur le feu.

Pour le départ à la retraite de sa mère, Chourik avait rapporté à la maison un gros téléviseur. Véra avait été un peu surprise, mais n'avait pas tardé à apprécier cette nouvelle acquisition. On passait souvent des spectacles, pour la plupart anciens, et très vite, accordant des circonstances atténuantes à cet art disgracieux, elle avait pris l'habitude de regarder « la boîte ».

Chourik, lui, n'avait presque pas de temps libre, et voyait sa mère beaucoup moins qu'elle ne l'aurait voulu. Elle se levait tard, généralement, il était déjà parti à son travail en laissant dans la cuisine, emmitouflés dans une serviette-éponge, les flocons d'avoine introduits dans l'alimentation familiale par le grand-père Korn, qui avait souffert d'anglomanie dans sa jeunesse.

Le dimanche matin, en revanche, ils prenaient leur petit déjeuner en tête à tête, puis, dans la journée, Chourik donnait deux leçons particulières de français, « des reliquats », comme les appelait Véra, et ils passaient la soirée ensemble. Comme Véra redoutait encore de sortir seule, c'était le dimanche soir qu'ils allaient au concert ou au spectacle et qu'ils rendaient visite à ses deux amies, Kira et Nila. Cette vie mondaine procurait-elle du plaisir à Chourik ? Peut-être le jeune homme se serait-il choisi d'autres distractions dominicales ? C'étaient des questions que Véra ne se posait pas. Et Chourik ne se les posait pas non plus. Dans le sentiment qu'il éprouvait pour sa mère, outre de l'amour, de l'attachement et le souci qu'il se faisait pour elle, il y avait également une soumission toute biblique aux parents, légère et sans contrainte.

Véra n'exigeait pas de sacrifice : il allait de soi. Et Chourik était toujours prêt à l'aider à enfiler ses bottines et son manteau, à enlever ses bottines et son manteau, à la soutenir quand elle montait dans un wagon, et à lui trouver la meilleure place. Tout cela si naturellement, si simplement, si gentiment...

Véra lui faisait part de ses pensées et de ses observations, elle lui racontait les livres qu'elle avait lus, l'informait de l'état de l'âme et du corps de ses amies. Il leur arrivait même parfois d'aborder des thèmes politiques, bien que de façon générale, elle fût beaucoup plus timorée que sa défunte mère. Elle avait pour habitude de ne pas se laisser entraîner dans des conversations épineuses, préférant déclarer haut et fort qu'elle ne s'occupait pas de politique et que ses intérêts se limitaient exclusivement à la sphère culturelle. Elle voyait d'un bon œil le travail de Chourik à la bibliothèque parce qu'il était « culturel », bien qu'elle devinât que ce n'était pas tout à fait un travail d'homme.

Mais il plaisait à Chourik. Tout lui plaisait : la station de métro Bibliothèque-Lénine, le vieux bâtiment de la bibliothèque Roumiantsev, les odeurs disparates des livres, les anciens, les vieux et ceux d'aujourd'hui qui, pour un nez sensible, se distinguaient par des milliers de nuances tenant au cuir ou au calicot de la reliure, à la colle, à la toile insérée dans le dos des ouvrages et à l'encre typographique. Il aimait bien aussi toutes ces femmes charmantes de la race propre aux bibliothèques, discrètes, courtoises, toutes du même âge moyen délicieusement indéfinissable, même les jeunes. Lorsque, au moment de la pause déjeuner, ils s'asseyaient à une table pour prendre le thé, elles lui offraient des sandwichs au fromage et au saucisson, tous identiques, eux aussi.

La seule à sortir de la masse était sa supérieure, Valéria Adamovna Konetskaïa. Il est vrai qu'elle se distinguait également parmi les responsables et les directeurs de département. Tous les autres services avaient à leur tête des personnages plus respectables, certains même du sexe masculin, si peu répandu dans les bibliothèques. Elle était la plus jeune, la plus énergique, s'habillait mieux que les autres, elle portait même des boucles d'oreilles en diamants qui étincelaient de leurs feux bleuâtres et stridents lorsqu'il leur arrivait de surgir à travers des cheveux touffus prévus pour au moins trois femmes, et retenus soit par un serre-tête en velours, soit par un ruban noir et plat sur la nuque. Sa présence était annoncée par une capiteuse odeur de parfum et par le bruit sourd de sa béquille. Cette femme splendide boitait, et sa claudication était forte, profonde : à chaque pas, on aurait dit qu'elle plongeait, puis émergeait dans un battement de ses cils bleus... Elle aurait dû être détestée pour la dérogation aux lois de l'homogénéité générale dont elle était l'incarnation. Mais on l'aimait — pour sa beauté, pour son caractère enjoué, pour son malheur qu'elle surmontait avec vaillance, et même pour sa voiture d'invalide, une Zaporojetz qu'elle conduisait elle-même, stupéfiant les autres conducteurs et les piétons par le caractère totalement imprévisible de son comportement au volant. Et on lui pardonnait (Dieu sait s'il y avait à pardonner !) son amour pour les commérages, son irréductible coquetterie, et ses sempiternelles aventures galantes avec les habitués de la bibliothèque.

Chourik prit la mesure de sa profonde faculté d'empathie

le jour où, au plus fort d'une épidémie de grippe (la moitié des employés était malade, et l'autre travaillait à double rendement), il vint lui demander trois jours de congé à son compte.

« Vous avez perdu la tête ? Je dois vous laisser aller passer vos examens pendant la période la plus chargée, et il faudrait encore que vous preniez des congés à votre compte ? Il n'en est pas question ! Il n'y a déjà personne pour travailler !

— Valéria Adamovna ! supplia Chourik. Les circonstances sont telles que... Je suis prêt à donner ma démission, s'il le faut !

— Vous venez tout juste de commencer, et vous voulez démissionner ? Eh bien, allez-vous-en ! Les gens font la queue pour travailler à la bibliothèque Lénine ! Chez nous, on ne démissionne pas ! On ne s'en va que pour prendre sa retraite ! s'écria-t-elle, sincèrement offusquée.

— Il faut que j'aille trois jours en Sibérie. Sinon, je vais mettre une femme dans une situation épouvantable... »

Une étincelle d'intérêt s'alluma sous les cils bleus.

« Ah bon ? Comment cela ?

— Vous comprenez, elle est sur le point d'accoucher, et je suis pour ainsi dire son mari...

— Eh bien, vous, alors ! Vous allez avoir un enfant, et vous êtes "pour ainsi dire marié" ? » fit Valéria en exagérant son étonnement.

Et Chourik, assis sur le bord de sa chaise, raconta brièvement, mais avec clarté, toute l'histoire de la pauvre Stovba, une histoire qui n'avait pas encore de dénouement car, après le mariage, elle était partie chez ses parents en Sibérie. Maintenant, elle était sur le point d'accoucher, et elle lui avait téléphoné en lui demandant de venir de toute urgence, parce que si l'enfant naissait juste un peu basané, bon, encore, ce ne serait pas trop terrible, mais si jamais il était tout noir, il y aurait forcément un scandale dans sa famille, parce que son père était un vrai roc avec un haut poste dans le Parti, et on allait obligatoirement la flanquer dehors... Alors il fallait bien qu'il y aille pour jouer le rôle de l'heureux père d'un bébé cubain.

« Faites votre demande de congé ! » déclara Valéria Adamovna, et elle apposa sa belle signature ébouriffée sous les lignes timides tracées par Chourik.

25

Et il commença à préparer son voyage. Léna lui avait demandé d'acheter deux petites combinaisons en laine, s'il en trouvait. Il se rendit consciencieusement au Monde des Enfants, où sa grand-mère Élisavéta Ivanovna avait acheté les mêmes combinaisons pour sa naissance à lui. Il fit tout aussi consciencieusement la queue, qui était fort longue, et en acheta deux, une rose et une bleue. Une femme d'un certain âge à l'esprit pratique, qui faisait la queue juste devant lui, lui avait expliqué qu'il fallait en prendre une pour un an, et l'autre pour deux ans. Pourquoi acheter deux combinaisons de la même taille ? L'argument tombait sous le sens.

Quant au biberon avec tétine importé de l'étranger, il ne put en acheter, car on n'en avait pas livré ce jour-là au Monde des Enfants. Ce fut Alia qui parvint à se procurer cet article rare fabriqué en Tchécoslovaquie. Bien qu'elle ne fût pas encore complètement remise du traumatisme matrimonial que Chourik lui avait infligé sans le savoir, elle n'en continuait pas moins à se comporter comme si elle avait avec lui une relation amoureuse. Mais après le pot de peinture à l'huile qui avait servi de prétexte à un rapprochement, et quelques visites soi-disant impromptues rue Nouvelle-des-

Bois, Chourik ne la sollicitait pas particulièrement. Pour être honnête, il ne la sollicitait pas du tout. Il ne lui avait même pas téléphoné une seule fois.

C'était vexant, mais pour Alia, cela ne représentait jamais qu'un obstacle de plus dans son existence. Tous les autres, elle les avait surmontés peu à peu. Elle savait intuitivement qu'il faut travailler avec les circonstances de façon à en tirer parti.

À l'institut, tout marchait à la perfection. Sa bourse avait été augmentée en raison de ses résultats à la dernière session d'examens (à vrai dire, c'était pour Chourik que cette session était la dernière, pour Alia, c'était juste celle de printemps de la première année). Elle avait deux emplois à mi-temps, un de laborantine à la chaire de chimie, et l'autre de secrétaire au service administratif des cours du soir. Elle avait appris à taper à la machine du temps où elle travaillait à l'usine chimique d'Akmolinsk. Mais elle s'était amputée de cette partie de sa vie, elle n'y pensait même plus, et n'avait d'ailleurs écrit que deux lettres à sa mère : la première quand elle avait été admise, sous le coup de la joie, dans laquelle elle parlait de la place Rouge et du foyer, et la deuxième au printemps, pour lui annoncer qu'elle ne pourrait pas venir pendant les vacances, d'abord à cause de son stage, et ensuite parce qu'elle allait devoir travailler pour gagner de l'argent, car elle n'avait pas de quoi payer le billet. Sa mère n'avait pas compris cette lettre, elle en avait déduit que sa fille avait l'intention de venir dès qu'elle aurait travaillé suffisamment pour payer son billet.

C'était vrai qu'Alia travaillait, autant pour gagner de l'argent que pour se bâtir un avenir. Tout le monde l'appréciait, ses condisciples comme ses collègues de travail. On savait que l'on pouvait compter sur elle, qu'elle se donnait du mal, et que le travail ne lui faisait pas peur. Le seul ennui, c'est qu'elle n'avait toujours pas d'amis. Elle n'était invitée nulle part. D'ailleurs, elle n'avait pas le temps. Mais c'était vexant : personne ne l'invitait.

Cela ne marchait pas, elle n'arrivait pas à nouer des relations avec les bonnes personnes, celles dont elle avait besoin. En chimie, ça, oui, elle faisait des progrès, mais elle aurait bien aimé en faire aussi dans tout le reste. Il se trouvait que le seul foyer moscovite où elle était reçue était celui de Chourik. Et la seule femme qu'en son for intérieur elle qualifiait respectueusement de « dame » était Véra Alexandrovna. Alia l'observait, et tout lui plaisait en elle : son port de tête, son langage, simple, avec néanmoins quelque chose de singulier, cette manière qu'elle avait de porter son chandail sur les épaules sans enfiler les manches, ses ongles vernis de rose, et aussi sa façon de manger et de boire, comme sans y prêter attention, mais lentement, et avec tant d'élégance... Elle était un excellent modèle, seulement comment faire pour les manches ? Alia ne pouvait pas vivre comme ça, avec des manches qui traînaient, ça la gênerait au laboratoire, et dans les bureaux, aussi...

Elle lui avait quand même emprunté certaines choses, comme par exemple le thé au lait. À l'anglaise. Se servant d'un petit pot à lait en argent, et non d'un berlingot en carton, Véra Alexandrovna versait dans sa tasse de thé un mince filet de lait, cela donnait des coulées brumeuses qui se ramifiaient, et elle les remuait avec une petite cuillère dans le sens des aiguilles d'une montre...

Ayant remarqué le regard attentif d'Alia, elle lui avait dit :

« Quand Chourik était petit, il croyait que c'était le fait de le remuer qui sucrait le thé, et non le sucre. Il pensait que plus on remuait, plus c'était sucré. C'est drôle, n'est-il pas vrai ? »

Ce « n’est-il pas vrai ? » était particulièrement charmant.

Ce soir-là, la veille du départ, Alia n’avait pas prévenu Chourik qu’elle passerait après son travail, et elle l’attendit en buvant du thé à l’anglaise avec Véra Alexandrovna. Un clin d’œil du grand-père Korn. Elle dut attendre assez longtemps.

« J’ai apporté un biberon avec une tétine pour Léna ! lui dit-elle avec un sourire de conspiratrice. Tu peux le prendre, n’est-il pas vrai ?

— Pourquoi pas ? » marmonna Chourik, sans apprécier à sa juste valeur l’élégance déplacée de son langage.

Véra Alexandrovna mit à réchauffer des pigeons achetés chez un traiteur.

« Alia, vous n’allez pas refuser ? »

Alia refusa. Elle avait faim, mais elle avait peur de ne pas savoir couper correctement les morceaux ni les amener sur sa fourchette sans les piquer, avec le plat du couteau. À la cantine de l’institut, elle savait très bien manger des pigeons comme ceux-là avec une cuillère, car il n’y avait pas toujours assez de fourchettes à l’heure du déjeuner.

Chourik, lui, mangeait comme sa mère, posément et avec précision. C’était quand même bizarre, ça ! songeait Alia avec étonnement. Dire qu’au laboratoire il était incapable de mélanger deux solutions dans une éprouvette et de faire une pesée correcte !

Véra Alexandrovna se retira dans sa chambre pour regarder la télévision. On passait *Tania*, d’Arbouzov, dans une nouvelle mise en scène, et elle ne pouvait pas manquer cela.

« Alors comme ça, demain, tu vas retrouver ta femme ? demanda Alia pour plaisanter.

— Chut ! Tu es folle ? Maman ne sait rien ! fit Chourik, affolé.

— Elle ne sait pas que tu pars ? demanda Alia avec étonnement.

— Je lui ai dit que c'était pour mon travail. Comme par hasard, dans la ville où habite Léna. Elle ignore que je suis marié avec elle. Si tu savais où j'ai caché mon passeport pour qu'elle ne tombe pas dessus par hasard !

— Tu as acheté les combinaisons ? »

Chourik hocha la tête.

« Une pour un an et une pour deux ans.

— Montre-les-moi ! » demanda Alia en fine stratège.

Le jeune homme sans méfiance l'emmena dans sa chambre, où se trouvait sa valise presque terminée. C'était la valise numéro 1 de sa grand-mère, la plus petite de sa collection, avec des coins métalliques. Il y avait encore une numéro 2 et une numéro 4. Mais cela, Alia ne le savait pas.

Chourik s'accroupit à côté de la valise posée par terre près de son bureau. Alia l'enlaça par-derrière. Il jeta un coup d'œil à sa montre : il était dix heures et demie. Et il fallait encore qu'il la raccompagne, pas moyen de faire autrement. Or il devait se lever le lendemain à six heures, l'avion partait tôt.

« Vite, alors ! » dit-il pour la prévenir.

Ce n'étaient pas tout à fait les mots qu'Alia aurait voulu entendre. Enfin, bon, l'important, ce n'étaient pas les mots, mais la ligne générale. Il faut dire qu'Alia avait été habituée dès l'enfance à l'idée que tout le monde sait parfaitement ce que les hommes veulent des femmes. Telle était sa théorie un peu simpliste, et elle s'y conformait, sans estimer nécessaire de demander à Chourik si c'était ce qu'il souhaitait en cet instant précis. Quant à lui, il ne lui vint même pas à l'idée de lui refuser cette bagatelle. Et c'est avec cet appétit qui vient en mangeant qu'il exécuta l'opération indispensable, procurant à Alia une entière satisfaction : ils étaient amants, cela faisait déjà la cinquième fois depuis le Nouvel An, les choses étaient donc parties dans la bonne direction, et si Léna ne cherchait pas à mettre le grappin sur lui, c'était elle, Alia, qui finirait par l'avoir, à force de patience et de loyauté. Étant donné sa grossesse avancée, Léna ne présentait pour l'instant aucun risque à ses yeux. Et puis, tout le monde savait bien qu'elle était folle de son Enrique, et quel homme aimerait cela ?

Le canevas général était peut-être excellent, mais pour des régions très reculées et pour un tout autre genre d'individus. Cela, Alia ne l'avait pas assez pris en considération pour l'instant, mais elle avait encore tout le temps d'apprendre.

Chourik fit cinq heures d'avion avec ses combinaisons et ses tétines. Avant cela, il en avait passé quatre à l'aéroport, à attendre le vol retardé d'heure en heure. Outre la valise, il avait avec lui deux vieux bouquins pris dans la bibliothèque de sa grand-mère. Le premier, un roman français assez rasoir, il le termina avant l'embarquement, en garçon discipliné, quant à l'autre, un petit volume tout abîmé, il le commença dans l'avion. C'était intéressant. Arrivé à la moitié du livre, il s'arrêta net et se rendit compte qu'il était en train de lire, non du français, mais de l'anglais. Il regarda alors la couverture. C'était un roman d'Agatha Christie. Le premier livre qu'il avait lu en anglais, par mégarde.

Il fut accueilli à l'aéroport par sa belle-mère fictive qu'il voyait pour la première fois de sa vie : une bonne femme de neige avec un seau en feutre sur la tête et des lèvres pincées. De taille, Chourik était plus grand, mais à côté d'elle, il se sentait dans la peau d'un petit garçon face à une institutrice courroucée. Une pensée inattendue lui traversa même l'esprit : pourquoi diable était-il venu ici, finalement... Il aurait très bien pu refuser. Ce n'était pas pour les combinaisons, tout de même !

« Faïna Ivanovna ! » dit la belle-mère en propulsant sa grosse main en avant.

Chourik perçut instantanément sa ressemblance avec une autre Faïna Ivanovna, l'ancienne supérieure de sa mère. Et il se sentit tout à fait mal à l'aise.

« Chourik ! dit-il en répondant à sa poignée de main.

— Votre patronyme ? demanda-t-elle d'un air sévère.

— Alexandrovitch...

— Alexandre Alexandrovitch, alors... »

Elle avait déjà noté son nom de famille quand elle avait étudié le passeport de Léna. Il était suspect, mais le prénom et le patronyme, eux, n'étaient pas mal du tout.

Elle passa devant, il la suivit. Près de la sortie les attendait une Volga officielle noire.

« Celle de son père », devina Chourik. À la vue de sa patronne, le chauffeur descendit de la voiture, il voulut ouvrir le coffre, mais en voyant la modeste valise de Chourik, il se contenta d'ouvrir la portière.

« Notre gendre, Alexandre Alexandrovitch ! » dit la belle-mère en le présentant au chauffeur.

Celui-ci tendit la main.

« Bienvenue chez nous, San Sanytch ! dit-il avec un large sourire qui fit étinceler ses dents métalliques. Je m'appelle Volodia. »

Chourik et sa belle-mère prirent place à l'arrière. Ils démarrèrent.

« Comment va votre maman ? demanda soudain Faïna Ivanovna d'une voix caressante.

— Merci, elle se sent beaucoup mieux depuis son opération. »

Il se demanda comment il se faisait qu'elle ait entendu parler de sa mère.

« Oui, Léna nous a dit que l'intervention avait été très pénible. Bon, eh bien, Dieu soit loué ! Dieu soit loué ! Elle est restée longtemps à l'hôpital ?

— Trois semaines, répondit Chourik.

— Guénnadi Nicolaïevitch aussi a passé trois semaines à l'hôpital, cette année. Chez vous, à l'hôpital du Kremlin. On l'a opéré de la vésicule biliaire. Vous avez de bons médecins, là-bas, fit remarquer Faïna Ivanovna d'un ton approbateur. Si elle doit être encore hospitalisée, il vaudrait mieux que ce soit à l'hôpital du Kremlin. Guénnadi Nicolaïevitch vous arrangera ça, en tant que membres de la famille... »

Là, Chourik comprit enfin que cette conversation était destinée au chauffeur, et son propre rôle commença à lui apparaître plus clairement.

« Léna meurt d'impatience de te voir ! C'est que nous allons accoucher d'un jour à l'autre...

— Mmm... », grommela vaguement Chourik, et la belle-mère décida manifestement de se taire afin d'éviter les gaffes.

« Ne range pas la voiture au garage, Volodia ! Tiens-toi prêt à partir, on ne sait jamais, ordonna Faïna Ivanovna au chauffeur lorsqu'ils arrivèrent à la maison.

— Oh, bien sûr ! Ça fait déjà plusieurs jours que je ne la range pas », répondit-il en hochant la tête.

Il descendit et ouvrit la portière.

C'était un immeuble stalinien tout à fait ordinaire. Dans l'ascenseur, quelqu'un avait écrit un mot d'origine étrangère implanté en sainte Russie depuis l'époque des invasions tatares. En revanche, la porte était la seule de l'étage, au milieu du palier. Et elle était grande ouverte. Sur le seuil se tenait un colosse à l'opulente chevelure blanche. Il arborait un large sourire.

« Entre, entre, mon petit gendre ! Si vous voulez bien vous donner la peine... »

Derrière lui se tenait Léna, énorme, avec une nouvelle coiffure et un châle d'Orenbourg drapé sur une ample robe rouge sombre. Elle souriait de tout son joli visage rayonnant de gratitude, et Chourik fut étonné de voir à quel point elle avait changé.

Le beau-père lui serra la main, puis l'embrassa trois fois. Il sentait la vodka et l'eau de Cologne. Léna lui présenta sa tête blonde avec sa raie bien droite. Chourik n'avait jamais vu une femme enceinte de si près, et il fut soudain tout ému par ce ventre et par l'étrange innocence de ce visage. Elle n'avait pas cette expression-là autrefois. Frémissant d'on ne sait trop quelle partie de son être, il l'embrassa d'abord sur les cheveux, puis sur les lèvres. Son visage tavelé s'empourpra. Elle avait cessé d'être belle, mais elle était adorable, tout simplement adorable...

« Dis donc, tu as un de ces ventres, Léna ! On ne sait plus par quel côté t'aborder ! » dit-il en souriant.

Le beau-père le considéra d'un œil approbateur et s'esclaffa.

« Ne sois pas intimidé ! Tu vas apprendre ! Regarde Faïna Ivanovna, elle en a eu trois, et elle ne s'en porte pas plus mal ! »

Le couloir faisait deux coudes. Chourik devina qu'on avait réuni plusieurs appartements. On le conduisit dans une grande pièce où était dressée une table déjà un peu dévastée.

Guénnadi Nicolaïevitch aboya quelque chose, et des gens

entrèrent aussitôt par trois portes, comme s'ils étaient en train d'attendre derrière. Il y avait neuf personnes à table, en comptant Chourik : un grand vieillard décharné et une vieille femme voûtée (les parents de Guénnadi Nicolaïevitch), la sœur de Faïna Ivanovna, qui avait un visage étrange (une arriérée mentale, comme il le comprit par la suite), Anatole, un frère de Léna, avec sa femme, les parents de Léna et Léna elle-même.

La nourriture, sur la table, ressemblait à des moulages de théâtre, songea Chourik : un énorme poisson, la cuisse d'un gros animal, des pâtés de la taille d'un poulet chacun, et des cornichons salés qui louchaient sous une courge... Des pommes de terre bouillies dans une marmite de la taille d'un seau, et du caviar dans un saladier.

Léna était la fille la plus grande de la classe, mais ici, au milieu de cette famille de géants, elle était tout à fait dans la moyenne, même avec son ventre.

« Asseyez-vous, prenez place ! » déclara Guénnadi Nicolaïevitch, et tous s'empressèrent d'avancer leur chaise.

Ensuite, tout se déroula exactement comme à une réunion du Parti. Guénnadi présidait, sa femme jouait les secrétaires, et la sœur arriérée allait chercher les carafes à la cuisine.

« Versez à boire ! Anatole, sers donc pépé et mémé ! Macha, qu'est-ce que tu fais toute seule dans ton coin, comme une étrangère ? Donne ton verre ! » ordonna le beau-père en versant à boire à ceux qui se trouvaient à côté de lui, c'est-à-dire à Faïna, à Léna et à Chourik.

Une fois qu'ils furent tous équipés, Guénnadi Nicolaïevitch leva son verre personnel :

« Et voilà, ma très chère famille ! Souhaitons la bienvenue à un nouveau membre, Alexandre Alexandrovitch Korn ! Les choses ne se sont pas passées tout à fait comme il aurait fallu, la noce n'a pas été fêtée comme il se devait, mais à quoi bon revenir là-dessus ? Nous allons maintenant célébrer ça en gens civilisés. À la santé des jeunes ! »

Tous tendirent leur verre pour trinquer. Chourik se leva pour atteindre ceux de la grand-mère et du grand-père. Ils avaient beau être des petits vieux, ils étaient assez portés sur la boisson. Tout le monde avala sa vodka, et on s'attaqua aux hors-d'œuvre.

Puis arrivèrent les plats de résistance. Chourik avait faim, mais, fidèle à ses habitudes, il mangeait posément, comme le lui avait appris sa grand-mère. Les autres mastiquaient à grand bruit et vigoureusement, de façon belliqueuse, pourrait-on même dire. On n'arrêtait pas de remplir les assiettes et les verres. Le gigot s'avéra être une cuisse d'ours, le poisson était de la région, et la vodka de fabrication nationale. Chourik en but énormément. Le repas se termina avec une rapidité inattendue : tous les convives mangèrent, burent, et s'en allèrent par les trois portes.

Léna montra le chemin à Chourik. Le couloir faisait deux autres coudes. Ils entrèrent dans la chambre de Léna. C'était une chambre d'enfant encore tout récemment. Léna avait grandi si vite que les ours et les singes en peluche n'avaient pas eu le temps de disparaître et de se résorber, comme c'est le cas dans les chambres d'adolescente. Les tableaux, sur les murs, représentaient une chatte avec ses chatons, des Chinois buvant du thé dans des tasses en porcelaine en compagnie d'un prunier qui fleurissait depuis trois ans, et deux clowns. Un lit de bébé démonté était appuyé contre un mur. Comme si un enfant devenu grand cédait la place à un autre, un nouveau... Il y avait également un divan pas très large avec, dessus, deux oreillers et deux couvertures.

« La salle de bains et les toilettes sont au bout du couloir à droite. Je t'ai mis une serviette verte », dit Léna sans le regarder.

Et il sortit dans le couloir pour aller là où il mourait d'envie de se rendre depuis longtemps. Quand il revint, Léna était déjà couchée, revêtue d'une chemise de nuit rose, avec la montagne de son ventre devant elle. Chourik s'allongea à ses côtés. Elle soupira.

« Pourquoi soupires-tu ? Tout se passe très bien, dit-il sans conviction.

— Je te remercie d'être venu, tu sais. Papa va tout te faire visiter, ici, l'usine de tuyauteries, les terrains de chasse, la fabrique de ciment... Il t'emmènera peut-être prendre un bain de vapeur sur la Sougleïka ...

— Pourquoi tout ça ? fit Chourik, étonné.

— Tu n'as donc pas compris ? C'est pour que les gens te voient... »

Elle renifla et posa les mains sur son ventre par-dessus la couverture. Chourik eut l'impression que le ventre ondulait. Il lui effleura l'épaule.

« Bon, eh bien, j'irai la voir, cette usine ! Quelle importance... »

Elle se détourna et se mit à pleurer à chaudes larmes, sans bruit.

« Qu'est-ce que tu as, Léna ? Pourquoi tu pleures ? Tu veux que j'aille te chercher un verre d'eau ? Allez, ne t'en fais pas... », disait Chourik pour la réconforter.

Mais elle pleura de plus belle. Puis elle déclara à travers ses larmes :

« Enrique m'a fait parvenir une lettre. On l'a condamné à trois ans pour désordres sur la voie publique, mais en fait, c'est à cause de son frère qu'on l'a arrêté. Il écrit qu'il reviendra s'il reste en vie... Que s'il ne revient pas, cela voudra dire qu'on l'aura tué. Maintenant, il n'a plus qu'une idée, c'est de sortir de prison et de venir ici.

— Bon, eh bien c'est parfait ! fit Chourik, tout content.

— Tu ne comprends rien ! C'est moi qui ne tiendrai pas le coup. Tu ne connais pas mon père ! C'est un épouvantable tyran. Il ne supporte pas la moindre contradiction. Toute la région a peur de lui. Même toi. Regarde, il a voulu que tu viennes, et tu es venu...

— Qu'est-ce que tu racontes, Léna ? Tu as perdu la tête ? Je suis venu parce que tu me l'avais demandé. Qu'est-ce que ton père vient faire là-dedans ?

— Il était debout à côté de moi, avec son énorme poing sur la table... Alors je t'ai demandé de venir... »

Chourik fut littéralement submergé par un sentiment de pitié brûlante, comme tout à l'heure, dans l'entrée, quand il l'avait vue pour la première fois avec sa nouvelle coiffure et son ventre. Il en eut même des picotements dans les yeux. Et ce sentiment de pitié envers tout ce malheur féminin faisait durcir quelque chose à l'intérieur de lui. Il avait déjà deviné depuis longtemps que c'était ça, le sentiment essentiel que l'homme éprouve pour la femme : la pitié.

Il lui caressa les cheveux. Ils n'étaient plus attachés sur sa nuque par une vulgaire barrette rouge, ils s'écoulaient, épais et doux... Il l'embrassa sur le haut du crâne.

« Ma pauvre petite chérie... »

Elle fit lourdement pivoter son énorme corps vers lui, et il sentit son ventre et ses seins à travers la couverture. Il lui prit les mains et les pressa contre sa poitrine. Il la caressait tout doucement, et elle pleurait lentement, avec volupté. Elle aussi, elle avait de la peine pour cette grosse blonde qui avait perdu son fiancé bien-aimé, et qui se retrouvait maintenant avec un enfant dont on ne savait pas s'il verrait jamais son père...

« Tu comprends, Chourik, c'est un de ses amis qui m'a apporté sa lettre. Il dit qu'il y a peu de chances que les choses s'arrangent, que Fidel est rancunier en diable, qu'il se venge toujours affreusement de ses ennemis, qu'il les retrouve toujours, même au bout du monde... »

C'est alors que Chourik comprit enfin qu'elle parlait de Fidel Castro, ni plus ni moins. Et tout cela était arrivé à cause du frère aîné d'Enrique. Il s'était enfui à Miami sur une barque. Mais c'était juste son demi-frère, ils n'avaient pas le même père. Sa mère l'avait eu avant la révolution... Il s'appelait Jan. Et Fidel avait arrêté le père parce que son beau-fils s'était enfui. Quant à Enrique, on l'avait embarqué comme ça, pour rien, Dieu sait combien de temps il allait rester dans cette prison, et la vie passait, et personne ne savait s'il pourrait revenir un jour... Mais moi, je l'attendrai toute ma vie, toute ma vie... Parce que je n'ai besoin de personne d'autre au monde, personne d'autre que lui...

Léna balbutiait tout cela à travers ses larmes, mais leurs mains étaient très occupées. Ces phrases plaintives ne gênaient en rien une activité plus importante : ils se caressaient (pour se consoler), le visage, le cou, la poitrine... Ils étaient littéralement fous de pitié, tous les deux. Chourik s'apitoyait sur Léna, et Léna s'apitoyait sur elle-même.

La deuxième couverture était tombée par terre depuis longtemps, ils étaient allongés sous celle de Léna, étroitement serrés l'un contre l'autre, le seul obstacle était le mince satin d'un slip noir, et ses doigts à elle s'étaient déjà refermés sur un objet d'amour et de pitié...

« ... Je n'ai besoin de personne d'autre... Oh, tu es exactement comme Enrique... Dire que je ne le reverrai peut-être jamais... Oh, Enrique, je t'en prie... »

Chourik était à présent allongé sur le dos, il respirait à

peine. Il savait qu'il ne tiendrait pas longtemps, et il tint bon jusqu'au moment où, au nom de cet Enrique qui croupissait dans une geôle sur les rivages torrides de Cuba, il déchargea sur le satin noir une pleine rafale de pitié masculine.

« Oooh ! dit Chourik.

— Oooh ! » dit Léna.

Tout ce qui se produisit ensuite, il le fit exclusivement au nom d'Enrique, avec beaucoup de précaution, de façon presque allégorique. Un tout petit peu... Très légèrement... Plutôt à la manière de l'autre Faïna Ivanovna qu'à celle, candide et loyale, de Mathilda Pavlovna.

Le lendemain matin, ce fut Guénnadi Nicolaïevitch qui prit les commandes. Pour commencer, on recula la date de son départ. Puis on l'emmena à l'usine... Et il eut droit à tout le programme prédit par Léna, depuis la fabrique de ciment jusqu'à l'usine de tuyauteries.

Ils s'apitoyèrent encore follement l'un sur l'autre pendant deux nuits. Léna ne pleurait plus. De temps en temps, elle l'appelait Enrique. Mais il ne s'en formalisait pas le moins du monde, cela lui était même plutôt agréable : il s'acquittait d'une sorte de devoir masculin, non de façon personnelle et égoïste, mais au nom d'un autre, mandaté par lui.

Tout le monde l'appelait San Sanytch. C'est ainsi que son beau-père l'avait présenté à sa région, dont la surface représentait l'équivalent de la Belgique, de la Hollande et d'encore quelques autres États européens de taille moyenne.

Pendant la troisième nuit, on sépara Léna du remplaçant provisoire d'Enrique pour l'emmener accoucher. Elle donna naissance, rapidement et sans aucun problème, à une petite fille toute dorée au teint mat. Si le personnel médical n'avait été informé d'avance de la naissance imminente d'un bébé nègre (le bruit avait filtré à travers Faïna Ivanovna elle-même, qui avait annoncé à quelques intimes que la famille serait bientôt quasiment apparentée à Fidel Castro, et depuis, toute la ville savourait d'avance le scandale avec une joie perverse), cette goutte de sang d'une race étrangère serait passée inaperçue.

Guénnadi Nicolaïevitch insista pour que le mari aille chercher sa femme à la maternité avant de repartir pour Moscou. Chourik était terriblement nerveux, il téléphonait tous les jours à sa mère, à son travail. Il baragouinait vaguement quelque chose ici et là... Au bout du compte, tout se passa comme le voulait le beau-père. Chourik alla chercher Léna avec son paquet rose à la maternité et prit l'avion le jour-même. Le lendemain, on publia une photo dans le journal local : la fille du premier personnage de la région sur le seuil de la maternité, avec son époux et sa fille Maria...

26

Durant les dix jours que Chourik avait passés à régler ses affaires en Sibérie, le froid s'était brutalement abattu sur Moscou, avec beaucoup d'avance sur le calendrier. L'appartement était glacial, il y avait de terribles courants d'air sous les fenêtres, et Véra, emmitouflée dans le châle de la défunte Élisavéta Ivanovna, attendait Chourik avec une grande impatience : il fallait absolument calfeutrer les fenêtres. Chourik n'avait jamais calfeutré de fenêtre auparavant, mais il savait où se trouvait, dans le calepin de sa grand-mère, le numéro de téléphone de Fénia, la concierge du passage des Chambellans, qui faisait cela d'une main de maître. Depuis qu'ils avaient déménagé près de la gare de Biélorussie, elle venait deux fois par an, en automne pour calfeutrer les fenêtres, et au printemps pour extirper les bouts de coton enfoncés dans les fentes avec un couteau, et laver les carreaux. Chourik, sans même ouvrir sa valise ni la caisse de nourriture qui lui avait été remise à l'aéroport par le chauffeur Volodia (Faïna Ivanovna ne l'avait pas accompagné), téléphona immédiatement à Fénia, mais elle était à l'hôpital avec une pneumonie.

Véra fut prise de panique : qui allait calfeutrer les fenêtres, maintenant ?

Chourik la tranquillisa, l'assura qu'il se débrouillerait très bien tout seul, lui enjoignit de rester dans la cuisine pour ne pas prendre froid, et s'attaqua aussitôt à la fenêtre de sa chambre. Il avait décidé de commencer par bourrer les fentes, et le lendemain, une fois qu'il se serait renseigné pour savoir comment on fabriquait de la colle, il collerait des bandes de papier pour endiguer l'invasion de ce froid précoce. De plus, il n'était pas tout à fait prêt à répondre aux questions de sa mère sur les affaires importantes qui l'avaient retenu si longtemps dans l'Oural et, tout en accomplissant une tâche ménagère utile, il évitait en même temps de mentir, chose qui le rendait toujours malade...

Il fourra dans les interstices tout le coton sur lequel il put mettre la main, et l'air cessa presque complètement de passer. Lorsqu'il entra dans la cuisine, il y trouva un visiteur. Véra prenait le thé avec le voisin du quatrième, un militant bien connu de tout l'immeuble qui n'arrêtait pas de recueillir de l'argent pour les besoins de la communauté, et qui placardait sur tous les murs du vestibule des instructions ridicules sur le respect de la propreté, l'interdiction de fumer dans la cage d'escalier et de jeter par les fenêtres « des objets d'usage courant devenus inutiles ». Toutes ces instructions étaient généralement écrites avec une encre violette que personne n'utilisait plus depuis longtemps, sur du vulgaire papier d'emballage dont les bords portaient les traces d'une lame de couteau exaspérée.

Génia, l'ancien condisciple de Chourik à l'institut Mendeleïev, les décollait chaque fois qu'il passait voir son ami, il avait déjà toute une collection de ces directives qui débutaient invariablement par les mots « Il est interdit de... ». Et voilà que Véra était maintenant en train de servir du thé à ce vieil imbécile, tandis que celui-ci, un doigt planté dans l'air, écarquillait ses yeux d'aigle déplumé et s'indignait à propos du non-paiement des cotisations du Parti. Chourik se versa du thé sans rien dire, et Véra lança à son fils un regard de martyre. Le non-paiement des cotisations du Parti était le dernier de ses soucis, mais le voisin, ainsi qu'il apparut au fil de la conversation, était le secrétaire de la cellule des retraités de l'immeuble. Et il était passé bavarder en voisin, avec le désir à peine dissimulé de recruter Véra Alexandrovna pour des « activités sociales ». Sur la petite tête chauve du secrétaire de cellule était plaquée une calotte graisseuse originellement de couleur rouge, des broussailles vivantes et fraîches lui sortaient des oreilles et des narines.

À l'apparition de Chourik, il interrompit sa tirade énergique, se tut pendant une minute, puis, toujours en vrillant l'air de son doigt, mais cette fois en direction de Chourik, il déclara d'un ton sévère et décidé :

« Vous, jeune homme, vous claquez sans arrêt la porte de l'ascenseur !

— Pardonnez-moi, je ne le ferai plus ! » répondit Chourik avec le plus grand sérieux, et Véra lui adressa un sourire de connivence.

Le vieillard se leva résolument en titubant un peu, et tendit une main cartonneuse :

« Je vous souhaite bien le bonsoir ! Réfléchissez à ma proposition, Véra Alexandrovna. Et vous, ne claquez plus la porte de l'ascenseur !

— Bonne nuit, Mikhaïl Abramovitch ! »

Elle se leva et l'accompagna jusqu'au seuil. Dès que la porte fut refermée, ils éclatèrent de rire tous les deux.

« Tu as vu ? Ça lui sort des oreilles ! dit Véra en pouffant.

— Et sa calotte ? Tu as vu sa calotte ? renchérit Chourik.

— Ne claquez plus... Ne claquez plus la porte de l'ascenseur ! » reprit Véra en s'esclaffant de plus belle.

Une fois leur fou rire calmé, ils songèrent à Élisavéta Ivanovna. En voilà une qui aurait ri de bon cœur ! Puis Chourik se souvint de la caisse qu'il avait rapportée.

« On m'a couvert de cadeaux, là-bas ! »

Il ôta le couvercle et commença à sortir toutes sortes de raretés et de trésors alimentaires, préparés avec un soin méticuleux au département de l'approvisionnement de Sibérie à l'intention du gendre d'un secrétaire du Parti, un vrai, celui-là, pas un secrétaire pour rire, comme ce Mikhaïl Abramovitch... Mais cela, Chourik n'en souffla pas mot, il se contenta de dire :

« C'est une prime qu'on m'a donnée pour mon travail... »

Et cette plaisanterie-là, il n'y avait personne pour en rire.

27

Valéria Adamovna était furieuse : ses yeux plâtrés de bleu étaient devenus minuscules, et ses lèvres couvertes de rouge à lèvres rose, habituellement pulpeuses, étaient tellement pincées que deux adorables petites fossettes s'étaient creusées dessous.

« Alors ? Que suggérez-vous que l'on fasse de vous, Alexandre Alexandrovitch ? »

Elle tapota la table de son auriculaire plié.

Chourik se tenait debout devant elle, tête basse, dans une pose pleine de soumission. Si son attitude exprimait la culpabilité, au fond de son âme, il éprouvait la plus parfaite indifférence pour son propre sort. Il s'attendait à être renvoyé pour cette absence injustifiée, mais il savait aussi qu'il ne resterait pas sans travail et sans argent. Et puis, Valéria ne lui faisait absolument pas peur. Il n'aimait pas causer des ennuis aux autres et se sentait même gêné devant sa supérieure d'avoir manqué à la parole qu'il lui avait donnée, mais il n'avait pas l'intention de se défendre. Aussi dit-il humblement :

« Je m'en remets à vous, Valéria Adamovna. »

Soit elle fut amadouée par cette humilité, soit la curiosité fut la plus forte, toujours est-il qu'elle mitigea sa sévérité, tapota encore un peu la table du bout des doigts, cette fois à un rythme plus pacifique, et dit, non d'une voix de supérieure, mais de sa voix à elle :

« Bon, alors, raconte un peu comment cela s'est passé. »

Et Chourik raconta honnêtement comment les choses s'étaient passées, sans mentionner, il est vrai, les moites étreintes de ses nuits : qu'il avait joué le rôle de mari légitime, qu'on l'avait exhibé partout comme un trophée, mais qu'il n'avait pu partir le jour prévu car, conformément aux plans de son beau-père dont il n'avait pas été informé au préalable, il avait dû aller chercher l'enfant à la maternité.

« Et le bébé est comment ? s'enquit Valéria, curieuse.

— Oh, je ne l'ai même pas regardé ! Je suis allé les chercher à la maternité et j'ai pris l'avion tout de suite après. En tout cas, la petite n'est pas noire, la couleur de sa peau est tout à fait normale.

— Comment s'appelle-t-elle ? demanda Valéria en s'animant soudain.

— Maria.

— Maria Korn, alors ! déclara-t-elle avec satisfaction. Ça sonne bien. Pas du tout plébéien. »

Maria Korn... C'était la première fois qu'il entendait ce nom, et il en fut stupéfait. Comment cela ? La fille de Stovba, la petite-fille de Guénnadi Nicolaïevitch, allait porter le nom de son grand-père, de sa grand-mère... Elle était déjà inscrite comme ça sur des papiers... Et il se sentit un peu mal à l'aise, un peu gêné vis-à-vis de sa grand-mère. Il n'avait pas pensé à ça. Cela avait quelque chose d'irresponsable...

Son désarroi se peignit clairement sur son visage, et ne passa pas inaperçu.

« Eh oui, Alexandre Alexandrovitch ! Ce sont les mariages qui sont parfois fictifs, les enfants, eux, ne le sont jamais... », déclara Valéria Adamovna avec un grand sourire sur ses joues rondes.

Une pensée curieuse vint alors à l'esprit de Chourik : d'après leur arrangement, ce mariage était fictif, il le savait, Léna le savait, et Faïna Ivanovna aussi. Mais le caractère incontestablement fictif de ce mariage n'avait-il pas été démenti par ces deux nuits et demie sur le divan de Léna, pendant lesquelles il avait si bien interprété le rôle de l'amant disparu ?

Valéria Adamovna, elle aussi, connaissait en cet instant une illumination fulgurante envoyée par son instinct : ce jeune homme si sympathique à l'âme si pure, et physiquement très attirant, était justement celui qui pourrait lui donner ce que n'avaient pu lui procurer ni ses deux épouvantables mariages ni les nombreuses aventures galantes qu'il lui avait été donné de vivre.

Elle était là, assise dans un fauteuil, dans son minuscule cabinet, devant elle se tenait Chourik, un gamin avec un vague emploi de rien du tout, un beau jeune homme qui n'attendait rien d'elle, un garçon bien, d'une excellente famille, parlant des langues étrangères (elle sourit en son for intérieur), tout cela était écrit sur son front en grosses lettres... Et elle le gratifia de son principal sourire, ce sourire irrésistible et efficace que les hommes adultes comprenaient immanquablement comme une invite.

« Assieds-toi, Chourik ! » dit-elle d'un ton qui n'avait rien d'officiel, et elle lui désigna la chaise d'un signe de tête.

Chourik enleva de la chaise des revues qu'il posa sur le bord de son bureau et s'assit pour attendre ses ordres. Il avait déjà compris qu'il ne serait pas renvoyé.

« Ne fais plus jamais une chose pareille... »

Comme elle aurait aimé se lever tout naturellement, se faufiler jusqu'à lui, et presser sa poitrine contre son épaule... Seulement voilà, c'était absolument impossible : elle avait du mal à se lever, elle devait s'appuyer d'une main sur sa béquille et de l'autre sur la table. Elle ne se sentait parfaitement à l'aise que dans un lit, quand elle n'avait aucun besoin de ces maudites béquilles, là, elle le savait, son infirmité disparaissait et elle devenait une femme à part entière — oh ! plus qu'à part entière ! —, elle volait, planait, s'élevait dans les airs....

« Ne fais plus jamais une chose pareille... Tu sais combien je t'apprécie, et je ne vais pas te mettre à la porte, bien sûr, mais, mon cher ami, il existe des règles qu'il faut observer... »

Elle parlait en ronronnant et de façon générale, quand elle était assise, elle ressemblait énormément à une grande chatte très belle, une ressemblance qui s'évanouissait dès qu'elle se levait et se mettait à marcher de son pas plongeant. Le ton de sa voix ne correspondait pas du tout au contenu de ses paroles, Chourik le sentait bien, et c'était pour lui quelque chose d'incompréhensible.

« Allez, va travailler... »

Et il retourna dans son service, très content qu'on l'ait gardé malgré tout.

Valéria fut saisie de vague à l'âme : si j'avais dix ans de moins, j'aurais une aventure avec lui... Ce serait tellement bien de faire un bébé avec un garçon comme lui... Je ne demanderais rien de plus ! Ah, quelle vieille idiote je suis...

28

Toute une vie, courte du point de vue du temps, mais immense du point de vue des événements, séparait Chourik et Lilia de l'hiver au cours duquel il la raccompagnait depuis la vieille université de la rue Mokhovaïa jusqu'à son immeuble, passage Tchisty — une promenade de dix minutes qui se prolongeait jusqu'à minuit, puis, après des baisers détaillés sous son porche, ayant raté le dernier métro, il rentrait à pied jusqu'à la gare de Biélorussie. Sans avoir connu de transplantations géographiques, Chourik avait franchi une ligne marquant une coupure brutale entre une existence irresponsable d'enfant au sein de sa famille, et une vie d'adulte responsable du bon fonctionnement d'un mécanisme familial qui comprenait, outre les menus soucis domestiques, les distractions de sa mère, comme aller au théâtre ou au concert.

En ce qui concerne Lilia, ses déplacements géographiques à travers l'Europe (Vienne, puis le port d'Ostie, près de Rome, où elle avait passé plus de trois mois pendant que son père attendait l'invitation mythique d'une université américaine, et pour finir, Israël) avaient supplanté les souvenirs. De tout ce qu'elle avait laissé chez elle, seul Chourik était étrangement présent dans son existence. Elle lui écrivait des lettres comme on écrit un journal intime, pour marquer les événements qui se produisaient et tenter de leur donner un sens au fur et à mesure, un stylo à la main. Sans ces lettres, les images qui se succédaient à toute allure menaçaient de s'agglutiner en une masse compacte. D'ailleurs à un certain moment, elle avait cessé de les poster...

Pendant tout ce temps, elle n'en avait reçu qu'une seule de lui, remarquablement ennuyeuse, dans laquelle il y avait juste une phrase prouvant qu'il n'était pas complètement le fruit de son imagination.

« Deux événements ont totalement transformé ma vie, écrivait Chourik. La mort de ma grand-mère, et ton départ. Après avoir reçu ta lettre, j'ai compris qu'il y avait eu un changement d'aiguillage, comme sur une voie de chemin de fer, et que le train de mon existence avait pris une autre direction. Si grand-mère était en vie, je serais toujours son petit-fils, j'aurais fait mes études à l'université, j'aurais passé un doctorat, et vers trente ans, j'aurais travaillé dans une faculté comme chargé de cours ou comme chercheur, et cela jusqu'à la fin de ma vie. Si tu étais ici, nous nous serions mariés, et j'aurais vécu toute mon existence comme tu aurais estimé que je devais la vivre. Tu connais mon caractère, au fond, j'aime que l'on me dirige. Mais rien de tout cela n'est arrivé, et j'ai l'impression d'être un train accroché à une locomotive qui n'est pas la sienne, fonçant à toute allure sans savoir lui-même vers quoi. Je ne choisis quasiment rien, à part ce que j'achète pour le déjeuner — du bifteck haché ou des escalopes panées. Je fais tout le temps uniquement ce qu'il faut faire au jour le jour, et je n'ai pas matière à choisir... »

« Quel être merveilleux et délicat ! » s'était dit Lilia, et elle avait rangé la lettre.

Elle, elle devait prendre des décisions toute seule, et

presque chaque jour. Le sentiment très vif d'être en train de bâtir sa vie ne lui laissait pas le choix. Ses parents s'étaient séparés peu après leur arrivée en Israël. Son père vivait pour l'instant à Rehovot, il était tout heureux de se consacrer à sa chère science, et se trouvait de nouveau sur le point de partir pour l'Amérique — sa nouvelle femme était américaine, et il était lui-même très occupé par l'organisation de sa carrière en Occident. C'était drôle de voir comment, en un an ou deux, cet intellectuel empoté s'était transformé en un homme pragmatique et plein d'énergie.

Sa mère, complètement déboussolée par ce divorce imprévu (pendant toute leur vie commune, c'était elle qui l'avait tenu à bout de bras, comme on dit, et elle était persuadée que sans elle il n'aurait pas pris de petit déjeuner, n'aurait pas fermé sa braguette et aurait oublié d'aller travailler), se trouvait dans un état de désarroi dépressif, ce qui agaçait Lilia. La jeune fille s'était battue de son mieux avec sa mère et finalement, après avoir terminé un *oulpan* à Tel-Aviv, elle était entrée à l'École polytechnique. Cela aussi avait été un pas décisif : elle avait renoncé à l'intention qu'elle avait jadis de faire des études de lettres et apprenait le métier de programmatrice, estimant qu'avec cette profession elle pourrait rapidement conquérir son indépendance. Elle s'était retrouvée submergée par une avalanche de mathématiques, pour lesquelles elle n'avait jamais éprouvé la moindre attirance, et avait dû s'atteler à des études qui disciplinent le cerveau, un exercice extrêmement difficile, ainsi qu'elle s'en était rendu compte.

Elle habitait dans un foyer et partageait une chambre avec une fille venue de Hongrie, la chambre voisine était occupée par une Roumaine et une Marocaine. Elles étaient juives, bien entendu, et leur seule langue commune était l'hébreu qu'elles commençaient seulement à maîtriser. Toutes ressentaient avec beaucoup d'acuité leur judéité régénérée et travaillaient d'arrache-pied — pour elles-mêmes, pour leurs parents, pour le pays.

Arye, l'ami de Lilia (c'était lui qui l'avait poussée à entrer à l'École polytechnique), faisait également ses études ici, mais trois années au-dessus d'elle. Cet Arye était un jeune homme adulte qui avait déjà fait son service militaire, il avait eu le coup de foudre pour elle et était follement amoureux. Il l'aidait beaucoup dans ses études, c'était quelqu'un sur qui on pouvait compter, un *sabra* qui ignorait le doute, c'est-à-dire un Juif d'une espèce inconnue pour Lilia. Robuste, pas très grand, avec des jambes solides et de gros poings, Arye était un garçon à l'esprit lent, un obstiné, mais aussi un romantique et un sioniste, un descendant des premiers colons venus de Russie au début du XXe siècle.

Lilia l'enroulait autour de son petit doigt, parfaitement consciente de la force et des limites de son pouvoir. L'année suivante, ils comptaient louer un appartement ensemble, ce qui, pour Arye, signifiait se marier. Lilia redoutait un peu cette perspective. Il lui plaisait beaucoup, et tout ce qui ne s'était pas produit autrefois avec Chourik se passait à merveille avec lui. Seulement, Chourik était pour ainsi dire quelqu'un de la famille, pas Arye. Mais qui a dit qu'il fallait obligatoirement choisir pour mari quelqu'un de sa famille ? Ses parents, par exemple : on n'aurait pu trouver des gens plus profondément apparentés, ils pensaient en chœur... Et ils s'étaient séparés...

Lilia ne bâtissait pas de plans à long terme, elle avait déjà bien assez à faire avec ses projets à court terme. Mais elle écrivait quand même à Chourik, mue par un besoin typiquement russe, qui allait en s'affaiblissant avec les années, de ces relations intimes qui se faufilent jusqu'au nombril de l'âme.

29

De nouveau, le Nouvel An approchait, et de nouveau, Véra et Chourik se sentaient orphelins. L'absence d'Élisavéta Ivanovna les privait de Noël, de la fête enfantine avec le sapin, des chansons françaises et des pains d'épice aux prédictions. Il était clair que cette perte était irréparable, et que l'absence d'Élisavéta Ivanovna pendant cette période de Noël constituerait désormais la substance même des fêtes de fin d'année. Véra avait le cafard. Tous les soirs, Chourik s'arrangeait pour passer un moment auprès d'elle. Parfois, elle ouvrait le piano et pianotait avec une tristesse languissante quelque chose de Schubert, qu'elle jouait d'ailleurs de plus en plus mal.

Chourik, quant à lui, avait trop d'occupations et d'obligations diverses pour s'abandonner à la tristesse. Les examens approchaient. Mais un seul le préoccupait, l'Histoire du Parti communiste. C'était une matière coriace et indigeste qui sécrétait un ennui mortel. Son inquiétude était accrue par une circonstance supplémentaire : durant tout le semestre, il n'avait assisté qu'à trois cours, or ce professeur accordait une grande importance à l'assiduité, et avant d'écouter les réponses à l'examen, il étudiait longuement le registre de présence. Chourik serait peut-être allé à ces cours pontifiants s'ils n'avaient eu lieu le lundi en fin de journée. En général, il partait juste après le cours précédent, celui de littérature anglaise dispensé par Anna Méthodievna, une grande amie d'Élisavéta Ivanovna, une vieille dame à l'allure tout à fait antibritannique (un mélange de Korobotchka et de Pulchérie Ivanovna [1]), une anglophile atteinte d'anglomanie que Chourik connaissait quasiment depuis sa naissance, de même que ses cakes et ses puddings immangeables préparés d'après un vieux livre de cuisine anglais, *Cooking by gas*, qui avait marqué son enfance.

Il courait retrouver Mathilda. Sans doute avait-il acquis une sorte de réflexe conditionné pour ce jour de la semaine : rares étaient les lundis sans visite rue Maslovka. Il passait chez Élysseïev, le seul magasin, ou presque, qui restait ouvert tard, et achetait deux kilos de morue pour les chats. Ces poissons constituaient le seul aliment dont Mathilda avait véritablement besoin, tout le reste n'était que des garnitures accompagnant ce plat principal...

Puis il se dépêchait de rentrer. Il n'avait pas oublié la terrible fois où les urgences étaient arrivées alors qu'il s'ébattait et batifolait entre les draps de Mathilda, et il s'en allait à présent à une heure très exactement, comme s'il prenait le dernier métro. Et à une heure et quart, après avoir traversé le pont de chemin de fer au pas de course, il ouvrait la porte tout doucement pour ne pas réveiller sa mère si elle dormait. Mathilda, il faut lui rendre cette justice, le pressait de partir : elle avait le plus grand respect pour la moralité familiale.

1. Personnages de Gogol incarnant le type même de la ménagère russe d'un certain âge. Korobotchka est un personnage des *Âmes mortes*, et Pulchérie Ivanovna, du récit « Ménage d'autrefois », dans le recueil *Mirgorod*.

30

Chourik était loin de se douter de l'offensive qui se préparait contre lui. D'ailleurs Valéria Adamovna elle-même, maintenant qu'elle avait posé son regard clair et brûlant sur le garçon, n'arrivait toujours pas à mettre au point la stratégie appropriée, et plus elle faisait traîner les choses, plus elle s'enflammait. Depuis qu'elle avait admis un jour l'idée de faire de ce petit agneau rose son amant et, si Dieu lui en accordait la grâce, d'avoir un enfant de lui, elle s'était retrouvée embarquée dans quelque chose qu'elle n'avait pas envisagé. Sa nature passionnée et irréfléchie l'avait entraînée dans les sombres labyrinthes de sentiments anciens, et l'amour la faisait divaguer... En se réveillant et en s'endormant, elle réfléchissait à la meilleure façon de tout combiner.

Et elle priait. C'était devenu une habitude, chez elle : son sentiment religieux était toujours avivé par les tourments amoureux. Elle trouvait moyen d'impliquer le Seigneur Dieu (sa variante catholique) dans toutes ses histoires d'amour. Au début, elle se figurait que chaque nouvel amant était un cadeau envoyé par le Ciel, elle remerciait chaudement le Seigneur pour cette joie fortuite et Le considérait comme un troisième partenaire, non un témoin et un observateur, mais un associé bienveillant prenant part à la joie qui lui arrivait. Cette joie se transformait assez rapidement en souffrance. Elle changeait alors son fusil d'épaule et comprenait que ce n'était pas un cadeau qui lui avait été envoyé, mais une tentation... La phase terminale de ses liaisons la ramenait d'ordinaire auprès de son directeur de conscience, un vieux prêtre qui vivait dans les environs de Vilnius. Elle lui ouvrait (en polonais) son cœur meurtri, pleurait, se repentait, avait droit à un sermon compatissant et à de tendres consolations, après quoi elle s'en retournait à Moscou apaisée, jusqu'à l'aventure suivante.

Étant donné que ses amours tumultueuses se déroulaient selon un canevas établi une bonne fois pour toutes (elle ne tardait pas à effrayer les hommes par sa générosité incommensurable exigeant un engagement réciproque, si bien qu'ils prenaient assez rapidement la fuite), avec les années, elle était devenue plus réservée dans l'expression de ses passions, d'ailleurs les histoires d'amour n'étaient plus aussi fréquentes...

Depuis qu'elle était entrée dans la quatrième décennie de son existence, Valéria pratiquait un humour plein d'amertume et une certaine autodérision. Elle qui avait tant besoin de l'assurance d'une protection céleste avait fini par penser que le Seigneur lui avait envoyé sa maladie justement pour mater son caractère impétueux.

Elle avait attrapé la poliomyélite à l'âge de cinq ans, peu après la mort de sa mère. Au début, la maladie s'était manifestée sous une forme si bénigne que l'on y avait à peine prêté attention. Sa famille (entre-temps, son père avait épousé Béata, la veuve d'un ami, une ex-actrice, une ex-beauté et une ex-baronne) était en train de déménager à Moscou, où son père avait été nommé à un poste important dans un ministère.

C'était un spécialiste de l'industrie du bois, il descendait d'une riche famille de marchands de bois polono-lituaniens, et avait fait ses études en Suède. À l'époque de la Lituanie bourgeoise, il avait eu le temps de devenir professeur dans un institut forestier, et il s'y connaissait non seulement dans les techniques du travail du bois, mais également dans le domaine de la construction.

Au milieu des soucis du déménagement et de l'organisation méticuleuse d'une nouvelle vie dans une nouvelle ville, on avait négligé Valéria. Et l'une de ses jambes avait subi des dégâts irréparables. Elle avait été opérée, puis envoyée dans une maison de repos pour enfants, où elle était restée longtemps plâtrée. Elle boitait de plus en plus et, vers dix ans, elle avait compris elle-même que jamais plus elle ne courrait, ne sauterait ni même ne marcherait comme tous les gens normaux.

Son âme avait été dévorée dès l'enfance par des passions extrêmement violentes. Elle était d'une beauté si éclatante, elle était si sensible, si malheureuse...

Les hommes la remarquaient. Elle redoutait plus que tout l'instant où elle devrait se lever de table, et où l'homme qui venait de lui manifester le plus vif intérêt allait s'éloigner à regret. Parfois, les choses se passaient effectivement ainsi. Alors qu'elle était adolescente et se débrouillait encore sans canne, elle avait inauguré son premier jonc, noir, avec un pommeau en ambre, très voyant, et elle le projetait devant elle en signe préventif. Ne pas cacher son défaut, mais l'arborer d'emblée et délibérément, voilà ce qu'elle avait appris à faire.

La malheureuse tribu des soviétiques, toute cette génération de manchots, de culs-de-jatte, d'éclopés et de grands brûlés mutilés par la guerre, mais vivant parmi des ouvriers et des paysannes en plâtre et en bronze aux bras puissants et aux jambes robustes, méprisait la faiblesse sous toutes ses formes. Et Valéria ressentait avec acuité l'indécence de la sienne. Elle détestait les infirmes autant que l'infirmité.

Pour avoir passé au moins trois ans, avec des intermèdes, dans des hôpitaux et des maisons de repos, elle s'était forgé très tôt une théorie selon laquelle les infirmités physiques estropient peu à peu les âmes. Elle avait observé des gens malheureux, souffrants, aigris, envieux, pleins d'exigence envers leur entourage, et elle ne supportait pas cette forme de monstruosité psychologique. Elle voulait être une personne à part entière.

Après avoir terminé ses études secondaires, elle était partie dans une lointaine ville de Sibérie où était apparu un chirurgien qui étirait les os à l'aide d'une machine sophistiquée de son invention. Elle avait passé là-bas une année épouvantable, et enduré toute une série d'opérations à la suite desquelles on l'avait équipée de ce fameux appareil destiné à étirer les tissus osseux. Béata venait de Moscou pour la voir, restait à son chevet pendant les moments les plus durs après les opérations, puis s'en allait et revenait. Elle estimait que Valéria s'imposait toutes ces souffrances en pure perte. Et ce fut effectivement en pure perte. Cet appareil faisait apparemment du bien à certaines personnes, mais Valéria, au bout d'une année de tortures, sortit de là dans un état encore pire. L'articulation de sa hanche n'avait pas supporté les étirements, elle avait été abîmée par la broche métallique, et sa jambe, autrefois plus courte de sept centimètres, mais vivante, n'était plus désormais qu'un triste appendice décoratif. Maintenant, elle ne marchait plus avec une canne élégante, mais avec une vulgaire béquille.

Son père mourut peu après son retour et elle resta seule

avec Béata, qui en avait terminé avec sa carrière d'actrice déjà avant la guerre et n'avait plus travaillé depuis. Leur situation changea énormément. Béata voulait retourner en Lituanie, mais Valéria la retenait. À la surprise de sa belle-mère, elle prit leur vie en main, comme si elle avait adopté de nouvelles résolutions.

Elle n'essayait plus désormais d'améliorer la situation avec l'aide de la médecine. Elle demanda une carte d'invalidité de seconde catégorie, reçut sa première voiture d'invalide avec des commandes manuelles et, circulant dans ce drôle de jouet pétaradant, elle fit ses études dans un institut et passa son doctorat. Béata finançait tout cela, elle vendait des choses, en achetait d'autres. Elle donnait des consultations. Elle avait pour les affaires un goût et un flair exceptionnels. À l'époque, on appelait cela de la spéculation. Valéria lui apportait le soutien de son énergie juvénile, de son infinie bonté et de sa gratitude.

Avec les années, elle s'était habituée à son malheur, elle avait appris à l'ignorer, et sa plus grande joie était de pouvoir venir en aide à quelqu'un. Pour elle, cela voulait dire qu'elle était une personne à part entière. Et c'était bien le cas. Leur appartement qui, à ce moment-là, n'avait pas encore été partagé entre ses maris successifs, était toujours rempli d'une foule de jeunes gens, et Béata se demandait avec étonnement comment cette pauvre Valéria arrivait à susciter autour d'elle autant de tapage et de gaieté. Ses amis oubliaient complètement sa difformité. Pour les autres, les gens bien élevés faisaient comme si de rien n'était, et les gens simples la plaignaient. La combinaison de sa beauté et de son défaut physique ne faisait que la rendre plus remarquable encore.

Elle connaissait des minutes, des heures, des jours difficiles. Mais elle savait lutter contre ce que l'on appelle un mauvais moral. Alors qu'elle était encore une petite fille et qu'elle était restée des mois immobilisée, couchée sur le dos et torturée par des démangeaisons incessantes sous sa carapace de plâtre, elle avait appris à prier. Et la prière était devenue peu à peu un bruit de fond homogène et constant : quelle que fût son occupation, elle ne s'éloignait jamais bien loin de cette conversation perpétuelle et à sens unique qu'elle entretenait avec Dieu à propos de choses qui ne pouvaient absolument pas L'intéresser. C'est pourquoi elle ajoutait toujours : pardonne-moi de Te déranger avec de telles bêtises. Mais à qui pourrais-je m'adresser, sinon à Toi?

Et, bizarrement, cela l'aidait.

Pendant sa deuxième année à l'institut, elle épousa un camarade de classe, un jeune homme venu de province. Il faisait des études d'arts graphiques et était d'une ambition forcenée. Dès qu'il fut domicilié dans la riche demeure de Valéria, il s'y installa avec le plus grand sans-gêne, obligeant Béata à vivre dans leur datcha de Kratovo. Au bout de quatre années extrêmement heureuses pour Valéria, une fois qu'il eut son diplôme, il divorça et leur intenta un procès pour obtenir un tiers de l'appartement. La belle-mère, hors d'elle, vendit la datcha de Kratovo et se débarrassa de son ex-gendre en lui achetant une petite maison à Zagorsk, où il déménagea en leur laissant le tiers de l'appartement qu'il leur avait légalement extorqué. Il n'était plus domicilié chez elles. C'était une victoire à l'actif de Béata, mais qui lui avait coûté très cher.

La vie à Zagorsk lui réussit. Avec le temps, il obtint de grands honneurs, et même la gloire, en représentant les antiquités orthodoxes des monastères de la Trinité-Saint-Serge et de Radonèje. Valéria suivait la carrière de son premier mari avec une certaine vanité et ne laissait jamais passer une occasion de mentionner son nom.

Son deuxième mari, cette fois encore un provincial sans domiciliation à Moscou, Valéria l'avait recruté à un séminaire pour bibliothécaires, quelques années après son premier échec conjugal. C'était un solide gaillard originaire d'Ijevsk qui avait rejoint les rangs des bibliothécaires après avoir déserté une usine de pneus, où il avait failli passer en justice pour un vol qu'il n'avait pas commis, disait-il. Ce Nicolaï ne se montra guère correct. Il épousa Valéria et se fit domicilier chez elle, en dépit du véritable scandale familial qui éclata à ce propos. Béata, froide et perspicace, tint bon envers et contre tout, défendant à mort les intérêts de sa gourde de belle-fille, et cette fois, elle ne signa pas l'autorisation. Malgré une totale incompatibilité de caractère et de tempérament, elles s'aimaient toutes les deux, la baronne qui cherchait à fuir son passé, et la belle boiteuse prête à tout donner par amour.

« Tu mourras sur un tas d'ordures ! » prophétisait sa belle-mère. Valéria l'embrassait sur sa joue calleuse et riait...

Elles firent le partage des lieux. Valéria se retrouva propriétaire de deux pièces sur les trois, et redevint une femme mariée.

Ce second mariage coûta à Valéria une autre pièce. Le plus ignoble, dans cette histoire, ce fut qu'un an plus tard très exactement, ce Nicolaï d'Ijevsk fit venir son ancienne femme avec son enfant, soi-disant pour le faire soigner à l'hôpital Filatov, les installa dans l'appartement, et pendant quelque temps, il fit la navette entre les deux pièces, à l'immense perplexité de Valéria, l'épouse en titre, qui ne devina rien jusqu'à la honteuse scène finale. Il finit par annoncer qu'au bout du compte, son ancien amour avait été le plus fort, un deuxième enfant s'annonçait, celui-là même que Valéria n'avait pu lui fournir malgré tout le mal qu'elle s'était donné, et il divorça afin de se remarier avec son « ex ».

L'intelligente belle-mère qui, au moment de ce deuxième divorce, se reposait déjà de la vie moscovite qu'elle exécrait dans le cimetière de Vilnius, non loin de son premier mari, ne pouvait plus rien faire pour l'aider. D'ailleurs son ancienne chambre était désormais occupée par des étrangers, puisque le partage avait été fait avant le deuxième mariage de Valéria.

C'est ainsi que l'appartement était devenu communautaire. Valéria avait hérité de sa belle-mère un petit coffret en bois de rien du tout avec des diamants.

Si bien qu'au moment de sa rencontre avec Chourik, elle était la propriétaire non seulement d'un coffret, mais également d'une immense pièce dans un appartement communautaire, encombrée de meubles français dignes d'un musée rassemblés par Béata, en partie parce qu'elle s'ennuyait, et en partie pour des raisons d'ordre pratique : à aucune époque, à part les années de la révolution et de la guerre, ces précieux meubles n'avaient eu une valeur aussi insignifiante. Le buffet était bourré à craquer de porcelaine qu'elle avait passé toute sa vie à acheter et à revendre sans jamais parvenir à décider s'il valait mieux acquérir de la porcelaine russe ou allemande. La russe avait davantage de valeur, mais ses goûts la portaient plutôt vers l'allemande. Valéria, elle, préférait la porcelaine russe.

Elle était donc assise, le menton appuyé sur ses mains meurtries par les béquilles, devant une table ovale en marqueterie décorée de deux cupidons obèses à l'intérieur d'un cadre composé d'un mélange de fruits et légumes. Elle avait en face d'elle une grosse tasse à thé de pope avec des dorures presque effacées, des biscuits secs dans une coupe, une bougie dans un bougeoir, et un vieux livre usé pour entretenir la conversation. Il faisait chaud et humide dans l'appartement, le linge des voisins était constamment en train de sécher dans la salle de bains et dans la cuisine. On chauffait énormément. Elle était toute moite, même sous les cheveux. L'humidité de cet instant crucial avait fait légèrement couler sous ses yeux le rimmel bleu acheté à une trafiquante.

« Bon, dit-elle en s'adressant à son principal Interlocuteur. Je T'avoue que j'ai envie de lui. Comme une chatte en chaleur. Mais en quoi suis-je moins bien qu'une chatte ? Elle sort, elle miaule un bon coup, et il y a aussitôt un matou qui arrive, pas marié, c'est tous des célibataires... Et chez eux, ce n'est pas un péché... Alors ? Hein ? En quoi suis-je moins bien qu'une chatte ? C'est Toi qui as fait les choses comme ça, Toi qui m'as donné ce corps, et boiteux, en plus, qu'est-ce que Tu veux que j'en fasse ? Tu veux que je sois une sainte, c'est ça ? Alors Tu aurais dû faire de moi une sainte ! Seulement, Tu sais, j'aimerais bien avoir un enfant, une petite fille, ou même un petit garçon. Si Tu me donnes ça, j'arrêterai. J'en fais le serment : ce sera fini. Dis-moi, mais dis-moi, pourquoi Tu as créé le monde comme ça ? »

Ce serment, elle l'avait déjà fait. Elle pleurait, elle promettait à son père spirituel. La dernière fois, c'était l'année précédente, à la suite d'une liaison qui avait mal tourné avec un professeur d'un certain âge, un des piliers de la bibliothèque. Les choses s'étaient terminées de façon particulièrement triste. On les avait vus quelque part, on avait averti sa femme, et le professeur avait eu si peur qu'il en avait fait une attaque, elle ne l'avait revu qu'une seule fois après cela :

une vraie loque, un infirme... Mais maintenant, c'était différent. Il ne pouvait rien arriver de mauvais.

« Je ne veux rien de mal. Juste un bébé. Et juste une fois ! » disait Valéria, essayant de proposer un compromis. N'obtenant pas de réponse positive, elle insistait encore et encore Elle pleurnicha ainsi jusqu'au moment où elle eut honte. Elle termina alors son thé froid et décida de se laver la tête en dehors de son planning. Elle se toucha les cheveux... Oui, c'était une bonne idée ! Et elle alla dans la salle de bains communautaire où séchaient des couches et toutes sortes de petites affaires de bébé. Son ex-mari et son horrible bonne femme en avaient eu un deuxième, et dans le cabinet de son père vivait à présent toute une famille qui en attendait encore un troisième, pour plus de sûreté, afin d'avoir droit à un appartement indépendant. Valéria enleva la cuvette qui se trouvait dans la baignoire, et installa un tabouret. Elle ne prenait plus que des douches depuis longtemps, dégoûtée par la baignoire communautaire.

Tout était entendu pour le lendemain. Chourik irait au conservatoire avec sa mère, puis il la mettrait dans un taxi pour rentrer. Il avait promis de passer chez Valéria vers dix heures. De la rue Herzen à la rue Katchalov, il n'y avait qu'un pas. La raison ? Il devait l'aider à descendre des livres du haut de la bibliothèque, les empiler, les entourer d'une ficelle, et les porter dans sa voiture. Cela faisait longtemps qu'elle avait l'intention de donner au département de littérature étrangère des ouvrages en suédois ayant appartenu à son père.

31

Tout s'agençait à merveille. Le concert était superbe. Avec Dmitri Bachkirov au piano. C'était un programme qu'Alexandre Sigismundovitch avait interprété autrefois, et Véra était d'une humeur absolument délicieuse : la musique réunissait en une seule entité les souvenirs de son cher défunt et leur fils assis à ses côtés, auquel elle avait eu le temps de chuchoter avant le début du concert que son père jouait ces choses-là magnifiquement, de façon tout simplement incomparable. Bachkirov aussi ne s'en sortait pas trop mal. Pas plus mal qu'Alexandre Sigismundovitch. Le public était trié sur le volet ce jour-là, rien que des amateurs éclairés et des connaisseurs — il y avait d'ailleurs beaucoup de musiciens.

« Si ton père était en vie, ce concert aurait été une fête pour lui ! » lui dit Véra dans le vestiaire.

Chourik fut un peu étonné. Il était extrêmement rare qu'elle évoquât son père. « C'est curieux, j'ai l'impression qu'elle parle de lui plus souvent depuis la mort de grand-mère », se dit-il. Son intuition s'affinait lorsqu'il s'agissait de sa mère.

Ils mirent longtemps à trouver un taxi : le public était

distingué et apparemment, personne ne voulait rentrer en trolley. Ils s'engagèrent dans le boulevard de Tver. Près du théâtre Pouchkine, Véra poussa un soupir, et Chourik savait parfaitement ce qu'elle allait dire.

« C'est un endroit maudit ! » déclara-t-elle d'un ton solennel.

Cela faisait plaisir à Chourik de tout savoir d'avance. Mais cette fois, elle ne parla pas d'Alissa Koonen. Il la tenait par le bras, il avait la même taille qu'Alexandre Sigismundovitch, avec lequel ces trottoirs avaient été si souvent arpentés, et il la tenait avec la même fermeté respectueuse que son père.

« Quel bonheur ! » songea Vérotchka.

Ils arrivèrent rue Gorki. Chourik arrêta un taxi au coin, près de la pharmacie. Au fond, Véra Alexandrovna était contente de rentrer seule, elle avait envie de rester en tête à tête avec ses pensées.

« Tu ne rentreras pas trop tard ? demanda-t-elle à son fils une fois dans la voiture.

— Bien sûr que je vais rentrer tard, Véroussia ! Il est déjà plus de dix heures. Valéria Adamovna a dit qu'il y avait quatre-vingts volumes, il faut les sortir de la bibliothèque, faire des paquets, les charger dans la voiture... »

Véra haussa les épaules. Elle savait ce qu'elle allait faire en arrivant à la maison. Elle allait sortir les lettres d'Alexandre Sigismundovitch et les relire...

Valéria accueillit Chourik vêtue d'un kimono bleu avec des cigognes blanches volant à tire-d'aile d'ouest en est sur son corps plantureux. Un cadeau offert par Béata il y a bien longtemps. Ses cheveux tout propres, couleur noisette, une teinte rare et typiquement slave, retombaient sur ses épaules en rebiquant légèrement.

« Oh, mon chou, je vous remercie beaucoup, vraiment ! fit-elle d'un ton enjoué tandis qu'il se dandinait dans le vestibule. Non, non, ne vous déshabillez pas ici, venez, allons dans ma chambre ! »

Faisant claquer ses béquilles, elle boitilla en direction de sa chambre. Il la suivit. Une fois entré, il enleva son blouson et regarda autour de lui. La pièce était divisée en deux par des meubles, exactement comme chez eux autrefois, passage des Chambellans. Des bibliothèques. Un lustre en bronze dans lequel était enchâssé un morceau de verre bleu.

« Cela ressemble à notre ancien appartement du passage des Chambellans ! dit Chourik. C'est là que je suis né.

— Et moi, je suis née à Wilno — Vilnius, comme on dit maintenant. Mais j'ai fait ma scolarité à Moscou, dans une école russe. Jusqu'à l'âge de sept ans, je ne parlais pas le russe. Ma langue maternelle est le polonais. Et le lituanien. En fait, ma belle-mère parlait très mal le russe, quoiqu'elle ait vécu ici les vingt dernières années de sa vie. Avec papa, je parlais polonais, et avec Béata, lituanien. Si bien que le russe est ma troisième langue.

— Ah bon ? fit Chourik avec surprise. Moi aussi, ma grand-mère a commencé à me parler français très tôt... Ensuite, elle m'a enseigné l'allemand.

— Ah ! Je comprends tout. Alors, vous êtes comme moi... Une tache de naissance du capitalisme !

— Quoi ? » fit Chourik, étonné.

Valéria éclata de rire.

« C'est comme ça que l'on appelait les ci-devant autrefois... Du thé, du café ? »

Le couvert avait été mis d'avance sur un guéridon ovale, comme celui de sa grand-mère. Chourik s'assit et remarqua que ses chaussures laissaient des traces humides.

« Oh, excusez-moi... Je peux enlever mes chaussures ?
— Mais bien sûr... Faites comme vous voudrez ! »

Il retourna près de la porte, dénoua ses lacets et enleva ses chaussures. Il sortit un mouchoir de la poche de son blouson, se moucha et se passa la main dans les cheveux...

Tantôt elle le tutoyait, tantôt elle le vouvoyait, parfois, au travail, elle l'appelait Alexandre Alexandrovitch en insistant sur le patronyme, ou bien simplement Chourik. Maintenant, elle ne savait pas trop quoi faire, surtout une fois qu'il eut enlevé ses chaussures. Non, il fallait réduire la distance. Elle s'avança d'un pas dans son espace intime.

« Alors, comment s'arrangent tes affaires en Sibérie ? Tu as des nouvelles de ta fille ?

— Je ne sais pas du tout, répondit candidement Chourik. Elle ne m'a pas rappelé.

— Et toi ? fit Valéria en souriant.

— Nous n'étions convenus de rien. Je n'ai fait que l'aider à... Enfin, à se sortir d'une situation compliquée. C'est tout... »

Bon. Un coup pour rien.

« Ou bien je suis devenue idiote, ou bien j'ai perdu mes qualifications féminines ! » se dit Valéria. En fait, elle mourait d'envie d'inspirer à ce jeune homme un intérêt amoureux, or il était aimable, plein de bonnes intentions, et parfaitement indifférent.

« Oh ! fit-elle en secouant ses cheveux. J'ai un cognac merveilleux. Ouvrez la porte de cette petite armoire, s'il vous plaît... Non, l'autre, celle avec les peintures. C'est tout à fait dans l'esprit de Fragonard, n'est-ce pas ? Ma belle-mère adorait cela... Voilà, c'est ça, et deux petits verres à cognac. Comme c'est agréable de se faire servir ! J'essaye de m'arranger pour me rendre dans la cuisine le moins possible.

(Elle montra une petite bouilloire sur un réchaud à alcool.) Bon, maintenant, servez-nous, Chourik. Je vois que vous aimez quand on vous dirige...

— Je crois que oui. C'est une chose à laquelle j'ai déjà pensé. »

Chourik remplit les verres presque à ras bord.

« Vous avez bien versé, mais ce n'est pas comme cela qu'il faut faire ! dit-elle en riant. Laissez-moi donc vous diriger un peu... Je peux vous apprendre beaucoup de choses, vous savez, et pas seulement en ce qui concerne le travail de bibliothécaire. Il y a une multitude de domaines dans lesquels j'en sais sans doute plus que vous... » Elle observa une pause. Cette dernière phrase était très réussie. « À propos du cognac, par exemple. On ne remplit qu'un tiers du verre... Mais ça, c'est pour les réceptions mondaines. Dans notre cas à nous, vous avez très bien fait de les remplir complètement. »

Valéria prit son verre et le tendit vers celui de Chourik. Elle le toucha avec précaution, c'est à peine si elle l'effleura. Elle but lentement une gorgée. Chourik avala le sien d'un seul coup.

« J'ai un ami géorgien, un connaisseur en vins. C'est lui qui m'a enseigné cette science — à boire le vin et le cognac. Il dit que boire est un acte sensuel. Qui exige des sens très affinés. On commence par chauffer longuement le verre de cognac. Comme ça. »

Elle serra entre ses deux paumes le fond du verre, rond comme une ampoule électrique, le caressa et, avec de tendres mouvements circulaires, fit tournoyer le cognac qui vint lécher les parois intérieures. Elle porta lentement le verre à sa bouche, le frôla. Le pressa contre sa lèvre.

« Il faut faire cela très tendrement, très amoureusement... »

Ce n'était plus du verre qu'il s'agissait, elle était en train d'amorcer une manœuvre d'approche dans sa direction. Le canapé sur lequel elle était assise était une causeuse à deux places.

« Viens t'asseoir ici ! lui ordonna-t-elle en pensée. S'il te plaît... »

Il ne changea pas de place. Mais ce fut en cet instant précis qu'il comprit ce qu'on attendait de lui. Il comprit également qu'elle était embarrassée et lui demandait de l'aide. Elle était si belle, si féminine... et si adulte, si intelligente ! Et ce qu'elle voulait de lui était si peu de chose. Mais bien sûr ! Ce n'était même pas la peine d'en parler ! « Seigneur, songea Chourik en passant, comme elles sont à plaindre, toutes ces femmes... »

Elle avala encore une petite gorgée et se déplaça à l'extrême bord du canapé. Chourik vint s'asseoir auprès d'elle. Elle posa son verre et mit sa paume brûlante sur le dos de sa main à lui. Ensuite, tout fut très simple. Et assez ordinaire. La seule chose qui étonna Chourik fut la température : elle était très élevée. Là, à l'intérieur de cette femme, il faisait une chaleur torride. Et moite. Elle avait une belle poitrine, opulente, avec des mamelons bien durs, elle sentait merveilleusement bon, et cela entrait tout seul, sans effort... Juste une petite contraction, et on avait l'impression de glisser le long d'une pente. Mais pas vers le bas, vers le haut... C'était abrupt, et cela coupait un peu le souffle. Tout était absolument parfait. Elle était secouée de petits tremblements, et il la retenait très légèrement. Elle avait commencé là où Mathilda terminait, et ne cessait de gravir des marches, de monter toujours plus haut... Chourik devinait à son visage qu'elle s'envolait de plus en plus loin de lui et qu'il n'arriverait pas à la rattraper. Il devina aussi que ses propres mouvements, simples et assez primaires, suscitaient à l'intérieur de cet espace à la structure complexe des réactions variées : cela palpitait, cela s'ouvrait et se refermait, cela ruisselait, puis s'asséchait de nouveau... Elle se pâmait, elle le serrait contre elle, puis le relâchait. Il épousait de mieux en mieux son rythme à elle, et finit par cesser de compter ses envols.

Il sentait qu'il devait tenir le plus longtemps possible, et ses pâmoisons lui en donnaient la chance.

À une heure du matin, il appela sa mère pour lui dire qu'il était retenu : il y avait énormément de travail. De fait, ils terminèrent seulement vers trois heures du matin.

Ils étaient allongés en travers du lit humide. Elle avait l'air un peu amaigrie et très jeune. Chourik voulut se lever, mais elle le retint.

« On ne part pas comme ça, tout de suite après ! »

Il se recoucha. Et l'embrassa sur l'oreille. Elle se mit à rire.

« Tu m'as bouché l'oreille ! Je vais te montrer comment il faut faire... »

Elle introduisit une grande langue dans son oreille. Cela chatouillait et c'était tout mouillé.

« Une chose pareille ne m'était encore jamais arrivée..., chuchota-t-elle en sortant de son oreille.

— À moi non plus ! » admit Chourik sans difficulté.

Il avait dix-neuf ans, et il y avait effectivement beaucoup de choses qui ne lui étaient encore jamais arrivées.

32

Véra avait relu les lettres d'Alexandre Sigismundovitch, les deux paquets, celles d'avant la guerre et celles d'après la guerre. Elle les connaissait par cœur et se souvenait non seulement des lettres elles-mêmes, mais aussi du moment, du lieu et des circonstances dans lesquels elle les avait reçues. Et des sentiments qu'elle avait éprouvés alors.

« On pourrait écrire un roman ! » se dit-elle. Elle fit des petits tas avec les enveloppes, noua des rubans autour et les remit à leur place. Au fur et à mesure que les années passaient, sa jeunesse lui paraissait éclatante et dotée d'une grande signification. Près du coffret dans lequel elle gardait les lettres, elle en trouva un autre, ayant appartenu à sa mère. Les boîtes, les coffrets, les bonbonnières, c'était une véritable passion, chez elle. Elle en gardait de toutes sortes : des boîtes en fer, des boîtes d'avant la révolution, des boîtes à thé et à sucres d'orge, des boîtes suisses, françaises...

« Tiens, qu'est-ce qu'il y a là-dedans ? » se demanda-t-elle en poussant un carton à chapeau rond afin de faire de la place pour sa boîte commémorative.

Elle l'ouvrit. S'étonna. Et sourit. C'étaient des chiffons à poussière qu'Élisavéta Ivanovna fabriquait avec des bas en fil déchirés et hors d'usage. Véra revoyait sa mère découpant de vieux bas en morceaux, superposant quatre épaisseurs de tissu, puis ourlant les bords au point de croix. C'était aussi comme ça qu'elle fabriquait des chiffons pour essuyer les plumes, mais avec de vieux draps. Mon Dieu, que de choses dont on ne se servait plus aujourd'hui ! Les sachets, les petits coussins, les fers à friser, les ronds à serviettes... Et les serviettes de table elles-mêmes, d'ailleurs.

Véra prit deux chiffons couleur chair (des bas de cette couleur aussi, ça ne se portait plus aujourd'hui...), et se promena à travers la pièce en époussetant la multitude de petits bibelots qui constituaient le paysage immuable de son existence.

« Les miroirs, maman les nettoyait avec de l'ammoniaque, je ne sais pas pourquoi, songea Véra en se regardant dans la glace. Et personne ne me considère plus comme une beauté ! se dit-elle en souriant à son charmant reflet. Sauf Chourik, peut-être. »

Elle tourna la tête à droite, à gauche. C'est vrai que je ne suis pas si mal. J'ai juste le menton un peu avachi, le cou un peu flasque... Et si on écartait la collerette, on découvrait la cicatrice, rose et légèrement plissée. Une belle cicatrice, sur d'autres, elle était plus grossière, plus épaisse. La sienne était très esthétique... Elle effleura son menton ramolli. Il existe des exercices... Elle fit des mouvements circulaires avec sa tête, et quelque chose craqua dans sa nuque. Ça, c'était des dépôts d'urates. Il faudrait qu'elle fasse un peu de gymnastique.

Plusieurs jours s'étaient écoulés depuis la soirée au conservatoire avec Chourik. La veille, elle était allée au musée Scriabine, mais sans lui, car il était à l'institut. On avait interprété le *Poème de l'extase*, qu'elle connaissait de la première à la dernière note. Elle n'avait jamais essayé de le jouer, c'était très compliqué. Mais elle songeait avec attendrissement aux années de sa jeunesse, quand les élèves de l'atelier pratiquaient leurs exercices de chorégraphie sportive sur cette musique énergique et déchiquetée. Et aux vers de Pasternak associés à cette même musique et à son idole de l'époque, le compositeur Scriabine. Quelle culture puissante, tellement moderne... Dire que tout cela s'était évaporé on ne sait où, tout était parti en fumée, sans laisser aucune trace, semblait-il... Au théâtre, il n'y avait plus rien à voir, à part les classiques. Si, Lioubimov, disait-on... Mais chez lui, tout était fondé sur l'énergie de Brecht. Sur la biomécanique... On vivait une époque bien vide ! Ah, oui, il y avait aussi Efros. Il faudrait qu'elle aille voir ça... Elle était là, un chiffon à poussière à la main, à réfléchir sur des sujets élevés, quand un coup de sonnette tardif résonna soudain. C'était le voisin, Mikhaïl Abramovitch.

« Je rentrais d'une réunion, et j'ai vu qu'il y avait de la lumière chez vous..., expliqua-t-il.

— Entrez, entrez, je vous en prie ! Je vais juste me passer les mains à l'eau... »

Véra alla dans la salle de bains et fit couler de l'eau sur ses mains. Elle laissa le chiffon à poussière dans le lavabo, elle le rincerait après.

Il était debout sur le paillasson, l'air incroyablement sérieux.

« Alors, Véra Alexandrovna, vous avez réfléchi à ma proposition ? Notre sous-sol est vide ! »

Elle avait complètement oublié qu'il était déjà venu l'importuner à deux reprises à propos d'on ne sait trop quel atelier qu'il serait bien d'organiser pour occuper les loisirs des enfants.

« Non, non ! J'ai bien été comédienne autrefois, c'est vrai, mais je n'ai jamais travaillé avec des enfants. Il n'en est pas question ! dit-elle, refusant fermement.

— Bon, bon... Alors vous pourriez peut-être vous occuper de notre comptabilité ? On a aussi besoin d'un comptable dans notre coopérative. La vieille comptable s'en va. Vous conviendriez parfaitement... » Il réfléchit un instant et ajouta : « Hein ? Ne refusez pas, ne refusez pas ! Réfléchissez-y d'abord ! Cela me met tout simplement hors de moi qu'une femme aussi jeune et aussi belle — excusez-moi, bien sûr ! — ne se réalise absolument pas sur le plan social. »

Il partit en vitesse, refusant le thé que Véra lui avait aimablement proposé.

Véra raconta à Chourik ses réflexions sur l'appauvrissement de la culture ainsi que la visite de Mikhaïl Abramovitch, avec sa proposition de faire quelque chose de socialement utile. Elle rit un peu. Mais Chourik déclara de façon inattendue :

« Tu sais, Véroussia, cela te conviendrait peut-être de travailler avec des enfants. Ce que tu racontes sur le théâtre et la musique est toujours tellement intéressant ! Je ne sais pas, ce serait peut-être une bonne chose... »

Quelques jours plus tard, Mikhaïl Abramovitch arriva avec une boîte en carton sur laquelle était écrit en ignobles lettres marron « Pâtes de fruit enrobées de chocolat ». Ils prirent le thé. Il jouait les tentateurs au nom du comité du Parti de l'immeuble. Elle souriait et répondait en badinant. Elle savait depuis longtemps qu'elle plaisait aux hommes juifs. Et celui-là ressemblait un peu au fonctionnaire du ravitaillement qui avait été amoureux d'elle il y a bien longtemps. Mais un soupirant pareil, quand même... Non, c'était vraiment excessif ! À partir de ce jour, le surnom de « Pâte-de-fruit » lui resta.

Véra souriait, elle était d'humeur euphorique, chose incroyable pour un mois de décembre. Elle proposa même à Chourik d'organiser à l'intention de ses élèves, sinon une véritable fête de Noël, du moins un goûter.

« Et les pains d'épice ?

— On peut en acheter, et mettre des petits mots avec... »

Mais Chourik refusa catégoriquement cette proposition comme un outrage aux traditions familiales. Il n'en acheta pas moins un sapin, cette fois très beau, et le mit en attente sur le balcon.

Après la découverte des chiffons à poussière, Véra avait remarqué que l'appartement s'était délabré et terni depuis la mort d'Élisavéta Ivanovna, même si le frotteur de parquet était venu, avait frotté le plancher avec deux brosses en paille de fer, et avait laissé derrière lui une odeur démodée d'encaustique ainsi qu'un parquet aux miroitements distingués. Véra avait arpenté plusieurs fois l'appartement avec des chiffons en fil, recueillant la poussière sur leur petit ventre rose, mais il manquait quelque chose... Elle s'en ouvrit à Chourik, à sa manière mélancolique.

C'était un soir après le dîner, ils étaient assis à table, non dans la cuisine, comme pour le petit déjeuner en coup de vent du matin, mais dans la chambre de sa grand-mère, devant le guéridon ovale. Brahms touchait à sa fin, et Chourik, qui avait écouté ce disque de nombreuses fois, attendait le finale imminent.

« Je ne crois pas que cela tienne à l'appartement, Véroussia. Tout est parfait ici, grand-mère serait tout à fait satisfaite. Tu comprends, j'y ai déjà réfléchi, moi aussi... Je pense simplement que tu passes trop de temps à la maison.

— Tu crois ? » fit Véra, stupéfiée par une si étrange traîtrise. N'était-ce pas lui qui avait insisté pour qu'elle prît sa retraite pour raison de santé ? Et voilà que brusquement... « Tu penses que je devrais chercher du travail ?

— Non, pas du tout ! Autre chose. Pas du travail, mais une occupation. Je suis sûr que tu pourrais écrire des articles, tu parles toujours de façon si intéressante du théâtre, de la musique. Tu as tellement de connaissances... Tu pourrais donner des cours. Je ne sais pas sur quoi, mais sur des tas de sujets... Grand-mère disait toujours que tu avais laissé ton talent en friche, il n'est pas trop tard pour en faire quelque chose. »

Véra pinça les lèvres.

« Quel talent, Chourik ? J'ai vu de véritables comédiennes, j'ai connu Alissa Koonen, Babanova... »

Personne, semble-t-il, n'avait jamais eu autant d'estime que Chourik pour sa nature d'artiste. C'était agréable.

33

Alia n'avait absolument pas de temps pour les états d'âme quels qu'ils soient — agréables, désagréables ou tristes. Elle était bien trop occupée. Pourtant, peu avant le Nouvel An, elle reçut une lettre semi-officielle d'Akmolinsk, de l'usine. La responsable du laboratoire lui souhaitait une bonne année au nom de ses anciens collègues, lui écrivait qu'on avait engagé deux laborantins pour la remplacer et que, à eux deux, ils s'en sortaient moins bien qu'Alia toute seule. C'était la partie agréable de la lettre. Elle écrivait ensuite que tout le laboratoire attendait qu'elle revienne munie de véritables qualifications, et que ce serait vraiment bien si elle se spécialisait dans les méthodes d'analyse quantitative et qualitative des produits du craquage du pétrole, car ce serait l'orientation principale de son travail. Et encore autre chose : cet été, quand elle devrait faire son stage pratique, l'usine adresserait une demande à son institut pour qu'on l'envoie travailler ici pendant les mois d'été. Le service du personnel avait déjà assuré que son voyage serait payé et son stage rémunéré.

Et là, Alia commença à avoir des états d'âme. Désagréables. Et même très désagréables. Elle s'était déjà habituée à l'idée de rester à Moscou pour toujours une fois qu'elle aurait son diplôme, et elle comprit à quel point il lui serait difficile d'échapper à la ville d'Akmolinsk, où elle était immatriculée pour toute son existence.

La seule solution était le mariage, et le seul candidat était Chourik, qui était déjà pris, bien que de façon fictive. Il lui semblait qu'après avoir rendu un tel service à Léna, dont il n'était pas particulièrement proche, il devait obligatoirement l'épouser elle. Et cette fois, pas de façon fictive. Elle comptait mentalement sur ses doigts : ils avaient déjà été amants six fois. Ce n'était pas juste une fois ou deux, c'était tout de même quelque chose de sérieux ! Il est vrai que, de lui-même, Chourik ne lui manifestait aucun intérêt. Mais il était très occupé, avec sa mère malade, ses études, son travail... On ne peut pas avoir le temps de tout faire ! se disait-elle pour se convaincre elle-même.

Elle n'avait pas l'intention d'abandonner la partie, et le Nouvel An lui paraissait un moment approprié pour sa prochaine offensive.

Depuis la mi-décembre, elle était passée plusieurs fois rue Nouvelle-des-Bois, comme si elle se trouvait dans le quartier par hasard, sans jamais avoir la chance de trouver Chourik chez lui. Véra Alexandrovna lui avait servi du thé au lait et s'était montrée d'une amabilité distraite, mais il avait été impossible de tirer quoi que ce soit de ces occasions. Elle avait envie de se faire inviter pour le Nouvel An, comme l'année précédente — le fait que personne ne l'avait invitée l'année précédente non plus s'était complètement dilué dans sa mémoire.

Elle finit par avoir Chourik au téléphone, et lui dit qu'elle avait besoin de lui parler de toute urgence. Chourik, sans éprouver la moindre curiosité, courut à l'institut Mendeleïev vers dix heures du soir, et cette course lui procura un certain plaisir, de même que la vue de l'entrée principale et du hall : il se sentait dans la peau d'un prisonnier libéré qui revient dans son ancien bagne.

Alia l'accueillit dans l'escalier, vêtue de son éternel cardigan bleu et coiffée d'un gros chignon juché sur le haut du crâne. Elle le prit par le bras. Chourik regarda autour de lui. C'était bizarre, il n'y avait pas un seul visage familier, et pourtant, il avait étudié ici pendant une année...

Ils allèrent dans le fumoir, sous l'escalier. Alia sortit de son sac un paquet de *Femina*.

« Tiens, tu fumes ? demanda Chourik, étonné.

— Oh, de temps en temps ! » répondit Alia en tripotant une cigarette cerclée d'une bague dorée.

Il se sentait toujours un peu mal à l'aise en sa présence.

« Bon, alors ? demanda-t-il.

— Eh bien, voilà, c'est à propos du Nouvel An, je voulais te demander conseil... (Elle avait eu beau se creuser la tête, elle n'avait pu inventer d'entrée en matière plus habile.) Je pourrais faire un gâteau, ou bien une salade ? »

Il la regarda sans comprendre, pensant qu'elle voulait l'inviter au foyer.

« Non, je reste à la maison avec maman, comme toujours. Je n'irai nulle part... »

C'était la vérité, mais pas tout à fait. À une heure du matin, une fois que sa mère et lui auraient bu la coupe de champagne rituelle, il avait l'intention d'aller chez Guïa Kiknadzé, où d'anciens camarades de classe devaient se retrouver.

« Justement, je veux venir chez vous, mais il faut quand même que je prépare quelque chose...

— Bon, je vais demander à maman... », répondit-il évasivement.

Alia souffla un filet de fumée par sa bouche ouverte. Elle n'avait rien à dire, mais il fallait bien trouver quelque chose...

« Tu n'as pas de nouvelles de Léna ?

— Non.

— Moi, j'ai reçu une lettre d'elle.

— Et alors ?

— Rien de spécial. Elle dit qu'elle va revenir à la fin de l'année universitaire, et qu'elle laissera sans doute sa fille à sa mère.

— Elle a raison, approuva Chourik.

— Tu sais que Kalinkina et Demtchenko se marient ?

— C'est qui, Kalinkina ?

— La joueuse de volley-ball de Dniepropetrovsk. Une fille aux cheveux courts...

— Je ne me souviens pas. Comment veux-tu que je sois au courant ? À part toi, je ne vois plus personne de la classe. J'ai juste Génia au téléphone de temps en temps.

— Génia aussi a une petite amie ! » cria presque Alia, au désespoir.

Elle n'avait absolument plus rien à dire. Chourik ne manifestait pas le moindre intérêt pour les nouvelles concernant la classe.

« Oh, j'oubliais ! Tu te souviens d'Izraïlevitch ? Eh bien, il a eu une crise cardiaque, on l'a hospitalisé ! Il ne fera pas passer les examens cet hiver, peut-être même qu'il va partir à la retraite. »

Chourik se souvenait très bien de ce maniaque des mathématiques qui s'introduisait jusque dans ses rêves. C'était à cause de lui qu'il avait fui l'institut Mendeleïev, l'examen de maths qu'il devait repasser à l'automne avait été décisif.

« Bien fait pour lui ! bougonna-t-il. Bon, alors, qu'est-ce

que tu voulais me dire de si urgent ? ajouta-t-il, cherchant à tirer au clair la raison de leur entrevue.

— C'était pour qu'on se mette d'accord à propos du Nouvel An... répondit Alia en perdant contenance.

— Ah, bon ! C'est tout ?

— Euh... Oui. Il vaut mieux s'y prendre à l'avance... »

Chourik la raccompagna galamment jusqu'au métro Novoslobodskaïa, et se dépêcha de rentrer, oubliant instantanément tant Alia elle-même que ses nouvelles sans grand intérêt. Cette conversation lui était si complètement sortie de la tête qu'il ne s'en souvint que le soir du 31 décembre, vers onze heures, alors que Véra et lui se trouvaient tous les deux dans la chambre de sa grand-mère, devant le sapin illuminé. Les choses se passaient exactement comme ils l'avaient imaginé pour l'année précédente : le fauteuil de grand-mère, son châle drapé sur le dossier, la pénombre, la musique, les cadeaux sous le sapin...

Quand un coup de sonnette retentit à la porte, Véra Alexandrovna le regarda d'un air inquiet.

« Qui cela peut-il bien être ?

— Mon Dieu ! C'est Alia Togoussova !

— Oh, non ! Encore ! soupira Véra en inclinant la tête d'un air navré. Mais pourquoi l'as-tu invitée ?

— Cela ne m'est même pas venu à l'idée, maman ! Comment peux-tu penser une chose pareille ? »

Ils restèrent un moment assis sans rien dire, face aux trois assiettes. L'une d'elles était pour sa grand-mère. La sonnette vibra timidement encore une fois. Véra Alexandrovna tapota la table de ses doigts frêles.

« Tu sais ce que disait ta grand-mère dans des cas pareils ? Un hôte est toujours un envoyé de Dieu... »

Chourik se leva et alla ouvrir. Il était furieux, contre lui-même et contre Alia. Elle était debout sur le seuil, avec une salade et un gâteau. Elle le regardait avec un sourire suppliant et sans vergogne. Et il eut terriblement pitié d'elle.

La soirée du Nouvel An était gâchée. Il ne savait pas encore à quel point.

La table était magnifiquement décorée, mais le repas plutôt maigre. Le gâteau d'Alia était carbonisé sur le dessus et pas assez cuit à l'intérieur. Chourik, qui en mangea deux parts, ne s'en rendit même pas compte, Véra Alexandrovna non plus, car elle ne le goûta pas. Elle ne toucha pas non plus à son instrument, et Chourik souffrait en regardant son visage fermé. L'impromptu grotesque de l'année précédente (Faïna Ivanovna avec son intrusion tapageuse) avait au moins quelque chose de théâtral. Du reste, Alia aussi se sentait mal à l'aise : elle avait ce qu'elle voulait, elle passait le Nouvel An avec Chourik et sa mère, mais elle n'éprouvait aucun sentiment de victoire. Dans ce tableau à trois, un des convives était manifestement de trop. À minuit, ils trinquèrent. Puis Chourik apporta du thé et quatre gâteaux qu'il était allé acheter le matin sur l'Arbat. Au bout d'un quart d'heure, Véra se leva et partit se coucher en prétextant une migraine.

Chourik emporta la vaisselle dans la cuisine et l'empila dans l'évier. Alia, sans ouvrir la bouche, la lava aussitôt. Comme on lave des ustensiles de chimie : un dégraissage absolu et une vingtaine de rinçages, jusqu'à ce que les gouttes n'accrochent plus.

« Je t'accompagne jusqu'au métro, proposa Chourik. Il marche encore. »

Elle le regarda comme une enfant punie et dit avec désespoir :

« C'est tout ? »

Chourik avait envie de se débarrasser d'elle au plus vite pour courir chez Guïa.

« Qu'est-ce que tu veux d'autre ? Encore du thé ? »

Elle se réfugia alors dans un coin de la cuisine, derrière la porte, enfouit son visage dans ses mains, et fondit en larmes. Elle pleura d'abord doucement, puis de plus en plus fort. Les menus tremblements qui secouaient ses épaules devinrent eux aussi de plus en plus violents, on entendait un clapotis de sanglots et un bruit étrange qui étonna Chourik : elle se tapait légèrement la tête contre le chambranle de la porte.

« Qu'est-ce que tu as, Alia ? Hein ? »

Il la prit par les épaules et voulut la retourner, mais son corps était aussi raide qu'un arbre qui aurait pris racine dans le plancher. Impossible de le bouger.

Elle émettait des sons rauques et rythmiques, des halètements saccadés.

« On dirait une chambre à air de bicyclette crevée qu'on essaye de gonfler ! » songea Chourik.

Il glissa la main entre la porte et elle, mais cela ne fit pas cesser son balancement. Les bruits devinrent encore plus forts. Et Chourik eut peur que sa mère n'entendît. Il était sûr qu'elle ne dormait pas, qu'elle était allongée dans sa chambre, avec un livre et une pomme... Contractant légèrement ses muscles et s'étonnant de la résistance de ce corps fluet, il la détacha du plancher, l'emporta dans sa chambre, et ferma la porte avec son pied. Il voulait la coucher sur le divan, mais elle se cramponnait à lui de ses mains glacées et n'arrêtait pas de tortiller la tête et les épaules. Quand il eut enfin réussi à l'allonger, il fit un bond en arrière, horrifié : ses yeux étaient révulsés, sa bouche était déformée par un spasme, ses bras étaient secoués de convulsions, et elle avait visiblement perdu conscience.

« Les urgences ! Il faut appeler les urgences ! » Il se rua sur le téléphone, mais s'arrêta net, l'écouteur à la main : Véra allait s'affoler... Il reposa l'écouteur, versa de l'eau dans une tasse à thé et alla retrouver Alia. Ses poings crispés et tordus étaient toujours agités de soubresauts, mais elle avait cessé d'émettre des bruits de bicyclette. Il lui souleva la tête et essaya de la faire boire. Ses lèvres étaient fortement serrées. Il posa la tasse et s'assit au pied du lit. Il remarqua que ses jambes aussi remuaient convulsivement, sur le même rythme. Sa petite jupe était piteusement retroussée, ses jambes grêles se devinaient sous la laine rose de son collant trois fois trop grand pour elle. Chourik ferma la porte au verrou, lui enleva son collant, et entama la procédure de rétablissement. Il n'avait pas d'autres ressources dans son arsenal, mais celle-là, la seule dont il disposât, s'avéra efficace.

Au bout d'une demi-heure, elle était complètement revenue à elle. Elle se souvenait avoir lavé la vaisselle, puis s'était retrouvée sur le divan de Chourik, notant en son for intérieur avec un profond sentiment de satisfaction : « C'est la septième fois ! » Après avoir reboutonné son pantalon, il lui demanda galamment comment elle se sentait. Elle se sentait dans un état bizarre : elle avait la tête lourde et bourdonnante. Elle décida que c'était à cause du champagne.

Il n'y avait plus de métro. Il la raccompagna à son foyer en taxi, l'embrassa sur la joue puis, avec la même voiture, il se rendit chez Guïa, heureux que les choses se soient bien terminées. Et il se débarrassa d'un coup d'épaule de cet incident désagréable.

Chez Guïa, la fête battait son plein. Ses parents étaient partis pour Tbilissi en lui laissant la responsabilité de l'appartement et de sa sœur aînée, une petite boulotte avec une tête de Mongole et une élocution incompréhensible. D'habitude, ils l'emmenaient avec eux, mais cette fois, ils n'avaient pas pu : elle était enrhumée, et les rhumes, c'est bien connu, pouvaient avoir chez elle des conséquences dangereuses. Outre d'anciens camarades d'école, Guïa avait invité plusieurs étudiants de son institut, si bien que, comme c'est souvent le cas, il y avait un excédent de filles, et les danses avaient plutôt un caractère de groupe. Chourik se retrouva aussitôt au centre de cette farandole et dansa le rock and roll, ou ce qu'il appelait comme ça, avec beaucoup d'enthousiasme, ne s'interrompant qu'à l'intention des boissons, lesquelles coulaient à flots. Il buvait, dansait, et sentait que c'était exactement ce dont il avait besoin pour se délivrer d'un sentiment d'angoisse inconnu jusqu'alors, qui s'était déposé dans des profondeurs de son âme dont il ignorait l'existence. C'était comme découvrir une cave secrète dans sa propre maison dont on connaît jusqu'à la dernière brique...

Une partie du cognac géorgien transporté de Tbilissi à Moscou dans des citernes pour être mis en bouteilles sur place était distribuée à des Géorgiens de la capitale, des amis du directeur de l'entreprise moscovite. Un tonneau de vingt litres de ce breuvage offert se trouvait dans la cuisine. Il n'était pas particulièrement mauvais, bien qu'il fût loin d'être excellent, mais la quantité dépassait tellement la qualité que cette dernière n'avait plus aucune importance. C'était le cognac que Valéria Adamovna avait fait boire à Chourik, il provenait de la même source et sortait des mêmes mains. Mais Chourik le buvait dans des grands verres, et non dans des petits remplis au tiers, essayant de se débarrasser le plus vite possible d'un souvenir obsédant — celui d'Alia avec ses yeux révulsés et les trépidations convulsives de ses petites pattes crispées.

Au bout d'une heure, il atteignit le summum de l'ivresse, et passa une quarantaine de minutes dans cet état de félicité pour lequel des millions de gens, depuis des millénaires, se remplissent l'estomac d'une eau de feu qui dévore de ses flammes un passé assombri par d'innombrables fiascos et un avenir terrifiant. Un état euphorique, mais bref, dont il ne garda que quelques souvenirs : la sœur boulotte de Guïa avec son visage plat et rayonnant, sautillant à contretemps autour de ses pieds, une grande jeune fille aux cheveux longs vêtue de bleu avec un gâteau entamé qu'elle lui fourrait dans la bouche, Natacha Ostrovskaïa, une fille de sa classe qui avait beaucoup grossi, avec une alliance qu'elle s'évertuait à lui mettre sous le nez, et de nouveau, la petite boulotte qui n'arrêtait pas de le tirer par la main pour l'emmener quelque part.

Il se rappelait aussi avoir vomi dans les toilettes, et avoir été tout content d'être arrivé à viser au milieu de la cuvette sans en mettre à côté. À partir de là, il ne se souvenait plus de rien, jusqu'au moment où il s'était réveillé sur un lit étroit dans une chambre inconnue. C'était une chambre d'enfant, à en juger par la quantité de jouets en peluche. Ses jambes étaient coincées sous quelque chose : la sœur de Guïa dormait à ses pieds en serrant dans ses bras un gros ours moelleux.

Il dégagea avec précaution ses jambes du poids de ce couple touchant. La petite boulotte ouvrit les yeux, lui adressa un vague sourire, et se rendormit. Un soupçon le traversa le temps d'un éclair, mais il l'écarta aussitôt sans le moindre effort. Il se leva. Il avait la tête qui tournait. Il avait soif. Et Dieu sait pourquoi, il avait très mal aux jambes. Il entra dans la cuisine. Il régnait partout une pagaille immonde : un sol poisseux, de la vaisselle cassée, des mégots et des restes de nourriture... Dans le salon, une quantité indéfinie d'invités dormaient sur le tapis, recouverts de manteaux et d'un drap d'une blancheur incongrue.

Chourik attrapa son blouson qui, par chance, traînait au milieu de l'entrée, et partit sans demander son reste. Il fallait qu'il rentre chez lui le plus vite possible, retrouver sa mère.

Alia était satisfaite des performances de sa soirée du Nouvel An. Elle fit la grasse matinée, toute seule dans la chambre. Ses voisines étaient chez des amis. Elle n'avait plus mal à la tête.

Chourik ne se manifestait jamais. Au début, elle lui téléphonait elle-même. Une fois, elle l'invita au théâtre, une autre fois, elle lui demanda de transporter un réfrigérateur : une collègue de travail lui avait donné son vieux. Chourik vint, il l'aida. Puis il s'en alla en vitesse... Alia était inquiète. Son histoire d'amour tournait court. C'était le début des examens. Elle avait l'intention de l'appeler, mais elle avait peur de tout gâcher définitivement.

Puis on lui donna un emploi à la commission d'admission. Maintenant, c'était elle qui enregistrait les dossiers des étudiants venant de province, qui les examinait d'un œil averti et les affectait à des foyers. Elle se revoyait deux ans plus tôt, arrivant ici les pieds en sang en traînant son affreuse valise, et elle se sentait fière, car à présent elle était aussi loin de ce temps et de cette situation que le ciel l'est de la terre.

En été, la cantine de l'institut était fermée, et Alia allait à la boulangerie acheter des craquelins pour tous les membres de la commission. Un jour, elle traversa en courant au feu vert et se fit renverser par une voiture. Elle n'avait absolument aucun souvenir de ce qui s'était passé. Quand elle reprit conscience, une foule de gens était rassemblée autour d'elle. Le chauffeur qui l'avait renversée était également rentré dans une voiture venant en sens inverse.

Elle n'avait rien de cassé, juste une douleur au côté et des écorchures sur la jambe gauche. Le constat fut dressé par deux policiers. Elle était la victime, mais aussi la fautive. Elle refusa que l'on appelle une ambulance, elle assurait qu'elle n'avait rien de grave. Un des policiers, un blondinet maigrichon, se pencha vers elle et lui dit à voix basse : « Il vaut mieux pour toi qu'on fasse venir une ambulance. »

Mais Alia avait peur d'être hospitalisée et d'avoir des ennuis à son travail. Elle expliqua au policier qu'elle était secrétaire dans une commission d'admission et qu'elle ne pouvait pas perdre de temps à l'hôpital. Le policier blond s'appelait Nicolaï Ivanovitch Kroutikov, il la ramena à son foyer dans une voiture de police. Il était sergent-chef, il ne travaillait pas au commissariat, comme elle l'avait cru, mais au service de la circulation.

Par la suite, quand ils furent devenus plus intimes, il lui expliqua pourquoi c'était beaucoup mieux. Nicolaï Kroutikov était un provincial, lui aussi, mais il ne venait pas de loin, il était de la région de Moscou, et vivait dans un foyer de la police. Il était entré dans la police moscovite après l'armée, et estimait qu'il avait eu de la chance. On devait bientôt lui donner une chambre, s'il avait été marié, il aurait même eu droit à un studio indépendant.

Les choses n'allèrent pas aussi vite. Ce n'est qu'au bout de deux ans qu'ils reçurent un appartement. Pendant un an, ils allèrent au cinéma, mais Alia ne lui permettait aucune privauté : elle était devenue intelligente. Du coup, quand ils se marièrent, il était vraiment amoureux d'elle, comme l'Enrique de Léna Stovba. Pendant un an, ils louèrent une petite chambre pas très loin, passage Pykhov, puis ils emménagèrent dans un appartement d'une pièce derrière la gare de Saviolov. Tout était parfait, elle n'aurait pu rêver mieux. Quand vint le moment de retourner à Akmolinsk, elle était déjà mariée, domiciliée à Moscou, enceinte, et elle allait passer son doctorat.

Alia ne retourna qu'une seule fois à Akmolinsk, pour l'enterrement de sa mère. Quant à Chourik, elle n'y pensait jamais. À quoi bon se souvenir des échecs ? De toute cette histoire, il ne lui est resté que le thé à l'anglaise. Elle s'est acheté un petit pot à lait, elle boit son thé avec du lait et sort les biscuits de leur paquet pour les disposer sur une petite assiette. Quand sa fille aura grandi, elle compte la mettre dans une école de musique. C'est une bonne petite fille !

34

Véra Alexandrovna passa un été extrêmement réussi. Ils avaient loué quelque chose à Olga Ivanovna Vlassotchkina, la même propriétaire qu'autrefois, dans la datcha où ils avaient passé tous leurs étés depuis la naissance de Chourik, avec juste une courte interruption. Ils n'occupaient pas les mêmes pièces qu'avant (deux grands salons de réception avec une véranda), mais une partie plus modeste de la maison qui donnait sur le jardin de derrière, une chambre avec une terrasse et une cuisine indépendante. C'était plus petit, mais plus commode. La veille de leur installation, Chourik avait sorti de la remise, où la famille entreposait ses affaires d'été, les meubles qui avaient été transportés ici à l'époque de la grande migration du passage des Chambellans à la rue Nouvelle-des-Bois. C'était quand même fou, on se demandait comment, en déménageant d'une seule pièce divisée par une cloison pour s'installer dans un appartement de trois pièces, on avait bien pu se retrouver avec un surplus de meubles constitué de plusieurs chaises viennoises, de quelques étagères, et d'une table pliante qui avait perdu ses qualités hospitalières... Ce mobilier, déporté à deux reprises et conservé intact par la propriétaire de la datcha, était à présent disposé en un lieu nouveau, et pour Chourik et Véra, il évoquait la présence d'Élisavéta Ivanovna : ces objets n'étaient pas encore au courant de sa mort, et sa chaise semblait l'attendre, avec les taches brodées de ses bleuets sur la housse de son dossier. Néanmoins, au bout de deux ans, le sentiment de vide s'était un peu décoloré, comme les bleuets...

Cette chaise était à présent occupée par Irina Vladimirovna, une vieille amie de Véra qui lui était vaguement apparentée. Cette Irina solitaire, une fille de marchand qui avait caché ses origines toute sa vie, s'était fixée loin de son Saratov natal, à Maloïaroslavets, dans les environs de Moscou. Elle avait travaillé dans une bibliothèque, comme Chourik, et maintenant qu'elle était à la retraite, elle avait accepté avec joie la proposition de Véra de venir passer quelque temps à la campagne avec elle. Depuis l'époque de sa jeunesse artistique, Véra lui paraissait une créature d'essence supérieure, et aucun des échecs qui avaient marqué la vie de son amie n'avait pu ébranler sa profonde vénération teintée d'un soupçon de sentiment d'infériorité.

Chourik aussi était content : la présence d'une compagne auprès de sa mère était un grand soulagement. Les trajets quotidiens dans un train de banlieue bondé prenaient énormément de temps, et grâce à Irina Vladimirovna, il n'avait plus besoin maintenant de passer toutes ses nuits à la datcha. Il venait un jour sur deux, parfois un jour sur trois, avec des provisions. Irina, qui avait vécu toute sa vie sinon dans la misère, du moins dans un grand dénuement, s'adonnait avec passion à de fastueuses activités culinaires. Il y avait de la nourriture en abondance, trop même, et elle faisait cuire, rôtir et bouillir à tour de bras, exactement dans le style d'Élisavéta Ivanovna. Véra Alexandrovna, habituée à manger peu et distraitement, avait du mal à l'arracher à ses fourneaux pour l'emmener se promener jusqu'au lac ou au bois de bouleaux. Généralement, Irina refusait, et Véra faisait des promenades solitaires, elle s'adonnait à sa gymnastique respiratoire dans une clairière isolée, alternant de longues inspirations qui la remplissaient jusqu'au fond des poumons et de brèves expirations énergiques. Elle sentait la santé affluer en elle, surtout dans son cou abîmé par l'opération. Pendant ce temps, Irina épluchait, mélangeait et battait en neige avec frénésie. La table était dressée d'avance pour l'arrivée de Chourik : une tourte chaude ramollissait sous deux torchons, de la galantine refroidissait sur de la glace au fond de la cave, et une compote de fruits reposait sous un couvercle bien fermé.

Chourik arrivait au crépuscule, il se lavait au lavabo rudimentaire, et sortait de la remise le vieux vélo de randonnée que sa grand-mère lui avait offert pour ses treize ans. Il rêvait de faire un tour jusqu'au lac pour se baigner. Il gonflait les serpents des chambres à air, frottait les pare-chocs rayés avec un pyjama d'enfant relégué depuis longtemps au statut de chiffon, et savourait d'avance la joie de cahoter allégrement sur les racines zébrant le sentier roux, le plaisir de la vitesse quand le chemin se met à descendre, et la caresse bien ferme de l'air qui s'étire en vous fouettant le front... Mais Irina le suppliait de se mettre à table d'un ton presque humilié, parce que tout était chaud et que cela allait refroidir, et il se laissait convaincre, il s'asseyait à table. Elle s'immobilisait dans son dos avec l'air d'une poule qui s'apprête à picorer du grain, et lui fourrait sous le nez, précipitamment et sans crier gare, des radis, la salière, ou un autre morceau de tourte. Il s'empiffrait comme un chat affamé, et c'était tout juste s'il ne s'assoupissait pas à table.

« Merci, tante Irina ! » marmonnait-il et, rempli de remords envers le vélo, il le rangeait dans la remise sans l'avoir promené, embrassait les vieilles femmes et s'effondrait sur le divan bosselé en s'endormant comme une masse.

Irina versait de l'eau tiède dans une cuvette et lavait longuement la vaisselle en émettant un faible marmonnement. Sa volubilité était timide. N'étant pas habituée à la présence d'un interlocuteur dans sa solitude, elle passait son temps à monologuer sans fin entre ses dents.

À peine ouvrait-elle les yeux qu'elle entonnait sa litanie du matin : il faisait beau, et le lait était délicieux, et le café avait débordé, et le chiffon avait disparu Dieu sait où, et la tasse n'était pas très bien lavée, tiens, quel joli dessin il y avait sur cette soucoupe... Le soir, la fatigue ralentissait son débit, mais elle continuait à parler, à parler, pour dire que le soleil s'était couché, qu'il faisait nuit, que l'humidité montait de la terre, que ça sentait le tabac sous la fenêtre, oui, oui... Et elle s'interrompait net pour demander : « Tu ne trouves pas, Vérotchka ? » Cela faisait longtemps qu'elle n'avait plus besoin d'interlocuteur et n'attendait aucune réponse.

Véra était tout à fait satisfaite de sa compagne. Bien qu'Irina fût sa cadette de deux ans, pour la vie pratique, tout s'était arrangé comme d'habitude. On aurait dit qu'Élisavéta Ivanovna lui avait envoyé une remplaçante provisoire, pour cuisiner, faire le ménage, s'occuper de tout... Le seul ennui, c'est qu'il était impossible de bavarder avec Chourik. Une fois qu'il était rassasié, il s'endormait si instantanément que Véra n'avait pas l'occasion de s'entretenir avec lui des nouvelles culturelles, qui étaient fort nombreuses et fort riches cette année-là : on venait de traduire Scott Fitzgerald, Robert Stouroua avait mis en scène *Le cercle de craie caucasien*, un célèbre théâtre de marionnettes milanais devait venir en tournée à Moscou... Irina Vladimirovna avait beau avoir travaillé dans une bibliothèque, elle était si abasourdie par la profusion momentanée de produits alimentaires qu'elle était incapable de se montrer à la hauteur des intérêts culturels de sa cousine.

Le matin, Chourik bondissait à la sonnerie du réveil, dévorait un petit déjeuner à rallonge préparé par l'infatigable Irina et, sans troubler le sommeil de sa mère, fonçait prendre son train. Le soir, Valéria l'attendait avec ses cigognes qui lui volaient en travers du dos et de la poitrine, et il remplissait sa promesse, honnêtement, studieusement et consciencieusement, comme sa grand-mère lui avait appris à s'acquitter de toutes ses obligations.

À l'époque, Valéria lui avait déjà avoué que jamais elle ne se serait permis une aventure avec un jeune garçon sans son vieux rêve d'avoir un enfant. Chourik avait été troublé : il avait déjà un enfant à son actif.

« C'est ma dernière chance. Tu ne vas quand même pas me refuser ce que la nature réclame ? » avait chuchoté Valéria avec passion.

Et Chourik ne lui refusait pas ce que la nature réclamait.

Tout l'été, il travailla pour la nature sans ménager sa peine, et, à la fin du mois d'août, Valéria lui annonça que son labeur avait été couronné de succès : elle était enceinte. Quand le médecin de la consultation de gynécologie lui confirma une grossesse de six semaines, elle se souvint de son serment et décida de respecter cette fois la parole qu'elle avait donnée au Seigneur. Elle pleura toute la nuit : la gratitude, l'amertume du renoncement total à l'amour masculin (c'était ainsi qu'elle voyait les choses alors), son rêve d'une petite fille, et la peur pour cet enfant qui lui avait été interdit par tous les médecins sans exception (on estimait qu'étant donné son infirmité, une grossesse et un accouchement étaient absolument contre-indiqués), tout cela se confondait dans un fatras larmoyant. Mais c'étaient plutôt des larmes de bonheur...

À la fin des vacances d'été, Valéria annonça à Chourik qu'ils ne se reverraient plus, et lui offrit en souvenir une gravure de la collection de son père : *Le retour du fils prodigue*, de Dürer. Chourik ne saisit pas l'allusion, il accueillit le congé et le cadeau avec docilité et sans grand chagrin. Valéria ne l'invitait plus chez elle.

Au travail, il la voyait assez rarement. Elle passait le plus clair de son temps dans son cabinet, et Chourik travaillait à présent au catalogue. Quand ils se croisaient dans les couloirs, elle lui décochait de ses yeux bleus des regards rayonnants et entendus, et lui adressait un vague sourire, comme s'il n'y avait jamais rien eu entre eux. Mais il éprouvait une agréable chaleur, et le sentiment de satisfaction que procure un travail bien fait : il savait qu'elle lui était reconnaissante...

35

L'appartement de Moscou, empoussiéré et livré à lui-même, avait un air inhabité. Irina Vladimirovna, qui était rentrée de la datcha avec Véra, s'attela aussitôt à un nettoyage humide. Pendant trois jours entiers, elle promena une serpillière partout en marmonnant sa litanie sans fin : ça alors, ce mouton est allé se fourrer tout au fond, mais on va aller le chercher là-bas... c'est du solide, ce parquet, du chêne, seulement il y a une fente là, sous la plinthe... tiens, il faudrait rincer cette serpillière, elle est noire de crasse... on se demande d'où peut bien sortir toute cette saleté...

Véra était descendue dans la cour avec un livre et s'était assise sur un banc. Elle n'avait pas envie de lire. Elle se pâmait au soleil, le cou enveloppé d'une écharpe en mousseline pour le protéger des rayons mortels interdits par les médecins.

« Dommage que nous soyons parties si tôt de la datcha, se disait-elle en somnolant. C'est maman qui a instauré cela, de quitter la datcha le dernier dimanche d'août, pour préparer la rentrée scolaire. On aurait dû rester là-bas jusqu'à ce que le temps se gâte... »

« Bienvenue ! Bienvenue à la maison, Véra Alexandrovna ! »

Devant elle se tenait un Mikhaïl Abramovitch à l'air gaillard qui lui proposait candidement une poignée de main de camarade. Véra Alexandrovna, émergeant de son bain de soleil, vit son voisin vêtu d'un pantalon de toile et d'une chemise ukrainienne en lin, et coiffé de son éternelle calotte rouge.

« On dirait un personnage sorti d'un film comique d'avant-guerre », songea-t-elle.

« Vous permettez que je m'asseye à côté de vous ? »

Il s'installa au bord du banc avec les mouvements précautionneux d'un homme souffrant d'hémorroïdes.

« Tout se passe à merveille ! dit-il, ravi. Le local est magnifique ! Varvara Danilovna est morte, vous savez, la dame du sixième, et sa fille a fait cadeau d'un superbe piano au comité de l'immeuble ! Il a juste besoin d'être un peu accordé, et il sera fin prêt ! L'emploi du temps est déjà fixé : le lundi, réunion du conseil d'administration, le mercredi, c'est notre commission de révision, et le vendredi, le docteur Brouk donne des consultations gratuites aux habitants de l'immeuble. Vous n'avez qu'à choisir le jour que vous désirez, il est à vous ! Vous pouvez organiser votre atelier pour enfants, théâtre ou musique, ce que vous voudrez ! Alors ? »

Il arborait un air triomphant.

« Je vais y réfléchir, dit Véra Alexandrovna.

— Pourquoi réfléchir ? Prenez le mardi. À moins que vous ne préfériez le jeudi ou le samedi ? »

Il était plein d'allant, ce veuf, et son ardeur à servir la collectivité était stimulée par l'allure absolument délicieuse de cette dame charmante et cultivée qui avait l'air si jeune.

« Une perle, une véritable perle ! se disait-il. Ah, si j'avais rencontré une femme comme ça dans ma jeunesse... »

Le soir, au cours de leur dîner tardif, Véra parla de cette

rencontre à Chourik. L'admiration amoureuse qu'elle inspirait au vieillard ne lui échappait nullement, mais il lui paraissait si comique avec sa chemise à col montant brodée de fleurs au point de croix et sa calotte, toute graisseuse après tant d'années de bons et loyaux services sur sa tête chauve...

Pourtant, cette fois, Chourik ne poursuivit pas la conversation sur le mode habituel de la plaisanterie. Il termina d'un air songeur la boulette préparée par Irina Vladimirovna avec trois sortes de viandes, comme il se doit, s'essuya la bouche et dit avec un sérieux inattendu :

« Tu sais, Véroussia, ce n'est pas une si mauvaise idée que ça ... »

Irina qui, en trois mois de compagnonnage, n'avait pas exprimé une seule fois un avis personnel, s'arracha brusquement à la tache, parfaitement invisible pour le reste du monde, qu'elle était en train de frotter d'un air concentré sur la cuisinière avec un chiffon blanc :

« Et les enfants, les enfants, Vérotchka ! Ce serait une telle chance pour eux ! Avec ta culture ! Avec ton talent ! » Ses joues s'étaient marbrées de taches roses. « Tu pourrais enseigner dans un institut, dans une académie ! Tu sais tellement de choses sur l'art, sur la musique, et je ne parle pas du théâtre ! Regarde quel professeur était la défunte Élisavéta Ivanovna, combien de gens elle a formés, et toi, tu laisses tes talents tomber en quenouille ! Ils ne servent à rien ! Mais c'est un péché que tu n'enseignes pas ! »

Véra éclata de rire : jamais elle n'avait vu Irina faire preuve d'autant de passion.

« Mais qu'est-ce que tu racontes, Irina ? Comment peux-tu me comparer à maman ! Elle, c'était une véritable pédagogue, alors que, moi, je ne suis qu'une actrice ratée. Une musicienne qui n'est jamais allée jusqu'au bout de ses études. Une comptable médiocre. Et qui plus est, une infirme ! »

Ces derniers mots furent même prononcés avec un certain défi.

Irina leva les bras au ciel en lâchant ses deux chiffons à la fois :

« Quoi ? Je t'ai entendue raconter tellement de choses intéressantes, cet été ! Mais tu es un puits de science ! Chourik, dis-lui donc, toi ! C'est une mine de savoir ! Qui sait ce que c'est que la danse antique, de nos jours ? Toi, tu en parles comme si tu avais vu ça de tes propres yeux ! Et ta méthode de danse philosophique...

— L'eurythmie, souffla Véra Alexandrovna.

— Oui, c'est ça ! Et la façon dont tu parles de toutes ces danses sacrées ! Tu es une véritable bibliothèque ambulante ! Et tout ce que tu racontes sur Isadora Duncan ! »

Irina ramassa les chiffons qu'elle avait laissés choir et apposa un point final à la conversation :

« Tu dois le faire ! J'estime qu'il est tout simplement de ton devoir d'enseigner ! »

Le lendemain, dans le hall de l'immeuble et dans la cour, était placardée une annonce écrite à l'encre violette sur du papier d'emballage : « Un atelier de culture théâtrale se tiendra dans les locaux administratifs de l'immeuble tous les mardis à sept heures du soir. Les cours seront assurés par Véra Alexandrovna Korn. Tous les enfants d'âge scolaire y sont conviés. Recommandé ! »

Mikhaïl Abramovitch n'avait pu s'abstenir d'ajouter la dernière exclamation, qui remplaçait son bien-aimé « Il est interdit ». Mais l'intonation menaçante était toujours là.

C'est avec cette idée parfaitement ridicule (un atelier de culture théâtrale souterrain au fond d'une cave) que débuta le renouveau de son existence. À vrai dire, ce renouveau avait commencé le jour où l'on avait enlevé à Véra sa thyroïde hypertrophiée qui lui empoisonnait le corps et lui minait le moral. Quant à cet atelier, né exclusivement sous la pression communiste de Mikhaïl Abramovitch et du fait de sa bêtise bien intentionnée, il l'obligea à renouer avec les intérêts de sa jeunesse, et cela n'était pas sans évoquer le retour dans une patrie chérie après une longue absence.

Maintenant, après avoir fait tranquillement sa gymnastique matinale en musique et pris un petit déjeuner prolongé, elle se poudrait le nez, s'habillait en réfléchissant longuement, et se rendait à la bibliothèque. Pas aussi tôt que Chourik, et pas à la bibliothèque Lénine, mais à celle de théâtre, et pas tous les jours, mais trois fois par semaine. Elle y était inscrite depuis longtemps et connaissait bon nombre d'employés, seulement elle avait désormais sa place attitrée dans la salle de lecture, la deuxième table à partir de la fenêtre, là où il n'y avait pas de courant d'air. Cette place devint sa place personnelle, son petit coin à elle, et elle ne la trouvait occupée qu'en période d'examens. Mais elle évitait les trois ou quatre semaines durant lesquelles les étudiants de théâtre se mettaient à lire convulsivement. Pendant cette période, elle emportait des livres chez elle. Les vieilles revues qui l'intéressaient tout particulièrement ne pouvaient être sorties de la salle de lecture, et celles-là, elle les lisait sur place.

Parfois, Chourik venait la chercher, et ils passaient ensemble au magasin Élysseïev, où ils achetaient une de ces friandises qu'Élisavéta Ivanovna rapportait autrefois à la maison. Après avoir trépigné côte à côte dans la queue, ils rentraient en prenant deux trolleys : d'abord le long de la rue Gorki jusqu'à la gare de Biélorussie, puis trois arrêts rue des Fossés-de-Boutyrki. Véra Alexandrovna ne supportait pas le métro, il lui donnait des étouffements et lui portait sur les nerfs.

« Quand je mets les pieds dans le métro, ma thyroïde me remonte tout de suite à la gorge ! » expliquait-elle à Chourik.

Mais il n'avait rien contre ce long trajet. Il ne s'ennuyait jamais avec sa mère. En chemin, elle lui racontait ses lectures sur l'histoire du théâtre, et il l'écoutait avec toute la sympathie d'une personne aimante.

Véra prenait des notes dans un cahier et préparait ses cours avec ses petites élèves. Son atelier était fréquenté exclusivement par des filles. Deux garçons surgis à des moments différents n'avaient pas pris racine dans son potager féminin. Le seul représentant du sexe masculin qui assistait à ses cours était Chourik. Au début, il y était allé pour la soutenir moralement et installer les chaises. Puis c'était devenu une habitude. Les soirées du lundi, après l'institut, étaient toujours consacrées à Mathilda, mais le mardi, justement, il n'avait pas de cours à l'institut, si bien que ce jour fut désormais celui de l'atelier.

Les soirées du samedi et du dimanche, elles, appartenaient à sa mère, c'était un fait admis. Sans discussion. À leur grand plaisir mutuel. De temps en temps, Chourik annonçait qu'il se rendait à un anniversaire ou à une soirée chez l'un de ses deux amis, Génia ou Guïa. Il en informait Véra d'un ton d'excuse, et elle lui accordait généreusement sa liberté. Mais il lui arrivait d'apporter des correctifs : elle lui demandait de l'accompagner d'abord au théâtre ou, au contraire, de venir la chercher après le spectacle... C'était son droit incontesté, et il ne venait même pas à l'idée de Chourik de protester.

Dès le premier cours, Véra Alexandrovna avait décrété que le théâtre était l'art suprême car il contenait tous les autres — la littérature, la poésie, la musique, la danse et les arts plastiques. Les fillettes l'avaient crue. C'est en vertu de ces principes qu'elle avait conçu son enseignement. Elle faisait des exercices de gymnastique avec ses élèves, leur apprenait à se mouvoir en musique, à respirer, à réciter des textes. Elles interprétaient des pantomimes et devaient jouer des petites scènes drôles — une rencontre après une longue séparation, une dispute, manger quelque chose d'infect...

Elles jouaient, elles s'amusaient, et elles étaient ravies.

Les petites élèves adoraient Véra Alexandrovna, et Chourik par la même occasion. L'une d'elle, Katia Piskareva, une adolescente maussade de quatorze ans, laide et voûtée, avec des yeux globuleux et une bouche de travers, la fille du président de la coopérative de l'immeuble, tomba amoureuse de lui, et pas pour rire, même Véra Alexandrovna, totalement absorbée par le processus de l'enseignement, avait remarqué son regard sinistre et pesant braqué sur Chourik. Fort heureusement, elle était si timide qu'elle ne présentait pas pour lui de réel danger.

C'était peut-être la première fois de son existence que Véra vivait comme elle l'avait toujours souhaité : elle avait à ses côtés un homme qui lui était totalement dévoué, aimant et attentif, elle se consacrait à un art qu'elle n'avait pas réussi à exercer dans sa jeunesse, tout s'était merveilleusement arrangé sans aucun effort de sa part, et sa santé, toujours vacillante, s'était rétablie justement durant les années où les femmes de son âge connaissent toutes sortes de transformations hormonales déplaisantes qui vous font perdre des poils à des endroits où on est censé en avoir, tandis que des touffes sauvages de crins blancs se mettent à pousser ici et là sur votre menton avachi.

Par ailleurs, la lourde responsabilité parentale concernant les études de Chourik, qui avait pesé sur ses épaules depuis la mort d'Élisavéta Ivanovna, s'était résorbée d'elle-même : son fils suivait des cours du soir, et qui plus est, sans effort notable, il avait été réformé en tant que soutien d'une mère invalide, et tout allait à merveille. C'était la première fois de sa vie que les choses allaient aussi bien...

36

Le plus difficile, c'était pour les chaussures. Les vêtements, on pouvait toujours en acheter, en coudre, en tricoter et, au bout du compte, en retailler dans de vieux habits, mais les chaussures représentaient un grand problème pour tout le monde, et surtout pour Valéria. Sa jambe gauche était plus courte que l'autre, elle avait été déformée par les opérations et, en plus, son pied gauche chaussait une pointure et demie de moins que le droit. Elle portait une sorte d'appareil, une armature compliquée de cuir rigide, de métal et de courroies enchevêtrées. Toute sa jambe, depuis le pied jusqu'à la hanche, était couverte de cicatrices de profondeurs et d'âges divers — la chronique de sa maladie et de son combat contre elle. L'autre jambe n'était pas estropiée, mais comme elle supportait tout le poids du corps, elle était boursouflée de veines noueuses et bleuâtres, et vieillissait beaucoup plus vite que son corps blanc et lisse. D'ailleurs Valéria ne montrait jamais ses jambes à personne, quelles que fussent les circonstances. Pour les chaussures, c'était une autre affaire. Depuis plus de trente ans, depuis son installation à Moscou, c'était Aram Kikoïan qui les lui fabriquait, un célèbre cordonnier moscovite déniché à l'époque par sa défunte belle-mère.

« Comme professeur, il faut toujours prendre un Allemand, comme médecin, un Juif, comme cuisinier, un Français, comme cordonnier, un Arménien, et comme maîtresse, une Polonaise ! » disait pour plaisanter le père de Valéria, et il essayait de se conformer à ces principes quand la situation le permettait. Aram, le cordonnier arménien, n'était pas spécialisé dans les chaussures orthopédiques, il travaillait pour des femmes de hauts dignitaires et des actrices célèbres, mais il avait fait une exception pour la petite Valéria. Il lui fabriquait deux paires de chaussures par an avec son meilleur cuir, et bâtissait chacune d'elles comme un navire : avec des plans et des croquis, réfléchissant chaque fois longuement à la construction et modifiant l'ancienne forme, s'efforçant, sinon de perfectionner la chaussure, du moins de se perfectionner lui-même. Il lui faisait une semelle compensée plus épaisse pour le soulier gauche, en étirant le cuir sur un centimètre et demi à l'intérieur et un centimètre et demi à l'extérieur, et il plaçait sous la plante du pied une orthèse spéciale. Un travail d'orfèvre...

C'était un homme étrange, singulier. Il habitait une pièce à moitié en sous-sol dans un appartement communautaire rue du Pont-des-Forgerons, une véritable porcherie imprégnée d'odeurs de colle et de cuir, il était riche et s'habillait comme un clochard, déjeunait tous les jours au restaurant Ararat et ne laissait jamais de pourboire, mais faisait parfois de somptueux cadeaux au maître d'hôtel. Il perdait énormément aux cartes, et il lui arrivait aussi de gagner. Il ne s'était jamais marié, entretenait les familles de ses deux sœurs à Érévan, mais ne se rendait jamais là-bas et ne laissait ni ses sœurs ni ses neveux franchir le seuil de son appartement. Il était d'une taille tout à fait ordinaire, et son apparence était assez quelconque : un vieil Arménien décharné, avec un grand nez et des sourcils touffus. Il aimait les femmes slaves, blondes, plantureuses, avec des yeux bleus, et si elles avaient une tresse enroulée autour de la tête, cela le rendait littéralement fou... On racontait qu'il couchait avec ses clientes, on citait même des noms connus dans toute l'Union soviétique. Mais il n'existait aucune documentation sur le sujet. De jeunes prostituées lui rendaient ouvertement visite, il entretenait avec elles des relations amicales et leur donnait de l'argent, quant à ce qui se passait sur le tapis élimé qui recouvrait son divan, ça, personne n'en savait rien. On parlait... On racontait...

Aram avait une adoration pour Valéria. Elle l'appelait « Aramtchik », il l'appelait « Adamovna ». Elle était tout à fait son type, même si elle n'avait rien d'une blonde. En bon Oriental, il avait le plus grand respect pour la virginité, et c'est seulement après son mariage qu'il avait commencé à lui témoigner un intérêt amoureux.

Un jour, après avoir chaussé son pied estropié d'un nouveau soulier en maroquin rouge, il lui avait demandé :

« Adamovna, je suis un vieil homme, je ne te ferai rien. Mais toi, fais quelque chose pour moi : montre-moi ce que tu as là. »

C'était sa poitrine qui l'intéressait. Valéria avait été étonnée, et avait éclaté de rire. Puis elle avait déboutonné son chemisier et, glissant les mains derrière son dos, avait enlevé son soutien-gorge.

« Aïe ! Aïe ! Aïe ! Quelle beauté ! » s'était exclamé avec admiration le vieil Aram qui, à l'époque, n'était pas si vieux que cela — une cinquantaine d'années.

« On ne touche pas. Je suis chatouilleuse ! » avait dit Valéria.

Elle avait remis son soutien-gorge et son chemisier.

Dès lors, il l'avait respectée encore davantage et ne lui avait plus jamais rien demandé de semblable. Il avait un jour déclaré à sa voisine Katia Tolstova, alors que cette dernière s'était mise à le harceler d'une jalousie parfaitement illégitime dans ce cas précis (elle nourrissait depuis longtemps à l'égard de son voisin des intentions qui, lui semblait-il, n'étaient pas dénuées de fondement) : « Il y a une seule jeune fille que j'aurais pu épouser. Mais elle est boiteuse, et je ne peux pas épouser une boiteuse. Les gens me regarderaient, ils me montreraient du doigt : regardez Aram avec sa boiteuse ! Je ne peux pas, j'ai ma fierté. »

À la fin de la saison précédente, Aram avait fabriqué pour Valéria des bottines d'hiver marron doublées de fine fourrure, fermées par une agrafe avec un coussinet dessous pour ne pas fatiguer le cou-de-pied. Mais, quoique l'hiver fût déjà bien avancé, elle n'avait pas encore porté ces bottines neuves. À partir du troisième mois de grossesse, on l'avait hospitalisée pour garder l'enfant, tout en lui répétant qu'elle n'avait pas le droit de mettre un bébé au monde, qu'elle ne pourrait pas accoucher normalement, qu'il faudrait lui faire une césarienne. Et, ce qui était beaucoup plus important, que pendant la grossesse, l'enfant allait lui prendre une telle quantité de calcium que ses pauvres os risquaient de se décalcifier, les articulations des hanches ne le supporteraient pas, et elle resterait impotente jusqu'à la fin de ses jours. Sans compter qu'on n'était même pas sûr d'arriver à sauver l'enfant.

Valéria se contentait de sourire, et tenait bon : elle tablait sur l'accord qu'elle avait passé avec Dieu. Elle lui avait promis qu'une fois qu'elle aurait un enfant, elle ne pécherait plus. Elle avait tenu parole, elle avait cessé de voir son jeune amant, et maintenant, elle comptait fermement sur le fait que

Dieu allait se comporter correctement. Aussi ne voulait-elle même pas entendre parler d'avortement. Les médecins avaient beau lui faire peur avec les pénibles conséquences, elle continuait à sourire, d'un sourire parfois radieux, parfois amusé, et parfois parfaitement stupide.

Elle passa deux mois allongée, puis on la laissa rentrer chez elle, mais en lui recommandant de garder le lit. Son ventre grossissait à toute allure. Chez certaines femmes, à cinq mois, on ne voit encore rien, mais Valéria, elle, avait une petite montagne qui lui poussait juste sous la poitrine. Elle adorait aller se promener. Elle téléphonait à une amie, l'amie venait immédiatement, et l'emmenait faire une promenade. L'hiver était extrêmement froid, elle avait du mal à entrer dans ses nouvelles bottines qui la serraient trop, et elle avait aussitôt les pieds gelés. Elle téléphona à Aram, lui dit que ses chaussures de l'année dernière étaient trop petites, et lui demanda s'il ne pourrait pas les agrandir.

« Pourquoi pas ? Pour toi, tout est possible ! Viens ! »

Elle vint avec une amie qu'elle laissa dans le taxi. Elle entra dans la petite pièce d'Aram vêtue d'une grande pelisse, le ventre en avant. Avant même qu'elle eût enlevé sa pelisse, il avait déjà remarqué. Il se mit à rire, entonna des lamentations, et demanda à toucher son ventre.

« Aïe ! Aïe ! Aïe ! Bravo, Adamovna ! Tu t'es encore mariée ! Et toujours pas avec moi ! »

Valéria ne voulut pas le chagriner. Autant qu'il pense qu'elle était mariée... Elle sortit ses nouvelles chaussures de leur sac et les posa sur la table.

« Pourquoi tu me montres tes bottines, tu crois que je ne les ai jamais vues ? C'est tes pieds qu'il faut me montrer. »

Elle s'assit sur un petit banc, Aram se pencha, délaça les vieilles bottines, et en sortit ses pieds gonflés. Il enfonça le doigt dans le cou-de-pied boursouflé, comme un médecin. Puis il examina les nouvelles bottines sous toutes les coutures, il les écrasa, les étira. Il réfléchissait à la façon de les élargir.

« Je vais te les agrandir, Adamovna, j'enlèverai un peu de fourrure ici, sur le dessus. Tu auras bien chaud, tu ne t'en rendras même pas compte. Il faut des bottines bien chaudes pour se promener avec un bébé. Elles te tiendront toujours chaud. Téléphone-moi la semaine prochaine et reviens. Laisse-moi t'embrasser. »

Et ils se quittèrent. Pas pour une semaine, pour bien plus longtemps. Valéria attrapa une angine, enfin, peut-être pas une véritable angine, mais elle avait mal à la gorge et n'osait pas sortir de chez elle. Ses amies se bousculaient continuellement à son chevet, se relayant auprès de sa couche somptueuse. Valéria était allongée sur des oreillers, vêtue de ses plus beaux atours et maquillée comme pour une fête. Et c'était vraiment une fête pour elle. Elle en était au sixième mois de grossesse, la petite fille remuait dans son ventre, elle vivait là-dedans, à l'intérieur, son cœur battait, et cela la remplissait d'un tel bonheur, d'une telle gratitude, que la joie la réveillait même la nuit. Elle s'asseyait sur son lit, allumait une bougie dans un superbe bougeoir devant le crucifix en ivoire de Béata, et priait jusqu'au moment où elle tombait de fatigue et s'endormait.

Avant le Nouvel An, les grands froids cessèrent pour laisser place au plus agréable des temps d'hiver : clair, sec, une neige qui étincelle et croustille, un air qui sent le concombre frais. Un matin, après avoir jeté un coup d'œil par la fenêtre, Valéria décida de sortir, et elle se souvint des bottines. Elle téléphona à Aram. Il lui répondit d'un ton vexé : cela faisait longtemps qu'il les avait finies, pourquoi elle n'était pas venue les chercher ?

« J'arrive tout de suite, Aramtchik !

— Non, pas tout de suite. Viens vers cinq heures, je t'invite à dîner à l'Ararat. C'est moi qui invite, d'accord ? »

Valéria ne sortait jamais de chez elle sans se faire accompagner, mais cette fois, elle décida d'y aller seule : c'était gênant de demander à une amie de l'accompagner chez le cordonnier, puis de la planter là pour aller au restaurant. Et puis, il serait trop long d'expliquer pourquoi elle allait dîner dans un grand restaurant avec un vieil Arménien déguenillé. On ne pouvait expliquer cela à personne...

Elle se pomponna, mit un chandail tout neuf qu'elle avait fini de tricoter la veille, couleur lilas, avec des boutons en argent, et des boucles d'oreilles en améthyste — des gouttes mauves sur des oreilles roses. C'était Béata qui les lui avait offertes il y a bien longtemps. Elle se regarda dans la glace. Et si jamais ce n'était pas une fille, mais un garçon ? On dit que si c'est une fille, le visage enlaidit et se couvre de taches. Or elle avait une peau toute blanche, trop blanche, même.

« Eh bien, ce sera un garçon ! Je l'appellerai Chourik... », se dit-elle.

Elle se prépara lentement, traitant son corps avec tendresse. Elle se caressa le ventre.

Elle enfila son manteau. Prit l'ascenseur pour descendre. Un taxi s'arrêta tout seul, elle n'eut même pas besoin de lui faire signe. Le chauffeur lui ouvrit la portière. Un homme d'un certain âge, il lui sourit :

« Alors, où je t'emmène, petite maman ? »

Aram l'accueillit comme si de rien n'était, il ne lui en voulait plus. Il était rasé de frais et en veston. Valéria n'avait jamais vu cela, d'habitude, il s'activait chez lui vêtu d'un gilet graisseux. Il l'aida à enlever sa pelisse, lui ôta ses vieilles bottines et lui enfila les neuves.

« Alors ? »

C'était parfait. Elles étaient bien ajustées, exactement ce qu'il fallait, sans comprimer les pieds.

« On m'a apporté un de ces cuirs ! Le dernier chic ! De couleur beige. J'en garderai pour te faire des chaussures d'été. »

Ils sortirent dans la rue du Pont-des-Forgerons. La journée de travail tirait à sa fin, il y avait déjà beaucoup de passants, et tout le monde les remarquait, on les contournait. Ils avançaient à pas lents parmi les gens qui trottinaient, tel un navire imposant voguant parmi de petites barques sémillantes et sans intérêt. Aram avait un vieux manteau élimé, mais une chapka toute neuve, une chapka en castor aussi volumineuse qu'un coussin. Valéria s'appuyait sur sa béquille, elle en avait davantage besoin qu'avant.

Elle trouvait drôle de penser que tous les gens qu'ils croisaient s'imaginaient sans doute qu'elle était la femme de ce vieil Arménien efflanqué, quant à Aram, il devait sûrement être fier d'avoir à son bras une femme aussi belle, enceinte de surcroît, et que tout le monde la prenne pour son épouse. D'autant qu'on le saluait à tout bout de champ : c'était un vieil habitant du quartier, il s'y était installé du temps de la NEP, puis avait continué à travailler ici, pas très loin, dans un atelier clandestin. Il avait reçu une affectation spéciale et avait fait toute la guerre sur le front du travail, à coudre des bottes pour les officiers du NKVD et des souliers pour leurs épouses.

Ils tournèrent au coin de la rue et approchèrent de l'Ararat.

« Alors ? Elles ne te serrent pas ? » demanda-t-il, très satisfait de lui-même.

Valéria trouvait cela drôle et se sentait d'humeur joyeuse.

Ils gravirent deux marches. Elle enleva le châle d'Orenbourg blanc qui lui couvrait la tête, et les améthystes anciennes étincelèrent. Aram les remarqua immédiatement et demanda, toujours perspicace :

« Elles viennent de Béata ? Elles sont très belles ! »

Valéria tripota du doigt le lobe de son oreille pour mieux faire miroiter la poussière de diamant qui sertissait la pierre.

« C'est ma belle-mère, que Dieu ait son âme ! qui me les a offertes pour mes seize ans.

— Quel âge avais-tu quand elle t'a amenée chez moi pour la première fois ?

— Huit ans, Aramtchik, huit ans ! » répondit Valéria en souriant, et sa lèvre se retroussa, découvrant des dents d'un blanc mat et bleuâtre, comme faites sur mesure.

Ils franchirent la porte ouverte par un suisse déférent, et Aram la laissa prendre deux pas d'avance, par délicatesse, mais aussi à cause de la béquille sur laquelle elle prit lourdement appui avant d'entamer la descente de l'escalier. Elle fit un pas, plongea en avant, comme d'habitude... et dévala l'escalier dans un bruit de tonnerre.

« Est-ce que j'aurais oublié de coller du caoutchouc ? » se demanda Aram, horrifié. Et il se souvint aussitôt qu'il avait bien collé un fin pétale de caoutchouc sous la semelle en cuir pour éviter qu'elle ne dérape.

Le suisse, ainsi qu'Aram et le maître d'hôtel qui avait surgi du couloir, se précipitèrent pour la relever. Elle était presque impossible à soulever, et ses yeux étaient noirs d'épouvante. Elle avait compris ce qui s'était passé avant même qu'ils essayent de la remettre sur pied : elle était tombée parce que sa jambe s'était cassée toute seule, et non l'inverse — elle était tombée, et sa jambe s'était cassée dans la chute. Elle ne ressentait encore aucune douleur car, pour l'instant, l'impression de fin du monde l'emportait sur n'importe quelle douleur.

On l'allongea sur un divan recouvert de velours bordeaux, on lui servit un demi-verre de cognac, et on appela les urgences. Ce fut plus tard qu'elle commença à crier, quand on chargea la civière dans l'ambulance et qu'on la transporta à l'institut Sklifossovski.

On prit des radios. Une fracture du col du fémur, et une forte hémorragie. On lui fit une injection. Les médecins se bousculaient autour d'elle, elle ne pouvait vraiment pas se plaindre de manquer d'attention... On attendait un certain Lifchitz, un gynécologue, mais à sa place, ce fut Salnikov qui arriva, c'était lui qui, avec le chirurgien Roumiantsev, allait décider ce qu'il convenait de faire dans ce cas compliqué.

« Comme professeur, un Allemand, comme médecin, un Juif, comme cordonnier, un Arménien... », se répétait-elle, songeant avec angoisse aux préceptes de son défunt père. Mais son état était si grave que même des Juifs n'auraient rien pu y faire.

Le gynécologue préconisait le déclenchement immédiat de l'accouchement, le chirurgien voyait d'abord la nécessité d'opérer la hanche de toute urgence. L'hémorragie ne s'arrêtait pas, et on lui fit une transfusion. Il s'écoula douze heures avant qu'elle se retrouve sur la table d'opération. Deux équipes de chirurgiens (des traumatologues et des gynécologues) étaient agglutinées autour de la jeune femme endormie, sauvant, selon une règle tacite, d'abord la vie de la mère, et ensuite celle de l'enfant.

Mais ils ne réussirent pas à sauver la fillette. Le placenta s'était décollé, sans doute au moment de la chute, le fœtus avait manqué d'oxygène et était mort asphyxié. On ne mit pas de broche métallique sur son col du fémur fracturé : l'os était si fragile qu'ils n'osèrent même pas l'effleurer avec leurs instruments.

Chourik passa la soirée du Nouvel An seul avec sa mère. Irina avait voulu venir de Maloïaroslavets, mais avec elle, Véra ne prenait pas autant de gants qu'avec les autres, et elle lui avait déclaré qu'elle serait très heureuse si elle arrivait le 1er janvier. La mère et le fils fêtèrent enfin le Nouvel An comme ils l'avaient projeté depuis longtemps : tous les deux, avec trois couverts, le châle de grand-mère sur son fauteuil, Schubert dans une interprétation manuelle, et des tartelettes de la Société de Théâtre. Chourik avait offert à sa mère un disque de Bach, un concert d'orgue joué par Harry Grodberg qu'ils écoutèrent sur-le-champ, et elle lui fit cadeau d'une écharpe en mohair rouge et bleue qu'il allait porter durant les dix années suivantes.

Chourik n'apprit l'accident qu'au bout d'une semaine, quand les employés de la bibliothèque recueillirent de l'argent pour Valéria qui, à ce moment-là, oscillait encore entre la vie et la mort.

« C'est à cause de moi. Tout est à cause de moi ! » se dit Chourik, horrifié. Et ce sentiment de culpabilité n'était pas nouveau, c'était toujours le même, c'était celui qu'il éprouvait vis-à-vis de sa grand-mère, de sa mère. Il ne le formulait pas à voix haute, mais il le savait : ses mauvaises actions étaient punies par la mort. Pas sa mort à lui, le coupable, mais celle des gens qu'il aimait.

« Pauvre Valéria ! » Il pleurait, enfermé dans le cabinet du fond des toilettes pour hommes réservées au personnel, la joue contre le carrelage froid du mur. « Je suis un monstre ! Pourquoi suis-je la source de tant de mal ? Je n'ai jamais voulu cela ! »

Il pleura longtemps, sur la mort de sa grand-mère, sur la maladie de sa mère, sur le malheur de Valéria, qui s'était produit uniquement par sa faute, il pleurait même sur l'enfant dont il se moquait éperdument, s'accusant aussi de cette mort survenue avant la vie.

On avait déjà secoué deux fois la porte des toilettes de l'extérieur, mais il ne sortit que lorsqu'il eut versé toutes ses larmes. Il s'essuya alors les joues avec sa manche rugueuse et prit une décision : si Valéria survivait à tout cela, il ne l'abandonnerait jamais et l'aiderait jusqu'à la fin de sa vie. La compassion le remplissait à craquer, aussi pleinement que l'air comprimé qui gonfle les fines parois d'un ballon en caoutchouc.

Il rentra chez lui, fermement décidé à tout raconter à sa mère, mais au fur et à mesure qu'il approchait, il doutait de plus en plus d'avoir le droit de la charger encore du fardeau d'un nouveau tourment, elle qui était si fragile et si sensible...

37

Au printemps, Valéria fut ramenée chez elle sur une civière, et Chourik recommença à lui rendre visite régulièrement. Tous les mercredis. Le lundi, après l'institut, était toujours consacré à Mathilda, le mardi, c'était l'atelier, les soirées du jeudi et du vendredi étaient occupées par ses études, celles du samedi et du dimanche appartenaient à Véra.

Il apportait à Valéria des provisions, des revues, mais elle avait surtout besoin de lui pour se distraire de ses tristes pensées. Depuis l'opération, elle était devenue une invalide à part entière et n'avait plus le droit de travailler. Comme elle s'ennuyait, elle s'était trouvé assez vite des comptes rendus et des traductions à faire pour une revue. Elle les rendait sous le nom de Chourik, et petit à petit, il s'était pris au jeu, lui aussi. Ils travaillaient désormais en tandem pour cette publication bizarre destinée à des chercheurs ne parlant aucune langue étrangère.

Valéria avait conservé de vastes relations en plus de cette revue et, bien qu'elle ne sortît pas de chez elle, elle ne manquait pas de travail. Elle traduisait de son cher polonais ainsi que d'une demi-douzaine de langues slaves qu'elle apprenait chemin faisant. Chourik avait droit à sa part, lui aussi : il traduisait à partir des langues européennes. Mais il remplissait également les obligations de coursier, il lui apportait son travail à domicile. Valéria tapait sans regarder à une telle vitesse que les crépitements du clavier se fondaient en un cliquetis sec et continu.

Au fil des années, peut-être à cause du surmenage et du manque d'habitude, elle commença à avoir des douleurs dans les mains. Au début, Chourik lui fabriqua toutes sortes d'installations, comme une table avec des pieds tronqués qu'on posait sur le lit avec la machine à écrire dessus, afin qu'elle puisse taper à moitié couchée, avec trois oreillers dans le dos. Elle avait de plus en plus de mal à rester assise. Et peu à peu, ce fut Chourik qui se chargea de la frappe.

Alors qu'il faisait encore ses études à l'institut, il avait suivi des cours un peu saugrenus sur les brevets, et il traduisait des brevets en français, en anglais et en allemand, des textes complètement loufoques qu'il ne comprenait pas lui-même et qu'à son avis aucun lecteur potentiel ne pouvait comprendre non plus. Mais on le payait rubis sur l'ongle, et on ne faisait aucun commentaire.

Les postes de professeurs de langues étrangères dans le secondaire, auxquels avaient été affectés la plupart de ses condisciples issus de cette minable promotion des cours du soir, étaient beaucoup moins bien, à tous points de vue, que la situation qui était à présent la sienne grâce à Valéria : il gagnait davantage d'argent, et il avait plus de liberté. Cette liberté signifiait une disponibilité totale pour courir au marché acheter les carottes indispensables aux jus de sa mère, se rendre à l'autre bout de Moscou en quête d'un médicament rarissime dont elle avait appris l'existence sur un calendrier à feuilles détachables ou dans la revue *Santé*, aller à la poste, dans les rédactions ou à la bibliothèque non à neuf heures du matin, mais vers deux heures, et s'atteler à des traductions d'un ennui mortel non à heures fixes, mais dans l'après-midi, après un petit déjeuner tardif...

Les discussions sur un autre genre de liberté qui se déroulaient chez l'un de ses deux amis, Génia Rosenzweig, et qui avaient de dangereux relents politiques, lui semblaient une spécificité des familles juives, où l'on se couvrait de baisers, où l'on se réjouissait à grand bruit, où l'on servait du poisson farci, de la viande aigre-douce et du *strudel*, où l'on parlait trop fort et où l'on se coupait la parole, chose que sa grand-mère Élisavéta Ivanovna ne tolérait pas.

En ce qui concernait sa petite liberté à lui, éminemment personnelle, il accordait beaucoup plus d'importance aux leçons particulières qui lui procuraient de maigres revenus, mais l'associaient à une occupation dotée d'un sens culturel. Elles lui donnaient l'impression, peut-être illusoire, de participer à la transmission d'un héritage familial, et lui procuraient une satisfaction à la fois sentimentale et nostalgique. C'était un plaisir de toucher les vieux manuels et les livres pour enfants du début du siècle d'après lesquels il continuait à enseigner à de nouveaux élèves. Il n'avait pas besoin de faire preuve de créativité : les cours se déroulaient selon un canon établi par Élisavéta Ivanovna, qui avait fait ses preuves pendant des décennies. Chourik, comme sa grand-mère, formait ses élèves de telle sorte qu'ils étaient capables de lire couramment les immenses passages de *Guerre et paix* en français, mais incapables de comprendre un journal français contemporain. D'ailleurs où l'auraient-ils pris, ce journal ?

De façon générale, il avait suffisamment de travail, mais réparti de façon irrégulière, et il connaissait bien désormais ces vagues saisonnières : une surcharge en novembre et en décembre, puis l'accalmie de janvier, un nouveau coup de collier au printemps, et enfin, la morte-saison de l'été.

L'été 1980 fut une excellente période pour Chourik : les jeux Olympiques lui fournirent l'occasion de s'essayer à une activité nouvelle et totalement inconnue, celle d'interprète. Ce genre de travail, bien payé, mais nécessitant des contacts personnels avec des étrangers, était confié d'habitude à des gens plus ou moins liés au KGB. Mais avec les jeux Olympiques, une telle quantité d'étrangers avaient déferlé qu'Intourist se trouvait à court d'interprètes et s'adressait à des gens de l'extérieur. Chourik avait reçu des instructions orales, il était tenu de rédiger des rapports sur le comportement des Français qu'il devait accompagner. Chaque visiteur était considéré comme un espion potentiel, et c'est avec beaucoup d'intérêt qu'il examinait les groupes de touristes avec lesquels il passait des journées entières, essayant de deviner lequel d'entre eux pourrait bien être un véritable agent secret.

L'impression la plus vive de ce premier travail avec des Français en chair et en os fut la prise de conscience du fait que son français avait un retard de cinquante ans sur la langue moderne, et il décida qu'il lui fallait à tout prix combler cette lacune. Si bien que ce travail de guide épouvantablement ennuyeux se transforma pour lui en cours de perfectionnement. Il y eut même un « Français de Bordeaux [1] », dont le rôle fut tenu par la charmante Joëlle, une étudiante de russe qui était bel et bien originaire de Bordeaux, et qui fut la première à lui faire remarquer qu'il s'exprimait dans une langue presque aussi morte que le latin.

1. Allusion à un personnage de Griboïedov.

Les Français d'aujourd'hui parlaient autrement, le vocabulaire avait changé, et la prononciation aussi. Ils grasseyaient tous les r, ce qui, d'après les conceptions d'Élisavéta Ivanovna, était une particularité de l'accent populaire parisien. Il s'aperçut à cette occasion que son infaillible grand-mère pouvait elle aussi se fourvoyer.

Ce fut pour Chourik une découverte désagréable, et il essayait de s'exercer le plus possible à rénover son français. Il passa son unique soirée libre de la semaine en compagnie de Joëlle, et sa seule préoccupation était de n'avoir pu faire un saut à la datcha depuis plusieurs jours.

Tout avait beau être très bien organisé là-bas, il se faisait quand même du souci : Irina Vladimirovna était une aide parfaitement fiable, mais elle était assez empotée. Et s'il arrivait soudain quelque chose d'imprévu ?

38

Au milieu de ce tourbillon incessant, Chourik finit quand même par se ménager quelques heures de liberté durant lesquelles il comptait s'acquitter de certaines tâches qu'il remettait depuis longtemps : envoyer à la revue plusieurs articles déjà traduits depuis un mois, et passer prendre une lettre d'Amérique qu'il avait promis d'aller chercher pour Valéria. Cette lettre attendait depuis une éternité chez une inconnue qui habitait rue Vorovski. Il aurait dû l'envoyer à Valéria dans son sanatorium, mais cela n'avait plus aucun sens à présent, puisqu'elle rentrait la semaine suivante.

Profitant de la pause repas de deux heures (les Français mettaient extraordinairement longtemps pour manger, à une heure qui n'était pas dans leurs habitudes, cinq heures au lieu de huit, et après le dîner, on leur accordait une heure de repos afin qu'ils puissent digérer *Le Lac des cygnes* au Bolchoï avec des forces fraîches), Chourik fonça récupérer la lettre et envoyer son enveloppe.

Il téléphona d'une cabine publique. La femme, qui avait eu tout le temps d'oublier la lettre qu'on lui avait laissée, la chercha longtemps avant de lui dire qu'il pouvait passer. Elle lui expliqua à laquelle des cinq sonnettes de la porte il devait sonner, et combien de fois. Quand Chourik arriva enfin devant cette sonnette et sonna, personne ne lui ouvrit pendant un long moment, puis une grosse main lui tendit une grande enveloppe blanche par-dessus la chaîne.

« Excusez-moi, pouvez-vous me dire où se trouve la poste la plus proche ? eut-il le temps de demander à travers la fente sombre.

— Dans le même bâtiment, au rez-de-chaussée ! » fit une voix de femme grave, accompagnée de petits jappements de chien. Un museau blanc de bichon surgit des ténèbres, un glapissement hideux retentit, et la porte claqua.

La poste se trouvait effectivement au rez-de-chaussée, et Chourik fut étonné de ne pas l'avoir remarquée. Un seul des guichets était ouvert, et l'unique cliente, un grand dos maigre avec des cheveux longs, était en train de se faire injurier par la préposée locale. Il était question du temps que la jeune fille avait mis à venir chercher son paquet et des trois avis qui lui avaient été adressés... Le dos maigre repoussait l'offensive d'une voix larmoyante. Chourik attendait avec résignation la fin de la scène. L'employée finit par dire d'un ton acerbe :

« Venez le prendre vous-même ! Je ne suis pas payée pour trimbaler vos colis ! »

Le dos entra par la porte de service, et l'altercation se poursuivit à l'intérieur, mais Chourik n'écoutait pas. Il attendait avec son enveloppe. Finalement, la maigre et peu attrayante façade (et non plus le dos) d'une fille au long visage blanc franchit la porte avec un fardeau qu'elle avait à peine la force de soulever. Son sac coincé sous le bras, elle tenait à deux mains une caisse en bois pas très grande et cherchait où elle pourrait bien la poser.

L'employée apparut au guichet et reporta son exaspération coutumière sur le client suivant.

« Et ça continue ! On n'en finit jamais, avec eux ! » bougonna-t-elle, tandis que la fille, dans le dos de Chourik, essayait d'empoigner sa caisse plus commodément.

Chourik remit l'enveloppe ainsi que l'argent, et prit le reçu. La fille était toujours en train de se débattre avec sa caisse. Son visage exprimait un désespoir enfantin. De pâle, il était devenu marbré de rose, et elle était au bord des larmes.

« Laissez-moi vous aider », proposa Chourik.

Elle le regarda d'un œil soupçonneux. Puis elle aboya :

« Je vous paierai ! »

Chourik éclata de rire.

« Mais non, voyons ! De quoi parlez-vous ? Où faut-il la porter ? »

Il avait saisi la caisse, extraordinairement lourde pour une taille aussi modeste.

« Dans l'immeuble voisin », marmonna la fille, et elle passa devant lui d'un air extrêmement mécontent.

Chourik prit l'ascenseur avec elle jusqu'au deuxième. Elle trifouilla la serrure avec sa clé. Ils entrèrent dans un immense vestibule avec une multitude de portes. Une grosse voix d'homme retentit derrière la plus proche.

« Svetlana, c'est toi ? »

La fille ne répondit pas. Elle s'engagea dans le couloir, et Chourik lui emboîta le pas. Une porte grinça derrière leur dos : le voisin regardait qui était entré.

La fille, qui s'appelait Svetlana, passa devant un téléphone fixé au mur et ouvrit la dernière porte, juste avant un coude formé par le couloir. Deux serrures, chacune fermée à double tour.

« Entrez ! » dit-elle d'une voix sévère.

Chourik entra avec la caisse et s'arrêta. Cela sentait une agréable odeur de colle. La fille enleva ses chaussures et les posa sur un petit banc recouvert d'un tapis.

« Enlevez vos chaussures ! » ordonna-t-elle.

Chourik posa la caisse près de la porte.

« Non, non, je m'en vais tout de suite...

— Je vais vous demander de l'ouvrir. Elle est clouée.

— Bon, d'accord », acquiesça Chourik.

Cette Svetlana était un peu bizarre. Chourik enleva ses sandales. Il les posa sur le petit banc près des chaussures de la maîtresse de maison.

« Non, non ! fit-elle, affolée. Posez-les par terre.

— Et le paquet, je le mets où ? »

Elle réfléchit. Une énorme table, démesurée par rapport à la taille de la pièce, était couverte de papiers colorés et de morceaux de tissu. Chourik allait poser la caisse dessus, mais elle le lui interdit d'un geste, et apporta un tabouret. Chourik posa la caisse sur le tabouret.

« J'ai un grand-oncle complètement fou en Crimée. Le cousin germain de mon grand-père. Il m'envoie parfois des fruits. Ils sont sans doute pourris. Et cette bonne femme de la poste qui m'a hurlé dessus. Quelle horreur ! »

Elle prit sous le lit une petite caisse en bois, fouilla dedans, et tendit à Chourik un marteau d'allure ancienne avec un arrache-clou.

« Tenez. Voilà un marteau. »

Chourik arracha facilement les clous et enleva le couvercle. Cela n'avait pas l'air d'être des fruits, et encore moins des fruits pourris. Quelque chose de monolithique enveloppé dans du papier.

« Eh bien, sortez-le ! » fit-elle en le pressant.

Chourik sortit le monolithe et le déballa. C'était une

pierre, ou quelque chose de pétrifié depuis longtemps, d'une forme assez régulière, avec une surface ondulée.

« Il n'y a pas de lettre ? » demanda-t-elle en montrant la caisse.

Chourik fouilla à l'intérieur et sortit un petit mot. La fille le prit, le lut longuement, le retourna, et examina le papier sous toutes les coutures. Puis elle pouffa et le tendit à Chourik.

« Chère petite Svetlana ! Tante Larissa et moi, nous te souhaitons un bon anniversaire et nous t'envoyons une rareté paléontologique, une dent de mammouth. Elle se trouvait autrefois au musée régional, mais on l'a fermé, on est en train de transférer les objets à Kertch, et là-bas, ils en ont déjà bien assez comme ça. Nous te souhaitons une santé aussi solide que celle de ce mammouth, et nous attendons ta visite. Oncle Micha. »

Pendant que Chourik lisait, elle prit le trésor paléontologique posé sur la table, le souleva maladroitement, et le laissa tomber. Sur le pied de Chourik. Il poussa un hurlement et fit un bond en l'air. Toutes les douleurs qu'il avait eu l'occasion d'éprouver jusqu'à cet instant — aux oreilles, aux dents, les petites blessures de ses bagarres de gamin, l'horrible abcès qui s'était formé à l'endroit où il s'était égratigné avec un clou rouillé, ainsi que l'hameçon qui s'était accroché dans le gras de son pouce — rien de tout cela ne pouvait être comparé à ce choc sourd à la tendre lisière de l'ongle. Il fut aveuglé par une vive lumière qui s'éteignit aussitôt. Il avait le souffle coupé. Au bout d'une seconde, les larmes se mirent à couler toutes seules. Il se laissa tomber sur le bord du divan. Il avait l'impression qu'on lui avait tranché les orteils.

Svetlana poussa un cri, se précipita sur une boîte à pharmacie ciselée, et la vida de son contenu qu'elle éparpilla sur la table avec des doigts tremblants. L'ammoniaque, fermé par une fine capsule métallique, refusa longtemps de s'ouvrir. Elle déchira maladroitement le bouchon et en renversa la moitié. Une odeur forte et apaisante s'échappa. Chourik respira à fond. Puis elle versa dans un petit verre les gouttes à l'odeur apaisante et les avala d'un trait.

« Ne vous en faites pas, surtout, ne vous en faites pas ! Quelle horreur, non, mais quelle horreur ! Il suffit que quelqu'un s'approche de moi pour qu'aussitôt, il lui arrive quelque chose..., bredouillait-elle. C'est à cause de moi, c'est de ma faute... Maudit mammouth... C'est cette idiote de tante Larissa... »

Elle s'accroupit devant Chourik et lui enleva sa chaussette. Il était comme tétanisé. La douleur envahissait son corps tout entier et se répercutait dans sa tête. L'orteil changeait de couleur à vue d'œil, de rose chair, il devenait violacé.

« Surtout, n'y touchez pas ! recommanda Chourik, toujours dans un nuage de douleur.

— Si on mettait de l'iode ? demanda-t-elle timidement.

— Non, non ! répondit-il.

— Je sais ! Une radio, il faut faire une radio ! s'écria-t-elle.

— Ne vous inquiétez pas, je vais attendre encore une minute, et puis je m'en irai..., dit Chourik pour la tranquilliser.

— De la glace ! De la glace ! » s'exclama-t-elle, et elle se rua sur un petit réfrigérateur près de la porte. Il y eut des grattements, des tintements, quelque chose tomba, et un instant plus tard, elle appliquait un glaçon sur le malheureux orteil. La douleur se déchaîna avec une violence nouvelle.

Svetlana s'assit par terre à ses pieds et fondit en larmes.

« Mais pourquoi, pourquoi ? se lamentait-elle. Pourquoi cette malchance ? Il suffit qu'un homme s'approche de moi pour qu'il arrive aussitôt quelque chose d'affreux ! »

Elle saisit le pied intact de Chourik et pressa son visage contre sa jambe couverte d'un tissu en laine rêche.

La douleur était extrêmement forte, mais plus aussi lancinante. Les cheveux clairs et secs le chatouillaient et tourbillonnaient, et Chourik, apitoyé, passa la main sur cette tête duveteuse. Les épaules étaient secouées d'un léger tremblement.

« Pardonnez-moi, je vous en prie, pardonnez-moi ! » sanglotait-elle.

Chourik fut saisi de tristesse et d'une pitié singulière pour ces cheveux fins, pour ces maigres épaules agitées de soubresauts dont les os pointaient sous un chemisier blanc.

« On dirait un petit moineau déplumé ! » songea-t-il bien que, si elle ressemblait effectivement à un oiseau, ce fût plutôt à un héron dégingandé qu'à un moineau sémillant et propret.

« Mais pourquoi, pourquoi cela se passe toujours comme ça ? »

Elle leva vers lui un visage éploré et renifla.

En refluant, sa pitié subissait une transformation subtile et progressive, et finit par se métamorphoser en un désir bien distinct, lié à ces larmes transparentes, au contact sec de ces cheveux vaporeux contre sa main, et à la douleur dans son orteil. Chourik ne bougeait pas, il réfléchissait à ce lien étrange et indubitable entre une douleur violente et une excitation qui l'était tout autant.

« Je cause du mal à tout le monde ! À tout le monde ! » sanglotait la fille, et ses mains crispées soudées l'une à l'autre battaient l'air avec frénésie.

« Chut, chut... Je vous en prie ! » supplia Chourik, mais elle se mit à secouer la tête à un rythme qui n'était pas le même que celui des mains, et il devina qu'elle faisait une crise d'hystérie. Il la serra contre lui. Elle se nicha dans ses bras comme un oiseau.

« Exactement comme Alia Togoussova », songea Chourik.

« Pourquoi ? Pourquoi est-ce que c'est toujours comme ça avec moi ? » disait la pauvre fille en pleurant, mais elle se calmait peu à peu et se blottissait de plus en plus étroitement contre lui. Cela la réconfortait d'être dans ses bras, seulement elle pressentait ce qui allait suivre et se préparait à opposer une résistance, car elle savait parfaitement que l'abandon de ses positions aurait de terribles conséquences. Cela s'était toujours passé comme ça, dans sa vie. Trois fois, déjà... Mais il se contentait de lui caresser la tête et de la plaindre, il comprenait qu'elle était malade, il ne faisait aucun geste déplacé. Plus encore, quand ses tremblements cessèrent, il s'écarta légèrement. Alors qu'elle s'attendait à être violée, une fois de plus. Dans ce cas, elle aurait résisté sans bruit, pour que les voisins n'entendent rien, elle aurait protesté à voix basse et serré les genoux...

« Vous voulez un peu d'eau ? » demanda la victime du mammouth, et elle eut soudain peur que tout se termine maintenant. Elle secoua la tête, enleva sa blouse blanche froissée, sa pauvre petite jupe en coton, et fit tout ce qu'il fallait pour pouvoir dire « non » au dernier moment... Mais il ne se permettait toujours aucun geste déplacé, il restait figé comme une statue, et elle n'eut pas à dire fièrement « non », au contraire, c'est elle qui fut obligée de prendre les choses en main...

Bien sûr, il aurait fallu prendre une radio, et peut-être même mettre un plâtre. Son pied lui faisait affreusement mal, mais les antalgiques ordinaires ramenaient la douleur à un seuil supportable. Il boitait assez fortement, si bien que, lorsqu'il arriva enfin à la datcha, Véra le remarqua immédiatement.

Chourik lui raconta la moitié de l'histoire (celle qui concernait la dent de mammouth), ils rirent un peu, et ne revinrent plus sur le sujet.

Il mangea le plantureux repas qu'Irina avait préparé depuis une semaine et gardé dans le réfrigérateur pour son arrivée, s'endormit dès qu'il eut posé la tête sur l'oreiller, et retourna à Moscou le lendemain matin.

Les jeux Olympiques touchaient à leur fin, il ne restait plus que quelques jours d'un travail de fou. Et le dernier coïncidait avec le retour de Valéria de son sanatorium.

Ce fut une de ces journées où tout vous tombe dessus à la fois : il avait un monceau de choses à faire impossibles à repousser et, comme par un fait exprès, il se produisait une foule de petits contretemps. Et il n'arrêtait pas de courir pour venir à bout des tâches prévues et imprévues... Tout s'était accumulé pour le jour de l'arrivée de Valéria. Afin de pouvoir aller la chercher, il s'était entendu avec Intourist et avait bousculé son emploi du temps : le lendemain matin, à neuf heures, son groupe serait envoyé en excursion en autocar à travers la ville avec un autre guide parlant français, et il devait les retrouver au restaurant à une heure et demie. C'était un groupe particulièrement capricieux. Pour la culture, ils n'étaient pas difficiles, ils avaient contemplé docilement le panorama de Borodino et les monts Lénine, mais en revanche, au restaurant, ils n'arrêtaient pas de harceler les serveurs et Chourik de la façon la plus vicieuse : ils changeaient le menu, boycottaient le vin, exigeaient tantôt du fromage, tantôt des fruits dont personne n'avait jamais entendu parler à Moscou.

Chourik se libéra d'eux seulement vers dix heures, et il lui restait encore une chose à faire : aller porter des provisions à Pâte-de-fruit qui était malade.

Mikhaïl Abramovitch se mourait d'un cancer chez lui, il avait refusé d'aller à l'hôpital. En tant que vieux bolchevik, il avait droit à des soins médicaux particuliers, mais jadis, il y a très longtemps, il avait refusé une bonne fois pour toutes les privilèges accordés par le Parti, les considérant comme indignes d'un communiste. Et ce dinosaure squelettique, sans doute le dernier de sa tribu en voie d'extinction, titubant de faiblesse et emmitouflé dans une couverture de l'armée, finissait ses jours dans un appartement empestant l'urine, un volume de Lénine entre les mains.

Deux rangées de livres poussiéreux alignés sur des étagères, des chemises en carton tenues par des bouts de ficelle, des piles de papiers froissés et gribouillés... Les œuvres complètes de Marx-Engels-Lénine-Staline, et Mao-Tsé-Toung en prime... La demeure d'un ascète et d'un fou.

Chourik s'était résigné depuis longtemps à la nécessité d'apporter au vieillard des médicaments et de la nourriture, mais les séances d'éducation politique, le véritable pain quotidien de cette vie déclinante, lui étaient insupportables. Le vieillard détestait Brejnev et le méprisait. Il lui écrivait des lettres (des analyses d'économie politique truffées de citations tirées des classiques), mais il représentait en ce monde une quantité si négligeable qu'on ne lui faisait même pas l'honneur de lui répondre, et encore moins de le persécuter. Cela le mortifiait, il se plaignait sans arrêt et prophétisait une nouvelle révolution.

Chourik posa sur la table de la nourriture provenant du buffet olympique, du fromage à tartiner étranger, des brioches d'une forme biscornue, du jus de fruit dans des cartons, et un pot de marmelade. Le vieillard considéra cela d'un air mécontent.

« Pourquoi dépenses-tu de l'argent inutilement ? J'aime les choses simples, moi...

— Mikhaïl Abramovitch, pour être franc, j'ai acheté tout cela au buffet. Je n'ai pas le temps de courir les magasins.

— Bon, bon ! fit Mikhaïl Abramovitch, magnanime. Si tu ne me trouves pas la prochaine fois que tu viens, de deux choses l'une : ou bien je serai mort, ou bien je serai à l'hôpital. J'ai décidé d'aller à la clinique du quartier, comme tous les Soviétiques... Tu salueras bien Véra Alexandrovna de ma part. Elle me manque beaucoup, et je parle sincèrement... »

Pâte-de-fruit souffrait d'insomnie, il garda Chourik longtemps, et c'est seulement à une heure et demie du matin que le jeune homme put enfin s'effondrer sur son lit.

39

Tout avait été prévu et calculé, mais pendant la nuit, il reçut un coup de téléphone : c'était Mathilda qui appelait de Vychni Volotchek. Pour une affaire urgente. Elle vivait à présent six mois par an à la campagne. Elle s'était laissé prendre par la vie rustique, son jardin et les plates-bandes de son potager la passionnaient bien davantage que son ancien travail d'artiste. Il lui arrivait de plus en plus souvent de considérer un vieux poirier ou une grosse pierre, à l'entrée du village, avec un sentiment qui ressemblait fort à du remords : au nom de quoi et de quel droit avait-elle gâché tant de bois et de belles pierres pour ses exercices de sculpture ? À présent, elle s'extasiait de plus en plus sur la beauté simple de la campagne, raison pour laquelle elle avait planté des mauves et acheté des poules. Elle lorgnait avec envie la chèvre de sa voisine, une bête d'un gris rosé aux cornes cendrées. Une vraie beauté, cette chèvre ! Si elle prenait un de ses chevreaux ? Elle avait engagé des ouvriers pour réparer le vieux puits.

Elle passait sa vie pieds nus, vêtue d'une vieille jupe longue. Au village, personne ne se promenait plus comme ça depuis longtemps. Et les paysannes se moquaient d'elle : pourquoi tu t'habilles comme une pauvresse, Motia ?

Ici, on ne l'appelait pas Mathilda Pavlovna, mais Matriona, ou Motia, comme le faisait sa mère.

Cette année-là, le kolkhoze lui avait intenté un procès. Elle avait bien reçu la maison en héritage, mais la terre sur laquelle se trouvait cette maison appartenait au kolkhoze, et on voulait maintenant l'amputer de son jardin. L'affaire avait été portée en justice, et des gens avisés lui avaient conseillé de racheter le terrain. Elle avait besoin de toute urgence d'une attestation certifiant qu'elle faisait partie de l'Union des Peintres et possédait pour l'achat d'un terrain certains droits lui donnant un avantage sur les citoyens ordinaires. Tout cela était d'une bêtise absolue, mais c'était une bêtise d'État universellement admise, et l'on ne pouvait en venir à bout que par une autre bêtise du même genre, comme cette attestation. Mathilda avait téléphoné à la section moscovite de l'Union des Peintres et s'était entendue avec eux pour qu'ils lui délivrent l'attestation, mais la secrétaire chez laquelle se trouvait ladite attestation partait en vacances dans le Sud, et Mathilda, après avoir attendu toute la nuit à la poste du village que l'on répare un câble qui s'était cassé quelque part, avait fini par avoir Moscou. Elle demandait à présent à Chourik de passer d'urgence, avant ce soir, prendre le papier chez la secrétaire, à son travail ou chez elle. Le jugement devait être rendu le surlendemain, il était donc indispensable de faire parvenir cette attestation à Vychni Volotchek dans la journée du lendemain.

« Je m'en occupe, Mathilda, je m'en occupe, ne t'inquiète pas ! » promit Chourik.

Mais Mathilda ne s'inquiétait plus du tout : elle avait réussi à le joindre, et c'était un véritable ami, il ne lui faisait jamais faux bond. Elle lui demanda des nouvelles de sa mère, de Valéria, mais la communication était trop mauvaise pour une conversation de salon.

« Viens me voir, Chourik ! Et reste un peu de temps ici ! hurlait-elle dans l'écouteur. On a plein de champignons, ils sont sortis après les pluies. Ah ! Et n'oublie pas mon médicament !

— Je viendrai ! Je n'oublierai pas ! » promettait Chourik.

Les champignons ne l'intéressaient absolument pas. Quant au médicament que Mathilda prenait pour sa tension, il l'avait déjà acheté. Il y en avait deux boîtes dans le réfrigérateur. Il vérifia encore une fois son réveil pour ne pas rater l'arrivée de Valéria.

Le train arrivait à dix heures quarante du matin, mais Chourik devait d'abord passer dans la cour de Valéria, sortir du garage sa voiture d'invalide (il avait depuis longtemps une procuration pour la conduire), et charger le fauteuil roulant dedans.

Dès le matin, tout alla de travers. Pour commencer, il perdit deux boutons de sa dernière chemise propre et dut les recoudre, puis la tasse de sa grand-mère tomba toute seule de l'égouttoir et se cassa, après quoi on sonna à la porte : Mikhaïl Abramovitch se tenait sur le seuil, une bouteille humide à la main. Il était venu lui demander de porter ça au laboratoire, rue de l'Annonciation, avant d'aller à son travail... Il était si maigre, si jaune et avait l'air si malheureux que Chourik hocha la tête et, sans dire un mot, enveloppa la bouteille dans un journal.

Par chance, il n'y avait pas de queue au laboratoire, et il mit dix minutes pour arriver chez Valéria. Il ouvrit le garage. La voiture, qui rouillait dans ce garage trois cent soixante jours par an, ne voulut pas démarrer. Il monta à l'appartement et demanda au nouveau voisin, qui avait emménagé après le départ de l'ex-mari de Valéria, de lui donner un coup de main, et le voisin descendit en bougonnant. Il était bricoleur, ce vieux policier, il aimait bien Valéria et méprisait un peu Chourik.

Il ouvrit le capot, accomplit quelques opérations mystérieuses, et la voiture démarra. Chourik s'en alla, mais il était si content qu'il en oublia de prendre le fauteuil roulant. Arrivé à mi-chemin, il dut faire demi-tour, et l'avance qu'il avait prise commença à devenir très juste. Contrairement aux habitudes des chemins de fer, le train n'avait pas de retard, il était même arrivé avec dix minutes d'avance, et Valéria, appuyée sur deux cannes, était debout toute seule au beau milieu du quai, désemparée et malheureuse : avec sa valise et son sac, elle ne pouvait pas faire un seul pas.

Chourik fonça sur le quai avec le fauteuil roulant, partageant pleinement le désarroi de son amie.

Ils arrivèrent à la maison sans encombre. Il fit trois voyages en ascenseur pour monter Valéria, sa valise et son fauteuil, transporta le tout dans la chambre, et courut retrouver ses touristes. Il entra dans le restaurant à une heure et demie pile, alors que les Français au grand complet se morfondaient en un groupe compact, incapables de s'asseoir tout seuls. Puis ce fut le repas des fauves, auquel Chourik n'avait pas droit. Après le restaurant, il emmena les amateurs au Goum, où l'on procéda aux derniers achats de souvenirs. Ensuite, un vieux docteur de Lyon demanda à visiter une pharmacie, et une grosse dame de Marseille voulut voir le planétarium. Mais un énième *Lac des cygnes* pointait à l'horizon, et on renonça au planétarium. Tandis que les danseuses voltigeaient sur un plancher poussiéreux, Chourik fit un saut chez Élysseïev : il n'y avait pas une miette de nourriture chez Valéria. Il n'avait absolument pas le temps d'aller chercher l'attestation chez la secrétaire. Il lui téléphona et convint avec elle qu'il passerait le lendemain matin tôt. Elle partait de chez elle à huit heures et demie, mais pour aller à la clinique, et non à son travail.

Un repas d'adieu était organisé après le spectacle. Le lendemain, les Français prenaient l'avion pour Paris. Chourik posa son sac rempli de provisions sous le comptoir de la réception de l'hôtel — à la grâce de Dieu. Et il traduisit le menu le ventre creux. Il n'avait pas droit au dîner, et passait son temps à essayer de s'éclipser pour grignoter son saucisson dans son sac, sous le comptoir. Puis arriva le représentant d'Intourist accompagné d'une collaboratrice aux allures de putain, et il dut traduire en français un charabia à dormir debout sur l'amitié olympique. Ensuite, le docteur de Lyon, passablement éméché, vint le trouver en traînant derrière lui deux prostituées, dans le but manifeste de mener des pourparlers, mais en voyant des représentants officiels, les filles furent saisies de timidité et disparurent aussitôt dans la nature.

Vers une heure du matin, Chourik arriva enfin chez Valéria. Elle l'attendait assise dans son fauteuil, toute rose et toute ronde. Elle s'était coiffée avec une frange de jeune fille, et le reste de son opulente chevelure retombait sur ses épaules en une vague régulière qui rebiquait avec pétulance. Son kimono était tout neuf, sans cigognes délavées, mais jonché çà et là de chrysanthèmes sur un fond rouge pastèque... La table était dressée : la porcelaine russe rivalisait avec la porcelaine allemande. Au milieu de la table trônait une poule en tissu molletonné avec une casserole de kacha sous son derrière bien chaud. Valéria n'avait rien trouvé de comestible dans la maison, à part de la kacha et des pâtes. Assise dans son fauteuil, un livre entre les mains, elle attendait patiemment Chourik pour dîner.

Il posa le sac près de la porte, s'approcha d'elle, lui donna un gros baiser sur le front et s'effondra sur une chaise.

« Quelle journée ! J'avale quelque chose en vitesse et je file... »

« Oh, non, tu ne vas pas filer ! » se dit-elle.

Il bondit sur ses pieds, sortit les paquets du sac et les posa sur une petite desserte à côté de Valéria. Elle avait organisé sa vie de façon commode et confortable afin de ne pas avoir à s'extraire de son fauteuil... Elle s'empressait d'ouvrir les paquets, humait, souriait. Sa bouche luisait de rouge à lèvres rose, la soie écarlate illuminait son visage de reflets chauds, et Chourik voyait combien elle était belle, il savait qu'elle voulait lui plaire, que c'était pour cela qu'elle s'était mis de gros bigoudis aujourd'hui et qu'elle avait trouvé le temps de se faire les mains : son vernis rose foncé rayonnait d'un éclat humide, détonant un peu sur ses mains abîmées par les béquilles et striées de veines bleuâtres.

« La nourriture était correcte, là-bas, tout à fait correcte. Mais c'était toujours la même chose... Quelle bonne idée d'avoir acheté de l'esturgeon ! Sers-toi, prends de la kacha... »

Elle coupa le fromage sur un petit plateau en porcelaine, disposa le poisson sur une assiette. Elle se tourna sur son fauteuil et ouvrit la porte d'une armoire souffreteuse dont elle sortit une petite pelle et une fourchette plate.

« Je vais me laver les mains », dit Chourik, et il sortit.

« Je ne le laisserai pas partir ! » décida Valéria, mais elle se corrigea aussitôt et demanda humblement à son Instance Supérieure : « Il va rester, d'accord ? Je ne demande pas grand-chose... »

Depuis la mort de son enfant et la perte définitive de ses

jambes, elle n'était plus retournée voir le vieux prêtre en Lituanie, elle se contentait de lui écrire de temps à autre. Elle avait appris à s'entendre avec Dieu toute seule, sans intermédiaire. Quand il lui arrivait quelque chose de bien, elle remerciait le Seigneur. Quand elle commettait un péché, elle se repentait, pleurait, et demandait pardon. Le serment qu'elle avait fait pour l'enfant, elle s'en était relevée elle-même. Dieu n'avait pas tenu parole, alors pourquoi elle, une faible femme, devrait-elle tenir la sienne ? Aussi, une fois remise de cette affreuse histoire, elle avait adressé à Chourik un signe du doigt et lui avait fait réintégrer sa place dans son lit (comment aurait-il pu se dérober ?).

C'est alors qu'une véritable amitié était née entre eux. Dans sa vie, tous les autres hommes, dès qu'ils commençaient à la plaindre, l'abandonnaient aussitôt, pris de panique. Mais Chourik était constitué différemment. Elle avait deviné depuis longtemps que, chez lui, la pitié et le désir physique étaient logés au même endroit.

Écoutant son instinct et se conformant à une habitude bien féminine, elle essayait de se faire belle et de cultiver un enjouement un peu fantasque, elle riait aux éclats et faisait clignoter ses fossettes, mais généralement, il filait à minuit et demi, songeant à sa mère qui ne dormait pas et l'attendait. Par contre, lorsqu'elle n'arrivait pas à surmonter les crises de douleurs, de cafard ou d'apitoiement sur elle-même, il ne la laissait jamais seule. Il appelait sa mère, lui demandait comment elle se sentait et s'il pouvait ne pas rentrer dormir à la maison aujourd'hui. Il restait, et il en retirait une telle joie que Valéria ne s'apitoyait plus du tout sur elle-même, au contraire, elle était fière de sa beauté et de sa féminité, et c'était lui qu'elle plaignait, cet homme si enfantin et si touchant... Pourquoi le plaignait-elle, elle n'en savait rien elle-même...

« Ouvre la bouteille de vin, dit-elle en lui tendant le tire-bouchon. Tous les voisins sont partis aujourd'hui. Je n'aime pas beaucoup être toute seule dans l'appartement... »

C'était un mensonge, bien sûr. Elle se sentait très bien toute seule, très tranquille.

« Ma petite Valéria, je ne peux pas rester ce soir. Il faut que j'aille à Vychni Volotchek demain, Mathilda a besoin qu'on lui apporte d'urgence une attestation, elle est en plein procès.

— Eh bien, tu iras à Vychni Volotchek ! » dit Valéria en souriant.

Elle trouvait cette amitié entre Chourik et Mathilda plutôt sympathique : Mathilda était une vieille femme, elle avait une dizaine d'années de plus qu'elle...

« Mais il faut encore que j'aille chercher l'attestation très tôt demain matin, je ne l'ai pas... »

Il s'apprêtait à se lancer dans des détails sur le médicament qui se trouvait dans son réfrigérateur et sur les Français qu'il devait accompagner à Chérémétiévo. Mais Valéria n'avait pas l'air de l'écouter. Elle regardait ailleurs, les coins de sa bouche s'étaient abaissés, elle était sur le point de fondre en larmes...

Chourik la prit dans ses bras et la porta sur le lit. La kacha qu'il était allé chercher sous la poule en tissu refroidissait dans son assiette. Et les larmes n'eurent pas le loisir de couler.

Il consola son amie un peu à la va-vite, mais de tout son cœur.

Puis il mangea la kacha froide et partit. Rattraper le temps perdu. À six heures et demie, il était chez lui. Il prit le médicament, alla chercher l'attestation dans la lointaine banlieue de Tchertanovo, de là, il se rendit à l'hôtel National, de l'hôtel National à Chérémétiévo, et de Chérémétiévo à la gare. Il arriva juste à temps pour sauter dans le train, eut la chance d'acheter un billet à un revendeur à la sauvette, et descendit à Vychni Volotchek. Le dernier autobus venait de partir, mais il s'entendit avec un automobiliste qui le conduisit jusqu'au village, si bien qu'il arriva avant l'autobus. Et Mathilda n'eût même pas le temps de s'inquiéter à l'idée que, cette fois, Chourik pourrait lui faire faux bond...

Les cheveux tout gris, bronzée et très amaigrie, elle l'accueillit avec une bouteille de vodka et la table mise. Ils s'embrassèrent. Chourik commença par poser sur la table l'attestation et le médicament. Quand elle revint du vestibule, où se trouvait le réchaud à pétrole, avec une poêlée de pommes de terre sautées, il dormait, la tête dans ses bras croisés, comme un écolier.

C'était vraiment un bon petit garçon...

40

Un peu avant le Nouvel An 1981, il reçut un coup de fil. La standardiste hurla pendant un bon moment : « On vous appelle de Rostov-sur-le-Don ! », mais il y avait un problème avec la communication, et la voix acariâtre du téléphone fut coupée. Tandis que Chourik expliquait à Véra qu'il s'agissait sans doute d'une erreur, le téléphone se remit à sonner. Cette fois, on lui passa tout de suite la communication, et il entendit une voix de femme calme et agréablement pondérée :

« Bonjour, Chourik ! C'est Léna Stovba. J'aimerais te voir pour une affaire urgente. Je serai à Moscou fin décembre. On peut se rencontrer ? »

Elle garda le silence pendant que Chourik s'étonnait et posait des questions assez oiseuses, puis elle dit d'un ton pratique :

« On va me réserver une chambre d'hôtel, tu n'auras à t'occuper de rien. Je ne veux pas m'étendre sur les détails maintenant, mais je pense que tu comprends toi-même de quoi j'ai besoin. Il s'agit d'une certaine formalité.

— Oui, oui, bien sûr ! » répondit Chourik, devinant de quoi il s'agissait. Il n'avait pas envie de prononcer des mots inutiles, car Véra se trouvait à côté de lui. « Bien sûr, je serai très heureux de te voir... Comment vas-tu, de façon générale ?

— On en parlera quand je serai là. Je n'ai pas encore pris mon billet. Je t'appelle dès que j'arrive. Bon, eh bien, au revoir ! Salue ta maman de ma part, si elle se souvient de moi... », ajouta-t-elle avec réticence.

Depuis l'instant où Léna lui avait fourré dans les bras la petite Maria nouveau-née face à l'objectif du photographe d'un journal sibérien, Chourik n'avait presque jamais songé au destin de sa famille fictive.

Véra regarda son fils d'un air interrogateur. Chourik pesa le pour et le contre : Véra n'était pas au courant de son mariage, et maintenant que, pour autant qu'il pût en juger, Léna avait l'intention de divorcer, c'était idiot de l'en informer.

« Que se passe-t-il ? »

Elle avait remarqué son trouble.

« C'était Léna Stovba, tu te souviens, elle était avec moi à l'institut Mendeleïev...

— Bien sûr ! Une blonde assez forte, elle venait travailler ici. Elle avait une histoire d'amour avec un Cubain, je crois, cela avait fait un scandale... Je ne me souviens plus très bien, on l'avait renvoyée de l'institut, non ? C'est cette petite Kazakhe, Alia, une brave fille, d'ailleurs, qui m'en avait parlé. Mais je ne me rappelle pas comment cela s'est terminé. C'est quand même bizarre, ajouta-t-elle avec animation, tout cet épisode de l'institut Mendeleïev m'est complètement sorti de la mémoire, c'est comme si cela n'avait jamais existé... Tu avais eu une drôle d'idée, quand même ! Quel été épouvantable nous avons passé cette année-là, épouvantable... », conclut-elle, s'attristant soudain au souvenir de la mort d'Élisavéta Ivanovna.

Chourik la prit par ses frêles épaules et déposa un baiser sur sa tempe.

« N'y pense plus, je t'en prie ! Alors, voilà de quoi il s'agit : Léna téléphonait pour dire qu'elle sera à Moscou fin décembre, et elle veut me voir.

— Magnifique, qu'elle vienne ! Dis-moi, Chourik, finalement, elle ne l'a pas épousé, son Cubain ? Je ne me souviens pas comment cette histoire s'est terminée... »

Chourik comprit alors qu'il avait fait une gaffe. Maintenant, il ne pourrait plus donner rendez-vous à Léna dans la rue, l'emmener dans un café, et discuter de tout cela hors de la maison.

« Bien sûr, Véroussia, je lui dirai de venir. Quant à son histoire, pour autant que je sache, elle n'a pas eu de fin. Léna a eu une fille, elle a vécu en Sibérie et apparemment, maintenant, elle habite à Rostov-sur-le-Don. Je n'ai eu aucune nouvelle pendant toutes ces années.

— C'est vraiment gentil à elle de t'avoir téléphoné... »

Chourik hocha la tête.

Léna débarqua quelques jours après son coup de téléphone préventif, avec un bouquet de roses thé pour Véra Alexandrovna et un enfant emmitouflé dans un grand foulard de paysanne par-dessus son manteau fourré. Quand on dénoua le foulard et qu'on enleva le manteau, on découvrit dessous une petite fille d'une beauté fabuleuse. Son visage et ses cheveux étaient de la même couleur miel, sa peau rayonnait de l'intérieur, comme celle d'une poire bien mûre. Quant à ses yeux allongés en forme de pépins, avec une courbure imperceptible au coin de la paupière, ils chatoyaient de miroitements marron.

« Seigneur, quelle merveille ! » s'exclama Véra.

La merveille enleva ses bottes de feutre. Obéissant à un regard sévère de sa mère, elle dit bonjour, puis s'écria :

« Vous ne pouvez pas imaginer, c'est fou, la neige qu'il y a ici ! Et dans la rue, j'ai même vu des sapins avec des jouets accrochés dessus ! Et puis dans le train, il y avait un porte-verre doré, complètement doré ! »

La petite fille rayonnait, la joie irradiait d'elle comme la chaleur d'un poêle, et il manquait deux dents à son sourire. Deux minces bandes blanches affleuraient sur sa gencive.

« C'est incroyable, elle est toute neuve ! Comme ses dents ! s'extasiait Véra en son for intérieur. Une véritable petite extraterrestre... »

« Nous allons faire les présentations, dit-elle en se penchant vers la fillette. Je m'appelle Véra Alexandrovna. Et toi ?

— Maria, mais ne m'appelez pas Macha, j'ai horreur de ça !

— Je te comprends parfaitement. Maria, c'est un très beau nom.

— J'aurais voulu m'appeler Gloria. Quand je serai grande, je m'appellerai Gloria ! » déclara la fillette.

Chourik fixait Léna. Elle était méconnaissable. Quelque chose de nouveau était apparu en elle, quelque chose de cinématographique. Ce n'était pas qu'elle avait changé depuis la naissance de sa fille, non — il ne restait tout simplement plus aucune trace de la beauté molle et indolente qu'elle était autrefois. Elle était devenue maigre, brusque et sémillante. Ses lourds cheveux clairs, pour lesquels Enrique avait défailli d'amour jadis, étaient coupés très court. Elle ne clignait plus des yeux, elle s'était mise à porter des lunettes.

« Alors ? Tu la reconnais ? » demanda-t-elle à voix basse

en montrant sa fille des yeux, et Chourik, affolé, fit un geste pour la prévenir : pas un mot. Léna comprenait vite. Elle se reprit aussitôt :

« J'ai cru que tu ne me reconnaissais pas... »

Mais Véra n'avait prêté aucune attention à cet échange rapide.

L'aspect de cette petite fille, toute son allure (« voltigeante », ainsi qu'elle la définit), la vivacité de ses mimiques, son charme de petit animal rare, tout cela faisait vibrer la corde profonde qui, dans l'organisme de Véra, commandait à ce sens de la beauté si développé chez elle.

« Venez, on va prendre le thé, j'ai acheté un gâteau qui s'appelle Prague ! » proposa Chourik, et il ouvrit la porte de la cuisine. Le goûter était servi dans la cuisine, sans cérémonie.

Ils prirent un thé à l'anglaise, avec des biscuits à la vanille et du gâteau, un véritable *five-o'clock*. Maria mangeait avec gourmandise, s'aidant de ses doigts et remuant la tête de plaisir. Elle lécha les ramages de chocolat, s'essuya la bouche avec une délicatesse de petit chat, et tourna la tête au bout de son long cou en un geste d'une rare élégance, avec une pause au milieu, parachevant le tout d'un léger mouvement du menton, après quoi elle déclara tristement à Véra :

« On n'a pas ça chez nous ! C'est délicieux. Dommage que je n'en puisse plus ! » et elle secoua la tête d'un air navré.

Véra reproduisait ses gestes de façon tout à fait automatique, et quand elle se surprit à le faire, elle sourit : cette grâce était contagieuse !

« Viens, je vais te montrer le sapin ! » lui proposa-t-elle, et elle l'emmena dans le salon.

Restés seuls, Chourik et Léna fumèrent. Il n'y avait pas de

Femina, mais Chourik offrit à son épouse officielle des cigarettes étrangères, des *Lord*. Entre deux bouffées, Léna lui apprit qu'elle habitait depuis longtemps à Rostov-sur-le-Don, qu'elle avait un excellent travail, et que tout allait bien pour elle. Seulement voilà, elle avait besoin de divorcer de toute urgence, car une possibilité de rejoindre Enrique se présentait : il avait trouvé un Américain prêt à venir en Russie pour l'épouser et la faire sortir du pays.

« Un Américain ? Pour aller à Cuba ? »

En dépit de toute sa naïveté politique, Chourik était sceptique.

Stovba lui décocha un regard digne de son communiste de père — immobile et pesant.

« Ah oui... Je ne t'ai pas dit le plus important. Fidel est un véritable monstre !

— Quel Fidel ? Tu es en train de parler d'Enrique, non ? »

Léna enleva ses lunettes, approcha son visage de celui de Chourik pour l'examiner, puis remit ses lunettes.

« Quel Fidel, quel Fidel ? Mais le barbu, bien sûr ! Castro ! Le père d'Enrique était avec lui depuis le début, depuis Playa Giron ! Tu comprends qui sont ces gens ? Tu comprends ? »

Chourik hocha la tête.

« Alors voilà. Enrique a un frère aîné, d'un autre père, un Polonais. Sa mère était très belle, elle était originaire des îles Caïmans. Ce frère, le Polonais, s'est enfui de Cuba, et Fidel, qui est rancunier comme pas un, a envoyé le père d'Enrique en prison, mais ce n'était pas à cause du Polonais, ça n'a aucun rapport, en fait, ils avaient des différends politiques. Et quand il a arrêté le père, il s'en est pris également à Enrique, il l'a fait revenir de Moscou et l'a arrêté, lui aussi. Enrique est sorti de prison au bout de trois ans. Mais pas son père.

On dit qu'il est mort dans sa cellule, d'une crise cardiaque. Tu comprends ? »

Chourik hocha la tête avec respect : cette histoire était digne de considération.

« Ensuite, Enrique s'est enfui de Cuba. Sur une barque, comme beaucoup d'autres Cubains. Tu me suis ? Cela fait un an qu'il est à Miami. Nous correspondons assez rarement. Enrique a un statut de réfugié, mais on lui a promis une *green card*. Pour l'instant, il ne peut pas quitter le pays. Il travaille comme un fou et en plus, il passe des examens à l'université, il veut terminer ses études de médecine. Et il a trouvé un Américain qui lui a promis de tout arranger, avec un mariage. Tu comprends maintenant pourquoi j'ai besoin de divorcer d'urgence ? Sinon, moi, ce tampon ne me fait ni chaud ni froid ! »

De nouveau, on se serait cru dans un film. Un film d'aventures.

Il n'y avait pas que l'allure de Léna qui avait changé, sa façon de parler aussi était différente : autrefois dédaigneuse et molle, elle était à présent saccadée et pratique.

« Tu comprends maintenant pourquoi j'ai besoin de divorcer d'urgence ?

— Oui, bien sûr. Seulement, n'oublie pas que maman ne sait pas que nous sommes mariés, et je ne voudrais pas qu'elle l'apprenne... Tu comprends ?

— Bien sûr, bien sûr, c'était juste une plaisanterie idiote ! » Elle changea de sujet. « Tu te souviens comme Maria était affreuse quand elle est née ? C'est devenu une beauté, maintenant. »

Léna avait l'air toute fière.

« Oui, elle est incroyablement belle, mais tu sais, je ne me souviens même pas comment elle était avant... Une petite chose jaune et fripée.

— Elle ressemble à la mère d'Enrique, mais en encore plus belle ! » soupira Léna.

Tandis qu'ils menaient leurs pourparlers dans la cuisine, Maria examinait les jouets du sapin et passait par toutes les nuances de la joie enfantine : la jubilation, l'exultation, l'émerveillement, le ravissement muet et l'extase religieuse. Véra contemplait cet arc-en-ciel d'émotions avec vénération. Quelle richesse ! Quelle profusion de sentiments !

Véra décrocha du sapin la libellule en verre, le plus beau des jouets conservés par sa mère, et l'enveloppa dans du papier de soie. Maria se tenait devant elle, les mains jointes, ses longs cils baissés dessinant une ombre sur ses joues. Véra déposa le minuscule paquet dans un des coffrets japonais ayant renfermé la décoration défunte. Maria le prit dans ses deux mains et le serra contre son cœur.

« Oooh ! gémit-elle. C'est pour moi ?

— Bien sûr que c'est pour toi ! »

La fillette se couvrit le visage de ses paumes et se balança de façon rythmique. Véra prit peur. Maria écarta ses mains de son visage et dit d'une voix tragique :

« Je peux la casser ! »

Véra lui caressa les cheveux, ils étaient agréablement onctueux au toucher.

« N'importe qui peut la casser !

— Moi, ça m'arrive souvent, dit-elle, et elle soupira.

— Moi aussi, cela m'arrive, déclara Véra pour la tranquilliser. Tu veux que je te joue quelque chose ? »

Quand elles étaient entrées dans la pièce, le sapin avait aussitôt attiré l'attention de la fillette, et c'était seulement maintenant qu'elle remarquait le piano.

« Il a l'air tout nu comme ça, sans napperon ! dit-elle en caressant le bois laqué.

— Que veux-tu dire par là ? demanda Véra, étonnée.

— Marina Nicolaïevna, mon professeur, elle pose toujours un napperon en dentelle dessus », expliqua Maria.

Véra fit asseoir Maria dans le fauteuil d'Élisavéta Ivanovna et se mit à jouer. Du Schubert. Au début, la petite fille écouta très attentivement, mais tout à coup elle se précipita sur le piano et flanqua un grand coup de poing sur le clavier. Les basses poussèrent un rugissement. Maria tournoya sur elle-même et se mit à hurler :

« Il ne faut pas ! Il ne faut pas jouer comme ça ! »

Véra resta pétrifiée : quelle étrange réaction !

« Mais qu'est-ce que tu as, ma chérie ? Qu'y a-t-il ? »

Maria sauta sur le fauteuil et s'y pelotonna. Elle resta sans bouger. Véra lui effleura l'épaule avec précaution. Pendant quelques minutes, elle caressa son dos mince. Puis la petite déroula la tête, comme un serpent. Ses yeux étaient immenses, noirs, on aurait dit qu'il n'y avait plus que des pupilles sans iris, et ils étaient baignés de larmes.

« Pardonne-moi. Je me suis mise en colère parce que, moi, je n'y arrive pas. Tandis que toi...

— Tu n'arrives pas à quoi, chérie ? demanda Véra avec surprise.

— À jouer ! »

Véra la prit dans ses bras, s'assit et l'installa à côté d'elle : dans le vaste fauteuil d'Élisavéta Ivanovna, il y avait plus de place qu'il n'en fallait pour toutes les deux.

« Quel destin compliqué ont cette mère et cette enfant ! Tant d'émotivité, de délicatesse, et cette grâce fascinante, ce teint extraordinaire ! Elle sort tout droit d'un roman colonial ! songeait Véra, de façon plus intuitive qu'intellectuelle. Quelle enfant extraordinaire, exceptionnelle ! »

« Moi aussi, il y a beaucoup de choses que je n'arrive pas

à faire. Tu sais, il faut énormément travailler pour arriver à quelque chose, dit-elle pour la consoler.

— Cela fait toute une année que je vais chez Marina Nicolaïevna, et je n'arrive toujours à rien !

— Allez, choisis encore un jouet sur l'arbre ! » proposa Véra.

Maria bondit du fauteuil, sautilla, voltigea... On avait l'impression que le nombre de ses bras et de ses jambes avait doublé, et Véra s'extasia une fois de plus sur la charge d'émotions contenue dans un si petit corps.

Chourik et Stovba entrèrent dans la pièce.

« Bon, on y va, Maria ! Habille-toi ! » dit Léna en s'adressant à sa fille. Et elle ajouta : « Notre hôtel se trouve à Vladykino, nous avons un long trajet à faire. »

Véra Alexandrovna leur proposa immédiatement de passer la nuit ici. Pourquoi trimbaler cette petite à travers toute la ville pour la conduire dans un hôtel miteux, alors qu'elles pouvaient parfaitement dormir dans la chambre d'Élisavéta Ivanovna ?

« Avec le sapin ? demanda Maria, ravie.

— Bien sûr ! On vous installera ici... »

Le lendemain matin, sur les instances de Véra Alexandrovna, Léna laissa sa fille chez les Korn et partit toute seule chercher leurs bagages à l'hôtel, puis, jusqu'à la fin de la semaine, elle courut d'une administration à l'autre. Outre les démarches du divorce, elle avait aussi des affaires à régler pour son travail.

Véra Alexandrovna se promenait avec Maria. Poussée par on ne sait trop quel élan intérieur, elle l'emmena au musée des Cultures orientales, et lui montra la place Rouge. Ces promenades procuraient à Véra un plaisir surprenant : elle se réjouissait avec Maria et regardait la ville qui, dans sa mémoire, ne faisait que se détériorer, avec les yeux enthousiastes et avides de l'enfance.

Pendant ce temps, Chourik et Léna étaient allés à l'état civil, et avaient découvert qu'il leur manquait un papier pour le divorce, l'acte de naissance de Maria. Léna l'avait laissé chez elle quand elle avait quitté la maison de ses parents avec sa fille âgée de quatre mois. Pour se le procurer, elle devait soit le demander à sa grand-mère, avec laquelle elle correspondait toujours en secret, soit envoyer une demande en Sibérie. Dans les deux cas, cela prendrait du temps, et Léna s'en alla avec l'intention de revenir dès qu'elle aurait le certificat indispensable.

Véra Alexandrovna leur avait proposé de rester au moins pour la soirée du Nouvel An, mais Stovba, malgré les larmes désespérées de sa fille, partit dans la journée du 31.

Véra en fut terriblement contrariée : elle avait déjà imaginé la superbe fête que l'on pourrait organiser pour cette merveilleuse petite fille.

41

L'orteil de Chourik, qui l'avait fait si atrocement souffrir au début, était devenu violacé, avait enflé, puis avait complètement cessé de lui faire mal. Au bout de quelque temps, plusieurs millimètres d'un ongle rose tout neuf s'étaient reformés près de la lunule. Un nouvel ongle avait repoussé, avec une bizarre encoche au milieu. Le métatarse fêlé s'était remis tout seul, sans la moindre séquelle. Chourik avait complètement oublié cette mésaventure.

Peut-être qu'avec le temps, la propriétaire de la rareté paléontologique l'aurait oubliée elle aussi, sans un objet retrouvé par hasard : le reçu de la poste avec l'adresse de l'expéditeur griffonnée à la diable, et un nom incomplet, « Kor » (Kornilov ? Korneïev ?). Armée d'une loupe, Svetlana avait étudié cette adresse illisible. Il s'agissait de la rue Nouvelle-des-Bois, c'était certain, le 7 ressemblait à un 1, et le petit crochet pouvait être aussi bien un 2 qu'un 5... Mais cette incertitude suscitait un trouble agréable. Ce n'était pas un hasard s'il avait laissé ce reçu avec son adresse ! Et si c'était un hasard, n'était-ce pas alors un signe du destin, une flèche indicatrice de la Providence ?

Svetlana avait vécu plusieurs jours dans l'attente du bonheur. Il lui semblait que Chourik allait revenir, sinon le jour même, du moins le lendemain, et elle rejouait sans arrêt la scène de leurs retrouvailles : son étonnement à elle, son trouble à lui, ce qu'il dirait, ce qu'elle répondrait... Mais il ne venait toujours pas : il n'arrivait pas à se décider... il était intimidé... des circonstances l'en empêchaient...

Au bout d'une semaine, il lui vint à l'esprit qu'il pouvait très bien disparaître à tout jamais. Et, moins il y avait de chances qu'il revienne, plus elle lui en voulait. Elle discutait avec lui en pensée, ces conversations devenaient peu à peu très acerbes et, chose extrêmement désagréable, elles étaient permanentes.

Le soir tard, après avoir pris un léger somnifère, elle dormait une vingtaine de minutes, mais sa conversation avec Chourik s'immisçait dans son sommeil et le perturbait. Elle discutait longuement avec lui dans une somnolence médicamenteuse, tantôt il lui demandait pardon, tantôt ils se disputaient et se réconciliaient, et tous ces entretiens étaient en partie dirigés, elle inventait un scénario qui se développait ensuite dans une direction donnée... Elle se tournait et se retournait dans son lit.

Son sommeil, par nature timide et farouche, finit par se détraquer complètement, elle se levait la nuit, buvait un citron chaud, et s'asseyait à sa table pour tortiller des fleurs en soie, blanches et rouges, destinées à une coopérative qui fabriquait des couronnes mortuaires. Elle était la meilleure ouvrière, mais jamais elle ne parvenait à gagner beaucoup d'argent car elle travaillait très lentement. En revanche, les roses qu'elle fabriquait en moulant sur une cuillère ronde des morceaux de fine soie encollée se distinguaient par une tristesse longiligne que les autres ouvrières ne réussissaient pas à obtenir.

Elle passait toute la nuit dans un état second, assise devant la soie fluide, dormait une vingtaine de minutes au petit matin, puis se remettait devant sa table. Elle ne sortait presque pas de chez elle : elle avait peur de manquer la venue de Chourik.

Elle comprenait déjà qu'elle avait bel et bien perdu l'équilibre psychologique à demi médicamenteux dans lequel avait réussi à la maintenir depuis presque un an le remarquable docteur Joulitchine, gras et caressant comme un vieux matou castré.

Elle traîna comme ça pendant un mois, puis alla voir Joulitchine. Il vivait non loin de chez elle, rue Malaïa Bronnaïa. Cela faisait longtemps qu'elle lui rendait visite chez lui, et non à l'hôpital.

Joulitchine, un médecin pensif et compatissant, était de la race des masochistes au grand cœur, et transformait beaucoup de ses patients en une croix dont il se chargeait pour la vie. L'argent l'embarrassait, il l'esquivait, et acceptait des cadeaux sous forme de livres et de cognac. Svetlana cousait pour sa fille des petites poupées vêtues de robes rouges et bleues, avec de minuscules visages blancs dessinés sur soie.

Depuis l'époque où il était étudiant, le docteur était ensorcelé par le suicide, qu'il considérait comme une tendance incompréhensible et fascinante propre à une race particulière de gens, et son choix de la psychiatrie comme spécialité avait été plus humanitaire que médical. Svetlana était justement de cette race qui portait en elle une attirance intérieure pour le suicide, et il avait fait sa connaissance après sa troisième tentative de suicide, fort heureusement ratée.

Joulitchine savait par expérience que, d'après des statistiques médicales, la troisième tentative est généralement la plus efficace. Si l'on se référait à ses réflexions assez vaseuses qui cherchaient à s'agencer en théorie, dans le cas de Svetlana, le risque devait diminuer avec le temps et, à condition qu'elle fît l'objet de soins appropriés, elle ne serait plus dès lors menacée que par un vieillissement naturel et par les maladies qui y sont associées. Elle allait sortir de la zone à risque, si l'on peut dire. Si bien qu'elle faisait à présent partie des patients qui l'inquiétaient le plus, et qui présentaient pour lui le plus grand intérêt.

Avec ce genre de patients, il discutait pendant des heures entières. Il était important pour lui de descendre au plus profond, jusqu'à la cassure où était allée s'ancrer l'idée de suicide. Les méthodes de la psychanalyse freudienne ne lui étaient pas étrangères, et il plongeait hardiment à l'intérieur de l'âme d'autrui dans l'espoir d'y opérer des réparations à tâtons, dans l'obscurité la plus totale.

Nina Ivanovna, sa femme, était allée se coucher, et ils étaient dans la cuisine, à démêler les ramifications maladives des pensées et des émotions de Svetlana. Elle lui avait raconté l'incident. Détail assez drôle, son récit concernait précisément la partie de l'événement que Chourik avait passée sous silence quand il avait raconté les choses à sa mère. Si bien que Véra avait eu droit à l'histoire avec la dent de mammouth, tandis que le docteur, lui, s'était vu confier l'intégralité de l'épisode amoureux qui, dans le récit de Svetlana, tombait comme un cheveu sur la soupe, c'est-à-dire sans aucune mention de la dent de mammouth. Privée de son entrée en matière, l'histoire prenait l'aspect d'une scène de séduction cruelle, avec un élément de viol. Joulitchine avait beau poser des questions provocatrices pour essayer de faire concorder le tableau brossé par Svetlana avec quelque chose de plus vraisemblable, il n'y arrivait pas. Un viol souhaité, c'est ainsi qu'il définit pour lui-même la situation qu'on lui exposait.

Il buvait du thé très fort, rajoutait de l'eau bouillante à la tisane à la confiture dans laquelle Svetlana plongeait les lèvres de temps en temps, et réfléchissait sur le fait qu'au fond, la seule différence entre une personne malade et une personne en bonne santé réside dans la faculté de contrôler l'écharde plantée dans son âme. Cette écharde, on peut y mettre un embout, construire un mur protecteur autour, on peut empêcher l'infection de se propager, mais l'extraire, ça, il n'était pas en mesure de le faire. Et il écoutait ce misérable délire amoureux en notant l'aspect contradictoire de ses désirs : elle aspirait à un amour heureux et librement consenti, tout en continuant à être la victime de gens malintentionnés, des circonstances et, ce qui était particulièrement important dans le cas présent, de l'élu de son cœur lui-même. Être outragée injustement, de façon monstrueuse et exceptionnelle, comme personne d'autre au monde, tel était son besoin le plus profond.

Le docteur Joulitchine comprenait également que s'il parlait à Svetlana de ce besoin maladif d'être outragée, il risquerait de lui causer encore une autre blessure et de détruire la confiance sans laquelle il serait dans l'incapacité de la maintenir à l'intérieur des limites d'une santé relative.

La plupart de ses collègues auraient considéré l'état de Svetlana comme la manifestation d'une psychose maniaco-dépressive, et lui auraient prescrit des psychotropes très forts qui auraient inhibé toutes ses facultés, y compris sa faculté de souffrance illimitée.

« Ma chère petite Svéta ! lui déclara-t-il vers deux heures du matin. Nous allons partir de l'idée que nous sommes en état de porter une appréciation sur les événements, et d'y réagir de façon adéquate. C'est bien le cas, n'est-ce pas ? »

Cette ritournelle avait toujours un effet stimulant sur Svetlana. C'était justement ce qu'elle voulait, que tout soit adéquat... Son propre comportement lui semblait tout à fait adéquat, mais que penser de celui de Chourik ? C'était lui qui ne se conduisait pas de façon adéquate : il n'était pas venu, alors qu'elle avait tellement envie de le voir...

Elle hocha la tête. Elle avait terriblement sommeil, mais elle savait qu'elle ne parviendrait pas à s'endormir et reculait l'instant des adieux.

« Il ne faut pas se pousser soi-même dans ses propres retranchements. Pour ce qui est de la conduite du jeune homme, nous ne tenterons même pas de l'analyser. Qui est-il : un séducteur de bas étage, ou bien un homme qui s'est simplement retrouvé dans une situation inattendue ? Vous vous souvenez du récit de Bounine, *Le Coup de soleil* ? Une explosion des sens, fortuite et imprévisible... Bon, disons que c'était un coup de soleil : un homme qui, par nature, n'est pas du tout enclin au viol, en commet soudain un... Il n'est plus là. Quand bien même nous voudrions le retrouver pour exiger l'explication d'un comportement aussi scandaleux, nous n'en avons pas la possibilité. Il y a neuf millions d'habitants à Moscou, et parmi eux, une centaine de milliers de Chourik. C'est totalement hors de question. Jamais nous n'arriverons à savoir pourquoi il a perpétré cet acte, mais vous faire retrouver le sommeil, ça, c'est absolument indispensable. Et c'est en notre pouvoir. J'estime que ce serait une bonne chose de faire un séjour en maison de repos. On peut entreprendre les démarches nécessaires. Vous avez maigri. Dans votre état, la perte de poids n'est pas souhaitable du tout. Il me semble qu'il faudrait vérifier votre thyroïde encore une fois. Je vais réfléchir à un nouveau plan dans les jours qui viennent, et nous allons entamer une nouvelle vie, avec un nouvel emploi du temps. Ce problème ne me paraît pas très grave, et je crois qu'ensemble nous parviendrons à le résoudre... »

Le docteur Joulitchine n'en pensait pas un seul mot, la situation lui paraissait très grave, mais il comptait faire une dernière tentative pour tirer Svetlana de la crise qui s'annonçait avec le minimum de moyens.

De son côté, Svetlana avait pris une décision, elle aussi : dans son sac se trouvait le reçu dont elle n'avait pas soufflé mot au docteur, et après tout ce qui venait d'être dit et redit, elle était prête à se rendre à l'adresse indiquée dessus. L'expression « un coup de soleil » l'avait beaucoup inspirée.

Tous les deux, le médecin comme la patiente, étaient satisfaits d'eux-mêmes : chacun avait parfaitement réussi à berner l'autre.

Ce soir-là, Svetlana ne se coucha pas du tout. Elle rentra chez elle au petit matin. Ses voisins dormaient, et elle se rendit dans la salle de bains communautaire, nettoya longuement la baignoire avec une pâte à récurer à l'odeur corrosive qui coupait la respiration, puis la remplit d'eau et s'allongea dedans. D'habitude, elle était dégoûtée par cette baignoire commune dont la surface était craquelée comme une peau d'éléphant, mais cette fois, elle se disait que c'était sa baignoire à elle, que sa défunte grand-mère avait habité cet appartement depuis 1911, son grand-père avait vécu ici, son père y était né, cet appartement lui appartenait par droit de naissance, et tous ces voisins actuels étaient des envahisseurs, des parasites, des bouseux sortis tout droit de leur campagne, aucun d'eux ne se doutait que c'était elle, la véritable propriétaire... Et elle fut submergée par un délicieux sentiment d'amertume — ce sentiment d'outrage qui lui était si cher.

Tout était d'une blancheur immaculée : le slip, le soutien-gorge, la blouse. Une perle cabossée était accrochée à une chaîne en argent — la chaîne en or avait été vendue depuis longtemps. La perle n'était pas tout à fait blanche, plutôt grisâtre. Mais c'était une perle ancienne et parfaitement authentique, bien que morte. Svetlana eut l'impression qu'elle était capable de manger. Elle se fit cuire un œuf. Elle en mangea la moitié. Elle se prépara du café. Elle en but une demi-tasse. Elle sentait l'importance décisive de cette journée.

« Nous allons réagir aux événements de façon adéquate ! » se répéta-t-elle, et à sept heures et demie du matin, elle sortit de chez elle. Elle alla à pied jusqu'au métro Krasnopresnenskaïa, arriva très vite à la station Biélorussie, chercha longtemps la rue Nouvelle-des-Bois, et mit encore plus longtemps à trouver l'immeuble. Finalement, le 7 était un 1, car il n'y avait pas tant d'immeubles que cela dans cette rue, et les numéros n'allaient pas jusqu'à soixante-dix... À huit heures et quart, elle était assise sur un banc, les yeux fixés sur l'unique entrée d'un immeuble moderne en briques.

Elle resta là trois heures. Elle avait la profonde certitude qu'elle ne s'était pas trompée, que le jeune homme habitait obligatoirement dans cet immeuble. À la fin de la troisième heure, elle pénétra dans le hall et s'arrêta devant la rangée de boîtes aux lettres, entre le rez-de-chaussée et le premier étage. Sur certaines d'entre elles étaient collés des papiers avec le nom des habitants, sur d'autres, le nom était écrit au crayon directement sur le fer-blanc des boîtes peintes en vert. Sur quelques-unes, il y avait juste le numéro de l'appartement. Elle chercha le nom Kornilov ou Korneïev. Sous le numéro 52, il y avait un bout de papier collé sur lequel était écrit « Korn », d'une belle écriture à l'ancienne. C'était même mieux que Kornilov.

Svetlana rentra chez elle pleinement satisfaite. Elle savait que le jeune homme était presque entre ses mains.

Elle n'avait mis au point aucune stratégie. Jusqu'au début du mois de septembre, un jour sur deux, elle arrivait devant cet immeuble vers huit heures, restait assise sur le banc pendant trois heures exactement, et s'en allait à onze heures. Elle était sûre que tôt ou tard, Chourik finirait par apparaître et, comme un chasseur patient tapi en embuscade, elle restait assise, concentrée et immobile, gardant dans son champ de vision les habitants qui sortaient. Elle en connaissait déjà certains de vue. Il y en avait qui lui plaisaient, d'autres qu'elle avait pris en grippe. Le plus sympathique était un binoclard avec une serviette et des journaux qu'il sortait de la boîte aux lettres, il en perdait toujours un près de l'entrée. Elle éprouvait une aversion particulière pour une grosse fille avec des jambes comme des poteaux, qui était parfois attendue par une voiture.

Un jour, une fois rentrée chez elle après avoir monté la garde sous la pluie, elle tomba malade. Une grosse angine, comme elle n'en avait pas eu depuis longtemps. Cette maladie tombait à pic, elle lui fournissait un répit dans sa traque épuisante, et Svetlana se soigna avec application. Elle fit des gargarismes avec divers liquides, badigeonna son pharynx irrité avec de l'iode diluée dans de la glycérine, et avala des cachets inoffensifs. Elle refusait les antibiotiques, mais de façon générale, elle aimait beaucoup se soigner. L'angine dura presque deux semaines, et prit fin avec le beau temps.

Le jour où elle se déclara guérie, elle rassembla dans deux cartons les fleurs qui s'étaient épanouies pendant sa maladie et les porta à la coopérative, c'était aux cinq cents diables, sur le marché de Koptev. Elle reçut son argent du mois, et comprit qu'elle devait s'acheter d'urgence un imperméable :

elle ne pouvait pas aller à un rendez-vous avec son vieil imperméable bleu.

L'achat d'un imperméable n'était pas une mince affaire, à tous points de vue. Comme n'importe quel autre achat, d'ailleurs. Svetlana faisait partie de ces gens qui savent toujours exactement ce qu'il leur faut. Et l'imperméable qui était né dans son imagination, de couleur beige, avec un capuchon, des poches fendues et des boutons en écaille par-dessus le marché, on pouvait le chercher jusqu'à la fin de sa vie.

À présent, tous les matins, au lieu de se rendre à la station de métro Biélorussie, Svetlana allait faire les magasins. Elle était méticuleuse et persévérante. À la fin de la deuxième semaine, elle comprit que cet imperméable imaginaire ne pouvait qu'être fait sur mesure. Et elle décida de le coudre elle-même. Cela modifia le champ de ses recherches. Maintenant, elle devait explorer les magasins de tissus. Elle eut de la chance. Dans le premier, littéralement à deux pas de chez elle, elle acheta un superbe tissu imperméable fabriqué en Tchécoslovaquie. Les problèmes liés à la fabrication de l'imperméable grossissaient comme une boule de neige : et la doublure ? Et les boutons ? Et les galons ? Toutes ces difficultés étaient les bienvenues, et plus elles étaient compliquées à résoudre, mieux c'était. De cette façon, Chourik passait au second plan, il mijotait là-bas, au loin, à feu doux. Le but principal, c'était l'imperméable.

Joulitchine téléphona plusieurs fois, il se faisait du souci. Selon ses déductions, Svetlana aurait dû avoir tout particulièrement besoin de lui en ce moment et s'accrocher à lui, comme toujours dans les périodes critiques. Mais, chose curieuse, ce n'était pas le cas. Elle lui parlait même au téléphone de façon assez désinvolte. Elle l'informa qu'elle était très occupée par la confection d'un imperméable. Et que son sommeil s'était arrangé.

« Quand même, les vêtements, quel puissant stimulant thérapeutique pour les femmes ! Il va falloir que je réfléchisse là-dessus... », se dit-il. Il avait une multitude d'idées, et l'une de ces idées concernait les différences entre les manifestations des mêmes troubles psychiques chez les hommes et chez les femmes. Après réflexion, il décida qu'une nouvelle tentative de suicide était peu vraisemblable pour l'instant.

Tandis que Svetlana surmontait les obstacles dans la fabrication de son imperméable, sorte de prototype d'un manteau célèbre, l'hiver arriva. L'imperméable était prêt, il était suspendu dans un placard sur un cintre en bois, emmitouflé dans un vieux drap. Dehors, tout était recouvert de neige, et il ne pouvait être question d'un nouveau manteau d'hiver : toutes les ressources financières étaient épuisées. La question de Chourik se retrouvait de nouveau au premier plan.

Elle alla rendre visite à une tante rue Préobrajenka. Deux ans auparavant, cette tante lui avait proposé une vieille pelisse en astrakan qu'à l'époque elle avait refusée. La fourrure était belle, mais avait besoin d'importants travaux de restauration. Sa tante lui en gardait rancune, et Svetlana acheta un gâteau assez coûteux, puis choisit, parmi les petits bouquets pour chapeau de sa fabrication personnelle, celui qui était le plus rose — une allusion à l'obsession sénile qu'avait sa tante de chercher à se rajeunir.

Elle se réconcilia avec elle et fit même des efforts pour l'amadouer. Elle se plaignit du froid, et lui parla de la pelisse en astrakan. La tante secoua la tête :

« Tu aurais dû la prendre tout de suite, j'en ai fait cadeau à la femme de Vitia. »

Mais aussitôt, une expression énigmatique pointa sur son visage au long nez... Svetlana n'eut même pas le temps de s'affliger, car elle avait compris que sa tante allait lui proposer autre chose. Et elle lui proposa autre chose. Seigneur ! Ça alors ! Une immense peau de renne. D'une merveilleuse couleur noisette. Avec une troublante odeur animale. Svetlana poussa un cri, et embrassa sa tante.

« On l'avait rapportée du Grand Nord à Nicolaï Ivanovitch. Prends-la, je te la donne. Seulement, ne te réjouis pas trop. C'est une peau d'été, tu vois, elle se déplume... Tu ne la porteras pas longtemps. Je voulais la mettre sur le divan, mais dès qu'on s'assied dessus, on a les fesses couvertes de poils. Allez, prends-la, ça me fait plaisir que ce soit toi qui l'aies... »

Pour ne pas perdre complètement Chourik de vue, Svetlana opéra quelques sorties de reconnaissance. Elle finit par avoir de la chance, et le vit un jour sortir de l'immeuble avec, à son bras, une petite dame coiffée d'un béret gris, qu'il emmena se promener autour de l'immeuble, mais pas par l'allée principale. Quand elle les suivit au bout d'une minute, ils s'étaient évanouis sans laisser de trace. Chourik accompagnait sa mère à son atelier de théâtre, et ils avaient disparu par la petite porte qui menait au sous-sol.

Une autre fois, elle assista aux derniers adieux de l'immeuble avec son commissaire politique : Mikhaïl Abramovitch était mort, et tous les habitants se dirigeaient vers l'autobus qui emmenait ce pâle chevalier du marxisme au crématorium, près du monastère du Don. Chourik porta le cercueil de la porte à l'autobus avec le concierge et deux communistes en chapka. Puis il retourna chercher la charmante dame de l'autre fois, qui avait à présent un béret noir et un bouquet de chrysanthèmes blancs. Il la fit monter avec le plus grand respect, puis installa tous les autres vieillards qui accompagnaient le cercueil. Après quoi il monta lui-même dans le véhicule des pompes funèbres.

Ce jour-là, Svetlana demanda à la concierge le numéro de téléphone de l'administration de l'immeuble, téléphona en faisant semblant d'appeler de la poste, et leur extorqua le numéro de téléphone de l'appartement 52.

C'est seulement au bout de la troisième tentative qu'elle réussit à mener à bien une véritable filature. Un soir (elle avait renoncé à ses surveillances matinales), Chourik sortit de l'immeuble au pas de course, tout seul, avec un porte-document sous le bras, et fonça vers l'arrêt du trolley. Mais celui-ci venait juste de passer et, après avoir attendu un instant près de l'arrêt, ce qui avait permis à Svetlana de maîtriser son trouble et de rassembler ses esprits, il partit à pied en direction de la station de métro Biélorussie. Elle lui emboîta le pas sans se faire remarquer.

Le moment était propice pour lui parler, mais Svetlana fut soudain prise d'une panique qui l'inonda de sueurs froides, et elle comprit qu'elle n'était pas prête. Elle comprit aussi que le plus difficile était encore à venir : il fallait trouver le moyen de l'aborder sans compromettre sa dignité féminine. Elle n'était pas de celles qui courent après les hommes... Jusqu'à présent, elle n'avait pas réfléchi à ce qu'elle lui dirait quand elle le reverrait enfin. Elle passait en revue des phrases sans conséquence, mais rien ne convenait.

Elle le laissa prendre de l'avance sans pour autant le perdre de vue. Elle le suivit dans le métro. Elle eut le temps de monter dans la même rame que lui, de descendre avec lui à la station Pouchkine, et ne le perdit pas non plus dans la cohue de ce lieu très fréquenté.

Même des agents de surveillance chevronnés n'arrivent pas toujours à filer leur client de façon aussi idéale que Svetlana réussit à le faire dès la première fois. Elle le suivit jusqu'au bout de son trajet, l'entrée d'un imposant immeuble stalinien, près des portes Saint-Nikita, au coin de la rue Katchalov, dans lequel se trouvait le magasin *Tissus* où elle avait acheté la magnifique étoffe de son imperméable. Ça alors ! Qui aurait pu imaginer ça ? Elle était si bouleversée qu'elle n'attendit pas qu'il ressortît, et rentra chez elle. C'était à dix minutes à pied tout au plus.

Une fois chez elle, elle prit un thé brûlant pour se réchauffer, et s'attaqua à la pelisse. Elle ne pouvait quand même pas se présenter devant lui avec son vieux manteau... Le travail sur la pelisse avançait très lentement. La peau était épaisse et mal tannée, et Svetlana, après l'avoir découpée, fixait à présent les morceaux les uns aux autres avec des bandes de tissu très solides. C'était un travail manuel minutieux et qui plus est, pénible. Mais comme tout travail manuel, il laissait le temps de réfléchir. Et Svetlana, anticipant sur l'avenir, bâtissait des châteaux à partir de ses fantasmes de jeune fille. En fait, la fabrication de la pelisse l'aidait à contenir son impatience, mais également ses angoisses secrètes : si tout cela ne débouchait sur rien ?

Le soir où la pelisse fut terminée, elle décida de téléphoner à Chourik. C'était quand même plus simple que de l'aborder dans la rue. Elle avait étudié toutes les variantes, sans exclure la pire : qu'il ne se souvienne pas d'elle. Elle avait tout pesé, tout prévu. Elle téléphona à dix heures du soir. Ce fut une femme qui répondit. Sans doute cette charmante dame — sa mère... Svetlana raccrocha et décida d'appeler tous les soirs à cette heure-là.

Au bout de quelques jours, ce fut Chourik qui décrocha, et

elle dit d'une voix légère et gaie, comme si ce n'était pas elle qui parlait, mais une jeune fille complètement différente :

« Bonsoir, Chourik ! Un grand bonjour du mammouth dont la dent vous a causé tant d'ennuis ! »

Chourik se souvint immédiatement du malencontreux mammouth : l'ongle de son gros orteil avait mis plus de trois mois à repousser, c'était difficile à oublier... Il éclata de rire et ne demanda même pas comment elle s'était procuré son numéro de téléphone. Il sourit dans l'écouteur, tout content.

« Ça alors ! Bien sûr que je me souviens de votre mammouth !

— Lui non plus, il ne vous a pas oublié ! Il me parlait de vous encore tout récemment. J'étais en train d'épousseter le piano, c'est là qu'il m'a parlé de vous... Il vous invite à dîner ! »

C'était merveilleux, la façon désinvolte et enjouée dont s'était déroulée cette conversation ! Elle l'avait invité sans compromettre le moins du monde sa dignité féminine, et il avait immédiatement accepté. Il avait juste mis longtemps à choisir le jour, pas le samedi, ni le dimanche, ni le lundi... Mercredi, d'accord ? Seulement, donnez-moi l'adresse, je me souviens que c'est à côté de la poste, mais j'ai oublié le numéro de l'appartement...

Ce n'était pas loin de chez Valéria. Il comptait passer le mardi à la rédaction prendre du travail pour elle, et le lui porter le mercredi. Il arriva chez Svetlana vers sept heures, comme convenu.

Au milieu de la table trônait la dent de mammouth décorée de fleurs artificielles, et il y avait divers hors-d'œuvre baignant dans le vinaigre, que Chourik ne supportait pas, alors que Svetlana, au contraire, en arrosait tous les aliments qui lui paraissaient fades sans cela. Il y avait également une bouteille de vodka, boisson que Svetlana détestait, contrairement à Chourik. Ils bavardèrent gaiement, comme s'ils se connaissaient depuis longtemps et en toute innocence, et il ne se produisit rien de terrible entre eux, aucune crise d'hystérie, pas de sexe tumultueux sur l'étroit divan. Svetlana, avec sa blouse blanche et ses veines bleuâtres sur les tempes et sur son long cou, était un peu comme une vieille camarade d'école, mais elle parlait de sujets élevés, du destin et divers thèmes du même genre — des choses un peu trop élevées. D'un autre côté, cela lui était familier : Véroussia aussi aimait les sujets élevés.

À neuf heures et demie, Chourik regarda sa montre, poussa un cri et se leva.

« Il faut que je passe chez une amie. Pas très loin d'ici. Je dois lui porter du travail. »

Et il s'en alla en vitesse. Svetlana s'effondra sur le divan et fondit en larmes sous l'effet de la tension. Tout s'était bien passé. Comme elle avait eu raison de ne pas l'aborder dans la rue ! Qu'est-ce qu'elle lui aurait dit ? Tout s'était très, très bien passé. Seulement, cela n'avait pas été un rendez-vous amoureux. D'un côté, c'était une bonne chose qu'il éprouve du respect pour elle, mais d'un autre côté, c'était un peu vexant... Que faire maintenant ? Il n'avait même pas pris son numéro de téléphone.

Une fois qu'elle eut bien pleuré, de nouveaux plans se mirent à fourmiller dans sa tête : elle pouvait acheter des billets pour le conservatoire, par exemple, ou l'inviter au théâtre, mais ce n'était pas la bonne méthode. C'est à l'homme d'inviter. Le mieux, ce serait de lui demander un service... Un service purement masculin, comme réparer quelque chose ou déplacer des meubles. Oui, mais s'il n'était pas bricoleur et qu'il refusait immédiatement ? Il fallait que ce soit quelque chose de simple, qu'il serait inconvenant de refuser. Et puis, ce qui la réjouissait aussi, c'était de connaître des choses sur lui sans qu'il s'en doutât — son adresse, son immeuble, sa maman, et même l'entrée du bâtiment où il allait porter son travail...

La pelisse en élan était prête depuis longtemps. Mais voilà que tout à coup, cette pelisse ne résolvait rien du tout. Svetlana réfléchit un peu, et elle eut une idée. Elle défit un bonnet bleu et se tricota une écharpe avec la laine. Elle lui allait bien. Elle passa toute la semaine à faire un grand ménage dans sa chambre et changea les rideaux, elle remit les vieux qui étaient là du temps de sa grand-mère, ils avaient plus de charme. Elle lava à l'eau froide un tissu asiatique ancien que sa grand-mère désignait du nom espiègle de « suzanne », et le suspendit devant la porte en guise de tenture, pour se protéger des voisins. Une fois qu'elle eut tout arrangé à la perfection, elle s'allongea un soir sur son lit et se dit : demain, je vais encore avoir une angine. Et elle eut une angine.

Le matin, elle fit sa toilette, enfila un pull blanc, et noua autour de son cou la nouvelle écharpe bleue. Puis elle appela Chourik et lui demanda d'une voix tendre s'il ne pouvait pas lui rendre un service. Elle avait attrapé une angine, il n'y avait personne pour aller lui acheter des médicaments. Et elle se coucha.

Elle ne pouvait trouver une meilleure idée : les médicaments, c'était sacro-saint. Des médicaments pour sa mère, des médicaments pour Mathilda, des médicaments pour Valéria... Cette demande lui parut si naturelle qu'après avoir pris son petit déjeuner en vitesse il se rendit chez Svetlana pour s'acquitter de cette mission familière. En chemin, il acheta du calcium.

Svetlana était si mignonne, elle faisait tellement pitié, il y avait dans la chambre une odeur de parfum vaguement plaintive, quelque chose comme du jasmin avec un soupçon de vinaigre, la laine bleue entrait dans la bouche de Chourik tandis qu'elle pressait contre sa frêle poitrine sa tête encore bouclée, quoique légèrement dégarnie sur le haut du crâne. Il sentit, de tout son corps, qu'elle était constituée d'os fragiles et un peu tordus, comme des cartilages de poulet, et la pitié, la vigoureuse pitié d'un être fort envers une créature si faible agit sur lui comme le meilleur des excitants. D'autant qu'il comprit tout de suite de quel médicament elle avait besoin. Une fois extraite de son pull, de son écharpe et de son tee-shirt, il la trouva encore plus pitoyable avec sa peau toute bleue hérissée de chair de poule, sa poitrine plate si touchante, et son duvet blanchâtre entre les jambes.

Il n'oublia pas néanmoins de laisser le calcium sur la table. Après avoir appliqué ce traitement thérapeutique, il fit un saut à la pharmacie pour aller chercher un gargarisme et lui rapporta aussi trois citrons achetés dans le superbe Gastronome de la place de l'Insurrection. Il n'oublia pas de prendre également un pâté de foie pour sa mère au rayon charcuterie. Véra adorait ça. Il apprit ce matin-là que Svetlana mangeait le citron avec la peau, qu'elle aimait le thé de Ceylan bien infusé, qu'elle ne prenait jamais d'antibiotiques, et qu'elle soignait ses angines uniquement avec du calcium.

« Il est complètement différent, ce n'est pas un salaud, comme Sérioja Gnezdovski, ni un traître, comme Aslamazian, jamais il ne se conduirait comme lui... Il est différent... », songeait-elle, et elle chuchotait : « Différent... différent... »

Le soir, Joulitchine passa la voir. En ami. Elle lui prépara un thé de Ceylan bien fort (qu'en fait, elle ne buvait jamais), posa sur la table une coupelle avec de la confiture, des biscuits, et un citron coupé en tranches fines. Elle avait une écharpe autour de la gorge.

« Cela fait deux angines d'affilée ! » se plaignit-elle.

Elle était décontractée, pas la moindre tension. Ses yeux brillaient.

« Comment dormez-vous ? demanda le docteur.

— Parfaitement bien ! » répondit Svetlana.

« La force immense des placebos ! » songea le docteur tout content. La fois précédente, au lieu d'un somnifère, il lui avait donné des cachets de glucose. Que Svetlana n'avait d'ailleurs pas pris.

Peut-être les angines avaient-elles joué un rôle ? Curieux, quand même ! C'était presque une règle : d'une certaine façon, les maladies physiques soulagent le psychisme. Il songea au cas récent d'un de ses patients qui, à la suite d'une forte grippe, s'était merveilleusement sorti d'une profonde dépression.

Ce soir-là, tout le monde était très satisfait. Svetlana s'était trouvé, croyait-elle, un homme qui se distinguait avantageusement de tous les salauds qu'elle avait rencontrés jusque-là dans sa vie, le docteur Joulitchine était persuadé d'avoir une fois de plus tiré une patiente d'une situation dangereuse, et Chourik avait eu l'occasion de faire plaisir à sa mère avec le pâté de foie. En outre, il avait apporté des médicaments à cette Svetlana, et lui avait manifesté l'estime sexuelle qu'elle quémandait de façon si touchante.

Chourik ne savait pas bâtir des plans au-delà de la journée

en cours. Les pressentiments et les pronostics étaient exclusivement du ressort de Véra. Sa grand-mère, qui était la plus perspicace de la famille, n'était plus de ce monde depuis longtemps, et le malheureux n'imaginait même pas quelle croix il s'était mise sur les épaules en offrant un réconfort élémentaire à cette jeune fille nerveuse et assez quelconque.

42

En sortant de l'immeuble de Svetlana, Chourik avait immédiatement chassé de son esprit cette petite aventure de rien du tout. La navrante asymétrie des relations humaines : tandis que Svetlana rejouait indéfiniment la séquence de sa visite depuis la première jusqu'à la dernière minute, comme si elle avait l'intention de graver tous ses gestes dans sa mémoire pour l'éternité, de donner à chaque mot qu'il avait prononcé des interprétations diverses et de conserver à jamais cette rencontre dans l'alcool, Chourik, lui, continuait à vivre dans un monde dont elle était totalement absente.

Svetlana ne sortit pas de chez elle pendant quatre jours, elle attendait le coup de fil de Chourik. Et cela, alors qu'elle se souvenait parfaitement qu'il n'avait pas pris son numéro. Le cinquième jour, elle sortit. La peur de rater son appel la fit courir comme une folle jusqu'au magasin et à la pharmacie.

« Personne n'a téléphoné pour moi ? » demanda-t-elle à son gros voisin qui répondit d'un ton sarcastique, ce vieux porc :

« Si, bien sûr ! Mais la communication a été coupée... »

Au fur et à mesure que la semaine s'écoulait, la certitude

que Chourik allait obligatoirement téléphoner fut remplacée par la certitude tout aussi absolue qu'il ne téléphonerait jamais. Dans le placard, l'imperméable modèle avec son capuchon et sa doublure à carreaux, ainsi que la pelisse (ou plutôt la longue veste) toute neuve en peau d'élan, étaient accrochés sur des cintres en bois, enveloppés dans de vieux draps. Svetlana était armée de pied en cap. Les premières paroles échangées avaient été si bien trouvées, la rencontre amoureuse avait eu lieu (la première, sous le signe de la dent, elle ne la comptait pas). Et maintenant, tout cela restait en suspens et ne servait à rien — comme ces magnifiques vêtements dans le placard.

Au bout d'une semaine jour pour jour, elle composa le numéro de Chourik. Elle entendit la voix de la vieille dame et raccrocha. Le lendemain, ce fut Chourik qui répondit. Sa gorge se noua, et elle ne prononça pas un mot. D'ailleurs qu'aurait-elle pu dire ? Elle resta deux jours sans dormir ni manger, travaillant toute la nuit sur ses fleurs en soie. Elle comprenait qu'elle devait aller voir Joulitchine, mais remettait sans arrêt cette visite.

Le troisième jour, vers le soir, elle enfila sa pelisse et se rendit chez Joulitchine. Mais elle se retrouva à la station de métro Biélorussie. Elle s'approcha de l'immeuble de Chourik. Elle resta un instant devant. Elle ne l'attendait pas. Elle restait juste là. Puis elle rentra chez elle. Tous les jours, elle partait voir Joulitchine, et se retrouvait devant cet immeuble. Finalement, elle le vit sortir. Elle le suivit. Très adroitement. Elle l'accompagna jusqu'aux Portes Rouges. Elle éprouva alors une terrible lassitude, et rentra chez elle. Le surlendemain, elle l'accompagna encore en secret jusqu'à la station Sokol. Là, il sortit du métro et tourna en direction des ruelles du quartier de la gare de la Baltique.

En deux semaines, elle avait bien étudié son emploi du temps : il ne sortait pas de chez lui avant trois heures de l'après-midi. Un jour, elle l'avait accompagné au théâtre, où il accompagnait lui-même sa mère. Elle connaissait bon nombre de ses trajets, à présent : Sokol, la rue Katchalov. Elle savait dans quelles bibliothèques il travaillait. Elle avait découvert le numéro de l'appartement de la rue Katchalov où, à deux reprises durant ces quinze jours, il était resté si tard qu'elle était partie sans attendre qu'il ressortît.

Pas une seule fois elle ne s'était fait surprendre. Le goût de l'espionnage s'était éveillé en elle, elle connaissait presque toutes ses « planques », à part celle de Mathilda, pour la bonne raison que cette dernière se trouvait à ce moment-là à Vychni Volotchek. C'est à cette époque qu'elle s'acheta un carnet dans lequel elle notait tous les déplacements de Chourik.

Elle n'était toujours pas allée voir Joulitchine, bien qu'elle eût obscurément conscience qu'il était grand temps de lui rendre visite. Puis, par hasard, elle rencontra sa femme dans la rue. Nina Ivanovna la ramena chez elle. Après avoir parlé cinq minutes avec Svetlana, Joulitchine lui proposa de la faire hospitaliser sur-le-champ. Contre toute attente, elle accepta : elle était très fatiguée par ses activités de filature.

Joulitchine avait dans son service une chambre pour femmes de six lits où, dans la mesure du possible, il installait ses patientes préférées. D'habitude, il y avait là un public d'intellectuelles, des maniaco-dépressives dans un état pas trop critique. Joulitchine y organisait parfois des psychothérapies de groupe. C'était dans cette chambre que Svetlana avait été hospitalisée la dernière fois, et il lui trouva de nouveau une place parmi ses élues. Elle y fit la connaissance de Slava, une orientaliste d'une quarantaine d'années, une suicidaire chevronnée avec huit tentatives à son actif, réussies du point de vue médical.

Elles devinrent amies. Slava lui lisait ses traductions de poètes persans tandis que Svetlana brodait un bouquet de lilas sur un morceau de soie de la taille d'une boîte d'allumettes, avec des points particulièrement protubérants, si bien que le minuscule lilas sortait quasiment de l'étoffe. Et elle s'extasiait sur les poèmes.

« Encore un peu, et il va embaumer ! » s'écriait Slava, admirant à son tour les talents manuels de sa nouvelle amie.

Au bout d'une semaine de fréquentation débutèrent les conversations-confessions, et Slava devina que le prince charmant de Svetlana, le traducteur Chourik qui vivait avec sa mère rue Nouvelle-des-Bois, était le fils de Véra Alexandrovna Korn, une vieille amie de sa mère. Toutes les deux furent ravies d'un concours de circonstances aussi exceptionnel.

Slava connaissait Chourik depuis son enfance, elle se souvenait de sa remarquable grand-mère qui lui avait autrefois enseigné le français, et elle raconta à Svetlana tout ce qu'elle savait sur cette merveilleuse famille. Véra avait une affection particulière pour Kira, la mère de Slava : c'était la seule personne qui se souvînt du père de Chourik, le fatal Alexandre Sigismundovitch.

Joulitchine garda Svetlana dans son service pendant six semaines. Il la tira de sa rechute. Slava, elle, était sortie une semaine plus tôt. Les sinistres voix qui la hantaient et la poussaient au suicide avaient fini par la laisser en paix.

Les patientes du docteur Joulitchine, devenues presque des intimes, se retrouvaient de temps en temps au café Prague, où elles prenaient un café en mangeant des gâteaux au chocolat crémeux. Svetlana avait offert à Slava son lilas encadré, et Slava avait donné à Svetlana un recueil de poésie persane contenant quatre poèmes traduits par elle. Mais l'autre cadeau que Slava fit à sa nouvelle amie fut véritablement féerique... Elle l'invita à l'anniversaire de sa mère. Les invités étaient peu nombreux : le frère de sa mère, un militaire à la retraite, avec sa femme, une nièce et deux amies. L'une de ces amies était Véra Korn. Généralement, Véra venait accompagnée de Chourik. C'était exactement ce dont rêvait Svetlana : rencontrer Chourik non dans la rue, comme par hasard, mais à une réception, dans une maison respectable, à l'improviste... Elle ne pouvait pas lui téléphoner tout simplement — à cause de sa fierté féminine. Mais en le rencontrant comme ça, dans une maison convenable, elle pourrait l'amorcer avec un appât convenable.

Elle passa en revue des dizaines de variantes avant de trouver un appât satisfaisant. Par une amie qui travaillait dans une pharmacie, elle se procura la notice d'un nouveau médicament français. C'était exactement ce qu'il fallait. Maintenant, elle savait pour quelle raison elle allait l'inviter chez elle : pour traduire la notice.

Ils se retrouvèrent chez Kira Vassilievna, autour d'une table. Chourik reconnut immédiatement Svetlana, bien qu'il se fût écoulé plus de six mois depuis leur dernière rencontre, celle de l'angine. Il la présenta à sa mère en lui rappelant la dent de mammouth que cette charmante Svetlana avait fait tomber sur son pied... Ils étaient assis l'un à côté de l'autre, et Chourik s'occupait d'elles deux. Il leur versait du vin, leur passait le plat de poisson.

Leur première rencontre, avec cette maudite dent, n'avait pas été la bonne, un peu comme un mouvement qui part du mauvais pied. Une rencontre stupide, fortuite, bref, une rencontre de rue. Celle de l'angine restait suspendue dans l'air, pour une raison inconnue. À présent, c'était comme si l'on réécrivait tout le scénario : dans une maison respectable, autour d'une table digne de ce nom, en présence de sa mère... Désormais, les choses devaient se passer de façon complètement différente. Svetlana faisait partie de ce milieu, elle était intime avec la fille d'une amie de sa mère. D'ailleurs sa grand-mère avait fait ses études dans un lycée, comme la grand-mère de Chourik. Dans la ville de Kiev. Son grand-père aussi. Sa mère travaillait dans le domaine culturel, elle dirigeait un club. Et son père était militaire...

Svetlana haïssait sa mère. Celle-ci avait abandonné sa famille pour vivre avec le supérieur de son mari et l'avait laissée seule avec son père en emmenant son frère cadet. Quelques années plus tard, son père s'était tiré une balle dans la tête, et Svetlana s'était retrouvée chez sa grand-mère, avec laquelle elle ne s'entendait pas du tout. Elles se gênaient mutuellement, mais ne pouvaient se débrouiller l'une sans l'autre. Maintenant, sa défunte grand-mère, une vieille femme malfaisante et cupide, inspirait à Svetlana un sentiment de gratitude : elle lui rendait service, en quelque sorte, en l'introduisant dans un milieu de gens convenables... Svetlana avait l'impression de produire sur tout le monde une impression favorable, et elle souriait aimablement. Elle déclara à Chourik :

« J'ai été malade assez longtemps, je n'ai pas pu vous téléphoner et vous remercier pour le médicament. Mais à présent, j'ai un nouveau problème... Vous comprenez, on m'a envoyé un médicament de France, seulement la notice est en français. Vous ne pourriez pas me la traduire ?

— Bien sûr, Svetlana ! Cela m'est déjà arrivé de traduire des textes pharmaceutiques. Je pense que je me débrouillerai. »

Svetlana sortit alors de sa poche un papier qu'elle avait préparé d'avance, avec son numéro de téléphone.

« Téléphonez-moi, nous prendrons rendez-vous. »

Cette stratégie à base de médicaments, à laquelle elle avait déjà eu recours une fois, fonctionna très bien. Chourik téléphona. Il vint. Il traduisit. Il but du thé. Et cette fois encore, elle fut obligée de le bousculer un peu...

« Le problème, c'est qu'il est terriblement timide ! » décida-t-elle. Et lorsqu'elle eut compris cela, tout devint plus facile. Elle l'appelait elle-même, elle l'invitait, et il venait. Il refusait rarement et toujours pour des raisons respectables : un travail urgent, ou sa mère qui était souffrante... Et chaque fois, Véra Alexandrovna lui transmettait son bon souvenir.

43

Dans la mémoire de Véra Alexandrovna, l'hiver 1981 resta marqué par les douleurs provoquées par l'os qui lui poussait sur le pied, et par la touchante correspondance qu'elle entretenait avec Maria. La fillette écrivait d'une écriture assez menue, en caractères d'imprimerie, et faisait étonnamment peu de fautes. Plus étonnant encore était le contenu philosophique de ces lettres d'enfant.

« Bonjour Véra Alexandrovna pourquoi quand je demande tu répons personne d'autre ne répont jamais pourquoi il fait froid en hiver pourquoi il y a des jaunes jaunes dans les eufs je t'aime et chourik aussi tous les autres ne sont pas pareils dis-moi je suis bête ou intelligente ? »

Elle s'était longuement débattue avec le patronyme, avait oublié des lettres, en avait rajouté, mais avait fini par s'en sortir. Les mots « bête ou intelligente » étaient plus gros que le reste, les signes de ponctuation étaient inexistants, mis à part, à la fin, un énorme point d'interrogation fortement incurvé et agrémenté de dessins aux crayons de couleur.

Véra réfléchissait longuement sur chaque lettre, et écrivait ses réponses au dos de belles cartes postales. Pas des chatons ni des fleurs, mais des reproductions de tableaux célèbres de grands peintres. Et elle préparait des colis avec des jeux et des livres. Elle envoyait son fils les poster.

Pendant tout l'hiver, Chourik emmena sa mère suivre une physiothérapie où l'on faisait subir un traitement à son os qui poussait, et chaque soir, il lui enduisait le pied d'opodeldoch, une pommade homéopathique, ainsi que d'un onguent qu'il allait chercher chez un célèbre herboriste trouvé dans le carnet de sa grand-mère.

L'os n'empêchait d'ailleurs pas Véra de donner ses cours aux fillettes car elle souffrait exclusivement le soir et la nuit. Elle était parfois réveillée par la douleur, une douleur pas très forte, mais agaçante, et qui faisait fuir le sommeil. De façon générale, à la différence de la plupart des gens âgés qui descendent la pente, si l'on peut dire, et qui subsistent par inertie, sans goût pour rien, l'existence de Véra avait au contraire pris une nouvelle direction inattendue et était entrée dans une phase ascendante. Grâce à l'idée ridicule du défunt Pâte-de-fruit, son énergie créatrice qui s'animait autrefois au contact de l'art des autres, plutôt comme un écho de ses aptitudes ensevelies, avait maintenant trouvé un véritable exutoire. Il s'avéra que sommeillaient en elle des dons maternels et pédagogiques étouffés par la profusion de talents dont elle avait été entourée, et ses modestes capacités ne s'étaient éveillées que vers la fin de sa vie, en présence de quelques fillettes insignifiantes qui respiraient docilement sous sa direction.

La nuit, quand son petit os douloureux l'empêchait de dormir, elle restait allongée et rêvait à l'été... Léna amènerait Maria et elles s'installeraient ensemble à la datcha... Il ne faudrait pas oublier de dire à Chourik d'aller voir la propriétaire Olga Ivanovna au début du mois de mars, et de louer là-bas leurs anciennes pièces, celles du temps d'Élisavéta Ivanovna. Ses pensées s'engageaient alors dans une ornière culinaire assez inhabituelle : cet été, ce serait bien de constituer des stocks pour l'hiver, comme le faisait sa mère, de la confiture de fraises des bois, des myrtilles écrasées dans du sucre, de la confiture d'abricot... Il faudrait qu'elle demande à Irina si elle savait faire la confiture d'abricot avec les noyaux, comme sa mère... Elle réfléchissait aussi à la façon dont elle devrait présenter les choses à Léna Stovba pour qu'elle ne puisse pas refuser. Évidemment, le plus important, c'était que Chourik lui prêtât main-forte... D'ailleurs elle était sûre de son fils : il s'était vu attribuer un rôle primordial dans ses projets.

Elle n'arrêtait pas de discuter des lettres de Maria avec lui. Une relation personnelle s'était instaurée entre la fillette de six ans et la vieille dame. Cette relation existait de façon totalement indépendante, en dehors de Chourik ou de Léna. Entre-temps, les affaires de Stovba ne s'étaient guère arrangées, ce que Véra ne pouvait pas savoir, bien entendu. Au moment où elle avait réussi à obtenir le certificat indispensable pour le divorce, l'urgence avait disparu : elle avait reçu la nouvelle que le mariage fictif n'aurait pas lieu, car cette fripouille d'Américain prévu comme mari avait disparu dès qu'Enrique lui avait remis une certaine somme d'argent. Le divorce n'étant plus aussi pressé, ils étaient convenus que Léna enverrait les papiers nécessaires, Chourik irait les porter, et elle arriverait juste pour le jour fixé.

Après s'être préparée à cette importante conversation, tout en n'ayant pas le moindre doute sur l'assentiment de son fils, Véra déclara à Chourik qu'elle voulait inviter Maria à la datcha pour l'été. Chourik réagit avec une relative indifférence, et Véra fut même déçue par le flegme avec lequel il accueillit l'arrivée possible de la merveilleuse petite fille.

« Je n'ai rien contre, Véroussia, mais il me semble que cela va te fatiguer. Enfin, fais comme tu voudras. Cette année, je ne pourrai pas passer beaucoup de temps à la datcha, et cela va quand même être une charge supplémentaire pour toi... »

Véra Alexandrovna échangea quelques lettres avec Léna, et reçut un accord assez vague.

Léna avait de toute façon l'intention de venir à Moscou pour le divorce. Bien qu'il n'y eût plus désormais aucune urgence, elle comprenait que, tôt ou tard, il lui faudrait se libérer de ce mariage à présent dénué de sens. Il ne lui était encore jamais arrivé de se séparer de sa fille, et la proposition lui parut étrange, mais Maria manifesta une joie inattendue. C'était le dernier été avant son entrée à l'école, et si Rostov était une ville méridionale, avec une grande rivière, ce n'en était pas moins un endroit industriel et poussiéreux. Léna n'avait jamais de vacances l'été, et elle se décida à laisser sa fille à Véra. Pas tout l'été, mais un mois.

À la fin du mois de mai, alors que Chourik était déjà presque prêt pour le déménagement à la datcha, c'est-à-dire qu'il avait rangé dans des caisses les provisions et objets indispensables (depuis le sucre en poudre jusqu'au pot de chambre) d'après une liste interminable rédigée jadis de la main d'Élisavéta Ivanovna, Léna amena Maria. Irina Vladimirovna arriva, elle aussi, et Chourik les conduisit toutes en grande pompe à la datcha. La procédure de divorce était engagée, et la date était fixée à la fin du mois d'août. Léna avait l'impression d'avoir fait un pas de plus en direction d'Enrique.

Elle passa deux jours à la datcha avec sa fille. Tout lui plut énormément : la nature, le calme, et le mode de vie remarquablement distingué de ce foyer dans lequel elle était tombée.

« Un vrai nid d'aristocrates ! » songea-t-elle avec tristesse.

Maria aussi se plaisait beaucoup à la datcha, elle ne quittait pas Véra Alexandrovna d'une semelle, et Léna, qui avait élevé son enfant sans assistants ni collaborateurs, se sentit un peu blessée par l'attirance excessive de sa fille pour la vieille dame, mais elle l'expliquait par l'absence d'une véritable grand-mère dans la vie de la petite. Elle-même, comme Chourik, avait été élevée par sa grand-mère, qu'elle aimait davantage que tout le reste de sa famille...

Elle s'en retourna chez elle avec un sentiment complexe, il lui semblait que Maria la laissait partir un peu trop facilement. Elle avait convenu avec Véra Alexandrovna qu'elle reviendrait dans un mois, et qu'elles décideraient alors ensemble si elle ramenait Maria à Rostov ou si elle la laissait jusqu'à la fin de l'été. Elle qui n'avait jamais quitté sa fille plus de quelques heures, voilà qu'elle s'était soudain décidée à se séparer d'elle aussi longtemps. En même temps que de l'angoisse, elle éprouvait également un certain sentiment de délivrance : c'était un congé provisoire dans cette maternité dont elle avait porté le fardeau seule, sans relève et sans partage, pendant presque sept ans. Un sentiment de liberté illicite...

Lorsque, trois jours après le déménagement, Chourik arriva à la datcha avec deux sacs de nourriture bedonnants, il découvrit que sa mère et la fillette étaient devenues l'une pour l'autre Véroussia et Mourzik, et cela pour toujours.

Maria accueillit Chourik avec une joie exubérante, elle sautillait d'impatience autour de lui et bondissait comme un ballon en essayant de se suspendre à son cou. Il posa les sacs par terre et, se retournant brusquement, la prit par la taille et la flanqua sur le divan. Elle poussa des cris de ravissement et rebondit comme un ressort. Commença alors un joyeux chahut. Chourik la prenait sur ses épaules, elle gigotait dans tous les sens, et il la faisait tournoyer avec l'étrange sentiment d'avoir déjà connu quelque chose d'analogue dans sa vie... Lilia ! C'était Lilia qu'il faisait ainsi tournoyer et sauter en l'air, c'était elle qui aimait se suspendre à lui de cette façon, en agitant ses pieds chaussés de bottines pointues.

« Ah, ma petite Mourzik ! » s'écria-t-il en la jetant sur le divan

La fillette sauta par terre et se rua sur un sac qu'elle vida de fond en comble à toute allure. Elle trouva un petit carton de jus de cerise qu'il s'était procuré auprès de mystérieux distributeurs par l'entremise de Valéria. Il détacha la paille collée sur le côté et la planta dans le carton.

« Bois ! »

Maria aspira le jus synthétique finlandais avec la paille, et quand il se termina dans un gargouillis, elle leva les yeux au ciel et dit d'un air songeur :

« Quand je serai grande, je ne boirai jamais rien d'autre, c'est juré ! »

Et elle entreprit d'étudier le carton très attentivement afin de ne pas le confondre avec un autre dans le futur.

Puis Chourik se rendit au bord de l'étang avec elle. Chose surprenante, Véra les accompagna. Elle resta assise sur la rive tandis qu'ils s'aspergeaient d'eau froide. Maria fit tout le chemin du retour à califourchon sur le dos de Chourik en l'obligeant à courir : « Tu es mon cheval ! Plus vite ! Plus vite ! »

Et Chourik galopait en sautillant. Véra marchait derrière eux, retirant un grand plaisir de cette combinaison inattendue : ils n'étaient pas deux, mais trois. Quand Chourik et Maria arrivèrent à la maison en caracolant, Véra leur dit :

« Allez vous laver les mains, les enfants ! »

Ce qui les mit d'emblée sur un pied d'égalité.

Véra passa deux semaines avec Mourzik. Irina Vladimirovna gravitait autour d'elles à une distance bien déterminée : on l'autorisait uniquement à laver le linge de la petite fille. Tout le reste — les repas, les promenades, le coucher — était entièrement du ressort de Véra Alexandrovna. C'était précisément cette partie des soins qui jadis, dans l'enfance de Chourik, avait incombé à Élisavéta Ivanovna ou à une employée.

Véra découvrait sur le tard ces joies de la maternité qu'elle n'avait pas connues : le délicieux bâillement matinal d'un enfant pas encore tout à fait réveillé et l'explosion d'énergie qui se produit au moment où les petits pieds nus touchent le plancher, les moustaches de lait du petit déjeuner que Maria essuyait avec son poing, les embrassades sautillantes et fougueuses après les séparations d'un quart d'heure... À cinq ans, Chourik était un enfant empoté, gentil et un peu lent, tandis que ce petit oiseau au teint mat pépiait, frétillait, jubilait continuellement, et Véra Alexandrovna la suivait pas à pas, craignant de manquer un de ses sourires, un de ses mots, un de ses mouvements de tête.

Elle la préparait pour son entrée à l'école, elle lui faisait faire de la lecture, de l'écriture, et divers exercices physiques : des étirements, des mouvements rythmiques, toutes les bêtises qu'elle avait étudiées autrefois à l'atelier de théâtre... Ou bien elles s'asseyaient toutes les trois avec Irina et dénoyautaient des cerises : Irina extirpait adroitement les noyaux avec une épingle, Mourzik avec une machine spéciale, et Véra avec une petite fourchette. Mourzik était drapée dans des torchons, mais le jus de cerise éclaboussait tantôt sa robe, tantôt sa joue brune, tantôt ses yeux, elle bondissait alors sur ses pieds en secouant la tête dans tous les sens, et Irina allait chercher de l'eau bouillie pour lui laver l'œil.

Un jour, Véra posa sur la table un vase avec des soucis d'eau jaunes, et elles se mirent toutes les deux à dessiner. Maria n'y arrivait pas, elle perdait patience, renâclait, mais Véra l'aida un peu et le dessin s'arrangea. Maria prit alors un crayon rouge et écrivit en gros au bas de la feuille : « Maria Korn ».

Véra resta interdite : comment fallait-il comprendre cela ? Après un instant d'hésitation, elle sortit le cahier sur lequel elles faisaient les exercices, et demanda à Maria de le signer.

Et la fillette écrivit pour la deuxième fois : « Maria Korn ». Véra ne lui posa aucune question. Elle attendait maintenant l'arrivée de Chourik avec une immense impatience. Un soupçon absurde lui était venu : et si... À l'encontre de tout bon sens, elle se mit à chercher des ressemblances entre son fils et Mourzik, et elle en trouvait une multitude. Son amour subit était en quête de fondements, et dans le secret de son âme, elle était tout à fait convaincue que ce n'était pas un hasard si la petite fille portait leur nom.

Chourik s'attendait depuis longtemps à être confondu, il comprenait bien qu'il n'avait que trop tardé à avouer ce mariage absurde, mais il ne trouvait pas la force d'entamer cette conversation. Et puis, le divorce allait être prononcé d'un jour à l'autre, il espérait que Léna emmènerait sa fille à Rostov, à Cuba, où elle voudrait, et que toute cette histoire serait terminée sans qu'il ait eu besoin de perturber Véra.

Dès son arrivée, il exécuta sa danse rituelle avec Maria sur les épaules et, après avoir jeté la fillette hurlante sur le divan, il sentit qu'il se passait quelque chose avec Véra. Il ne disait rien, il attendait.

Ils couchèrent Maria, envoyèrent Irina Vladimirovna au lit, et s'assirent tous les deux sur la terrasse, sous l'abat-jour. La question fut posée de façon directe, chose inhabituelle chez Véra :

« Chourik, dis-moi, pourquoi Maria porte-t-elle notre nom ? C'est ta fille ? »

Chourik, pris en flagrant délit, se couvrit de sueur froide. Il restait là, tout rouge, comme à un examen de chimie, quand il n'avait strictement rien à dire, et il se demandait comment une chose pareille avait bien pu venir à l'esprit de sa mère. On lui avait pourtant bien dit qui était le père de la fillette !

« Pardonne-moi, Véroussia, j'aurais dû te raconter cela depuis longtemps... »

Et Chourik lui révéla un peu tardivement le secret de son mariage fictif. Il lui raconta également son voyage en Sibérie pour la naissance de Maria.

Véra fut stupéfaite. Bouleversée. Et surtout émue. Elle avait été elle-même une mère célibataire, mais la blessure sociale avait été grandement compensée par la femme intelligente, dominatrice et cultivée qu'était Élisavéta Ivanovna.

À dire vrai, elle n'avait rien appris de nouveau sur la vie de Léna, mais à présent qu'elle savait avec quelle noblesse s'était conduit Chourik, elle éprouvait encore plus de compassion pour cette femme, et elle aurait vraiment aimé que Maria fût sa fille, sa petite-fille, peu importe quoi, du moment qu'elle restait chez eux. Pour la première fois de sa vie, elle regrettait d'avoir eu un fils et non une fille. Mais Chourik était merveilleux ! Tellement chevaleresque... Il avait épousé cette petite alors qu'elle était dans le malheur, il avait reconnu l'enfant, et tout cela sans lui en souffler mot à elle, Véra, afin de ne pas la chagriner... Ah, c'était bien lui !

S'efforçant de donner à son récit une forme humoristique, Chourik évoquait l'immense appartement-labyrinthe du secrétaire régional du Parti, dans lequel il errait la nuit à la recherche des toilettes, ainsi que le grand-père et la grand-mère, des petits vieux cacochymes qui vidaient gaillardement leurs verres en dévorant à belles dents de gigantesques pâtés en croûte dont chaque exemplaire, dans n'importe quelle maison normale, aurait constitué un pâté de taille adulte.

« Finalement, Léna n'est pas si simplette que cela, Chourik, fit remarquer Véra. D'après ce que racontait Alia, je me la représentais tout à fait autrement...

— Ça, c'est sûr, Léna est une femme de caractère ! Mais si tu voyais son père ! »

Et il raconta comment on lui avait fait visiter les énormes usines sibériennes, non dans le but de les lui montrer, mais afin de l'exhiber devant le personnel comme la preuve vivante d'un absolu respect des convenances dans la famille du premier personnage de la région.

« Quant au père... Tu ne peux pas imaginer les mœurs qu'ils ont là-bas, maman ! Si je ne l'avais pas épousée, jamais ils n'auraient laissé Léna franchir le seuil de leur maison avec un bébé.

— Oui, oui, opinait Véra. Pauvre petite... »

On ne comprenait pas très bien qui était la pauvre petite — Léna ou sa fille. Mais cette information avait tout de même complètement transformé le tableau. L'ombre d'une famille avait pointé à l'horizon : une mère, un père, un enfant. Autrement dit, Léna, Chourik, Maria... La silhouette superflue du père invisible avait bien surgi. Mais c'était comme s'il n'existait pas.

« Dis-moi, Chourik, que sait Maria de son père ? demanda

Véra, suivant le fil de pensées-sentiments dont elle n'était pas tout à fait consciente.

— Je n'en ai aucune idée, répondit franchement Chourik. Il faudrait demander à Léna ce qu'elle lui a raconté... »

En réalité, Chourik ne s'intéressait absolument pas à ce que Maria pensait à propos de son père.

La veille de l'arrivée de Léna, Maria révéla elle-même à Véra Alexandrovna son grand secret : son papa était un véritable Cubain, très beau et très gentil, seulement il ne fallait en parler à personne... Maria farfouilla dans la boîte ronde en fer-blanc où elle gardait ses trésors de petite fille, et en sortit la photo d'un homme d'une beauté exemplaire, mais d'une autre race. Il était vêtu d'une chemise blanche avec un col ouvert, et sa tête était posée au bout d'un cou très long et pas mince du tout, comme un seau sur le poteau d'une palissade, on aurait dit qu'elle pouvait tourner dans tous les sens, y compris sur elle-même, et sa bouche avançait un peu, mais sans rien d'avide.

Cela signifiait qu'elles étaient devenues intimes au plus haut point. En fait, Léna avait parlé de son père à Maria depuis longtemps, mais jusqu'à présent la fillette n'en avait jamais soufflé mot à personne, et n'avait jamais montré sa photo à qui que ce soit.

Stovba arriva fin juin, et Chourik l'amena à la datcha. Les retrouvailles furent d'une exubérance difficilement imaginable. Maria virevoltait autour de sa mère, elle lui grimpait dessus comme un singe et ne la quittait pas une seconde. Pour couronner le tout, elle refusa d'aller se coucher sans elle, et s'endormit collée contre son flanc.

Ce n'était pas que Véra Alexandrovna considérât cette explosion de sentiments avec réprobation, mais il lui semblait qu'il fallait réfréner un peu une pareille tempête d'émotions, et non verser de l'huile sur le feu. C'est pourquoi elle se montra elle-même très réservée, elle parlait même plus doucement que d'habitude, et vers le soir, elle ne se sentit pas très bien et se coucha plus tôt que d'ordinaire. Maria s'engouffra dans sa chambre pour le baiser du soir. Après l'avoir embrassée sur la joue, elle demanda à toute vitesse :

« Tu viendras à l'étang avec nous, demain ? »

Le pronom égratigna légèrement Véra : nous, eux... Et voilà, moi, je suis déjà à part.

« Nous verrons, Mourzik. Nous avons encore des choses à faire... Il faut montrer à maman comme tu sais bien lire et écrire. »

La fillette bondit.

« J'avais complètement oublié ! Je vais lui montrer tout de suite ! »

Chourik s'en alla dès le lendemain matin retrouver ses traductions, et Léna passa deux jours à la datcha. Véra ne parlait pas de la suite des vacances de Maria. Elle n'osait pas. Elle avait peur qu'un mot maladroit n'incitât Léna à emmener sa fille. Elle ne disait rien. Le troisième jour, Léna déclara pendant le petit déjeuner :

« On est si bien dans votre datcha, Véra Alexandrovna ! Franchement c'est mieux que dans le Caucase ! Je serais bien restée... Je vous remercie beaucoup. Maria et moi, nous repartons demain. Nous reviendrons peut-être... Si vous nous invitez ! » ajouta-t-elle en minaudant.

Véra n'avait pas encore eu le loisir de prononcer la phrase qu'elle avait préparée quand retentit un hurlement de Maria :

« Maman ! Si on restait encore un peu, hein ? Juste un peu ! Véroussia, invite-nous à rester ! »

Elle sautillait en allant de sa mère à Véra et de Véra à sa mère, elle les tirait par la main, quémandait. Véra ne s'était pas attendue à un tel soutien. Elle observa un instant de silence, puis demanda à Léna de préparer encore une demi-cafetière de café et rajusta son chignon. Léna était complètement désemparée. Maria se trémoussait sur ses genoux et lui murmurait à l'oreille : « S'il te plaît ! S'il te plaît ! »

« Mes chéries ! Vous savez bien que j'en serais très heureuse. C'est vrai, Léna, vous pourriez peut-être rester encore un peu ? Ce serait merveilleux ! Nous avons des voisins charmants, ils ne viennent que le week-end, et je suis sûre que pendant la semaine, ils nous céderaient une de leurs pièces, ou au moins leur terrasse. »

Il était grand temps pour Léna de rentrer. Et elle était fermement décidée à ramener Maria à Rostov. On lui avait promis une place pour le mois d'août dans une excellente colonie de vacances à Aloupka, c'était presque sûr. Mais au fond, ce serait peut-être mieux de laisser Maria ici encore un mois...

« Maman ! Restons ! Je t'en prie ! Restons ici pour toujours ! »

Voyant le désarroi de Léna, Véra Alexandrovna comprit que ses chances remontaient.

« Bon, bon..., dit Stovba en cédant. Tu comprends, Maria, moi, il faut que je rentre travailler. Je suis obligée de partir. Mais vous devez certainement être fatiguée d'elle, Véra Alexandrovna. Vous avez besoin de vous reposer...

— Vous savez, Léna, si vous pouviez rester toutes les deux, j'en serais très heureuse. Mais si vous nous laissez Maria, je vous garantis que nous ne lui ferons aucun mal ! C'est notre petite chérie adorée... »

Maria passait des genoux de sa mère à ceux de Véra, puis l'inverse, et revenait vers Véra. Et tout s'arrangea. Léna leur laissa Maria jusqu'à la fin de l'été.

Ce fut un été merveilleux, comme taillé sur mesure : un mois de juin délicieux, un mois de juillet puissant avec des journées torrides et de grosses averses l'après-midi, un mois d'août languissant qui rechignait à laisser la chaleur s'en aller. Véra se surprenait à penser qu'elle ressemblait de plus en plus à sa défunte mère. Pas physiquement, bien sûr — Élisavéta Ivanovna avait toujours été une femme corpulente et massive avec un visage expressif, mais plutôt laid, alors que Véra avait reçu en partage un physique délicat qui devenait de plus en plus distingué en vieillissant —, mais moralement, par cette joie intérieure qui avait toujours été si caractéristique d'Élisavéta Ivanovna.

Soit qu'elle se fût résignée, avec les années, au sentiment d'avoir raté sa vie, soit qu'elle l'eût surmonté, il lui arrivait de plus en plus souvent de défaillir d'un bonheur inconnu jusqu'alors, simplement comme ça, sans savoir pourquoi : à cause d'un oiseau qui passait, à la vue d'un tapis de fraises des bois fleurissant à qui mieux mieux, avec des fruits verts perchés sur le haut du crâne, ou devant Mourzik fourrageant à la table du petit déjeuner en s'efforçant d'émietter discrètement du pain pour l'apporter aux poussins, car Irina Pavlovna ne permettait pas que l'on nourrît la volaille avec du pain, uniquement avec du grain... Et Véra se souriait à elle-même, s'étonnant de cette bonne humeur perpétuelle.

« C'est Mourzik qui me fait cet effet-là ! » se disait-elle, et elle poussait aussitôt ses pensées plus avant : « C'est seulement maintenant que je comprends pourquoi maman aimait tellement travailler avec les enfants, il émane d'eux une joie d'une telle fraîcheur... » Elle avait échafaudé depuis longtemps des projets sérieux, en fait, elle avait déjà tout préparé, il ne restait plus qu'à mettre Chourik dans son camp. D'ailleurs elle pouvait toujours compter sur son fils. Mais il était indispensable d'avoir une conversation avec lui.

Ils étaient assis sur la terrasse. Maria dormait déjà. La lampe suspendue très bas au-dessus de la table brillait faiblement sous son abat-jour fait main. En dépit des fortes chaleurs de la journée, les soirées étaient déjà fraîches, et Véra avait jeté un chandail sur ses épaules. Une atmosphère particulière régnait dans la maison, comme si ce sommeil d'enfant conférait une consistance plus épaisse à l'air déjà dense sans cela et imprégnait tout l'espace d'invisibles radiations, engendrant une profonde sérénité...

Chourik n'était guère attentif de nature, il ne remarquait pas les petites choses ni les menus détails, si cela ne concernait pas sa mère. En revanche, quand il s'agissait de Véra, il avait développé une très grande finesse : il percevait ses moindres changements d'humeur, et son attention habituellement distraite notait des éléments de sa tenue, son teint, un geste, un désir inexprimé... Cette fois, il comprenait qu'elle avait quelque chose d'important à lui dire.

« Comment va ton travail ? » demanda-t-elle, mais ce n'était manifestement pas ce qui la préoccupait.

Chourik, sentant dans sa question l'absence d'un véritable intérêt pour les détails de son existence, répondit en vitesse :

« Très bien, maman. Il est vrai que cette traduction est finalement plus difficile que je ne le pensais. »

Au début du mois de mai, prévoyant l'accalmie estivale, il s'était attelé à la traduction d'un manuel de biochimie commencée par quelqu'un d'autre et massacrée de façon catastrophique.

Dans l'attitude de Véra, dans la façon symétrique dont elle avait posé ses mains devant elle, et dans sa manière ostentatoire de se tenir bien droite, il sentait une solennité qui laissait présager une conversation importante.

« Il faut que nous discutions de quelque chose. »

Elle regardait Chourik d'un air mystérieux.

« Oui ? fit Chourik, un peu intrigué.

— Comment trouves-tu Mourzik ? demanda-t-elle en mettant dans sa question un défi incompréhensible.

— C'est une petite fille merveilleuse », répondit mollement Chourik.

Véra introduisit un rectificatif :

« Elle est unique ! C'est une petite fille unique, Chourik ! Nous devons faire tout ce qui est en notre pouvoir pour cette enfant.

— Mais qu'est-ce qui est en notre pouvoir, Véroussia ? Tu la fais travailler, tu la prépares pour son entrée à l'école, que peux-tu faire de plus pour elle ? »

Véra sourit de son délicieux sourire et tapota la main de son fils. Elle lui expliqua que, maintenant qu'elle avait passé tant de temps avec la petite fille, elle était absolument convaincue que cette enfant devait vivre à Moscou et fréquenter une école moscovite, c'était uniquement là que l'on pourrait l'aider à épanouir son incontestable talent.

Véra voulait donc qu'après l'été la fillette s'installe définitivement à Moscou et entre à l'école dans la capitale.

Il se produisait quelque chose de totalement incompréhensible pour Chourik. Cette idée ne lui plaisait pas du tout, mais il n'était pas dans ses habitudes de résister. Aussi eut-il recours à un argument extérieur :

« Léna ne sera jamais d'accord, maman ! Tu lui en as parlé, ou c'est juste une idée à toi ?

— J'ai un argument particulier ! » dit Véra, et elle prit un air mystérieux.

Chourik n'avait pas coutume de la contredire, mais il lui demanda quand même quel argument imparable elle avait préparé à l'intention de Léna.

Véra éclata d'un rire triomphant.

« Les langues, Chourik, les langues ! Mourzik doit absolument parler des langues étrangères ! Or qui peut instruire cette petite là-bas, à Rostov-sur-le-Don ? Léna n'est pas une idiote ! C'est toi qui vas enseigner à Mourzik l'anglais et l'espagnol.

— Maman ! Mais tu rêves ! Je n'enseigne que le français ! Je suis incapable d'enseigner l'espagnol ! C'est une chose de résumer un article, et une autre d'enseigner la langue ! Je n'ai jamais appris l'espagnol...

— Eh bien, c'est magnifique ! Comme ça, tu auras une bonne raison de t'y mettre. Je connais tes dons ! déclara Véra d'un ton plein de fierté, et en même temps un peu flatteur.

— Je ne suis pas contre, maman, seulement, à mon avis, Léna n'acceptera pour rien au monde ! »

Véra eut l'air désappointé. Elle avait compté sur l'enthousiasme de Chourik, et elle était un peu contrariée par cette indifférence...

Léna revint à la fin du mois d'août, le jour du divorce, et se présenta directement à l'état civil, l'air sombre. Le divorce fut prononcé en cinq minutes. Ils voulaient partir tout de suite pour la datcha, mais elle avait acheté une bouteille de champagne afin de célébrer l'événement, et ils décidèrent de la boire à Moscou, dans l'appartement. Chourik déboucha ensuite une bouteille de cognac géorgien provenant de la cuvée de Guïa.

Stovba était très nerveuse. Ce n'était pas quelqu'un de bavard ni d'expansif, mais avec le cognac, elle finit par se mettre à table : les choses s'éternisaient avec les papiers américains d'Enrique. Son frère aîné Jan, le demi-Polonais, s'était manifesté, il avait compati à leurs problèmes et avait proposé un plan astucieux. Il se rendrait en Pologne, Léna aussi irait là-bas grâce à une invitation organisée d'avance, ils se marieraient, et elle pourrait alors partir aux États-Unis en tant que femme de Jan, ensuite, ils se débrouilleraient bien... Tout cela devait se passer en novembre. Mais on ne savait absolument pas si le service des visas allait lui donner l'autorisation de se rendre dans cette fichue Pologne...

« Et voilà. Tu comprends, ça traîne encore, tout est reporté une fois de plus ! dit Léna d'un ton brusque. On peut passer toute sa vie à attendre comme ça !

— C'est peut-être pour le mieux..., dit Chourik, essayant de la réconforter.

— Comment ça, pour le mieux ? » Elle considéra Chourik d'un air menaçant. « Qu'est-ce qui est pour le mieux ? Il faut que je reste là-bas un mois, et jamais on ne me laissera partir avec Maria. Tu vois un peu les problèmes que ça pose ? »

Chourik versa le reste du cognac dans les verres. Sans s'en apercevoir, ils avaient bu toute la bouteille, et ils n'étaient même pas vraiment ivres.

« Justement, maman voulait t'en parler... En fait, pour Maria, il n'y a aucun problème. Maman aimerait qu'elle aille à l'école à Moscou, comme ça, elle apprendra des langues étrangères... Tu pourrais nous la laisser, elle passerait les deux premiers semestres chez nous, elle irait à l'école ici, et ensuite, tu reviendrais la chercher. Tu sais bien que maman l'adore. Moi, je trouve que... Alors ? »

Léna s'était détournée, et il était impossible de savoir quelle expression elle montrait au mur.

Une pensée traversa l'esprit de Chourik : « Pourquoi

est-ce que je fais tout ça ? Véroussia ne tiendra jamais le coup... » Il garda le silence, étonné par ce fatras innommable de compassion pour Léna, d'angoisse pour sa mère, de peur devant la nouvelle responsabilité qu'il se mettait sur le dos, d'inquiétude, et d'un désir ridicule de résoudre des problèmes qui ne le concernaient absolument pas.

Soudain, Léna se rua sur lui, manquant renverser le verre qu'il n'avait pas terminé, et se jeta à son cou en enfonçant ses lunettes dures dans sa clavicule. Ses cheveux en brosse lui picotaient le menton. Elle pleurait. Chourik était embarrassé. D'habitude, il savait comment se comporter dans des cas pareils, mais là, il était pris de court. Pourtant, sept ans plus tôt, chez elle, il s'était déjà produit quelque chose d'imprévisible — un élan romantique, en quelque sorte...

« Je suis folle, n'est-ce pas ? Tu me prends pour une folle ? Je suis stupide ! Cela fait sept ans que ça dure, c'est du délire ! Mais je n'y peux rien...

— Mais non, Léna, ce n'est pas du tout ce que je pense... », bafouilla-t-il.

Elle se laissa tomber sur le divan de célibataire de Chourik et éclata d'un rire énigmatique de femme ivre.

« Eh bien, il ne faut pas trop penser, Chourik ! Nous allons célébrer notre divorce. Tu as quelque chose contre ? »

Il n'avait rien contre. Cette fois, Léna ne fit pas du tout comme si c'était son bien-aimé romantique qui se trouvait auprès d'elle, et les choses se passèrent très bien, très simplement, en tout cas, sans les complications qui se présentent avec les femmes enceintes.

Le lendemain matin, ils allèrent à la datcha. Il fallait préparer le retour en ville. Le rythme annuel familier, avec ses flux et ses reflux : le retour de la datcha, le Nouvel An avec le sapin, le Noël de grand-mère, le déménagement à la datcha...

Quelques jours plus tard, le 30 août, Véra Alexandrovna se rendit à l'ancienne école de Chourik et inscrivit Maria en cours préparatoire. Avec ce fameux certificat de naissance qui avait manqué pour le divorce.

Dans la nuit qui précédait le 1er septembre, Irina Vladimirovna cousit un uniforme, car la robe d'écolière marron préparée d'avance était suspendue dans un placard à Rostov-sur-le-Don, et il n'avait pas été possible d'en acheter une dans les magasins durant cette dernière journée de folie. En revanche, il y avait dans l'armoire de Véra un cartable et tout un attirail scolaire. Sur l'étagère où Élisavéta Ivanovna gardait sa réserve de cadeaux pour toutes les occasions de la vie.

Lorsque Maria se retrouva dans la cour de l'école au milieu d'une foule de fillettes avec des rubans, des bouquets et des tabliers blancs, son bonheur fut indescriptible. Elle dansait d'impatience comme une jeune pouliche sur ses jambes maigres, avec ses socquettes blanches et son ruban qui tressautait sur sa tête couleur de miel, et de temps en temps, elle mordillait les pétales crêpelés de ses plantureux asters roses.

Léna la tenait par la main, et Véra, les doigts délicatement posés sur son épaule, était presque aussi heureuse que Maria. Pour compléter le tableau, Chourik se tenait derrière elles, la tête un peu basse, avec un vague sourire aux lèvres.

En dépit de la solennité de cette journée, la directrice leur consacra une minute. Elle salua Chourik, caressa la tête de Maria et dit :

« Quelle petite sauvageonne ! Je ne savais pas que Chourik avait une fille aussi charmante, Véra Alexandrovna. Elle a quelque chose de particulier ! »

Maria lui sourit, et la directrice fut surprise par la hardiesse inhabituelle de ce sourire : elle ne souriait pas comme une enfant doit sourire à un adulte, mais d'égal à égal, comme une personne prenant part à une fête sourit à une autre invitée.

« Elle est trop gâtée, cette petite ! » songea confusément la directrice pleine d'expérience.

Véra Alexandrovna, qui avait perçu quelque chose, frémit pour la première fois : comment ses camarades de classe et ses professeurs allaient-ils accueillir la petite mulâtresse ? Elle considéra les gens qui les entouraient avec anxiété, mais personne ne faisait particulièrement attention à la fillette. Chacun était venu avec son enfant personnel, un écolier muni de son premier cartable et aussi ému que Maria. Seulement elle, elle était différente, elle possédait une qualité inexplicable qui, semblait-il à Véra, avait quelque chose d'humiliant pour les autres enfants.

« Une nouvelle race ! se dit-elle, prise d'une illumination soudaine. C'est tout simplement cette nouvelle race de sang-mêlés dont on parle dans les romans de science-fiction, ils doivent surpasser les autres en tout, en beauté comme en talent. Uniquement parce qu'ils sont apparus les derniers en ce monde, alors que tous les autres peuples montés en graine ont déjà épuisé leurs gènes et ont vieilli, tandis que, eux, ils ont emmagasiné ce que les précédents avaient de meilleur. Et si l'on insuffle de la culture là-dedans, ce sera la perfection ! Oui, oui, elle est comme Aelita la Martienne [1]... »

Après le dîner, Chourik partit vaquer à ses affaires. Maria, complètement exténuée par les émotions de ce premier jour d'école, fut traînée jusqu'à son lit, et on se rendit compte qu'elle s'était endormie entre la salle de bains et la chambre.

Puis Véra et Léna bavardèrent longuement dans la cuisine.

1. Héroïne d'un roman de science-fiction d'Alexis Tolstoï.

Au début, Léna se comportait comme à une réunion du Parti. Elle tapotait légèrement le bord de la table de ses ongles durs. D'après son visage, il était impossible de savoir à quoi elle pensait.

« Ne vous inquiétez pas, ma petite Léna. Mourzik sera bien chez nous. Vous savez, la première école, la première maîtresse, c'est très important pour un enfant ! »

Léna continuait à tapoter la table. Elle enleva ses lunettes, plaça sa main en écran devant ses yeux, et resta immobile, sans prononcer un mot. Puis de grosses larmes se mirent à couler lentement derrière sa main. Elle sortit son mouchoir et s'essuya les joues.

« Je ne suis pas quelqu'un de bien, Véra Alexandrovna. Et j'ai grandi parmi des gens mauvais. Mais je ne suis pas stupide. Il se trouve que ma vie ne me permet pas de l'être. Je ne sais pas comment les choses vont tourner. Peut-être que nous allons partir dans trois mois, Maria et moi. Ou peut-être que tout cela va durer encore trois ans. Je n'avais jamais rencontré de gens comme vous... Et Chourik ! Il m'a tellement aidée dans un moment difficile. Dire que je le prenais pour un imbécile ! C'est seulement avec les années que j'ai compris que vous êtes d'une autre race, vous êtes des personnes d'une grande générosité... »

Véra était stupéfaite : Chourik, un imbécile ? Mais elle ne dit rien. Léna se moucha. Son visage était dur.

« Je ne savais pas que des gens comme vous existaient. Ma famille est épouvantable. Mon père comme ma mère... Il n'y a que ma grand-mère qui ressemble à un être humain. Ils m'ont flanquée dehors avec un bébé de quatre mois. C'est mon père qui m'a chassée. Ce sont des monstres. Et moi aussi, j'aurais été un monstre, sans toute cette histoire avec Maria. J'ai une vie épouvantable. Je travaille... Comment vous expliquer ça ? C'est un atelier qui travaille au noir. Je m'occupe de leur comptabilité. Si jamais on se fait prendre, je peux me retrouver en prison. Mais sans cela, je n'aurais tout simplement pas réussi à m'en sortir. Je loue un appartement. Et pendant toutes ces années, j'avais une nourrice pour Maria. »

« Mon Dieu ! Une comptable véreuse ! Toutes ces magouilles que Faïna Ivanovna, mon ancienne directrice, savait si bien organiser, voilà dans quoi elle trempe ! » songea Véra Alexandrovna, horrifiée.

« Ma petite Léna, mais il faut partir de là tout de suite ! Venez vous installer à Moscou, je ne sais pas, n'importe où... Je vous trouverai sûrement un emploi de comptable ! » proposa-t-elle aussitôt.

Léna haussa les épaules.

« Ce n'est même pas la peine d'y penser ! Je suis tellement embringuée là-dedans qu'il faudrait que je parte à l'autre bout du monde pour leur échapper ! » Elle soupira. « Il n'y a pas que cela... Il faut que je vous raconte tout. Sinon, vous allez avoir une trop bonne opinion de moi. Je couche aussi avec mon patron. Pas souvent, c'est vrai. Je ne peux pas refuser. Je dépends trop de lui. C'est un homme terrible. Mais très intelligent, et très rusé. Cette fois, je crois que c'est tout. »

« Pourquoi me raconte-t-elle tout ça ? » se demanda Véra. Et brusquement, elle comprit : Léna Stovba était une personne honnête, à sa façon. Pauvre petite...

Elle se leva et caressa les cheveux clairs de Léna.

« Tout va s'arranger, ma petite Léna. Tu verras. »

Stovba enfouit son visage dans la poitrine de Véra, et Véra continua à lui caresser la tête, tandis que la jeune femme pleurait, pleurait...

Elles se quittèrent comme des amies intimes : à présent, il y avait un secret entre elles, Véra savait sur Léna ce que personne d'autre ne savait, pas même Chourik. Du coup, elle ne se sentait plus tout à fait elle-même, mais aussi un peu Élisavéta Ivanovna. Pendant une minute, elle avait été la plus âgée, l'adulte.

Elle avait senti que Léna lui cédait provisoirement sa fille, et qu'elle ne se mettrait pas entre elles. Autre chose encore : Élisavéta Ivanovna non plus ne s'interposerait pas entre Mourzik et elle. Cette maternité incomplète qui lui avait été en partie confisquée par sa mère, elle allait pouvoir à présent la vivre à nouveau dans toute sa plénitude. Les choses s'arrangeaient. Tout était réparé, tout avait repris sa place.

44

Avec les fêtes de novembre approchait le mariage de Génia Rosenzweig, conséquence de vacances d'été très réussies à Gourzouf avec Alla Kouchak, une étudiante de troisième année à l'institut Mendeleïev. Chourik avait fait la connaissance de la fiancée de Génia peu avant ce voyage qui avait tourné au voyage prénuptial, et elle lui avait parue très sympathique. Elle ressemblait à une clé de sol : une tête de Néfertiti étirée vers le haut avec un chignon de cheveux roux et rêches comme de l'étoupe, un long cou et une longue taille, et tout cet équipement délicat était juché sur un gros derrière rond d'où sortaient deux jambes arquées. C'est ainsi que Chourik avait décrit la fiancée de Génia à sa mère, qui avait souri de cette comparaison cocasse.

Le fait que ce mariage était quelque chose de sérieux avait beaucoup ému Chourik. Tout était pour de vrai, comme chez les adultes, rien à voir avec son mariage fictif avec Stovba. Génia rayonnait d'un éclat céleste, et il avait annoncé à Chourik qu'Alla était enceinte le jour même de leur retour de Gourzouf, ou presque.

« Qu'est-ce qu'ils ont tous à se réjouir comme ça ? » s'était dit Chourik, étonné, en songeant au bonheur de Valéria quand elle avait réussi à tomber enceinte, et à cette pauvre Léna qui l'était devenue au premier frôlement d'Enrique.

Il était passé plusieurs fois chez les Rosenzweig. La fiancée avait déjà emménagé chez eux, et Chourik fut témoin de la joyeuse farandole juive qui se déchaîne autour d'une femme enceinte. La grand-mère de Génia, surtout, exécutait des figures bien à elle : elle entrait dans la pièce toutes les cinq minutes et proposait à Alla tantôt des pruneaux, tantôt de la crème, tantôt un morceau de gâteau. Alla refusait, et la grand-mère sortait d'un air vexé pour revenir sur-le-champ avec une nouvelle proposition.

« J'ai tout le temps mal au cœur, la seule chose qui me fasse envie, c'est des oranges ! » gémissait Alla d'une voix flûtée de petite fille, et Génia fonçait à la cuisine pour voir s'il y avait des oranges à la maison... Il n'y en avait pas. Puis le père de Génia revenait du travail et rapportait deux oranges.

La mère de Génia, elle, dirigeait son énergie du côté médical, et on emmenait Alla tantôt faire des analyses, tantôt consulter de grands pontes, afin de contrôler et de soutenir sa grossesse flambant neuve.

Le banquet de noces avait été prévu pour la terre entière. Un restaurant avait été loué près du métro Sémionov, et les achats de vivres avaient été effectués longtemps à l'avance. Même Chourik y avait participé dans la mesure de ses moyens : Valéria lui avait cédé deux boîtes de caviar rouge sur ses colis d'invalide. Il avait également acheté un cadeau de mariage, un énorme ours en peluche avec un ruban à l'emplacement du cou.

« Tu as perdu la tête ! C'est un cadeau affreusement vulgaire ! » s'était récriée Véra, et ce fut Mourzik qui hérita de ce cadeau vulgaire. Chourik en acheta un autre qui, lui, n'était pas vulgaire, un superbe livre sur Rembrandt. C'est avec ce gros album qu'il arriva à la noce juive. Il y avait un monde fou, d'après la liste, une centaine d'invités, mais apparemment, une personne sur deux avait amené un parent ou un ami. Il n'y avait pas assez de chaises. On manquait même de vaisselle. En revanche, il y avait un orchestre et un animateur boute-en-train au pseudonyme de *tamada* [1].

On avait préparé à manger pour un régiment. Le restaurant avait fourni pour sa part les meilleures spécialités de son menu : de la salade de légumes, du gratin de pommes de terre aux champignons, des pommes « en aumônière » et, Dieu sait pourquoi, des blinis de funérailles. La cuisine juive était également représentée par ses meilleurs articles : du poisson farci, du *forchmak* et des volailles sous forme de pâtés, de cous farcis et de quarts de poulet marinés dans l'ail, sans parler des divers *strudels* et gâteaux au pavot. Une salade russe, de l'esturgeon et du saucisson de porc fumé constituaient les composantes soviétiques de ce banquet de mariage. Tout ce qui restait de l'argent que la famille Rosenzweig économisait depuis longtemps pour l'achat d'une automobile Moskvitch avait été dépensé en vodka. Le vin était très bon marché et n'entrait même pas en ligne de compte...

Chourik était rarement gâté par une telle profusion de nourriture. En l'absence d'Irina Vladimirovna, l'ordinaire était plutôt modeste, chez eux. À la vue de toute cette abondance, il se découvrit soudain un appétit inouï et mangea sans discontinuer pendant trois heures, ne s'interrompant que pour boire. Le *tamada* débitait des fariboles, mais personne

1. Nom donné, en Géorgie, au chef de table qui prononce les toasts et anime un banquet.

ne l'écoutait, car même ce professionnel chevronné du bavardage, entraîné à animer de grandioses festivités, était incapable de couvrir le tintamarre des centaines de voix. L'orchestre non plus, en dépit de ses efforts, n'arrivait pas à dominer le brouhaha de la noce. Vers trois heures, Chourik sentit qu'il avait un peu trop mangé. Commencèrent alors les danses, auxquelles il était hors d'état de prendre part.

Il le fallut pourtant. La charmante Alla, vêtue d'une robe longue très seyante qui soulignait sa taille encore exceptionnellement fine tout en dissimulant son ventre à peine éclos ainsi que son large postérieur, lui amena une petite fille, sa cousine germaine Jane, qui était en fait une naine parfaitement adulte, très jolie et, après examen attentif, même plus tout à fait de la première jeunesse.

« Jane adore danser, mais elle est timide ! » déclara ingénument Alla en présentant cette cousine d'un modèle peu courant.

Et Chourik se leva de table, la mort dans l'âme.

Dans sa totalité, Jane lui arrivait à peine plus haut que la ceinture. Elle était nettement plus petite que Maria, qui était assez grande pour une élève du cours préparatoire. Et elle dansait avec fureur. Chourik avait du mal à la suivre. Quand il n'y arrivait plus, il la prenait dans ses bras, et elle éclatait d'un rire pointu de petite fille.

La noce tirait à sa fin. Les gens étaient déjà en train de ramasser sur les tables les saladiers et les plats qu'ils avaient apportés. Jane tournicotait autour de lui comme une automate, mais Chourik avait un besoin urgent de sortir. Il décida de filer à l'anglaise sans prendre congé des jeunes mariés : il fallait qu'il aille aux toilettes. Il y avait manifestement quelque chose qui ne tournait pas rond dans son ventre.

« Maintenant, au vestiaire ! » se dit-il en se donnant des

ordres à lui-même. Mais Jane l'attendait à la sortie des toilettes, vêtue d'une pelisse et coiffée d'un chapeau de poupée.

« Vous prenez le métro ? demanda-t-elle.

— Oui, répondit Chourik en toute franchise.

— Moi aussi. Je vais jusqu'à la station Biélorussie. »

Chourik se réjouit un peu trop vite : c'était sur son chemin.

À la station Biélorussie, il s'avéra que Jane prenait le train de banlieue pour Nemtchinovka.

« Mes parents habitent à Moscou, mais moi, je préfère vivre toute l'année à la datcha. Ils sont toujours inquiets quand je rentre seule tard le soir. Mais vous allez me raccompagner ? »

Depuis que Maria était apparue chez eux, Véra s'inquiétait beaucoup moins pour Chourik. Il songea néanmoins qu'il n'avait pas eu le temps de l'appeler.

« Il n'y a que vingt minutes de train ! » dit-elle d'une voix plaintive, ayant perçu sa réticence.

Elle gazouilla nerveusement de sa voix flûtée pendant tout le trajet. Elle parlait de musique, et Chourik comprit qu'elle était musicienne.

« Vous jouez de quel instrument ? demanda-t-il, manifestant enfin de l'intérêt pour son babillage.

— Tous ! » dit-elle en riant, et il y avait dans son rire une note provocante et ambiguë.

Ils descendirent sur le quai. Il faisait froid, la terre était durcie par le gel, mais elle n'était pas encore recouverte de neige, bien qu'il tombât une poudre qui picotait. La maison était tout près de la gare. Chourik s'arrêta devant la barrière. Il avait l'intention de lui dire au revoir et de reprendre le train. Jane gloussa d'un air matois.

« Le prochain train est à cinq heures et demie... Vous allez devoir passer la nuit chez moi ! »

Chourik garda un silence maussade.

« Vous ne le regretterez pas ! » ajouta la petite d'une voix pleine de promesses.

Il avait très mal au ventre, et il fallait absolument qu'il aille aux toilettes. Il continua à se taire. Il n'avait qu'une seule envie, c'était de rentrer chez lui...

Jane glissa sa main recouverte d'une moufle sous un crochet placé assez bas, prit le sentier qui menait au perron, et enfonça la clé dans la serrure. Il y eut un grincement métallique. La clé tourna sans s'enclencher. Jane voulut l'enlever, mais elle était coincée. Chourik essaya. La clé tournait à vide avec un cliquetis narquois. Il tira dessus, et sortit une tige tordue. Le panneton était resté à l'intérieur.

« Et voilà ! dit-il d'un ton désolé.

— Il va falloir enlever un carreau de la véranda », décréta Jane, et elle l'entraîna vers la gauche. « Ce n'est pas compliqué.

— Excusez-moi, Jane, mais où sont les toilettes ? » demanda le jeune homme, s'avouant vaincu malgré toute sa bonne éducation.

Jane lui indiqua de la main une cabane en bois un peu à l'écart.

« Pardonnez-moi, j'en ai pour une minute... »

Il régnait dans la cabane des ténèbres absolues, et Chourik eut à peine le temps de s'asseoir sur la lunette en bois. Le banquet de noces ressortit immédiatement. Il trouva à tâtons des morceaux de papier journal découpés et accrochés à un clou. Cela allait un peu mieux, même si son ventre continuait à gargouiller et à glouglouter.

« Seigneur, ce que je peux me sentir mal ! se dit-il. Comme Génia doit être bien avec Alla, en ce moment... »

« Ce carreau s'enlève, il faut juste redresser ces clous, ici. »

Chourik se mit au travail sans rien dire. Les clous furent redressés, mais la vitre ne s'enlevait pas. Il appuya plus fort. Le verre tinta, et sa main droite passa au travers. Un éclat tranchant lui entailla la paume entre le pouce et l'index. Le sang gicla.

« Ah ! » s'écria Jane, et elle sortit un petit mouchoir blanc de son sac miniature.

De la main gauche, Chourik ôta son écharpe en mohair et l'enroula autour de sa main blessée. Jane enleva adroitement la vitre cassée.

« Ce n'est rien, ce n'est rien, j'ai une boîte à pharmacie à l'intérieur ! dit-elle pour le réconforter. Aidez-moi seulement à entrer. »

Elle se débarrassa de sa pelisse et se glissa par la fenêtre débarrassée de sa vitre.

« Je vais ouvrir la porte de derrière, il n'y a pas de serrure, juste un crochet. Contournez la maison par la gauche..., lui cria-t-elle de l'intérieur. Mais passez-moi d'abord ma pelisse. »

Chourik lui passa sa pelisse et fit le tour de la maison. Elle lui ouvrit la porte de derrière. Il entra tout en serrant sa main. Elle alluma la lumière, et Chourik se rendit compte que l'écharpe était déjà complètement imbibée de sang.

« Une seconde, on va arranger ça tout de suite ! » jacassait Jane d'un ton affairé. Elle n'avait pas l'air affolée du tout. « Un petit cas de force majeure ! Ce sont des choses qui arrivent ! On va s'occuper d'abord de la main, ensuite du poêle, et après ça, tout ira très, très bien... »

Elle disparut, puis revint avec une bande et une serviette de toilette. Elle étala la serviette sur la toile cirée de la table.

Elle fit asseoir Chourik et déroula l'écharpe. Ses mains miniatures s'activaient avec adresse et à toute allure, et elle n'arrêtait pas de papoter. Elle pansa le pouce en le serrant bien fort contre la paume, après avoir mis un gros tampon de coton. Puis elle enveloppa le tout avec la bande, et leva la main de Chourik en l'air.

« Gardez-la comme ça jusqu'à ce que le sang arrête de couler. Il y a un poêle hollandais dans ma chambre, il chauffe très vite, dans une heure, il fera bon. Je ne suis pas venue ici depuis un mois, la maison s'est refroidie... »

Elle s'était trahie, mais Chourik ne s'en rendit même pas compte. En réalité, elle ne vivait pas à la datcha, elle habitait en ville avec ses parents, et la datcha était l'endroit où elle amenait ses amants. Son soupirant en titre, qui faisait partie de la troupe de cirque dans laquelle elle travaillait, était jaloux et susceptible. Il l'avait demandée en mariage depuis longtemps, mais elle ne l'épousait pas. La nature ne se montre guère équitable envers les lilliputiens : non seulement elle les lèse sur la taille, mais elle produit beaucoup plus d'hommes que de femmes, et il y a dans leur milieu une concurrence matrimoniale acharnée. Jane avait énormément de succès, on la demandait même en mariage depuis l'étranger. Mais elle ne perdait pas l'espoir d'épouser un homme de dimensions normales. Elle plaisait à beaucoup, certains étaient tout simplement fous d'elle. Seulement, Dieu sait pourquoi, elle n'arrivait pas à se marier.

Tandis qu'elle s'activait à grand bruit dans la pièce voisine avec les bûches, Chourik courut encore une fois dehors. Il n'avait qu'un seul désir : rentrer chez lui le plus vite possible.

Quand Jane réapparut, il lui demanda si elle n'avait pas quelque chose dans sa pharmacie pour les problèmes digestifs. Elle lui apporta aussitôt un cachet. Il l'avala et se mit à attendre le résultat. Elle lui proposa de s'allonger dans la chambre voisine. Le froid y était aussi glacial que dehors. Une impression classique de fin d'automne, quand, par moins trois degrés, on gèle davantage qu'en hiver par moins trente.

Chourik s'allongea sur le divan bas sans enlever son blouson. Jane le recouvrit d'une couverture molletonnée imprégnée de froid. Le poêle ronflait, son ventre ronronnait, le froid s'insinuait jusque dans ses entrailles malades. Il avait terriblement sommeil.

« Si je pouvais me plonger dans un bain chaud ... », se dit-il, mais il fut obligé de courir dehors une fois de plus.

À un moment, il s'assoupit quelques minutes, et fut réveillé par quelque chose de tiède qui s'agitait contre son flanc. Elle avait enlevé sa pelisse et se collait contre son ventre comme une bouillotte. C'était agréable. Elle déboutonna son blouson, se faufila à l'intérieur, et sa respiration devint brûlante.

« Exactement comme un petit chat ! » songea Chourik. Et il eut un frémissement de pitié. Mais très faible. Les pattes de chat brûlantes titillaient déjà cette pitié un peu molle. Il tendit le bras vers le bas, sa main se referma sur un minuscule pied de femme, nu et chaud. Et la pitié l'emporta...

À cinq heures du matin, il fila en laissant Jane endormie. À cinq heures et demie, il était déjà sur le quai, à attendre le premier train. Il avait mal au ventre, il avait mal à la main. Pour la première fois de sa vie, il éprouvait de la pitié pour lui-même...

Moins d'une heure plus tard, il était allongé dans un bain brûlant, maintenant hors de l'eau sa main couverte d'un épais bandage roussi, et il savourait la chaleur, la maison endormie, la liberté...

« Aujourd'hui, je ne mettrai pas les pieds dehors ! » décida-t-il, et il s'assoupit dans son bain.

Il se réveilla quand le bain eut refroidi, rajouta de l'eau chaude, et se rendormit. La deuxième fois, il fut tiré de son sommeil par des coups frappés à la porte. Véroussia et Mourzik étaient levées et voulaient faire leur toilette. Chourik enfila un peignoir et essaya de dérouler la bande trempée, mais elle était collée. Le bras enveloppé dans une serviette pour que sa mère ne remarque pas sa blessure de guerre, il se dirigea vers sa chambre.

« Alors, ce mariage ? Comment était la mariée ? demanda Véra, qui s'était prise de sympathie pour Génia à l'époque où il aidait Chourik en mathématiques.

— Le mariage était superbe, maman, mais j'ai mangé comme un goinfre et je crois que j'ai une indigestion.

— Mon Dieu ! Qu'est-ce que tu t'es fait à la main ? » remarqua Véra, pourtant peu observatrice.

Il n'avait pas la force d'inventer quelque chose.

« Je meurs de sommeil, maman. Je te raconterai plus tard. Je vais faire un somme, ne me réveille pas si on me téléphone, d'accord ? »

Il donna une pichenette sur la tête de Maria qui lui tournait déjà autour. Puis il la serra contre lui. Elle lui arrivait presque à la poitrine. Elle était donc plus grande que Jane.

« C'est vraiment fou, cette histoire ! Pauvre Jane..., se dit Chourik en remontant la couverture sur sa tête. Quel veinard, ce Génia ! Alla est si mignonne ! Elle a quelque chose de connu, quelque chose de familier... Ah oui, elle ressemble à Lilia, bien sûr... Et même un peu physiquement... Mais surtout par sa gaieté, et par son côté vrai... Qu'est-ce que la vérité vient faire là-dedans ? D'où je sors ça ?... Si, il y a quelque chose de vrai dans leurs gestes, dans leurs mouvements... Tiens, je vais écrire à Lilia. Chère petite Lilia, ma chérie adorée... »

Il s'endormit sans avoir terminé sa lettre, et sombra si profondément dans le sommeil qu'à son réveil il avait tout oublié, aussi bien Lilia que la lettre.

45

Le téléphone sonnait effectivement tous les quarts d'heure. C'était le deuxième jour des fêtes de novembre, le 8. Les anciennes collègues de Véra Alexandrovna avaient pensé à elle. Même Faïna Ivanovna, son ancienne patronne, lui téléphona. Elle lui souhaita de bonnes fêtes et lui demanda des nouvelles de Chourik, s'il n'était pas marié...

« Comme c'est gentil de sa part de ne pas nous oublier ! Elle a beau être une traficoteuse, elle a quand même un côté très humain... », décréta charitablement Véra.

Il y eut également un coup de téléphone du fils du défunt Pâte-de-fruit, Engelmark Mikhaïlovitch. C'était vraiment étonnant ! Cet individu assez déplaisant, qui avait complètement délaissé son père de son vivant, s'était soudain pris d'intérêt pour lui après sa mort. Ayant hérité de sa part dans la coopérative, il avait embarqué ses bibliothèques pleines de livres et ses archives du Parti, et maintenant il téléphonait de temps en temps à Véra Alexandrovna pour lui demander si elle ne connaissait pas telle personne mentionnée dans les papiers de Mikhaïl Abramovitch. Chaque fois, elle essayait de lui expliquer qu'elle n'avait connu son père que de façon très superficielle et uniquement pendant la dernière année de sa vie, mais Engelmark Mikhaïlovitch était persuadé qu'il y avait eu entre eux des liens d'amitié ou d'amour, et qu'elle était initiée à tous ses secrets communistes. Il tentait de tirer certaines choses au clair grâce à elle, et il lui arrivait même de passer la voir.

Après tous ces coups de fil sans grand intérêt, elle en reçut un agréable : son amie Kira l'appela, et elles parlèrent longuement de leurs enfants, Kira de sa Slava, et Véra de sa Mourzik.

Et à partir de midi, ce fut un défilé ininterrompu de dames qui demandaient à parler à Chourik, certaines dont Véra connaissait le nom, et d'autres anonymes.

« Les gens ne savent plus du tout parler au téléphone ! se désolait Véra Alexandrovna. Elles ne se présentent pas, elles ne disent pas bonjour... »

Mathilda était de celles qui ne s'étaient pas présentées et n'avaient pas dit bonjour. Uniquement parce qu'elle se sentait gênée. Bien que Chourik et elle fussent liés par de longues années de relations de natures diverses, elle n'avait aucune envie de se présenter à sa mère.

Svetlana aussi téléphona. Sa terreur devant cette dame sévère, la mère de Chourik, lui faisait presque perdre la voix. De plus, son expérience malheureuse des rapports avec les hommes l'avait confortée dans l'idée que la mère d'un mari est toujours une ennemie... Il est vrai qu'elle n'avait jamais eu de mari, mais ceux qui auraient pu le devenir avaient toujours eu des mères épouvantables. Et elle pressentait aussi une ennemie dans cette Véra Alexandrovna si bien élevée et d'apparence si affable.

Valéria fut la seule à bavarder de façon charmante et agréable, comme une personne de bonne famille. On pouvait dire que Chourik avait eu de la chance, avec elle ! Elle lui avait trouvé du travail, et elle avait tant fait pour lui... Il est vrai qu'il le lui rendait bien. Et Véra raconta en détail à Valéria que Chourik était allé la veille au mariage d'un camarade d'institut, qu'il était rentré tard avec une indigestion et une main coupée, et qu'il était en train de dormir.

« Bon, laissez-le dormir. Qu'il me téléphone quand il se réveillera. J'ai une question à lui poser à propos d'une traduction. Merci, Véra Alexandrovna. »

Chourik fut réveillé à cinq heures par de nouvelles douleurs au ventre. Il était aux toilettes quand sa mère l'appela au téléphone. C'était Mathilda. Au bord des larmes. Elle venait de ramener de Vychni Volotchek son vieux chat Constantin, son préféré, à moitié mort.

« Il va mal, il ne mange plus, il ne boit plus, il a quelque chose aux pattes arrière, on dirait qu'il est paralysé... Je t'en supplie, Chourik, va chercher le vétérinaire, Ivan Pétrovitch. Tu l'as déjà amené une fois, il habite rue Préobrajenka... Je me suis entendu avec lui par téléphone... »

Il n'y avait pas moyen de se dérober.

« Je sors pour affaire, maman, j'en ai pour deux heures.

— Et l'heure sacrée ? » hurla Maria.

C'était ainsi qu'ils appelaient les cours de langues du soir — un jour l'anglais, un jour l'espagnol.

« Ce soir, Mourzik, d'accord ?

— On a déjà fait sauter la leçon d'hier... »

Maria aimait bien ces leçons quotidiennes avec Chourik, et Véra veillait à ce qu'ils ne les laissent pas passer. Mais bon, c'était un jour férié...

Véra donna à Chourik un cachet avec une tasse de thé brûlant bien sucré, enroula par-dessus le bandage fait à la diable une nouvelle épaisseur, blanche, celle-là, et lui demanda de rentrer le plus vite possible.

« Enfin, tu fais comme tu veux ! Mourzik et moi, nous allons voir un ballet. Tu n'as pas besoin de venir nous chercher, nous rentrerons toutes seules... », conclut-elle d'un air mécontent.

Mourzik remplaçait de plus en plus souvent Chourik lors des sorties culturelles. De façon générale, Véra Alexandrovna avait l'impression que la vie de son fils s'écoulait uniquement parmi les soucis d'ordre ménager et ses multiples traductions. Et il lui arrivait de temps en temps d'exprimer le regret de le voir passer à côté de la vie culturelle de la capitale, si intensive et si intéressante.

46

Chourik mit longtemps à trouver un taxi, mais en revanche il arriva très vite rue Préobrajenka. La ville avait le calme désertique des jours de fête, et les deux trajets, de chez lui à la rue Préobrajenka, puis de là-bas à la rue Maslovka, lui prirent à peine plus d'une heure. Ivan Pétrovitch était un vieux docteur pour chiens et chats un peu fou, comme tous les gens au service des bêtes. Sa maison était toujours remplie d'animaux estropiés, il y avait même un vieux chien attelé à une carriole bricolée, qui se déplaçait en prenant appui sur les pattes avant.

Il soignait les chats de Mathilda depuis très longtemps et ne prenait pas d'honoraires, les seuls frais consistaient dans le fait qu'il fallait aller le chercher et le ramener chez lui. Il n'utilisait jamais les transports en commun, il se déplaçait soit à pied, soit en taxi. C'était un solitaire, il n'aimait pas les gens et ne s'accommodait plus ou moins que des amoureux des bêtes aussi passionnés que lui.

Quand ils arrivèrent chez Mathilda, le chat était à la dernière extrémité. Il râlait et son museau était couvert de bave. Ivan Pétrovitch s'assit près du malheureux animal, posa la main sur la tête noire toute moite, et émit un petit gémissement. Il lui palpa le ventre, demanda qu'on lui montre la litière souillée, et considéra les excréments brun noir d'un œil mécontent.

« Sortons d'ici ! » dit-il à Mathilda, l'air sombre, et il se rendit dans la cuisine avec elle. « Bon, eh bien, Mathilda, faites vos adieux à votre chat. Il est en train de mourir. Je peux lui faire une piqûre pour qu'il ne souffre pas. Mais même sans ça, il va nous quitter d'une minute à l'autre... »

Chourik, debout sur le seuil, regardait le vieillard avec émerveillement : il était allé dans une autre pièce pour ne pas traumatiser son patient avec la terrible sentence ! C'était stupéfiant !

« Oh, je me disais bien que je l'avais amené trop tard ! répondit Mathilda d'une voix navrée.

— Non, c'est la nature. Même si vous l'aviez ramené plus tôt, je n'aurais rien pu faire. Il a plus de dix ans, non ?

— Il en aura douze en janvier...

— Alors, ma chère enfant, vous pouvez considérer que c'est un vieillard de quatre-vingts ans. Comme moi. On ne peut pas vivre éternellement ! Bon, vous voulez que je lui fasse une piqûre ?

— J'imagine qu'il le faut. Pour qu'il ne souffre pas... »

Ivan Pétrovitch ouvrit sa trousse, disposa sur une serviette blanche une seringue, une aiguille, deux ampoules... Puis il s'approcha du chat et secoua la tête.

« C'est fini, Mathilda. Pas besoin de piqûre. Votre chat est mort. »

Mathilda le recouvrit d'un torchon blanc, fondit en larmes, et prit Chourik par les épaules.

« Il n'aimait personne. À part moi. Et toi, il t'avait accepté. Vous prendrez bien un verre de vodka avec nous, Ivan Pétrovitch ? Chourik, va chercher la vodka...

— Pourquoi pas... »

Chourik sortit une bouteille de vodka du réfrigérateur. Il faillit la laisser tomber à cause de la bande qui lui entortillait la main. Mathilda remarqua enfin le pansement boursouflé.

« Qu'est-ce que tu as à la main, Chourik ? »

Chourik haussa les épaules. Le docteur pour animaux ne fit même pas attention. Ils s'assirent à la table. Ivan Pétrovitch rangea ses instruments. Mathilda ne pleurait plus vraiment, mais des larmes roulaient encore sur ses joues.

« Cela faisait déjà six mois que j'avais compris qu'il était malade. Et lui aussi, il l'avait compris. Il s'était mis à dormir dans son coin. Je l'appelais, il venait, il se faisait caresser, il se frottait la tête contre moi, et il retournait sur son coussin. Je lui avais installé un coussin sur un petit banc, il avait du mal à grimper sur le lit. Et voilà... »

Ils burent de la vodka. En l'accompagnant de poisson en conserve, car il n'y avait rien d'autre à manger dans la maison. Même pas de pain.

« Ce n'est jamais qu'un animal, n'est-ce pas ? Et pourtant, on a envie de boire à sa mémoire, comme pour un être humain... », dit Mathilda à voix basse.

Ivan Pétrovitch monta sur ses grands chevaux :

« Mais qu'est-ce que vous dites, Mathilda ? Ils entreront avant nous dans le Royaume des cieux ! Un célèbre philosophe russe, interdit, bien entendu, Nicolaï Alexandrovitch Berdiaev, vous savez ce qu'il a dit quand son chat est mort ? Il a dit : Qu'ai-je à faire du Royaume des cieux, si mon chat Mour n'y est pas ? Hein ? Et c'était un homme bien plus intelligent que vous et moi ! Alors vous pouvez être certaine que nos chats nous accueilleront là-bas ! Ah, si vous aviez connu mon Marsik, il est mort en 1939 ! C'était le plus grand de tous les chats. D'une beauté ! Et d'une intelligence ! Je suis coupable envers lui, il avait attrapé une infection. Il n'y avait pas d'antibiotique à l'époque... »

Il parla de son chat Marsik et de sa chatte Xanthippe, Mathilda parla de tous ses chats précédents, ils burent encore un verre de vodka, toujours avec le poisson en conserve, et se sentirent un peu réconfortés. Au moment où Ivan Pétrovitch s'apprêtait à partir, alors que Chourik s'était déjà levé pour aller chercher un taxi, on sonna à la porte. C'était le fils d'une voisine. Il vivait rue Préobrajenka et était passé chez sa mère pour lui remettre des clés. Comme il ne l'avait pas trouvée chez elle, il voulait laisser ces clés à Mathilda. Cela tombait très bien, car Ivan Pétrovitch habitait à deux pas de chez lui, et il emmena le vieillard un peu éméché en promettant de le reconduire jusqu'à sa porte.

Le pauvre Constantin, enveloppé dans une serviette, s'en alla lui aussi avec le vétérinaire. Ce dernier avait dans le parc Sokolniki un endroit secret où il enterrait ses animaux personnels...

Et Chourik ne partit pas. Il ne pouvait pas laisser sans consolation cette charmante Mathilda éplorée qui ne lui demandait absolument rien, à part un peu d'amitié...

Comme du temps où il était encore écolier, il sortit de chez elle à une heure du matin pile et rentra rue Nouvelle-des-Bois au pas de course en passant par le pont de chemin de fer. Il ne mit pas longtemps : vingt minutes plus tard, il arrivait chez lui. En entrant, il se souvint qu'il n'avait pas fait travailler Maria, qu'il n'avait pas rappelé Valéria, et surtout, qu'il avait complètement oublié l'herboriste qui avait préparé une pommade pour le pied de Véra... Et Svetlana avait sûrement dû téléphoner. Elle aussi devait avoir besoin de quelque chose... Du coup, il perdit toute sa bonne humeur.

47

Maria était pour Véra Alexandrovna la source d'un ravissement perpétuel. Chourik avait été en son temps un enfant délicieux au caractère facile, mais au fur et à mesure qu'il grandissait, elle n'avait pas eu l'occasion de connaître une des plus grandes joies de la maternité : la résonance suscitée par l'éducation. C'était Élisavéta Ivanovna qui était fière quand ses élèves, et en particulier son petit-fils Chourik, commençaient à manifester précisément les qualités qu'elle avait cultivées en eux : l'attention aux autres, la bienveillance, la générosité et surtout, le sens du devoir... Durant ces années-là, occupant elle-même auprès de sa mère la position d'enfant devenu grand, Véra ne s'était pas demandé d'où venaient toutes les qualités que l'on avait remarquées si tôt chez Chourik. Quand les voisins ou les professeurs faisaient des compliments sur lui, elle répondait en plaisantant : « C'est une question d'hérédité ! » Mais cela tenait-il vraiment à cela ? Élisavéta Ivanovna, qui était une personne contradictoire, une matérialiste et une âme élevée, mais également un esprit libre, répétait toujours, quand la conversation tombait sur l'hérédité : « Caïn et Abel avaient les mêmes parents. Pourquoi l'un était-il un homme bon et doux, et l'autre un meurtrier ? Chacun est le fruit d'une éducation, mais le plus grand éducateur, c'est la personne elle-même. Le pédagogue, lui, ouvre les soupapes de la personnalité qui sont nécessaires, et ferme celles qui ne le sont pas. »

Telle était la théorie sommaire de cette remarquable pédagogue. Elle se chargeait elle-même de décider quelles soupapes étaient nécessaires, et lesquelles ne l'étaient pas vraiment. Sa théorie aurait pu être contestée, n'eût été la réussite irréprochable de sa pratique.

À présent qu'elle avait Maria entre les mains, Véra appliquait à la lettre la théorie de sa mère. Étant elle-même une nature artistique, mais faible, elle voyait bien que la petite fille était dotée d'un tempérament très fort. Il y avait dans cette enfant une énergie débordante, elle ne pouvait littéralement pas tenir en place, elle avait du mal à rester assise en classe pendant quarante-cinq minutes d'affilée et, pour l'aider à se contenir, Véra avait inventé à son intention des petits exercices de motricité, elle lui avait appris à rouler une pièce de monnaie entre ses doigts, par exemple, et lui avait fait cadeau à cet effet d'une pièce ancienne en argent. Lorsque, au bout d'un certain temps, la fillette avait perdu sa « pièce à rouler », cela avait donné lieu à bien des larmes...

Véra lui avait également appris à exécuter avec ses pieds et avec ses mains de menus exercices invisibles pour son entourage, et quand les longues stations assises derrière son pupitre devenaient insupportables, Maria jouait ces morceaux pour mains et pour pieds... Dès le cours préparatoire, Véra l'avait inscrite à des cours de gymnastique et d'acrobatie à la Maison des pionniers, elle-même lui enseignait la musique, et pour les disciplines purement scolaires, elle s'en remettait entièrement à ses capacités naturelles. En lecture, la fillette était parmi les meilleurs, et elle n'avait aucun problème en arithmétique.

« Ces capacités pour les sciences exactes lui viennent de sa mère ! avait décidé Véra. En tout cas, ce n'est certainement pas de Chourik qu'elle tient ça. »

Il se produisait dans son esprit une sorte d'aberration étrange : elle savait parfaitement que le père de Maria était un Noir cubain un peu douteux, et en même temps, elle n'arrivait pas à ne pas la considérer comme la fille de Chourik.

Quant à Chourik, il lui faisait travailler les langues étrangères, un jour l'anglais, un jour l'espagnol.

Véra Alexandrovna continuait à animer son atelier d'instruction théâtrale, mais elle adaptait inconsciemment son enseignement aux intérêts de Maria. Durant la première année que la petite fille passa à Moscou, elle cessa d'étudier avec ses élèves la déclamation et les improvisations pour se consacrer uniquement à la gestuelle.

Si sa thyroïde se comportait à merveille, ses pieds, en revanche, la faisaient beaucoup souffrir. Un os avait poussé près du gros orteil, ses anciens escarpins étroits étaient devenus inconfortables, et une nouvelle préoccupation était apparue : les chaussures.

Valéria avait donné une série de coups de fil, contacté des gens qu'elle connaissait au département spécial du Goum ainsi que dans un magasin Beriozka réservé aux étrangers, et de temps en temps Chourik emmenait sa mère faire des essayages... On lui acheta des bottes de la marque Salamandre et des chaussures noires autrichiennes, des Dornford. La qualité de la vie s'améliorait.

Et les dépenses de la famille augmentaient. Chourik travaillait beaucoup et arrivait parfaitement à subvenir à ces besoins croissants. D'ailleurs ils avaient des réserves, l'héritage d'Élisavéta Ivanovna n'avait pas encore été entièrement dépensé.

Un peu avant le Nouvel An, Stovba vint à Moscou. Maria nageait dans le bonheur, même si l'on ne pouvait pas dire que sa mère lui manquât beaucoup. Néanmoins, quand Léna était là, la fillette s'accrochait à elle et ne la quittait pas d'une semelle. Stovba avait apporté de magnifiques cadeaux pour tout le monde, mais elle était d'humeur maussade, fumait et n'ouvrait pas la bouche. Même avec Chourik, elle parlait à peine. Quand il lui demanda si elle avait réussi à arranger ses affaires en Pologne, elle soupira d'un air agacé et ne voulut pas s'étendre sur le sujet.

« Cela a encore dû rater », décida Chourik. Cette fois, aucun soutien amical ne lui fut demandé. Sans doute parce que Léna s'était confessée à Véra.

Comme d'habitude, Chourik avait acheté un sapin, et Véra Alexandrovna décida soudain de ressusciter le spectacle de Noël que l'on n'avait plus joué depuis la mort d'Élisavéta Ivanovna. Pour Mourzik. Chourik protesta : il n'avait que trois élèves, et il était trop tard pour se lancer dans des préparatifs.

Mais Véra fut visitée par l'inspiration. Elle proposa de monter un spectacle de marionnettes. Pas en français, en russe. Et l'on se mit à fabriquer des marionnettes. On sortit des bouts de tissu et des rubans, on prépara du coton pour le rembourrage. Maria reçut la tâche la plus simple et la plus importante : coudre la petite couverture dans laquelle serait enveloppé le baigneur en plastique représentant le Christ enfant. Véra s'occupait de la Vierge Marie et Léna, plongée dans un profond mutisme, confectionnait des anges avec des bouts de tarlatane amidonnée. Chourik, outre le sapin, s'était vu confier la fabrication d'un paravent pour la représentation.

Au milieu de toute cette agitation, le Nouvel An se déroula de façon très quelconque. Aucun repas de fête n'avait été préparé, et les cadeaux, si l'on ne tenait pas compte de ceux de Léna distribués à l'avance, n'étaient guère expressifs : Chourik offrit à sa mère des pantoufles assez laides, et Véra lui donna un flacon d'eau de toilette *Chypre* qu'il n'ouvrit jamais, ainsi qu'une cravate qu'il ne porta jamais non plus. Léna reçut un foulard en soie provenant des réserves d'Élisavéta Ivanovna et un recueil de poèmes d'Akhmatova qu'elle n'apprécia pas. Maria, en revanche, eut droit à un monceau de jouets et de livres, et manifesta sa joie avec tant d'exubérance qu'elle leur prodigua à tous le plaisir d'offrir.

Cette joie ne tarda pas à être suivie par un gros chagrin d'enfant. La veille de Noël, alors que tout était prêt pour le spectacle, que les marionnettes étaient cousues et les rôles appris par cœur, Léna fut rappelée d'urgence à Rostov : une inspection leur était tombée dessus et sa présence de comptable était indispensable. Or Maria espérait que sa mère resterait jusqu'à la fin des vacances. Elle sanglota toute la soirée et s'endormit cramponnée à Léna. Le lendemain matin, quand Stovba partit pour l'aéroport, elle recommença à sangloter.

Véra tentait de la calmer de son mieux. Pour finir, elle lui apporta les marionnettes dans son lit. L'effet produit fut inattendu : la fillette déchiqueta littéralement de ses mains l'une des marionnettes, et flanqua tout par terre en poussant des hurlements de bête. Son teint mat avait pris une nuance grisâtre déplaisante, elle hoquetait et grelottait. Elle fut saisie de convulsions. Véra Alexandrovna appela aussitôt le médecin. Le pédiatre qui avait suivi Chourik autrefois ne pouvait pas venir, il était lui-même malade, mais il leur fit subir un interrogatoire en règle et recommanda de lui donner de la valériane.

Maria se calma un peu lorsque Chourik revint de l'aéroport de Vnoukovo où il avait accompagné Stovba et qu'il la prit dans ses bras. Il arpentait la pièce en portant ce fardeau assez consistant, et la berçait en lui fredonnant d'une voix de fausset *My Fair Lady*, une chanson de son disque préféré. Maria éclata de rire : elle se rendait très bien compte qu'il chantait faux et croyait qu'il faisait cela pour l'amuser. Quand il voulut la coucher dans son lit, elle se remit à pleurer. Et il continua à la porter dans ses bras jusqu'au moment où il se rendit compte qu'elle avait de la fièvre. On prit sa température. Elle avait presque quarante.

Véra Alexandrovna fut saisie de panique : les maladies infantiles avaient toujours été du ressort d'Élisavéta Ivanovna. Chourik appela les urgences.

La doctoresse qui se présenta examina longuement Maria. Puis, ayant trouvé une petite tache près de l'oreille, elle déclara que c'était sans doute la varicelle et que l'éruption n'allait pas tarder. C'était presque une épidémie en ville, en ce moment. Elle prescrivit des médicaments pour faire baisser la fièvre, recommanda de la faire boire le plus possible, de badigeonner les pustules qui apparaîtraient avec du mercurochrome, et de ne pas la laisser se gratter.

Véra, totalement désemparée et incapable d'assumer un rôle dirigeant dans le processus des soins, prit un livre de recettes et se retira dans la cuisine pour préparer du jus d'airelle.

Au bout de quelques heures, Maria se couvrit effectivement de boutons rouges de la tête aux pieds. Elle pleurait sans arrêt, tantôt tout bas et tout doucement, tantôt en hurlant comme un petit animal.

Pendant presque deux jours entiers, Chourik la porta dans ses bras. Quand elle s'endormait et qu'il essayait de la poser dans son lit, elle se mettait à pleurnicher sans se réveiller. Il finit par s'allonger en la couchant près de lui. Elle se blottit contre son épaule et se calma.

Au matin, son état empira de nouveau, cela la démangeait terriblement, et Chourik recommença à arpenter la pièce en la portant dans ses bras. Il essayait d'empêcher ses mains de gratter les pustules.

Une remarque ferme de Véra produisit un certain effet :

« Si tu te grattes, tu garderas des marques toute ta vie. Ton visage sera grêlé.

— Ça veut dire quoi, grêlé ? demanda Maria, un instant distraite de ses souffrances.

— Cela veut dire que ton visage sera couvert de petites cicatrices ! » expliqua Véra, impitoyable.

Maria se mit à hurler de plus belle. Puis elle s'arrêta soudain et dit à Chourik :

« Ça me gratte horriblement. C'est toi qui va me gratter, mais fais très attention, pour que je ne sois pas grêlée. »

Elle lui montra du doigt où cela la démangeait le plus, et Chourik lui gratta délicatement l'oreille, l'épaule, le dos...

« Ici, ici et ici ! » quémanda-t-elle en se frottant contre lui, puis, agrippant sa main de ses doigts brûlants, elle se mit à le guider vers les endroits qui la démangeaient. Et elle cessa enfin de pleurnicher. Elle se contentait de soupirer : « Encore, encore... »

Chourik fronça les sourcils, saisi de honte et de peur...

Comprenait-elle, la pauvrette, où elle lui demandait de gratter ? Il enleva sa main, et elle se remit à pleurnicher, il lui gratta de nouveau l'oreille, le milieu du dos, mais elle tirait sa main sous sa chemise en coton barbouillée de mercurochrome afin de lui faire toucher les replis de son corps enfantin.

La pauvre petite lui faisait énormément de peine, et cette maudite pitié n'avait ni scrupule ni moralité... Non, non, pas ça, pas ça... Se pouvait-il qu'elle aussi, qui était si petite, encore un bébé, fût déjà une femme, et qu'elle attendît déjà de lui le réconfort le plus élémentaire qui soit au monde...

Il était à bout de forces après ces deux jours et ces deux nuits passés à s'occuper d'elle presque sans aucun répit, et la fatigue modifiait un peu la réalité, il flottait vers un lieu où les pensées et les sentiments se transformaient, et il prenait clairement conscience de la nullité de son existence. Il avait pourtant l'impression de faire tout ce que l'on attendait de lui... Mais pourquoi toutes les femmes de son entourage ne lui demandaient-elles qu'une seule chose : des services sexuels ininterrompus ? C'était une excellente occupation, seulement pourquoi n'avait-il jamais réussi une seule fois dans sa vie à choisir une femme lui-même ? Il aurait bien aimé, lui aussi, tomber amoureux d'une fille comme Alla... Comme Lilia Laskine... Pourquoi Génia Rosenzweig, ce gringalet au cou maigre, avait-il pu se trouver une Alla ? Pourquoi lui, Chourik, sans jamais choisir, devait-il répondre avec les muscles de son corps à toute demande insistante émanant de cette folle de Svetlana, de la minuscule Jane, et même de la petite Maria ?

« Peut-être que je n'en ai pas envie ? Non, c'est ridicule ! Le malheur, c'est justement que j'en ai envie... Mais envie de quoi ? De les consoler toutes ? Et seulement de les consoler ? Mais pourquoi ? »

Et il avait l'impression qu'elles le cernaient de toutes parts, reconnaissables, mais un peu altérées, comme dans un miroir légèrement déformant : Alia Togoussova avec son chignon crêpé de cheveux gras qui glissait sur le côté, Mathilda éplorée avec son chat mort dans les bras, Valéria avec ses jambes martyrisées et son magnifique courage, cette Svetlana souffreteuse avec ses fleurs artificielles, la minuscule Jane avec son chapeau miniature, Léna avec son visage dur, et cet amour de Maria qui n'avait pas encore l'âge, mais qui prenait déjà sa place dans la file d'attente... Et derrière elles toutes se profilait la lionne Faïna Ivanovna sous l'aspect d'un véritable fauve, mais blessée et larmoyante, et il fut submergé par une telle pitié qu'il s'y noyait littéralement... Et s'amoncelaient encore au loin des multitudes d'inconnues en larmes accablées par le malheur, et même profondément malheureuses, toutes autant qu'elles étaient... Avec leur pauvre petit coquillage inconsolable... Pauvres femmes... Les pauvres, les pauvres... Et il fondit en larmes.

Bien entendu, il avait attrapé la varicelle, la fièvre était très forte, et Véra fit appel à Irina qui arriva immédiatement, en dépit des grands froids et de la menace que le gel faisait peser sur les canalisations de son chauffage.

Deux jours plus tard, Chourik se couvrit de boutons. Mais à ce moment-là, Maria avait déjà fini de pleurnicher. Maintenant, c'était elle qui badigeonnait les pustules de Chourik avec du mercurochrome. Son instinct féminin si précoce s'était élancé sur la voie généreuse du dévouement envers son prochain.

Véra supporta très mal cette double varicelle. La maladie de Maria, en dépit de toute sa gravité, était une maladie infantile ordinaire. Mais la varicelle de Chourik l'ébranla profondément : c'était la première fois qu'il tombait malade depuis qu'ils vivaient sans Élisavéta Ivanovna. D'habitude, c'était elle qui était malade, et elle considérait la maladie de son fils, une maladie infantile, par-dessus le marché, comme une sorte d'injustice, comme une atteinte à son droit personnel et incontestable sur la maladie.

Dès son arrivée, Irina perpétra son nettoyage humide bien-aimé et prépara un énorme bouillon de poule. Elles soignaient maintenant les malades à quatre mains, Véra donnait quelques vagues directives à Irina, et tout avait repris son cours régulier et normal, exactement comme du temps d'Élisavéta Ivanovna.

48

Le seul ami que Chourik avait gardé de l'école, Guïa Kiknadzé, et le seul qu'il avait gardé de ses années d'institut, Génia Rosenzweig, se connaissaient grâce à ses anniversaires auxquels ils étaient tous les deux invariablement conviés, mais ils n'étaient guère compatibles. Génia pressentait en Guïa un ennemi : c'étaient justement les garçons comme lui, à la large poitrine, avec des mollets charnus, un sens de l'humour primaire et une cruauté prompte à se déchaîner, qui lui avaient causé une multitude de désagréments depuis son enfance. Il connaissait parfaitement cette race de gens, les méprisait légèrement, en avait un peu peur et au fond de son âme, les enviait. Ce n'était pas tant leur force physique qu'il leur enviait que cette satisfaction à cent pour cent de l'existence et d'eux-mêmes qui émanait de leur personne.

Mais en ce qui concernait Guïa, il se trompait. Il n'était ni brutal ni cruel, il y avait même en lui cette fameuse grâce caucasienne, ainsi que le charme des gens à qui tout réussit. C'était de là que découlait son inébranlable assurance.

Guïa non plus n'aimait pas Génia. Ce dernier ne riait pas à ses plaisanteries un peu primaires à connotations sexuelles et affichait un air dédaigneux, comme s'il savait quelque chose qu'il n'est pas donné aux autres de savoir... Il y avait encore un détail qui soulignait ce contraste absolu : Génia était le type même du malchanceux, alors que Guïa était de la race des veinards. Si Génia se cassait la figure, c'était obligatoirement dans une flaque, et si Guïa se cassait la figure, il trouvait un porte-monnaie par terre...

Chacun d'eux se demandait pourquoi Chourik gardait comme ami un garçon aussi mal approprié. Mais Chourik les aimait autant l'un que l'autre, il n'avait pas besoin de jouer la comédie ni de forcer sa nature, avec aucun des deux. Il appréciait les qualités de chacun et, le plus sincèrement du monde, ne remarquait pas leurs défauts.

Il se rendait avec un grand plaisir chez les Rosenzweig, où il assistait toujours à des conversations intéressantes sur la politique, l'histoire, la bombe atomique, la musique d'avant-garde et la peinture clandestine. C'est là qu'il entendit pour la première fois le nom de Soljénitsyne et qu'on lui fit lire, en secret et à toute allure, *Le Pavillon des cancéreux*, qui ne produisit d'ailleurs pas sur lui une grande impression. Il avait été nourri de littérature française et était bien plus attiré par Flaubert.

Chez les Rosenzweig, il lui semblait sentir l'esprit et le style de sa grand-mère : on y célébrait le même culte de « l'honnête homme », une religion athée, refusant tout surnaturel et reconnaissant comme fondement suprême un assortiment de qualités morales ennuyeuses et difficiles à cerner. Seulement chez eux, tout cela s'exprimait avec passion, avec exubérance et de façon très catégorique, alors que la bonne éducation d'Élisavéta Ivanovna ne lui permettait pas de prôner ses valeurs d'une voix aussi tonitruante.

La famille Rosenzweig, comme Élisavéta Ivanovna, classait les gens non d'après leur nationalité ou leurs origines sociales, ni même d'après leur niveau d'instruction, mais précisément d'après le critère de cette « honnêteté » indéfinie. En revanche, si les Rosenzweig, en bon Juifs qu'ils étaient, se préoccupaient de l'organisation défectueuse du monde, surtout dans sa partie soviétique, la défunte Élisavéta Ivanovna, elle, ne nourrissait aucune illusion sur la possibilité d'une meilleure organisation dans d'autres régions de l'univers : ayant vécu en Suisse et en France dans sa jeunesse, au plus fort de l'engouement des milieux cultivés et d'avant-garde pour le socialisme, elle avait acquis la certitude que l'injustice est l'un des traits fondamentaux de la vie même, et que tout ce que l'on peut faire, c'est, dans la mesure de ses forces, concrétiser la justice à l'intérieur des cadres qui sont à notre portée... Les candides Rosenzweig n'en étaient pas encore arrivés à cette idée toute simple.

Quand Chourik essayait d'expliquer à Guïa ce qui l'attirait en Génia et dans tout son clan, Guïa fronçait les sourcils, haussait les épaules et disait avec un accent caucasien qu'il accentuait à dessein :

« Écoute, mon ami, ne me parle pas de choses intelligentes ! Regarde plutôt la fille qui passe ! Qu'est-ce que tu penses ? Elle voudra ou elle voudra pas ? »

Et Chourik éclatait de rire.

« Avec toi, Guïa, elles sont toutes d'accord ! »

Guïa roulait des yeux en direction de son nez pour exprimer le travail de sa pensée.

« Tu as raison, mon ami ! C'est bien ce que je pense, moi aussi ! »

Et ils se tordaient de rire tous les deux. Génia, lui, ne savait pas rire comme Guïa.

Guïa avait le génie du divertissement et en grandissant, il

avait transformé ce don exceptionnel en profession et en mode de vie. Tout de suite après l'école, il était entré dans un établissement technique assez médiocre qui ne possédait qu'une seule curiosité remarquable : une table de ping-pong de première classe. Comme il passait toutes ses heures de cours devant cette table, il n'avait pas tardé à devenir le champion absolu de l'institut. On lui avait proposé de participer à des compétitions entre établissements, et au bout d'un an, il était devenu un sportif de première catégorie.

Il avait dit alors à Chourik : « Tu sais bien que nous, les Géorgiens, on est tous soit prince, soit champion de sport. Étant donné que mon grand-père est toujours en train de tailler des vignes dans l'ouest de la Géorgie et que j'aurais du mal à le faire passer pour un prince, il va falloir que je devienne un champion ! »

Il devint champion, vissa un petit insigne sur son veston bleu, et déménagea dans un institut de culture physique. Ce fut une décision radicale, d'autant plus qu'une carrière sportive ne l'intéressait absolument pas. Ce qu'il aimait, c'était les distractions, et non ce labeur monotone et borné dont la récompense se compte en centimètres, en kilos ou en secondes. Il s'inscrivait mal dans le monde ascétique des sportifs que leurs goûts, si tant est qu'ils en aient, ne portent guère aux distractions.

Guïa avait terminé son institut tant bien que mal et, par piston, ou plus exactement grâce à un pot-de-vin consistant en dix bouteilles de cognac, il avait trouvé une place d'entraîneur à la Maison des pionniers de son quartier, où il dirigeait trois sections à la fois : celle de ping-pong, celle de volley-ball et celle de basket-ball.

Il consacrait son temps libre à des jeux divers de nature non sportive, liés à la boisson, à la danse, à la musique, et bien entendu, à l'amour. Les femmes occupaient une place importante dans ses pratiques ludiques. Et il n'était un dilettante dans aucune de ces matières. Les boissons alcooliques, depuis l'arak jusqu'au zythum, en passant par tous les breuvages commençant par les autres lettres de l'alphabet, et particulièrement le vin, auraient pu devenir son autre profession s'il était né en France, où la subtilité du goût et de l'odorat, l'hypersensibilité des récepteurs gustatifs aux nuances de l'acide et du sucré, ainsi que la finesse d'un nez, sont presque plus prisés que des talents de musicien. Fréquenter Guïa sur le terrain de la boisson était un grand plaisir pour Chourik. Même l'accompagner dans une brasserie...

Guïa mettait en scène tout un spectacle autour de la dégustation d'une bière, il convoquait les garçons d'un air pénétré, se faisant passer par la même occasion pour le fils d'un personnage extraordinairement important. Il était capable de tirer d'une sortie au restaurant une quantité fabuleuse de plaisirs accessoires, comprenant une conversation avec le maître d'hôtel, une entrevue avec le cuisinier, et une attraction quelconque, du genre découverte d'un billet de un rouble cuit à point à l'intérieur d'une boulette de viande. Un jour, en attendant son esturgeon, il avait fixé à l'aide d'un trombone, sur un citronnier planté dans une sinistre cuve, vivant mais stérile, à l'instar d'un figuier célèbre, un joyeux petit citron qu'il avait apporté de chez lui spécialement à cet effet. Il avait attiré lui-même l'attention du garçon sur ce miracle, et tout le personnel du restaurant, depuis la femme de ménage jusqu'au directeur, avait fait cercle autour du citronnier miraculeux pour admirer ce fruit que personne n'avait remarqué jusque-là. En s'en allant, Guïa l'avait cueilli et fourré dans sa poche, bien que Chourik l'eût supplié de le laisser sur l'arbre.

« Je ne peux pas le laisser, Chourik ! Il coûte trente kopecks, et puis avec quoi je vais boire mon thé ? »

Chourik ne dédaignait jamais les propositions et invitations saugrenues de Guïa : il l'accompagnait tantôt dans un parc naturel, tantôt à une exposition, tantôt aux courses...

Un samedi, alors qu'il venait de terminer sa leçon d'espagnol avec Maria, le téléphone sonna.

« Chourik, lave-toi les oreilles et le cou, et viens chez moi dare-dare ! Il y aura des filles comme on n'en voit qu'au cinéma. T'as compris ? »

Chourik avait parfaitement compris. Il enfila son col roulé chic et son jean tout neuf acheté par l'entremise de ce même Guïa, et sortit. En chemin, il prit deux bouteilles de champagne chez Élysseïev. Les jolies filles boivent toujours du champagne.

Les belles étaient au nombre de quatre. Trois d'entre elles étaient assises en rang d'oignons sur le divan, et la quatrième, Rita, une amie de Guïa que Chourik connaissait déjà et qui était mannequin au Goum, arpentait la pièce de long en large en balançant diverses parties de son anatomie.

Guïa présenta son ami :

« Chourik est un garçon qui n'a l'air de rien, n'est-ce pas ? Eh bien, c'est un célèbre traducteur, il traduit de toutes les langues ! Le français, l'allemand, l'anglais, tout ce que vous voulez ! Il n'y a que le géorgien qu'il ne parle pas. Il ne veut pas, le salaud. Mais il pourrait très bien... »

Ni Chourik ni Guïa ne surent jamais ce qu'elles étaient venues faire à Moscou (un échange professionnel, une rencontre artistique, un défilé de mode à l'échelle de toutes les Républiques ?), toujours est-il qu'elles composaient un bouquet international : l'Ouzbèke Ania, dont il s'avéra par la suite qu'elle s'appelait Djamila, la Lituanienne Églé, et la Moldave Angélica.

« Choisis celle que tu veux ! chuchota Guïa. Ce sont des camarades dûment contrôlées, politiquement sûres et moralement à toute épreuve.

— Vous parlez vraiment le lituanien ? » demanda la blonde au teint pâle en faisant papilloter ses cils d'une longueur invraisemblable, et ce fut elle que Chourik choisit.

De façon générale, il était bien incapable de faire un choix : elles étaient toutes les quatre grandes et de surcroît, perchées sur des talons aiguilles, avec des tailles fines, de longs cheveux et des visages maquillés de façon identique. Ces représentantes de peuplades diverses se pavanaient sur le divan, la jambe droite croisée sur la jambe gauche, une cigarette à la main, et elles soufflaient leur fumée à l'unisson — un corps de ballet en position assise. Elles étaient également habillées de façon plus ou moins identique. Si on y regardait de plus près, la Lituanienne n'était pas aussi belle que ses petites camarades. Elle avait une frimousse allongée, un nez busqué et une bouche barbouillée de rouge à lèvres étalé un peu n'importe comment, sans aucun rapport avec le contour de ses lèvres fines. Mais il y avait en elle quelque chose de particulièrement attirant. Un petit air de garce, peut-être.

La table était couverte de vins et de fruits, il n'y avait aucune nourriture sérieuse. Chourik posa son champagne, et les demoiselles s'animèrent. Guïa chuchota à Chourik en ouvrant une bouteille : « Les vraies prostituées aiment le champagne... »

Chourik regarda les jeunes filles avec un intérêt nouveau : se pouvait-il que ce soit vrai ? Que ces beautés soient des prostituées ? Il s'était fait des idées, les prostituées, pour lui, c'étaient ces filles échevelées et ivres qui traînaient autour de la gare de Biélorussie... Tandis que celles-là... Cela changeait tout...

Ils burent du champagne et mirent de la musique. L'Ouzbèke dansa avec Guïa, et Rita sortit téléphoner dans le couloir. Chourik, après avoir hésité un instant, invita la Lituanienne Églé. Un nom sorti d'un conte de fées. Il l'enlaça : son dos semblait coulé dans du métal. Elle sentait un parfum qui évoquait aussi quelque chose de métallique. De l'ambre luisait sur sa gorge nue. Grâce à ses immenses talons, elle était un peu plus grande que lui, et cela aussi, c'était inhabituel. Avec son mètre quatre-vingts, il ne s'était jamais trouvé auprès de filles de cette taille. Il fut saisi d'une admiration qui lui glaçait l'âme.

« Vous êtes tout simplement une reine, une véritable reine des neiges ! » chuchota-t-il dans une oreille distendue par de l'ambre poli.

Églé sourit d'un air énigmatique. La musique s'arrêta, et Guïa versa le reste du champagne aux jeunes filles. La Moldave demanda du cognac. Rita entra dans la pièce et déclara à l'Ouzbèke d'une voix assez forte :

« Djamila, Rachid te cherche dans tout Moscou... »

Djamila-Ania haussa les épaules.

« Et alors ? Ça fait un an qu'il me cherche... Faut croire qu'il a rien d'autre à faire ! »

La Moldave se versa encore du cognac. Elle buvait en rejetant la tête en arrière de façon assez laide. Un coup de sonnette retentit.

« Tes parents ? demanda Chourik, étonné.

— Non, ils sont au théâtre. Ils reviendront vers onze heures. C'est Vadim. »

Vadim entra, grand, l'air imposant. Le paysage changea aussitôt, comme si des renforts masculins venaient d'arriver en grand nombre. Djamila et la Moldave s'animèrent, mais Vadim jeta immédiatement son dévolu sur la Moldave.

« À toi de jouer, Angélica ! » ordonna Guïa, et la Moldave, sans lâcher son verre, se suspendit au cou de Vadim.

Vers dix heures et demie, ils levèrent le camp. Vadim s'en alla avec Angélica complètement ivre.

« Elles ont une piaule, chuchota Guïa à Chourik. Je me suis occupé de tout, c'est sur la perspective de la Paix. C'est moi qui t'invite. Il vaut mieux que tu arrêtes un taxi de l'autre côté de la rue. »

Chourik hocha la tête. Que voulait-il dire par « C'est moi qui t'invite » ? Ce n'était quand même pas... Djamila était manifestement de trop, mais apparemment, cela ne préoccupait personne.

Il arrêta un taxi et fit asseoir les deux beautés à l'arrière. Le chauffeur, un homme d'un certain âge, le considérait avec respect. Chourik s'installa à côté de lui.

« Tu ne m'en refilerais pas une ? demanda-t-il à voix basse.

— Pardon ? » demanda Chourik sans comprendre.

L'homme se racla la gorge :

« On va où ? »

Ils arrivèrent perspective de la Paix et descendirent devant un immeuble stalinien convenable. Ils montèrent à pied au premier étage. Églé ouvrit la porte après s'être longtemps débattue avec la clé. Elle conduisit Chourik dans une chambre et sortit. Il regarda autour de lui. L'appartement n'était pas très riche, plutôt familial. Il y avait un lit à deux places, un placard dont la porte était entrouverte. Des cintres avec des tenues chic étaient accrochés à l'intérieur. Des chaussures à talons, cinq paires, étaient soigneusement alignées près de la porte.

Des bruits d'eau retentirent longuement dans les profondeurs de l'appartement. Il entendit ensuite des bribes d'une conversation entre femmes : Djamila avait l'air de se plaindre, Églé répondait avec laconisme. Puis elle entra, vêtu de bleu transparent, avec ses habits en vrac dans les bras. Elle suspendit son tailleur à un cintre, d'abord la jupe, puis la veste. Sans un sourire, avec le plus grand sérieux.

« Qu'est-ce que je fais ici ? » songea soudain Chourik, mais Églé dit alors :

« La salle de bains et les toilettes sont au bout du couloir. La serviette rayée. »

Chourik sourit. Généralement, le soir, sa mère disait à Maria : allez, on fait pipi, on fait sa toilette, et au lit ! Les choses commençaient à prendre une tournure comique.

Il suivit docilement les instructions et s'essuya avec la serviette rayée. Dans la cuisine, il aperçut Djamila avec une bouilloire. Il retourna dans la chambre. Églé, qui avait échangé ses talons aiguilles contre des mules à pompon, était en train de bourrer ses escarpins de papier journal d'un air grave. Quelque chose avait changé dans son visage. Il regarda de plus près : les cils somptueux avaient disparu. Le maquillage avait été nettoyé. Mais les sourcils étaient partiellement restés.

Elle ouvrit son peignoir en grand.

« Tu m'aides à me déshabiller ? » demanda-t-elle sans une once de mutinerie, et Chourik se rendit compte qu'il ne ressentait rien du tout. Ni trouble ni pitié. Cela lui fit même un peu peur.

Il la débarrassa de son emballage en nylon. Elle était sanglée dans un corset, et il comprit que sa demande n'avait rien d'un subterfuge féminin. La dureté métallique de son corps provenait de ces dessous fermés dans le dos par de petites agrafes. Elle avait vraiment besoin d'une femme de chambre. Il défit les agrafes, la pelure en plastique se détacha, et il vit apparaître un dos menu couvert de marques rouges laissées par les agrafes et les coutures. Un pauvre petit dos blafard... La pitié déferla aussitôt, et il ne resta plus rien de sa peur.

Elle avait des ongles pointus qu'elle promenait sur le corps de Chourik, elle lui caressait les tétons de ses cheveux dénoués, le touchait de ses lèvres charnues. La lampe de chevet était allumée, et la lumière ne la gênait pas du tout. Au contraire, elle l'examinait avec un intérêt qu'il ne lui avait pas remarqué au cours de la soirée. Il sentit que si cet examen et ces palpations se poursuivaient, la pitié qu'il éprouvait pour le dos couvert de marques allait s'évaporer, et il ne pourrait pas profiter du cadeau que Guïa lui avait si généreusement offert.

Il écourta donc ces raffinements plutôt réfrigérants et s'attela au processus élémentaire. Elle était assez ivre, et d'une frigidité exemplaire. Au bout de quelque temps, Chourik se rendit compte qu'elle s'était endormie. Il sourit. Sa pitié s'était volatilisée. Il la tourna sur le flanc, arrangea l'oreiller sous sa tête, et s'endormit paisiblement à ses côtés, non sans avoir souri de ses légers reniflements qui promettaient d'acquérir avec les années toute la vigueur de ronflements à part entière.

Il se réveilla vers huit heures. Églé dormait, toujours dans la même pose : une main sous la joue, ses jambes minces repliées. Il remarqua que les ongles de ses orteils étaient extraordinairement longs. Mais oui, bien sûr, le conte qu'il lisait à Mourzik s'appelait « Églé, la Reine des Couleuvres ».

Il s'habilla tout doucement et s'en alla sans faire de bruit.

« Merci à Guïa, il m'a offert une beauté ! » se dit Chourik

en souriant. Et il songea à Valéria qui savourait les joies de l'amour du plus profond de son âme et de son corps, réagissant à chaque frôlement par l'accélération des battements de son cœur et l'humidité de sa chair reconnaissante...

Il se dirigeait vers le porche, toujours en souriant, quand il fut arrêté par un grand Asiatique en blouson de cuir.

« Tu connais Djamila ? »

Chourik effaça son sourire et répondit poliment, mais distraitement :

« Djamila ? Oui, je la connais...

— Bon ! » Il découvrit ses dents, et Chourik se dit qu'il semblait sorti d'un album de Hokusai : un visage de samouraï, arrogant, avec un nez épaté mais busqué. « Eh bien, maintenant, tu vas connaître aussi Rachid ! »

Chourik entendit un craquement d'os déplaisant et fut projeté en l'air. Le deuxième coup, qui suivait de près, fut esquivé et atterrit sur son nez. Ce Rachid était gaucher, c'est pourquoi son premier uppercut de professionnel lui avait fracturé la mâchoire du côté droit. Mais cela, Chourik l'apprit plus tard, à l'hôpital Sklifossovski, où il fut transporté dans un état comateux. Outre une fracture de la mâchoire et du nez, on diagnostiqua également une commotion cérébrale assez grave.

49

Si Rachid s'était contenté de cette vengeance, s'il s'était détourné et s'en était allé aussitôt en laissant Chourik terrassé sur l'asphalte, cette histoire n'aurait laissé comme souvenir qu'un cale osseux arrondi sur la mâchoire d'un héros innocent du forfait qui lui était imputé. Mais Rachid, abandonnant son rival imaginaire baignant dans son sang, se précipita à l'intérieur de l'immeuble dont Chourik venait de sortir dans de si bonnes dispositions, fonça au premier étage et sonna aux quatre portes. Son informatrice, un mannequin qui avait rendu visite à Djamila dans cet immeuble, avait oublié le numéro de l'appartement, mais ce n'était là qu'un détail anodin, surtout si l'on considère que dans l'un d'eux personne ne réagit, que dans le deuxième une voix de vieillard demanda qui c'était, et que la troisième porte fut ouverte par Djamila en personne. Le regard halluciné de son examant ne laissant rien présager de bon, elle essaya de claquer la porte, mais Rachid avait déjà glissé son pied en travers.

Terrorisée à l'idée qu'il allait la tuer sur place, elle se mit à hurler : « Au secours ! Au meurtre ! » de toute la force de sa gorge fraîche. Fou de rage, il eut le temps de lui flanquer une raclée digne de ce nom avant d'être garrotté par un régiment de la police, appelé par des passants pour secourir Chourik toujours inerte, et alerté par des hurlements de femme : Églé, qui s'était réveillée, était sortie de sa chambre et s'était aussitôt précipitée à la fenêtre pour apporter à son amie un soutien vocal.

Entre-temps, Chourik avait déjà été emmené en ambulance. Il revint à lui sur le chemin de l'hôpital et, articulant à grand-peine, demanda que l'on téléphone à sa mère pour lui dire que tout allait bien. Le médecin assis à ses côtés fut si ému par cette attention filiale qu'une fois Chourik admis au service des urgences il appela immédiatement Véra Alexandrovna pour l'informer de l'incident.

Le coup de fil eut lieu en début d'après-midi. On déclara que Chourik avait été blessé au visage et qu'on était en train d'opérer sa fracture de la mâchoire, que cela n'avait aucun sens de venir aujourd'hui, et qu'il serait possible d'obtenir des informations le lendemain matin par les renseignements de l'hôpital.

Au début, Véra Alexandrovna essaya d'expliquer qu'il y avait une erreur, que son fils était à la maison en train de dormir tranquillement. Mais Maria, qui avait entendu la conversation d'une oreille, poussa la porte de la chambre de Chourik et s'écria :

« Véroussia ! Chourik n'est pas là ! Il n'est pas en train de dormir ! »

Détail curieux : il était déjà arrivé que Chourik ne rentre pas coucher. D'ordinaire, il téléphonait pour prévenir, même s'il y avait eu plusieurs cas où il avait disparu sans avertissement. Mais ce matin-là, Véra n'avait pas encore remarqué son absence.

Elle restait là, assise à côté du téléphone, à digérer la nouvelle. Maria la tirait par la manche.

« Qu'est-ce qui se passe, Véroussia ? Où est Chourik ?

— Il est à l'hôpital, on vient de lui opérer la mâchoire. »

Véra posa deux doigts sur son menton, et sentit comme un engourdissement.

« Il faut y aller ! déclara résolument Maria.

— Ils ont dit de venir demain. »

Maria la bombarda de questions :

« Et demain, on va nous le rendre ? Il est sur une civière ou il peut marcher ? Il faudra le nourrir à la petite cuillère ? Je pourrais le faire ? On va lui préparer du jus d'airelle ? »

« Comment peut-on se casser la mâchoire en tombant ? se demandait Véra. La jambe ou le bras, je comprends, mais la mâchoire ? Non, non, ils n'ont pas dit qu'il était tombé. Est-il possible qu'il se soit battu ? Mais oui, bien sûr, il s'est battu ! »

Son imagination lui peignait le tableau de Chourik passé à tabac par des voyous, et c'était sûrement lié à la défense d'une femme ou, au pire, d'un plus faible que lui...

Véra serrait contre elle une Maria bouillonnante de questions, mais Dieu sait pourquoi, elle se calmait. L'engourdissement désagréable de son menton gagnait la mâchoire supérieure. Elle se frotta la joue. Il fallait emmener Mourzik se promener, lui faire faire ses devoirs, et trouver le moyen de tenir jusqu'au soir.

« Demain, je te conduirai à l'école et ensuite, j'irai à l'hôpital. Et ce soir, nous allons préparer du jus d'airelle. »

Véra déposa un baiser sur les cheveux de Maria, mais celle-ci fit un bond en l'air et lui cogna douloureusement le menton.

« Quoi, sans moi ? Tu veux aller à l'hôpital sans moi ? » hurla-t-elle, et Véra sourit en frottant son menton meurtri.

« Bon, bon, d'accord, nous irons ensemble ! »

Véra passa une nuit blanche : la douleur avait gagné tout le visage, elle avait mal au menton, à la pommette, et cela se propageait dans la tempe.

C'était sans doute à cause du coup que lui avait donné Mourzik. Elle décida de prendre un antalgique qu'elle chercha longtemps dans l'armoire à pharmacie où tout était rangé selon l'ancien système de sa mère, auquel Chourik continuait à se conformer. Ces fouilles prolongées la démoralisèrent encore plus. Il lui vint à l'esprit qu'il faudrait envoyer Chourik à la pharmacie. Et là, elle faillit fondre en larmes : Chourik était à l'hôpital, il allait très mal, et elle était dans un tel état de délabrement moral qu'elle n'arrivait pas à rassembler ses forces, à faire preuve d'énergie et à affronter la situation... Ça, ça venait du répertoire d'Élisavéta Ivanovna, et Véra comprit que le moment était venu où la responsabilité de Chourik et de Mourzik reposait entièrement sur elle, il fallait qu'elle se prenne en main, qu'elle rassemble ses forces, qu'elle fasse preuve d'énergie et affronte la situation... Arrivée à ce point, elle fondit réellement en larmes. Une moitié du visage lui faisait atrocement mal, elle avait même un œil qui ne voyait presque plus.

Elle trouva l'antalgique, prit deux cachets d'un coup et s'endormit.

Dès le matin commença une longue série de préparatifs absurdes. Elles rassemblèrent dans un sac en plastique une brosse à dents et du dentifrice, des pommes, des mouchoirs et des chocolats, toutes choses dont Chourik ne pouvait avoir aucun besoin dans les semaines à venir, puisqu'on lui avait posé un appareil métallique afin d'immobiliser sa mâchoire jusqu'à ce qu'elle soit consolidée. Il ne pouvait ouvrir la bouche que de la largeur d'une paille pour avaler de la nourriture liquide. En revanche, elles oublièrent de prendre le jus d'airelle préparé la veille, ainsi que ses pantoufles. Il est vrai qu'on lui avait donné des chaussons de l'hôpital.

Maria glissa dans le sac un lapin en peluche.

À l'accueil, on leur dit qu'il avait été opéré et qu'il se trouvait au service des urgences, en soins post-opératoires. Véra Alexandrovna ne fut pas autorisée à entrer. Le médecin traitant ne vint pas lui parler. Mais on accepta de transmettre le sac. Elles attendirent assez longtemps un mot de Chourik. On le leur apporta enfin. Il demandait pardon pour l'histoire stupide dans laquelle il s'était fourré et pour les soucis qu'il leur donnait, plaisantait en disant que maintenant, il était puni de sa bêtise par un jeûne et un silence prolongés, exactement comme un moine. Il leur demanda de lui apporter deux livres en français qui se trouvaient sur son bureau ainsi qu'un dossier, du papier à lettres, et quelques stylos à bille.

Elles rentèrent à la maison vers le soir, terriblement fatiguées. Maria avait les pieds trempés, et Véra avait de nouveau ses douleurs symboliques à la joue. Maria arriva au dîner en larmes et déclara qu'elle voulait voir sa maman. Véra elle-même était prête à éclater en sanglots devant la totale désorganisation de leur existence. Se prendre en main, se répétait-elle. Rassembler ses forces, faire preuve d'énergie, et affronter la situation...

À dix heures, Svetlana téléphona. Au lieu de son habituel et laconique : « Il n'est pas là ! », Véra Alexandrovna lui narra en détail toutes les péripéties de la journée, en commençant par le coup de fil de la veille.

« Vous auriez dû me téléphoner tout de suite ! répondit Svetlana avec beaucoup d'énergie. Je connais des gens à Sklifossovski, je vais y aller demain, et je me renseignerai.

— Oh, ce serait merveilleux ! s'exclama Véra, toute

contente. Seulement, il faut aussi lui apporter des livres et des papiers.

— Je passerai les prendre, ne vous en faites pas pour ça... »

Véra Alexandrovna lui dicta l'adresse et lui expliqua longuement, de façon un peu embrouillée, combien il était simple de trouver leur immeuble depuis la rue des Fossés-de-Boutyrki. Svetlana se contenta de sourire.

Elle était aux anges : elle allait enfin avoir l'occasion de montrer à Chourik et à son imposante maman de quoi elle était capable.

De fait, la chance lui sourit. Bien qu'elle n'eût pas la moindre relation à Sklifossovski (d'ailleurs à quoi cela aurait-il servi, à présent que l'opération était passée ?), elle se présenta le lendemain comme un membre de la famille et discuta avec le chirurgien de Chourik, qui lui montra les radios et lui expliqua précisément quelle opération avait été faite, et quelles étaient les perspectives.

« Avec cette blessure, nous aurions pu le laisser rentrer chez lui très vite, et procéder à la seconde intervention d'ici six à huit semaines, elle n'est pas très compliquée, dit le chirurgien. Mais il a aussi une commotion cérébrale, c'est pourquoi il vaut mieux qu'on le garde un peu... »

Puis Svetlana entra dans la chambre, où elle eut du mal à reconnaître Chourik parmi des hommes bardés de bandages et de plâtres. Il était allongé sur le dos, hérissé de tuyaux — un qui lui sortait de sa bouche, et deux du nez. Il avait les yeux au beurre noir. Le tableau était complété par un pistolet posé sur la couverture.

« Mon Dieu ! Mais qui est-ce qui t'a fait ça ? » s'écria Svetlana.

La question était purement formelle, car Chourik ne pouvait pas parler. Il remua les doigts. Elle sortit un bloc-notes et un stylo.

Le reste des échanges se fit sous une forme exclusivement écrite. Chourik la remercia chaleureusement d'être venue. Il lui demanda de retarder le plus possible la visite de sa mère. Il écrivit qu'un fou, un Kazakh ou un Mongol, l'avait pris pour quelqu'un d'autre et avait bien failli le tuer.

Svetlana alla vider le pistolet dans les toilettes, refit son lit, trouva l'infirmière de garde et lui donna exactement la somme qu'il fallait — ni trop ni trop peu — pour qu'elle passe de temps en temps vérifier que tout allait bien. Puis elle sortit faire des courses, acheta du képhir, deux berlingots de crème fraîche et de l'eau minérale, et revint dans la chambre. Au moment où elle allait partir, un policier entra, avec une blouse blanche par-dessus son uniforme. Il venait voir Chourik. À propos de l'agression de la veille. Il lui posa des questions intéressantes : s'il connaissait Djamila Khalilova, et quelles étaient ses relations avec elle.

Chourik répondait par écrit, et Svetlana ne voyait pas les réponses car le policier faisait aussitôt disparaître les feuilles. Mais les questions en elles-mêmes suffisaient pour qu'elle se fît de la situation une idée assez semblable à celle qui s'était imposée à l'imagination de Rachid. En tout cas, le policier ne posa aucune question sur Églé, et Chourik n'estima pas nécessaire de mentionner son nom.

Svetlana décida de remettre sa propre enquête pour l'instant. Elle aussi, elle avait quelques questions à poser à Chourik. Soit dit en passant, le policier ne revint plus, l'affaire des coups et blessures infligés à Djamila Khalilova et à Alexandre Korn fut enterrée dès le lendemain, lorsque le père de Rachid, le principal kagébiste de sa République, débarqua à Moscou. Le souci des policiers moscovites fut dès lors de se dépêtrer eux-mêmes d'une situation délicate, car, de leur côté, ils avaient tabassé Rachid à tour de bras dans leur commissariat...

Au bout de deux jours, Guïa s'engouffra dans la chambre.

« Chourik ! Je viens juste d'apprendre ça... Ben dis donc, mon vieux, c'est pas de veine ! Moi aussi, ce genre de truc m'est déjà arrivé... »

Et il raconta plusieurs mésaventures personnelles au cours desquelles il s'était fait lui-même casser la figure. Ce n'était pas d'un grand réconfort. Puis il sortit de sa serviette une bouteille de cognac enveloppée dans un journal, la déboucha, plia le bout de la paille qui sortait de la bouche de Chourik, et l'enfonça dans le goulot.

« Je crois que ce n'est pas une mauvaise idée... »

Il prit une autre paille dans la table de nuit, la fourra dans la bouteille, et aspira.

« Je dirais même que c'est une idée géniale ! Et pour accompagner ça... Non, pas du képhir, de la crème, bien sûr ! »

Svetlana trouva les deux amis plongés dans cette agréable occupation.

« Qu'est-ce que vous êtes en train de faire ? »

Guïa ne se laissait jamais démonter, même par les femmes.

« Nous buvons un coup. C'est très recommandé en cas de commotion cérébrale. Et vous, qu'est-ce que vous faites ici ? »

Chourik mugit quelque chose d'inarticulé.

« Ça va, ça va, j'ai compris ! fit Guïa d'un ton caustique. Elle a un bond fond. Ça se voit tout de suite. Seulement, quand les hommes boivent un coup, les femmes se taisent, vu ? »

Svetlana était folle de rage d'être traitée de cette façon, mais elle resta assise sans céder d'un pouce. Guïa s'en alla en laissant la bouteille sous la couverture de Chourik, et Svetlana dans un état d'extrême agacement.

Chourik retardait autant que possible la visite de Véra. D'ailleurs Véra elle-même était assez mal en point : les douleurs qui avaient débuté quand on lui avait appris les ennuis de Chourik par téléphone ne cessaient d'aller et venir. Elle avait fait appel à un médecin d'une clinique payante qui l'avait longuement examinée et avait émis l'hypothèse qu'elle souffrait d'une inflammation du nerf trifacial. Il lui avait prescrit quelques jours au chaud sans sortir, ainsi qu'un médicament puissant.

Pendant trois semaines, Svetlana se rendit à l'hôpital Sklifossovski comme on va au travail, et chaque jour, elle faisait à Véra Alexandrovna un rapport sur l'état de santé de son fils.

Mieux encore : sur la demande de Chourik, elle passa à deux reprises chez Valéria. Il avait un peu hésité avant de le lui demander, mais le travail était urgent, il n'avait pas de machine à écrire, et Valéria était la seule à pouvoir taper ses résumés. La deuxième fois, Svetlana alla prendre une enveloppe cachetée qu'elle devait poster.

Valéria lui fit des compliments sur son imperméable. Svetlana lui révéla qu'elle l'avait confectionné elle-même avec un tissu acheté justement dans son immeuble. Elle complimenta Valéria sur ses meubles anciens en déclarant qu'elle ne pouvait pas supporter les meubles modernes. Valéria trouva Svetlana très gentille, mais parfaitement insignifiante. De son côté, Svetlana éprouva une véritable compassion pour cette grosse infirme outrageusement maquillée. Dire que cet itinéraire de Chourik lui avait causé tant d'angoisses... À la lumière du jour, elle aurait tout simplement l'air d'une matriochka, la pauvre !

Aucune des deux ne soupçonna en l'autre une rivale.

Véra Alexandrovna n'allait pas à l'hôpital. Il pleuvait, des pluies de printemps glaciales, mais on avait déjà trop chaud avec des bottines d'hiver, et il était encore un peu tôt pour des chaussures légères. Véra n'avait rien à se mettre par temps humide. Tiens, d'ailleurs, dès que Chourik serait sorti de l'hôpital, il faudrait résoudre ce problème. Ce qui serait bien, ce serait des semelles de crêpe, mais pas plates, plutôt des semelles compensées...

Elle écrivait à Chourik de longues lettres merveilleuses. Chourik les rangeait en un petit tas bien net, classées selon la date. Maria aussi lui écrivait, et lui faisait également des dessins. Avec, pour thème principal, Chourik et elle, ensemble au bord de la mer.

Svetlana passait chercher les lettres et, à la demande de Chourik, prenait tantôt un dictionnaire, tantôt un rasoir, tantôt une grande enveloppe arrivée par la poste.

Véra Alexandrovna appréciait énormément Svetlana : c'était une véritable amie et, si on ne pouvait pas vraiment dire qu'elle était jolie, elle avait de l'allure, c'était une jeune fille bien élevée. Et, chose très rare, une remarquable couturière. Élisavéta Ivanovna aurait approuvé...

Svetlana se montrait pleine d'attentions envers Véra Alexandrovna. Chaque fois qu'elle devait passer la voir, elle lui demandait quelles courses elle pouvait lui faire, et lui rapportait du restaurant Prague toutes sortes de plats différents, si bien que Véra avait oublié de demander à Chourik où il achetait les boulettes de pommes de terre.

Puis Chourik sortit de l'hôpital. Véra Alexandrovna fut

atterrée : il avait une mine épouvantable. Il avait maigri. Des bouts de métal lui sortaient des joues. Il avait du mal à parler et ne mangeait rien, il se contentait de boire toutes sortes de liquides avec une paille. En revanche, il écrivait des petits mots délicieux et drôles agrémentés de dessins. Maria exigea aussitôt de reprendre leurs sacro-saintes leçons, elle lui précisa même le nombre d'heures qu'il lui devait pour le temps de sa maladie. Elle les avait comptées. Il promit de tout rattraper.

Chose étonnante, dès que Chourik fut rentré de l'hôpital, l'inflammation du nerf facial de Véra disparut. C'était comme si elle n'avait jamais rien eu.

Puis on lui enleva son harnachement métallique. En l'honneur de cette fête, il emmena tout le monde, y compris Svetlana, au restaurant L'Ancre, et les gava de plats délicieux. Svetlana célébrait le plus beau jour de sa vie : c'était un repas de famille, tous les gens assis aux tables voisines pensaient que Chourik était son mari et Véra Alexandrovna sa belle-mère, le seul ennui, c'était la petite, on ne comprenait pas très bien qui elle était. Elle était de trop. De son côté, Maria aussi trouva ce repas parfait, mais elle estima également que quelqu'un était de trop — Svetlana.

Un seul détail contrariait Svetlana : Chourik n'avait toujours pas envie de lui rendre visite et, de façon générale, il ne manifestait aucune attirance pour elle. Elle attendait patiemment un rendez-vous amoureux. Quant à l'exotique Djamila, elle avait décidé de ne pas aborder le sujet. Un jour, peut-être, plus tard...

À présent, elle téléphonait tous les jours et bavardait longuement avec Véra Alexandrovna de la vie en général, et de Chourik en particulier. À la fin de la conversation elle demandait à lui parler, et s'il n'était pas là Véra lui faisait obligatoirement un rapport sur l'endroit où il se trouvait. Si c'était à la bibliothèque, Svetlana n'hésitait pas à faire le trajet pour vérifier. Son impression était quand même qu'il n'y avait pas d'autre femme dans sa vie... Parfois, Véra disait qu'il ne rentrerait pas coucher ce soir, qu'il était allé discuter d'une traduction compliquée avec Valéria et qu'il passerait sans doute la nuit là-bas.

Entre-temps, le printemps était revenu, et Chourik parla un jour à Svetlana de leur prochain départ pour la datcha.

La situation était épouvantable. Véra et Maria allaient s'installer à la datcha, et de nouveau il ne lui téléphonerait plus, il allait disparaître définitivement. Et cela, après tout ce qu'elle avait fait pour lui ! Elle se remit à penser à cette Djamila à cause de laquelle il avait failli se faire tuer. Peut-être voyait-il quand même quelqu'un, finalement...

Elle redoubla de vigilance. Elle recommença à monter la garde près de l'entrée de son immeuble, et à le suivre à une distance assez réduite, mais calculée avec précision. Sans résultat. Apparemment, il n'y avait pas de Djamila ni aucune autre femme. Mais elle était tourmentée par l'inquiétude et le doute, de nouveau, elle ne dormait plus la nuit, elle tortillait ses fleurs en soie blanche et les disposait en pensée autour de sa propre tête... Non, il ne l'aimait pas, mais il l'estimait, il éprouvait de la considération pour elle, de la gratitude... Comment oblige-t-on un homme à vous aimer ? Fallait-il donc mourir pour être appréciée ? Ah, si elle pouvait d'abord assister à son propre enterrement en savourant les larmes qu'ils verseraient tous sur son départ, et ensuite mourir vraiment. Reposer dans un caveau décoré de fleurs, comme Ophélie, avec son bien-aimé qui souffre auprès du cercueil, il sort son épée et se tue... On voit tout, on est assurée de son amour éternel et fidèle, et on peut mourir tranquillement, avec satisfaction... Non, ce Chourik toujours fourré dans les jupes de sa mère n'était pas capable d'une chose pareille ! Ou uniquement pour sa maman... Et cette pensée la faisait sourire, car la démence n'avait pas encore envahi son esprit au point de tuer complètement son sens de l'humour.

Elle lui téléphona et lui demanda de venir la voir de toute urgence. Cela faisait longtemps qu'il s'attendait à quelque chose de ce genre. Il savait pourquoi on le convoquait. Et il s'y rendit la mort dans l'âme, avec un agacement dirigé exclusivement contre lui-même.

« L'essentiel, c'est de ne pas se laisser embringuer dans des explications ! » décida-t-il. Et dès que la tenture vétuste qui cachait la porte de la chambre s'ouvrit, il la prit dans ses bras et plongea les doigts dans la maigre écume de ses cheveux fins. Elle piaula d'une voix faible et joyeuse quelque chose sur sa coiffure dérangée, sur sa blouse froissée. Elle avait l'air tellement heureuse que Chourik en oublia son récent agacement et exécuta consciencieusement son travail, avec toute l'ardeur d'un jeune homme en bonne santé. Quant à Svetlana, elle était au comble de la félicité, et balbutia des « Tu m'aimes ? » incantatoires pendant les vingt-cinq minutes durant lesquelles il s'appliqua laborieusement sur elle.

Puis il s'habilla en vitesse et fila en prétextant une quantité cauchemardesque de corvées à faire ce jour-là. Bien que Svetlana n'eût pas reçu une réponse verbale distincte à sa question directe, leur intimité en elle-même pouvait être considérée comme une réponse positive.

Chourik dévalait l'escalier, la conscience légère : tout s'était bien passé, et maintenant, il devait effectivement foncer à l'institut d'Information scientifique et technique pour aller chercher sa dernière ration de traductions, puis au magasin des livres étrangers acheter un nouveau manuel d'espagnol pour Maria, et ensuite à la pharmacie, prendre un médicament pour Mathilda. Et ainsi de suite... Il était content d'en avoir terminé avec la première chose qu'il avait prévu de faire aujourd'hui, et il la chassa immédiatement de son esprit.

Svetlana, toute nue et parfaitement tranquillisée, était allongée sur le divan, recouverte du plaid anglais de sa grand-mère, et elle ne pensait à rien : elle connaissait enfin la béatitude de la sérénité. Elle se caressa le ventre et la poitrine, pénétrée de fierté et de gratitude envers elle-même.

Elle était tout à fait heureuse et même en pleine forme. Le gouffre insurmontable qui sépare la femme, pour qui l'amour est la seule raison de vivre et prend toute la place, et l'homme, pour qui l'amour n'existe tout simplement pas dans ce sens-là et ne constitue jamais que l'une des nombreuses composantes de la vie, ce gouffre avait été recouvert d'une fine membrane pendant quelques minutes...

50

Le numéro de téléphone du guide qui avait piloté le groupe de Français à travers Moscou lors du premier voyage de Joëlle en Russie, au moment des jeux Olympiques, était resté dans un de ses vieux carnets d'adresses. Depuis, elle avait fait encore deux autres séjours en Russie, mais à Leningrad. La dernière fois, elle y avait passé trois mois pour un stage de langue. À présent, elle se trouvait à Moscou pour six mois, afin de terminer son travail de recherche. Il s'écoula deux semaines avant qu'elle se décidât à téléphoner à Chourik. Elle se souvenait très bien de lui, non tant parce que c'était un gentil garçon, grand, avec les joues vermeilles de l'enfance, « très russe », comme avait décrété en chœur le groupe de Français à l'époque, qu'à cause de son français, un français irréprochable du début du siècle que personne ne parlait plus depuis longtemps, à part des notaires de province allant sur leurs quatre-vingt-dix ans...

Joëlle s'était déjà prise d'engouement pour la littérature russe avant son voyage en Russie, elle avait même commencé à apprendre le russe toute seule. La Russie en chair et en os la fascinait et, au grand mécontentement de son père, cette fille unique d'un riche négociant en vins propriétaire d'immenses vignobles près de Bordeaux s'était inscrite à la Sorbonne, et s'était totalement désintéressée de l'affaire familiale. Au lieu de se consacrer à la comptabilité ou aux relations avec la clientèle, Joëlle décortiquait des textes de Tolstoï. En lisant *Guerre et paix*, elle avait remarqué que le français de Tolstoï, ces immenses dialogues entre aristocrates de plain-pied avec le texte russe, lui rappelait celui dans lequel s'exprimait leur guide Chourik. Et ce phénomène avait éveillé l'intérêt de notre philologue en herbe. Par la suite, elle avait également trouvé quantité de fragments en français dans l'œuvre de Pouchkine. C'était justement ce thème — l'analyse comparative du français de Pouchkine et de celui de Tolstoï — qu'elle avait choisi pour sa recherche. À vrai dire, elle ne l'avait pas choisi parmi des thèmes proposés, mais l'avait suggéré elle-même à son professeur qui l'avait accepté, le jugeant très intéressant. Chourik, sans le savoir, avait été le parrain du sujet de sa thèse.

Joëlle téléphona à son ancien guide. À l'époque, ce travail n'avait débouché sur rien pour Chourik : il n'avait pas plu à la direction d'Intourist, et on n'avait plus jamais fait appel à lui, si bien qu'il n'avait pas vu défiler des dizaines de groupes de touristes et des centaines de voyageurs. Et il se souvenait parfaitement de la Française de Bordeaux qui lui avait ouvert les yeux sur le caractère désespérément désuet de son français. Ils se donnèrent rendez-vous près de la statue de Pouchkine — tout un symbole...

Ils s'embrassèrent deux fois, ainsi qu'il est de mise chez eux, mais il lui présenta sa joue une troisième fois, ainsi qu'il est de mise chez nous. Et ils éclatèrent de rire, comme de vieux amis. Se prenant par la main, ils partirent se promener à travers la ville. Ils allèrent jusqu'à la vieille université, descendirent sur les quais et, par inadvertance, emporté par une vieille habitude, Chourik emmena Joëlle jusqu'à la maison de Lilia, passage Tchisty, puis ils firent un grand cercle et arrivèrent devant l'église du prophète Élie, passage Obydenski. Après avoir un peu hésité, ils entrèrent, restèrent un moment à l'intérieur, écoutèrent la fin des vêpres, puis retournèrent sur le quai, traversèrent la Moskova par le pont Kamenny, et flânèrent longuement dans le quartier de Zamoskvoriétché. Chourik lui montra la maison de la rue Piatnitskaïa dans laquelle Tolstoï a vécu à une certaine époque, et Joëlle tombait de plus en plus amoureuse de cette ville dans laquelle elle se sentait presque chez elle...

Elle était de la race de ces étrangers bizarres, assez nombreux durant ces années-là, qui étaient envoûtés par la Russie, par son esprit si singulier, à la fois spontané et confiant, et Chourik lui apparaissait comme un héros de Tolstoï, un Pétia Rostov qui aurait grandi ou un Pierre Bezoukhov jeune.

Quant à Chourik, en se promenant dans les ruelles où il avait erré autrefois avec cette Lilia Laskine qui s'était évaporée de son existence, il se sentait lui aussi non dans sa peau d'aujourd'hui, mais dans celle de l'écolier d'alors à la veille des examens d'entrée à l'université. Il se surprit même à regretter tristement de ne pas être allé passer cette stupide épreuve d'allemand. S'il l'avait réussi, tout aurait été différent, mieux que maintenant... Et peut-être que sa grand-mère aurait vécu plus longtemps...

Ils bavardaient délicieusement de tout et de rien, sautant du coq à l'âne, se coupant la parole, et piquant des fous rires quand ils faisaient des fautes : ils passaient sans arrêt d'une langue à l'autre, car Joëlle avait envie de parler russe, mais elle manquait de vocabulaire. Puis il se mit à pleuvoir, ils s'abritèrent dans la cour d'une église abandonnée, sous un kiosque à moitié en ruine, et ils s'embrassèrent jusqu'à la fin de l'averse. Chourik avait une étrange impression de déjà-vécu : il s'était assis sur ces bancs dix ans plus tôt, mais pas avec Joëlle, avec Lilia, et par moments, c'était comme s'il basculait dans l'été de sa terminale, cet été d'examens et de promenades nocturnes, celui du départ de Lilia et de la mort de sa grand-mère.

Quand la pluie cessa, les propriétaires de chiens surgirent, et quelqu'un lâcha un grand berger allemand. Il découvrit à cette occasion que Joëlle avait depuis l'enfance une peur panique des chiens, elle n'arrivait pas à s'obliger à sortir du kiosque, et ils attendirent que l'on éloignât le berger allemand. De nouveau, ils rirent comme des fous. Et de nouveau, ils s'embrassèrent.

Entre-temps, le métro avait fermé, et Chourik prit un taxi pour ramener Joëlle chez elle. Elle habitait dans un foyer pour étudiants sur les monts Lénine.

« La concierge est une épouvantable mégère ! gémit-elle devant l'entrée du foyer.

— Elle te fait aussi peur que le berger allemand ? demanda Chourik.

— Pour être franche, encore plus !

— On peut aller chez moi... », proposa-t-il.

Sa mère et Maria se trouvaient à la datcha. Joëlle accepta facilement. Ils reprirent le même taxi et, en traversant le centre en direction de la gare de Biélorussie, repassèrent devant la statue de Pouchkine.

« C'est vraiment un endroit spécial ! dit Joëlle en regardant par la vitre. Où qu'on aille dans Moscou, on tombe obligatoirement sur la statue de Pouchkine ! »

C'était la pure vérité. C'était cela, le cœur de la ville — pas le Kremlin historique, pas la place Rouge ni l'Université, mais précisément cette statue du poète transportée d'un bout à l'autre de la place, avec, sur les épaules, tantôt une cape de neige, tantôt la fiente estivale des pigeons. C'était lui, le haut lieu de Moscou. Dès lors, Chourik et Joëlle se retrouvèrent là presque tous les jours, à part les soirs qu'il passait à la datcha.

Joëlle était une femme-oiseau : elle savait prendre son envol à toute vitesse et dans un bruissement d'ailes, elle avait toujours faim, elle était très vite rassasiée, et toutes les demi-heures, elle tirait Chourik par la manche en disant : « Chourik, j'ai besoin d'aller *au petit coin*... » Et ils se mettaient à chercher des toilettes publiques. Il n'y en avait pas beaucoup à Moscou. Parfois, ils entraient dans une cour, cherchaient un endroit discret, et il montait la garde pendant qu'elle s'ébattait dans les fourrés comme un oiseau. Dès qu'elle sortait des buissons, elle lui demandait s'il ne savait pas où on pourrait boire quelque chose. Et ils riaient comme des fous.

Elle riait en se déshabillant, elle riait en sortant du lit et, bien que rien ne soit plus préjudiciable au sexe que le rire, elle trouvait moyen de rire même dans les bras de Chourik. Cela l'enlaidissait énormément : sa bouche s'élargissait, le bout de son nez descendait, ses yeux se fronçaient, et comme elle le savait, elle cachait son visage derrière ses mains. En revanche, son rire était très contagieux. Chourik lui disait qu'elle pourrait se faire payer pour entraîner le public des théâtres pendant les comédies sans succès : elle lâcherait ses roulades, et la salle s'esclafferait aussitôt avec elle...

Au bout de deux semaines, Svetlana suivit Chourik. Précisément jusqu'à la place Pouchkine. Il attendit dix minutes près du socle de la statue avec un bouquet de fleurs bleues. Depuis l'autre côté de la place, il était impossible de distinguer de quelles fleurs il s'agissait, bien que cela aussi fût important pour Svetlana. Puis arriva une femme assez petite. Même de loin, on voyait que c'était une étrangère : sa coupe de cheveux était différente, avec des sortes de mèches, elle portait son parapluie dans le dos, comme un soldat porte son fusil, et elle avait un sac à carreaux en bandoulière... Bref, cela sentait l'étrangère à un kilomètre. Ils s'embrassèrent et, se tenant par la main, s'engagèrent sur le boulevard de Tver en riant aux éclats. Leur rire était particulièrement insultant, c'était comme s'ils se moquaient d'elle, Svetlana...

Elle les aurait bien suivis, mais au bout de cinq minutes, elle comprit qu'elle allait se trouver mal. Elle s'assit sur un banc, et attendit que le couple ait disparu. Elle resta là une demi-heure. Puis, réussissant à peine à mettre un pied devant l'autre, elle rentra chez elle. Elle appela Slava, lui raconta qu'elle venait de rencontrer par hasard Chourik avec une femme, et qu'elle ne survivrait pas à une nouvelle trahison.

« Je passe te voir tout de suite ! » proposa Slava.

Svetlana garda le silence un instant, et refusa.

« Non, Slava, merci. J'ai besoin d'être seule. »

Slava était une suicidaire chevronnée, au moins aussi expérimentée que Svetlana. Elle passa la voir le lendemain matin tôt. Elle fit venir un serrurier. Ils forcèrent la porte. Svetlana dormait d'un profond sommeil médicamenteux : les cachets de somnifères avaient été préparés depuis longtemps. On appela les urgences, on lui fit un lavage d'estomac, et on l'hospitalisa.

Deux jours plus tard, une fois qu'elle eut repris connaissance et qu'on l'eut transportée dans le service du docteur Joulitchine, Slava téléphona à Chourik et lui apprit ce qui s'était passé.

« Bon, merci d'avoir appelé », dit Chourik.

Slava sortit de ses gonds :

« De rien ! Surtout, amuse-toi bien ! Tu ne comprends donc pas que tu as cela sur la conscience ? Mais vous êtes des monstres, ma parole ! Tu n'as vraiment rien d'autre à dire ? Pauvre type ! Tu es un véritable salaud ! Une ordure ! »

Chourik l'écouta jusqu'au bout et dit :

« Tu as raison, Slava. »

Et il raccrocha. Comment peut-on échapper à une folle ? Où aller ?

Joëlle était en train de mettre la table. La fourchette à gauche, le couteau à droite. Un verre pour l'eau, un autre pour le vin.

« Dis-moi, Joëlle, tu accepterais de m'épouser ? » demanda Chourik.

Joëlle éclata de rire en se cachant le visage.

« Chourik ! Tu ne m'avais jamais posé la question. Je suis déjà mariée. Et j'ai un fils. Il a cinq ans. Il vit près de Bordeaux, avec mes parents. Je t'aime beaucoup, tu sais. Je suis ici encore pour cinq semaines. Me marier avec toi ! Et après, je t'adopterais, c'est ça ? »

Elle se mit à rire de plus belle. Chourik fut pris de nausée. Il savait déjà que le lendemain il irait aux cinq cents diables, à Kachenko, porter quelque chose à cette folle de Svetlana et qu'ensuite il passerait chez Valéria, parce que Nadia, la femme qui l'aidait depuis des années, était partie pour un mois chez sa sœur à Taganrog, or Valéria ne pouvait même pas vider son pot de chambre toute seule... Et le soir, il faudrait qu'il aille à la datcha voir sa mère et Maria, à qui il avait promis une corbeille, du fil, et encore autre chose, il avait noté ça quelque part...

51

La ligne brisée du destin de Véra s'était reconstituée de façon surprenante : c'était comme si les trente années de bagne de son travail de comptable avaient disparu dans un trou, et elle était devenue non une comptable à la retraite, mais une ancienne actrice. Ses cours de théâtre dans le sous-sol de l'administration de l'immeuble l'avaient ramenée au temps de l'atelier de Taïrov, mais ses ambitions personnelles de comédienne s'étaient éventées depuis longtemps, et elle se sentait heureuse de transmettre aux enfants du voisinage les rudiments du métier d'acteur.

Depuis que Maria était apparue chez eux, elle avait compris au nom de quel but secret le destin lui avait envoyé ce raseur de Pâte-de-fruit, qui l'avait obligée à se lancer dans une activité apparemment oubliée depuis longtemps. Si elle ne s'était pas remise en forme en travaillant tous les mardis avec ses élèves, elle n'aurait pu accueillir et élever le trésor turbulent que lui avait généreusement confiée la Providence en personne. Sous son toit grandissait une future célébrité, elle n'avait pas le moindre doute là-dessus.

En deux ans, pendant que Maria fréquentait l'école du quartier, des relations particulières, indépendantes de Chourik, s'étaient instaurées entre Véra et Léna. L'ancienne configuration familiale, simple et d'une évidence implacable (une mère et un fils vivant en symbiose), s'était transformée en quelque chose de complexe et de fluctuant. Quand ils se trouvaient tous les trois (Véra, Chourik et Maria), différentes combinaisons se mettaient en place les unes après les autres. Parfois, quand ils allaient ensemble le dimanche matin au musée ou à une exposition et que Chourik tenait Véra par le bras, alors que Maria se cramponnait à lui, courait devant ou bien se collait à Véra, celle-ci s'imaginait qu'elle était la mère de Maria, et que Chourik en était le père. Chourik, lui, voyait plutôt en Maria une petite sœur que Véra lui aurait vaguement imposée. Quant à Maria, elle ne se donnait pas la peine de réfléchir : Véroussia et Chourik étaient sa famille.

Quand Léna Stovba était là, c'était elle qui devenait pour Maria le personnage principal — pour quelques jours.

Véra opérait de subtils réajustements du mécanisme familial. Par exemple, elle plaçait Léna à côté de Chourik, en couple. Mais ce n'était juste qu'en partie, car surgissait alors une onde superflue, la sienne, qui restait en suspens. Il y avait aussi la variante dans laquelle Léna était considérée comme une entité indépendante extérieure à la famille, avec ses mouvements désespérés, ses intentions obsessionnelles, et sa rupture totale avec l'existence réelle, mais dans ce cas, un autre fil se retrouvait alors suspendu dans le vide, un fil important : Maria. Comment et à qui était-elle reliée ? Pourtant, c'était justement grâce à cette idée fixe de s'unir à un homme qu'en fait, elle connaissait à peine, que Maria avait été confiée pour un usage provisoire à Véroussia et à Chourik, pour le bien des deux parties.

Léna chuchotait avec Véra Alexandrovna ; c'était maintenant à elle, et non plus à Chourik, qu'elle narrait les péripéties de sa progression en direction d'Enrique. Elle lui avait raconté le dénouement de l'histoire stupide qui s'était déroulée en Pologne. Sa rencontre avec Jan, le frère d'Enrique, avait eu lieu à Varsovie. Pour tous les deux, c'était la première fois qu'ils venaient dans ce pays, mais Jan avait là-bas une multitude de parents qu'il n'avait jamais vus, tandis que Léna, elle, n'avait absolument personne. Pendant toute la première semaine, il avait été occupé à faire la fête avec cette famille retrouvée. Léna était restée enfermée dans un hôtel minable, à l'attendre du matin au soir, jusqu'au jour où, émergeant un instant de ses beuveries, il était passé la prendre pour l'emmener à l'ambassade américaine afin de l'épouser.

Tous deux étaient persuadés qu'il s'agissait d'une formalité simple et rapide. Ce qui aurait été le cas si Stovba avait été une citoyenne polonaise. On avait proposé à Jan de demander un visa pour la Russie et de conclure son mariage avec une citoyenne soviétique conformément aux lois soviétiques. C'était encore un délai supplémentaire, un faux-fuyant, mais en fin de compte, pas un refus. Léna était rentrée, et Jan était resté à Varsovie pour attendre son visa soviétique. Il l'avait attendu pendant un mois et demi. Enrique lui avait envoyé de l'argent à deux reprises et était déjà en train de chercher un appartement plus grand à Miami. Pendant ces six semaines, Jan n'avait pas perdu son temps : il était tombé follement amoureux d'une ravissante Polonaise, et quand le visa soviétique était arrivé, il était déjà marié à l'église et enregistré au consulat américain comme époux d'une femme complètement différente, pas du tout de la Léna Stovba qui attendait son arrivée. Enrique s'était brouillé à mort avec son frère, mais cela ne changeait rien.

Véra l'écoutait, défaillant de toute son âme théâtrale :

cette histoire était hors du commun, risquée, exaltante. Maintenant, c'était elle qui versait des larmes. L'amour, comme un disque du destin qui n'en finit pas de passer... Elle aussi, elle avait connu cela... Des années perdues à attendre... Pauvre petite... Pauvre Mourzik...

Elle faisait des parallèles entre sa propre vie sentimentale ratée et celle de Léna, elle tentait de développer de subtiles réflexions sur une fatale absence de souplesse, sur les autres possibilités qui s'offraient à une jeune femme dotée de son physique et de son caractère, sur le fait qu'il y avait peut-être sur terre un autre homme qui pourrait remplacer... Et ainsi de suite.

Le visage de Léna se fermait, ses yeux devenaient butés. Elle lisait dans les pensées de Véra Alexandrovna, et préférait son malheur romantique à toute autre variante. Exactement comme Véra autrefois... Non, il n'y avait aucun autre homme dans sa vie !

Quant à l'hypothétique autre homme auquel il était fait allusion, Véra lui disait aussi de temps en temps que la situation était incertaine, qu'elle vieillissait, qu'elle aurait aimé le voir marié, et puis il fallait penser à la petite...

Le docile Chourik, se hérissant de tous ses poils, répondait par une boutade :

« Véroussia, j'ai déjà essayé une fois, et j'ai dû divorcer... »

Véra se reprenait : elle était allée trop loin.

Mais en réalité, l'important, c'était autre chose. De temps à autre, Léna parlait de ramener Maria à Rostov. Or cela, c'était absolument hors de question, et Véra s'employa de toute urgence à bâtir pour Mourzik une destinée grandiose.

Personne ne peut se représenter les efforts que coûta à cette modeste comptable ayant appartenu jadis au personnel auxiliaire d'un théâtre l'organisation d'un coup de fil de recommandation à l'école de ballet, à Golovkina en personne.

Et arriva enfin le soir où, devant un souper tardif, le seul repas qui avait lieu en l'absence de Maria, Véra annonça triomphalement à Chourik :

« Je ne t'en avais pas parlé, je trouvais cela prématuré... Eh bien, voilà : Mourzik est acceptée à l'école de ballet du Bolchoï ! »

Véra observa une pause, s'attendant à de l'enthousiasme de la part de Chourik, mais il ne réagit pas de façon appropriée.

« On a téléphoné à Sophia Nicolaïevna Golovkina... Tu comprends ?

— Oui, oui, fit Chourik en opinant de la tête.

— Non, tu ne comprends pas ! s'écria Véra, presque fâchée. C'est la meilleure école de danse du monde ! Ils prennent une fille sur cent. J'ai emmené deux fois Mourzik à des auditions préalables, et elle les a très bien réussies !

— Je ne vois pas ce que cela a d'étonnant, Véroussia. Tu l'as fait tellement travailler !

— C'est vrai, je dois dire que ces dernières années, je suis devenue une pédagogue assez expérimentée. J'ai sans doute formé plus d'une centaine d'élèves ! » Elle exagérait un peu. D'habitude, il y avait huit à dix élèves qui fréquentaient son atelier, et le nombre total, sur plusieurs années, ne dépassait pas cinquante. « Je n'ai jamais eu d'élève plus douée. Elle apprend si vite ! Elle saisit tout au vol, littéralement au vol ! Mais que puis-je leur donner ? Les bases de la danse rythmique, la plastique, l'abc du théâtre... Et puis, dans cette école, il s'agit d'un tout autre contingent ! En règle générale, ce sont des enfants qui ont déjà fréquenté des écoles de danse, certaines ont déjà travaillé à la barre. Leurs parents sont souvent des danseurs. Mourzik, elle, a des dons innés. Une ouverture et un saut remarquables, une oreille parfaite. Et bien sûr, une grâce naturelle étonnante. Pour moi, c'est indubitable. En fait, elle n'a qu'un seul défaut : sa taille. Elle est un peu grande pour une danseuse. Il est vrai que Lavrovski, par exemple, a toujours aimé les grandes... Mais, premièrement, on ne sait pas quand elle va arrêter de grandir, cela peut très bien se produire assez tôt. Et deuxièmement, la surcharge de travail des élèves, là-bas, freine leur croissance. C'est bien connu. Les danseuses sont toutes assez menues en partie parce que, depuis leur plus tendre enfance, elles travaillent énormément et se limitent du point de vue nourriture.

— Mourzik a un excellent appétit ! » fit remarquer Chourik.

Véra se fâcha :

« Elle a beaucoup de caractère. Comme Léna. Si elle a hérité quelque chose d'elle, c'est bien la détermination. Enfin, bref, elle a été acceptée. Cette année, il va falloir la conduire là-bas tous les jours, ensuite, nous verrons... Ils ont bien un foyer pour celles qui n'habitent pas en ville... Mais je ne sais pas, je n'aimerais pas qu'elle soit pensionnaire. L'école se trouve rue Frounzenskaïa. Évidemment, ce n'est pas tout près. Mais d'un autre côté, ce n'est pas si loin que ça. Nous avons mis à peu près une heure pour faire le trajet depuis la maison. Et puis, s'il le faut... » Un soupçon de menace à peine perceptible frémit dans sa voix. « ... je peux parfaitement l'y conduire moi-même ! »

Depuis longtemps déjà, la journée de travail de Chourik s'était décalée vers le soir : d'habitude, il se levait assez tard, s'acquittait des tâches ménagères (la blanchisserie, les courses, le marché), se mettait au travail dans l'après-midi et restait à son bureau jusqu'à cinq heures du matin... Bien évidemment, c'était lui qui allait devoir conduire Maria à l'école, et cela allait énormément changer sa vie.

« Et Léna ? Tu l'as déjà mise au courant ? »

Véra se rembrunit.

« Mais qu'est-ce que tu crois, Chourik ? Elle n'est quand même pas l'ennemie de sa propre fille ! C'est comme gagner à la loterie !

— Non, je voulais seulement dire : si elle s'en va, à quoi bon cette école ? Ça va finir en eau de boudin !

— Mourzik peut devenir une véritable étoile. Comme Oulanova. Ou Plissetskaïa. Comme Alissia Alonso. Crois-moi ! »

Chourik soupira et la crut : que lui restait-il d'autre à faire ?

Léna arriva fin août et dès la première minute, Maria, toute heureuse, raconta à sa mère qu'elle avait été prise à l'école de danse du Bolchoï.

Véra avait eu l'intention de préparer Léna à cette information, mais celle-ci ne fit aucune objection, elle fut même très contente.

Maria fut admise directement dans la première classe, sans année préparatoire, et immédiatement placée devant une barre. Les premières semaines, elle fut en état de choc. Elle n'ouvrait pas la bouche et ne disait pas un mot, ni à Chourik ni à Véroussia... Elle s'était attendue à quelque chose de complètement différent...

L'année précédente, elle avait vu avec Véra tout le répertoire des ballets à étoile, *Le Lac des cygnes*, *Le Pavot rouge*, *Cendrillon*... Et elle s'était imaginée dans les rôles de danseuse étoile. Oui, oui, cela lui allait très bien ! Elle était tout à fait prête à danser en tutu blanc sur la scène du Bolchoï... Mais on l'avait mise face à un mur, les deux mains sur une barre, et pendant une heure et demie sans interruption, au rythme d'un décompte fastidieux, elle n'arrêtait pas de tendre la jambe et le pied, de consolider sa colonne vertébrale.

Juste ça, et rien d'autre. Aucune virevolte sur de la musique, aucune de ces improvisations que lui proposait Véra.

Ce n'est qu'au bout de six mois qu'elle fut autorisée à se tourner sur le côté, à droite, à gauche... Et là encore, toujours la même chose... On tend les jambes, on tend les pieds... Les épaules basses, le menton en l'air. Une ligne droite ! Une ligne bien droite !

Les cours étaient dispensés par une ancienne danseuse, mais ratatinée, grosse, avec une tête de vieux bouledogue. Il y avait également une éducatrice qu'on appelait « l'instructrice ». C'était elle qui emmenait les fillettes aux cours et qui dirigeait tout. Elle s'appelait Véra Alexandrovna, ce qui ne plaisait pas du tout à Maria, c'était même une insulte pour elle : elle n'avait pas besoin d'une autre Véra Alexandrovna, elle avait déjà la sienne, sa Véroussia adorée... Celle-ci, quoique jeune, avait un visage tout ridé, elle marchait comme une danseuse, en première position, les pieds en canard, et avait un port de tête de ballerine, la nuque rejetée en arrière. Seulement voilà, elle ne dansait pas... Les fillettes racontaient qu'elle avait arrêté la danse après un accident, que c'était pour cela qu'elle était méchante. Elles savaient toutes qu'il n'y a pas de plus grand malheur au monde que de perdre la danse.

Cette faux-jeton de Véra Alexandrovna les accompagnait

partout, même au réfectoire, les pressait pour s'habiller, pour se déshabiller, et elle avait une voix pointue, perçante. Elle n'aimait aucune des fillettes, mais Maria avait l'impression qu'elle la détestait tout particulièrement. Il lui semblait aussi qu'elle lui faisait davantage de remarques qu'aux autres : elle se trémoussait quand il fallait rester immobile, elle mangeait trop vite, elle ne faisait pas la révérence obligatoire, la dernière règle qui restait de l'époque tsariste — on saluait les professeurs d'un léger sautillement suivi d'une flexion vers l'avant.

Maria était terriblement fatiguée. Et elle s'ennuyait. Mais elle se taisait, elle n'en disait rien à Véra. Ni à Chourik. Ils quittaient la maison à sept heures et demie, et elle passait tout le trajet à se réveiller lentement. C'est seulement une fois devant l'école qu'elle bondissait, serrait Chourik dans ses bras, déposait un baiser sur sa joue pas rasée, et s'en allait en courant. Chourik se traînait à la maison pour terminer sa nuit.

Elle ne se faisait pas d'amies à l'école. Les fillettes avaient toutes suivi la classe préparatoire pendant un an, elles s'étaient déjà liées d'amitié. Maria était une nouvelle, elle était plus grande que les autres et levait la jambe plus haut qu'elles. On n'avait pas tardé à la placer à la barre du milieu, là où on mettait toujours les meilleures... Elle ne savait pas encore que les meilleures ne sont pas aimées. En outre, la plupart des petites filles étaient plus âgées, beaucoup habitaient dans l'école, elles étaient pensionnaires et avaient déjà formé des bandes dans lesquelles Maria n'était pas acceptée.

À la fin de la première année, elles furent autorisées à faire des pointes. Et de nouveau — battement, tendu, plié... Et de nouveau, elle fut la meilleure. Mais elle ne se plaisait pas à elle-même. C'était une classe de petites, toutes étaient des blondes au teint clair, comme si on les avait spécialement sélectionnées, Maria souffrait d'être différente et surtout, elle souffrait de la taille de ses chaussons, du trente-cinq. Un jour, dans le vestiaire, elles s'étaient longuement moquées de ses énormes chaussons de danse, elles avaient même joué un peu au football avec.

Le lendemain, elle refusa d'aller à l'école.

« Je ne veux plus faire de danse. Je veux aller dans une école normale. »

Véra la garda à la maison. Elles prirent leur petit déjeuner toutes les deux, laissant Chourik faire la grasse matinée. La table avait été mise dans la chambre de grand-mère et non dans la cuisine, comme d'habitude. Véra avait sorti de belles tasses, et posé devant Maria celle qui était la plus dorée.

Une semaine plus tôt, Chourik et elle étaient allés à une réunion. Chourik avait été emmené non seulement en tant qu'accompagnateur, mais également en qualité de parent. Véra Alexandrovna avait éprouvé un sentiment un peu trouble et agréable... C'était comme si Maria était leur fille, à Chourik et à elle, et pendant deux heures, elle avait joué avec cette idée.

Le professeur de danse avait fait beaucoup de compliments sur Maria, les professeurs des disciplines purement scolaires étaient satisfaites, elles aussi, seule son homonyme, l'instructrice, avait parlé de la petite fille avec aversion : elle était fermée, dure, elle avait un mauvais contact avec ses camarades.

« Elles sont jalouses ! » s'était dit Véra, établissant immédiatement son diagnostic. Elle connaissait bien le monde des acteurs. Et elle ne demanda pas à la petite fille ce qui s'était passé à l'école pour qu'elle ne veuille plus y retourner.

Devant ce petit déjeuner spécial, elle prononça des paroles importantes, mais pas tout à fait vraies :

« Mourzik, ma chérie ! Quand j'étais petite, à peine plus grande que toi, j'allais à des cours de théâtre. Ces cours me plaisaient beaucoup, mais je suis partie. Parce que l'on n'était pas gentil avec moi. Maintenant, je sais que les filles étaient jalouses de moi. C'est un très vilain défaut. Mais cela arrive bien souvent. Si tu veux devenir danseuse, il faut que tu supportes ça. Au bout d'un certain temps, tu comprendras qu'il ne faut pas s'en affliger. Parce que la plupart des filles qui ne t'aiment pas ne deviendront jamais danseuses : elles seront renvoyées avant la fin de l'école. Mais toi, on ne te renverra pas, parce que tu as beaucoup de talent. Tu danseras des premiers rôles tandis qu'elles, dans le meilleur des cas, feront partie du corps de ballet. Alors, tu vas te reposer pendant quelques jours, si tu as envie, nous irons à la patinoire, au musée, où tu voudras. Et ensuite, tu retourneras à l'école. Parce qu'on ne peut pas abandonner pour une bêtise pareille. Tu as compris ? »

Maria vint alors se blottir dans les bras de Véra comme un bébé, elle éclata en sanglots, pleura toutes les larmes de son corps, lui raconta que les filles avaient joué au football avec ses chaussons roses et que, maintenant, ils étaient tout sales... Qu'elle chaussait du trente-cinq, alors que les autres chaussaient du trente-deux...

Elles s'amusèrent pendant trois jours. Elles allèrent à la ménagerie de Dourov, observèrent une corneille qui parlait, assistèrent à une répétition dans le théâtre où Véra Alexandrovna avait travaillé autrefois et cela aussi, ce fut très bien. Elles achetèrent de nouveaux chaussons de danse au magasin de la Société de théâtre, et Véra Alexandrovna lui offrit également un serre-tête étranger en tissu élastique, d'un rose vif éclatant comme il n'en existe pas dans la nature.

Puis Chourik recommença à conduire Maria à l'école. Elle était sur le pied de guerre, prête à tenir tête, le menton fièrement levé, et pas seulement devant la barre. Elle se préparait à une attaque. Son air de défi était souligné par le serre-tête d'un rose flamboyant et par son teint frais rehaussé d'un soupçon de hâle méridional en plein cœur de l'hiver.

Quelques jours plus tard, une bagarre éclata dans le vestiaire des filles. Lorsque l'instructrice accourut, un imbroglio de bras et de jambes minces gigotait au milieu du vestiaire entre les placards, et tout cela poussait des cris stridents. L'instructrice se mit à pousser des cris encore plus stridents, la mêlée se désagrégea, et la dernière à se relever fut Maria, avec un teint d'un brun grisâtre et un justaucorps déchiré. Outre son justaucorps, un nez et une main avaient également subi des dommages : le nez était cassé et la main mordue. D'après les témoins, par Maria.

Les petites filles déclarèrent, d'une seule voix et presque en chœur, que Maria s'était jetée sur elles comme une possédée, elles ne savaient même pas pour quelle raison. Quant au fait qu'elles lui avaient pris ses nouveaux chaussons et s'étaient amusées à donner des coups de pied dedans, Maria n'en souffla pas mot. L'instructrice convoqua Véra Alexandrovna et se mit à la sermonner, comme si c'était elle qui s'était bagarrée dans le vestiaire. Véra l'écouta patiemment jusqu'au bout, puis déclara de son côté que Maria était persécutée par ses camarades de classe, et qu'elle voyait là une manifestation de racisme indigne de citoyens soviétiques.

« J'irai même jusqu'à dire qu'il y a ici une lacune dans le travail pédagogique », conclut Véra Alexandrovna-la-grand-mère d'une voix douce.

Véra Alexandrovna-l'instructrice prit peur : une interprétation aussi incisive du conflit ne lui était même pas venu à l'esprit. « Il ne manquait plus que ça ! » se dit-elle, terrifiée, et elle répondit avec un sourire pacifique, mais un peu abject :

« Que dites-vous là ! Vous ne connaissez pas notre contingent ! La fille de Sukarno lui-même a fait ses études chez nous, et la fille de l'ambassadeur de Guinée, et aussi une petite Algérienne, la fille d'un millionnaire, alors question racisme, vous n'avez pas de souci à vous faire, il n'y en a pas, chez nous ! Néanmoins, je vais parler aux petites... »

Et elle se mit à réfléchir. Il n'y avait rien de particulier dans le dossier, mais si jamais c'était la petite-fille d'un Lumumba ou d'un Mobutu ?

Si l'instructrice avait des rapports complexes avec ses supérieures, en revanche, Golovkina l'aimait bien, aussi l'équipe des pédagogues était-elle divisée en deux clans : celles qui étaient « pour » et celles qui étaient « contre ». Étant donné que Véra-l'instructrice n'était pas la seule danseuse ratée, et qu'il y avait encore plusieurs dizaines de ballerines avortées avec des carrières bancales, des maris infidèles et des amants qui l'étaient encore plus, la conjoncture était tout à fait explosive, et seule la peur que leur inspirait leur célèbre directrice, ainsi que le prestige de l'école, contenait les passions exacerbées. Ici, personne ne pardonnait rien à personne.

Ensuite, les choses suivirent exactement le cours souhaité par Véra Alexandrovna. Il n'y eut aucun rapport en haut lieu, tout fut résolu en petit comité. Maria se fit chapitrer, mais les autres fillettes aussi.

Naturellement, on faisait participer Chourik à toutes les péripéties de la vie de l'école, qui avait pris peu à peu une place centrale dans leur existence.

À présent, quand Léna venait de Rostov, Chourik lui cédait sa chambre et déménageait dans celle de sa grand-mère. On installait un lit pliant pour Maria dans la chambre de Véra, mais en général il restait vide, car Maria couchait avec sa mère et profitait de sa présence. Le soir, Léna l'emmenait voir des spectacles de danse et se familiarisait avec le rôle de mère d'une danseuse. Lorsqu'elles avaient assisté à *Don Quichotte*, la fillette était resté pétrifiée, les mains crispées, et avait dit à sa mère après le spectacle :

« Tu verras, ma Kitri sera mieux. »

Le rôle de Kitri était son plus grand rêve.

Léna s'était résignée : entre les mains de Véra, sa fille était vraiment en train de devenir une danseuse.

Elle-même passait par des moments de désespoir. Les plans d'Enrique s'effondraient les uns après les autres. Il avait déjà reçu la nationalité américaine et avait demandé à Léna de le retrouver dans un pays socialiste quelconque, où l'on pouvait se rendre depuis la Russie avec un visa de tourisme, mais Léna avait peur que si jamais cela se savait, on ne la laisse plus sortir du pays. Enrique voulait venir lui-même à Moscou, mais Léna redoutait cela plus que tout, elle était sûre qu'on l'arrêterait : il avait déjà des antécédents peu reluisants, et en plus, maintenant, il était américain.

De temps en temps, par des voies compliquées, ils échangeaient des lettres et des photos. Enrique étudiait les photos de sa fille et s'extasiait sur sa ressemblance avec sa défunte mère. Lui-même avait pris de la bouteille et s'était empâté. Léna, elle, avait maigri, et n'offrait plus qu'une lointaine ressemblance avec la matriochka blonde dont il était tombé follement amoureux dix ans plus tôt. Pourtant, il y avait manifestement dans leurs caractères quelque chose de commun qui les avait réunis autrefois : sans ces photos, ils ne se seraient pas reconnus s'ils s'étaient rencontrés dans la rue, mais les obstacles exacerbaient leur passion jusqu'à la folie.

Lors de sa dernière visite, Léna parla à Chourik d'une nouvelle possibilité de départ, cette fois complètement loufoque, qui supposait en outre une attente de plusieurs années ainsi qu'une ignoble supercherie. C'est justement cette ignoble supercherie qu'elle lui exposa une nuit dans la cuisine, alors que Maria et Véra dormaient à poings fermés.

Il y avait à Rostov-sur-le-Don, à l'institut d'agriculture, un étudiant en viticulture de troisième année, un Espagnol procommuniste qu'un mauvais vent avait amené chez les cosaques du Don. Il était le fils d'un de ces enfants espagnols éduqués par les autorités soviétiques et, comme c'est habituellement le cas pour les gens deux fois déracinés, il était complètement déboussolé. Cet Alvarez avait quitté Moscou à l'âge de douze ans pour rentrer en Espagne, et il était à présent de retour dans son ancienne patrie afin de suivre une formation qu'en Espagne tous les petits campagnards reçoivent naturellement et, qui plus est, sans quitter les vignobles. Il avait vingt-cinq ans, il était donc un peu plus jeune que Léna, d'une laideur épouvantable, et amoureux d'elle à en avoir la colique. Et ce n'était pas une boutade, car chaque fois qu'ils se retrouvaient chez une amie de Léna, il était effectivement pris de faiblesses intestinales.

« Alors voilà ! expliquait Léna d'un ton mélancolique en terminant son paquet de cigarettes. Je n'ai qu'à lever le petit doigt, et je l'épouse. Dans deux ans, il aura son diplôme. Dans deux ans et demi, je partirai avec lui en Espagne, et de là-bas, hop ! Je pourrai aller où je voudrai. Enrique viendra, et il arrangera tout ça.

— Mais il ne va pas te tuer ? Ou un de ces Espagnols ne

risque pas de tuer l'autre ? demanda Chourik, qui avait les pieds sur terre.

— Mais non, bien sûr ! Enrique et moi, nous ne sommes pas des romantiques, nous sommes des obsédés. Nous avons juste besoin de nous voir. On se mariera, et peut-être qu'on divorcera au bout de trois jours. Maintenant, je ne comprends plus rien à rien. »

Son visage devint méchant et ses yeux s'assombrirent.

« Et cet Alvarez, alors ? ne put s'empêcher de demander Chourik, intéressé par cette histoire.

— Mais c'est ce que je te dis ! Je m'en contrefiche, de ce type ! Je comprends moi-même que ce n'est pas bien. C'est une sorte de tromperie. Enfin, pas complètement, puisque je coucherai avec lui. Il en meurt d'envie, je te dis qu'il est si amoureux que ça lui donne la colique. Et moi, tu comprends, si ce n'est pas avec Enrique, peu m'importe avec qui je couche. Si tu veux, je peux le faire avec toi.

— Il est un peu tard, je dois bientôt me lever pour conduire Mourzik à l'école », répondit Chourik avec franchise.

Léna se mit en colère :

« Et alors ? La belle affaire ! Je peux très bien la conduire moi-même ! »

Chourik se dit que tel était son destin. Maria dormait dans sa chambre. Celle de sa grand-mère, où il couchait, communiquait avec celle de Véra.

Léna jeta les mégots dans la boîte à ordures, ouvrit le vasistas, essuya la table propre et se dirigea vers la salle de bains. Elle jeta un coup d'œil par-dessus son épaule, et Chourik comprit que c'était une invite.

Il y avait longtemps que Léna ne faisait plus semblant de le prendre pour Enrique, comme autrefois. Elle ouvrit le robinet et, pendant que la baignoire se remplissait, elle se déshabilla avec une impudeur hallucinante : de longs gestes nonchalants, et un sourire qui ne lui ressemblait pas du tout... Pour le reste, tout se passa très bien, mais de façon parfaitement ordinaire. À dire vrai, l'eau était superflue, car lorsqu'ils s'allongeaient dans la baignoire, elle débordait, et quand ils restaient debout, ils avaient envie de s'allonger.

Ce fut Chourik qui conduisit Maria à l'école, comme d'habitude, car Léna dormait profondément et il n'eut pas le cœur de la réveiller.

Maintenant, si le nouveau plan de Léna se réalisait, pendant trois années entières, à l'exception évidemment des vacances d'hiver, de printemps et d'été, il allait devoir conduire Maria à l'école, et la chercher, bien entendu. Il est vrai que c'était parfois Véra qui allait la prendre.

L'emploi du temps de Maria était de plus en plus chargé d'année en année, il y avait les répétitions, les concerts, les examens auxquels on se préparait avec une tension de toutes les forces familiales. Son tempérament africain associé à ce féroce dressage du corps lui avaient forgé un caractère très fort. Véra Alexandrovna savait que, même si elle ne devenait pas ballerine, elle ne se perdrait pas dans la masse de ses milliers de congénères et obtiendrait dans la vie tout ce qu'elle voudrait. Dans son école, on fondait de grands espoirs sur elle, Golovkina en personne la connaissait et lui adressait un signe de tête condescendant quand la petite fille se figeait devant elle dans les couloirs en exécutant sa révérence.

Tous les matins, elle faisait une révérence à Véra avant de l'embrasser sur la joue. Et chaque fois, Véra fondait de bonheur.

Non, sa mère avait tort : les garçons, c'était bien, mais les petites filles... C'était vraiment autre chose !

On aurait dit qu'elle se justifiait devant Élisavéta Ivanovna de n'avoir pas aimé Chourik enfant, son propre fils, autant que cette Maria qui ne leur était rien...

52

Plus l'infirmité prenait de pouvoir sur son corps empâté, plus Valéria lui opposait une résistance farouche, et son esprit combatif ne cessait de grandir. Elle ne sortait plus de chez elle depuis déjà plusieurs années, et même dans les limites de ses vingt-quatre mètres carrés (une pièce immense, magnifique !), elle avait de plus en plus de mal à se déplacer. Ses jambes l'avaient trahie depuis longtemps, mais tant que ses bras l'avaient encore soutenue, elle se débrouillait pour arriver jusqu'à des toilettes improvisées derrière un paravent — un fauteuil avec un siège percé et un seau posé dessous. C'était aussi là qu'avaient trouvé refuge une cruche et une cuvette en faïence couvertes de fleurs bleues craquelées : Valéria veillait à maintenir la décence d'un intérieur bien tenu.

Depuis son opération, elle employait deux domestiques, celle du matin, Nadia, une femme âgée, une ancienne concierge, qui lui apportait les provisions de base et l'aidait pour sa toilette, et celle du soir, Margarita Alexeïevna, une infirmière engagée par nécessité. Grâce à une habile orchestration, Chourik n'avait jamais croisé aucune d'elles : il était important pour Valéria qu'il la considérât comme autonome... Mais elle avait tout de même envie qu'il se sentît une certaine responsabilité, qu'il comprît à quel point elle était dépendante de lui.

Alors qu'en fait, elle n'était pas si dépendante que ça ! L'indépendance se définit exclusivement par l'argent que l'on gagne, Valéria en était persuadée, or elle travaillait beaucoup, vite et avec plaisir. Tandis que Chourik élargissait son champ d'action en acquérant la maîtrise de la traduction technique, Valéria, qui était capable, à l'aide d'un téléphone, d'accomplir des miracles dans les relations avec les gens les plus variés, depuis la directrice d'un magasin d'alimentation jusqu'à la secrétaire de rédaction, exerçait presque un monopole sur les revues féminines pour la traduction des articles en polonais sur la mode, le maquillage et autres domaines touchant à la beauté de la vie au féminin.

Elle qui était généreuse, extravagante, et qui avait jeté aux quatre vents presque tout son héritage familial, avait résolument changé sa façon de considérer l'argent : avant, elle voyait en lui l'équivalent des plaisirs qu'elle pouvait se permettre, maintenant, il était la garantie de son indépendance. En tout premier lieu, vis-à-vis de Chourik. Chourik occupait dans sa vie une place immense, ou plutôt, il avait pris celle de l'homme idéal imaginaire qu'elle méritait, mais n'avait pas rencontré au cours de son existence.

Son talent de traductrice, cet art intuitif de choisir le mot juste et de le placer au bon endroit, ne constituait qu'une partie de son don principal, qui était de disposer autour d'elle, avec un doigté infaillible, tous les éléments de son existence, les gens comme les objets.

Il y avait longtemps qu'elle ne pouvait plus marcher dans le sens ordinaire du terme, mais en prenant appui sur le dossier d'un fauteuil et sur ses béquilles, et en se hissant sur ses bras vigoureux, elle se déplaçait en traînant ses jambes insensibles et arrivait à parcourir les quelques mètres qui la séparaient des toilettes. Le jour où ses bras avaient perdu leur force et où elle était devenue incapable d'extraire de son lit son corps alourdi, elle avait dû s'atteler à la réorganisation de son univers, et elle avait opéré une transformation radicale. Par les mains de Chourik, évidemment.

À présent, elle vivait allongée, entourée de trois tables : à droite, la table de toilette, avec ses crèmes et ses vernis, ses compresses et ses médicaments ; à gauche, un bureau placé contre le lit, avec sa machine à écrire, ses traductions, ses dictionnaires, mais également son tricot, des cartes pour ses réussites et le téléphone ; et sur le lit, posée sur son ventre, une table légère et pliante de son invention, dessinée et confectionnée sur commande par un menuisier dégourdi. Près de la table de toilette se trouvaient des étagères fabriquées par le même menuisier, avec, en bas, des placards où étaient rangés les objets humiliants de nécessité quotidienne.

Dans cette existence confinée entre quatre murs, le temps devenait fluctuant et inconsistant, le jour se transformait aisément en nuit, le petit déjeuner en dîner, et Valéria s'efforçait de scander ce temps informe de toutes les façons possibles : par des horaires obligatoires et stricts, par des coups de téléphone à heures fixes, par les nouvelles à la radio, par des émissions de télévision. Tout cela réparti selon le lieu, l'heure et le jour de la semaine. Ses amies aussi étaient réparties sur différents jours de la semaine. Avec une exception pour Chourik : il était le seul à pouvoir passer à n'importe quelle heure du jour et de la nuit, en plus du mardi.

Au fil de ses longues années de maladie, elle n'avait pas perdu de vue ses amies, elle s'en était même fait encore davantage. Comment? D'où sortaient-elles? La fille d'une amie avait grandi, et maintenant, c'était elle qui accourait avec un magazine polonais pour se faire traduire quelque chose sur un Salvador Dalí inconnu en Russie, ou sur un nouveau modèle de jupe... Une manucure maltraitée par la vie passait la voir, et s'attachait à cette maison en qualité d'amie et d'admiratrice. On venait la trouver en quête d'affection — d'anciennes condisciples et d'anciennes collègues, des voisines de ses séjours à l'hôpital, des compagnes de hasard qu'elle s'était faites du temps où elle pouvait encore aller dans des sanatoriums, ses anciens médecins, des amants d'autrefois...

Toutes ces femmes au pied léger, remuantes et musclées, souffraient de solitude, et Valéria distribuait leurs visites dans son agenda de façon qu'elles n'empiètent pas l'une sur l'autre... Ce qui est pour beaucoup un secret douloureux était pour Valéria une énigme résolue depuis longtemps : il faut toujours proposer quelque chose, donner, offrir ou au moins, promettre. Des chocolats, des moufles, un sourire, un biscuit, un compliment, une barrette, un contact amical...

Sa bienveillance était sincère, authentique, mais il s'y mêlait une part d'intérêt, seulement elle était impossible à évaluer : depuis son enfance, Valéria avait toujours cherché à conquérir les cœurs, cela lui plaisait d'être aimée de tout le monde. Avec les années, elle avait compris que cela voulait dire se rendre indispensable. Et elle y travaillait, elle se donnait du mal, écoutait les confessions, approuvait, consolait, incitait au courage. Et n'arrêtait pas de faire des cadeaux. Dans les lointaines profondeurs de son âme, elle triomphait de se savoir un avantage sur ses amies : presque toutes étaient des femmes seules ou des mères célibataires, et si elles étaient mariées, c'était invariablement un mariage pénible, sans joie... Valéria, elle, détenait un atout secret qu'elle n'abattait jamais, se contentant juste de le dévoiler légèrement de temps à autre, comme ça, en passant, par mégarde, à demi-mots : Chourik.

Il venait la voir. Les autres visites étaient annulées. Dans la pénombre, allongée sur son canapé, l'accueillait une femme bouffie et trop maquillée, aux yeux bleus soulignés d'un fard du même bleu et aux cheveux épais toujours bien coiffés, vêtue du dernier des kimonos qui lui restait, couleur tabac, avec des chrysanthèmes mauves et roses... Il régnait une capiteuse odeur de parfum. Elle souriait sur ses oreillers, présentait sa joue. Elle le faisait asseoir sur le canapé. Elle préparait un thé bien fort. Elle mettait de côté, sur son bureau, les traductions qu'il lui avait apportées. Elle déballait l'esturgeon fumé découpé par la main experte d'une vendeuse du magasin Élysseïev, le humait.

« Il est tout frais !

— Tu sais ce que je t'ai apporté ? Devine !

— C'est salé ou sucré ? demandait-elle en s'animant.

— Salé ! répondait Chourik, se prêtant au jeu.

— Ça commence par quelle lettre ? poursuivait-elle.

— Par un a !

— De l'anguille ? »

Il secouait la tête.

« Des anchois ? »

Et il sortait de sa serviette un autre sac en papier parcheminé.

Elle se soumettait à toutes sortes de disciplines, mais n'arrivait pas à surmonter sa gourmandise. Ce dont elle se repentait devant Dieu. Mais de Chourik, ça, elle ne se repentait jamais. Elle se réjouissait qu'il soit là. Et toujours sur le pied de guerre. Il lui suffisait de poser un petit coussin près de son gros oreiller et de soulever le coin de sa couverture...

Elle avait toujours été extrêmement propre. Elle n'aimait pas seulement la propreté en soi, mais le processus lui-même — la toilette, la lessive, le ménage. Et, bien entendu, les soins du corps : elle prenait plaisir à se nettoyer les ongles, à épiler les poils superflus, se faisait des masques de beauté au concombre ou au yaourt... Et, faut-il le préciser, elle se lavait méticuleusement avant la venue de Chourik. Mais une certaine odeur, presque imperceptible, une odeur de maladie plus triste que désagréable, émanait du bas de son corps couturé de cicatrices et couvert des jupons en dentelles qu'elle ne quittait plus depuis qu'elle était alitée. Et cette odeur faisait chavirer quelque chose dans l'âme de Chourik, visiblement à l'endroit où se niche la pitié. Cette pitié se répandait alors comme de la bile, il ne restait plus rien d'autre en lui et, tandis qu'il s'empêtrait dans les jupons dissimulant les jambes froides et inertes, la main preste de Valéria trouvait sur le mur le téton de l'interrupteur et éteignait la tulipe en verre au-dessus de leurs têtes.

Ensuite, tout se déroulait selon un scénario bien rôdé... Généralement, Chourik ne restait pas jusqu'au matin, il rentrait chez lui au milieu de la nuit, retrouver sa mère. Avant de partir, dans une dernière flambée de pitié et de tendresse, il lui glissait le bassin sous les reins, la lavait avec le tour de main d'une infirmière, se servant de la cruche fleurie pour humecter une vieille serviette moelleuse, et s'en allait.

Valéria ôtait alors son serre-tête en velours ou son ruban froissé, ou sa barrette, peignait ses cheveux épars, prenait sur sa table de toilette un miroir à main, enlevait ses fards et son rimmel déjà à demi effacés, et enduisait son visage de crème. Pour ne pas devenir un gros tas nauséabond. Au fil de cette toilette d'une heure, son humeur, de gaie et même un peu aérienne, retombait au niveau le plus bas. Elle posait son miroir et, sans regarder, prenait sur la table le crucifix en ivoire, celui que Béata lui avait offert quand elle était encore une petite fille. Elle le pressait contre sa bouche, contre son front, fermait les yeux et gardait les doigts posés sur les fines jambes miniatures percées d'un clou.

Cela avait dû être un clou énorme pour traverser les deux pieds. Aussi long que la broche qu'on lui avait enfoncée dans la hanche et qui avait fini par détruire son articulation.

« Comme Tu as eu de la chance ! Lui disait-elle pour la millième fois. Tu as vécu à peine trois heures avec ton clou ! Et c'était fini. Mais si Tu avais eu la gangrène, si Tu avais été paralysé, ou amputé, et que Tu avais dû vivre encore trente ans couché sur des haillons moisis... Tu crois que c'est mieux ? Et je n'ai pas de petite fille... Pardonne-moi... Je T'ai bien pardonné, moi. Laisse-moi Chourik jusqu'à ma mort. D'accord ? S'il te plaît... »

Elle continuait à caresser les jambes en ivoire du Sauveur et s'endormait sans lâcher le crucifix.

53

Tandis que Maria grandissait dans l'art de la danse et se distinguait à l'école comme une future étoile, tandis que Véra assistait aux représentations annuelles et semestrielles des élèves, la main crispée sur celle de Chourik, et nourrissait d'espoirs sa soif de gloire jadis enterrée et à présent ressuscitée, les parents de la petite fille luttaient pour leur réunification. Enrique avait fait encore une tentative avortée pour dépêcher à Léna un mari fictif, et Léna avait accompli un pas décisif. Après avoir laissé mijoter son Espagnol agricole pendant deux ans, elle l'avait épousé. Pour l'instant, on avait caché à la petite fille le mariage de sa mère. Mais les études du mari espagnol étaient enfin terminées et, au grand désespoir de Véra, Léna Stovba se préparait à partir. Dieu sait pourquoi, Véra avait cru qu'elle parviendrait à la convaincre de leur laisser Maria jusqu'à ce que ses affaires soient définitivement réglées.

« Pourquoi traumatiser cette petite ? Personne ne sait combien de temps va prendre cette réunion avec Enrique, et en plus, tu ignores dans quelles conditions tu vas faire vivre Maria. Pourra-t-elle étudier, là-bas ? Une fois que tu seras installée et que les choses seront fixées, tu reviendras chercher ta fille... »

Mais cette fois, Léna se montra ferme comme un roc. Chourik, le père de l'enfant, avait donné son autorisation pour le départ. Alvarez était parti en éclaireur, et Léna attendait les derniers papiers. Les billets pour Madrid étaient achetés, avec une escale à Paris. Enrique devait les accueillir à l'aéroport. Léna avait dit à Alvarez qu'elle avait pris les billets, mais pour une semaine plus tard — elle s'était trompée dans les dates, en quelque sorte. Tout devait se décider au cours de cette semaine et maintenant, ce n'était plus elle qui allait prendre les décisions, mais Enrique.

Maria fut informée du départ deux jours avant, et elle passa ces deux jours à sangloter sans interruption. Elle allait sur ses douze ans, et physiquement, c'était presque une jeune fille, elle ne dépassait plus ses condisciples de quelques centimètres, mais de toute une époque de la vie : elle était déjà réglée et avait une petite poitrine avec de gros mamelons.

Devant elle s'ouvrait une carrière qui pouvait à présent tomber à l'eau. Elle ne voulait pas quitter la danse. Elle ne voulait pas quitter Véroussia. Elle ne voulait pas quitter Chourik. Et en plus, personne ne lui avait dit où elles allaient exactement.

« Nous allons retrouver papa ! » déclarait Léna.

Maria hochait la tête et continuait à pleurer. La veille du départ, vers le soir, elle manifesta tous les signes habituels d'une maladie en train de couver : elle reniflait, restait prostrée sur sa chaise et frottait ses yeux rougis. Véra l'envoya au lit. Avant de s'endormir, Maria appela Chourik.

« Donne-moi quelque chose de sucré ! » demanda-t-elle.

C'était leur petit secret de ces deux dernières années : Maria avait une propension innée à l'embonpoint et, en dépit de l'immense énergie qu'elle dépensait pendant les cours, elle était constamment au régime, on la laissait même un peu sur sa faim. Le pain et le sucre ne figuraient pas dans ses rations, et Véra surveillait scrupuleusement son alimentation. Mais de temps en temps, elle demandait à Chourik de « craquer ». Ils allaient alors au café *La Chocolatière*, et il lui payait autant de sucreries qu'elle pouvait en avaler. Des gâteaux à la crème, de la chantilly saupoudrée de chocolat, du cacao chaud, sucré et sirupeux comme de la glycérine. Elle dévorait tout, râclant les soucoupes et léchant sa cuillère ou sa fourchette, puis embrassait Chourik de ses lèvres poisseuses. Ils prenaient ensuite le métro à Place-d'Octobre et, terrassée par le sucre, elle s'endormait toujours contre l'épaule de Chourik d'un sommeil si profond qu'il devait la réveiller à la station Biélorussie.

« Donne-moi quelque chose de sucré ! » lui demanda-t-elle, et il fut tout content d'avoir dans le tiroir de son bureau une plaque d'un chocolat peu courant offerte à sa mère par un élève pour une fête quelconque.

Il apporta le chocolat, déballa la tablette et en cassa un morceau.

« Mets-le-moi dans la bouche ! » demanda Maria, et il déposa le carré de chocolat dans sa bouche grande ouverte. L'intérieur était d'un rose enflammé qui contrastait avec ses lèvres sombres. Elle mordilla légèrement le doigt de Chourik, fronça les sourcils, et fondit en larmes.

« Ne pleure pas ! demanda-t-il.

— Embrasse-moi ! »

Maria s'assit sur son lit et le prit par les épaules.

Il l'embrassa sur la tête.

« Je te déteste ! » s'écria-t-elle.

Elle saisit la plaque de chocolat et la flanqua par terre.

Heureusement qu'elles s'en allaient, sinon elle aurait bien fini par arriver jusqu'à lui... Il savait depuis longtemps que Maria faisait partie de la cohorte des femmes qui souhaitaient recevoir de lui une ration d'amour. Il avait passé un grand nombre d'heures avec elle, il lui avait enseigné les langues, l'avait promenée, conduite à l'école, il aimait cette petite fille, mais, au fond de son âme, il savait qu'en grandissant elle allait faire valoir sur lui ses droits de femme, et maintenant son départ ne représentait pas tant la perte d'un être adorable qu'il aimait que le soulagement d'échapper aux ennuis qui se profilaient à l'horizon.

Véra ravalait ses larmes et rangeait dans une petite valise quatre paires de chaussons de danse du trente-huit, quatre justaucorps, une tunique, et un tutu confectionné dans les ateliers du Bolchoï.

« Quelle femme de caractère... Elle est parvenue à ses fins..., se disait Véra. Moi, je n'aurais jamais pu... »

Son admiration était mitigée d'irritation et d'amertume. Elle ne voulait rien sacrifier pour Maria... Comme je l'ai fait moi-même pour Chourik, autrefois...

Il s'était opéré un réajustement dans sa mémoire, elle s'était habituée depuis longtemps à l'idée qu'elle avait réellement sacrifié une carrière artistique pour son fils, et son exclusion déshonorante pour inaptitude professionnelle avait été escamotée comme quelque chose de parfaitement insignifiant. À présent, elle se désolait de n'avoir pu convaincre Léna de laisser sa fille ici encore quelques années, le temps de consolider ses dons et de former une nouvelle Oulanova.

Le pénible pressentiment qu'elle ne reverrait plus jamais Mourzik, qu'une époque heureuse de sa vie venait de prendre fin et que l'attendait désormais une vieillesse ennuyeuse sans rien de créatif, ce pressentiment l'empêchait de trouver le sommeil. Elle était aussi un peu mortifiée que Chourik, son fidèle Chourik, n'ait pas l'air de comprendre quelle perte cela représentait pour elle. Tant de forces, tant d'espoirs et de travail avaient été investis dans cette petite, et maintenant, tout cela risquait d'être complètement anéanti ! Nul ne savait où, avec qui, dans quel pays la fillette allait échouer, et combien de temps s'écoulerait avant qu'elle se retrouve de nouveau devant une barre. C'était une catastrophe ! Une véritable catastrophe ! Et Chourik qui se conduisait comme si de rien n'était !

Véra se retourna longtemps dans son lit, puis elle se leva et s'approcha de Maria endormie. La fillette était couchée en chien de fusil, mais elle paraissait toute voûtée, sa bouche et son menton étaient cachés par ses poings serrés comme des poings de boxeur. Elle dormait à la place d'Élisavéta Ivanovna. À côté d'elle, un lit pliant avait été installé pour Léna. Mais Léna n'était pas là.

« Serait-il possible que..., se dit avec stupéfaction Véra, prise d'un soupçon... Peut-être qu'elle n'est pas encore couchée, tout simplement ? »

Elle enfila son peignoir et alla voir dans la cuisine. La lumière était allumée, mais il n'y avait personne. Il n'y avait personne non plus dans la salle de bains ni dans les toilettes, et pourtant, là aussi, la lumière était allumée.

« Ils sont en train de fumer dans la chambre de Chourik », décida Véra. Éteignant machinalement, elle s'approcha de la fenêtre de la cuisine et resta médusée. La nature comme les phénomènes météorologiques ont quitté les villes depuis longtemps, c'est seulement à la campagne qu'existent la pluie, le vent, l'alternance quotidienne de lumière et d'obscurité, mais elle comprit en cet instant que tout cela existe aussi dans les villes, et dehors se déroulait un véritable drame : c'était le dégel de mars, un vent violent chassait de rapides nuages translucides et leur mouvement allait d'un bout à l'autre du ciel, mais c'était particulièrement perceptible sur le fond de la lune claire et presque pleine, et Véra se sentit comme au théâtre, devant un spectacle grandiose qui vous captive totalement par l'intensité de son intrigue et la beauté de son décor. Les branches nues des arbres, telle une troupe de danseuses bien rôdée, se ruaient tantôt d'un côté, tantôt de l'autre, car à ras de terre, le vent s'entortillait et s'effilochait par rafales, tandis que tout là-haut, il filait en un flux continu, de gauche à droite, pendant que la lune descendait lentement dans la direction inverse, et le toit voisin, avec ses deux cheminées nécrosées, constituait le seul point calme, le seul point d'appui dans ce tableau mouvant et oscillant...

« Mon Dieu, quelle majesté ! » se dit Véra Alexandrovna, et elle s'abandonna complètement à son émotion, comme cela lui arrivait aux bons concerts et aux meilleurs spectacles... Avec une très légère admiration pour elle-même, qui était capable de sentiments aussi sublimes.

Une porte grinça. Elle se retourna. Dans la pénombre du couloir se profila la blancheur d'un dos svelte. Léna se glissa dans la salle de bains.

« Comment... Comment est-ce possible ? » Véra, bouleversée, s'appuya contre le rebord de la fenêtre. « Il faut que je m'en aille tout de suite, qu'ils ne sachent pas que j'ai été témoin de ce... de cette... »

On entendit des bruits d'eau qui coulait. Véra remonta le couloir à pas de loup en direction de sa chambre et, sans enlever son peignoir, s'allongea sur son lit. Elle était secouée de frissons.

Seigneur, quelle ignominie... Cela voulait-il dire que

Chourik et elle avaient toujours eu des relations de... Alors pourquoi, mais pourquoi ne restait-elle pas avec nous, pour Maria ? Qu'est-ce que c'était donc ? De l'égoïsme parental ? Une totale incapacité à se sacrifier ? Passer tant d'années à rêver de retrouver l'homme qu'on aime et... Elle essayait de comprendre, mais n'y arrivait pas. L'amour est un sentiment tragique et sublime, tandis que ces faufilements furtifs dans le couloir... Et Chourik, Chourik ? Ce mariage n'était pas fictif, puisque... Elle n'arrivait pas à aller au bout d'une seule pensée, dans son âme s'accumulaient et tourbillonnaient des bribes d'indignation, un sentiment d'outrage, du dégoût, de la peur, et le désespoir d'avoir perdu quelque chose. Elle ne pleura pas tout de suite, seulement quand elle eut rassemblé ses forces. Et elle sanglota jusqu'au matin.

Elle ne les accompagna pas à Chérémétiévo. Elle fit ses adieux à Maria près de l'ascenseur. En partant, la fillette lui chuchota à l'oreille avec ferveur :

« Je ne t'ai pas dit le plus important : quand je serai grande, je reviendrai. Arrange-toi pour que Chourik ne se marie avec personne, c'est moi qui me marierai avec lui ! »

Chourik était content que sa mère ne vienne pas à l'aéroport.

« Mais bien sûr, Véroussia, il vaut mieux que tu restes à la maison. Pour Maria, de nouveaux adieux seraient un traumatisme de plus. »

En réalité, c'était sa mère qu'il voulait protéger des traumatismes. Et il l'en protégea. Sur le chemin de l'aéroport, le taxi tomba en panne, et le chauffeur farfouilla longuement dans les entrailles métalliques de la voiture. Léna, maudissant sa malchance, descendit et leva la main en direction du flot d'automobiles. Pas un seul de ces salauds ne s'arrêtait.

Tout était fichu. Un plan qui avait mûri pendant un décennie tombait à l'eau à cause d'un bout de ferraille pourri. Maria sortit aussi de la voiture et se mit à sautiller en gesticulant et en criant :

« On ne part pas ! On ne va nulle part ! »

Le visage et les yeux de Stovba blêmirent, elle flanqua par terre le chapeau de Maria et se mit à la gifler avec fureur. Chourik, sortant de son état d'hébétude, tira la fillette vers la voiture. Léna se précipita derrière eux. Sa rage se reporta sur Chourik. Elle le secouait par le col en hurlant :

« Minable ! Espèce de chiffe molle ! Pauvre type, toujours fourré dans les jupes de sa maman ! Mais fais donc quelque chose ! »

Maria était cramponnée à sa main droite, tandis que de l'autre, il se défendait mollement contre cette offensive.

Si seulement ce cauchemar pouvait se terminer ! On se serait cru dans un mauvais film... Heureusement que sa mère n'était pas là ! Quelle horrible mégère... Elle était complètement folle... Pauvre petite Mourzik...

Une vieux tacot s'arrêta. Le chauffeur de taxi s'approcha du conducteur, ils échangèrent quelques mots, et Léna comprit que le destin faisait preuve de miséricorde, qu'ils ne seraient pas en retard pour l'avion. Le chauffeur transporta les valises d'un coffre à l'autre. Chourik essuya le nez barbouillé de Maria.

Ils arrivèrent à l'aéroport en vingt minutes. Sans prononcer un seul mot. Chourik sortit la valise de Léna. Maria portait la sienne, préparée par Véroussia. De temps en temps, Chourik lui essuyait le nez. Stovba marchait devant sans se retourner, avec un grand sac de sport. Quelle bonheur de penser qu'il n'aurait plus jamais à la réconforter...

Chourik traînait l'énorme valise, Maria cramponnée à sa

main libre. L'embarquement était déjà annoncé, ils s'arrêtèrent près du comptoir. Léna desserra ses lèvres pincées.

« Pardonne-moi. J'ai craqué. Merci pour tout.

— Oh, ce n'est pas grave ! » fit Chourik en haussant les épaules.

Maria pressa ses lèvres contre l'oreille de Chourik.

« Dis à Véroussia que je reviendrai... Et attends-moi, d'accord ? »

Elles s'engagèrent dans un couloir. Maria agita la main longtemps en se retournant.

Puis Chourik fit le trajet de retour en autobus. Son moral était au plus bas. Il avait envie de rentrer chez lui, de retrouver sa mère. Il songeait avec plaisir qu'ils allaient de nouveau être seuls tous les deux, qu'il n'aurait plus à se lever à sept heures du matin, à se trimbaler en métro et en trolley avec une Maria somnolente... Il se sentait courbatu et tombait de sommeil.

« Il va falloir envoyer Véroussia dans une maison de repos », se dit-il en s'endormant au fond de l'autobus bondé.

Maria et Léna Stovba volaient vers Paris. Elles passèrent tout le voyage à s'embrasser.

Maria permit à sa mère de lui enlever son manteau d'hiver, mais pas sa chapka. Pour rien au monde. Ce manteau d'hiver et cette chapka de loutre noire, achetés au Monde des Enfants, Maria ne se décidera à les jeter que cinq ans plus tard. C'est à ce moment-là qu'elle écrira sa dernière lettre à Moscou, annonçant qu'elle était prise dans la troupe de danse de New York. Ensuite, sa trace et celle et de ses parents se perdra définitivement...

54

L'absence de Maria avait un effet stéréoscopique : elle mettait en relief l'absence d'Élisavéta Ivanovna cachée derrière. Exactement de la même façon que, dix ans plus tôt, elle tombait sur les affaires de sa mère devenues orphelines, Véra retrouvait maintenant dans des recoins une barrette de Maria qui traînait, un serre-tête ou une vieille chaussette, et elle remarquait aussitôt que l'encrier de sa mère (en fait, c'était celui des Korn, celui de son grand-père) en marbre gris stratifié, avec ses bouchons en bronze noirci, se trouvait toujours sur le bureau derrière lequel se dressait autrefois la silhouette corpulente de sa mère qui, dans ses souvenirs, ressemblait de plus en plus à Catherine II. Et que le fauteuil dans lequel Maria aimait à installer le petit nid de ses poupées avait servi jadis à contenir le grand corps d'Élisavéta Ivanovna. À présent, l'appartement n'était plus hanté par un fantôme, mais par deux. Triste et accablée, Véra restait prostrée dans un fauteuil, face au téléviseur éteint, fixant l'écran avec des yeux d'une immobilité effrayante.

Chourik avait prévu que sa mère aurait du mal à supporter le départ de Maria, mais il ne s'attendait pas à une réaction aussi catastrophique. Elle avait aussi beaucoup changé vis-à-vis de lui : elle fuyait leurs tête-à-tête habituels devant le thé du soir, ne se lançait plus dans ses tirades familières à propos de Mikhaïl Tchékhov ou de Gordon Craig. Elle ne lui posait aucune question, ne le chargeait d'aucune commission. Chourik finit par soupçonner que ces changements n'étaient pas seulement liés à la perte de Maria, et qu'il y avait aussi une autre raison à cet étrange refroidissement de leurs relations.

Et il y avait effectivement une autre raison : Véra n'arrivait toujours pas à surmonter le choc lié à l'épisode nocturne qu'elle avait surpris. Elle tentait de trouver une explication à cette conduite d'une monstrueuse indécence, mais elle ne faisait que s'embrouiller davantage : si Chourik aimait Léna, pourquoi était-elle partie... S'il ne l'aimait pas, alors pourquoi était-elle dans sa chambre toute nue... Et si Léna n'aimait pas Chourik, pourquoi, la veille de son départ pour retrouver l'homme qu'elle aimait... Et si elle l'aimait envers et contre tout, pourquoi avaient-ils décidé de divorcer, et avaient-ils privé Maria d'un grand avenir...

Après ces cinq années de bagne scolaire, Chourik avait repris ses horaires de travail habituels et se levait maintenant au moment où il aurait dû aller chercher Maria à l'école.

Il était en train de se préparer des flocons d'avoine (cinq minutes après la reprise de l'ébullition, selon la recette de sa grand-mère) quand sa mère entra et s'assit à sa place attitrée. Elle croisa les mains devant elle et dit tout bas, d'une voix à peine audible :

« Il faudrait quand même que tu m'expliques... »

Il ne comprit pas tout de suite quelles explications au juste elle attendait de lui. Et quand il eut compris, il se figea devant les flocons d'avoine, les yeux ronds. C'était une habitude qu'il avait gardée de son enfance : quand il était embarrassé, il écarquillait les yeux.

« Expliquer quoi ?

— Le caractère de ta relation avec Léna m'échappe. Je ne te poserais pas la question s'il n'y avait pas Maria. Dis-moi, est-ce que tu aimais Léna ? »

Véra le considérait d'un air sévère et exigeant, et la tribu communiste de Stovba traversa l'esprit de Chourik. Il se recroquevilla sur lui-même. Il était difficile d'expliquer quoi que ce soit à sa mère. Il aurait été d'ailleurs bien en peine de se donner des explications à lui-même.

« Véroussia, mais de quelle relation veux-tu parler ? Il n'y avait rien entre nous. Tu avais pris Maria à la maison, et elle, je veux dire Léna, venait lui rendre visite. Je n'avais rien à voir là-dedans..., bredouilla Chourik.

— Non, non, Chourik ! On dirait que tu ne me comprends pas. Je ne suis pas si vieille que ça, moi aussi, j'ai beaucoup vécu... Tu sais que ton père et moi, nous étions liés par vingt années de... » Elle hésita, cherchant le mot juste, et elle le trouva — un mot juste, mais simple : « ... d'amour.

— Maman, mais comment peux-tu comparer ? fit Chourik, stupéfait. Il n'y avait rien qui ressemble à cela entre Léna et moi, même de loin ! Tu connais toute l'histoire. C'est Alia Togoussova qui me l'avait demandé à l'époque. Léna était enceinte, cet Enrique... Il n'y a jamais rien eu entre nous ! »

En cet instant, Véra eut honte pour son fils : il lui mentait. Elle baissa les yeux sur la table et dit d'une voix sinistre :

« C'est faux, Chourik. Je sais qu'il y avait quelque chose...

— Mais de quoi tu parles, maman ? Il n'y avait rien du tout. C'était juste comme ça, cela ne veut rien dire ! »

Oh, le gouffre de l'incompréhension ! L'amertume de la désillusion ! La honte de s'être trompée ! Chourik, son petit garçon chéri, si proche, si compréhensif, si délicat ! Est-ce bien toi ? Véra monta sur ses grands chevaux :

« Quoi ? Que dis-tu, Chourik ? Le sublime mystère de l'amour ne veut rien dire ?

— Voyons, Véroussia, je ne parle pas du tout de ça, il s'agit d'autre chose ! » balbutia Chourik, sentant avec acuité qu'il perdait la face. Cette Léna de malheur ! Il savait bien qu'ils n'auraient pas dû, d'ailleurs il n'en avait aucune envie... Mais elle était tellement sur les nerfs avec l'angoisse du départ qu'il n'y avait pas eu d'autre moyen de la calmer...

« C'est d'un cynisme épouvantable, Chourik. Épouvantable. »

Véra regardait par-delà son fils, par-delà le monde matériel grossier, et son visage était si inspiré, si beau, que Chourik en eut le souffle coupé. Comment avait-il pu l'outrager ainsi avec ses paroles stupides ? Lui qui s'était donné tant de mal, toute sa vie, pour que rien de semblable ne se produise sous leur toit, à côté d'elle... Quelle bêtise impardonnable !

« Les relations charnelles trouvent leur justification dans une relation spirituelle, autrement, l'homme ne se distingue en rien de l'animal. Tu ne comprends donc pas cela, Chourik ? »

Elle s'accouda à la table et posa son menton sur sa main.

« Je comprends, maman, je comprends ! s'empressa-t-il de répondre. Mais toi, il faut que tu comprennes que les relations spirituelles, l'amour et tout cela, c'est quelque chose de rare, ce n'est pas donné à tout le monde ! Les gens ordinaires, eux, sont plus terre à terre... Ce n'est pas du cynisme, c'est la vie, tout simplement. C'est toi qui es quelqu'un d'extraordinaire, et grand-mère aussi était quelqu'un d'extraordinaire, mais la plupart des autres gens vivent les choses de façon terre à terre, ils n'ont aucune idée de ce dont tu parles...

— Oh, quel galimatias ! » rétorqua Véra avec consternation, mais l'intensité dramatique était retombée, et la conversation prenait une tournure satisfaisante. L'acuité de l'offense s'était émoussée, l'équilibre habituel était rétabli... Au fond de son âme, Véra se considérait comme une personne pas tout à fait ordinaire, et Chourik venait de lui en donner la confirmation. Mais lui aussi était quelqu'un de peu ordinaire, et elle voulut lui redonner espoir : « Tu comprendras un jour. Tu rencontreras le véritable amour, et alors, tu comprendras... »

Le conflit était presque épuisé. Véra en garda l'ombre d'un léger désappointement, mais d'un autre côté, les faiblesses de Chourik suscitaient en elle une certaine indulgence, envers lui et envers sa malheureuse génération privée de notions supérieures. Chourik, lui, redoubla de zèle dans ses efforts pour améliorer la vie de sa mère : il lui acheta un nouveau téléviseur, un nouveau tourne-disque superbe, et un séchoir à cheveux. Il sentait qu'avec le départ de Maria s'en était allée une énergie particulière communiquée par la petite mulâtresse, et que Véra sombrait dans la mélancolie. Son intérêt pour la vie s'étiolait. Elle laissait de plus en plus souvent passer les premières, et finit par abandonner peu à peu son atelier de théâtre. L'inspiration l'avait quittée, et jusqu'à la fin de l'année scolaire, lorsque les activités de l'atelier cessèrent pour les vacances, elle ne s'astreignit à descendre au sous-sol que quelques rares fois. La saison suivante, les cours de l'atelier ne reprirent pas, et c'est ainsi que dépérit la dernière action d'éclat communiste du défunt Pâte-de-fruit.

55

Le grand amour que Véra Alexandrovna avait prophétisé à Chourik le manqua de peu et s'abattit non sur lui, mais sur son ami Génia. Même si, semble-t-il, il lui avait déjà rendu visite une fois sous la forme d'Alla. Mais dans ce genre de chose, il ne faut compter ni sur une raison supérieure ni sur la logique ordinaire, ni d'autant plus sur la justice. Chourik avait remarqué depuis longtemps que dans le minuscule deux-pièces de Génia et d'Alla, bâti grâce aux efforts de deux modestes familles, on se sentait vaguement mal à l'aise, il y avait trop de silences, trop de tensions. Génia avait défendu sa thèse, il travaillait à son bureau sur ses centrifugeuses et ses calculs jusqu'à des heures indues, rentrait très tard et se couchait immédiatement, négligeant non seulement sa femme et sa fille, mais même son dîner. Le jeune couple habitait dans la lointaine banlieue d'Otradnoïe, sans téléphone, et quand Chourik venait les voir le samedi soir ou le dimanche soir, il lui arrivait de plus en plus souvent de ne trouver à la maison que la triste Alla et la joyeuse Katia. Et pas de Génia.

Ce fut Génia lui-même qui fournit des éclaircissements : il lui téléphona, lui donna rendez-vous dans le centre-ville et, à la table d'un café délabré de la rue Stretenka, l'informa du grand amour qui lui était tombé dessus sur son lieu de travail. En des termes un peu différents de ceux dans lesquels s'était exprimée sa mère, il exposa à Chourik à peu près la même idée que celle qu'elle professait, il lui parla d'un sentiment sublime fondé sur une intimité spirituelle et une communauté d'intérêts. L'intimité spirituelle, cela ne se raconte pas. Quant à la communauté d'intérêts, elle se situait dans le domaine de la fabrication des peintures laquées : l'élue de Génia était à la fois la responsable de son laboratoire et sa directrice de thèse. Les nouvelles techniques de fabrication de la peinture acrylique avaient démontré de façon probante que son premier grand amour pour Alla n'était pas assez grand.

Chourik prêtait à son ami une oreille compréhensive, mais il ne saisissait pas tout à fait la substance du drame qui lui était présenté. Pourquoi un amour devait-il faire obstacle à l'autre ? Alla était si gentille, si attentionnée, et la petite Katia était tellement mignonne... Bon, d'accord, une chimiste était apparue dans sa vie, eh bien, il fallait s'organiser pour que ces relations ne se gênent pas mutuellement. À quoi bon ces pleurnicheries ridicules ?

« Tu comprends, Chourik, elle n'est même pas mon genre..., disait Génia en développant sa pensée.

— Qui cela ? demanda Chourik sans comprendre. Quel genre ?

— Je dis qu'Alla n'est pas du tout mon genre. J'ai toujours aimé les femmes grandes, sportives. Comme Stovba, par exemple. Tandis qu'Alla, avec son énorme derrière et ses frisettes...

— Mais qu'est-ce que tu racontes, Génia ? dit Chourik, stupéfait. De quel genre tu parles ?

— Tu comprends, chaque personne a un type sexuel bien défini. Certains aiment les grosses blondes ou, au contraire, les brunes maigres. Dans notre labo, il y en a un, sa première femme était bouriate et la deuxième est coréenne. Il est attirée par les femmes asiatiques ! » dit Génia, poursuivant son raisonnement un peu sommaire.

Le débonnaire Chourik sortit inopinément de ses gonds :

« Génia ! Mais tu n'es pas devenu fou ? C'est complètement ridicule, ce que tu dis ! Quand tu es tombé amoureux d'Alla, tu n'avais jamais entendu parler de type sexuel, non ? Tu l'as aimée, tu t'es marié, vous avez eu un enfant. Et maintenant, brusquement, tu viens me parler de ton type sexuel ! Bon, tu t'es trouvé une femme, eh bien, baise-la dans ton coin, mais Alla, elle, n'y est pour rien ! Tu as couché avec l'une, maintenant tu couches avec l'autre. La belle affaire ! Seulement, Alla me fait de la peine, elle souffre... Ce n'est quand même pas sa faute si tu t'es découvert un type sexuel ! »

Génia se contenta de froncer les sourcils et secoua la tête d'un air désappointé.

« Ah, Chourik, tu ne comprends vraiment rien à rien ! Ce n'est pas seulement que je ne peux pas coucher avec elle, je n'arrive même pas à parler avec elle ! Elle ne dit que des âneries. Elle est complètement nulle. Je ne l'aime pas, c'est tout. J'aime une autre femme. De toute façon, je vais divorcer. Je ne veux plus vivre avec Alla. Je te ferai rencontrer Inna Vassilievna, et tu comprendras tout. »

Génia versa le reste du vin dans les verres. Il but. Chourik but aussi.

« On en recommande ? » demanda Génia.

Le vin était terminé, mais pas la conversation.

« D'accord ! »

Un vieux garçon de café à l'air aigri apporta une autre bouteille de Saperavi.

« Toi, tu n'as pas de problèmes, Chourik. Tu as une douzaine de maîtresses, et tu n'aimes personne. Tu t'en fiches. Mais moi, je ne peux pas vivre comme ça... », déclara Génia, expliquant son intéressante particularité.

Chourik devint tout triste.

« Maman aussi dit que je suis un cynique. Sans doute que c'est vrai. Seulement ton Alla me fait de la peine...

— Eh bien, tu n'as qu'à la consoler ! répondit Génia en le prenant au mot. C'est tout ce qu'elle demande, qu'on la plaigne. Elle porte le malheur du monde sur son visage, elle fond en larmes pour un rien... Tu comprends, Chourik, Inna Vassilievna est une personne qu'il est tout simplement impossible de plaindre. C'est elle qui a pitié des autres ! »

Chourik regarda Génia : il était maigre, d'une pâleur bleuâtre. Ses boucles rousses s'étaient un peu délabrées, une calvitie feutrée s'était formée sur son front. Son menton était parsemé d'une volée de boutons juvéniles éparpillés aux endroits où il s'était coupé en se rasant. La cravate et le veston qu'il avait l'habitude de porter lui donnaient l'allure d'un petit fonctionnaire de province envoyé en mission dans la capitale. Et en plus, sa cravate bleu ciel était constellée d'éclaboussures rougeâtres de Saperavi... Chourik avait envie de lui demander si cette Inna avait eu pitié de lui, mais il se retint. Génia lui faisait de la peine, lui aussi...

Ils se revirent deux mois plus tard, pour les cinq ans de Katia. Entre-temps, Génia avait quitté Alla pour son type sexuel, et la procédure de divorce était déjà engagée. Autour de la table à rallonge était disposée la panoplie au grand complet des grands-parents de Katia, réunis par le malheur commun du divorce imminent, ainsi que deux amies d'Alla et Chourik. Alla faisait la navette entre la cuisine et la table tandis que Génia, après avoir passé un quart d'heure avec les invités, s'était éloigné pour fouiller dans les livres.

L'héroïne du jour était abasourdie par l'avalanche de cadeaux qui s'était abattue sur elle et préoccupée par la façon de s'y prendre pour les tenir tous à la fois dans ses bras. Chourik finit par enlever la housse d'un coussin du divan, rassembla tous les jouets dans ce sac, le fourra dans les mains de Katia, et chargea le tout sur ses épaules. La fillette poussait des cris perçants, gigotait dans tous les sens, et ne voulait redescendre pour rien au monde. Chourik la garda sur ses épaules jusqu'au moment d'aller au lit. Puis elle se mit à pleurer en exigeant que ce soit Chourik qui la couche, et il resta auprès d'elle dans sa petite chambre.

Génia fut le premier à partir en embarquant une nouvelle portion de livres, puis le reste de la famille s'en alla peu à peu. À plusieurs reprises, Chourik crut que Katia s'était endormie, mais chaque fois qu'il esquissait un mouvement vers la sortie, elle ouvrait les yeux et disait avec fermeté : « Ne t'en va pas ! »

Alla vint jeter un coup d'œil deux fois. Elle avait déjà raccompagné ses amies à la porte, avait lavé la vaisselle et s'était changée : elle avait enlevé ses talons aiguilles et sa blouse rose pour enfiler des pantoufles et un tee-shirt bleu. Lorsque Chourik réussit enfin à fausser compagnie à Katia endormie, il tomba dans les bras d'Alla qui l'attendait. Enfin, au début, il ne fut pas question de ça, ce furent des plaintes amères et des questions pressantes sur les raisons d'une telle catastrophe et sur ce qu'elle devait faire maintenant. Chourik observait un silence compatissant et apparemment, on ne lui demandait rien de plus. Les plaintes succédaient aux questions, les yeux se remplissaient de larmes, les larmes séchaient, puis recommençaient à couler. Il était déjà près de une heure, ce qui voulait dire qu'il serait impossible de quitter cet endroit perdu au beau milieu de nulle part avant le matin car il n'y avait plus d'autobus, quant aux taxis, parmi ces constructions modernes, on avait autant de chance d'en attraper un que de capturer un oiseau de feu.

Entre-temps, Alla s'était mise à pleurer de plus en plus fort et à se rapprocher de plus en plus près, jusqu'au moment où elle finit par se retrouver entre ses bras amicaux. Son monologue ne s'arrêtait pas, et Chourik n'arrivait toujours pas à comprendre quelles actions précises attendait de lui cette femme éplorée. Cela n'avait plus aucun sens de se dépêcher à présent, et il caressait chastement le chignon crêpé élastique, laissant à Alla l'opportunité de manifester distinctement sa volonté. Elle se plaignit encore pendant une vingtaine de minutes, mais de façon de plus en plus confuse, et en fin de compte, elle défit le deuxième bouton du haut de la chemise de Chourik. Elle avait de petites mains brûlantes aux frôlements éclatants, une grande bouche remplie d'une salive sucrée, et une taille fine comme le goulot d'une cruche. Chourik savait depuis longtemps que chaque femme possède des traits qui lui sont particuliers... Alla, elle, avait une singularité absolument unique : elle n'interrompit pas une seconde le monologue qu'elle avait entamé pendant la soirée. C'était à cela que songeait Chourik en sortant de son immeuble au petit matin.

« C'est une gentille fille, se disait-il en attendant l'autobus. Génia a eu tort de la quitter. Et Katia est si mignonne ! Il faudra que je passe les voir de temps en temps. »

56

Valéria, de même qu'Élisavéta Ivanovna en son temps, possédait un calepin dans lequel étaient rassemblés les gens nécessaires pour toutes les occasions de la vie. Ce calepin aimait à s'ouvrir de lui-même à la lettre M — médecins. Il y en avait plusieurs pages. Ces derniers temps, le principal était le cardiologue Guénnadi Ivanovitch Trofimov, sur lequel elle avait mis la main vingt ans plus tôt, alors que son cœur fonctionnait à pleine puissance. Guénnadi Ivanovitch passait une ou deux fois par an, pour les fêtes les plus importantes de Valéria, le Noël catholique, avec une énorme dinde choisie d'après la taille du four, et son anniversaire, qu'elle célébrait exclusivement sous une forme sucrée — elle préparait des gâteaux avec de la crème fouettée et des fruits frais. Tant qu'elle tenait encore sur ses jambes.

Pour la dinde, elle n'y avait toujours pas renoncé. Sous sa direction, Chourik la bourrait d'une farce épicée et, pendant six heures, il courait de la chambre à la cuisine, piquant, couvrant et découvrant les parties du corps de la dinde qu'on lui indiquait. Quant aux gâteaux, Valéria les commandait maintenant chez des traiteurs. À la suite de longs pourparlers avec la direction et les cuisiniers, on lui apportait un chef-d'œuvre, et chaque fois, les invités s'étonnaient : comment parvenait-elle à obtenir des résultats aussi exceptionnels sans sortir de chez elle ?

Guénnadi Ivanovitch, lui, ne faisait pas partie des amateurs d'articles confectionnés par des restaurateurs et, bien qu'il fût gourmand et mangeât toujours tous les spécimens proposés, il évoquait chaque fois les inoubliables gâteaux que Valéria préparait de ses mains.

À son dernier anniversaire, il était arrivé tard, n'avait même pas goûté les gâteaux, et était resté après tout le monde. Une fois les invités partis, il avait demandé à Valéria de se déshabiller et l'avait ausculté avec attention. Il avait tâté ses bras, ses jambes, avait froncé les sourcils. Deux jours plus tard, il était revenu avec une mallette-cardiographe, avait longuement examiné les rubans bleuâtres crachés par l'appareil métallique, et avait déclaré à Valéria qu'il allait l'hospitaliser trois semaines dans son service, parce que son cœur fonctionnait dans des conditions difficiles et qu'il fallait le soutenir un peu.

Valéria, qui avait passé la moitié de son enfance dans les hôpitaux et à qui sa dernière opération avait causé un choc pénible, refusa catégoriquement. Guénnadi Ivanovitch insista. L'hôpital dans lequel il travaillait était plus que vieux, il était ancien, avec des escaliers d'apparat, des plafonds d'une hauteur vertigineuse et des salles de vingt lits. Il promettait de l'installer dans une chambre seule et de lui affecter une infirmière personnelle.

« Sviatoslav Richter a été hospitalisé dans cette chambre, Arkadi Raïkine aussi, et toi, tu fais la difficile ? »

Valéria accepta : la proposition était somptueuse, et elle aimait le luxe. Et puis, Richter et Raïkine n'étaient pas tombés de la dernière pluie ! Ils ne seraient pas allés n'importe où...

Elle prépara son départ à l'hôpital pendant trois jours entiers, comme elle préparait dans le temps ses départs en sanatorium : la domestique Nadia porta le kimono à nettoyer de toute urgence, blanchit les chaussettes de laine et lava un fin châle ajouré qu'elle fit sécher à l'intérieur d'un cadre. Valéria rangea les produits de beauté dans une boîte, les médicaments dans une autre, et Chourik fit des piles de livres conformément à une liste sur laquelle elle avait longuement médité. Il dut même se rendre à la Bibliothèque de littérature étrangère pour y prendre des romans policiers américains en polonais, ainsi que des poèmes polonais d'avant-guerre qu'elle s'était mis en tête de traduire dans sa jeunesse.

Durant ces journées, avec l'aide de renforts dont il avait loué les services, il essaya de réparer la Zaporojets qui rouillait paisiblement dans la cour depuis deux ans, mais n'obtint qu'un résultat peu satisfaisant : la voiture démarrait, crachotait, mais ne bougeait pas d'un pouce.

Le lundi suivant, il descendit et chargea dans un taxi d'abord les deux boîtes d'objets nécessaires au confort et au luxe de son amie, puis l'amie elle-même. Au service des admissions, on les attendait. On installa aussitôt Valéria dans un fauteuil et on la conduisit dans le service. Chourik, chaussé de pantoufles fournies par l'établissement qui lui glissaient des pieds, suivait derrière avec les boîtes. Tous les règlements étaient transgressés de façon si flagrante et même si ostentatoire que les infirmières chuchotaient entre elles : Qui était-ce ? La femme ou la mère de quelqu'un ? Personne ne pouvait répondre à cette question. On savait que Trofimov avait téléphoné en personne, et qu'il avait demandé qu'elle soit dispensée des formalités d'usage...

Valéria s'installa sur le lit surélevé après l'avoir tourné de façon à se trouver face à la fenêtre : dehors, un vieux parc se réveillait après l'hiver.

« Regarde la vue qu'on a de la fenêtre, Chourik ! Je ne vais plus avoir envie de partir d'ici... »

Chourik plaça la table de chevet à la droite de Valéria, posa dessus les deux boîtes, afin qu'elle puisse ranger ses flacons et ses petits pots, l'embrassa sur la joue, et promit de revenir dans la soirée. On lui avait immédiatement délivré un laissez-passer permanent, d'ailleurs le simple nom de Trofimov agissait aussi bien qu'un laissez-passer.

« Et s'il te plaît, n'apporte rien tant que je ne te l'aurai pas demandé ! » lui cria Valéria.

Il se retourna.

« Tu veux peut-être des jus de fruits, ou de l'eau minérale ?

— Bon, d'accord, de l'eau minérale ! » accepta Valéria.

Le lundi, les médecins se réunissaient dans le service pour une conférence. Les visites ne duraient pas moins d'une heure et demie, et c'est seulement à midi passé que la porte s'ouvrit. La chambre se remplit d'une multitude de blouses blanches. Une partie des médecins était restée dans le couloir.

« Collègues, voici Valéria Adamovna, une très vieille amie. Valéria Adamovna, je vous présente ma collègue Tatiana Evguénievna Kolobova, nous travaillons ensemble depuis vingt-cinq ans. C'est votre médecin traitant... Bon, alors, nous allons faire des analyses, un check-up complet... Et ensuite, nous déciderons de ce que nous pouvons faire pour vous aider. »

Guénnadi Ivanovitch parlait d'un ton pénétré, mais à la fin, il se pencha vers Valéria et lui fit un clin d'œil. L'accablement qui l'avait saisie devant toute cette bureaucratie médicale se dissipa instantanément, et Tatiana Evguénievna, à bien y regarder, lui parut charmante, alors qu'au premier abord elle lui avait trouvé une tête de fouine...

Les médecins se regroupèrent dans le couloir, mais pour l'instant, il n'y avait rien à discuter. Tatiana Evguénievna avait pris note, pour la perfusion. Guénnadi Ivanovitch fit un signe de la main, et tous lui emboîtèrent le pas en direction de la chambre suivante.

Valéria, elle, se retrouva aussitôt emportée par le tourbillon de la vie de malade : une jeune fille du laboratoire vint lui faire des prises de sang au doigt et aux veines, et lui laissa un flacon pour l'urine. Puis on l'emmena sur son fauteuil dans la salle de radiologie, on lui fit des radios des articulations des hanches, et on examina tous les organes à portée de main. Toute cette attention médicale plaisait beaucoup à Valéria. Elle avait avec elle sa boîte de maquillage remplie de chocolats étrangers et d'échantillons de produits de beauté, et elle distribuait ces menues babioles aux médecins et aux infirmières. Tous étaient sincèrement ravis, ils souriaient, et Valéria se félicitait de s'être munie d'une provision de petits cadeaux : au moins, maintenant, elle était quelqu'un, et ne faisait pas figure de parente pauvre. Il se produisit en outre un incident agréable : l'un des cabinets portait l'inscription « I. M. Mironaïte », et il s'avéra que cette doctoresse était bien originaire de Wilno, c'était même une lointaine parente de la défunte Béata. Elles convinrent immédiatement qu'Inga Mikhaïlovna Mironaïte passerait la voir dans sa chambre et qu'elles échangeraient des souvenirs du bon vieux temps... Les choses s'organisaient à merveille dans cet hôpital, tout le monde était charmant et attentionné.

On lui apporta son dîner dans sa chambre : du poisson frit

et de la purée de pommes de terre. Elle mangea le poisson, mais ne toucha pas à la purée. Le thé était imbuvable, et elle décida d'attendre Chourik, il ferait bouillir de l'eau avec une résistance et lui préparerait ce délicieux thé avec des éléphants...

Puis arriva Nonna, une infirmière, qui était elle aussi une charmante jeune fille, avec une très jolie coiffure, et Valéria résolut aussitôt de lui faire cadeau d'une magnifique barrette française. Nonna avait apporté de quoi poser la perfusion. C'était une infirmière expérimentée, elle piqua la veine avec adresse, mit l'appareil en marche, et sortit en disant qu'elle allait bientôt revenir. Les gouttes étaient rares et, au début, Valéria les compta, puis elle s'assoupit. Chourik avait promis de venir vers huit heures, il allait arriver d'une minute à l'autre. C'était l'eau minérale qui le retardait, elle ne buvait que la marque Borjom, mais il n'y en avait pas dans les magasins de son quartier, il avait dû aller en chercher dans le centre...

À huit heures et quart, Chourik monta quatre à quatre l'escalier d'honneur de l'hôpital avec deux bouteilles de Borjom. Il courut jusqu'à la chambre.

Au même moment, Valéria émergea de son agréable somnolence et murmura avec effarement :

« Oooh ! Je m'en vais... »

Chourik, qui ouvrait la porte en cet instant précis, eut l'impression qu'elle lui disait quelque chose.

« Bonsoir, ma petite Valéria ! » fit-il d'un ton guilleret, mais elle ne répondit pas. Elle regardait de son côté, elle avait les yeux grands ouverts, et ses lèvres rouge framboise formaient un petit « o ».

Il ne sut jamais si elle l'avait vu à la dernière seconde de sa vie, ou bien si elle avait vu quelque chose d'autre, de beaucoup plus étonnant...

57

Trois Lituaniens surgirent de nulle part : deux femmes sans âge, mais au teint vermeil de paysannes, et un petit vieillard tout rose à la peau fine avec un dentier en plastique.

Ils arrivèrent alors que Chourik se trouvait seul dans la chambre de Valéria, deux jours après sa mort, fixant stupidement sa table de chevet couverte de flacons de vernis à ongles de couleurs diverses et de tubes de crème. Il attendait Sonia, une amie de Valéria surnommée Gengis Khan, afin de chercher une attestation sans laquelle l'enterrement serait encore plus compliqué. C'était un papier du cimetière, le certificat de propriété de la tombe dans laquelle était enterré le père de Valéria.

Et voilà qu'au lieu de ladite Sonia venaient d'entrer trois inconnus, presque des étrangers, car seul le vieillard parlait russe. Il se présenta d'une voix sourde, de façon incompréhensible, puis désigna les femmes : voici Philomène et Joanna.

« Vous êtes l'ami de Valéria, elle m'avait parlé de vous », dit le petit vieillard en suçotant ses dents mal plantées.

Chourik devina alors que ce vieillard était le prêtre catholique que Valéria allait voir autrefois en Lituanie, dans les forêts profondes de la région perdue où il s'était fixé après dix années de camp.

« Dominique ! » se dit-il en se souvenant de son nom. Il avait été envoyé dans un camp en tant que nationaliste lituanien. Valéria disait aussi que c'était un homme très cultivé, il avait fait ses études au Vatican, puis avait été missionnaire en Extrême-Orient, en Indochine ou quelque chose comme ça, il parlait chinois et malais, et était revenu en Lituanie peu avant la guerre.

« Entrez, je vous en prie... Comment avez-vous appris ? »

Il sourit :

« Le plus dur, ce sont les dix derniers kilomètres à pied jusqu'à la ferme. Téléphoner de Moscou à Vilnius ne prend que trois minutes. C'est quelqu'un de chez nous, une Lituanienne, qui a téléphoné. Ils ont appelé Siauliai, et ainsi de suite... »

Il s'exprimait lentement, en cherchant ses mots. Tout en parlant, il avait enlevé sa veste de paysan, son chandail tricoté, et il aidait ses compagnes à se déshabiller. Il ouvrit un sac de voyage et en sortit quelque chose de blanc enveloppé dans de la cellophane. Ses gestes étaient très délibérés, très déterminés, ceux de Chourik, lents et désemparés.

« Nous sommes venus faire nos adieux. Cette porte a un verrou, non ? Nous allons célébrer une messe pour dire adieu à Valéria. D'accord ?

— On peut faire ça dans un appartement ? demanda Chourik, étonné.

— On peut faire cela partout. En prison, dans une cellule, sur un chantier d'abattage du bois. Une fois, on a pu le faire dans le coin rouge réservé à Lénine. » Il se mit à rire et leva les mains, paumes en l'air, en regardant le plafond : « Qu'est-ce qui nous en empêche ? »

La sonnette que Chourik avait autrefois reliée à la chambre gazouilla encore une fois.

« C'est une amie de Valéria », dit-il pour les prévenir, et il alla ouvrir.

Les Lituaniennes, qui étaient restées silencieuses jusque-là, chuchotèrent quelque chose au prêtre, mais il fit un geste vague et elles se turent. Chourik revint avec Sonia.

« Voici Sonia, une amie de Valéria. Dominique... » Chourik s'interrompit. « Comment faut-il dire ? Père Dominique ?

— Il vaut mieux dire frère. Frère Dominique... »

Il avait un bon sourire, très amical.

« Alors vous êtes le frère de Valéria ? demanda Sonia, toute contente.

— En un certain sens, oui. »

Les Lituaniennes fixaient exclusivement le plancher, et si elles le quittaient des yeux, c'était pour se regarder l'une l'autre. Chourik sentit soudain que ces trois personnes formaient un seul organisme, qu'elles se comprenaient comme une jambe comprend l'autre quand on court ou quand on saute...

« Disons que Valéria était notre sœur, et nous sommes venus lui dire adieu, célébrer une messe ici. Cela ne vous fait pas peur ? Vous pouvez ne pas rester, ou vous pouvez rester. Comme vous voulez. Je vous demanderai seulement de ne pas en parler à d'autres gens.

— Je peux rester ? Si cela ne vous dérange pas... Seulement, je ne suis pas catholique, je suis russe... »

Sonia en transpirait d'émotion.

« Je ne vois pas d'obstacle », fit le père en hochant la tête, et il recommença à fouiller dans son sac.

« Si je faisais d'abord du thé ? proposa Chourik. Il y a

toutes sortes de choses à manger. Valéria a toujours un réfrigérateur plein.

— Nous mangerons après. Nous allons d'abord dire une messe. »

Il sortit du sac en plastique un peignoir blanc avec un capuchon, serra autour de sa taille une fine cordelette, et se passa autour du cou une bande de tissu doré. C'était un froc, le costume des dominicains, et une étole. Les femmes se mirent sur la tête des sortes de coiffes avec des revers blancs. Et en un instant, de personnes simples d'allure rustique, ils se transformèrent en personnages particuliers et importants, leur accent ne signifiait plus qu'ils étaient venus de cette Lituanie provinciale, mais au contraire d'un monde céleste, et ils parlaient le russe comme de très haut, en s'abaissant jusqu'à la misère d'ici-bas.

« Cette table de chevet conviendra très bien. Enlevez ce qu'il y a dessus. »

Chourik s'empressa d'enlever tous les bibelots de Valéria et les posa sur le rebord de la fenêtre. Le père leur lança un regard rapide, repéra dans le fouillis de flacons le crucifix en ivoire, le prit dans sa main et l'approcha de la fenêtre : il avait une étrange teinte rosée, surtout les jambes du Christ. Il ne devina pas que c'était à cause du rouge à lèvres...

On tira les rideaux, on ferma la porte à clé et on alluma des bougies. Le crucifix était posé sur la table de chevet, à côté d'une tasse et d'une soucoupe en verre.

« *Salvator mundi, salva nos* ! » prononça le frère Dominique, et ce n'était pas du lituanien, langue dans laquelle il était permis de célébrer la messe depuis dix ans. C'était du latin, Chourik reconnut immédiatement ses racines puissantes, et, tandis qu'il se réjouissait de l'avoir si facilement reconnu, saisi du sentiment étrange qu'il suffirait de se concentrer un petit peu, et tous les mots, jusqu'au dernier, lui révéleraient leur sens — un chant très doux s'éleva. Ce n'étaient pas des voix de femmes ni d'hommes, c'étaient des voix d'anges, cela ne faisait aucun doute. Les femmes laides et âgées aux joues rouges, avec leurs coiffes et leurs longues jupes sous lesquelles pointaient d'énormes pieds chaussés de grossières galoches, s'étaient mises à chanter : « *Libera me, Domine, de morta aeterna...* »

Et le sens des mots lui fut véritablement révélé : le Seigneur délivrait de la mort. On ne savait pas très bien comment Il s'y prenait, mais Chourik comprit de façon extrêmement claire que la mort n'existe que pour les vivants, et que pour les morts, qui ont déjà franchi ce seuil, elle n'existe plus. Il n'y a plus de souffrance. plus de maladie, plus de mutilations. Où que se trouvât à présent la partie la plus intime de Valéria — celle qui était joyeuse et légère —, elle se déplaçait désormais sans béquilles, elle devait sans doute danser sur des jambes fines, sans cicatrices ni boursouflures, peut-être même qu'elle volait ou qu'elle nageait, et ce serait bien qu'il en fût ainsi. On pouvait ne pas y croire (de façon générale, Chourik ne pensait jamais à ce qui se passe ensuite, après la mort), mais en entendant le doux chant de ces deux vieilles Lituaniennes et le menu baryton de ce vieillard aux joues vermeilles et au dentier mal ajusté, Chourik fut convaincu que si ce chant existait, si ces mots latins remplis d'un sens indéchiffrable existaient, alors Valéria était délivrée de ses béquilles, des clous en fer fichés dans ses os, de ses grosses cicatrices, et de tout ce corps alourdi et flasque dont elle avait honte ces dernières années...

Tapie dans un coin entre le divan et l'armoire, l'amie Sonia versait des larmes silencieuses.

L'enterrement eut lieu le lendemain. La cérémonie d'adieu se déroula à la morgue de l'hôpital de la Iaouza. Il ne vint pas moins d'une centaine de personnes et dans cette foule, les femmes étaient beaucoup plus nombreuses que les hommes. Il y avait aussi une multitude de fleurs, les premières fleurs de printemps, des primevères blanches et mauves, et quelqu'un avait apporté toute une corbeille de jacinthes. Quand Chourik s'approcha du cercueil, il vit la défunte derrière une petite montagne bouclée de fleurs. Une de ses amies s'était souciée de la beauté de son visage mort, et elle avait été consciencieusement maquillée : les longues flèches bleues des cils, de l'ombre à paupières bleue, comme elle l'aimait de son vivant, et sa bouche luisait d'une couche de rouge à lèvres qu'aucun souffle ne venait tiédir... Le petit « o » qui avait scellé ses lèvres à la dernière seconde, lorsque Chourik était entré dans sa chambre quatre jours plus tôt, avait disparu, et ce qui se trouvait dans le cercueil, si l'on ne tenait pas compte de la frange vivante et brillante qui lui couvrait le front, était une poupée artistique offrant une grande ressemblance avec Valéria, rien de plus. Il resta un instant auprès d'elle, puis effleura sa frange et, à travers la souplesse vivante des cheveux, il sentit la froideur de ce matériau provisoire et pétri de néant qu'était devenue Valéria durant le bref intervalle entre ce qui était vivant un instant plus tôt et ce qui est déjà mort.

Heureusement que le frère Dominique était venu, car c'était cette messe funèbre qui avait été le véritable point de séparation, et non ces paroles larmoyantes et émues prononcées par des femmes au-dessus du monceau de fleurs qui recouvrait le cercueil.

Le processus des funérailles n'était pas dirigé par Chourik. Tout avait été organisé à l'hôpital par un Guénnadi Ivanovitch effondré, l'autopsie avait été effectuée avec humanité, on n'avait pas fait de trépanation, on s'était juste assuré qu'il y avait eu embolie d'une artère pulmonaire. Personne n'était coupable, sinon le Seigneur Dieu qui, visiblement, en savait sur la vie de Valéria davantage qu'elle-même.

Sur les instructions de Guénnadi Ivanovitch, on avait laissé entrer dans la morgue des amies qui l'avaient revêtue d'une blouse blanche et lui avaient enfilé les chaussures beiges fabriquées sur commande qu'elle n'avait jamais portées, après les avoir au préalable découpées sur le dessus ; elles l'avaient maquillée comme elles l'estimaient nécessaire, et avaient disposé un châle en soie blanc autour de sa tête. Ses grandes mains jaunâtres reposaient sur la soie blanche et ses ongles miroitaient d'un vernis impeccable...

C'étaient également ses amies qui avaient loué des autobus et des voitures, et qui s'étaient entendues avec le cimetière de Vagankovo pour que le cercueil fût placé dans la tombe de son père, elles avaient même commandé dans un atelier une croix provisoire, et elles avaient tout acheté pour le repas de funérailles, tout préparé...

Chourik, bien qu'il connût plusieurs des amies de Valéria, restait auprès du frère Dominique et des sœurs qui, à la lumière du soleil, avaient l'air encore plus rustiques et l'impressionnaient encore davantage : il savait à présent qu'ils étaient des envoyés et des témoins d'un autre monde, et c'était drôle de penser que cet autre monde coïncidait d'une certaine façon avec une ferme perdue dans une forêt de Lituanie tout aussi perdue.

Ces habitants des bois ne regardaient pas tout le temps par terre, ils jetèrent une ou deux fois un coup d'œil à Chourik, et Dominique lui chuchota :

« Joanna dit que tu peux venir nous voir si tu veux. »

Chourik comprit qu'on lui faisait un honneur et qu'en fait, c'était Dominique lui-même qui l'invitait, et non Joanna. Mais il n'était pas question pour lui de quitter Moscou.

« Merci. Seulement, je ne peux pas voyager. Avant, je ne pouvais pas laisser Valéria, et maintenant, je dois veiller sur ma mère...

— C'est bien, c'est bien ! » dit le vieillard en souriant, quoiqu'il n'y eût rien de bien dans le fait que Chourik vécût comme attaché au bout d'une laisse depuis tant d'années.

À partir des portes du cimetière, le cercueil fut transporté à dos d'homme, et on eut du mal à en trouver six parmi l'assistance : Chourik, le voisin policier, deux maris d'amies, des bons à rien, et deux anciens amants de Valéria. On refusa le frère Dominique et un vieux monsieur, un ancien collègue, en raison de leur grand âge. On refusa également les poivrots du coin qui avaient proposé leurs services et s'étaient empressés d'empoigner le cercueil.

La tombe était déjà creusée, tout avait été préparé, même l'allée avait été saupoudrée de sable. La petite pluie fine qui tombait depuis la veille fut soudain illuminée par le soleil qui avait réussi à percer son voile, et cessa d'un seul coup. Les fleurs éteintes scintillèrent de gouttes de pluie. On descendit le cercueil, chacun jeta une poignée de terre. Les fossoyeurs s'activèrent aussitôt avec leurs bêches, ils remplirent la fosse de terre jaune et élevèrent un monticule friable. On y planta une croix provisoire sur laquelle était déjà écrit « Valéria Konetskaïa ». Et les amies recouvrirent immédiatement la tombe en disposant les fleurs comme un tapis, elles firent cela vite et bien, Valéria elle-même n'aurait pas fait mieux : des primevères blanches et mauves, des jacinthes crépues avec, ici et là, les yeux rouges des œillets.

La tombe se transforma en un parterre de fleurs arrondi, et où que l'on posât les yeux, tout n'était que rondeurs — les silhouettes des femmes, les dos courbés, les seins qui pendaient mollement, les visages délavés par les larmes, les têtes coiffées de foulards, de bérets, de châles qui glissaient. Même un buisson d'une espèce inconnue, avec des feuilles menues et encore indéfinies sur ses branches ployées, avait quelque chose de féminin...

Chourik voyait, comme s'il l'avait encore sous les yeux, le petit « o » scellant le dernier souffle de Valéria, et il se disait que la mort avait quelque chose de féminin, même le mot « mort », en russe comme en français, était du genre féminin... Il faudrait qu'il regarde ce qu'il en était en latin... Par contre, en allemand, *der Tod* est masculin, c'était bizarre... Non, ce n'était pas bizarre du tout, chez eux, la mort est guerrière, on meurt au combat : des lances, des flèches, des blessures crues, de la chair déchiquetée... Le Walhalla... Alors que c'est ainsi que les choses doivent se passer... Dans la douceur et l'harmonie... Valéria... Pauvre Valéria !

À peine en eut-on terminé avec la décoration de la tombe qu'il se remit à pleuvoir et tout le monde ouvrit son parapluie, on entendait le murmure de l'eau — le bruit des gouttes sur la soie des parapluies, sur les têtes, sur les cheveux, sur les épaules et sur les feuilles... La scène devint alors tout à fait irréelle et le frère Dominique, contre lequel Chourik se serrait, lui dit à l'oreille en se haussant légèrement sur la pointe des pieds :

« Il n'y a rien à faire, c'est comme ça : la place de la femme est auprès de la mort... C'est une place de femme... »

« C'est vrai... acquiesça Chourik en son for intérieur. C'est un peu à double sens... Non, à multiple sens ! »

Les Lituaniens devaient déjà prendre leur train, et Chourik les accompagna à la gare de Biélorussie. Il les mit dans le wagon, et rentra chez lui pour passer quelques instants avec Véroussia. Le matin, elle avait voulu venir à l'enterrement. Elle ne connaissait pas personnellement Valéria, mais lui avait parlé de temps en temps au téléphone. Chourik avait refusé avec fermeté : « Non, Véroussia, il ne faut pas... Cela va te bouleverser. » Elle avait paru un peu vexée. Mais il se trompait peut-être ?

Il prit le thé avec elle, puis descendit à la boulangerie, acheta une pâtisserie orientale dont Véra avait justement envie, la déposa à la maison, et arriva au repas de funérailles au moment où se terminait la partie funèbre. Les femmes, après avoir bu les trois premiers verres, racontaient des histoires sur Valéria en se coupant la parole, elles parlaient de sa bonté et de sa gaieté, de son sens des responsabilités et de sa frivolité. Il n'y avait pas assez de place pour tout le monde. Toutes les chaises, tous les fauteuils, tous les divans et tous les poufs étaient occupés, une dizaine de femmes restaient debout près de la porte, dans le passage entre la grande table à rallonge et l'armoire. Sur la table de chevet que le frère Dominique avait fait débarrasser de ses flacons multicolores et sur laquelle, la veille, il avait sanctifié du vin et du pain catholique transparent, on avait posé une assiette décorée de myosotis avec des hors-d'œuvre, et un petit verre de vodka recouvert d'une tranche de pain.

Peu de temps auparavant, beaucoup d'entre eux avaient fêté ici les cinquante ans de Valéria, et un énorme bouquet de roses que l'on avait fait savamment sécher la tête en bas dans l'obscurité, pour que les couleurs ne passent pas, était planté, comme neuf, dans un vase fêlé qui ne convenait justement que pour des fleurs séchées. Chourik se dandinait d'un pied sur l'autre dans le passage, lui aussi, et près de la porte se tenait le voisin policier qui lui adressait des signes assez incompréhensibles : soit il demandait à boire, soit il voulait une cigarette... On apporta une assiette avec des amuse-gueules, de la nourriture préparée par des mains étrangères, c'était mal coupé, trop gras et trop salé. Chourik but, encore et encore... Puis les femmes vinrent le trouver les unes après les autres, il en connaissait vaguement certaines, mais il voyait la plupart d'entre elles pour la première fois — les yeux pleins de larmes, déjà alanguies par l'alcool et par la tendresse générale, elles voulaient boire avec lui, personnellement, à la mémoire de Valéria, et chacune d'elles lui faisait comprendre qu'elle était au courant de la place secrète qu'il avait tenu dans la vie de leur amie, certaines outrepassèrent même les limites de la bienséance dans leurs condoléances. Surtout Sonia-Gengis Khan. Elle était très soûle et provocante. Après avoir bu encore un verre avec Chourik à la mémoire de Valéria, elle chuchota :

« Tout est ta faute, tu sais. Sans toi, notre Valéria gambaderait encore... »

Chourik la considéra avec attention : des sourcils orientaux qui se rejoignaient entre les yeux, un petit nez retroussé... Que savait-elle sur Valéria et sur lui ?

Elle se pencha vers Chourik, lui passa la main sur la joue, effleura son front d'un baiser poisseux, et ajouta d'un ton apitoyé :

« Mon pauvre petit... »

En dépit du caractère fantomatique de sa présence dans cette maison, ces femmes de calibres divers le connaissaient toutes, et il ne pouvait qu'imaginer ce qu'elles savaient exactement à son sujet... Il surprenait leurs regards posés sur lui, et si elles parlaient entre elles, il avait l'impression que c'était de lui. Il se sentait plus que mal à l'aise, et décida d'entamer une progression discrète vers la sortie. Arrivé à mi-chemin, le voisin le tira par la manche :

« Ça fait une heure que je te fais signe... Tu as entendu ? Ils viennent poser les scellés demain matin.

— Les scellés sur quoi ? demanda Chourik sans comprendre.

— Comment ça, sur quoi ? Mais sur tout ! La pièce revient à l'État, tu comprends ? Il n'y a pas d'héritiers, on va poser des scellés, tu comprends ? Je te dis ça en ami. Si tu veux quelque chose dans ce bric-à-brac, faut le prendre aujourd'hui. »

Il se mit à rire. Ses lèvres se retroussaient légèrement, découvrant ses muqueuses roses et ses quelques dents.

« Les dictionnaires, se dit Chourik. Il y a tout un tas de dictionnaires à moi, ici, et aussi des dictionnaires de polonais... Et la bibliothèque... »

Il se souvint alors qu'en cherchant le certificat de propriété de la tombe ils avaient trouvé un testament dans lequel Valéria avait noté en détail sur cinq pages ce qu'elle léguait à chacune de ses amies, depuis les cuillères à café en argent jusqu'aux chaussettes tricotées.

« Elle a laissé un testament... Pour tout. Elle a tout distribué à ses amies...

— Non, mais tu es complètement idiot, ma parole ! Cette pièce, c'est moi qui vais l'avoir, on me l'a déjà promise à la police. Je vais domicilier ma mère chez moi, et on me la donnera, quant à ce bric-à-brac, il n'intéresse personne. Tu ne comprends donc pas ? Ils vont tout bazarder. Ou alors faudrait faire un procès... Mais demain, ils vont venir poser les scellés. »

Chourik jeta un coup d'œil aux étagères pleines de livres.

La bibliothèque d'ouvrages étrangers était magnifique : à deux minutes d'ici, rue Katchalov, se trouvait le seul bouquiniste de Moscou, ou presque, qui vendait des livres étrangers d'occasion, et pendant des années, en passant devant, Valéria avait acheté pour trois fois rien des livres superbes, de sciences naturelles, de géographie, de médecine, avec des gravures d'une valeur inestimable.

Et Chourik resta pour prendre les dictionnaires après le départ des invités.

Vers dix heures du soir, tout le monde s'en alla, il ne restait plus que la domestique Nadia et Sonia ivre morte endormie sur le divan. Pendant que Nadia lavait et essuyait la porcelaine et les cristaux, Chourik sortit ses dictionnaires de la bibliothèque. Il avait décidé de prendre également les dictionnaires de langues slaves, personne n'en avait besoin. D'autant que la plupart étaient des dictionnaires polonais-allemand ayant appartenu au père de Valéria, et ils avaient beaucoup vieilli. Il prit aussi une *Histoire naturelle* avec des gravures coloriées du XVIIIe siècle. Des cachalots et des lémures, des fourmiliers et des pythons bizarres dessinés par un artiste qui n'avait probablement jamais vu ces animaux exotiques. Comme si c'étaient des licornes ou des chérubins... Il était dommage de laisser ici ces livres précieux.

À présent que Valéria n'était plus dans cette chambre, Chourik sentait soudain combien il y avait ici de bibelots portant la marque d'un mauvais goût typiquement petit-bourgeois : des roses, des amours, des chats, une fausse statuette miniature de Tanagra... C'était le style de la défunte Béata, et d'une certaine façon, il correspondait également à Valéria, mais maintenant, en son absence, cette pièce encombrée de meubles et d'une multitude d'objets inutiles et dénués de sens lui paraissait très déplaisante, il avait envie de sortir au plus vite à l'air libre, loin de cette vulgarité et de cette poussière. C'était seulement dommage pour les livres.

« Heureusement que je n'aurai plus jamais à revenir ici ! » se dit-il, et il s'arrêta net : comment pouvait-il penser une chose pareille ? Pauvre Valéria... Chère Valéria.... Courageuse Valéria !

« C'est ma faute, je suis coupable ! songea-t-il avec accablement. Ce jour-là, la veille de son entrée à l'hôpital, elle voulait que je reste, et je n'ai pas pu... Maman recevait ses amies, elle m'avait demandé d'acheter quelque chose pour le dîner et de rentrer plus tôt. Et je ne me suis pas allongé sous la couverture avec son coin relevé. Elle était triste, même si elle n'a rien dit. Mais je voyais bien qu'elle était triste. Je n'avais pas le temps... » Et l'ombre de sa faute pesait sur lui. Il se sentait coupable...

La domestique Nadia s'en alla avec un sac bourré de petits vases et de chats. L'affection que Valéria avait eu pour elle s'était matérialisée sous forme de porcelaine.

« Ça faisait tant d'années que je m'occupais d'elle... »

Soulevant son sac à grand-peine, elle trimbala en direction de la porte des figurines de Copenhague et leurs imitations russes, des petits vases de Douliov et de Gallé, des assiettes décoratives en biscuit, et un jeune pionnier avec un berger allemand... Vingt ans plus tard, les vestiges de ces richesses seraient bradés par son petit-fils miné par l'héroïne, et la dernière vente causerait sa mort.

Maintenant, Chourik n'avait plus qu'à secouer Sonia endormie, à la sortir de la chambre, et à fermer la porte. Il ignorait qui d'autre avait les clés.

Sonia était couchée sur le côté, les mains sur le visage, et gémissait dans son sommeil. Il l'appela : elle ne réagit pas. Il la secoua pendant un quart d'heure, il essayait de la lever, de la mettre sur pied, mais elle était incapable de rester debout, elle se cramponnait à lui et l'injuriait sans se réveiller, elle se débattait même un peu. Chourik était fatigué, il avait envie de rentrer chez lui. Il téléphona à Véra et lui dit qu'il se trouvait dans une situation embarrassante, il y avait une femme ivre qui dormait et il ne pouvait pas la laisser comme ça... Il arpentait la pièce, remarquant que tout était un peu dérangé, les choses n'étaient pas là où elles auraient dû être, et il déplaça une chaise, la table de chevet, puis il abandonna cette occupation parfaitement ridicule : la personne pour qui les choses n'étaient pas à leur place n'existait plus... D'ailleurs le lendemain, on allait apposer les scellés sur la pièce, elle resterait comme ça un mois, ou un temps indéfini. Et ce testament sur lequel était noté à qui revenait quelle tasse... Ses amies étaient au courant... Comment pourraient-elles avoir tout cela, maintenant ? Il aurait fallu s'en occuper aujourd'hui, mais on ne pouvait quand même pas vider la maison aussitôt après l'enterrement...

Il avait eu tort de laisser Nadia prendre tout ce qu'elle voulait. Certains des vases qu'elle avait emportés devaient être destinés à d'autres personnes.

Puis Sonia, qu'il n'arrivait toujours pas à réveiller, bondit soudain sur ses pieds et se mit à crier :

« Au secours ! Aidez-moi ! Ils veulent nous peindre ! »

Elle avait des visions dans son sommeil alcoolique, mais Chourik se réjouit de la voir debout. Il lui apporta son imperméable et lui dit :

« On s'en va ! Vite ! Sinon, ils vont vraiment nous peindre ! »

Il lui enfila son imperméable, la conduisit jusqu'à l'ascenseur et retourna chercher les deux sacs remplis de livres. Maintenant, il fallait trouver un taxi et la ramener chez elle.

« Où habites-tu ? demanda-t-il.

— Pourquoi tu veux le savoir ? » fit-elle en fronçant les sourcils d'un air soupçonneux.

Elle ne maîtrisait pas son visage, et ses expressions étaient fluctuantes, elles se succédaient de façon incontrôlable et incohérente, comme chez les nouveau-nés : sa bouche s'étirait et partait sur le côté, ses yeux s'arrondissaient, son front se plissait.

« Je vais te ramener chez toi, expliqua Chourik.

— Bon, d'accord ! acquiesça-t-elle. Seulement, ne leur dis rien ! » Elle éclata de rire et, la main sur la bouche, chuchota en se mettant sur la pointe des pieds : « 11, rue Zatsepa, bâtiment numéro trois... »

Deux sacs et une femme ivre tenant à peine sur ses jambes étaient un fardeau compliqué, d'autant que Sonia essayait tout le temps de s'en aller, mais elle était incapable de faire deux pas, elle tombait sur les sacs et il la relevait. Il décida de rester là, près des portes Saint-Nikita, jusqu'à ce qu'un taxi passe. Au bout de dix minutes, une voiture s'arrêta, et vingt minutes plus tard, ils erraient parmi les cours de la rue Zatsepa en quête du troisième bâtiment du numéro 11. Entre-temps, Sonia s'était rendormie, et il était impossible de la réveiller. Au bout d'un quart d'heure, après avoir décrit plusieurs cercles tortueux parmi des immeubles et des terrains vagues, le chauffeur les laissa à côté du numéro 11 et s'en alla. Il était près de minuit. Chourik conduisit Sonia jusqu'à un banc dans une cour, elle s'effondra aussitôt sur le flanc et allongea même une jambe sur le banc. Il laissa les sacs à côté d'elle, et partit à la recherche de ce satané bâtiment numéro trois. Un ange sauveur vint à sa rencontre, un vieux monsieur avec un gros chien tout pelé.

« Oui, il y avait bien un bâtiment numéro 3 dans le temps, une baraque qui datait d'avant-guerre, mais on l'a détruit il y a huit ans. C'était justement ici, à l'endroit de ce petit square. »

La situation s'était clarifiée, mais cela ne rendait pas les choses plus faciles pour autant.

« Sonia, Sonia ! dit Chourik en secouant la jeune femme endormie. Où est-ce que vous avez déménagé quand vous avez quitté la rue Zatsepa ? Tu as oublié ? Où avez-vous déménagé ? »

Sans se réveiller, elle répondit d'une petite voix égale :

« À Béliaevo, tu le sais bien ! »

Chourik installa Sonia de façon qu'elle ait les deux jambes sur le banc, s'assit, et lui remit une chaussure qui glissait. Elle dormait, une main sous la joue, comme un bébé, et elle était mignonne comme une enfant.

Il y avait deux solutions : soit la ramener chez Valéria, soit la conduire chez lui. Mais il ne pourrait pas la laisser toute seule dans l'appartement de Valéria, surtout que l'on risquait de venir le lendemain matin poser les scellés, comme l'avait promis le « gentil » policier. Il fallait donc l'amener chez lui.

Maudissant le monde entier, il trimbala de la cour jusqu'à la rue sa cargaison malcommode : les deux sacs, dont l'un avait en plus une poignée cassée, et Sonia, qui ne présentait pas une grande différence avec les sacs.

Quand, vers trois heures du matin, le taxi s'arrêta devant son immeuble, Chourik se sentait presque heureux. Dans un dernier effort, il traîna Sonia à l'intérieur et l'adossa provisoirement contre un mur. C'est alors que Véroussia sortit de sa chambre.

« Mon Dieu ! » s'écria-t-elle.

Sonia glissa et s'effondra mollement près de la porte.

« Mais elle est complètement ivre ! s'exclama Véra.

— Pardonne-moi, Véroussia ! Je ne pouvais quand même pas l'abandonner dans la rue ! »

Puis Sonia vomit, et on la mit à tremper dans la baignoire. Elle pleurait, s'endormait, se réveillait en sursaut, on lui donnait du thé, du café et de la valériane. Finalement, elle demanda elle-même un peu de vodka, et Chourik lui en donna un petit verre. Elle le but, et s'endormit. Véra plaignait Chourik qui se retrouvait dans cette situation aberrante, elle proposa d'appeler un médecin, mais il ne put s'y décider : si jamais on l'emmenait au poste et qu'on l'enfermait avec les ivrognes ?

Ensuite, Sonia se réveilla, recommença à pleurer Valéria, et demanda de nouveau à boire... Elle serrait Chourik dans ses bras, lui baisait les mains et lui demandait de s'allonger auprès d'elle. Cette bacchanale dura presque quarante-huit heures, et c'est seulement au bout de deux jours que Chourik réussit à ramener à sa famille, dans la banlieue de Béliaevo, une Sonia complètement dessoûlée, mais épuisée par sa cuite.

Une belle femme d'un certain âge vêtue d'une robe en soie l'accueillit avec beaucoup de réserve. Du fond d'un grand appartement surgit un homme jeune à l'air renfrogné avec des sourcils qui se rejoignaient de façon congénitale, son frère, à en juger par son apparence. Il emmena Sonia avec brutalité. Elle émit un piaillement. La femme adressa à Chourik un signe de tête glacial et le remercia de façon très singulière :

« Qu'est-ce que vous attendez ? Vous avez eu ce que vous vouliez, ne restez pas là ! »

Chourik sortit, appela l'ascenseur, et pendant qu'il attendait, il entendit derrière la porte un hurlement, le bruit d'objets qui tombaient, et une voix de femme qui criait :

« Ne la frappe pas ! Je t'interdis de la frapper ! »

« Quelle horreur ! Mais il est en train de lui taper dessus ! » se dit Chourik, et il appuya sur la sonnette. La porte s'ouvrit très vite. L'homme aux grands sourcils le menaça du poing :

« Qu'est-ce que tu veux ? Tu l'as fait boire, tu l'as b..., qu'est-ce qu'il te faut de plus ? Fous-moi le camp ! »

Et Chourik prit l'escalier pour descendre, non parce qu'il avait peur, mais parce qu'il se sentait coupable.

Il quitta l'immeuble en toute hâte et courut en direction de l'arrêt d'autobus. Celui-ci tournait justement au coin de la rue. Il grimpa au vol dans l'autobus vide et s'effondra sur un siège. Il avait la nausée.

« Heureusement que tout cela n'aura aucune suite ! » se dit-il pour se tranquilliser.

Mais là, justement, il se trompait. Deux mois plus tard, quand elle sortit du centre de désintoxication où l'avait placée son frère, Sonia téléphona. Elle le remercia pour tout ce qu'il avait fait pour elle, pleura en évoquant Valéria, et demanda à le revoir. Il savait parfaitement qu'il n'aurait pas dû, mais elle insistait... Et ils se revirent.

Dieu sait pourquoi, Sonia était persuadée que Valéria lui avait légué Chourik. Outre des sourcils qui se rejoignaient et un alcoolisme contre lequel elle luttait avec un succès variable, elle avait de petites mains tenaces, un tempérament passionné, et un fils en bas âge d'un premier mariage. Et elle avait besoin de Chourik. Pour survivre, estimait-elle.

58

Un peu avant ses trente ans, Chourik fit une découverte extrêmement désagréable : un matin, alors qu'il se rasait dans la salle de bains en gardant un œil sur le miroir pour s'assurer que le rasoir enlevait bien tout et qu'il ne restait pas de poils oubliés, il s'aperçut soudain que dans la glace l'observait un homme qu'il ne connaissait pas, plus très jeune, au visage assez empâté, avec une ébauche de double menton et le contour des yeux un peu fripé. Pendant une seconde, il eut l'horrible sentiment de ne pas se reconnaître, d'être étranger à son existence familière, et aussi l'impression aberrante que l'autre, dans le miroir, était un être autonome, et que lui, le Chourik qui se rasait, était son reflet. Il avait aussitôt chassé cette hallucination, mais il n'arrivait plus à retrouver son ancien moi.

La découverte de cette nouvelle apparence l'affectait presque autant qu'une femme. Trente ans, et où en était-il ? Un travail routinier, toujours la même chose, des traductions techniques et scientifiques, les soins apportés à sa mère, et encore tout un tas d'obligations dont il ne s'était pas vraiment chargé, mais qui lui avaient été mises sur les épaules : Mathilda, Svetlana, Valéria, Maria, Sonia... Il est vrai que

Maria était partie et que Valéria était morte. Pour être franc, en fait, elles lui manquaient. Mais il avait la morne certitude que d'autres personnes allaient surgir qui dépendraient de lui, et que jamais il n'aurait une vie à lui, comme Génia ou Guïa.

D'ailleurs, qu'est-ce que cela voulait dire, « avoir une vie à soi » ? Vouloir quelque chose et y parvenir... Lui, il n'était parvenu à rien du tout. Mais avait-il voulu quelque chose ? Non, se répondit-il à lui-même, il n'avait rien voulu. Génia Rosenzweig, lui, avait voulu quelque chose, et il avait passé sa thèse, il s'était marié, il avait divorcé, il s'était remarié. Il avait deux enfants... Du reste, cela n'avait rien donné de bon non plus : une Alla malheureuse, les biberons à six heures du matin, un travail où on va tous les jours de huit heures à cinq heures (des histoires de peinture laquée et acrylique), toute la semaine sous les ordres d'Inna Vassilievna, et le dimanche, les visites à Katia, sous le feu des regards de martyre d'une Alla abandonnée. Non, cela n'avait rien donné de bon.

Guïa, en revanche, s'était bien débrouillé ! Il était devenu un entraîneur connu presque dans le monde entier, il sillonnait toute l'Union soviétique pour assister à des compétitions de jeunes, il était même allé en Hongrie. Des nuées de jolies filles se bousculaient autour de lui. Il s'amusait bien. Mais lui aussi, il avait grossi, il buvait beaucoup, bien qu'il soit entraîneur... Et sa vie était un peu trop trépidante... Puis Chourik se rendit soudain compte qu'il n'avait pas de nouvelles de Guïa depuis longtemps et que cela faisait presque un an qu'il n'avait pas vu Génia, or à part ces deux-là, il ne s'était pas fait de nouveaux amis. Des amies, par contre, il en avait une multitude, dans toutes les rédactions.

Pour son anniversaire, par exemple, pour ses trente ans, sa mère lui avait demandé comment on allait fêter ça... Il pourrait inviter Génia et Guïa à la maison, mais à l'idée que Svetlana allait débarquer, il en avait des frissons. Et si, en plus, Sonia venait aussi, Svetlana allait lui arracher les yeux et se jeter par la fenêtre, quant à Sonia, elle se mettrait à boire et retomberait dans son alcoolisme... Comme à l'enterrement de Valéria.

Ce qui serait bien, ce serait d'inviter uniquement des hommes. Et pas chez lui, mais au restaurant... À l'Aragvi, par exemple. Sonia ne se souviendrait même pas de son anniversaire. Seulement, comment faire pour échapper à Svetlana ?

Svetlana était le fléau de son existence. Il était impossible de lui cacher quoi que ce soit. Elle fourrait son nez partout, voulait tout savoir, surveillait le moindre de ses gestes... Et menaçait sans arrêt de se suicider. Depuis qu'ils se connaissaient, elle avait fait trois tentatives de suicide, si l'on ne tenait pas compte de menus déplacements en direction de la fenêtre, dans un but plutôt décoratif, histoire de maintenir Chourik en forme, pour qu'il ne se laisse pas aller...

« Je lui dirai que nous allons fêter ça entre hommes ! » décida-t-il, et il se vit aussitôt sortant du restaurant et apercevant la silhouette mince de Svetlana déambulant sur le trottoir... Elle n'approcherait pas, elle se contenterait de le regarder attentivement, lui et ses amis, puis elle passerait son chemin en détournant la tête.

Pendant ce temps, Véra s'employait à concocter pour Chourik un cadeau mémorable et élégant. Elle avait trouvé chez un antiquaire un superbe album avec un fermoir métallique. Il était recouvert de cuir bleu foncé, ce petit album... Mais il manquait quelque chose. Après avoir bien réfléchi, Véra commanda à la couturière de l'atelier du théâtre une robe bleu foncé. Une robe très simple, absolument rien de particulier, mais les manchettes et le col seraient garnis d'un fin liseré de cuir bleu foncé... Exactement de la couleur de l'album ! Tout le sel de la chose reposait sur une exécution irréprochable. Elle n'avait pas parlé de l'album à Chourik, cela va de soi. Elle avait fait un choix de photos de lui, depuis sa naissance jusqu'à maintenant, et les avait collées uniquement en son absence, mais pour la robe, en revanche, il avait été mis à contribution : il avait conduit trois fois Véra à l'atelier, et deux fois au théâtre de la Taganka, où la costumière lui avait promis un morceau de cuir bleu foncé.

Après de tels préparatifs, il était bien évident qu'il allait devoir d'abord fêter son anniversaire à la maison, pour sa mère. Il faudrait demander à Irina Vladimirovna de tout préparer, inviter les deux amies de Véra qui venaient d'habitude à son anniversaire à elle, ainsi que le couple de vieux Arméniens qui avaient acheté l'appartement du défunt Pâte-de-fruit, et dont la nouvelle amitié avait pris la relève de l'ancienne. Bien entendu, il y aurait quelques ex-petites filles de l'atelier de théâtre qui continuaient à rôder autour de Véra. Et pour compléter le tableau, on pourrait y adjoindre Svetlana. Quant à Sonia, elle ne viendrait pas, elle allait oublier... Et le lendemain, au restaurant avec les copains.

Selon un arrangement qui s'était mis en place ces dernières années, Irina Vladimirovna passait le mois de septembre à Moscou, le temps d'organiser leur existence moscovite, et rentrait chez elle avant l'arrivée des grands froids. Elle avait un chauffage à l'eau chaude et, elle qui avait subi une multitude de pertes et d'épreuves en tous genres, elle éprouvait une peur panique pour ses tuyauteries.

Irina vécut la semaine précédant l'anniversaire de Chourik dans un état d'exaltation euphorique : sa générosité naturelle, jugulée par l'accablante misère de toute une vie, s'épanouissait en une fleur somptueuse. Chourik, qui tenait les cordons de la bourse à la maison, lui remettait de l'argent pour les courses selon les besoins, sans restriction. Et là, les besoins d'une personne qui avait passé toute son existence à compter les kopecks furent soudain multipliés par mille. Elle sortait tôt le matin et rentrait à la fermeture des magasins en trimbalant des sacs bourrés à craquer. Ce n'étaient pas des années d'abondance, et des queues se formaient dès que l'on mettait une denrée en vente, néanmoins, avec un certaine pratique de la chasse à l'affût, on pouvait s'assurer un bon ravitaillement. Après la mort de Valéria, les colis alimentaires spéciaux avaient pris fin. Mais apparemment, Irina Vladimirovna avait des dons de chasseresse... À la vue de cette bacchanale alimentaire, Véra lui demandait timidement pourquoi elle achetait tant de choses.

« Trente ans, c'est une date ! » déclarait Irina en redressant fièrement la tête.

Et personne ne discutait. Chourik échangeait des regards avec sa mère. Ils comprenaient tous deux que pour Irina Vladimirovna il s'agissait d'une fête personnelle, et de son plus grand rôle.

Cette célébration intime et formelle, au caractère modeste et tranquille, promettait de se muer en un festin grandiose. Irina se préparait à vivre son heure de gloire. Véra ne se sentait pas bien, elle avait de la tension, et la veille des festivités, elle s'allongea dans sa chambre en fermant la porte. Chourik installa les chaises dans la grande pièce, et Irina sortit de la vaisselle qu'on n'avait pas touchée depuis la mort d'Élisavéta Ivanovna : des piles d'assiettes de trois tailles différentes, des saladiers, des raviers, des saucières, et un énorme plat qui semblait prévu pour un sanglier entier.

« On aurait dû la renvoyer à Maloïaroslavets », se dit

Chourik, se repentant un peu tard de son manque de caractère et de son incapacité à prendre en main les événements domestiques. Mais maintenant, il n'y avait plus rien à faire. Et il se préparait à l'épreuve.

Il y eut même davantage d'invités que prévu. Alla et Katia débarquèrent à titre de surprise. Apparemment, Alla nourrissait l'idée secrète de tomber par hasard sur Génia : elle ne perdait pas l'espoir qu'il revienne. Ce qui, du reste, ne l'empêchait pas d'avoir recours au soutien de Chourik sous des formes diverses.

La petite Katia pataude et grassouillette, avec ses deux dents de devant en moins, ravivait chez Véra le souvenir de Maria. Elle la fit asseoir auprès d'elle. La fillette était mignonne, mais ne supportait pas la comparaison avec Maria. Elle n'avait ni sa gaieté rayonnante ni sa grâce éclatante, c'était juste un petit bout de chair potelée. Chourik était assis de l'autre côté de Véra. Et auprès de lui, Svetlana vêtue d'un corsage blanc, l'air humble et féroce.

Depuis longtemps, depuis le départ de Maria et de Léna, Véra caressait l'idée de marier Chourik. Elle n'aurait rien eu contre Svetlana : c'était une fille assez originale, bien sûr, mais réservée, bien élevée, bonne couturière. Et elle aimait Chourik.

Ils pourraient avoir une petite fille... Bien entendu, personne ne remplacerait Maria, mais au moins, elle aurait auprès d'elle une charmante petite créature... C'était bizarre, chaque fois qu'elle abordait le sujet avec Chourik, il la prenait dans ses bras, l'embrassait sur le haut du crâne et lui murmurait à l'oreille :

« Véroussia ! Ce n'est même pas la peine d'y penser ! Tu es la seule femme que j'aurais pu épouser ! Mais il n'y en a pas deux comme toi sur terre... »

La table hypnotisait. La nourriture reluisait, comme enduite de vernis, et avait un air légèrement factice. Sur un long plat gisait un petit esturgeon qui menaçait de redresser la tête. Des cailles provenant du magasin Les Dons de la Nature s'irisaient de reflets d'armes métalliques. Les massifs arrondis des salades s'écarquillaient ici et là, quatre raviers de caviar, deux yeux rouges et deux yeux noirs, fixaient les invités sans ciller... Et ainsi de suite. Les convives prirent place en silence et s'immobilisèrent, pétrifiés. Seule Irina Vladimirovna frétillait autour de la table comme une épileptique, toujours à rectifier ou à perfectionner quelque chose. Elle finit par s'immobiliser, elle aussi. Alors le voisin Arik qui, avec son instinct caucasien, avait senti que le silence durait un peu trop longtemps, se leva, un verre à la main, et déclara :

« Il est temps de servir à boire ! »

Il y avait deux hommes à cette tablée, le héros de la fête et lui.

« Du champagne ! Du champagne ! » psalmodia Irina Vladimirovna, car il lui semblait que l'on avait pas pris la bonne bouteille.

On servit le champagne dans des flûtes. On plongea timidement des cuillères dans les flancs arrondis des salades — pour saccager cette perfection.

Arik, moelleux comme un ours en peluche et carré comme un camion, brandissait un verre fluet dans sa main hérissée de poils touffus jusque sur les doigts.

« Mes chers camarades ! déclara-t-il d'une voix de diacre. Levons nos verres à la santé de notre cher Chourik, qui atteint aujourd'hui l'an trentième de son âge... »

Chourik échangea un regard avec sa mère. C'était tout un

dialogue sans paroles : Il faut en passer par là... On n'y peut rien... Toujours la même histoire, c'est chaque fois la même chose... Cela aurait été si bien de passer cette soirée tous les deux... Pardonne-moi d'être aussi bête, ma petite maman, et d'avoir laissé Irina Vladimirovna m'embarquer là-dedans... Mais non, mon chéri, c'est ma faute... C'est moi qui aurais dû mettre le holà. Il n'y a rien à faire, il faut supporter... Mais qui a invité cet Arik... Ça s'est fait par hasard, tout à fait par hasard... Pardonne-moi, je t'en prie...

Arik parla longuement, à tort et à travers, en commençant par Chourik et en terminant par la construction d'un avenir radieux. Il y avait vraiment une malédiction sur cet appartement : d'abord un bolchevik juif, le valeureux Pâte-de-fruit, et maintenant, un bolchevik arménien...

On trinqua enfin, on s'assit, et on se mit à mastiquer.

Tout le monde se donnait du mal : Katia pour se tenir bien, ne pas faire tomber de morceaux de nourriture et ne pas cogner sa fourchette, Chourik pour que tout le monde se sente à l'aise et que les assiettes soient toujours pleines, Svetlana pour tenir sa place près de Chourik de façon éloquente, afin que leur intimité soit évidente aux yeux de tous. Le corsage blanc non plus n'était pas un hasard : le blanc donne le teint frais, bien sûr, mais il met aussi en valeur, il attire l'œil... Véra avait posé sa serviette sur ses genoux et s'efforçait de ne pas tacher sa nouvelle robe. D'ailleurs elle ne mangeait pas...

« Tu veux que je te serve quelque chose ? demanda Chourik à voix basse en se penchant vers elle.

— Dieu m'en préserve ! La seule vue de cette nourriture me donne la nausée ! dit Véra avec un tendre sourire.

— Tu exagères ! Tout est absolument délicieux. Un peu de salade, peut-être ? ajouta Chourik en tendant la main vers un saladier.

— Pour rien au monde ! » chuchota Véra, et elle sourit de son sourire le plus artistique : le menton baissé et les yeux au ciel.

Irina Vladimirovna se sentait parfaitement heureuse. Pour la première fois de sa vie, elle avait eu l'occasion de se réaliser pleinement. Elle avait cuisiné tous les plats qu'elle savait faire, tout ce dont elle avait rêvé pendant des années de famine et de semi-famine : une oie farcie au chou comme la préparait sa grand-mère, une tourte avec quatre ingrédients différents, du pâté de poisson... Et tout était une réussite. En outre, elle allait manger aujourd'hui du caviar noir, un mets qu'elle n'avait pu goûter dans son enfance du fait de son âge trop tendre, et ensuite, une fois devenue grande, elle n'avait plus jamais eu l'occasion de revoir cette denrée féerique.

Les convives, eux, ne se sentaient pas heureux du tout, au contraire, ils étaient tous contrariés pour des raisons diverses, en particulier les deux plus vieilles amies de Véra, Kira et Nila. Elles venaient de se brouiller, et chacune d'elles avait été certaine de ne pas rencontrer l'autre à la fête. Mais Véra, qui était parfaitement au courant de cette brouille, ne s'était pas contentée de les inviter toutes les deux, elle avait eu aussi l'indélicatesse de les placer l'une à côté de l'autre, et elles étaient là, à regarder ailleurs, ayant perdu leur langue et leur appétit.

Arik et Zira, les voisins arméniens, étaient eux aussi sous le coup d'une dispute toute fraîche qui s'était produite juste avant de sortir : Zira avait mis ses plus beaux atours, et Arik, après avoir examiné son épouse d'un œil critique, avait déclaré qu'avec une robe pareille, sa place était sur le marché d'Érévan. Zira avait fondu en larmes, elle avait enlevé sa robe et avait refusé de sortir. Arik avait mis des heures à la convaincre et à la consoler, et il savait qu'il lui faudrait encore payer longtemps cette remarque imprudente. Alla, elle, était déçue par l'absence de Génia. Sur les trois anciennes élèves de l'atelier qui étaient venues, l'une était amoureuse de Chourik depuis la classe de sixième et faisait à présent des études dans un institut. Assise en face de lui, elle revivait les tourments d'un amour sans espoir. La deuxième, une fille de quinze ans, n'était pas du tout amoureuse de Chourik. Au contraire, elle était amoureuse de Véra Alexandrovna, et elle était jalouse du monde entier. La troisième, une des plus anciennes élèves de Véra, était préoccupée par l'absence d'une indisposition féminine à caractère régulier, et par les terribles conséquences qui pourraient s'ensuivre... Elle avait mal au cœur, et la nourriture était le dernier de ses soucis.

Tant qu'elle s'était trouvée dans un état de surexcitation préalable, Irina Vladimirovna s'était senti des ailes, mais lorsqu'elle remarqua l'évidente disproportion entre la quantité de ce qu'elle avait préparé et les capacités des mangeurs, elle s'en alla pleurer dans la cuisine. À partir de cet instant, Chourik et Véra se relayèrent auprès d'elle pour essayer d'endiguer cette crise de larmes.

Pendant ce temps, Arik était entré en transe, il levait des verres en direction du plafond et prononçait des toasts : on but à la mère, au père défunt, à la grand-mère et à tous les ancêtres, au ciel et à la terre, à l'amitié entre les peuples et encore une fois à l'avenir radieux. Les amies de Véra étaient secouées d'un fou rire qui servit de ferment à leur réconciliation.

Les hors-d'œuvre furent suivis par les plats chauds. Là, Svetlana dut entrer en action, étant donné qu'Irina Vladimirovna était sortie des rangs et ne parvint à reprendre le dessus que pour le dessert, alors que les convives hébétés ne pouvaient plus remuer les mains et la langue que faiblement, comme dans un film muet passé au ralenti. Ils mangèrent les gâteaux, burent le thé, et commencèrent à se traîner discrètement vers la sortie en se tenant le ventre. C'est alors que Svetlana prit conscience d'un vide : Chourik avait disparu. Il était parti raccompagner Alla et Katia, mais s'était contenté de chuchoter cette information à sa mère. Quant à Svetlana, il l'avait laissée dans l'ignorance, en partie parce qu'il avait l'intention de mettre ses invitées dans un taxi et de revenir tout de suite, et en partie parce qu'il avait baissé sa garde et relâché sa vigilance : après toutes ces années passées à fréquenter Svetlana, il savait parfaitement combien il était dangereux de lui fournir une occasion de se faire du mauvais sang.

Katia s'endormait, et Chourik l'avait portée dans ses bras. Quand ils étaient parvenus à arrêter un taxi, la fillette dormait à poings fermés, mais au moment où il avait voulu la mettre dans les bras de sa mère, elle l'avait pris par le cou et avait fondu en larmes :

« Tu ne vas pas nous abandonner ? Maman ! Lui aussi, il nous abandonne... Ne t'en va pas, Chourik... »

Et Chourik était monté dans le taxi. Katia s'était endormie immédiatement, le nez dans son épaule.

« Tu te rends compte du traumatisme que c'est, pour une enfant ? » murmura Alla en posant sa main sur l'autre épaule de Chourik.

Chourik comprenait. Il comprenait aussi que le traumatisme ne concernait pas seulement la fille. Il jeta un coup d'œil à sa montre. Il n'était que dix heures et quart, il avait donc tout à fait le temps de rejoindre ses invités. Le plus important, c'était de téléphoner immédiatement à Véra.

Dès qu'il eut franchi le seuil de l'ancien nid conjugal de

Génia et déposé Katia entre les bras d'Alla, il fonça sur le téléphone.

« Maman, il a fallu que je raccompagne Alla et Katia chez elles. Je ne serai pas long. »

Véroussia exprima son mécontentement. Elle lui chuchota de rentrer le plus vite possible, car Irina faisait une crise d'hystérie : il restait une telle quantité de nourriture que cela ne tenait pas dans le réfrigérateur, elle était en train de faire les comptes pour voir combien elle avait dépensé, combien il restait, et elle avait l'intention de rembourser la différence à tempérament.

« Je t'en supplie, reviens vite, je ne le supporterai pas ! »

Le chuchotement avait une note tragique.

Alla entra, les cheveux défaits, vêtue de quelque chose de rose et de transparent. Katia était déshabillée et dormait. Et sa mère était manifestement disposée à se faire consoler. Elle s'approcha de Chourik, posa les mains sur ses épaules et le regarda d'un air interrogateur :

« Tu crois qu'il ne m'aime plus du tout ? »

Chourik caressa ses cheveux frisés. Cela ne lui coûtait pas grand-chose, mais cela l'agaçait quand même un peu. Elle avait besoin de vider son cœur. Il avait hâte de rentrer chez lui. Il se leva. Alla fondit en larmes. Il se tourna vers elle :

« J'ai des invités qui m'attendent.

— Pourquoi est-ce que je suis si malheureuse... », dit-elle en reniflant.

Il tripota une boutonnière, enleva un bouton. Il accomplit son devoir en silence, tandis qu'Alla continuait à balbutier :

« Mais pourquoi ? Pourquoi c'est comme ça ? Tu es cent fois mieux que lui, et Katia t'aime beaucoup... Alors pourquoi Génia est le seul homme dont j'ai besoin ? Pourquoi ? »

Cette question ne demandait pas de réponse.

Pauvre petite bécasse ! Vous n'avez besoin que d'une seule chose, toutes autant que vous êtes...

Les invités étaient partis sans avoir mangé la moitié de la nourriture préparée. Svetlana avait enfilé un tablier et lavait la vaisselle avec une dignité pleine de résignation. Irina Vladimirovna sanglotait dans la chambre de Véra, et cette dernière la consolait mollement, attendant avec impatience que Chourik revienne et prenne toutes ces souffrances sur lui.

« Je ne comprends pas pourquoi tu te mets dans cet état, Irina ! Le repas était magnifique...

— Et les dépenses ? Tu sais combien cela a coûté ? C'est affreux ! Regarde, j'ai fait les comptes... » Les doigts tremblants, elle fouilla dans les poches de son tablier. « Regarde ! »

Elle fourra entre les mains de Véra une liste sur laquelle s'étirait toute une palissade de chiffres distordus.

« C'est quatre fois l'équivalent de ma retraite ! Et tu as vu tout ce qui reste ! J'avais mal calculé ! Je n'ai jamais su calculer ! Il en reste plus de la moitié...

— Eh bien, c'est parfait ! Nous aurons de quoi manger pendant une semaine !

— Je vous dédommagerai ! gémissait Irina. Je rembourserai tout..

— Irina ! Calme-toi, je t'en prie ! Quelle importance ? C'est les trente ans de Chourik, et aucun restaurant ne nous aurait servi des plats aussi délicieux que ceux que tu avais préparés ! »

Un coup de sonnette interrompit cette scène tumultueuse, et Irina Vladimirovna alla ouvrir en s'essuyant le visage avec le bas de son tablier. Sur le seuil se tenait une jeune femme munie d'un gros bouquet de fleurs. C'était Sonia, qui avait fini par se procurer l'adresse de Chourik.

« Bonjour, je viens voir Chourik !

— Véra ! C'est pour Chourik ! » cria Irina Vladimirovna, ragaillardie par l'arrivée d'une nouvelle convive susceptible de manger une partie du repas qui lui restait sur les bras. Entrez, entrez, il ne va pas tarder ! »

Et elle courut dans la cuisine chercher de quoi servir une collation.

« Svetlana ! Nous avons encore une invitée qui arrive en retard, donnez-lui une assiette ! Je vous en prie, de la tourte, du pâté, de la salade... Vous voyez tout ce qui reste ! »

Svetlana regarda la nouvelle venue, et le tableau de l'existence devint d'une épouvantable clarté : oui, il y avait bien dans la vie de Chourik une femme qu'elle n'avait pas repérée, et exactement le genre qu'elle avait toujours redouté — avec des joues vermeilles, des sourcils sombres et une grosse poitrine, d'une vulgarité écœurante...

Irina Vladimirovna courut annoncer à Véra l'arrivée d'une autre invitée. Svetlana la considérait avec des yeux transparents, s'imprégnant de toutes les couleurs crues de ce visage : du blanc, du rose, du noir... Et cette robe d'un mauve répugnant...

« Mais elle veut ma photo, ma parole ! Quelle punaise, celle-là ! » songea Sonia, et elle lui décocha un sourire effronté et narquois.

Svetlana enleva lentement son tablier, essuya ses mains fines avec un torchon, et quitta l'appartement sans dire au revoir. Voilà. C'était la fin de tout. Il fallait s'en assurer définitivement. Pour qu'il ne reste plus le moindre doute...

Chourik revint à minuit et demi. Entre-temps, Sonia était partie, elle aussi. Elle avait passé un quart d'heure dans l'appartement de Chourik. Elle avait grignoté un peu de salade et refusé du vin. Non seulement elle n'avait pas trouvé Chourik chez lui, mais en plus, elle s'était rendu compte que sa mère la connaissait déjà. Et elle avait deviné quand et dans quelles circonstances Véra avait dû la voir : c'était après l'enterrement de Valéria, quand elle avait recommencé à boire. Bien entendu, Sonia n'avait gardé aucun souvenir ni de l'appartement ni de Véra Alexandrovna. Mais cette petite vieille ratatinée aux cheveux blancs, en robe bleu foncé, l'avait immédiatement appelée par son prénom... Elle avait eu tort de venir. Cette visite-surprise avait été un échec total.

Une fois rentré, Chourik consola encore un peu Irina Vladimirovna, après quoi il lui donna un sédatif et l'envoya se coucher.

Puis la mère et le fils restèrent un instant dans la cuisine. Ils étaient satisfaits l'un de l'autre, la plénitude de leur compréhension mutuelle leur réchauffait le cœur. Au début, Véra le morigéna un peu d'avoir abandonné ses invités, elle lui raconta la visite de Sonia, puis, jouant de ses doigts légers avec les boucles de plus en plus clairsemées de son fils, elle soupira :

« Ah, mon cher petit garçon ! Trente ans, mais c'est fou ! J'ai presque oublié le temps où tu n'étais pas encore de ce monde... Tu sais, je pense qu'il est grand temps de te marier. Je pourrais être une bonne grand-mère, n'est-il pas vrai ? » Elle jouait un peu les coquettes avec lui. « Bien sûr, je vais sur mes soixante-dix ans, mais... J'aimerais tant voir ma petite-fille... ou mon petit-fils. Svetlana est quelqu'un sur qui on peut compter, une fille digne d'estime... D'ailleurs, ce ne sont pas les jeunes filles qui manquent autour de toi, non ? »

Chourik frémit. Véroussia ne comprenait décidément rien à la vie. Élisavéta Ivanovna, elle, aurait deviné depuis longtemps quelle déséquilibrée était cette créature qu'il était obligé de se coltiner depuis des années. Mais Véroussia était une sainte, elle ne voyait rien autour d'elle, à part l'art, le théâtre, la musique... Il fut submergé par son attendrissement coutumier, lui baisa la main et lui caressa la tempe.

« Allez, va te coucher. Moi aussi, j'y vais... »

Elle lui donna le baiser du soir. Chourik entra dans sa chambre et s'assit devant sa machine à écrire. Il avait encore trois résumés à terminer pour le lendemain.

Il fut interrompu dans son travail par la sonnerie du téléphone.

« C'est sûrement Svetlana qui contrôle ! » se dit-il sans la moindre irritation. Mais ce fut une autre voix, sonore et claire, qui cria à travers des parasites et d'autres voix assourdies :

« Chourik ! Bonjour ! »

Il reconnut immédiatement cette voix. Ses oreilles l'avaient reconnue avant son cerveau, son cœur l'avait reconnue... Et ce fut une explosion de joie.

« Lilia ! C'est toi ? Tu ne m'as pas oublié ? Tu te souviens de moi ? »

Elle éclata de rire, et c'était toujours le même rire : unique au monde, convulsif comme un sanglot, scandé par des gloussements et se terminant dans le râle d'une suffocation.

« Si je me souviens de toi ? J'ai tout oublié jusqu'à la dernière miette, Chourik, sauf toi ! Parole d'honneur, je n'ai aucun souvenir, de rien ni de personne, mais toi, c'est comme si tu étais toujours vivant !

— Mais je suis toujours vivant ! »

Il entendit une nouvelle rafale de rire.

« Je le vois bien, que tu es vivant, j'ai dit une bêtise ! Tu sais pourquoi je t'appelle ?

— Pour me souhaiter mon anniversaire ?

— Ça alors, je ne savais pas ! Bon anniversaire ! Trente ans, c'est ça ? Mais pourquoi est-ce que je pose la question, je le sais bien, que tu as trente ans ! Je serai à Moscou demain. Tu te rends compte ?

— Tu plaisantes ! Demain ?

— Eh oui. Pour vingt-quatre heures. Je prends un vol Paris-Tokyo, avec une escale à Moscou. Je ne t'ai pas appelé plus tôt, je pensais qu'on ne me donnerait pas de visa et que j'allais devoir rester enfermée dans un hôtel de transit, mais on me l'a donné ! Alors, viens me chercher demain !

— Demain ou aujourd'hui ? demanda Chourik, abasourdi.

— Demain, demain... »

Elle lui dicta le numéro du vol, l'heure d'arrivée, lui ordonna de venir l'accueillir à l'aéroport, et raccrocha.

59

Svetlana, ulcérée, était sortie de l'immeuble de Chourik avec l'intention de rentrer immédiatement chez elle, de prendre un bain, et d'avaler quarante cachets préparés d'avance. Mais elle changea d'avis : il fallait d'abord qu'elle sache qui était cette bonne femme aux énormes sourcils. Elle occupa une position commode sous le porche de l'immeuble d'en face. Elle n'attendit pas longtemps. Sonia ne tarda pas à surgir, elle se dirigea vers une cabine téléphonique, téléphona à quelqu'un, parla une minute puis sortit de la cabine et partit en direction de la station Biélorussie. Elle ne prit pas le métro, mais s'enfonça parmi des ruelles dans lesquelles Svetlana l'accompagna sans se faire voir. La rue s'appelait passage Électrique, et c'était le numéro 11. Une porte claqua au premier étage, et Svetlana rentra chez elle, sachant qu'il faut toujours se reposer un peu avant d'accomplir des actes importants.

Elle entra dans sa chambre. Elle s'assit à la table et alluma la lampe à tâtons. Sous la table se trouvait une cachette, un petit tiroir avec une boucle en guise de poignée. Sa grand-mère y rangeait autrefois les cartes d'alimentation et les vieilles factures de toute une vie. Elle en sortit un petit carnet lituanien avec une reliure en cuir bariolé, mais ce n'était pas du tout un journal intime. Aucune réflexion lyrique, juste le strict compte rendu de ses observations — rien que des dates, des heures exactes, des événements. Des pages couvertes de pattes de mouche, avec un code secret naïf selon lequel leurs rencontres amoureuses (il y en avait eu quatre cette année) étaient signalées par des cercles rouges, les rendez-vous de travail de Chourik par des cercles bleus, et ses entrevues suspectes par de doubles cercles noirs. Quant aux visites à la défunte Valéria, elle les avait signalées d'instinct par deux cercles, un noir et un bleu.

Svetlana tenait ce journal depuis presque huit ans, mais il ne lui venait jamais à l'idée de le feuilleter ni de réfléchir sur ses notes.

Ce carnet aurait pu présenter un grand intérêt pour son médecin traitant. Les périodes de filature active, pendant lesquelles elle consacrait de nombreuses heures par jour à cette occupation de virtuose, étaient suivies de périodes de relative inaction : il y avait des vides dans le journal, comme si elle avait oublié Chourik pendant des semaines entières. D'habitude, ces vides venaient immédiatement après un cercle rouge. Le dernier datait de plus de deux mois.

À présent, Svetlana examinait ses anciennes notes. Elle calculait, confrontait. Et elle se rendit compte que ses relations avec Chourik avaient connu quatre flambées, pendant lesquelles il venait la voir régulièrement une fois par semaine. Cela avait duré tantôt trois mois, tantôt quatre. Et brusquement, ce fut comme si la foudre lui tombait sur la tête : seuls les événements concernant Chourik étaient mentionnés dans le carnet, elle n'avait pas noté les quatre tentatives de suicide qu'elle avait faites pendant ces années. Mais si on les introduisait (elle traça quatre croix bien grasses au crayon noir), on s'apercevait qu'il était venu la voir régulièrement justement après ces suicides ratés.

Mon Dieu ! Comment ne l'avait-elle pas deviné plus tôt ? Il était bien pire, cent fois pire que ce salaud de Gnezdovski ou ce traître d'Aslamazian ! Parce que, lui, il savait bien que sa santé, sa vie même, dépendaient de lui ! Alors pourquoi venait-il la voir uniquement après qu'elle avait essayé de mettre fin à ses jours ? Quelle cruauté ! Peut-être qu'il était fou, tout simplement, et que, pour l'aimer, il avait besoin de sentir que sa vie était en danger ?

Non, maintenant, elle voyait clair, ces croix au crayon noir lui expliquaient tout... Elle ne le laisserait plus disposer de sa vie ! Elle repoussa le carnet, se leva, s'approcha de la fenêtre et écarta le rideau épais. La pièce s'illumina d'une lumière blanche de vif-argent. La pleine lune se trouvait juste en face de la fenêtre, comme si elle attendait qu'on tire le rideau. Sur la table, les objets métalliques, invisibles à la lumière de la lampe, se mirent à scintiller : la cuillère en argent pour mouler les pétales, un petit maillet, un couteau recourbé et l'autre, son préféré, avec une lame triangulaire bien affûtée, pour découper les étoffes amidonnées.

« Mais bien sûr, le voilà, le signe ! » se dit Svetlana, et elle mit le couteau dans son sac. Il reposait exactement au fond, au centimètre près, comme dans un fourreau. Et le carnet resta sur la table.

Chourik ignorait l'existence du carnet, mais il avait en lui une sorte de mécanisme qui réagissait à des nuances de la voix de Svetlana, à des particularités dans sa façon de s'exprimer. Son débit ralentissait soudain, ses phrases restaient suspendues dans le vide... Il y avait une nouvelle tentative de suicide dans l'air. Ce mécanisme l'informait qu'il était temps d'aller voir Svetlana. Il traînait un peu, remettait sa visite, puis elle l'appelait elle-même pour un service quelconque, il y avait dans sa voix une prière, une menace et un avertissement. Il se précipitait aussitôt et s'acquittait sans défaillance de son devoir masculin. Mais ce jour-là, il était très occupé.

Le lendemain matin, Svetlana s'installa à son poste d'observation.

Chourik sortit de chez lui à midi et demi et partit en direction de l'arrêt d'autobus, mais il n'attendit pas l'autobus, il fit signe à une voiture qui passait et monta dedans.

« Sans son porte-documents, nota Svetlana. Il est sans doute allé chercher du travail. Quand il va en rendre, il prend son porte-documents. Donc, il va bientôt revenir. »

Elle n'avait pas de plan élaboré et détaillé. Juste des intentions, puissantes, à l'état pur.

Chourik était allé à l'aéroport de Chérémétiévo. Pendant une heure et demie, il arpenta l'immense hall en regardant le grand panneau sur lequel apparaissaient et disparaissaient des noms de villes dont on avait du mal à croire qu'elles existaient réellement : Le Caire, Londres, Genève... Paris apparut enfin. C'était aussi un mirage, comme les autres, mais au moins, il savait que sa grand-mère avait vécu là-bas autrefois. Si bien qu'il existait vraiment. Et voilà que maintenant, c'était de là que Lilia devait arriver. Justement de Paris. Pourquoi Paris ? Un fil invisible traversait tout cela, mais Chourik n'essaya pas de tirer dessus : il était trop ému, trop rempli à ras bord d'attentes indéfinies. Puis on annonça que l'avion de Paris s'était posé et, un peu après, de quel côté il fallait attendre les passagers. Il se dirigea vers un couloir vitré par lequel sortaient des touristes français. Ils étaient accueillis par des guides d'Intourist. Il régnait dans ce couloir une pagaille tourbillonnante, des voix s'exclamaient à tue-tête en français, et il avait peur de ne pas trouver Lilia au milieu de tout ça. Ou de ne pas la reconnaître. Tandis qu'il écarquillait les yeux en tournant la tête dans tous les sens, quelqu'un le tira par la manche. Il se retourna. Devant lui se trouvait une petite femme, une inconnue, très bronzée, avec de longs cheveux crépus, presque africains. Elle souriait d'un sourire de guenon... Lilia surgit de ce sourire comme un papillon de sa chrysalide, et l'inconnue cessa aussitôt d'exister.

Lilia fit un petit bond en l'air, elle se suspendit à son cou, et c'était le poids de femme le plus léger qui fût au monde, c'étaient les mêmes os menus, les mêmes petites mains... Ce contact le ramena instantanément à une autre époque, à un autre jour où, ici même, à Chérémétiévo, ils s'étaient dit adieu, un adieu mortel, pour les siècles des siècles, pour toujours.

« Mon Dieu ! Je ne t'aurais jamais reconnu !

— Moi, je t'aurais reconnue entre des millions ! » balbutia Chourik.

Et ils se mirent à prononcer des paroles qui n'avaient aucun rapport avec ce qui se passait, mais qui remplissaient l'air autour d'eux, qui modifiaient sa composition et créaient un nuage sonore de souvenir vivant.

Des chauffeurs de taxi les harcelaient, leur demandaient s'ils avaient besoin d'une voiture, mais ils n'entendaient pas, ils continuaient à prononcer des paroles qui relient, tout à la joie de se revoir.

Puis Chourik se saisit de sa valise et d'un carton encombrant avec des poignées mal fixées par du papier collant, tandis que Lilia essayait d'agripper la boîte sur le côté en gazouillant quelque chose à propos de sa voisine Touska, une folle qui l'avait obligée à trimbaler cette boîte ridicule de Jérusalem à Paris et de Paris à Moscou, Dieu merci, elle n'avait pas besoin de la traîner jusqu'à Tokyo, elle était complètement idiote d'avoir accepté, mais le fils de cette voisine était mort à l'armée, c'était son fils unique, et elle avait un peu perdu la boule, elle passait son temps à tricoter et à défaire ses tricots, comme Pénélope, en vous regardant d'un air navré, les poignées avaient craqué à Lod, l'aéroport de Ben Gourion, déjà là-bas, elle lui en avait fait voir de toutes les couleurs, cette boîte !

Ils montèrent dans une voiture, mais ils s'y prirent de façon maladroite : Lilia était à l'arrière avec le carton, et Chourik à côté du chauffeur. Il fit tout le trajet tourné vers elle à la regarder, quelque chose le gênait dans son apparence, il n'arrivait pas à déterminer quoi. Il y avait un changement qui n'allait pas.

En chemin, ils décidèrent qu'avant d'aller à l'hôtel Central, où elle avait une chambre réservée, ils passeraient chez Chourik, car Véra Alexandrovna avait exprimé le désir de voir Lilia Laskine.

Elle hocha la tête.

« Bon, d'accord, mais pas trop longtemps. J'ai envie de revoir notre immeuble, d'entrer dans notre cour, de me promener dans le centre, et puis j'ai promis de porter ce maudit carton à la mère de Touska. »

Arrivés devant l'immeuble de Chourik, ils décidèrent de garder le taxi, pour ne pas avoir à monter les bagages et à les redescendre. Ils sortirent de la voiture et foncèrent vers l'entrée en se tenant par la main. Chourik avait une impression étrange : il fallait se dépêcher pour rattraper, durant les vingt-quatre heures qui leur étaient imparties, les douze années qu'ils avaient perdues.

Depuis le troisième étage de l'immeuble d'en face, Svetlana avait vu Chourik s'engouffrer dans l'immeuble en compagnie d'une jeune fille en jupe longue avec une coiffure de négresse. La fille courait en sautillant comme une danseuse, et Svetlana crut d'abord que Maria était revenue, mais elle réalisa aussitôt que Maria était plus grande que ce petit moucheron. Cela voulait dire qu'il avait une nouvelle femme. Encore une autre.

Tout s'écroulait, tout s'effondrait — le désastre absolu. Et bien sûr, le problème n'avait plus rien à voir avec la bonne femme vulgaire de la veille et ses sourcils noirs peinturlurés. Il avait tout simplement une double vie, et ses efforts, toutes ces années d'efforts, n'avaient rimé à rien, son existence tout entière ne rimait à rien... Quelle idiote elle avait été de s'accrocher à ce fantôme d'homme !

Mais Svetlana ne faisait jamais les choses à moitié. Elle descendit du troisième étage à pied et s'approcha d'un pas tranquille du taxi, toujours garé devant l'immeuble de Chourik.

« Vous ne pourriez pas m'emmener... »

Le chauffeur marmonna sans lever la tête de son journal :

« Non, je suis déjà pris. Faut encore que j'aille à l'hôtel Central. »

Svetlana ne s'étonna même pas qu'il ait répondu à une question qu'elle n'avait pas posée. Elle resta là un instant, à réfléchir, et se rendit à l'hôtel Central.

60

Ils descendirent la rue Gorki en direction du Manège, passèrent devant l'université, mais sans entrer à l'intérieur, ils se baladèrent juste un peu dans la cour, à l'ombre des tilleuls et de Lomonossov, parmi la cohue des étudiants. Lilia leva la tête, regarda le ciel et dit :

« Seigneur, quel temps superbe ! Il m'est arrivé d'avoir la nostalgie de l'hiver, mais j'avais complètement oublié à quel point c'était bien en automne, ici. C'est une bonne chaleur, comme la température du corps, ou celle du lait qu'on vient de traire, on ne la sent pas, c'est la température idéale ! Chez nous, il fait soit chaud, soit froid, mais une température aussi merveilleuse, on dirait que ça n'existe pas... »

Ils passèrent devant la maison Pachkov et Lilia s'arrêta, médusée.

« La pharmacie ! Ils ont détruit la pharmacie ! Mais ils ont tout détruit, ici ! Ma maîtresse d'école habitait une petite maison à un étage, exactement à cet endroit... »

Une partie du quartier, derrière les anciens bureaux de Kalinine, avait été transformée en square. La rue qui partait du pont Kamenny en direction du Manège avait été élargie. Lilia avait envie de pleurer, non tant sur les maisons détruites que sur sa mémoire en proie à un douloureux sentiment de dépossession. Ce qui reposait quelque part comme une image entérinée par le souvenir sous une forme achevée et accomplie devait maintenant être corrigé en fonction d'une nouvelle réalité, et s'implanter sous forme d'une image rénovée.

Du musée Pouchkine à la station de métro Kropotkine, tout était resté comme autrefois, mais les petites maisons insignifiantes qui se blottissaient douillettement entre la rue Kropotkine et la rue Metrostroïevskaïa avaient été extirpées, et à leur place se dressait un héros de fer parfaitement incongru.

« C'est qui, celui-là ? demanda-t-elle.

— Engels, répondit Chourik.

— Bizarre. Ils auraient mieux fait de mettre Kropotkine, au moins... »

Se tenant par la main, ils s'engagèrent dans la rue Kropotkine et passèrent devant la Maison des Savants, où Lilia avait fréquenté dans son enfance tous les ateliers pour enfants les uns après les autres, y compris celui de théâtre, puis devant la caserne des pompiers. Devant la maison de Denis Davydov... Elle souriait d'un petit sourire désemparé. Plus on s'approchait de chez elle, plus tout était resté intact. Ils arrivèrent devant l'immeuble qui faisait le coin, là où le passage Tchisty se jette dans la rue Kropotkine. Ils s'arrêtèrent devant la maison de Lilia, et elle fixa les fenêtres qui avaient été les siennes autrefois.

« Il y avait une merveilleuse vieille dame qui habitait dans notre appartement, Nina Nicolaïevna. Dans une chambre minuscule, près de la cuisine. C'était l'ancienne propriétaire de l'appartement, une famille très riche avant la révolution. Des entrepreneurs ou des hommes d'affaires, je crois, ils avaient un truc énorme dans l'Oural, une usine, ou quelque chose comme ça... Un jour, j'ai vu le patriarche s'arrêter ici, il se déplaçait dans deux Volga, une noire et une verte, il devait y en avoir une pour ses gardes du corps. La voiture noire s'est arrêtée, il est descendu, et elle est venue à sa rencontre, elle lui a baisé la main et il l'a bénie, il a posé son énorme patte sur son chapeau. Et il est reparti. Sa résidence est ici, tout à côté. Moi, je rentrais de l'école avec mon cartable, j'étais une gamine assez effrontée, j'ai couru vers elle et je lui ai demandé : Comment ça se fait que vous le connaissez, Nina Nicolaïevna ? Elle m'a dit : Quand le patriarche était un jeune prêtre, il célébrait dans la chapelle de notre domaine... Elle ne mentait pas, tu sais. Regarde ! Les rideaux de sa chambre, ce sont toujours les mêmes ! Tu crois qu'elle est encore en vie ? »

Ils entrèrent dans l'immeuble : l'odeur aussi était restée la même. Elle s'appuya contre le mur, près du radiateur. C'était toujours à cet endroit qu'ils s'embrassaient avant qu'elle monte chez elle, au premier. Chourik prit la tête de Lilia entre ses mains, souleva ses cheveux touffus, un peu rêches au toucher, et effleura ses oreilles écartées. Les cheveux étaient de trop.

« Tes oreilles, balbutia-t-il. Pourquoi tu les caches ? Pourquoi tu t'es laissé pousser les cheveux ? »

Les pavillons de ses oreilles étaient doux, à peine retroussés, et derrière, il y avait un long creux, une étroite rigole. Il passa le doigt dessus, stupéfait de la permanence absolue de la sensation tactile. Lilia gloussa et secoua l'épaule.

« Chourik ! Ça me chatouille ! »

Elle leva la main et lui ébouriffa les cheveux, avec tendresse, d'un geste maternel.

« Quand j'étais enceinte de mon fils, je ne sais pas pourquoi, j'étais sûre qu'il allait te ressembler, qu'il aurait les mêmes cheveux que toi, et tes yeux, aussi. Mais il est roux.

— Tu as un fils ? demanda Chourik, étonné.

— Quatre ans. David. Il est avec maman en ce moment. Je suis en train de faire un stage au Japon, tu sais. Je travaille du matin au soir, là-bas. Alors je l'ai laissé avec elle. Tu viens, on y va...

— Dans ton appartement ?

— Non. Ce serait trop ! On avait des voisins infects, Nina Nicolaïevna était la seule gentille. Et puis, c'est un peu tristounet, tout ça ! Viens, on va juste se promener. J'adore ça. Je n'ai pas beaucoup de temps, il faut encore que j'aille porter ce maudit carton ! Si on allait dans le quartier de Zamoskvoriétché ? »

Ils sortirent de l'immeuble. Sur le trottoir d'en face se tenait Svetlana, livide, l'air concentré. Elle les avait suivis de loin depuis l'hôtel, où elle était arrivée avant eux.

Chourik croisa son regard. Elle se détourna et resta là, immobile, le nez contre le mur, comme une enfant punie. Quelle humiliation atroce, épouvantable ! Il l'avait vue...

Chourik se figea. Il y avait longtemps qu'il était au courant de ces filatures, mais il feignait de ne pas les remarquer pour ne pas la prendre sur le fait. Seulement cette fois, il fut saisi d'une rage inattendue : c'était vraiment ignoble, cet espionnage sordide !... Il se détourna immédiatement, comme si de rien n'était, et tira Lilia par la main.

« Taxi ! Taxi ! Quartier de Zamoskvoriétché ! »

Quand Svetlana se retourna, Chourik et le petit moucheron n'étaient plus là.

61

La nuit était tombée. Lilia et Chourik avaient passé plusieurs heures à vagabonder dans des cours, à se faufiler entre des maisons condamnées et barbouillées de traces d'incendies, récents ou datant de l'année 1912. Dans l'une de ces cours perdues en forme de boîte, ils avaient même dansé un peu : de la musique coulait à flots d'une fenêtre grande ouverte, et Lilia avait bondi en tirant Chourik par la main, elle avait virevolté parmi les touffes de bardane et les débris de verre.

La nuit était remplie à ras bord d'une vie dense et éclatante. Au fond d'une cour, près du mur d'une église, trois adolescents en guenilles avaient voulu les dévaliser un peu, mais Lilia les avait rabroués gaiement, avec un pointe de sarcasme, du coup, ils avaient eu envie de lier amitié et avaient sorti une bouteille de vodka qu'ils avaient bu tous ensemble sur place, dans cette cour. Puis ils avaient surpris une scène d'amour dans un kiosque. À vrai dire, ce n'était pas une scène d'amour, mais un acte sexuel accompagné des litanies monotones de la femme : « Viens, Sérioja, allez, viens ! »

Avant que le rire de Lilia ait eu le temps de se calmer — un rire haletant, hoquetant, avec des glapissements perçants —, ils avaient vu un ivrogne se faire férocement tabasser par trois policiers, et ils s'étaient éloignés, soudain calmés, du côté opposé à celui vers lequel les policiers traînaient le type. Ils arrivèrent alors passage Golikovski, où ils découvrirent un merveilleux hôtel particulier à un étage datant des années trente du XIXe siècle, avec un fronton triangulaire et un minuscule jardin. L'ombre épaisse de deux grands arbres, plantés sans doute au moment de la construction de la maison, recouvrait complètement le toit, et la lumière d'un lustre rococo, à une fenêtre du premier, n'en brillait que plus joyeusement. Tandis qu'ils admiraient la demeure, il en sortit un barbu rondouillard aux jambes arquées avec un énorme chien berger. Le chien se mit à aboyer, il voulait se jeter sur Lilia et Chourik, et l'homme leur demanda très poliment de s'éloigner, parce que son chien était tout jeune et n'obéissait pas bien, et que, lui, il était tellement soûl qu'il aurait du mal à le retenir si l'envie le prenait de les mettre en pièces.

Il s'exprimait de la voix pâteuse des gens ivres, le chien brûlait de se battre, et son maître s'agitait au bout de la laisse comme un ballon au bout d'un fil.

Au moment où Chourik et Lilia s'éloignaient, une ravissante femme blonde apparut sur le seuil et dit sans élever la voix : « Pamir, aux pieds ! » Et la bête féroce, oubliant instantanément ses obligations de chien de garde, rampa vers elle presque à plat ventre en gémissant avec délectation, tandis que le barbu, manifestement vexé, déclarait :

« Zoïka, c'est moi qui vis avec toi, pas Pamir ! Pourquoi tu crois que tous les hommes te plaquent ? Pamir, qu'est-ce que tu lui trouves de si spécial, hein ? Deux yeux, deux oreilles, un c... et un c... C'est une femelle comme les autres !

— Gocha, lâche la laisse. Allez, viens ici ! »

Elle fit rentrer ses deux mâles d'une main de maître, et Lilia se tordit de nouveau de rire.

« Chourik ! Mais on se croirait dans un film ! Pas besoin d'un Fellini, ici ! Dis-moi, c'est tout le temps comme ça, ou ça vient juste de commencer ?

— Qu'est-ce qui vient de commencer ? demanda Chourik sans comprendre.

— Ce théâtre de l'absurde, tiens ! »

« J'ai déjà vécu cela. J'ai déjà vécu quelque chose comme ça ! » se dit Chourik, mais la Française Joëlle ne lui vint pas à l'esprit.

Et ils recommencèrent à arpenter des cours, jusqu'au moment où ils arrivèrent dans un endroit bizarre : un immeuble venait d'être détruit et, par la trouée qui s'était formée, on voyait les quais de la Moskova, les cathédrales du Kremlin, et le clocher d'Ivan le Grand. Ils s'assirent de nouveau sur un banc, devant une table en planches, lieu de prédilection des joueurs de dominos. Il la serrait dans ses bras, débordant d'une tendresse immense, mais hybride, qui était composée de celle qu'il éprouvait pour Véroussia, et de celle que lui inspirait Maria quand elle était malade et qu'elle se blottissait contre lui en demandant quelque chose qu'elle ne pouvait pas encore connaître. Lilia s'était débarrassée des sandales dorées avec lesquelles elle était arrivée, et il réchauffait ses petits pieds dans sa main gauche tandis que sa main droite, à travers le tee-shirt noir, caressait une poitrine menue qui n'était pas engoncée dans un objet stupide avec des agrafes et des boutons, mais qui respirait, bien vivante.

« Tu portais toujours des minijupes... J'aime tellement ta façon de marcher, tu as une démarche particulière...

— Des minijupes ? Je n'en porte plus jamais ! Avec les jambes que j'ai ! Il est vrai qu'au Japon, je n'y pense pas, les Japonaises ont les jambes les plus tordues de la planète !

Mais ce sont les plus belles femmes... Tu aimes les Japonaises ?

— Lilia ! Je n'ai jamais vu une Japonaise en chair et en os de ma vie !

— Ah oui, bien sûr... », acquiesça-t-elle d'une voix ensommeillée.

Il se produisit alors quelque chose dans l'air, une brise se mit à souffler et chassa les ténèbres, le monde devint un tout petit peu plus clair, les arbres noirs, autour d'eux, prirent une couleur vert foncé, ils n'étaient plus monolithiques, ils avaient une texture granuleuse, et le Kremlin que l'on voyait entre les maisons s'animait, il se transformait et se gorgeait de couleurs. La lumière venait de la gauche, et avec la lumière surgissaient des ombres, tout prenait du relief, et en contemplant ce tableau, Chourik comprit que ce n'était pas l'aube qui donnait une profondeur au monde, mais la présence de Lilia.

« Seigneur, comme c'est beau ! » dit Lilia.

Elle s'assoupit dans ses bras. La lumière montait. Il y eut un bruissement de feuilles, et quelques-unes, petites et jaunes, tombèrent près du banc. Elles aussi, elles étaient en relief, comme dans un film à trois dimensions. Et tout ce qui était noir et blanc, gris, devint soudain en couleurs, comme si on avait changé de pellicule. Chourik était assis sur le banc, et Lilia était blottie dans ses bras.

« C'est une hallucination ! » se dit-il.

Il n'avait jamais rien vécu de pareil. Tout était devenu plus compact, et chaque minute était pareille à une grosse pomme — lourde et bien mûre.

Non, ce n'était pas une hallucination. C'était tout le reste qui était déficient, factice, futile. La course stupide et effrénée de sa vie : de la pharmacie au marché, de la blanchisserie à la rédaction, et ces traductions stupides, cette existence stupide au service de femmes solitaires. Il fallait ne pas la laisser partir elle, Lilia, la garder toujours comme ça, dans ses bras, il n'y avait rien au monde de meilleur ni de plus intelligent, rien de plus juste...

« Oh ! fit Lilia en bondissant sur ses pieds. On a oublié de porter le carton ! Chourik ! Il est quelle heure ?

— Aucune heure. Je la porterai, ta boîte, tu n'as qu'à me laisser l'adresse.

— Mais j'avais promis à Touska d'aller voir sa mère. Zut ! Et il faut que je sois à l'aéroport à midi ! »

Chourik n'avait aucune envie de se dépêcher. Cela faisait si longtemps qu'il se dépêchait, des années qu'il courait sans s'arrêter... Maintenant, il ne restait plus que quelques heures à passer avec Lilia, quelques minutes de ce temps spécial, qui pesait un vrai poids. Il enleva une feuille de son épaule et dit :

« Maintenant, on va aller au marché, dans un bistro tatare, c'est Guïa qui me l'a fait connaître. Ils ouvrent quasiment à l'aube. Ils ont des *tchéboureki* [1] merveilleux. Et ils nous feront un bon café. Ou du thé.

— Un marché tatare ? Génial ! Je ne savais pas que ça existait à Moscou. Ça doit ressembler à nos marchés arabes, non ? »

Lilia se leva d'un bond et glissa ses pieds nus dans ses sandales dorées. Elle était prête pour une nouvelle aventure.

1. Pâtés frits fourrés de viande hachée, plat typique du Caucase et de Crimée.

62

C'était l'un de ces rares matins de septembre resplendissant de brume et de gloire céleste. Ils quittèrent la rue Ordynka et arrivèrent dans la rue Piatnitskaïa, contournèrent le métro, et se retrouvèrent près du marché. On y vendait de la viande de cheval, du saucisson de cheval et toutes sortes de pâtisseries tatares poisseuses. Le bistro était déjà ouvert. Deux Tatares coiffés de calottes buvaient du thé à une table toute propre et parlaient dans leur langue. Cela sentait la friture et les épices. Au comptoir se tenait un homme d'un certain âge au crâne rasé, avec une expression de dignité royale

« Asseyez-vous, on va vous apporter du thé. Pour les *tchéboureki*, il va falloir attendre un peu. Ça ne va pas tarder. »

Lilia, assise à la table, tournait la tête de tous les côtés, elle racontait à Chourik qu'elle était habituée, enfin, presque habituée, au fait que le monde changeait toutes les demi-heures, enfin, pas toutes les demi-heures, mais tous les six mois. Et radicalement, dans tous ses paramètres, si bien qu'il ne restait rien d'avant, et tout devenait neuf. Elle découpait l'air avec ses doigts, c'était comme si les morceaux s'envolaient dans tous les sens, et ce qui restait, on pouvait y croire sans discussion :

« Tu vois, par exemple, le Japon ! On n'y comprend rien, ni à leurs relations, ni à leur nourriture, ni à leur façon de penser. On a tout le temps peur de commettre une gaffe épouvantable. Par exemple, chez nous, on se lave les mains avant de manger et chez eux, après. Chez nous, on est gêné d'aller aux toilettes, on essaye de s'éclipser discrètement, mais chez eux, ce qui est indécent, c'est de ne pas sourire quand on te parle. Quand j'ai appris l'arabe, j'avais un professeur extraordinaire, un Palestinien très cultivé, il avait étudié à la Sorbonne. Eh bien, il ne fallait pas le regarder, et je ne parle même pas de lui sourire ! Et lui, il ne nous regardait pas. Il y avait huit personnes dans notre groupe, dont six femmes. Quand il nous entendait rire, il devenait tout pâle... Ils ont des règles comme ça... »

Puis on leur apporta les *tchéboureki*. Ils étaient dorés, boursouflés de cloques brunes, ils fumaient, et l'odeur de mouton frit qui montait de l'assiette était si dense qu'elle était presque visible. Lilia se jeta sur le sien. Chourik l'arrêta :

« Attention, c'est brûlant ! »

Elle éclata de rire et souffla dessus. Une petite fille de trois ans avec des boucles d'oreilles entra par la porte de derrière, s'approcha de Lilia et fixa ses sandales dorées comme si c'était de pures merveilles. Lilia balança sa jambe. La fillette attrapa les sandales. Le patron au crâne rasé cria quelque chose en tatare, et une fillette de six ans accourut, elle prit par la main la petite qui se mit à pleurer. Lilia ouvrit son sac accroché à une courroie, elle en sortit deux barrettes avec des libellules roses et les donna aux fillettes.

L'aînée battit des cils comme un papillon bat des ailes, murmura : « Merci ! », et elles disparurent en serrant leurs précieux cadeaux dans leurs mains. Lilia mordit dans un *tchébourek,* projetant un jet huileux au visage de Chourik. Il essuya la graisse et éclata de rire. Lilia s'esclaffa elle aussi de son rire de petite fille. Les *tchéboureki* étaient absolument délicieux, Chourik et Lilia avaient terriblement faim. Ils en mangèrent deux chacun et burent chacun deux verres de thé. Puis le patron leur apporta une soucoupe avec deux petits cubes de baklava.

« Oh ! *Compliments !* » fit Lilia en riant, et elle fourra un cube sucré dans sa bouche.

En s'en allant, elle fit un signe de la main au patron et dit quelque chose dans une langue totalement inconnue. Il tressaillit et répondit sans sourire ni d'ailleurs sans la moindre expression.

« Qu'est-ce que tu lui as dit ? demanda Chourik.

— Je lui ai dit en arabe une très belle phrase, du genre · “Que votre bonté vous soit rendue au centuple.” »

Ils partirent en direction de l'hôtel, toujours à pied, et sans se presser. Chourik n'avait pas dormi depuis deux nuits. Il était dans un état bizarre, autour de lui, tout était un peu fluctuant et d'une densité réduite. Comme un décor de théâtre. Et son corps était plus léger que d'habitude, comme s'il était plongé sous l'eau.

« Tu ne sens pas une légèreté extraordinaire ? demanda-t-il à Lilia.

— Bien sûr que je la sens ! N'oublie pas de porter la boîte ! » lui rappela-t-elle.

Après une série de zigzags et de détours, ils finirent par arriver à l'hôtel. Chourik n'avait pas son passeport sur lui, et il ne fut pas autorisé à accompagner Lilia dans sa chambre. Elle monta, et il l'attendit assez longtemps dans le hall. Puis elle réapparut, vêtue autrement : à présent, son tee-shirt était rouge et non noir, et elle s'était mis du rouge à lèvres. Elle avait l'air d'une petit fille qui a chipé les produits de maquillage de sa mère. Un porteur apporta la valise et le carton. Un taxi arriva. Elle donna un pourboire au porteur. Avant que Chourik ait eu le temps de saisir sa valise, elle fit avec ses doigts un petit mouvement preste, et le chauffeur mit la valise et la boîte dans le coffre.

« Je sais ce qu'on va faire : on déposera le carton chez toi au passage. J'ai écrit l'adresse dessus. »

Ils s'assirent l'un à côté de l'autre à l'arrière. Ses cheveux sentaient le savon ou le shampooing, et il y avait dans cette odeur les effluves d'un parfum que sa grand-mère mettait autrefois. Un parfum français, bien sûr. Il inspirait cette odeur en essayant d'en remplir ses poumons et de ne plus la laisser sortir, il pensait (et en même temps, il s'interdisait d'y penser) que tout allait se terminer d'un instant à l'autre.

Ils s'arrêtèrent en bas de chez lui. Lilia lui demanda si elle devait monter dire au revoir à Véra Alexandrovna. Chourik secoua la tête et emporta le carton.

À Chérémétiévo, ils se dirent adieu pour la deuxième fois de leur vie. Avant de plonger la tête la première dans l'étranger, elle se mit sur la pointe des pieds, il se pencha, et ils s'embrassèrent. Ce fut un long baiser, un vrai, un de ces baisers avant lesquels on se promène très longtemps côte à côte dans les rues sans oser se frôler le bout des doigts ni effleurer le bord des vêtements de l'autre. Ce fut d'abord un baiser plein de dévotion, puis il se transforma en un entonnoir par lequel chacun se déversait dans l'autre, et ce baiser était, non la promesse de quelque chose de lointain et d'immense, mais l'accomplissement lui-même, l'épanouissement et le couronnement... Chourik passa la langue sur les dents de Lilia, il sentait littéralement leur blancheur éclatante et leur douceur, et il comprit qu'elle s'était fait refaire ces dents de devant qui avançaient un peu et lui donnaient le charme d'un petit singe. « Il l'appelait la guenon ! » se dit-il en songeant à Polinkovski.

Ils se regardaient et, de nouveau, ils se disaient adieu pour toujours, comme l'autre fois.

« Tu as eu tort de te faire refaire les dents, dit-il au dernier moment.

— Puisque tu l'as remarqué, c'est que j'ai bien fait ! » répondit-elle dans un éclat de rire.

63

Cette sensation de vie toute neuve ne se dissipait pas. Il rentra chez lui. Véroussia était au piano et travaillait une étude de Chopin. Alexandre Sigismundovitch l'avait interprétée autrefois, et tout à coup elle avait eu envie de la jouer. Ses doigts lui obéissaient assez mal, mais elle répétait patiemment la même phrase musicale. Plongée dans cette occupation, elle n'avait pas entendu le bruit de la clé dans la serrure. Il entra dans la pièce, embrassa cette vieille tête, et songea à l'odeur des cheveux de Lilia.

« Je n'y arrive pas ! se plaignit Véra.

— Mais si, tu vas y arriver ! Tu réussis toujours tout... », répondit Chourik en sortant de la pièce, et Véra Alexandrovna crut percevoir une pointe de condescendance déplaisante, comme s'il s'adressait à une enfant.

Chourik alla dans la salle de bains et resta un instant sous la douche. Il dut en sortir à cause du téléphone. C'était Svetlana.

« Chourik ! J'ai besoin que tu viennes tout de suite ! »

Il était debout au milieu du couloir, enveloppé dans une serviette, et il n'avait absolument aucune envie de se rendre chez Svetlana. Il fallait qu'il aille porter la boîte.

« Je ne peux pas, Svetlana. Je suis occupé aujourd'hui.

— Tu ne comprends donc pas que si je te demande quelque chose, Chourik, c'est que c'est réellement important ! » déclara Svetlana d'une voix ferme.

Chourik allait lui demander ce qui était arrivé et pourquoi c'était si urgent, mais brusquement, il sentit que cela ne l'intéressait pas du tout.

« Je t'appellerai quand je serai libre, d'accord ? »

Svetlana sentit le sol se dérober sous ses pieds : une chose pareille n'était encore jamais arrivée.

« Peut-être que tu ne m'as pas bien comprise, Chourik ? C'est très important. Si tu ne viens pas, tu le regretteras ! prononça-t-elle tout doucement, avec une humilité lourde de menaces.

— Peut-être que tu ne m'as pas bien compris, Svetlana ? Je suis occupé, et je t'appellerai dès que je serai libre. »

Chourik raccrocha.

Quelle responsabilité d'être le sens et le centre de la vie de quelqu'un ! Il estimait qu'elle était dépendante de lui. Aujourd'hui, il avait compris qu'il était lui-même dépendant d'elle. Au même degré.

Svetlana ouvrit son sac, sortit le couteau, et le flanqua sur la table. Puis elle prit son carnet et écrivit quelques mots. Elle alla chercher dans sa table de nuit un flacon rempli de cachets et en compta soixante. Elle en enleva vingt et les mit de côté. Elle avait son idée : en 1979, elle en avait avalé soixante, et cela n'avait rien donné car la dose était trop forte. Elle avait eu une intoxication et avait tout vomi. Quarante, c'était le bon chiffre. Il est vrai qu'en 1981 elle en avait pris quarante... Mais cette fois-là, ils étaient arrivés trop vite.

Elle remit soigneusement les autres cachets dans le flacon. Non. Autre chose.

D'un ample mouvement du bras, elle fit tomber de la lourde table en chêne, près de la fenêtre, un monceau de fleurs funèbres terminées et à moitié prêtes. Du métal inutile tinta. Elle poussa la table au milieu de la pièce, posa une chaise dessus, et grimpa. Là-haut, au plafond, il y avait un crochet destiné à un lustre. Ce n'était pas un lustre qui y était accroché, mais une petite ampoule sous un abat-jour en verre ondulé. Elle tira sur le crochet. Il était couvert de poussière, mais solidement planté dans le plafond.

« Personne n'a besoin de moi. Eh bien, moi non plus, je n'ai besoin de personne ! » Elle sourit, et sa fierté féminine maltraitée par les compromissions lissa ses plumes soyeuses. « C'est dommage, je ne verrai pas l'expression de ton visage quand tu arriveras ici, une fois que tu en auras fini avec toutes tes occupations... »

En confrontant les dates des petits cercles rouges et bleus du journal de Svetlana avec celles des croix au crayon noir et avec celles de ses propres prescriptions, le docteur Joulitchine réfléchissait sur la puissance de ces phénomènes biochimiques qui, à la suite d'un raté, avaient envoyé au cerveau de cette pauvre fille de mystérieuses substances qui l'avaient poussée à rechercher la mort.

« Dire que je l'avais suivie pendant tant d'années, et que je n'ai pas réussi à la retenir ! » se disait-il, navré.

64

L'adresse était inscrite sur le carton au feutre noir : passage Chokalski, le numéro de l'immeuble, du bâtiment, de l'appartement, et le nom de la destinataire, Tsilia Solomonovna Chmouk. Durant ces journées, il avait dépensé tout son argent jusqu'au dernier kopeck, il n'avait plus de quoi prendre un taxi, mais il estima qu'il ne pouvait pas en demander à Véroussia. Le carton n'entrait dans aucun sac. Chourik l'entoura d'une ficelle et alla le porter en prenant les transports en commun — le métro avec un changement, et deux autobus. De l'arrêt d'autobus, ce n'était pas tout près non plus. La boîte était légère, mais la ficelle était si fragile qu'elle avait craqué quand il était descendu de l'autobus, et il fit les derniers cents mètres en la portant sur son dos, à la grande joie de tous les gamins qu'il croisait.

Il monta au quatrième et sonna à une porte. On demanda qui était là. Il dit que c'était un colis de Jérusalem. Après un long remue-ménage et des cliquetis de chaînes, la porte s'ouvrit et il en sortit une petite vieille toute bossue :

« Entrez, je vous en prie ! Touska m'a écrit que son amie Lilia allait passer, mais c'est vous qui êtes là. Elle ne pouvait vraiment pas venir elle-même ?

— Elle est déjà repartie pour Tokyo, expliqua Chourik en calant le carton contre sa poitrine.

— C'est bien ce que je dis ! Elle ne pouvait pas passer me voir avant son Tokyo ? Qu'est-ce que vous attendez, entrez et ouvrez le carton ! »

La vieille avait l'air affable, mais son ton était revêche. Chourik posa la boîte sur un tabouret. Tsilia Solomonovna lui tendit un couteau.

« Qu'est-ce que vous attendez ? Ouvrez-la ! »

Chourik découpa les rabats collés, et la vieille femme se précipita sur le carton. Elle se mit à en sortir (Chourik n'en croyait pas ses yeux !) de la laine de différentes couleurs disposée en écheveaux, comme le faisait sa grand-mère en des temps immémoriaux, quand elle détricotait deux vieux chandails pour en tricoter un neuf. Tout l'arc-en-ciel d'une richesse de pauvres. La vieille passait les écheveaux en revue avec une satisfaction manifeste.

« Ah ! couina-t-elle, ils ont de ces teintures, là-bas ! Regardez, rien que ce rouge ! Et ce jaune ! »

Elle finit par tout extraire de la boîte jusqu'au dernier fil. Au fond, il y avait encore des petites bobines et des bouts de fil, tout simplement.

« Mais où est-il ? demanda-t-elle à Chourik d'une voix sévère.

— Où est quoi ? fit Chourik, étonné.

— Eh bien, le papier, le descriptif. Il y en a toujours dans les colis, non ? »

Chourik ne comprenait pas, il la regardait avec des yeux ronds.

« Qu'est-ce que vous avez à me regarder comme ça ? Ils donnent un descriptif à la poste, un inventaire, avec la liste de tout. Le nom des marchandises, la quantité, le prix. Je vois que vous n'avez jamais reçu de colis de l'étranger !

— Non, jamais, reconnut Chourik. Mais ce n'est pas arrivé par la poste. C'est Lilia Laskine qui l'a apporté. Elle a fait le voyage de Jérusalem à Paris, puis de Paris à Moscou, et ensuite, elle allait à Tokyo.

— Et c'est qui, cette Lilia Laskine ? Pourquoi je devrais lui faire confiance ? Vous, je vous vois, vous êtes un homme correct... Vous êtes juif ? Mais cette Laskine, je ne l'ai jamais vue, peut-être qu'elle en a gardé la moitié pour elle ? Touska n'y comprend rien aux gens, elle se fait avoir par tout le monde. Bon, enfin, laissons cela, je vois bien que vous non plus, vous n'y comprenez rien ! »

La vieille fouilla dans une boîte à ouvrage, en extirpa un trousseau de clés, ouvrit un battant d'une grande armoire ancienne, plongea à l'intérieur et en sortit un objet enveloppé de mousseline qui ressemblait à trois cartons de gâteaux attachés ensemble.

« Regardez ! » dit-elle triomphalement, et elle se mit à défaire le paquet de mousseline.

Elle en sortit trois chandails en laine, tous flambant neufs et tous à rayures.

« Et quand cette Lilia va-t-elle repasser ?

— Elle est partie travailler là-bas. Je ne sais pas quand elle va rentrer. Et je ne pense pas qu'elle s'arrêtera encore à Moscou. »

La vieille fut stupéfaite.

« Comment cela ? Elle a apporté la laine, et elle n'emportera pas les chandails là-bas ? »

Chourik secoua la tête.

« Jeune homme ! Est-ce que je vous ai bien compris ? Vous voulez dire qu'elle a apporté la laine, bon, sans descriptif, mais elle l'a apportée, et elle ne va pas emporter les chandails ? Dans ce cas, qu'est-ce que j'en ai à faire, de cette laine ? Je n'ai besoin de rien ! Vous pouvez la reprendre, votre laine !

— Non, Tsilia Solomonovna, je ne peux pas la reprendre ! déclara fermement Chourik.

— Emportez-la ! » hurla la vieille, toute rouge.

Mais Chourik éclata de rire.

« Bon, d'accord, je l'emporte ! Mais je la déposerai dans la première boîte à ordures venue. Je n'en ai pas besoin, de votre laine ! »

Alors la vieille femme éclata en sanglots. Elle s'assit sur le divan et pleura à chaudes larmes. Il lui apporta de l'eau, mais elle ne voulut pas la boire, elle répétait seulement en hoquetant :

« Vous ne pouvez pas vous mettre à notre place ! Personne ne peut se mettre à notre place ! Personne ne peut se mettre à la place de personne ! »

Puis elle cessa de pleurer, elle s'arrêta brusquement et, sans transition, lui posa aussitôt une question pratique :

« Dites-moi, vous allez de temps en temps sur l'Arbat ?

— Cela m'arrive.

— Vous connaissez le magasin Tout pour le Tricot ?

— Pour être franc, non, avoua Chourik.

— Eh bien, c'est là. Vous y ferez un saut et vous m'achèterez un crochet. Je vais vous montrer lequel. Vous voyez, le mien s'est cassé. Numéro vingt-quatre. Surtout pas le vingt-deux. Vous avez compris, le numéro vingt-quatre, pas un gramme de moins ! Et vous me l'apporterez. Je ne sors jamais de chez moi, vous pouvez passer à n'importe quelle heure. »

Chourik se dirigeait vers l'arrêt d'autobus le long d'un sentier bordé d'arbres minces qui jaunissaient déjà, et il souriait. Lilia était partie et ne reviendrait sans doute jamais. Mais il se sentait bien, comme lorsqu'il était petit. Il se sentait heureux et libre.

65

L'avion décolla en douceur, majestueusement. Lilia ferma les yeux et s'assoupit immédiatement. Puis l'hôtesse de l'air apporta des boissons. Lilia prit un carnet dans son sac. Elle l'ouvrit. Tout était écrit en hébreu. Elle sortit le fin stylo de sa boucle en cuir et écrivit en russe :

« L'idée de passer par Moscou était géniale ! Cette ville est une merveille ! Je m'y sens tout à fait chez moi. Chourik est touchant, c'est fou ! Et il m'aime toujours, ce qui est vraiment surprenant. Je crois que personne ne m'a jamais aimée comme ça, et peut-être que cela ne m'arrivera plus jamais. Il est terriblement tendre, et complètement asexué. Un peu vieillot. Et il a une sale tête : il a vieilli, il a grossi, on a du mal à imaginer qu'il n'a que trente ans. Il vit avec sa mère, c'est délabré, plein de poussière. Elle, elle n'est pas mal pour son âge, très élégante, même. Ils m'ont servi un repas super, un peu vieillot, lui aussi. C'est fou, ça, dans les magasins, c'est la misère la plus totale, et leurs tables croulent sous la nourriture ! Je me demande si Chourik a une vie privée. Ça n'a pas l'air. J'ai du mal à l'imaginer. Il a quand même quelque chose de spécial, c'est presque une sorte de saint. Mais quelle andouille ! Mon Dieu, dire que j'ai été amoureuse de lui ! Que j'ai même failli rester à cause de lui... Heureusement que je suis partie ! Quand je pense que j'aurais pu l'épouser. Pauvre Chourik.

J'ai hâte de me remettre au travail. Ils vont sans doute prolonger mon stage d'un an. Ils espèrent que je vais leur pondre un œuf en or chaque année. Mais j'ai l'impression que ce scandale en Angleterre, à propos de l'espionnage industriel, va finir par nous toucher, nous aussi. Ils ne sont pas complètement idiots. »

Lilia referma son carnet, glissa le stylo dans la boucle, et rangea le tout dans son sac. Puis elle inclina le dossier de son fauteuil, se mit un oreiller sous la tête, se couvrit d'un plaid et s'endormit. Le voyage était long, il faudrait qu'elle se mette au travail dès le lendemain, elle pouvait maintenant rattraper son sommeil en retard.

2004

Composé et achevé d'imprimer
par la Société Nouvelle Firmin-Didot
à Mesnil-sur-l'Estrée, le 10 mai 2005.
Dépôt légal : mai 2005.
1er dépôt légal : février 2005.
Numéro d'imprimeur : 73904.

ISBN 2-07-077293-4/Imprimé en France.

138138